HEYNE
BÜCHER

SCIENCE FICTION

Herausgegeben
von Wolfgang Jeschke

Von **Nicola Griffith** erschien in der Reihe
HEYNE SCIENCE FICTION & FANTASY:

Ammonit · 06/5646
Untiefen · 06/6306

Nicola Griffith

UNTIEFEN

Roman

Aus dem Englischen von
Ingrid Herrmann-Nytko

Deutsche Erstausgabe

WILHELM HEYNE VERLAG
MÜNCHEN

HEYNE SCIENCE FICTION & FANTASY
Band 06/6306

Titel der englischen Originalausgabe
SLOW RIVER
Deutsche Übersetzung von Ingrid Herrmann-Nytko
Das Umschlagbild ist von doMANSKI

Umwelthinweis:
Dieses Buch wurde auf chlor- und säurefreiem Papier gedruckt

Redaktion: Wolfgang Jeschke

Erstausgabe 1995 as a Voyager Book,
an Imprint of HarperCollins*Publishers,* Hammersmith, London
Mit freundlicher Genehmigung der Autorin
und Danny Baror International, Inc.,
Literary Agency, Armonk, N.Y.

http://www.heyne.de
Printed in Germany Mai 1999
Umschlaggestaltung: Nele Schütz Design, München
Technische Betreuung: M. Spinola
Satz: Schaber Satz- und Datentechnik, Wels
Druck und Bindung: Ebner Ulm

ISBN 3-453-14914-9

Für Kelley, meinen Hort

1

Durch das Herz der Stadt strömte ein Fluß. Um vier Uhr morgens kroch sein kalter, satter Mief durch die verlassenen Straßen und sammelte sich in den schattigen Winkeln zwischen den Lagerhäusern. Ich trat sachte auf, darauf bedacht, die Stille nicht zu stören. Die Ausdünstungen des Flusses verdichteten sich, je tiefer ich in das Speicherviertel eindrang, die Altstadt, in der sich die Straßennamen änderten: Dagger Lane, Silver Street, The Land of Green Ginger; hier hallte das fünfzehnte Jahrhundert noch wie ein Echo durch den Auftakt des einundzwanzigsten.

Ich ließ die Gebäude, die Gassen, hinter mir und sah den Fluß, wie er sich breit und träge unter einem blanken Himmel dahinwälzte. Behutsam wagte ich mich ins Freie, wie ein kleines Säugetier, das das sichere Dickicht verläßt und sich ans ungeschützte Ufer begibt.

Flüsse bildeten seit jeher den Ursprung der Zivilisation, den Schauplatz, an dem vieles einen Anfang nahm und wieder endete. Man trug Säuglinge ans Wasser, um sie zu waschen, Leichname wurden auf Bahren gelegt und der Strömung übergeben. Geburten und Todesfälle waren normalerweise keine einsamen Ereignisse, doch ich befand mich ganz allein hier.

Ich hockte mich auf die wuchtigen Balken der Kaianlage – schwarz vor Alter und glitschig durch den Algenbewuchs – und ließ die Finger durchs Wasser gleiten.

In den letzten zwei oder drei Monaten war ich oft hierher gekommen, meistens in der Abenddämmerung, wenn die Touristen nicht mehr vor den antiken Flaschenzügen posierten, und die gestreiften Markisen der Lunch-Bistros für die Nacht zusammengerollt waren. Bei aufziehender Dunkelheit glänzte der Fluß ölig und unerbittlich, in einer abgrundtiefen Schwärze, die schon ins Purpurne hinüberspielte. Schweigend betrachtete ich den Strom. Er hatte Römer, Wikinger und mittelalterliche Könige gesehen. Wenn ich an seinen Gestaden saß, machte es mir nichts aus, daß ich einsam war. Der Fluß war mein Kamerad, mein Freund, und gemeinsam beobachteten wir den Lauf der Gestirne am Firmament.

Die Sterne konnte ich sehen, weil ich mir angewöhnt hatte, das diskret ins Pflaster eingelassene Gitter anzuheben und den dunkelblauen Kasten aufzustemmen, der die Kontrollschalter für die Straßenbeleuchtung enthielt. Es machte mir Spaß, die mit Bedacht im altmodischen Stil gehaltenen schmiedeeisernen Laternen zu löschen, die ihr warmes, orangegelbes Licht auf die Katzenköpfe warfen und sechs Jahrhunderte brutaler Geschichte zu einer gemütlichen Erzählung am Kamin verklärten.

Hier stromerten bei Nacht so wenige Leute vorbei, daß es gewöhnlich ein paar Tage dauerte – mitunter wurden gar zehn daraus –, ehe der Lichtausfall gemeldet wurde; und bis zur Reparatur verging noch einmal gut eine Woche. Danach ließ ich die Laternen eine unbestimmte Zeit lang brennen, bevor ich sie wieder ausmachte. Die High Street sei verhext, munkelten die Angestellten der Stadtwerke einander zu.

Vielleicht stimmte das sogar; vielleicht war ich ein Gespenst. Etliche Menschen hielten mich für tot, und meine frühere Identität setzte sich aus den modernsten aller Ektoplasmen zusammen: Elektronen und Photonen, die stumm durch die weltweiten Datennetze huschten.

Die Hand, die ich in den Fluß getaucht hatte, fing an zu trocknen; sie juckte. Ich rieb die Haut zwischen Daumen und Zeigefinger, wo sich die Narbe befand. Morgen, wenn alles gut ging und Ruth mir noch ein allerletztes Mal half, würde ein kaulquappengroßes Implantat darunter gepflanzt. Es verwandelte mich in einen anderen Menschen. Schon wieder. Doch dieses Mal würde es hoffentlich auf Dauer sein. Wenn ich demnächst die Finger ins Wasser steckte, wäre ich eine rechtsgültig anerkannte Person. Drei Jahre, nachdem ich nackt und namenlos in dieser Stadt angekommen war, käme dies einer Wiedergeburt gleich.

Als sie nackt auf dem Kopfsteinpflaster erwachte, war ihr erster Gedanke: *Dreh dich nicht auf den Rücken*. Ganz still lag sie da und versuchte, sich auf die kalten Steine unter ihrer Hüfte und Wange zu konzentrieren, und auf den sonderbaren Geschmack in ihrem Mund. Drogen; man hatte sie mit Drogen vollgepumpt, um sie ruhigzustellen, nachdem sie …

Nicht dran denken.

Jetzt konnte sie sich keine Ablenkung leisten. Später, wenn sie sich in Sicherheit befand, durfte sie die Erinnerungen zurückholen. Sie verdrängte das, was passiert war, in einen fernen Winkel ihres Gehirns.

Als sie den Kopf hob, spürte sie, wie sich die große offene Wunde in ihrem Kapuzenmuskel spannte und streckte. Eine Welle der Übelkeit zwang sie dazu, eine Weile ganz flach zu atmen. Dann nahm sie einen neuen Anlauf und blickte sich um: Es war Nacht, und sie befand sich in einer fremden Stadt. Und kalt war es.

Zusammengekrümmt wie ein Fötus lag sie zwischen irgendwelchem Müll in einer verlassenen, mit Katzenköpfen gepflasterten Straße. Es war schon eher eine Gasse. Irgendwo am Rand ihres Blickfelds flackerten stumm die Farben einer Nachrichtentafel. Wieder schloß sie die Augen und versuchte nachzudenken. *Lore. Ich heiße Lore.* Ein Windstoß blies ihr ein Blatt Papier, einen Nachrichtenausdruck, ins Gesicht. Sie wischte den Fetzen beiseite, besann sich anders und holte ihn zurück. Sie hatte einmal gelesen, daß Papier isolierende Eigenschaften besitzt.

Der eigenartige, metallische Geschmack in ihrem Mund verging, und ihr Kopf klärte sich ein bißchen. Sie mußte einen Unterschlupf finden, wo sie sich verstecken konnte. Und sie mußte sich aufwärmen.

Regen tropfte auf ihre Lippen, und automatisch leckte sie sie ab. Sie fühlte sich verwirrt. *Wieso* mußte sie sich verbergen? Mit Sicherheit gab es Menschen, die sie liebten, die sich um sie kümmern, sie bemuttern und ihre Wunden versorgen würden, wenn sie nur wüßten, wo sie sie finden konnten. Doch eine Stimme aus ihrem Stammhirn, dem Krokodilhirn, riet ihr, sich zu verstecken. Ihre Muskeln zuckten, der Schweiß brach ihr aus, und die verschwommenen, konturlosen Erinnerungen blähten sich langsam auf, bereit, in ihr Bewußtsein vorzustoßen.

Sie kroch zur Nachrichtentafel, weil die schrillen Farben der Spots, die in endlosen Wiederholungen über den Bildschirm wanderten, das Leben imitierten. Im Regen hockte sie mitten in der Nacht auf der Straße, nackt, und ließ sich von den bunten Schattierungen der Tagesmeldungen berieseln, als stellten sie gefiltertes Sonnenlicht dar, Wärme und Geborgenheit verheißend.

Es dauerte eine Weile, bis sie begriff, was sie sah: sich selbst. Hüllenlos auf einem Stuhl sitzend, die Augen verbunden, ihre Familie anflehend, sie möge doch bitte, bitte, die Forderungen der Kidnapper erfüllen.

Die Bilder bewirkten den Durchbruch, rissen den Schleier von ihren Erinnerungen und überfluteten sie mit der Rückkehr des jüngst Erlebten: die Entführung, die Demütigung, die Kamera, die alles festhielt.

»Damit deine Familie kapiert, daß wir es ernst meinen«, hatte der Kerl gesagt. Immerzu, jeden Tag. Ihren achtzehnten Geburtstag verbrachte sie unbekleidet zusammengekauert in einem Zelt, das man mitten im Zimmer aufgeschlagen hatte, als einzige Gesellschaft einen Plastikkübel für ihre Notdurft. Und hier spulte sich alles in Technicolor noch einmal ab: Sie, entblößt und weinend; ein Mann, der in die Kamera geiferte und mehr Geld verlangte. Sie, an einen Stuhl gefesselt, um etwas zu essen bettelnd. Bettelnd ...

Und die ganze Welt hatte es gesehen. Alle hatten miterlebt, wie sie körperlich und seelisch am Ende war, während man selbst beim Frühstück saß oder im Personenslide zur Arbeit fuhr. Vielleicht war manch einer beim Kaffeetrinken daheim auf den Gedanken gekommen, es könnte sich eventuell lohnen, die clever zusammengeschnittene Story aufzunehmen und abzuspeichern.

Sie entsann sich, wie einer ihrer Kidnapper, der immer nach gebratenem Fisch stank, sie nach draußen auf den Hof schleppte, sie unterfassend, weil er annahm, sie sei halb betäubt von den Drogen, die sie indessen in ihrer Faust versteckte. Der andere legte den Boden des offenen Vans mit einer neuen, transparenten Plastheneplane aus. Sie erinnerte sich wieder an den Geruch des Regens, der auf die landwirtschaftlichen Geräte fiel, die an einer Mauer vor sich hin rosteten, und an ihre Panik. Die entsetzliche Angst, die sie beschlich, als sie dachte: *Jetzt ist es soweit. Sie werden mich umbringen*. Und an ihre wilde Entschlossenheit, ein letztes Mal zu kämpfen. Ihr fiel ein, wie es sich angefühlt hatte, als die isolierende, metallisch beschichtete Decke von ihren Schultern rutschte, während sie den Mann, der sie führte, zur Seite stieß, den kalten, schmalen Metalldorn packte und herumwirbelte. Sie entsann sich des Ausdrucks in seinen Augen, als er begriff, daß sie ihn töten wollte, als *sie* erkannte, daß sie die scharfe Metallspitze in seinen Hals treiben würde, und es auch tat.

Sie erinnerte sich an das erstickte Gurgeln, das sich aus seiner Kehle rang, als er umkippte und sie mit sich riß, wobei sie in einen Haufen Metall stürzten. Eine altertümliche Pflugschar schlitzte ihr den Rücken von der Schulter bis zu den Lendenwirbeln auf. Brüllend sprang der andere Mann aus dem Van, strauchelte auf den Pflastersteinen und schrie: »Du hast ihn umgebracht, du blödes Arschloch, du hast ihn umgebracht!« Ihr Körper gehorchte ihr nicht mehr, wie gelähmt stand sie da, außerstande wegzulaufen. Grob stieß er sie in den Van und knallte die Türen zu.

Während ihr Blut auf die Plastheneplane tropfte, dachte sie: *Ach so, deshalb haben sie den Boden ausgelegt*.

Als nächstes sagte er dem Wagen, wohin er sie bringen sollte; seine Hände waren blutverschmiert. Unentwegt hielt er ihr vor, wie blöd sie sei. Ob sie denn nicht gewußt hätte, daß sie sie freilassen wollten? Sie hatte es nicht gewußt. Sie war davon ausgegangen, daß sie sie ermorden wollten. Schließlich sah er sie unendlich traurig an, schüttelte den Kopf und sagte: Tut mir leid, aber du läßt mir keine andere Wahl. Aber wenigstens wirst du nichts spüren … Abermals geriet sie in Panik; blindlings rüttelte sie am Türgriff; die hintere Klappe sprang auf. Sie erinnerte sich, wie sie langsam über die Ladefläche rollte, während das Spray, das sie töten sollte, zu wirken begann …

Aber sie war am Leben geblieben; deshalb hockte sie jetzt im Regen, die Haut scheckig mit Bildern von sich selbst, und ließ die Erinnerungen an sich vorbeiziehen.

Ein Taxi brauste heran.

Sie machte sich nicht bemerkbar, aber sie wußte nicht, ob aus Schwäche oder aus Angst. Der Taxifahrer hätte sie vielleicht erkannt. Vermutlich wußte er, was man ihr angetan hatte. Er mußte es in den Nachrichten gesehen haben. Jeder hatte zugeschaut. Alle würden sie angaffen und Bescheid wissen. Ihre Angehörigen konnte sie nicht anrufen. Auch sie hatten sie leiden sehen. Jedes Mal, wenn sie sie anblickten, würden sie die Bilder ihres Martyriums wieder vor Augen haben; sie würde es ihnen anmerken, wenn sie sich erinnerten, und sich fragen, wieso sie das Lösegeld nicht bezahlt hatten.

Das Haar klebte ihr am Kopf; mittlerweile goß es in Strömen. Sie kroch in einen Türeingang und hörte sich wimmern. Sie mußte still sein, sich verstecken. Sie mußte untertauchen. Nachdenken. Was konnte sie verraten? Sie stemmte sich auf die Knie und versuchte, in einer Schaufensterscheibe ihr Spiegelbild zu erkennen, doch der Regen machte es unmöglich.

Sie krabbelte und scharrte in den Ecken des Hauseingangs herum, bis sich der Schmutz an ihren nassen Händen in Matsch verwandelte. Den Dreck schmierte sie sich ins Haar. Nach dreißig Tagen starben die Nanomechs ab, die ihr Haupt- und Körperhaar färbten, und das natürliche Grau schlug wieder durch. Nur sehr wenige, sehr reiche Menschen, trugen naturgraues Haar.

Was sonst noch? Ihr Personal Identity, DNA und Account Implantat. Doch als sie die linke Hand in die flimmernde Beleuchtung des Eingangs hielt, sah sie die rot entzündete Narbe zwischen Daumen und Zeigefinger. Natürlich – gleich am ersten Tag hatten ihre Entführer den PIDA entfernt, um nicht entdeckt zu werden.

Sie war allein, verletzt, und ohne Geld. Sie brauchte Hilfe und hatte doch Angst, sich an jemanden zu wenden.

Erst kurz vor Tagesanbruch hörte sie Schritte. Sie lugte an der Tür vorbei. Eine Frau, das dunkelblonde Haar in den Kragen eines weiten Mantels gestopft, näherte sich mit dem typischen Gang des Nachtschwärmers: locker, aber wachsam. Eine Hand steckte in der Tasche.

»Helfen Sie mir.«

Zuerst glaubte Lore, die Frau hätte das hingehauchte Flüstern nicht gehört, doch sie stutzte, ging langsamer und blieb stehen. »Komm raus und zeig dich!« Noch nie hatte Lore eine Stimme wie diese vernommen: hell, scharf und vermutlich gefährlich.

»Helfen Sie mir.« Jetzt klang es wie ein Befehl, und zum ersten Mal fiel Lore ihre eigene weiche, kultivierte Aussprache auf; das mußte sich ändern.

Die Frau hatte die Richtung ausgemacht, aus der der Hilferuf kam, und faßte den Türeingang ins Auge. »Was ist los mit dir?« Die Hand in der Tasche bewegte sich, und Lore vermutete, daß sie eine Waffe festhielt. »Steh auf, damit ich dich sehen kann.«

»Es geht nicht.« Sie versuchte, den nuschelnden Akzent der Straße zu imitieren.

»Dann geh ich jetzt weiter.« Sie schien es ernst zu meinen.

»Nein.« Lore nahm einen neuerlichen Anlauf. »Bitte, Sie müssen mir helfen.«

Plötzlich schlug die Frau in dem langen Mantel alle Vorsicht in den Wind. »Dann werd ich mal nachschauen, was wir da haben.« Als sie näher an den Eingang herantrat und Lore gewahrte, die nackt und mit schmutzverkrustetem Haar in einer Ecke kauerte, grinste sie. »Gib deinem Freund, oder wer immer dir das angetan hat, den Laufpaß.« Doch als das Licht auf Lores blutigen Rücken fiel, veränderte sich die Miene der Frau; Falten kerbten sich in ihr Gesicht, das mit einemmal alt aussah, und in die im Laternenlicht gelbblitzenden Augen trat ein wissender Ausdruck. Sie fischte etwas aus ihrer Manteltasche, ließ es in ihre Bluse gleiten und schlüpfte aus dem Mantel. Einladend breitete sie ihn aus. »Deinem Rücken wird es wehtun, aber er hält dich warm, bis ich dich nach Hause gebracht habe.«

Lore schob sich an der Metall- und Glaswand des Türeingangs hoch und stellte sich auf die Füße. Um ein Haar wäre sie wieder hingefallen, hätte die Frau sie nicht festgehalten.

»Hast du Schmerzen?«

»Nein.« Ihr ganzer Körper fühlte sich taub an.

»Die kommen noch.« Es klang, als spräche sie aus Erfahrung. »Um dazustehen und herumzutrödeln, ist es zu kalt. Leg dir den Mantel über und setz dich in Bewegung.«

Lore nahm den Mantel. Er bestand aus schwerer, altmodischer Wolle. Das dunkle Seidenfutter war noch warm. »Er riecht nach Sommer.« Ihr kamen die Tränen, als sie sich an den Duft von sonnenbeschienenem Gras erinnerte; diese Eindrücke lagen eine Ewigkeit zurück, stammten aus einer Zeit, bevor der Alptraum begann.

»Zieh ihn an.« Die Frau wurde ungeduldig. Mit flinken, ruckartigen Kopfbewegungen spähte sie in die Runde. Das Haar, das nicht mehr durch den Kragen festgehalten wurde, wippte von einer Seite zur anderen.

Lore quälte sich in den Mantel. Als die warme Seide ihren Rücken berührte, zuckte sie zusammen; doch sie spürte lediglich ein dumpfes Ziehen, wie wenn sich ein langer Tunnel öffnete. »Ich heiße …« Der Schock hatte ihr die Geistesgegenwart geraubt. »Wer …«

»Spanner.« Wieder peilte Spanner die Straße auf und ab. Es war merklich heller geworden. Noch ein Taxi schnurrte vorbei. »Knöpf das verdammte Ding zu. Und beeil dich!«

In jener ersten Nacht kam es Lore vor, als läge Spanners Apartment meilenweit vom Stadtzentrum entfernt. Später erfuhr sie, daß es kaum anderthalb Meilen waren. Nicht, daß ihr das Laufen schwergefallen wäre – im Gegenteil, mühelos schien sie über das Pflaster zu swingen – aber der Weg dehnte sich ins Endlose, und die das Morgengrauen ankündende Dämmerung vermischte sich mit dem Schein der Straßenlaternen zu einem Licht, das an Orangenbrause erinnerte, kurz vor dem Hochsprudeln, sämtlichen Sauerstoff verbrauchend. Lore wußte, daß sie krank war. In Gedanken sah sie immer noch das Blut, ihres und das des Mannes, hörte die scharfen, peitschenden Geräusche, wie es auf die Plastheneplane tropfte.

Vage nahm sie ein Schaufenster wahr, ein Geländer und steinerne Stufen. Das Treppenhaus bestand aus unverputztem Klinker. Der Mörtel sah alt aus. Spanner mußte die Tür aufgesperrt haben, denn als nächstes fand sie sich in der Wohnung wieder.

Spanner knipste keine Lampen an; das Licht, das von draußen durch die Fenster hereinflutete, spendete genug Helligkeit. Wankend stand Lore in einem enorm großen, L-förmigen Zimmer. An einem Ende glühten Leuchtpunkte wie rote Augen.

»Du brauchst Schlaf«, meinte Spanner. »Reden können wir später. Hier hast du ein Glas Wasser und ein paar Schmerztabletten.« In ihrem eigenen Zuhause klang ihre Stimme anders. Dauernd verschwand sie, um wieder aufzutauchen und ihr etwas mitzubringen: ein Glas, irgendwelche Pillen. Dann zeigte sie Lore das Bad.

Ihr war zumute, als sähe sie sich einen schlechten, sprunghaft geschnittenen Film an. »Hier ist die Matte.« Eine Judomatte unter den Fenstern in der Westwand, gegenüber dem Vorhang, der das sich im kurzen Balken des L befindliche Schlafzimmer abtrennte. »Ich dreh die Heizung auf. Eine Zeitlang wirst du den Rücken nicht abdecken können. Heute nacht läßt sich die Wunde nicht mehr versorgen. Es scheint sich ohnehin schon eine Kruste zu bilden. Morgen früh rufe ich einen Arzt, und dann werden wir uns unterhalten.«

Lore wußte, daß sie in irgendeiner Weise reagierte, und zwar so, daß sie Spanners Mißtrauen beschwichtigte, aber es geschah mechanisch, ohne in ihr Bewußtsein vorzudringen. Spanner drückte auf ein paar Tasten an der Wand. »Ich habe die Alarmanlage eingeschaltet. Wenn du etwas brauchst oder weggehen möchtest, weck mich.«

Dann ging Spanner ins Schlafzimmer und zog den Vorhang hinter sich zu.

Lore war allein. Allein in einem Raum, der angefüllt war mit Schatten von Möbeln, die sie nie zuvor gesehen hatte, Sachen, die einer Frau gehörten, die sie nicht kannte, und das in einer fremden Stadt. Sie war allein. Ein Niemand, der nicht einmal ein Kleidungsstück besaß. Es war, als hätte man sie ein zweites Mal entführt, nur daß sie jetzt nicht von einer Flucht träumen konnte, keinen Ort mehr wußte, der ihr Zuhause war. Ihre Schwester hatte Selbstmord begangen. Ihr Vater war ein Schuft, der sie jahraus, jahrein belogen hatte.

Sie stand mitten im Zimmer, sich der unvertrauten Gerüche und der Wärme bewußt, und blitzartig kam ihr die Erkenntnis, daß sie diese Frau, Spanner, brauchte; auf eine geradezu erschreckende Weise war sie auf sie angewiesen. Mit aller Schärfe drängte die Angst auf Lore ein, wie ein Messer, das ihr jemand gegen die Wange preßte. Das Gefühl riß sie ein wenig aus ihrem traumartigen Schockzustand. Sie verspürte Durst.

Das Bad war riesengroß, das Fenster unverhängt. Draußen war es zu dunkel, um viel sehen zu können, doch sie glaubte, Mauern und die Reste eines Durchgangs zu erkennen. Sie wollte kein Licht machen, aber sie sah eine gelbliche, altmodische Wanne und große, gesprungene, schwarz-weiße Kacheln. Das Wasser rann als gezwirbelter Strahl unter geringem Druck aus bauchigen Hähnen. Sie ließ es sich über die Finger rieseln und kostete mit der Zungenspitze. Salzig. Ione:

wahrscheinlich Chlorid, Fluorid und Bromid … und plötzlich fing sie an zu weinen.

Während sie flennte, wurden ihre Hände unter dem erratisch spritzenden Strahl kalt. Sie mußte dieses Wasser trinken, das sich unter Keuchen aus alten Bleirohren quälte, sich mit dem begnügen, was man ihr gab und noch zufrieden sein. Als sie sich wieder beruhigt hatte, benetzte sie ihr Gesicht mit Wasser und trocknete sich mit einem Handtuch ab – *Spanners Wasser, Spanners Handtuch!* –, dann ging sie ins Wohnzimmer zurück.

Drunten auf der Straße, zwanzig Fuß tiefer, hielt polternd ein Frachtslide, sonst herrschte Ruhe. Sie betrachtete die Judomatte und stellte sich vor, wie sie bäuchlings darauf schlief, mit dem Rücken zum Vorhang, der Spanners Schlafzimmer abtrennte. Sie kam sich schrecklich verletzlich vor.

Die Judomatte wog höchstens zwanzig Pfund, aber sie war so unhandlich. Zum Schluß schleifte sie sie hinter sich her wie eine Schlepptrage. Mehrere Sachen kippten um, während sie torkelnd die fünfzehn Fuß bis zur Ostwand bewältigte. Auf dem Bauch ruhend, starrte sie in die Schatten. Der Frachtslide rumpelte weiter. Sie zählte bis zweihunderteinundfünfzig, ehe der nächste vorbeikam. In der Stille hörte sie das Knarzen eines Baumastes, der sich scharrend an der geklinkerten Außenmauer rieb.

Als die Straßenbeleuchtung verblaßte und die Sonne aufging, glühten die roten Augen nicht mehr so bedrohlich, und die Schemen vor ihrem Gesicht lösten sich langsam auf. Eine elektronische Workbench, dachte sie, und eine Reihe von Geräten …

Lore döste immer wieder ein, bis um zehn Uhr vormittags der Straßenlärm nach oben drang; das Getöse der vorbeizischenden Passagierslides und das Getrappel der Fußgänger machten sie endgültig wach. Aus dem Schlafzimmer drang kein Laut.

Der Wohnraum war mindestens zwanzig mal fünfundzwanzig Fuß groß. Die schmalere Südwand wurde von einem kunstvoll verzierten Kamin beherrscht, nun jedoch eine kalte, klaffende Höhlung. Auf der Feuerstelle und auf einem niedrigen Tisch mit Metallplatte gruppierten sich Töpfe mit verschiedenen grünen Blattpflanzen. Bücher gab es nur wenige. Vor dem Kamin lag eine Brücke. Dann kamen die Couch und der Kaffeetisch, beide Stücke stark abgenutzt und nicht besonders sauber.

Der Teppich schlug Wellen, weil sie in der Nacht im Dunkeln die Matte darübergezerrt hatte. Wo das Sonnenlicht als helle Vierecke hinfiel, sah man in dem blau-roten Muster die abgewetzten Stellen. Der Baum draußen warf schwarze Silhouetten von Geäst und zitterndem Laub auf die hinter ihr liegende Wand. Von ihrem Blickwinkel aus konnte sie nur das Funkeln der niedrig stehenden Sonne sehen, deren Strahlen durch das sich bereits orange und rot färbende Laubwerk blinzelten. Die Blätter waren groß und gezackt, wie Hände; vielleicht handelte es sich um eine Kastanie. Sich in ihrem Schatten aalend, versuchte sie sich vorzustellen, sie läge in Ratnapida im Gras. Doch die andersartigen Vogelstimmen störten die Illusion.

Am Nordende wurde ein großer Teil des Zimmers von zwei Tischen und einer Workbench eingenommen, vollbeladen mit Monitoren, Data-retrieval Banks, einem Keyboard samt Headset, einem Input-Panel und einer Apparatur, die wie ein Funkgerät aussah; dazu kamen mehrere wie achtlos hingewürfelte Chipstacks, und das alles war miteinander vernetzt durch ein Gewirr aus Kabeln.

Sie hatte keinen blassen Schimmer, wozu dieser Aufbau diente.

Gegen Mittag wachte Spanner auf; später bemerkte Lore, daß dies zu ihrem normalen Tagesrhythmus gehörte. Vom Bett ging sie gleich ins angrenzende Bad, und ungefähr zwanzig Minuten später betrat sie durch die Küchentür das Wohnzimmer, mit zwei weißen Bechern, in denen irgendein aromatisch duftendes Gebräu dampfte. Ihr seidener Morgenmantel hatte schon bessere Zeiten gesehen, und bei Tageslicht schimmerte ihr Haar wie antikes Messing. »Jasmintee«, verkündete sie und hielt Lore einen Becher hin.

Sie nahm ihn entgegen. Vor dem weißen Porzellan hob sich die rote Narbe zwischen Daumen und Zeigefinger deutlich ab. Jede Bewegung schmerzte. Spanner nickte. »Ich hab den Arzt angerufen. Er ist unterwegs. Keine Bange, er erstattet keine Meldung. Nicht wegen der Wunde und nicht wegen dir.«

Lore hatte den Eindruck, sie müßte etwas erwidern, aber sie wußte nicht, was. Sie nippte an dem Tee und versuchte, die Schmerzen zu ignorieren.

»Ich weiß, wer du bist«, fuhr Spanner leise fort. »Es war alles im Internet.« Lore schwieg. »Ich kapier nicht, wieso du nicht nach Mummy und Daddy schreist.«

»Ich geh nie wieder zurück.«

»Warum nicht?«

Lore gab keine Antwort. Sie brauchte Spanner, aber sie wollte sich ihr nicht mehr als nötig in die Hände spielen.

Spanner zuckte die Achseln. »Na schön, wie du willst. Kannst du von ihnen Geld kriegen?«

»Nein.« Lore hoffte, es klänge so endgültig, wie sie es meinte.

»Dann weiß ich nicht, wie du mir meine Auslagen erstatten willst. Für den Arzt. Für die Pflege, die du noch eine Weile brauchen wirst, so, wie du aussiehst. Hast du einen Beruf gelernt?«

Ja, hätte Lore am liebsten eingeräumt, doch dann fiel ihr Blick wieder auf die vernarbte Hand, mit der sie den Becher hielt. Ohne Identität, ohne den Nachweis für ihre Qualifizierung, bekäme sie nie einen

Auftrag, Sanierungsprogramme zu entwerfen. »Meine Identität …«

»Das ist etwas anderes. Möchtest du eine Kopie deines alten PIDA?«

»Nein.« Die Haut um die Narbe war heiß und spannte; die Infektion breitete sich aus. Wieder dachte sie daran, wie sich das Blut des Kerls mit dem ihren vermischte.

»Dann brauchst du einen neuen. Das kostet natürlich auch was. Und wie soll ich dich nennen? Doch sicher nicht Frances Lorien van de Oest.«

»Lore. Nenn mich Lore.«

»Also gut, Lore, wenn ich dir helfen soll, mußt du mich dafür bezahlen. Du kannst für mich arbeiten.«

»Legal?«

Spanner lachte. »Nein. Nicht im entferntesten. Aber man hat mich noch nie erwischt, und meine Tätigkeit rangiert auf der Skala der kriminellen Aktivitäten ziemlich weit unten – es gibt keine Opfer. Oder so gut wie keine.«

Die einzigen ›Verbrechen ohne Opfer‹, die Lore einfielen, waren Prostitution und der Besitz von Drogen zum persönlichen Gebrauch.

Spanner stand auf, ging an ihre Workbench und kam mit einem Slate zurück. »Sieh dir den mal an.«

Mit langsamen, vorsichtigen Bewegungen griff Lore danach, drehte ihn um und schaltete ihn ein. Sie schrieb darauf, fragte ein paar Daten ab und schaltete ihn wieder aus, ehe sie ihn Spanner zurückgab. »Das ist ein ganz gewöhnlicher Slate.«

»Genau. Ein Slate, vollgestopft mit Informationen. Wozu benutzt du deinen Slate?«

Lore dachte nach. »Für Notizen. Um Nachrichten zu verschicken. Wenn ich Netzcodes und Adressen speichern will. Um irgendeinen speziellen Artikel zu bestellen. Als Terminkalender. Um Mitteilungen entgegenzunehmen. Dann kann ich darüber meinen Kontostand abfragen …« Ihr schwante, worauf das ganze abzielte. »Aber sämtliche Daten sind durch meinen Security-Code geschützt.«

»Das glauben die meisten Leute. Dabei ist er unheimlich einfach zu knacken. Man braucht nur Zeit und ein gutes Programm. Nichts Brillantes. Dieser hier …« Spanner lächelte. »Wir wollen mal sehen.« Sie setzte sich vor die Workbench, schloß den Slate an zwei Steckdosen an und legte ein paar Schalter um. »Kannst du von da unten was sehen?« Lore nickte. Zahlen flimmerten über einen Bildschirm, so schnell, daß Lore sie nicht lesen konnte. »Je nachdem wie komplex der Code ist, dauert es zwischen einer Minute und einer Stunde.« Wie gebannt schaute Lore zu. »Bis jetzt ist mir noch keiner begegnet, der …« Der Zahlendurchlauf wurde gestoppt. »Aha. Das war einer von der simplen Sorte.« Sie drückte auf einen anderen Knopf, und auf dem Slate leuchtete das rote FEED-Zeichen auf. »Jetzt beginnt das Runterladen, es wird alles abgespeichert: Kontonummern, die Netznummern der Leute, die in den vergangenen Monaten angerufen wurden, Name, Adresse, Beruf, DNA-Codes des Besitzers, einfach alles.« Sie schmunzelte in sich hinein.

»Und was machst du damit?«

»Kommt drauf an. Manche Slates sind für uns wertlos. Gegen eine bescheidene Vergütung geben wir sie ihren Besitzern zurück. Es entsteht kein Schaden. Oftmals deichseln wir die Situation so, daß ein Finderlohn dabei herausspringt. Die Polizei bleibt aus dem Spiel. Kein Grund zur Besorgnis.«

»Was sonst noch?«

Jemand klopfte an die Tür; zwei kurze und zwei lange Intervalle.

»Das ist der Arzt.« Spanner traf keine Anstalten aufzustehen und ihn hereinzulassen. »Jetzt mußt du dich entscheiden.«

»Wofür?«

»Ob du mit mir zusammenarbeiten willst oder nicht. Selbst wenn ich ihn gleich wieder wegschicke, nimmt er für die Anfahrt eine kleine Gebühr, die du ohne weiteres berappen kannst, wenn du wieder gesund bist. Aber wenn er dich behandelt, bist du mir echt was schuldig.«

Wieder bollerte der Arzt gegen die Tür, dieses Mal heftiger.

»Klingt, als würde er ungeduldig.«

Lore besaß weder Kleidung noch einen ID; sie bezweifelte, ob sie ohne Hilfe stehen konnte. »Ich tu's.«

Spanner ging zur Tür.

Der Arzt sah anders aus, als Lore erwartet hatte. Er war mittleren Alters, gut gekleidet und ausgesprochen sanft. Er arbeitete schnell. Mit einem Scanner untersuchte er ihren Rücken. »Eine Infektion. Die Wunde muß gesäubert werden.« Er zückte einen Subkutan-Injektor.

»Nein«, wehrte Lore ab. »Ich bin allergisch.«

»Auch gegen Pflaster?«

Sie nickte. Er stieß einen Seufzer aus. »Tja, das ist ein Problem.« Er stöberte in seiner Tasche. Lore hörte ein leises Zischen, fühlte einen kühlen Sprühnebel auf dem Rücken und nahm schwach einen antiseptischen Geruch wahr. Der Schmerz verschwand, und ein taubes Gefühl breitete sich aus. Sie wußte, daß er die Wunde austupfte, doch sie spürte nur ein diffuses Ziehen. »So, das hätten wir.« Nun holte er eine Rolle aus einem weißen Material aus der Tasche. Sie erschauerte, als ihr die Plastheneplane einfiel. Nach einer kleinen Pause schnitt er einen langen Streifen von dem aufgerollten Gewebe ab. Der Stoff glitzerte; er schien aus einer Art Metallfäden zu bestehen.

»Was ist das?«

»Hast du so was noch nie gesehen?« staunte Spanner. Lore schüttelte den Kopf. Das Taubheitsgefühl verging langsam. »Hier.« Spanner reichte ihr einen Handspiegel. »Sieh ruhig zu. Das ist interessant.«

Der Arzt, dem es nichts auszumachen schien, daß er für Unterhaltung sorgte, beschmierte die Ränder der Wunde mit einem kalten Gel und plazierte vorsichtig das leichte Material darüber. Dann entrollte er ein paar Fuß Elektrodraht und befestigte ihn mit Krokodilklemmen an dem Stoff.

»Was …?«

»Strecken Sie sich, so stark Sie können.«

»Das tut weh.«

»Strengen Sie sich an. Wenn das hier fest wird, gibt es nicht mehr nach.«

Sie gab sich Mühe.

Er stöpselte die Drähte ein. Lore fühlte einen schnellen, kribbelnden Stoß um die Wunde; der gazefeine Stoff wölbte sich hoch und bildete einen elastischen und gleichzeitig festen Schutz um die Verletzung. Nur dort, wo der Arzt das kalte Gel aufgetragen hatte, haftete er noch an der Haut. Er verstaute die Rolle und die Drähte und kramte etwas anderes aus der Tasche. Im Spiegel sah sie aufmerksam zu. Er hielt etwas in die Höhe. »Plaskin.« Dieses Mal hatte das Sprühen einen tiefen, röchelnden Klang, und es dauerte länger. Als er damit fertig war, bedeckte eine roségetönte Schicht, von einer Schattierung, wie Bandagen sie haben, die von Verkäufern ›fleischfarben‹ genannt werden, das erhabene weiße Material, das Gel, und einen zwei Zoll breiten Hautstreifen um die Verletzung. Es sah aus, als ringelte sich eine dicke, pinkrosa Schlange diagonal über ihrem Rückgrat.

Probehalber tippte er mit dem Finger darauf und nickte zufrieden. »Sie können nicht auf dem Rücken liegen und sich nicht anlehnen. Aber in ein, zwei Stunden dürften Sie so weit sein, sich etwas überzuziehen, und die Wunde kann atmen. Während der nächsten zehn Tage baden oder duschen Sie wie gewohnt. Die künstliche Haut bietet genug Schutz. Ich komme wieder, um das Plaskin abzuziehen und mich vom Heilungsverlauf zu überzeugen.« Er stellte zwei Fläschchen mit Pillen auf den Boden neben ihr Gesicht. »Das ist alles, was ich an Antibiotika und antiviralen Mitteln in Tablettenform bei mir habe.« Sie merkte, wie das trocknende Plaskin an der gesunden Haut auf ihrem Rücken zu zerren begann. »Tut es sehr weh?«

»Ja.«

Er kniete nieder; Lore spürte, wie ihre Schulter mit etwas Kaltem abgetupft wurde, dann einen Nadelstich in den Muskel. Sie fühlte, wie sich das Medikament rasch unter ihrer Haut ausbreitete, wie zerfließende Butter.

Der Arzt stand auf und sagte zu Spanner: »Diese Salbe wird angewendet, wenn das Plaskin die Wunde nicht mehr abdeckt. Das Zeug muß dreimal täglich in die Narbe eingerieben werden, damit sie geschmeidig bleibt. Ein schmerzstillendes Mittel, das oral verabreicht wird, habe ich leider nicht.«

»Ich hab schon früher Spritzen gesetzt.«

Lore fragte sich, wo Lore den Umgang mit Injektionsnadeln gelernt hatte, doch der Arzt schien sich darüber keine Gedanken zu machen. Er zückte seinen Slate. »Welchen Namen soll ich angeben?« Er blickte von einer Frau zur anderen.

»Lore Smith«, antwortete Spanner.

Er kritzelte etwas auf die Tafel. »Das ist ein Rezept für das Medikament und Einwegnadeln.« Er blickte hoch. »Welche Apotheke – ist Ihnen eine von der Shu-Kette recht?« Spanner nickte, und er drückte auf die SEND-Taste, ehe er den Slate wieder in die Jackentasche steckte. »Das Rezept bleibt sieben Tage lang in der Datei, danach verfällt es. Halten Sie die Dosis möglichst niedrig. Und nicht öfter als alle sechs Stunden spritzen.«

Lore paßte es nicht, daß man über sie sprach, als sei sie nicht anwesend, aber der Schmerzstiller überzog ihr Gesicht mit Eis und verklebte ihren Geist mit

Spinnweben. Völlig benebelt lag sie da, während Spanner und der Arzt, immer noch miteinander redend, zur Tür gingen. Über die Art ihrer Verletzung schien er sich nicht zu wundern. Sie fragte sich, welche Traumata er sonst wohl zu behandeln pflegte, und wie sich die Leute die Blessuren zuzogen, über die sie am liebsten Stillschweigen bewahrten: Messerstiche, Schußwunden …

Sie schlummerte ein und wurde wach, um die zwei Pillen zu schlucken, die Spanner ihr gab; noch eine Injektion, dieses Mal in die Pobacke. Danach schlief sie wieder. Als sie von selbst aufwachte, war es dunkel, und sie lag unter einer weichen Steppdecke. Ihr Atem ging ruhig. Wo der Stoff die mit Plaskin bedeckte Wunde berührte, tat nichts weh. Sie lächelte. Wie schön es doch war, keine Schmerzen mehr zu spüren.

Spanner arbeitete an ihrer Bench; grelles Halogenlicht leuchtete einen eng umrissenen Fleck vor ihr aus. Von einem sich im Schatten türmenden Stapel nahm sie einen Daten-Slate, vernetzte ihn mit einer kleinen grauen Box und las etwas vom Bildschirm ab; dann legte sie ihn beiseite und griff nach einem neuen Slate.

Lore beobachtete sie eine Weile. Diese Frau wußte alles über sie: ihren Namen, ihr Alter, aus welcher Familie sie stammte. Wenn sie wollte, konnte sie sich Informationen über ihre Ausbildung, ihre Hobbies und ihren Freundeskreis verschaffen. Lore hingegen wußte nicht das geringste über sie, ob sie jemals zur Schule gegangen war, welche Erlebnisse sie prägten, ob sie je einen Arzt unter ihrem richtigen Namen konsultiert hatte. Vielleicht besaß sie gar keinen richtigen Namen. Manche Leute waren von Geburt an illegitim – ihre Existenz war nirgendwo vermerkt. Doch diese Gedankengänge machten ihr zu viel Angst. Sie gähnte vernehmlich.

Spanner drehte sich auf ihrem Sessel herum. »Ich fing schon an mich zu fragen, ob ich dir zu viele Pillen gegeben habe. Wie fühlst du dich?«

»Ich habe Durst. Und ich brauche was zum Anziehen.«

»Kein Problem.« Sie stand auf und verschwand in den Schatten. Aus der Finsternis glühten rote Lichtpunkte. Sie kam mit einem alten, weichen Hemd, Unterwäsche und einer langen Hose zurück. Keine Schuhe, vermerkte Lore, aber vorläufig würde sie ohnehin in der Wohnung bleiben.

»Ich glaube, wir haben ungefähr dieselbe Kleidergröße.« Spanner ging in die Küche.

Lore setzte sich aufrecht hin und sog die Wangen ein, als es schmerzte, gab jedoch keinen Laut von sich. Langsam zog sie sich an.

Spanner brachte Wasser und Kaffee. Lores Glas stellte sie neben der Judomatte ab, mit ihrer Tasse setzte sie sich an die Workbench.

Lore schaute ihr ein Weilchen zu.

Gereizt drehte Spanner sich halb zu ihr um. »Was ist?« Das weiße Halogenlicht und der Widerschein der roten Signallämpchen verliehen ihrem Antlitz ein sonderbares Aussehen. Sie glich einem Bild aus den späten sechziger Jahren, auf dem man eine Vase zu erkennen glaubt, die sich bei näherer Betrachtung jedoch in zwei Gesichter auflöst. Lore schüttelte den Kopf. Vermutlich beeinträchtigten die Medikamente ihr Wahrnehmungsvermögen.

»Wenn es so einfach ist, Daten von Slates zu stehlen, hast du dann keine Angst, jemand könnte dir dasselbe antun?«

Spanner gab ein prustendes Geräusch von sich, halb belustigt, halb zynisch. »Ich trage nur selten einen Slate oder ein Funktelefon bei mir.«

Lediglich auf ihrem Anwesen in Ratnapida hatte Lore keinen Slate bei sich gehabt. Und selbst dann kam sie sich irgendwie nackt vor: sie konnte mit niemandem Kontakt aufnehmen und war selbst unerreichbar. Gleichzeitig unauffindbar. Darauf kam es

Spanner wohl an. »Aber *wenn* es mal der Fall ist«, beharrte sie.

»Dann benutze ich diesen hier.« Sie öffnete eine Schublade und holte einen ganz gewöhnlichen Slate heraus. »Er ist so gut wie leer. Ich lösche ihn jedesmal, wenn ich nach Hause komme. Schau ihn dir ruhig an.« Sie streckte die Hand aus. Lore mußte sich von ihrer Matte hochrappeln.

Sie nahm den Slate in Augenschein und bemerkte sofort einen kleinen Höcker aus Metall und Keramik. »Was ist das?«

»Ein Schloß.«

»Aber du sagtest doch, jeder Code ...«

»Das ist kein Code. Es ist ein altmodisches Sicherheitsschloß, in das man noch einen Schlüssel hineinstecken und ihn dann umdrehen muß. Heutzutage weiß kein Mensch mehr, wie so was funktioniert. Es ist genauso zuverlässig wie die modernste Chiffre. Kaum jemand kann damit umgehen.«

»Kaum jemand?«

»Hyn und Zimmer sind so alt, daß sie sich noch an ein paar Sachen erinnern. Und sie haben mir so manches beigebracht. Aber das spielt alles keine Rolle. Dieses Schloß ist mein Peilsender. Wenn jemand so clever und blöd zugleich ist, meinen Slate zu klauen, will ich wissen, wer diese Typen sind. Nachdem sie versucht haben, dieses Monstrum zu knacken, werden sie annehmen – zu Unrecht natürlich –, daß sich hier Gott weiß was für tolle Geheimnisse verbergen, und früher oder später hören sie sich nach jemandem um, der Ahnung von Schlössern hat. Dann hab ich sie erwischt und kann ein Wörtchen mit ihnen reden.«

Lore betrachtete den Metall- und Keramik-Aufsatz an dem Plastikslate. *Ein Wörtchen mit ihnen reden.* Sie dachte an den Arzt, der kommentarlos die gräßlichsten Wunden versorgte.

Als es mir am Flußufer zu kalt wurde, schlenderte ich zum städtischen Leichenschauhaus und lehnte mich gegen die Wand, wo die sattorangefarbene Straßenbeleuchtung nicht mehr hinreichte; dort wartete ich auf Ruth. Als Ruth endlich durch das Tor kam, war die Dämmerung so weit fortgeschritten, daß sie die Lichtreflexe auf den Pflastersteinen in ein häßliches Kurkumagelb verwandelte. Ich erschrak darüber, wie erschöpft Ruth aussah.

»Mir scheint, du könntest jetzt eine Tasse Kaffee vertragen.«

»Nein. Ich will nur nach Hause.« Ihre Stimme klang matt. Sie gab mir eine schmale Schachtel. »Da drin findest du auch ihren Namen und weitere Einzelheiten. Sie ist ein bißchen älter als du, aber alles andere paßt ideal. Sie kam aus Immingham. Besser ging's jedenfalls nicht.«

Die Schachtel war sehr klein. Skeptisch schüttelte ich sie. »Und das alles ist hier drin?«

Ruth nickte. »Aber die Finger sind nicht vollzählig. Bei der Leiche fehlten der Daumen und der Zeigefinger der rechten Hand. Dann fiel mir ein, daß du ja Linkshänderin bist, deshalb dürfte das nicht weiter wichtig sein.« Sie zögerte. »Lore, das war aber wirklich das letzte Mal.«

Natürlich verstand ich sie. Spanner und ich hatten ein paar echte Gemeinheiten begangen, und auch Ruth war von uns nicht verschont geblieben. Ich verstaute die Schachtel in einer Innentasche. »Wie geht es euch?«

»Wir kommen zurecht. Demnächst arbeite ich wieder tagsüber. Ich bin froh, wenn die Nachtschicht vorbei ist. Manchmal kommt es mir vor, als hätte ich Ellen wochenlang nicht gesehen. Wenn ich heimkomme, geht sie aus dem Haus.«

Selbst das neidete ich ihr. »Wenn du wieder zur Frühschicht eingeteilt wirst, könntet ihr beide doch an einem Abend auf ein Stündchen rüberkommen.«

»Wenn du möchtest.« Ruth war zu müde, um ihre Gleichgültigkeit zu kaschieren. Sie wandte sich zum Gehen.

»Ruth ...« Vielleicht lag es an einem Unterton in meiner Stimme, aber Ruth blieb stehen. »Ich meine es ernst. Über euren Besuch würde ich mich wirklich sehr freuen. Damit wir mal wieder plaudern können. Ich will keine Gefälligkeiten mehr. Diese andere Sache, der Film. Er ist nicht ... er wird nicht ...« Ich holte tief Luft. »Jetzt liegen die Dinge anders. Ich bin nicht mehr mit Spanner zusammen.«

Zum ersten Mal, seit sie durch das Portal des Leichenschauhauses getreten war, sah Ruth mich direkt an. Ich weiß nicht, was sie in meinen Zügen zu erkennen glaubte, doch sie nickte. »Na schön, wir kommen. Ich ruf dich vorher an.«

An der Anlegestelle für die Flußtaxis war es für den üblichen Touristenrummel noch zu früh, deshalb setzte ich mich mit meiner Tasse Kaffee an einen ruhigen Ecktisch. Hinter mir ging die Sonne auf und übermalte die schwarzgetönten Fensterscheiben und die Ziegel der restaurierten Hafengebäude mit einem blutigen Orange, wie von überreifen Früchten. Helikopter schwärmten summend aus und landeten wie aufgescheuchte Wespen.

Ich öffnete die Schachtel und nahm das sauber bedruckte Durchschlagpapier heraus.

Bird, Sal. Weiblich. Kaukasischer Typ. Blutgruppe A positiv. Pat. Ex. Alter: fünfundzwanzig. Vier Jahre älter als ich. Es hätte schlimmer sein können. Alle anderen Details ließen sich mit der Zeit anpassen.

Der winzige schwarze PIDA steckte in einer versiegelten Hülle, an der eine Notiz in Ruths Handschrift befestigt war: *Steril.* Daneben befand sich ein pinkrosa Plaskin-Beutel von der Größe einer Küchenschabe. *Gefrorenes Blut für DNA-Tests.* Es fühlte sich gar nicht kalt an. Ich schob den Deckel der Schachtel weiter zurück, besorgt, Ruth könnte die Formen für die Fingerabdrücke vergessen haben; dann lächelte ich.

»Gott segne dich, Ruth.« Statt der Modeln, die ich erwartet hatte, fand ich acht glänzende Fingerlinge aus Plaskin. Gebrauchsfertig. Wenn Spanner mir half, konnte ich noch heute anfangen.

* * *

Vor zwölf Uhr mittags stand Spanner niemals auf. Ich ging heim und schlief vier Stunden. Alpträume plagten mich: Ich sah schwitzende Leiber, sich krümmende Gliedmaßen, Blut und Plasthene. Kurz vor Mittag wachte ich auf und starrte gegen die spitzwinkelig zulaufenden grüngestrichenen Dachsparren über meinem Bett. Das Zimmer war lang und schmal; an einem Ende, unter dem Giebel, stand das Bett; dann kam der Mattenbelag, mit der wuchtigen alten Couch und dem zierlichen Kartentischchen darauf; den größeren Tisch mit den herausgebrochenen Intarsien hatte ich ans andere Ende des Raumes geschoben, direkt unter das große Fenster. Daneben grünte in einem Topf ein Feigenbaum, und dahinter erstreckte sich der weite Himmel.

Um ins Bad zu gelangen, mußte ich die winzige Kochnische durchqueren. Um ein Haar stieß ich mir den Kopf an dem Balken über der Wanne. Ich fühlte mich desorientiert, wie immer. Es war seltsam, allein und ohne einen Namen aufzuwachen.

Das würde sich bald ändern.

Es wurde Nachmittag, ehe ich loszog, um Spanner zu suchen.

Springbank, die Straße, die einstmals unter dem Ansturm von tausend Gummireifen pro Minute gestöhnt hatte, war nun mit grauen Vehikel-ID-Sensoren gesprenkelt und von silbrigen Slider-Schienen durchzogen, die in der Spätseptembersonne wie Schleimspuren von Schnecken glitzerten. Seit zwei Wochen war dies der erste Tag, an dem ich ohne Mantel nach draußen gehen konnte. Jede Menge Fußgänger waren unterwegs, und an fast jedem Mast hielten zischend Slider, um Passagiere ein- oder aussteigen zu lassen. Die seltenen kleinen Privatautos näselten und kurvten ungeduldig an den röhrenförmigen Slidern vorbei.

Das alte, massive Gebäude bestand aus Sandstein. Das Schild über dem Eingang zeigte einen Eisbären. Drinnen sah es aus wie in jeder anderen Bar.

Spanner war da. Durch den Mief aus abgestandenem Bier und frischgeschrubbten Böden steuerte ich auf die dunkelgoldene Mähne zu und schwang mich auf den nächsten Barhocker.

Spanner hob den Kopf. Eine Zeitlang blickten wir einander nur an. Es war eigenartig, sich nicht zu berühren. »Lange nicht gesehen.«

»Stimmt.« Es kam mir wie ein Jahr vor, oder wie eine Stunde. Vier Monate waren wir jetzt auseinander. Ich gab dem Barkeeper ein Zeichen und deutete mit einem Kopfnicken auf das Glas, das Spanner zwischen den Händen hielt. »Ein Bier und ...«

»Für mich ein Tonic.«

Es mußte einen triftigen Grund geben, wenn sie nicht trank. Menschen ändern sich, aber nicht so drastisch. Ich versuchte, den leichtherzigen Ton beizubehalten. »Wartest du auf jemand bestimmten?«

»Nein, ich sitz nur so herum.«

Sie wußte, daß ich ihre Lüge durchschaute, aber über das Stadium, in dem ich mich über sie ärgerte und sie zur Rede stellte, war ich hinaus. Es war Spanners Leben, und es war ihr Körper.

Die alten, facettierten Fensterscheiben und das gewienerte Mahagoni verwandelten den Sonnenglast in ein warmes, mattes Glühen, doch es reichte aus, um das Glitzern in Spanners Augen zu erkennen, zu sehen, wie sie dauernd in den Spiegel hinter der Bar peilte, um die neu eintreffenden Gäste zu beobachten. Ihr Teint war fahl, und sie hatte abgenommen. Ich bezahlte die Getränke.

Sie nippte an ihrem Tonicwasser. »Wie ist es dir so ergangen?« Es klang, als sei ihr die Antwort gleichgültig.

»Nicht schlecht.« Ich zögerte. »Spanner, ich habe einen Job in Aussicht. Ich brauche deine Hilfe.«

Endlich fixierte sie nicht mehr den Spiegel, sondern wandte ihre Aufmerksamkeit mir zu. »Was ist denn aus deinen hehren Vorstellungen von einem seriösen Leben geworden?« Der verächtliche Unterton in ihrer Stimme war nicht zu überhören.

Ich hatte nicht erwartet, daß sie es mir leicht machen würde. »Es ist das letzte Mal. Ich möchte eine neue ID, eine bleibende. Ich will arbeiten und auf ehrliche Weise Geld verdienen.«

»Ach so. Ich soll mir die Finger schmutzig machen, damit du einen sauberen Lebenswandel führen kannst.«

Ich betrachtete Spanners Gesicht, die scharfen, eingekerbten Falten um Mund und Augen, die jeder bekommt, der sich zu lange mit krummen Touren durchs Leben schlägt; am liebsten hätte ich ihr Gesicht mit beiden Händen umrahmt, sie gezwungen, sich selbst im Spiegel anzusehen, und geschrien: *Schau dich nur an! Kannst du mir einen Vorwurf daraus machen, daß ich einen anständigen Beruf ausüben will? Ohne dauernd Risiken einzugehen oder mich hinterher für das, was ich getan habe, zu schämen?* Doch Ausbrüche dieser Art hatten noch nie etwas genützt.

»Ich habe einen PIDA gefunden, der zu mir passen könnte. Aber du mußt mir helfen.«

»Na ja, wie du immer sagtest, für Geld tue ich alles.«

»Spanner ...« Obwohl ich versucht hatte, mich dagegen zu wappnen, tat das Aufreißen der alten Wunden weh. Ich atmete tief durch. »Was verlangst du?«

»Gib mir ein bißchen Bedenkzeit.«

Wir wußten beide, was sie letzten Endes fordern würde. »Na schön, wie du willst. Doch innerhalb der nächsten paar Tage müssen die Vorarbeiten über die Bühne gehen.«

Abermals warf Spanner einen Blick in den Spiegel, dann schaute sie auf ihre Armbanduhr. Langsam wurde sie nervös.

»Ich habe heute ein Vorstellungsgespräch«, drängte ich. »Morgen oder übermorgen könnte ich schon anfangen zu arbeiten.«

»Gut, gut. Komm morgen zu mir nach Hause.« Ihre Gedanken schweiften ab.

Am Ausgang begegnete mir ein Pärchen. Die beiden lachten, trugen teure Kleidung und extravaganten Schmuck. Ich linste nach hinten. Spanner rutschte von ihrem Hocker, um ihnen entgegenzugehen.

Vor der Tür zögerte ich ein Weilchen, um mich nach dem schummrigen Halbdunkel an die gleißende Helle zu gewöhnen. Ich machte mir Sorgen. Das Gespann führte nichts Gutes im Schilde. Vielleicht brauchte Spanner das, was man ihr bot, so dringend, daß sie den grausamen, indifferenten Zug in den Gesichtern nicht bemerkte, und wie ihre Augen automatisch den Raum nach Ausgängen und potentiellen Waffen inspizierten.

Beinahe zehn Minuten lang wartete ich draußen, ehe ich meine Ohnmacht einsah. Widerstrebend machte ich mich auf den Weg und wunderte mich, wieso ich nach allem, was Spanner getan hatte, immer noch eine gewisse Zuneigung für sie hegte.

2

Lore ist fünf. Tok und Stella, die Zwillinge, sind neun Jahre alt. Sie haben im Garten eines Amsterdamer Nachbarn im Brunnen gespielt. Lore hat versucht, die hochspritzende Wasserfontäne mit dem Mund aufzufangen.

Tok brüllt sie an. »Willst du denn nicht wissen, was du da trinkst?«

»Das ist Wasser«, erwidert sie verblüfft.

»Und woher weißt du, daß es sauber ist?«

»Es ist doch immer sauber.«

»*Hier* ist das Wasser sauber«, versetzt er, »aber nicht überall.« Anfangs hört Lore kaum hin. Seine Augen strahlen und blitzen in einem fast türkisfarbenen Blau, wie der Himmel ganz früh am Morgen, wenn der Tag glühendheiß zu werden verspricht. Wie die Augen ihres Vaters, Oster, wenn er sich aufregt.

Doch dann haspelt Tok Fakten und Zahlen über Wasserkontamination der letzten dreißig Jahre herunter, und Lore lauscht entsetzt. »Es genügt ein einziger Schluck von diesem Zeug, Lore, und wenn du erwachsen bist oder so alt wie ich, kriegst du Leukämie, das heißt, daß dein Blut schlecht wird. Oder es kommt zu einem renalen Versagen, wenn deine Nieren verrotten und nicht mehr funktionieren ...«

Sie hat Angst, will indessen nicht weinen. Stella würde sie wochenlang damit aufziehen. »Tut das weh?«

»Natürlich tut das weh!«

Lore spielt nicht mehr in dem Springbrunnen, und

in der Nacht quälen sie Alpträume, in denen sie Sumpfwasser trinkt, das voll toter Ratten ist, und nie wieder vergißt sie, Wasser zu testen, selbst auf den Anwesen der Familie nicht, wo sämtliches Wasser und auch die Luft gefiltert werden. Sogar wenn sie sich in Luxus-Ferienanlagen in Belize und Australien aufhält, geht sie auf Nummer sicher.

Auch das in Flaschen abgefüllte Wasser wird gecheckt, denn ein winziges chemisches Leck irgendwo kann das Grundwasser und Quellwasser mit Benzol verseuchen; so etwas passiert im Nu und wird bei stichprobenartigen Kontrollen nicht immer entdeckt.

Man darf nie etwas als selbstverständlich voraussetzen, pflegt ihre Mutter zu sagen, und Lore hält sich daran. Jedes Familienmitglied ist sicherheitsbewußt. Sicherheit über alles lautet das Firmenmotto, als Lores Großonkel Hunderte von gentechnisch manipulierten Mikroorganismen patentieren läßt, auf die die Welt bei ihrem Versuch, den selbsterzeugten Dreck zu beseitigen, nun gar nicht mehr verzichten kann. Und diese Devise veranlaßt die stets vorsichtigen van de Oests, sich ein künftiges Monopol und einen nie versiegenden Profit zu garantieren, indem sie dafür sorgen, daß ihre patentierten, gesetzlich geschützten Bakterien zu ihrem Gedeihen ausschließlich ihre patentierten, gesetzlich geschützten Bakteriennährstoffe brauchen.

Und aufgrund dieser Einstellung benutzen sie das erste verdiente Geld dazu, einen Sektor auf dem Gebiet der nanomechanischen Sanierungstechnik mit Beschlag zu belegen, eine Branche, die in den kommenden fünfzehn Jahren immer bedeutender wird.

3

Die Hedon Road Abwasser-Wiederaufbereitungsanlage befand sich am Ostufer des Flusses, in einem Stadtteil, der sich während der viktorianischen Ära entwickelte. Die Gebäude waren monströs und häßlich: Kalk- und Sandstein, teils zerfressen durch die ätzende Einwirkung von industriellem Ruß.

Gegen sieben Uhr abends kreuzte ich auf; nach ein paar oberflächlichen Fragen bezüglich meines Namens, Alters und beruflicher Erfahrung, führte mich der Subalterne in einen gekachelten Raum mit Spinden. Er gab mir einen Schutzanzug. »Während Sie sich umziehen, hole ich Ihre Akte für Hepple raus.«

»Aber ich bin nur zu einem Vorstellungsgespräch gekommen.«

»Wenn Sie den Job wollen, müssen Sie mit Hepple sprechen. Und wenn Sie mit Hepple sprechen wollen, müssen Sie das Ding da tragen.« Er entfernte sich mit einem Achselzucken, das andeutete, daß es ihm einerlei wäre. Wenigstens brauchte ich mir wegen der Bewerbungsunterlagen keine Sorgen zu machen. Sal Birds beruflicher Werdegang reichte für diesen Job völlig aus.

Es war eine Stunde nach Schichtwechsel, und der Raum war leer; nur aus einem Korridor klang das Rauschen und Plätschern einer Dusche. Ich fragte mich, ob sie Wasser aus den Hauptleitungen benutzten oder ihr eigenes Abwasser anzapften. Es stank nach Chlor. Die Hauptleitungen also.

Ich entkleidete mich bis auf die Unterwäsche, dann setzte ich mich auf die hölzerne Bank und zog den Schutzanzug aus seiner Hülle. Da ich billige, von der Regierung gelieferte Ausrüstung erwartete, war ich von dem glatten grauen Plasthene angenehm überrascht. Das Material war ungefähr anderthalb Millimeter dick – übertraf mithin noch die gesetzlichen Anforderungen – und die Nähte ließen nichts zu wünschen übrig.

Ich stieg hinein, brauchte ein paar Minuten, bis die Zehen an den richtigen Stellen saßen, dann streifte ich ihn über die Hüften und Schultern. Der Geruch des neuen Plasthene auf meiner Haut erinnerte mich an die Plane in dem Van, und an meine Träume von Blut und Ersticken.

Das Anlegen dieser Schutzanzüge war nicht einfach. Man mußte sich so lange drehen und verrenken, bis er korrekt saß. Ich ballte und streckte die mit Plasthene bedeckten Fäuste und überzeugte mich davon, daß sich die aufgerauhten Stellen an den Fingerspitzen befanden. Die Handgelenke waren mit zusätzlichen Verschlüssen ausgestattet, falls für bestimmte Arbeiten besondere Handschuhe erforderlich wurden. Dann machte ich einige tiefe Kniebeugen um sicherzugehen, daß der Kragen mich nicht strangulierte.

Es war lange her, seit ich das letzte Mal einen solchen Anzug getragen hatte, und der war natürlich maßgeschneidert gewesen. Ich wunderte mich, wie gut dieser hier paßte.

Einen Spind hatte man mir nicht zugewiesen, deshalb legte ich meine Straßenkleidung sauber zusammengefaltet auf die Bank. Kaum anzunehmen, daß sich einer an diesen wertlosen Klamotten vergreifen würde, und ich hatte weder einen Slate noch ein Funktelefon mitgebracht. Wer nichts bei sich trug, konnte sich auch nicht verraten. Auch eine von diesen Weisheiten, die Spanner mir beigebracht hatte.

Durch die Tür, auf der stand NUR FÜR LEITENDE ANGESTELLTE, trat ein Mann; über seinem Schutzanzug trug er einen tadellos sitzenden grauen Kittel. Er hatte ein junges, sanftes Gesicht. Von seinem Hals baumelte eine dunkle Schutzbrille, und sein Namensschild verriet, daß er JONHE HEPPLE hieß. Er blickte auf seinen Hand-Slate. »Ms. Bird? Sal Bird?«

Ich stand auf. »Ja.«

Er musterte mich von Kopf bis Fuß. »Tja, wenigstens wissen Sie, wie man einen Schutzanzug anlegt. Ich bin der diensthabende Schichtleiter.« Er gab mir ein magnetisiertes Namensschild. »Das müssen Sie dauernd tragen. Es ist gleichzeitig ein Mini-GC.«

Ich heftete es an den Magneten über der linken Brust. Sal Bird, fünfundzwanzig, mit zweijähriger Berufserfahrung im Klärwerk der Immingham Erdöl-Raffinerie, wußte bestimmt, daß ein GC ein Gaschromatograph war und wozu er diente. Jonhe Hepple ging jedoch kein Risiko ein.

»Durch Farbveränderungen zeigt er an, wenn eine eventuelle Verseuchung der Luft in ein gefährliches Stadium tritt.«

»Industriestandard?«

Einen Moment lang schaute er verdutzt drein, dann setzte er eine belustigte Miene auf. »Viel besser. Wie alles, was bei uns benutzt wird.«

Ich nickte höflich, doch im Geist verdrehte ich die Augen. Fürs erste mußte ich einfach davon ausgehen, daß der GC mit dem konventionellen Farbsystem arbeitete, doch sollte ich den Job bekommen, mußte ich unbedingt einen Kollegen dazu befragen. Falls es irgendein Leck gab, wollte ich genau wissen, womit ich es zu tun hatte.

Hepple sprach unentwegt, während er mich durch die Anlage führte. »Die sechs städtischen Klärwerke reinigen pro Tag mehr als zwanzig Millionen Gallonen Haushaltsabwässer. Der Hedon Road-Komplex ist mit einer Kapazität von vier bis viereinhalb mgt das größte.«

»Nur häusliche Abwässer?«

Er streifte mich mit einem erstaunten Blick. »Selbstverständlich.«

Ich nickte, bemüht, zufrieden dreinzuschauen. Hoffentlich entsprang seine Zurückhaltung Arroganz und nicht Unwissenheit. *Haushaltsabwässer* waren alles andere als harmlos. Unter anderem enthielten sie die Brühe, wenn bei Unwettern die Kanalisation überlief. Das Hauptsammelbecken für Schadstoffe aus der Industrie, entweder mit Absicht eingeleitet oder zufällig eingeflossen.

Selbst wenn es in Dane Forest, vierzig Meilen von hier, einen Leckverlust gab, sickerte das kontaminierte Wasser durch den Aquifer* in das städtische Versorgungssystem. Und diese wassergefährdenden Stoffe konnten alles mögliche sein, bis hin zu hochtoxischen Verbindungen. Zum Glück besaßen Anlagen wie diese immer eine eigens für solche Fälle eingerichtete Überkapazität. Wenn jemand wie Hepple Verantwortung trug, war das auch bitter nötig.

Wir kletterten auf einen Laufsteg, der über einen hangarähnlichen Bereich führte, in dem sich gigantische, kiesgesäumte Plastikwannen ins Endlose erstreckten. Im Wasser drunten schwankten und wogten hohe Binsen. In der Luft lag eine Ahnung von aromatischen und aliphatischen Kohlenwasserstoffverbindungen. Die Arbeiter, die in dieser Umgebung tätig waren, trugen keine Atemschutzmasken, aber ich enthielt mich jeder Bemerkung. Das hätte Sal Bird auch getan.

»Dies ist die erste Reinigungsstufe, in der der Zufluß simulierte Gezeitenmarschen durchläuft. Der Einlauf

---

* Als Aquifer bezeichnet man ein System von Hohlräumen im Felsen oder Sedimentgestein, das große Mengen von Grundwasser aufnehmen kann – *Anm. d. Übers.*

befindet sich am hinteren Ende in einem Betonbunker.« Er deutete auf die Stelle, doch dann verließen wir in entgegengesetzter Richtung die Laufplanke und gelangten in einen Zugangstunnel. Hier wurde es merklich wärmer. »In diesem Werk gibt es achtzig parallele Aufbereitungsanlagen, und auf das Ergebnis können wir stolz sein. Die Trinkwasser-Aufsichtsbehörde verlangt weniger als dreißig parts per million* Schwebstoffe; wir kommen im Durchschnitt auf acht. Der biochemische Sauerstoffbedarf muß nur auf zwölf ppm reduziert werden, doch selbst bei schwerstbelastetem Zufluß erreicht unser Abwasser bei Tests selten den Wert sieben.«

Als ich zwölf war, hatte mein Onkel Willem mir erklärt, daß in einer ordentlich geführten Wasseraufbereitungsanlage der durchschnittliche BSB nicht mehr als zwei ppm betragen sollte, aber ich hielt den Mund. Hepple hatte weder Schwermetalle noch gasförmige organische Verbindungen erwähnt, und ich fragte mich, was die Werksstatistik dazu aussagte.

Wir gingen an riesigen durchsichtigen Bottichen vorbei, angefüllt mit hin und her flitzenden Fischen und träge driftenden Wasserlinsen. Überall verliefen Rohre: transparente und lichtundurchlässige, aus Plastik und aus Metall, fingerdünne und solche, die einen Umfang besaßen wie ein menschlicher Torso. Ich spürte die Vibrationen noch wuchtigerer Röhren, die unter dem Fußboden verlegt waren.

»Die Fische fressen die Wasserlinsen«, erzählte er. »Der Überschuß wird abgeerntet und als Tierfutter verkauft. Weiter hinten züchten wir Sumpfschwertlilien, das eigentliche finanzielle Rückgrat der Anlage. Nichts, absolut nichts wird verschwendet.« Jählings blieb er stehen. »Aus Ihrer Bewerbung geht hervor,

---

* ppm = parts per million (Teilchenanzahl pro Millionen Teilchen) – *Anm. d. Übers.*

daß Sie in der Immingham Erdöl-Raffinerie gearbeitet haben. Was war Ihr Aufgabengebiet?«

»Emissionskontrolle«, antwortete ich, obschon ich sehr wohl wußte, daß es in dieser solar-aquatischen und Biosanierungs-Abwasseraufbereitungsanlage keine vergleichbare Stelle gab.

»Man wird Ihnen einen geeigneten Posten zuweisen, aber ganz gleich, welche Funktion Sie hier ausüben, eines dürfen Sie nie vergessen: Diese Anlage – die viereinhalb Millionen einfließenden Gallonen, die fünfunddreißig Millionen Gallonen, die sich im Aufbereitungsprozeß befinden, und die viereinhalb Millionen Gallonen Abwasser, sind ein gigantisches homöostatisches System.« Er wartete ab, bis ich nickte. Wahrscheinlich fragte er sich, ob ich wußte, was *homöostatisch* bedeutete. »Je verschmutzter der Zufluß, um so mehr Pflanzen und Fische kultivieren wir. Das Abwasser bleibt jedoch immer gleich, es ist sauber, sauber, sauber. Und das erreichen wir nur, indem wir auf jedes Detail achten. Da Sie an eine Überwachungstätigkeit gewöhnt sind, können Sie mit der TOC-Analyse anfangen.«

Ich fragte nur, weil Sal Bird es getan hätte. »Was heißt TOC?«

»Totale organische Carbonanalyse. Vom Zufluß.«

In der ersten Reinigungsstufe, wo keiner der Arbeiter eine Atemschutzmaske trug. Ein schmutziger Job.

Durch eine Art Luftschleuse gelangten wir an einen weiteren versperrten Korridor. Umständlich hantierte Hepple mit den Schlössern, und wir setzten unseren Weg fort. »Es ist nicht Ihre Aufgabe, die abgelesenen Daten zu interpretieren, aber die Parameter der einzelnen Substrate sollten Sie ruhig kennen und Bescheid wissen, was im Fall einer Abweichung nach oben oder unten zu tun ist. Wenn Sie für die Arbeit eingeteilt sind, versorgt die Sektionsleitung Sie mit präziseren Angaben.«

Wir standen vor der nächsten vakuumverschlossenen Tür. Hepple öffnete eine Klappe in der Wand und holte für mich eine dunkle Schutzbrille heraus. Seine eigene setzte er auf. »Im Tertiärsektor müssen ständig Schutzbrillen getragen werden.« Nun, da seine Augen verdeckt waren, wirkten seine Lippen weich und wulstig. »Auch wenn Sie nicht sofort dem Tertiärsektor zugeteilt werden, ist der Besitz eines Augenschutzes Vorschrift.« Er hakte etwas auf seiner Karte ab. »Die Kosten werden von Ihrem ersten Lohn abgezogen.«

Anscheinend hatte ich den Job. Ich stülpte die Brille über.

Hepple sperrte die Tür auf. Das Licht blendete mich: gewaltige Bogenlampen hingen von einem Metallgitter unter einem Glasdach; von den Trennwänden zwischen den Bottichen gleißten Reihen über Reihen von starken Scheinwerfern. Es war unglaublich heiß. Überall zischten Gebläse und Quirle, und die Luft war übersättigt mit den reifen Ausdünstungen von wucherndem Grün.

Ich hatte vergessen, wie sehr man in einem Schutzanzug schwitzte. »Hier filtern Moose die Schwermetalle aus.« Ich sah, wie ein Mann und eine Frau ein Sieb aus einem Bottich hoben und den grünen Pflanzenrasen abkratzten. »Es wird natürlich recycelt.« Eine Frau, die ein offensichtlich schweres Tablett voller winziger Schnecken schleppte, kam uns entgegen. Ich wollte ihr Platz machen, damit sie vorbeikonnte, doch Hepple nahm ostentativ keine Notiz von ihr, und sie mußte einen Schlenker machen. Ein kleiner Blechgott, der über sein winziges Reich herrschte. In einem meiner Projekte wäre er gleich am ersten Tag rausgeflogen.

»Zooplankton und Schnecken erbringen in diesem Stadium eine hohe Reinigungsleistung, zusammen mit Algen, natürlich.« Frauen und Männer pendelten hin und her, um Zooplankton abzuernten, die Stickstoffbelastung zu testen, durch Fäkalien eingeschwemmte

Kolibakterien aufzuspüren. Die Arbeit im Tertiärsektor war schwer, aber nicht gefährlich.

Wir kletterten hoch zu einem Gleitband, das sich zwanzig Fuß über dem Boden bewegte. Je weiter wir stromabwärts kamen, um so reiner wurde das Wasser; Hitze und Licht schwächten sich ab, und der Gestank war nicht mehr so penetrant. »In dieser Stufe beziehen wir unsere Haupteinnahmen aus dem Verkauf von Forellen und Barschen, und dann noch den Sumpfschwertlilien.« Als wir an den hydroponischen Kulturen vorbeiglitten, verschlug einem der überwältigende Blumenduft beinahe den Atem. »Nächsten Monat wollen wir auf dreißig Prozent des Areals Sumpfzypressen anbauen.«

Ein ehrgeiziger Plan, aber ich sagte nichts.

»Ah, da wären wir.« Wir verließen das Gleitband. Nun standen wir in einem schmucklosen weißen Raum voll dicker Rohre. Eines war mit einem Hahn versehen. Ich erkannte ein Druckreduzierventil. Hepple zog einen Pappbecher von einem Stapel, hielt ihn unter den Hahn und drehte ihn auf. Der Becher füllte sich mit klarem Wasser. Er trank einen Schluck. »Hier, kosten Sie mal. Reiner als das, was bei Ihnen zu Hause aus dem Hahn fließt. Güteklasse eins. Und das ist unser Abwasser.«

Ich nippte, um meinen guten Willen zu beweisen.

Er klopfte gegen ein Rohr. »Das war's dann. Von hier aus sind wir nicht mehr für das Wasser verantwortlich.« Er schien ein paar erstaunte Fragen zu erwarten. »Und wohin fließt es jetzt? Ins Meer?«

»Vor kurzem war das noch so. Dann kapierten wir, daß unser System praktisch idiotensicher ist und pumpten es einfach ins Grundwasser zurück.« Ich nickte. Das war die übliche Praxis. »Und nun können wir sogar darauf verzichten.«

Ich traute meinen Ohren nicht. »Das Wasser geht also direkt wieder in die Hauptleitungen?«

Er blickte amüsiert drein. »Was denn sonst? Wir vermeiden den unnötigen Transport von Wasser und sparen auf diese Weise Zeit, Energie und Arbeitsstunden. Die Produktivität ist um dreiundzwanzig Prozent gestiegen.«

Ich gab mir Mühe, mir mein Entsetzen nicht anmerken zu lassen. Meine um viele Jahre ältere Halbschwester Greta hatte mir eingebläut: »Lore, auf der ganzen Welt gibt es kein idiotensicheres System. Ein Störfall in einer Kläranlage, und ohne diese lebensnotwendige Unterbrechung des Kreislaufs können ungehindert polychlorierte Biphenyle, DDT und Blei in unser Trinkwasser gelangen. Egal, wie viele Redundanzen man einbaut und welche Sicherheitsvorkehrungen man trifft, es kann immer etwas schiefgehen.«

Diese Einstellung schien Hepple völlig fremd zu sein. Hier in dem Pumpenraum erfolgte nicht einmal eine letzte, durch einen Kontrolleur vorgenommene Überwachung. Ein größerer Leckverlust stromaufwärts, gleichzeitig ein Computerversagen in diesem Werk, und Tausende von Menschen würden sofort an einer Vergiftung ihres zentralen Nervensystems sterben; zwanzig Jahre später machten sich dann die Spätfolgen bemerkbar, wenn Hunderttausende an den unterschiedlichen Krebsarten krepierten. Die Konsequenzen waren unabsehbar.

Er blickte auf seine Armbanduhr. »Es ist spät geworden.« Eine Weile stierte er abwesend in die Ferne. »In diesem Monat fehlt es uns in drei Sektionen an Personal, aber ich denke, Sie mit Ihrer Erfahrung ... auf Ihrer letzten Arbeitsstelle haben Sie doch sicher etwas über Nitrifikations- und Entnitrifikations-Prozesse gelernt?«

Ich überlegte, inwieweit Sal Bird diesem Gespräch zu folgen vermocht hätte. »Sie meinen, ich soll in den Gezeitenmarschen arbeiten?«

»Es wäre natürlich nur vorläufig.« Im Klartext hieß das: *Bis du nicht mehr ganz unten in der Hierarchie stehst.*

Scheißjob. »Der Lohn ist nach Tarif, Stufe zwei mit Überstundenzuschlag. Die Auszahlung erfolgt jeweils am Monatsende. Noch irgendwelche Fragen?«

Ich war nur froh, daß ich ein paar Ersparnisse hatte. Wie schafften es andere, ohne Geld einen Monat lang zu wirtschaften?

»Fein. Mit Cherry Magyar, Ihrer Sektionsleiterin, werden Sie sicher gut auskommen. Da sie ihren Posten auch erst seit kurzem bekleidet, bringt sie gewiß viel Verständnis für einen Neuling auf. Erst vor zwei Wochen habe ich sie befördert.«

Wir gaben uns nicht die Hand. Keine Begrüßungsansprache. Er nickte mir nur zu, sagte mir, ich sollte mir einen Spind für den Schutzanzug und die Brille zuweisen lassen und mich morgen früh um Punkt sechs Uhr zum Dienstantritt melden.

Draußen war es frisch. Zu Fuß marschierte ich die anderthalb Meilen zu meinem Apartment im fünften Stock und versuchte, mir über meine Gefühle Klarheit zu verschaffen; was ging in mir vor, wenn ich demnächst als Malocherin in einem Werk anfing, das ich im Schlaf hätte leiten können?

Ich rechnete nicht damit, in dieser Nacht gut zu schlafen. Die Tatsache, daß man Abwasser in die Hauptleitungen zurückpumpte, würde mich noch in meinen Träumen heimsuchen.

Während Lores Rücken heilte, verstrichen für sie die Tage in einem Schleier aus Drogen und Gesprächen zu den unmöglichsten Tages- und Nachtzeiten. An manchen Abenden verschwand Spanner und tauchte erst am nächsten Nachmittag wieder auf. Wenn Lore morgens dann allein war, blieb ihr nichts weiter zu tun, als durchs Fenster zu schauen. Der Baum stand natürlich immer da. Selbst wenn sie ihn nicht zu sehen vermochte, so konnte sie ihn hören.

Jetzt hingen die Blätter wie tot herab, und wenn drunten Leute vorbeigingen, raschelten ihre Schritte auf dem zu Boden gefallenen Laub.

Viele Stunden verbrachte sie damit, den Lauf der Sonne über dem warmen Sandstein des Hauses vis-à-vis zu beobachten. Sobald sie sich kräftig genug fühlte, setzte sie sich ans Fenster. Wenn die Sonne in einem bestimmten Winkel stand, sah man, wo ein Sandstrahlgebläse die Rußschichten entfernt hatte; ein ätzender, schwarzer Ausstoß, mit dem Generationen lang Fabriken, Kohlefeuer und später Verbrennungsmotoren die Luft verpestet hatten. Am frühen Morgen glänzte der Sandstein in einem leuchtenden Buttergelb, das allmählich zu Zitrone ausbleichte und mit zunehmendem Licht in ein Elfenbeinweiß überging. Wie das Gebäude, in dem sie wohnte, aussah, erriet sie an der Form des Schattens, das es an die gegenüberliegende Hauswand warf.

Sie lauschte dem morgendlichen Chor der Spatzen und dem Abendgesang der Drosseln, während die Menschen hin und her pilgerten, wie von einem Gezeitenstrom getrieben. Wenn die Tauben auf dem Fensterbrett gurrten und die Flügel schwirren ließen, döste sie mit Vorliebe ein. Das Sims war weißverkrustet mit ihren Exkrementen. Sie wunderte sich, was sie in der City zu fressen fanden.

Einmal, als sie des Nachmittags aus einem bunten, plastischen Traum aufwachte, sah sie draußen auf dem Kabel ein Eichhörnchen hocken, das sie neugierig beobachtete. Sie konnte die Muskeln und Sehnen der Keulen ausmachen und die winzigen Krallen, mit denen es sich in der Isolierung des dicken Kabelstrangs verankerte. Die dunklen, harten Augen glichen Apfelkernen. Plötzlich huschte es mit zuckendem Schwanz davon.

Doch sie konnte nicht ständig aus dem Fenster gaffen. Manchmal fragte sich Lore, ob der Kerl, der Kidnapper, den sie in Gedanken nur das Fischgesicht nannte, auch wirklich gestorben war, und ob die Polizei immer noch nach ihr suchte. Vielleicht hatte der andere, die Krabbe, ein Geständnis abgelegt, oder man hatte ihn gefunden. Vielleicht hatte Tok Oster bereits angezeigt.

Einmal versuchte sie, sich ins Internet einzuklinken, um die Nachrichten abzufragen; sie wollte wissen, ob man Leichen entdeckt hätte, und was die Polizei unternahm, um nach ihr zu fahnden. Doch der Computer war gesperrt. Das Keyboard ließ sich nicht betätigen, und auf stimmliche Befehle reagierte er nicht. Der Bildschirm blieb leer.

Von ihren Bemühungen erzählte sie Spanner vorsichtshalber nichts. Sie war noch nicht so weit, sie ins Vertrauen zu ziehen. Sie brauchte mehr Zeit. Manchmal fragte sie sich, ob die ganze Episode ein durch Drogen hervorgerufener Alptraum war, eine Intrige ihres Vaters, der vorgab, sie zu lieben.

Doch dann kehrte Spanner von ihren Spritztouren zurück, knisternd vor manischer Energie und einer Rastlosigkeit, die ihre Erschöpfung nicht zu kaschieren vermochte; und Lore begriff, daß alles nur zu real war.

Sie fragte nie, wo Spanner gewesen war, aber sie machte sich Gedanken darüber, was sie unterwegs trieb, daß sie dermaßen angespannt heimkam. Vermutlich handelte es sich um irgendwelche Geschäfte, aber ihr blieb schleierhaft, wieso Spanner so aufdrehen mußte, um ein angebliches Bagatelldelikt zu begehen, bei dem es nicht einmal Opfer gab. Mitunter dauerte es zwei, drei Stunden, ehe in Spanners strahlendblaue Augen ein ruhigerer Ausdruck trat, und ihre Blicke nicht mehr gehetzt durch den Raum flatterten, sich nervös auf Fenster und Türen heftend; immerzu suchte sie nach möglichen Ausgängen, wie um sich eines Fluchtwegs zu versichern.

Eine Woche später, als Lore sich ein bißchen durch das Apartment bewegen konnte, rief Spanner sie an den Bildschirm. »Setz dich«, sagte sie zu ihr. Lore nahm auf der Couch Platz.

»Ich bin es«, meldete sich Spanner bei dem Terminal. Der Monitor begann in einem hellen Grau zu leuchten. »Der Computer ist stimmcodiert. Ohne meinen Befehl blinkt nicht mal das Lämpchen auf, das eingegangene Nachrichten anzeigt. Ich werde ihn so programmieren, daß er bestimmte Anweisungen von dir entgegennimmt.« Lore spürte, wie Spanner sie prüfend beobachtete, doch sie ließ sich nichts anmerken, ob es ihr etwas ausmachte, derartig streng kontrolliert zu werden. Wohlweislich hielt sie den Mund.

Spanner seufzte. »Das ist nur eine Vorsichtsmaßnahme. Ich erkläre dir auch, warum ich das für nötig halte. Ich will nicht, daß du Mummy und Daddy anrufst, wenn diese Schmerzmittel nicht mehr wirken und du begreifst, in welchem Schlamassel du dich befindest. Ich kann es mir nicht leisten aufzufallen, ganz zu schweigen, welche Schlüsse die Polizei ziehen würde, wenn man dich hier findet, verletzt und ganz beduselt von Drogen.«

Lore verzog keine Miene, doch sie erinnerte sich an ein Zelt. Drogen, Nacktheit. Wo war der Unterschied?

»Du darfst das Gerät passiv benutzen. Das heißt, daß du die an mich gerichteten Botschaften hören kannst. Jedenfalls einige. Du kriegst die Nachrichtensendungen rein. Aber du kannst nicht interagieren: keine eigenen Mitteilungen rausschicken, nicht sprechen, nicht einkaufen. Was du brauchst, bringe ich dir mit. Fürs erste.«

»Ich bin doch kein Kind.«

»Nein«, räumte Spanner ein. »Aber es geht nicht anders.«

* * *

Als der Bildschirm das erste Mal aufleuchtete, war sie allein; das Gesicht eines Mannes erschien: schwarzes

Haar, Stachelfrisur, blaue Augen unter schmalen Brauen, ein Lächeln wie ein Cherub. »Erinnerst du dich an diese Kükenhabichte, auf die wir im letzten Monat zufällig stießen? Wenn du noch interessiert bist, ruf mich an.«

Das war's. Knapper hätte die Botschaft nicht sein können. Aber Lore wußte über Kükenhabichte Bescheid. Das war kein Verbrechen, bei dem es keine Opfer gab.

Gleich nach ihrer Rückkehr ging Spanner an das Terminal, hörte die Information ab und nahm Kontakt auf. »Ich bin's. Doch, ich bin noch interessiert. Der übliche Treffpunkt? Schön.«

Lore wartete auf eine Erklärung.

»Billy«, sagte Spanner. »Was Geschäftliches.«

»Sagtest du nicht, durch deine Aktivitäten käme keiner zu Schaden?«

»Ja.«

»Wenn man einen Habicht auf ein Küken losläßt, geht es dem Küken verdammt schlecht.«

»Du bist ja besser im Bilde, als ich dachte.« Lore nickte bloß und wartete. Spanner seufzte. »Der Hinweis befand sich auf dem Slate eines Schleppers: Er betreibt einen Gänseblümchen-Ring.«

»Gänseblümchen-Ring?«

»Ganz junges, frisches Gemüse. Kindlicher als Küken. Er und seine Freunde stehen auf Material, das jünger ist als vier.«

Angewidert bleckte Lore die Zähne.

»Ich mag das auch nicht. Deshalb setzen Billy und ich ihm die Daumenschrauben an. Erpressung«, ergänzte sie. »Das ist ein bißchen wie ausgleichende Gerechtigkeit, findest du nicht auch? Jemand, der über Leichen geht, spürt am eigenen Leib, wie es ist, wenn einem übel mitgespielt wird. Und wir verdienen daran. Ist das nicht nett?«

Lore glotzte sie an. Spanner hielt sich wohl für eine

Art Robin Hood. »Aber die Kinder werden trotzdem mißbraucht.«

»Wenn sich die Typen erst einmal die Finger verbrannt haben, hören sie oft damit auf.«

»Aber nicht immer.«

Spanner zuckte die Achseln.

»Es ist dir egal, was?«

»Es ist ein Geschäft. Zur Polizei können wir nicht gehen, weil die wissen wollen, woher wir unsere Informationen haben. Außerdem könnte es gefährlich werden, wenn wir die Nase zu tief reinstecken.«

Lore entsann sich, wie Spanner sich aufführte, wenn sie mit glühenden Wangen heimkam; die unruhigen Augen, die fahrigen Bewegungen, das spitze Kinn, wenn sie die Zähne aufeinanderbiß und sich stundenlang nicht entkrampfen konnte oder wollte. Erpressung. »Und wen setzt du sonst noch unter Druck?«

»Niemanden, der es nicht verdient.«

Niemanden, der nicht löhnen kann. Lore dachte an Kükenhabichte und Gänseblümchen-Ringe. »Du könntest der Polizei einen anonymen Hinweis geben.«

»Das tun wir auch. Hin und wieder. Wenn wir glauben, daß etwas dabei herauskommt. Doch ohne handfeste Beweise wird die Polizei im allgemeinen nicht aktiv.«

Lore merkte, daß das Nichteingreifen der Polizei Spanner gelegen kam. Wenn die Männer, die Kinder anboten, kein Geld machten, konnten sie auch nicht dafür blechen, daß Spanner und Konsorten dichthielten.

In dieser Nacht träumte Lore, man würde sie, mit gebrochenen Augen, in eine Plastheneplane wickeln und in ein Grab werfen. Am Rand der Grube standen lachende Cherubim, die alle Billy hießen, und schaufelten nasse Erdklumpen in das Loch. Spanner hielt etwas hoch, außer ihrer Reichweite, und sagte: *Erst, wenn ihr groß seid.* Lore, die die Augen nicht schließen konnte, da sie ja tot war, erkannte, daß Spanner Handschellen festhielt.

Keuchend und sich an den Hals fassend wachte sie auf. Sie erinnerte sich, wie sie unter dem Plasthene nach Atem gerungen hatte, einen Becher voll, einen Löffel voll, einen Fingerhut voll Luft. Es war morgens. Spanner war fort, doch auf dem Bildschirm schien in schillernden Farben eine Sonne zu explodieren, und ein Cartoon-Karnickel verkündete in seiner Sprechblase: *Du kannst anrufen, wen du willst. Der Computer erkennt deine Stimme.*

Eine lange, lange Zeit stierte Lore den Monitor an. Sie hatte nicht vor, sich an die Polizei zu wenden, und sie fragte sich, woher Spanner das wußte. Ihr war nicht wohl bei dem Gedanken, daß diese Frau sie so gründlich durchschaute.

Spanner war immer noch nicht zurück, als der Arzt am frühen Abend zu einem Hausbesuch kam. Er fand, Lores Rücken heilt gut, und er ließ ihr ein Stück selbstklebender Plaskin-Folie da, die sie vor dem Baden oder Duschen anbringen sollte. »Ansonsten lassen Sie die Wunde atmen. Injektionen gegen die Schmerzen brauchen Sie nicht mehr. Diese Pillen hier reichen vollkommen.« Er gab ihr ein Fläschchen mit knallbunten Kapseln. »Benötigen Sie sonst noch etwas?«

Er schien in Eile zu sein, und Lore fragte sich, zu welchen Stätten der Not und der Verzweiflung er wohl unterwegs war. »Machen Sie sich manchmal Gedanken darüber, auf welche Weise sich Ihre Patienten die Verletzungen zuziehen?« Sie dachte an ein drei Jahre altes Kind, und was ein Erwachsener dem kleinen Körper zufügen konnte, nur um seinen Trieb zu befriedigen.

Mit traurigen Augen sah er sie an. »Wozu? Ich gebe lediglich mein bestes, um den Menschen zu helfen.«

Nachdem er sich verabschiedet hatte, ging sie ins Bad, um ihren Rücken anzuschauen. Es tat weh, wenn sie sich drehte und verrenkte, doch so gut es ging betrachtete sie in dem mit Fliegendreck beschmutzten Spiegel die Narbe. Sie erstreckte sich diagonal von ihrem rechten Schulterblatt bis zu den unteren Rippen an der linken Seite. Oben war sie fast einen Zoll breit. Sie konnte den Anblick nicht ertragen. Statt dessen spähte sie aus dem Fenster in den Hof hinunter. Er sah so verlassen und eingeengt aus, wie sie sich fühlte: ein fünfzehn mal vierzig Fuß großer Flecken voller Unkraut, Steine und etwas, das wie Schrott aussah, umgeben von einer sechs Fuß hohen kahlen, abbröckelnden Ziegelmauer. Die Mauerkrone war bewehrt mit in Zement eingegossenen Glasscherben.

Mit einem donnernden Knall flog die Wohnungstür auf. Lore streifte sich Spanners Morgenmantel über, verknotete den glatten Seidengürtel und lief ins Wohnzimmer. Vor sich hin summend betätigte Spanner irgendwelche Schalter. Sie sah Lore an und lächelte. »Ich hab dir was mitgebracht. Hab nur noch eine Minute Geduld.« Sie drückte auf ein paar Tasten und las die Leuchtziffern, die auf dem Bildschirm erschienen. Als sie sich davon überzeugt hatte, daß der Computer zu ihrer Zufriedenheit arbeitete, holte sie ein winziges Ding aus einer Schachtel. »Da.« Sie hielt Lore die Hand entgegen. Darin lag ein runder, schwarzer Metallknopf. Ein PIDA. »Der ist für dich. Als Übergangslösung sozusagen.«

Mit der rechten Hand zog Lore den Morgenrock enger um sich und blickte auf den glatten schwarzen Knopf. Ihre neue Identität. »Woher hast du ihn?«

»Eine Freundin von mir arbeitet im städtischen Leichenschauhaus. Wenn ein Leichnam erst einmal offiziell identifiziert und einbalsamiert ist, legt man keinen großen Wert mehr auf den PIDA. Keine Sorge, Ruth nimmt es mit der Hygiene sehr genau. Das Ding ist vermutlich sauberer als du, und dieses hier kommt ohnehin nicht unter die Haut. Nun, was sagst du? Steh nicht bloß so da! Streck die Hand aus und ich mach ihn dir dran.«

Lore hielt ihr die linke Hand hin.

»Du mußt ihn festhalten.«

»Aber zuerst setz ich mich hin.« Sie ließ den Morgenmantel los, um den PIDA auf die Narbe zu plazieren, die zu einem hellen Rosa verblaßt war. Mit einer Schere schnitt Spanner ein Quadrat aus Plaskin in die richtige Form.

»Das hier ist nicht so praktisch wie das Spray des Doktors, dafür hat es andere Vorzüge.« Sie zog die Haftfolie ab und klebte das Plaskin vorsichtig über den PIDA. »Du heißt jetzt Kim Yeau. Als Initial für einen zweiten Vornamen habe ich ein L. hinzugefügt, aber nur diesen einen Buchstaben. Je weniger, um so besser. Die PIDAs werden sich ändern, aber wenn du Leute kennenlernst, brauchst du einen gleichbleibenden Namen, mit dem man dich ansprechen kann. Du besitzt dreiundvierzig Credits. Und du bist achtzehn Jahre alt.« Sie blickte Lore an. »Das stimmt doch, oder?«

Spanner wußte verdammt gut, wie alt sie war; auf diese Weise wollte sie Lore nur noch einmal daran erinnern, wie genau sie über sie informiert war, und daß Wissen Macht bedeutete. Lore gab keine Antwort, doch die Muskeln in ihrem Unterarm strafften sich.

»Halt still.«

Lore blickte auf den Schopf, der sich über ihre Hand beugte. Spanners Kopfhaut war schneeweiß, unberührt von der Sonne. Lore fragte sich, wie lange sie wohl schon diese nächtliche Existenz führte, seit wann sie Leichen fledderte, Leute erpreßte und bestahl. Wie wirkte sich ein solches Dasein auf eine Person aus? Trotzdem schien Spanner kein schlechter Mensch zu sein. Sie war bloß erpicht darauf, ihre eigenen Interessen zu wahren. Vielleicht, weil nie jemand anders für sie gesorgt hatte.

»Du mußt ihn mit Vorsicht gebrauchen. Es ist lediglich ein Notbehelf. Damit kannst du Slides benutzen, Lebensmittel einkaufen oder Informationen von einem Nachrichtenterminal runterladen, aber das ist auch schon alles. Der Polizei gehst du am besten aus dem Weg. Und versuch nicht, irgendwelche behördlichen Papiere damit zu kriegen.« Spanner drückte das Plaskin auf den PIDA und die umgebende Haut, dann richtete sie sich wieder auf. »Fertig. Ein paar Wochen müßte es halten. In ungefähr einer Stunde nimmt das Plaskin deine natürliche Hautfarbe an.« Sie hielt Lores Hand ans Licht und bewunderte ihr Werk.

Lore spürte Spanners Atem auf ihrer Haut; der Morgenmantel klaffte auseinander und entblößte ihre Brüste.

»Wunderschön«, staunte Spanner.

Lore betrachtete sich im Badezimmerspiegel. Ihr Haar war jetzt ganz grau und reichte bis über die Ohren.

»Kannst du Haare schneiden?« rief sie, aber Spanner war in ihre Arbeit vertieft und hörte sie nicht. Auf der Suche nach einer Schere öffnete sie das Medizinschränkchen. Im obersten Fach entdeckte sie eine Tube mit einem Haarfärbemittel. Braun. Gedankenverloren klopfte sie damit gegen ihre Handfläche. Je eher sie ihr Aussehen veränderte, um so schneller konnte sie nach draußen gehen. Dann käme sie sich nicht mehr so … abhängig vor. Braun wäre nicht schlecht für den Anfang.

»Darf ich das hier benutzen?«

»Hm?«

Sie ging ins Wohnzimmer. »Dieses Haarfärbemittel. Darf ich es benutzen?«

Spanner wandte den Blick nicht vom Bildschirm ab. »Von mir aus.«

»Als Brünette kann ich dich mir gar nicht vorstellen.«

»Es gehört nicht mir.«

Die Paste an der Tubenöffnung war nicht krustig oder eingetrocknet. Jemand hatte das Mittel erst kürzlich angewandt. Eine Zeitlang starrte Lore darauf.

Im Bad las sie die Gebrauchsanweisung. *Das Haar anfeuchten. Großzügig mit dem Kamm auftragen. Etwaige Spritzer auf der Haut abwischen. Zehn Minuten lang einwirken lassen.* Recht simpel, obschon nicht so einfach wie die Behandlung, an die sie gewöhnt war: Man brauchte nur ein Bad einzulassen, die Nanomechs hineinzugießen und dreißig Sekunden lang eintauchen. Mit Nanofärbern und Antinano-Cremes konnte man seine Körperbehaarung unterschiedlich tönen, nach einem Verfahren wie beim Seidensiebdruck, und die Resultate waren immer einwandfrei. Doch die Nanotechnik blieb den Superreichen vorbehalten.

Dieses Färbemittel war eine klebrige Paste; nicht braun, wie sie erwartet hatte, sondern von einem eigentümlichen Grüngelb. Sie stank nach verfaultem Laub und fühlte sich wie Schlamm an. Sorgfältig massierte sie sich die Masse ins Haar und dachte sogar daran, die Augenbrauen und Wimpern mitzubehandeln.

Nach dem Ausspülen und Trocknen schimmerte der Schopf in einem intensiven Kastanienbraun. Es stand ihr, paßte zu ihren Augen und zu ihrem Mund. Sie gefiel sich. Sich mal in diese, mal in jene Richtung drehend, fing sie spielerisch das kühle Nordlicht ein, das sich ins Bad mogelte und von den Kacheln reflektiert wurde. Das Kastanienbraun schmeichelte ihr so sehr, daß es vermutlich ihrer natürlichen Haarfarbe recht nahe kam. Im Spiegel lächelte sie sich an: Sich zu verkleiden, indem sie ihrem Haar den Naturton zurückgab, entbehrte nicht einer gewissen Ironie.

Sie schlenderte ins Wohnzimmer. »Wie findest du mich?«

Nach einer Weile drehte Spanner sich um. Sie sagte nichts.

»Was ist los?«

»Ich bin mir nicht sicher, ob braun die richtige Farbe für dich ist.«

Lore errötete. »Das verstehe ich nicht.«

»Dann komm mal mit ins Bad.« Spanner postierte Lore vor dem Spiegel; ihre Hände ruhten auf ihren Schultern. Lore gefiel diese vereinnahmende Geste nicht, aber es war Spanners Bad und Spanners Spiegel. »Und jetzt nimm dich mal gründlich in Augenschein; danach siehst du mich an.«

Lore betrachtete sich. Braunes Haar; gerade, braune Augenbrauen; klare, graue Augen; der Teint ein bißchen blasser als sonst, aber immer noch feinporig und gesund. Sie hatte abgenommen. Ebenmäßige Zähne. In Anbetracht dessen, was sie mitgemacht hatte, sah sie überraschend gut aus.

»Ich finde nichts an mir auszusetzen.«

»Nun schau mich an.«

Die Haut über Spanners Nase und Wangenknochen war mit groben Poren durchsetzt. Am Mund verlief eine winzige Narbe. Die Zähne standen schief, der Hals war mager. Ihr Teint besaß eine gräuliche Schattierung, wie Fleisch, das anfängt zu vergammeln. Lore hielt sich für wesentlich hübscher als Spanner.

Im Spiegel nickte Spanner ihr zu. »Genau. Du bemerkst den Unterschied? Du bist viel zu ... geschniegelt. Wie ein Rennpferd. Deine Augen und deine Zähne zum Beispiel. Sie sind makellos. Ganz zu schweigen von deiner Haut; kein einziger Pickel, keine Narbe. Alles an dir ist harmonisch. Du strotzt vor Gesundheit. In diesem Viertel könntest du in Lumpen auf die Straße gehen und würdest immer noch strahlen wie ein Leuchtturm.«

Wieder wandte sich Lore ihrem eigenen Abbild zu. Es stimmte. Achtzehn Jahre nahrhafte Kost und ständige medizinische Fürsorge – und das nach drei Generationen guter Zuchtauswahl – verliehen ihr die unverkennbare Aura der in Wohlstand Hineingeborenen. Plötzlich wurde ihr bewußt, wie kalt der Boden war, auf dem sie mit bloßen Füßen stand, und zwischen den Zehen spürte sie die Risse in den Kacheln. Dabei war es noch nicht einmal Winter. Sie fragte sich, was für ein Gefühl es wäre, jämmerlich zu frieren. Mit der Fingerkuppe fuhr sie ihre Augenbrauen und den Nasenrücken entlang. Merkwürdig, was man im Bad einer Fremden alles über sich herausfand. »Das läßt sich doch ändern.«

Spanner langte in eine Tasche und holte ein kleines, akkubetriebenes Rasiermesser heraus. Unwillkürlich zuckte Lore vor der summenden, blitzenden Klinge zurück; sie mußte an Blut und an die Plastheneplane denken. Spanner lachte; es klang leichtherzig, doch Lore hörte den makabren Unterton heraus: Spanner wußte, daß sie sich gefürchtet hatte, und sie genoß es. »Damit mußt du deine Augenbrauen bearbeiten. Mach sie ein bißchen asymmetrisch.« Lore nahm das schwarze Rasiermesser, ohne den Blick von Spanner abzuwenden. »Ich gebe dir eine andere Haartönung, die dir nicht so gut steht.«

Spanner brachte ihr rote Farbe und eine Tube Enthaarungscreme. »Die restliche Körperbehaarung solltest du entfernen, wenn du sie nicht Strähne für Strähne einfärben willst.«

Unter der Dusche wusch sie die Haare mitsamt der Creme in glibberigen Klumpen ab; hinterher war Lore so glatt und kahl wie ein Baby. Auf eine neue Weise nackt.

Spanner wischte den beschlagenen Spiegel sauber und Lore betrachtete ihr tropfnasses neues Ich. Das rote Haar machte sie blaß; ihr Gesicht hatte einen verkniffenen, ausgehungerten Ausdruck, wie ein Fuchs. Spanner stand hinter ihr und streichelte ihren Schopf. »Rot war die richtige Wahl«, flüsterte sie und küßte Lores linkes Schulterblatt. Ihre Hand wanderte über

Lores Rippen, streifte die Hüfte und liebkoste ihren Bauch. »Du hast eine wunderbar weiche Haut.« Sie drückte ihr einen Kuß auf den Nacken. »Heb mal die Arme.« Spanners Finger erforschten die haarlosen Achselhöhlen und die straffen Brüste. Lore spürte, wie sich Spanners Brustwarzen unter dem T-Shirt verhärteten und gegen ihren Rücken preßten. Kondenswasser perlte in kleinen Rinnsalen den Spiegel hinunter. Lore sah zu, wie Spanners Hand nach unten faßte und sich über ihre unbehaarte Vulva legte. Sie schloß die Augen und lauschte Spanners rauhen Atemzügen, die sie ihr ins Ohr blies.

Ich bin nackt wie ein neugeborenes Kind.

Es spielte keine Rolle, daß Spanner sie hilflos und unbekleidet in den Nachrichtensendungen gesehen hatte, denn dies war nicht die richtige Lore. Nun war sie jemand anders, ein künstliches, neu erschaffenes Produkt. Eine Konstruktion, hinter der sie sich verstecken konnte, die ihr Schutz bot. So wie sie früher geglaubt hatte, bei Oster, ihrem Vater, Sicherheit und Geborgenheit zu finden. Nur, daß sie dieses Mal besser im Bilde war.

Sie machte die Augen wieder auf und schaute hin.

Cherry Magyar entpuppte sich als junge, ungefähr dreiundzwanzig Jahre alte Frau mit dichtem, drahtigem Haar, wie der Pelz eines Wolfshundes, und einer angedeuteten Mongolenfalte. Der Schutzanzug, den sie trug, war dunkelgrün. Schwarz die schenkelhohen Watstiefel, die mit Stoffriemen und Klettverschlüssen an Taille und Hüfte befestigt waren. Knallrot der sechs Zoll breite Stützgurt zur Entlastung des Rückens.

»Uns fehlen drei Leute, deshalb hoffe ich, daß du ganz fix lernst.« Ihre Stimme klang schroff und resolut.

»Ich bin nicht auf den Kopf gefallen.«

»Na ja, wir werden sehen.«

Ich mußte mich beherrschen, um nicht angewidert das Gesicht zu verziehen, so entsetzlich stank es hier drunten: nach Kloake, nach Kohlenwasserstoffgasen und einer sauren Substanz, die ich nicht zu identifizieren vermochte. Falls es hier Luftfilter gab, so waren sie nicht in Betrieb. Nicht, daß ich mich gewundert hätte. Die Halle nahm mindestens die Fläche von einem ganzen Häuserblock ein und war über sechzig Fuß hoch. Ich konnte nicht mal das hintere Ende sehen. Aber die Wand neben mir prangte in den buntesten Farben: Sie war über und über bestückt mit Sicherheitsvorrichtungen.

Alle dreißig Meter leuchteten in einem hellen Gelb Notduschen, Wasserschläuche und Augenbäder; feuerwehrrot glänzten die Metallspender, die Brandschutzdecken enthielten; ein grün-weißes Schachbrettmuster kennzeichnete die Erste-Hilfe-Stationen; Atemschutzgeräte fielen auf durch ein grelles Aquamarin …

»Ich beauftrage dich mit einer kombinierten TOC/Nitro-Analyse und elementaren Wartungsarbeiten. Beides sind Vollzeit-Jobs, aber wir haben nicht genug Leute: Während der beiden letzten Wochen habe ich selbst die TOC übernommen. Hepple sagt, du hättest diesbezüglich Erfahrung. Ich brauche jemanden, der weiß, was er tut. Hast du schon mal TOC-Analysen erstellt?«

Sal Bird hatte nichts dergleichen getan, aber Magyar hatte sicher weder Zeit noch Lust, ihre Unterlagen zu prüfen. »Ja.«

Ein paar Minuten lang marschierten wir die betonierte Bahn entlang, die vor den riesigen, parallel angeordneten Wannen verlief, die von eins bis achtzig numeriert waren. Wenn ich hier arbeiten und die Wartung von einem oder mehreren Becken übernehmen sollte, würde mich allein das Hin- und Hergerenne zermürben. Sie öffnete die schwere, schalldichte Tür eines Betonbunkers und bedeutete mir, vor ihr einzutreten.

Drinnen befand sich ein weitläufiger, in weiß gehaltener Raum, durchzogen von silberglänzenden Rohren. Viereinhalb Millionen Gallonen Wasser donnerten pro Tag hindurch und verursachten ein Höllenspektakel. Magyar beugte sich zu mir und brüllte mir ins Ohr: »Findest du das laut?«

Ich nickte. Sie grinste und gab mir ein Zeichen, ihr zu folgen. Durch einen schmalen Durchlaß gelangten wir in eine anscheinend leere Kammer. Sie drückte auf einen Knopf an einer Plastiktafel, und im Fußboden tat sich eine quadratische Luke auf.

Das Brausen steigerte sich zu einem infernalischen Wummern, einem bodenlosen Abgrund aus Lärm, urtümlich und häßlich, mächtig genug, um die Erdkruste zu sprengen. Ich hielt mir die Ohren zu, aber der Krach griff mich an wie eine lebendige Bestie, hämmerte mir gegen die Rippen, dröhnte mir im Schädel. Wir standen am Rand einer Grube, durch die brodelnde, wirbelnde Wassermassen an uns vorbeitobten. Es war, als würde man Zeuge der Schöpfung. Magyar lachte, und ich stimmte ein. Ein orgiastisches Getöse wie dieses steigt einem zu Kopf wie Champagner.

Magyar drückte wieder auf den Knopf, und das Loch im Fußboden schloß sich. Die relative Stille hallte in meinen Ohren nach. »Das ist der einzige Grund, weshalb ich gern Trainees einarbeite; sie liefern mir den Vorwand, das Ding hier zu öffnen.«

Wir verließen die Kammer durch einen anderen Ausgang, doch als sich dieses Mal die Tür hinter uns schloß, hörte der Lärm abrupt auf.

Nun befanden wir uns in einem Raum voller Überwachungselemente, die digitale Anzeigen wiedergaben. Ich bemerkte den gleichen Hahn mit dem gleichen Druckreduzierventil wie die Armatur, die man zum Testen des Abwassers benutzte. Magyar schlug einen forschen, nüchternen Ton an.

»Die Ausstattung ist zwei Jahre alt. Diese Daten hier

sind die Meßwerte für deine TCEs und PCEs. Das Gerät dort zeigt die Konzentration von Stickstoffverbindungen an. Behalte es gut im Auge. Wir bekommen einen hohen Anteil an HNO_3 – das ist Salpetersäure –, die Bakterien spalten sie auf in Nitrate und Nitrite. Diese beiden Pegel mußt du beobachten, und der Unterschied ist wichtig. Die Mikroben verwenden Nitrate als Oxydationsmittel und verwandeln sie zuerst in Nitrite und dann in Stickstoff. Auf die Nitrite mußt du höllisch aufpassen. Wenn der Anteil zu hoch wird, krepieren die Bazillen, und statt Stickstoff kriegen wir Nitrate und Nitrite. Aber wenn überhaupt keine chemischen Prozesse stattfinden, werden den Wasserlinsen stromabwärts die Nährstoffe entzogen.«

»Welche Bakterien nehmt ihr?«

»Die OT-1000-Serie.«

Ich nickte. Die van de Oest OT-1000-Serie war bewährt und zuverlässig. Die A-Linie, hauptsächlich *Pseudomonas paudimobilis* für die BTEX und Alkane mit hohem Molekulargewicht; die B-Linie für chlorierte Kohlenwasserstoffe; und mittlerweile vermutlich die C-Linie, die noch ganz neu war, als ich … bevor ich …

Ich schlug mir die Erinnerungen daran aus dem Kopf und inspizierte statt dessen die Meßdaten für Vinylchlorid, ein heimtückisches Karzinogen. Für mich war dies die relevanteste Aufgabe überhaupt. Der VC-Pegel verriet einem eine Menge über die Verfassung und die relative Anzahl der aeroben, anaeroben, methanotrophen und heterotrophen Bakterien.

Magyar redete immer noch. »Hier sind die Werte für Methan und andere Gase wie Toluol und Xylol. Da siehst du die Zahlen für den biologischen Sauerstoffbedarf; den darfst du getrost außer acht lassen, denn der BSB ist nicht unser Problem. Wenn er jedoch einen bestimmten Wert stark übersteigt« – sie deutete auf eine Metallplatte über der Konsole, die die zulässigen Grenzwerte der Chemikalien anzeigte –, »sag mir Bescheid. Mein Rufcode steht auch dort. Zu Beginn und Ende jeder Schicht verlange ich einen Bericht mit deinem Daumenabdruck darunter. Die Slates findest du hier.« Sie holte einen von einem Regal und gab ihn mir. »Ist soweit alles klar?«

Auf manchen Gebieten schien bei ihr einiges durcheinanderzugehen, doch ich nickte. »Ich glaube schon.«

»Gut. Die Anzeigen da vorn sind Remotes von den einzelnen Verdunstungspunkten, aber bei großem Zufluß ist auf sie kein Verlaß mehr. Diese beiden grünen Ziffern stellen die kombinierten Remotes des Online-Turbidimeters dar. Die obere Zahlenreihe bedeutet NTU. Und zu guter Letzt ...« – wir gingen drei Schritte weiter zu einer roten Anzeige – »die Wassertemperatur.« Magyar blieb stehen. »Wie hoch ist sie?«

»Siebenundzwanzig Komma drei Grad. Celsius.«

»So muß sie immer sein. Immer! Nicht siebenundzwanzig Komma sechs oder siebenundzwanzig Komma eins. Siebenundzwanzig Komma drei ist der richtige Wert. Exakt die Temperatur, die die Bakterien brauchen.«

Für einen Denitrifikations-Nitrifikationsprozeß fühlen sich heterotrophe fakultative Bakterien normalerweise in einem Bereich zwischen fünfundzwanzig und dreißig Grad Celsius wohl, doch ich nickte nur. »Was ist mit Störfallmaßnahmen?«

»Das hätte eigentlich auf der Orientierungs-Diskette sein sollen.«

»Ich habe keine Orientierungs-Diskette gesehen.«

Magyar fluchte. »Hepple sagte ... Egal. Ich werde sehen, was ich tun kann. Bis dahin wendest du dich einfach an mich, wenn dir irgend etwas hier nicht geheuer vorkommt. Und zwar unverzüglich. Wenn sich dein GC rosa verfärbt, rennst du zu einem dieser roten Knöpfe ...« – sie zeigte auf eine Art roter Plastikpilze, die im Abstand von jeweils fünf Metern aus den Wänden, dem Fußboden und der Decke ragten –, »drehst ihn um dreihundertsechzig Grad und drückst ihn runter. Dann nichts wie weg hier. Aber überzeug dich davon, daß dein GC auch wirklich rosa ist. Die Knöpfe schalten das ganze System ab. Das kostet so viel, daß du auf der Stelle den Job los bist, falls es ein falscher Alarm war. Kapiert?«

Ich nickte.

»Schön. Dann laß uns weitergehen.«

Wir liefen zu den Wannen zurück. »Ursprünglich war geplant, daß eine Kraft für je zwei Becken zuständig ist, aber bei uns kriegt jeder drei zugewiesen, und manche betreuen sogar vier.« Sie zog den Slate von ihrem Gürtel, ließ eine Liste abrollen und befestigte ihn wieder mit einer Klemme. »Ich gebe dir zwei, Nummer 41 und Nummer 42. Außerdem übernimmst du die TOC-Analyse.«

Ich öffnete den Mund, besann mich anders und klappte ihn wieder zu. Sie hob eine Augenbraue. »Wolltest du was dazu sagen, Bird?«

»Ist die TOC- und Stickstoff-Analyse in dieser Stufe denn nicht sehr wichtig?« Ich wußte verdammt gut, *wie* wichtig sie war. Magyar nickte. »Ich bin mir nur nicht sicher, ob ich zwei Becken beaufsichtigen und gleichzeitig die Meßwerte im Auge behalten kann.«

»Dann mußt du dich eben ganz besonders anstrengen. Noch weitere Fragen?«

Gibt es hier überhaupt jemanden, der Ahnung hat? lag es mir auf der Zunge. Doch ich hütete mich, meine Bedenken laut auszusprechen.

»Ja. Was ist mit Atemschutzmasken?« gab ich statt dessen von mir.

»Siehst du hier jemanden, der so was trägt?«

»Nein …«

»Masken gibt es auf Anfrage. Aber sie verringern das Arbeitstempo, und wenn du nicht Schritt hältst, wirst du gefeuert.« Magyars Stimme klang beinahe freundlich, doch in den Augen lag ein kalter, ungerührter Blick. »An den Gestank hast du dich schnell gewöhnt. Außerdem sieht es das Management nicht gern, wenn jemand für mehr Sicherheit am Arbeitsplatz plädiert.«

»Ich verstehe.« Der betriebliche Arbeitsschutz schrieb bei Belastungen der Luft mit Aliphaten, die offene Kohlenstoffketten bilden, wie 1,12-Trichlorethen und aromatischen Kohlenwasserstoffen wie 1,4-Dimethylbenzol das Tragen von Atemschutzvorrichtungen vor.

Ich verkniff mir jedoch, auf diesen Aspekt hinzuweisen, denn dann hätte man mich gleich am ersten Tag geschaßt, weil man mich verdächtigte, eine Gewerkschaft gründen zu wollen. Und wenn ich diese Stelle verlöre, wäre meine Identität als Sal Bird hinfällig geworden. Ruth würde mir nicht noch einmal helfen. Und Spanner wollte ich nicht fragen. Also hielt ich den Mund.

Magyar nickte und ließ mich allein.

Als erstes suchte ich das schematische Handbuch. Es steckte hinter den Slates neben der Kontrollstation. Während der ersten Pause blätterte ich es durch.

Die Anlage war mustergültig ausgelegt: Sie verfügte über hervorragende automatische Überwachungs- und Schleusensysteme. Im Fall eines massiven Leckverlusts schlossen sich sämtliche Leitungen, im gesamten Klärwerk wurde ein Alarm ausgelöst und das Störfall-Einsatzkommando des Countys benachrichtigt. Ein ausgeklügeltes Diagnose-Programm stellte dann fest, wie weit sich die Verseuchung ausgebreitet hatte, und der Inhalt der Rohre und Becken würde in gewaltige Lagertanks gepumpt.

Ich checkte die Kapazität. Sechshunderttausend Gallonen. Ausreichend. Obendrein ließ sich das ganze System notfalls manuell steuern und abschalten. Es gab einen Plan für Sofortmaßnahmen. Ich studierte ihn voller Interesse. Offenbar mußte sich jeder damit auskennen und Bescheid wissen, wo man sich mit geschlossenen Sauerstoffgeräten und anderen Schutzvorrichtungen versorgen konnte.

Es war schwierig, nach dem Schutzgerät zu fahnden, ohne den Eindruck zu erwecken, man schnüffle in fremden Zuständigkeitsbereichen herum; doch zum Schluß wurde ich fündig.

Es gab lediglich vier geschlossene Atemschutzgeräte, obwohl mehr als zwei Dutzend hätten vorhanden sein müssen, und bloß zwei Schutzanzüge. Auf einem Haufen türmten sich Sauerstoffnotgeräte, die Schläuche heillos ineinander verknäuelt. Nicht, daß ich mich gewundert hätte. Wer rechnet schon damit, einmal die Rettungsboote benutzen zu müssen?

Die Schemata für die Sensoren und chemischen Kontrollen sahen gut aus, aber die Wartungsliste ließ sehr zu wünschen übrig: Selbstverständlich gab es genügend Wasser für die Sprinkleranlagen und jede Menge regulären Löschschaum, aber man hatte es versäumt, die Kanister mit dem alkoholresistenten Schaum zu ersetzen. Das roch nach Hepple. ARS war teuer und von kurzer Haltbarkeit. Ketone-Lecks kamen nur selten vor. Wahrscheinlich stufte er dieses Risiko als vernachlässigbar gering ein.

Luftfilter; Mehrstufenventile, um Proben von Dämpfen und Flüssigkeiten einzusammeln, die schwerer als Wasser und Luft waren; Störfall-Kontroll-Maßnahmen … Alles vorhanden. Ich fragte mich, wie vertraut Magyar mit diesem Krisenbewältigungs-Prozedere war. Hoffentlich brauchte ich es nie zu erfahren.

4

Lore ist sieben Jahre alt. Ihr Vater, Oster, bürstet ihr Haar. Es ist Hochsommer. Draußen vergoldet die sinkende Sonne die Gebäude, doch in Lores Schlafzimmer verschluckt die alte Holzvertäfelung das bißchen Licht, das durch die winzige Fensteröffnung blinzelt, die tief in die aus dem fünfzehnten Jahrhundert stammenden Gemäuer eingelassen ist.

Oster ist mit dem Haarebürsten beinahe fertig, doch Lore möchte, daß er noch länger bei ihr bleibt, anstatt zu verschwinden, um mit Tok über dessen blöde Bilder zu reden oder mit Stellas Haar zu spielen, das sie erst neulich gelb eingefärbt hat. Lore denkt über Stellas gelbes Haar nach. Lores Haar – wie das von Oster, Katerine, Tok, Willem und Greta – ist grau; grau sind auch Lores Augen. Alles ist grau.

»Wieso haben wir graue Haare?«

Oster legt die Bürste weg, schlägt die Bettdecke zurück und bedeutet ihr, sich hinzulegen. »Du läßt mich erst gehen, wenn ich dir alles erklärt habe, stimmt's?«

»Ja«, erwidert sie ernst.

»Vor langer Zeit, in einer ostentativen Anwandlung von Prahlerei ...« – bei *ostentativ* zieht Lore die Stirn kraus, unterbricht ihren Vater jedoch nicht –, »ließ deine Großmutter die für die Farbgebung verantwortlichen Allele ausschalten. Sie war reich ...«

»So reich wie wir?«

»Nein, aber reich genug, um töricht zu sein. Jedenfalls war sie so reich, daß sie nicht wußte, wie sie ihr

Geld ausgeben sollte. Soeben hatten Mediziner entdeckt, daß Menschen mit pigmentlosem Haar – vor Alter ergraute Leute oder weißhaarige Albinos – zu Krebs auf der Kopfhaut neigen. Denn ohne Pigmente verhalten sich Haare wie Glasfaserkabel, indem sie die ultravioletten Strahlen des Sonnenlichts direkt zu den Follikeln leiten und sie so mit mutagener Strahlung bombardieren.« Sie furcht die Stirn, und seufzend läßt er sich zu einer Erklärung herab. »Das funktioniert wie ein Telefonkabel, das die Stimme und das Bild deiner Mutter zu dir überträgt, wenn sie sich auf einem Außeneinsatz befindet.« Katerine ruft sie niemals an, wenn sie zu irgendwelchen fernen Orten reist, um dort zu arbeiten, aber Lore sagt nichts. Es hätte Oster nur aufgeregt.

»Wenn Leute alt werden und graue Haare bekommen, kriegen sie Krebs?«

»Nein. Sie färben sich ihr Haar schwarz, braun, dunkelrot oder sonstwie; es genügt auch, wenn sie sich einfach einen Hut aufsetzen, bevor sie nach draußen gehen.«

»Färbt Stella sich deshalb ihr Haar? Damit sie keinen Krebs kriegt?«

»Nein. Stel ändert ihre Haarfarbe aus Lust und Laune. Wie deine Mutter die Farbe ihrer Kontaktlinsen wechselt.« Er lächelt und zaust ihr Haar, das er soeben noch gebürstet hat. Lore streicht es wieder glatt. »So etwas hat sie gar nicht nötig; keiner aus unserer Familie muß sich vor Krebs schützen, denn Großmama van de Oest war so reich, daß sie sich eine genetische Behandlung leisten konnte – weißt du, was eine genetische Behandlung ist?« Lore nickt, obwohl sie keine Ahnung hat. Oster schlägt abwechselnd die Beine übereinander und stellt sie wieder gerade hin, das heißt, daß er ungeduldig wird. »Sie ließ sich genetisch gegen Krebs behandeln. Das ist sehr, sehr teuer, dauert lange und tut ziemlich weh.«

»Warum hat sie es dann getan?«

»Weil sie einfältig war und viel zu viel Geld hatte. Sie …«

»Bedeutet das, daß wir auch zu viel Geld haben?«

Eine geraume Weile schaut er sie an; seine blauen Augen blicken ruhig. »Ich glaube schon.«

Ungefähr eine Minute lang schweigt er, und Lore muß ihm ein Stichwort geben. »Also mußte Großmama ordentlich blechen für dieses Krebsgedöns …«

»Ja. Und sie ließ es sich noch mehr kosten, ihre Gene dahingehend manipulieren zu lassen, daß alle ihre Kinder graues Haar und den Anti-Krebs-Schutz haben. Das war ihre Art, der Welt zu beweisen: Seht her, ich bin so reich, daß ich mir diese kostspielige Anti-Krebs-Behandlung leisten kann, also brauche ich mich nicht vor grauen Haaren zu fürchten. Und wie es bei vielen dummen und überflüssigen Marotten der Fall ist, entwickelte sich daraus ein Trend. Deshalb hat auch deine Mutter graues Haar.«

Lore setzt sich in ihrem Bett aufrecht hin, damit sie sich im Spiegel auf der Kommode sehen kann. Während sie den Kopf hin und her dreht, tätschelt sie ihr graues Haar. »Könnten wir das mit den Genen wieder rückgängig machen?«

»Doch, ja, aber dir würde das gar nichts nützen, erst deinen Kindern.« Er hält die Decke hoch und wartet darauf, daß sie wieder darunter schlüpft.

»Warum hast du dann nichts unternommen?«

»Ich tat es ja, aber deine Mutter nicht. Sie wollte, daß ihr all die äußerlich sichtbaren Merkmale der Reichen und Mächtigen tragt. Und wie sie zu sagen pflegt, kann man Haare jederzeit umfärben. Leg dich jetzt wieder hin.«

Lore gehorcht. »Und welche Farbe soll ich wählen?«

»Das ist egal, irgendeine, die dir gefällt.« Er tritt ans Fenster und zieht die Vorhänge zu.

Hinter seinem Rücken runzelt Lore die Stirn. »Aber woher weiß ich, welche Farbe richtig für mich ist?«

Richtig – falsch; entweder – oder; ja – nein. Sie ist daran gewöhnt, in Schwarz-Weiß-Kategorien zu denken, doch im Alter von sieben Jahren begreift Lore plötzlich, daß sie mit sich selbst anstellen kann, was sie will. Wenn sie erst alt genug ist, kann sie rote Haare oder goldene Augenbrauen oder coole schwarze Wimpern wie Spinnenbeine tragen. Und niemand wird ihr vorwerfen, sie hätte etwas verkehrt gemacht, weil keiner Bescheid weiß. Sie kann sich in jede x-beliebige Person verwandeln. Doch woher weiß sie dann, daß sie immer noch sie selbst ist?

Sie bleibt lange wach und grübelt darüber nach. Woher weiß Stel, wer sie in Wirklichkeit ist, wenn sie bei jedem Blick in den Spiegel anders aussieht? Vor dem Einschlafen beschließt Lore, daß sie ihr Haar niemals, unter gar keinen Umständen, färben wird.

5

Ich klopfte, zweimal kurz, zweimal lang, unser Zeichen von früher. Spanner machte auf. Ihr Blick war ein bißchen glasig.

»Wir hatten vereinbart, daß ich zu dir komme. Gestern. In der Bar.«

»Richtig.« Sie ließ mich eintreten.

Die Veränderungen fielen mir sofort auf. Nicht nur, daß schon eine ganze Weile jemand anders in der Wohnung lebte – im Bad roch es nach fremder Seife und einem neuen Shampoo, auf dem Regal über dem Mikrowellenherd standen halbleere Behälter mit exotischen Gewürzen – es war noch etwas anderes.

Wir hatten nie pedantisch für Ordnung gesorgt, aber das Apartment sah stets bewohnt und gepflegt aus. Jetzt starrten die abgewetzten Stellen im Teppich vor eingetretenem Schmutz, und mehrere Topfpflanzen verdorrten. Die Plastikaugen der Kontrolleuchten waren kalt und stumpf, und auf der Workbench lag eine dicke Staubschicht. Ich wagte nicht, daran zu denken, auf welche Weise Spanner sich in den letzten Monaten über Wasser gehalten hatte.

Wie zwanghaft mußte ich immer wieder zur Workbench blicken. Spanner merkte das natürlich und stieß dieses häßliche Lachen aus, das ich zum erstenmal ein paar Monate vor meinem Weggehen gehört hatte. »Keine Bange, mein Talent ist nicht eingerostet.« Sie kämmte sich mit den Fingern durchs Haar, und die Vertrautheit dieser Geste, hier, in diesem Apartment, verursachte mir beinahe einen Schwindelanfall.

»Zeig mir den PIDA.«

Ich gab ihr den Beutel. »Er ist steril.«

Spanner ging damit zur Bench. Sie entfernte ein paar Abdeckhauben, legte mehrere Schalter um, streifte sich weiße Baumwollhandschuhe über, zog den PIDA aus der Hülle und steckte ihn in das Lesegerät. Dann scannte sie die Informationen, die über den Bildschirm liefen. »Wie viele Details möchtest du?«

»Vorerst nur ganz wenige. Ändere das Identifizierungsmuster der Fingerabdrücke und die Personenbeschreibung. Und füg meinen zweiten Vornamen ein.«

Sie nickte. »Je weniger, desto besser.«

Es war, als würde dieser Satz seit fast drei Jahren in der Wohnung widerhallen, als wäre ich nur ganz kurz weggewesen und zurückgekommen, um ihn noch einmal zu hören. *Je weniger, desto besser*. Hätte sie sich doch nur an diese Regel gehalten. Am liebsten hätte ich mir den PIDA geschnappt und dem Apartment für immer den Rücken gekehrt, aber ich kannte niemanden, der mir bei meinem Problem helfen konnte. Jedenfalls keinen, der so tüchtig war wie Spanner. Falls sie nichts von ihrem Geschick verloren hatte. »Die neuen Fingerabdrücke habe ich parat.«

»Dann nehmen wir die. Hast du sie schon benutzt, um ein Konto zu eröffnen?«

»Noch nicht.«

»Gut. Offenbar hast du nicht alles vergessen. Trotz deines Abscheus.«

Ich seufzte und zog eine Liste aus der Tasche. »Hier sind die Daten, die ich eingetragen haben möchte. Ihre Ausbildung und ihr beruflicher Werdegang sind bis jetzt okay – es sei denn, jemand will für einen ausführlichen Gegencheck berappen.«

Spanner gab mir mit einem Kopfnicken zu verstehen, ich solle das Blatt Papier auf die Tischplatte neben dem Monitor legen. »Du könntest Kaffee machen.«

Ich ging in die Küche, warf die Kaffeemaschine an

und öffnete das Schränkchen unter der Spüle. Die Gießkanne stand noch da.

Die meisten Pflanzen in der Wohnung ließen sich nicht mehr retten. Trotzdem wässerte ich sie. An einem Topf verweilte ich besonders lange. Als ich den Philodendron, die ›Käsepflanze‹, für Spanner kaufte, war er gerade mal vier Fuß hoch gewesen. Bei meinem Auszug maß er schon nahezu sechs Fuß, und die Blätter protzten groß und glänzend wie glasierte Eßteller. Doch nun ging der Philodendron ein; die Ränder der Blätter waren gelb und dünn wie Pergament, die rankenden Luftwurzeln hingen schlaff herunter wie schrumpelige abgeworfene Schlangenhäute.

»Stell ihn auf den Tisch«, sagte sie, als ich ihr den Kaffee brachte. »Ich bin hier gleich fertig.«

Ich setzte mich hin, und eine Minute später gesellte sie sich zu mir. Es war ein eigentümliches Gefühl, wieder mit ihr auf derselben Couch zu sitzen.

»Das war's dann. Bezahlung.«

»Ja«, sagte ich und wartete.

»Dieser Coup, auf den du vor ein paar Monaten noch so scharf warst. Die Anzeigen im Netz, die wohltätigen Zwecken dienen sollen. Glaubst du, das ließe sich immer noch durchziehen?«

»Ich kann den Film herstellen, der das Geld bringt. Übernimmst du den Rest?« Bewußt vermied ich es, auf die verstaubte Workbench zu blicken.

»Kein Problem.« Sie wedelte herablassend mit der Hand. »Das einzig Schwierige daran ist die Beschaffung des Startkapitals.«

»Ich bin pleite. Jedenfalls so gut wie.« Ich fragte mich flüchtig, was für ein Gefühl es wohl sein mochte, einen Lohnscheck zu erhalten. Doch bis dahin mußte ich mich noch drei Wochen lang durchlavieren.

»Dann strecke ich dir die Auslagen vor, unter der Bedingung, daß ich sie voll ersetzt kriege, ehe wir uns den Gewinn teilen.«

»Fifty-fifty?«

Sie lachte. »Du bist mir noch was schuldig, schon vergessen? Siebzig-dreißig.«

»Sechzig-vierzig.« Das Geld war mir schnuppe. Ich feilschte nur pro forma, weil Spanner mich andernfalls für schwach halten würde. Gern hätte ich gewußt, wie gefährlich ihre Gläubiger waren, und wieviel sie ihnen schuldete.

»Na gut, sechzig-vierzig.« Sie gab sich nicht die Mühe, mir die Hand hinzuhalten. Und ich war mir nicht sicher, ob ich sie ergriffen hätte.

»Wie lange noch?«

»Ich muß austüfteln, welche Geräte wir brauchen. Und sie dann organisieren. Hyn und Zimmer können uns vielleicht helfen.«

Ich stand auf. Bevor wir uns nicht über die erforderliche Ausrüstung im klaren waren, konnten wir keine weiteren Pläne schmieden. »Ich finde allein hinaus.«

Während ich zu mir nach Hause ging, kreisten meine Gedanken um Spanner und ihre verkümmernden Pflanzen.

Bäume sind an und für sich nicht empfindlich. Mit einem voll ausgewachsenen Baum kann man alles mögliche anstellen – ihn mit saurem Regen übergießen, mit Parasiten infizieren, Initialen in die Borke ritzen und seine Äste kappen – er wird's überstehen. Nicht, was man einem Baum antut, ist maßgeblich, sondern was man *unterläßt*.

Wenn man ihn vom Sonnenlicht abschirmt, wird er sich vergebens auf der Suche nach Licht in die Höhe recken und etiolieren, das heißt, er wird unglaublich dürr werden, ausbleichen und eingehen. Verwehrt man ihm das Wasser, nimmt das Laub eine durchsichtige Textur an, verschrumpelt und fällt ab.

Zu Hause goß ich meinen Feigenbaum und sah zu, wie sich die braune, körnige Erde dunkel färbte und glättete, indem sie das Wasser absorbierte. Ich besprühte die Blätter und überlegte, wann sich die hellgrünen Triebe, die im Sommer gesprossen waren, als ich Spanner verließ, mit dem älteren, dunklen Blattwerk vermischt hatten. Und dann fing ich an zu weinen.

Immer noch heulend, verzog ich mich ins Bad. Es war klein, pfirsich- und cremefarben gestrichen, und blitzsauber; trotzdem erinnerte es mich irgendwie an das Bad, das ich mit Spanner geteilt hatte. Selbst der Spiegel rief nostalgische Gefühle wach, obwohl er neu war und quadratisch.

Ich drehte den Kaltwasserhahn auf und benetzte mein Gesicht. Reiß dich zusammen, ermahnte ich mich streng. Aber wie konnte ich mich beherrschen, wenn sogar das klare, kalte Wasser, das ins Waschbecken lief, Erinnerungen an den Tag weckte, als ich zum ersten Mal Spanners Bad benutzte? Wie sollte ich die Fassung bewahren, wenn ich in den Spiegel schaute und meine fuchsroten Haare sah, die Farbe, die Spanner für mich ausgesucht hatte?

Ich nahm meinen Schopf näher in Augenschein und seufzte. An den Wurzeln zeigte sich schon wieder das Grau. Das mußte ich ändern, ehe ich meinen neuen Job antrat.

Rote Haare hatte ich noch nie gemocht. Ich nahm mir vor, eine braune Tönung zu kaufen, und an meinen Augenbrauen würde ich auch nicht mehr herumschnippeln; sie sollten symmetrisch nachwachsen.

Lores Rücken war verheilt, und sie hatte sich die Haare gefärbt. Mehr Tarnung konnte sie sich nicht zulegen. Langsam wurde sie unruhig.

Seit mehreren Wochen hütete sie das Haus, und davor war sie im Zelt der Kidnapper gefangen gewesen. Jetzt hatte sie Angst, nach draußen zu gehen. Am

Wohnzimmerfenster sitzend, beobachtete sie, wie sich der Novemberhimmel grau bezog. Ihr schauderte. Das Firmament war so offen, so grenzenlos. Sie stellte sich vor, sie stünde im Freien unter den dahineilenden Wolken, würde sich inmitten all dieser Leute bewegen, die hastig irgendwelchen wie auch immer gearteten Zielen zustrebten. Sie wußte nicht einmal, wohin sie sich wenden sollte. Und sie besaß keinen Slate. Falls ein Problem auftauchte, hätte sie keine Identität, und sie konnte niemanden um Hilfe bitten. Außerdem befürchtete sie, jemand könnte sie erkennen, sie angaffen und mit dem Finger auf sie zeigen …

Um sich auf andere Gedanken zu bringen, machte sie sich in der Küche einen Kaffee. Das Unkraut drunten im hinteren Garten färbte sich gelb. Während die Kaffeemaschine blubberte, spähte sie auf den überwucherten Platz. Unkräuter, lästige Eindringlinge, behaupteten sich immer am hartnäckigsten. Diese Pflanzen schmuggelten sich unversehens ein, und nach ein, zwei Jahren beanspruchten sie den ganzen Platz für sich und senkten ihre Wurzeln tief in die Erde.

Bemüht, nicht daran zu denken, was sie tat – andernfalls wäre sie in Panik geraten –, begab sich Lore in die winzige Diele und zog sich eine von Spanners Jacken an. Den Reißverschluß ließ sie offen. Einen Augenblick lang mußte sie überlegen, bis ihr der Türcode wieder einfiel, den Spanner ihr drei Wochen zuvor verraten hatte; dann ging sie hinaus.

Das Treppenhaus war feucht, und der kalte Wind, der sich in dem Schacht fing, drang durch die dünne Jacke. Aber immer noch befand sie sich in einem geschlossenen Raum. Das Schwierigste kam erst, als sie die Straße erreichte. Menschen gingen an ihr vorbei, ohne von ihr Notiz zu nehmen, dennoch fühlte sie sich entsetzlich exponiert, wie ausgeliefert. Sie atmete schwer.

Der Durchlaß lag fünf Meter weiter zu ihrer Linken. Sie fing an zu rennen. Ein geklinkerter Tunnel führte unter einer hervorkragenden Wohnung hinweg, mehr als acht Fuß hoch und keinen Meter breit. Ihre Schritte hallten.

Das andere Ende war mit einem Tor gesichert. Es war abgesperrt. Als sie daran rüttelte, löste sich plötzlich der Knauf ab, so verrottet war das Holz. Mit dem Fuß trat sie dagegen. Die Latten gaben nach. Das morsche Holz verströmte einen fruchtigen Verwesungsgeruch. Sie zwängte sich durch den offenen Spalt und rückte das ramponierte Gatter so gut es ging wieder an seinen Platz. Vermutlich hatte seit Jahren kein Mensch mehr dieses Fleckchen Erde betreten.

Es war schwer zu sagen, was vor hundert oder hundertfünfzig Jahren auf dem Grundstück gewachsen war, als man diese Häuserzeile anlegte. Es sah aus, als hätte hier seit undenklichen Zeiten niemand mehr Ordnung geschaffen.

Nach den vorsintflutlichen Geräten und dem Haufen an Zementbrocken zu urteilen, die hier wild durcheinander lagen, wurde dieser Platz seit mindestens zwanzig, dreißig Jahren als Müllkippe benutzt. Doch überall – neben der rostigen Waschmaschine, zwischen alten Autoreifen, in den Ritzen der geborstenen Pflastersteine – schossen Unkräuter und Schößlinge in die Höhe. Da und dort wucherte ein Geschlinge aus Dornengestrüpp, und die Überreste eines Rosengartens ließen sich erahnen. Vor einem Gefilz aus dornigen Stengeln ging sie in die Hocke. Vielleicht handelte es sich um eine Sorte, die im Winter blühte.

So dicht am Boden stieg ihr die Ausdünstung der dunklen, kalten, lehmigen Erde in die Nase, ein frischer Geruch, der sie daran erinnerte, wie sie als Kind den Gärtnern der van de Oests beim Tulpenzwiebelnpflanzen zugesehen hatte. Sie grub die Finger in den Humus. Er fühlte sich an wie der Mutterboden damals zu Hause.

An einer Mauer entdeckte sie einen verwitterten Anbau. Sie stieß ein paarmal mit dem Fuß dagegen und besah sich das Loch im Dach. Es ließ sich ohne weiteres abdichten, so daß sie hier Gartengeräte unterbringen konnte.

Sie stand mitten in dem verwahrlosten Garten, umgeben von bröckelndem Gemäuer und Glasscherben, und lächelte. Hier fühlte sie sich geborgen. Viele Fenster der umliegenden Gewerbebetriebe waren zugemauert worden. Niemand, der nicht gerade von Spanners Küche oder Bad aus nach unten blickte, konnte sie hier sehen. Sie spähte hinauf zu den Fenstern. Dahinter tat sich nichts; nur die tief dahinjagenden Wolkenfetzen spiegelten sich in den Scheiben.

Sie wartete, bis Spanner sich die Schuhe ausgezogen hatte, dann erzählte sie ihr, daß sie aus dem Garten etwas machen wollte.

»Was zum Beispiel?«

»Zuerst miste ich ihn aus. Das weitere ergibt sich dann.«

»Du brauchst alle möglichen Geräte.«

»Nicht so viele, wie du vielleicht denkst. Außerdem hattest du mir doch angeboten, du würdest mir alles, was ich will, besorgen.« Wenn Lore an den Dschungel aus Unkraut dachte, spürte sie die Herausforderung.

Spanner lächelte und zog sich einen Slate heran. »Dann gib mir mal deine Einkaufsliste.«

»Eine Schaufel, ein Spaten, ein Rechen, ein Pflanzenheber.« Lore stellte sich die Gärtner in Ratnapida vor. »Ein Schubkarren. Arbeitshandschuhe. Eine Gartenschere. Grassamen. Der Rest hat Zeit, bis ich zum Aussäen bereit bin.«

In der Hedon Road endete die Nachtschicht um zwei Uhr morgens. Ich war fix und fertig, so erschöpft, daß ich Mühe hatte, meinen Stützgurt für den Rücken und die Armschienen abzuschnallen.

Meine Glieder fühlten sich bleischwer an, als ich mich aus dem Schutzanzug pellte und duschte. Ich war zu müde, um mir das Haar trockenzufönen, und sowie ich durch das häßliche pseudo-viktorianische Portal des Komplexes trat, bereute ich mein Versäumnis.

Es war bitterkalt; der Nebel verwischte die Konturen der Straßenbeleuchtung. In einer Nacht wie dieser merkte man, daß so weit nördlich der Herbst nur einen Wimpernschlag zwischen Sommer und Winter bedeutete. So früh morgens standen die Passagierslides in ihren Depots am anderen Ende der Stadt. Wahrscheinlich würde ich erfrieren, wenn ich auf ein Fahrzeug wartete, das ich über einen Straßensensor anforderte. Außerdem mußte ich mit meinem Geld haushalten, bis ich meinen ersten Lohn verbuchte – bis ich sicher sein konnte, daß meine Zeugnisse so lange standhielten, um überhaupt in den Genuß einer Bezahlung zu kommen.

Eine Extra-Bestellung würde meinen PIDA stark belasten. Noch vor einem halben Jahr wäre ich einfach auf einen Frachtslide aufgesprungen und schwarzgefahren. Ich kannte sämtliche Fahrpläne und Lieferrouten – Hedon Road, dann Springbank, hinterher die Princes Avenue – aber mit meinem neuen PIDA wollte ich kein Risiko eingehen. Wenn man mich erwischte, gäbe es einen Eintrag in meine Akte, der mich den Job kosten konnte. Das bedeutete, ich brauchte wieder mal einen neuen PIDA – und wo sollte das noch enden?

Ich war hundemüde, aber ein nächtlicher Marsch durch die stillen Straßen wirkte auf mich immer stimulierend. Ich schritt schwungvoller, raumgreifender aus, und in der Kälte kondensierte mein Atem. Ich fühlte, daß ich lebte. Im Hier und Jetzt. Alles war so einfach geworden. Ich brauchte mich nicht mehr zu schämen. Ich war Sal Bird, fünfundzwanzig, und ich arbeitete für meinen Lebensunterhalt.

Doch zu Hause angekommen, mußte ich fünf Treppenaufgänge hochklettern, und nachdem ich die drei Schlösser an meiner Tür aufgesperrt und das Licht angeknipst hatte, sah ich als erstes meine Hammex 20-Kamera und das Schneidegerät. Mir fiel ein, daß noch längst nicht alles vorbei war, und daß Spanner auf ihre Bezahlung wartete.

In der Küche schnippelte ich die Ecke von einem Plastikbeutel ab und kippte ein halbes Pfund Sojabohnen in eine Pfanne. Sie rochen nach Staub und klapperten auf dem Metall, als ich Wasser hinzugoß. Indem sich das Wasser erhitzte, runzelte sich plötzlich die Haut der Bohnen, wie wenn die Außenhülle die Flüssigkeit schneller absorbierte als der Rest.

Das Wasser kochte, und die Bohnen begannen zu hüpfen. Sie quollen nicht alle gleichzeitig auf, so daß es aussah, als kröchen sie übereinander hinweg. In wenigen Minuten schwollen die harten, glänzenden, elfenbeinfarbenen Kügelchen an und verwandelten sich in glatte, absonderliche, eiförmige Körper, zusammengekrümmt wie ein Haufen Föten. Wie Froschlaich in der Wüste, aus dem nach einem ergiebigen Wolkenbruch die Kaulquappen schlüpfen. Ich lachte.

Ich aß gut, schlief noch besser, und konnte mich hinterher an keine Träume erinnern.

Der mobile Rechen wühlte Kies und Schutt auf und versuchte, sich durch den Zementboden des Beckens zu graben. Selbst in dem Getöse aus rauschendem Wasser und dem Ächzen der Pumpen hörte ich, wie sich das elektrische Summen zu einem überreizten Jaulen hochschraubte. Fluchend stieg ich in meine Watstiefel und ging nachsehen.

Die Becken lagen direkt unter dem hohen, schmutzigen Glasdach. Draußen dunkelte es, und das Licht, das noch durch die Scheiben sickerte, färbte das kabbelige Wasser zinngrau, wie die Nordsee vor einem Sturm. Es stank nach Fäkalien, Schmutz und Fäulnis. Weil sich der Boden zur Mitte hin absenkte, verdichteten sich dort die Dünste der gasförmigen organischen Verbindungen. Nachdem ich vierzehn Fuß zurückgelegt hatte, drang die faulige, lauwarme Brühe in meine schenkelhohen Stiefel. Auch wenn nichts meinen Schutzanzug durchdringen konnte, ich fühlte mich trotzdem besudelt. Und ich glaubte zu spüren, wie die Kohlenwasserstoffe meinen Hals hinunterwanderten und meine Lungen verseuchten. Ich war sauer. Magyar hatte kein Recht, ihrer Schicht die elementarsten Sicherheits- und Schutzmaßnahmen zu verweigern.

Aber Magyar hatte die Regeln nicht gemacht, sie mußte sie lediglich befolgen, um die extrem hohen Produktivitätsanforderungen zu erfüllen, die Hepple festsetzte; im Grunde ein Ding der Unmöglichkeit. Und ich bezweifelte, ob sie es überhaupt besser wußte. Gewiß, sie war nicht dumm und schien über einen gesunden Instinkt zu verfügen, doch ihr fehlte eine fundierte Ausbildung, und sie war sich selbst überlassen. Hepple handelte unverantwortlich, wenn er ihr eine leitende Position zuwies, ohne ihr vorher beizubringen, was man auf einem solchen Posten wissen mußte. Bestimmt rechnete er sich aus, daß er im Vergleich mit ihr eine gute Figur abgab.

Selbst das Orientierungsverfahren war schlecht organisiert und schlampig. An meinem zweiten Arbeitstag zauberte Magyar zu meiner Überraschung eine Kopie der Orientierungs-Diskette hervor. »Sieh sie dir im Pausenraum an«, sagte sie. »Die Diskette hat eine Länge von vierzig Minuten. Und in fünfundvierzig Minuten stehst du wieder an deinem Platz.«

Die Wände und der Teppichboden des Pausenraums waren in Weiß und Petrol gehalten. Ungefähr zwanzig unbequeme Stühle gruppierten sich um zwei Bildschirme; einer war ans Internet angeschlossen und zeigte meistens die Nachrichten, auf dem anderen lief ein Endlosband mit schwimmenden Fischen. Unter jedem Monitor stand ein PIDA-Lesegerät, aber um die Diskette abzuspielen, brauchte ich es nicht einzuschalten.

Das Video war schauderhaft, und das bezog sich nicht nur auf die Aufnahmequalität. Inhaltlich entdeckte ich ein paar Kardinalfehler, die immer wiederkehrten, wie zum Beispiel Magyars Behauptung, die Bakterien könnten nicht die geringste Temperaturschwankung vertragen. Die Informationen waren – gelinde gesagt – stark vereinfacht: »In der ersten Reinigungsstufe knacken spezielle, gentechnisch manipulierte Bakterien die hochtoxischen Verbindungen. Sie fressen Ammoniak und scheiden andere, weniger giftige Chemikalien wie Nitrit wieder aus ...«

Noch schlimmer war, daß ich ein halbes Dutzend plumpe Schnitte feststellte, wenn es um das Thema Arbeitsschutz ging; wahrscheinlich war Hepple hier am Werk gewesen. Keine Warnung vor dem tödlichen Chlorgas, das entstehen konnte, oder vor möglichen Methanexplosionen wie jener vor sechs, sieben Jahren in Raleigh, North Carolina, bei der vierhundert Arbeiter ums Leben gekommen waren. Dabei hatte ich in der Störfall-Station die roten Griffe gesehen, mit denen die Methansauger aktiviert wurden.

Die simplen Evakuierungsmaßnahmen waren klar – benutzen Sie diesen Ausgang und nicht jenen; schalten Sie dies ab und nicht das – aber es fehlten Erklärungen. Keine Erwähnung, welche Katastrophe eintreten konnte, wenn jemand wirklich Mist baute und verseuchtes Wasser in den Boden oder in die Hauptleitung gelangte. Nichts über Fehlgeburten und Krämpfe, heftigen Durchfall, der einen Körper in Null Komma Nichts dehydrierte, Meningitis oder einen Kollaps des zentralen Nervensystems.

»Ich hoffe, es hat dir was gebracht«, kommentierte Magyar, als ich ihr die Diskette zurückgab. »Hier mußt du schon gut auf dich aufpassen. Nimm dich vor den

Maschinen in acht. Sie können sehr gefährlich werden.«

Ich wußte nicht, was ich darauf erwidern sollte. Die Maschinen an sich waren nicht gefährlich – wenn man die Sicherheitsvorschriften beachtete. Aber man konnte keine Sicherheitsvorschriften beachten, die man nicht kannte. Ich fragte mich, wie gut Magyar Bescheid wußte, oder ob sie manchmal Unwissenheit nur vorschützte, um ihren Job nicht zu verlieren. Ich beschränkte mich darauf, zu nicken und Danke zu sagen.

Nun umkreiste ich den Rechen, der immer noch wie wild versuchte, sich seinen Weg nach Australien zu bohren. Einen Monat bevor ich hier anfing, hatte ein klemmender mobiler Rechen einem Arbeiter das linke Bein abgerissen.

Per Gesetz war vorgeschrieben, daß man sich einer in Betrieb befindlichen Maschine nicht nähern durfte. Zuerst mußte sie über Fernbedienung abgeschaltet, dann aus dem Wasser gezogen und von einem qualifizierten Techniker untersucht werden. In der Hedon Road war für so etwas keine Zeit; die Maschine ging kaputt, wenn man sie in weniger als dreißig Minuten aus- und dann wieder einschaltete. Mit den Rechen stimmte ständig etwas nicht, und bei unserer Personalknappheit lautete die ungeschriebene Regel: Hol das Ding aus dem Loch und sieh zu, daß du es wieder in Gang kriegst. Sobald der Rechen nicht mehr festsaß, lösten sich die Brocken, die die Zinken verklemmten, meistens von selbst ab. Wenn sich nicht herausfinden ließ, worin sich die Klingen festfraßen, konnte man nur hoffen, daß die Maschine erst in der nächsten Schicht wieder auf das Hindernis traf.

Die vorderen Zinken an der rechten Seite schienen sich verhakt zu haben. Vorsichtig stellte ich mich vor den bewegungslosen Metallrechen und betete, er möge sich nicht von selbst wieder in Marsch setzen; dann stemmte ich mich dagegen und schob. Die Harke tuckerte, quirlte Wasser hoch und rührte sich umständlich von der Stelle. Ein zwei Fuß langer Klumpen aus Binsen trieb an die Oberfläche.

Ehe ich in der Hedon Road anfing zu arbeiten, hatte ich mich nie für Binsen interessiert. Nach zehn Tagen in diesem Job haßte ich sie wie die Pest. Es handelte sich um nützliche Pflanzen – sie förderten die anaeroben und aeroben Zyklen der Denitrifikation und Nitrifikation und schützten das restliche System vor einem toxischen Schock –, aber sie ließen sich unglaublich schwer handhaben.

Die zähen, faserigen Stengel überwucherten die Instandhaltungsanlagen, und die flaumigen, büschelförmigen Blütenstände verstopften die Ventile für die Luftzufuhr. Natürlich waren die Rechen so konzipiert, daß sie die Halme abschnitten, ehe die wolligen Rispen ausreiften, aber da ihre Ausfallzeit dreißig Prozent betrug – wobei die meisten Defekte natürlich nachts auftraten –, hinkten wir immer dem Plan hinterher.

Als Magyar mich vor drei Tagen dabei erwischt hatte, wie ich die aufgeplusterten Ährchen dieser Riedgräser per Hand stutzte, hatte sie kein Wort darüber verloren. Aber in der darauffolgenden Nacht hatte sie an die anderen Arbeiter Heckenscheren verteilt und sie angewiesen, ihre eigene Methode zum Trimmen der Binsen zu entwickeln. An ihrer Ausbildung mochte es hapern, aber dumm war sie nicht. Hinterher hatte sie mir schweigend zugenickt. Mit der Zeit fand ich sie immer sympathischer.

Ich griff nach dem Slate für die Meldung und checkte die Daten. Egal, wie schlau oder instinktsicher Magyar mir vorkam, auf die Dauer würde sie es sich nicht gefallen lassen, daß ein Neuling ihr zeigte, wie sich bestimmte Dinge verbessern ließen. Daraus konnte ich ihr keinen Vorwurf machen. Ich fragte mich, wie mein Vater an meiner Stelle gehandelt hätte …

Dann stand ich da, starrte auf den Slate, ohne etwas

zu sehen, während mir die Tränen die Wangen runterkullerten. Was hatte ich hier zu suchen? Ich gehörte nicht hierher. Eine Anlage wie diese konnte ich mit verbundenen Augen leiten.

Es war nicht richtig, daß ich bis zur Taille in der Scheiße anderer Leute stand. Ich sollte mich in Ratnapida erholen, rücklings im von der Sonne erwärmten Gras liegen, die Wolken beobachten und gemeinsam mit Tok Geschichten über industrielle Gegenspionage erfinden ... Des Abends ein Dinner mit Oster, Katerine, Greta und Stella; Willem und Marley würden eine ganze Woche lang bleiben ...

Aber Stella war tot, Oster war nicht der, der er jahrelang vorgab zu sein, und meine Familie hatte sich geweigert, das Lösegeld für mich zu bezahlen. Für mich gab es kein Zurück, denn das, was ich für meine Zuflucht hielt, hatte außer in meiner, von Oster ersonnenen, Version der Realität niemals existiert.

Ich knallte den Slate auf das Regal zurück und haderte mit mir, weil ich mich von Wehleidigkeit übermannen ließ. So weit durfte es nicht kommen, daß Selbstmitleid mir den Blick für die Wirklichkeit verstellte. Wenn ich mich jetzt tatsächlich in Ratnapida befände, säße die Familie am Tisch und würde mich geflissentlich übersehen; man würde so tun, als wäre ich niemals entführt und mißhandelt worden, als hätten sie nie die Bänder erhalten – und sie x-mal abspielen lassen –, die meine Kidnapper für das Internet produzierten. Meine Angehörigen und ich lebten in unterschiedlichen Welten. Im Rückblick war das schon immer so gewesen.

Sie hatten sich geweigert, den Geldforderungen der Entführer schnell genug nachzukommen, doch ich bezweifelte, ob sie das so sähen. Man konnte sagen, es war ihre Schuld, daß man mich einer solchen öffentlichen Erniedrigung aussetzte, ihre Schuld, daß ich gezwungen war zu morden.

Doch wenn ich jetzt heimkehrte in den Schoß der Familie, würden sie seelenruhig Pinot Grigio aus Kristallgläsern schlürfen, Salate von Noritake-Porzellan speisen und einfach nicht wahrnehmen, daß man mich behandelt hatte wie ein Stück Dreck, daß ich um mein Überleben kämpfen mußte, und daß nichts mehr so war wie früher. Und wenn ich dann Oster ansähe, würde ich mich automatisch fragen, ob er absichtlich nicht für mich bezahlt hatte, weil ich zu viel wußte.

Nein. Ich konnte nicht zurück. Das hatte ich schon zu dem Zeitpunkt gewußt, als ich den rostigen Nagel in Fischgesichts Hals rammte. Diese Episode meines Lebens war endgültig vorbei.

Ich atmete tief durch, spannte und lockerte ein paarmal meine Gesichtsmuskeln. Jeder kriegt mal den Moralischen, aber ich würde dafür sorgen, daß mir das nicht wieder passierte.

Eine flackernde Anzeige erregte meine Aufmerksamkeit. Anzeigen durften nicht flackern. Eine weitere sprang von 20,7 auf 5, dann auf 87 und wieder zurück. Das ergab absolut keinen Sinn. Plötzlich spielten sämtliche Anzeigen verrückt.

Ich schnappte mir das Telefon und tippte Magyars Code ein. »Hier ist Station vier, Primärsektor.« Ich mußte brüllen, um das Kreischen der Alarmsirenen zu übertönen.

»Was gibt's, Bird?«

»Bei den Anzeigen treten Anomalien auf.«

»Bei welchen?«

»Sämtliche Armaturen sind außer Rand und Band. Es ist völlig paradox.« Magyar ließ sich Zeit mit der Antwort. Vermutlich wußte sie nicht, was sie tun sollte. »Ich brauche deine Erlaubnis, um den Zufluß zum Sekundärsektor zu unterbrechen.«

»Aber es steht nicht fest, ob es irgendeinen Störfall gegeben hat ...« wandte sie ängstlich ein.

»Das Gegenteil können wir auch nicht beweisen,

und in der zweiten Reinigungsstufe gibt es nicht die Sensoren, die uns zur Verfügung stehen.«

»Wahrscheinlich spinnt der Computer. Oder die Monitore haben sich wegen eines Rückstaus abgeschaltet. Sie sind überflutet.«

»Der Überflutungsalarm ging nicht los. Wir müssen ...« Ich verstummte. Da alle Meßgeräte ausnahmslos durchdrehten, handelte es sich wohl tatsächlich um einen simplen Computerfehler. Es gab noch eine Möglichkeit. »Paß mal auf, ich glaube, ich kann den Zulauf kurzfristig sperren und das Wasser in die Lagertanks umleiten. Fünfzehn Minuten machen keinen großen Unterschied. Im Sekundärsektor fällt das vielleicht gar nicht mal auf. Und wenn es hier irgendwo einen tragbaren Photoionisierungs-Detektor gibt, kann ich einige Werte per Hand messen.«

Eine Zeitlang herrschte Schweigen. »Du findest einen in der Konsole, die ungefähr kniehoch ist. Direkt vor dir. Gib mir unverzüglich die Ergebnisse durch.«

Der PD entpuppte sich als ein veraltetes Gerät, wie ich es seit meiner Kindheit nicht mehr gesehen hatte. Es war auf Teilchen pro Milliarde kalibriert. Ich schleppte den Kasten aus dem Zulaufbunker und zu meinem Becken. Es dauerte ein Weilchen, bis mir wieder einfiel, wie man den Apparat montierte. Während ich bis zu den Oberschenkeln durch die giftige Brühe watete, hoffte ich, ich würde nicht in eines der Löcher treten, die der Rechen in das Kiesbett gerissen hatte. Mit dem zusätzlichen Gewicht des PDs würde ich die Balance verlieren, und ich trug keinen Gesichtsschutz. Die Maschine in meiner Hand gab leise Pieptöne von sich. Bis jetzt sah alles ganz gut aus.

Draußen war es mittlerweile stockduster, und unter dem reflektierten weißen Glast waberte das Wasser wie schwarze Tinte. Wenn hier die Lichter ausgingen, schoß es mir durch den Kopf, würden sich dann die Sterne in den Becken spiegeln?

Nur, wenn jemand auf das Dach kletterte und den Schmier wegkratzte, der sich über Jahre dort angesammelt hatte.

Als ich zehn Minuten später wieder den Beckenrand erreichte, wartete Magyar schon auf mich, die Daumen im Gürtel verhakt.

»Die Meßwerte sind in Ordnung. Völlig normal.«

»Gut.« Ich lauerte förmlich darauf, daß sie jetzt motzte: *Hab ich doch gleich gesagt!* Nun mußten die Lagertanks leergepumpt und gereinigt werden. Eine Menge Extraarbeit für eine personell unterbesetzte Schicht. Doch sie deutete lediglich mit dem Kinn auf den PD. »Das ist aber kein Handgerät.«

»Ein anderes war nicht da.«

»Sieht aus, als wäre es ziemlich schwer.«

»Es geht, wenn man sich im Wasser bewegt. Auf jeden Fall kommt mir dieser PD leichter vor als die Dinger, die ich mit dreizehn herumschleppte.«

Sie musterte mich mit einem sonderbaren Blick.

»Wenn du das sagst, wird es wohl stimmen.«

Ich tat so, als hätte ich ihr Erstaunen nicht bemerkt, doch am liebsten hätte ich mir die Zunge abgebissen. Zuerst schwelgte ich in Selbstmitleid, dann überkam mich Nostalgie. Solche Anwandlungen führten zu Schnitzern, die ich mir nicht leisten konnte.

6

Lore ist fast siebeneinhalb Jahre alt. Über Weihnachten besucht die Familie für ungefähr einen Monat Freunde in Venezuela.

Der einzige Eindruck, den Lore von ihrer Halbschwester Greta hat, ist Grau in Grau: graue Haare, graue Augen, und eine gewisse graue Lebenseinstellung. Meistens ist sie unterwegs, um sich um den Familienbetrieb zu kümmern. Natürlich ist sie viel älter als Lore – fünfundzwanzig – und Lore sieht in ihr mehr eine Tante als eine Schwester; zum Teil liegt das daran, daß Greta, selbst wenn sie bei ihr ist, auf Distanz hält, reserviert bleibt.

Nicht, daß sie unfreundlich wäre, aber nie geht sie aus sich heraus; irgend etwas bedrückt sie, sie läßt die Schultern hängen und peilt erst um jede Ecke, ehe sie sie umrundet. Lore hat sie noch nie lachen sehen, obwohl sie manchmal lächelt. Dann findet Lore sie wunderschön: Ihr Gesicht dehnt sich ein bißchen in die Breite, wirkt nicht mehr so lang. Die Furchen, Kerben und Schatten verschwinden, und das Grau verwandelt sich in Gold.

Lores lebhafteste Erinnerung an Greta hängt mit dem Traummonster zusammen.

Lore schläft auf dem Bauch, die Zudecke vom Bett geworfen – wie sie immer in einem heißen Klima zu schlafen pflegt –, als sie plötzlich von dem Monster geweckt wird. Es drückt sie nieder, bläst ihr seinen feurigen Atem in den Nacken und stöhnt wie ein Tier. Sie schreit und wehrt sich, entlang des Korridors werden

Türen aufgerissen, Lichter gehen an; sie muß kurz das Bewußtsein verloren haben, vielleicht hat sie auch wirklich nur geträumt, denn auf einmal sitzt Katerine neben ihr auf dem Bett, noch in voller Abendgarderobe, und Greta steht in der Tür, daneben Oster, der sich Pyjamahosen hochzieht.

»Es war ein Traum«, sagt Katerine zu Lore. Sie wendet sich an Greta und Oster. »Nur ein Traum.«

Aber Lore kann gar nicht mehr aufhören zu zittern, und sie merkt, daß sie weint.

»Was hast du?« fragt Oster, vor dem Bett kniend. Er nimmt ihre Hand. »Wenn du mir verrätst, wovor du dich fürchtest, können wir dir helfen.«

»Es war kein Traum«, hickst sie. Sie muß es ihnen begreiflich machen. »Es war ein Monster.«

»Natürlich war es ein Traum, Liebes«, widerspricht Katerine lächelnd. »Wie soll das Monster in dein Zimmer gekommen sein?«

»Durch die Tür.«

Mit einer Handbewegung bedeutet Oster seiner Frau zu schweigen. »Ein Monster? Nun ja, mir gefällt die Vorstellung nicht, daß hier ein Monster sein Unwesen treibt, wenn wir alle schlafen. Erzähl mir mehr darüber, damit wir es aufstöbern können.« Er zerstrubbelt ihr Haar, das sie sorgsam wieder glättet.

Sie weiß, daß er ihr nach dem Mund redet, aber es spielt keine Rolle, denn zumindest wird er ihr zuhören. »Es war groß und schwer, aber nicht so schwer wie ein Felsen, eher wie ein ...« Sie findet nicht die passenden Worte, um es zu beschreiben. *Schwer wie das Ende aller Dinge.* »Jedenfalls war es sehr schwer. Es machte Geräusche wie ein Monster. Und es stieß heißen Atem aus.« Sie erschauert. Der Luftstrom hatte sich schrecklich angefühlt, grausig, wie der Brodem von etwas, das längst tot war.

»Tja, das Problem läßt sich ganz einfach lösen. Wenn das Ungeheuer durch diese Tür kam, dann mußt du sie halt verriegeln. Mit einem speziellen Schloß, das Monster nicht zu öffnen vermögen. Nur Menschen. Einverstanden?«

Sie denkt eine Weile nach, dann nickt sie. Derweil wirft Katerine ein Auge auf die Zeitangabe an der Zimmerdecke. »Das hat Zeit bis morgen. Es ist schon nach drei Uhr früh, und um neun habe ich diese Internet-Konferenz.«

Lore ist sich nicht sicher, zu wem ihre Mutter spricht, ob zu Oster oder zu Greta, die immer noch still und stumm in der Tür steht, oder zu ihr. Mit einem flehentlichen Blick schaut sie ihren Vater an.

Oster seufzt. »Ich kümmere mich darum, Kat. Du und Greta könnt euch ruhig schlafen legen.« Die beiden Frauen entfernen sich. »Ich frage mich, wo wir um diese Zeit ein Schloß herbekommen. Da fällt mir ein ... Kann ich dich für eine halbe Stunde allein lassen?«

Daraufhin klettert Lore aus dem Bett, schlüpft in ihre Pantoffeln und schiebt ihre Hand in die seine. Er sieht sie an und lächelt. »Also gut. Dann machen wir uns gemeinsam auf die Suche.«

Am Ende nehmen sie das Schloß von der Vorratskammer. Ein altmodisches Ding, das von Magneten an Tür und Pfosten gehalten wird; der Mechanismus ist ein primitives Kombinationsschloß. Doch als sie es in ihre Schlafzimmertür einbauen und Lore den Kombinationszylinder in ihrer Hand versteckt, damit nicht einmal Oster sieht, welche Zahlen sie wählt, fühlt sie sich besser. Oster bringt sie zu Bett, drückt ihr einen Kuß auf die Stirn, und als die Tür hinter ihm zugeht, hört sie das beruhigende Klicken, das ihr versichert, daß niemand ohne ihr Einverständnis diesen Raum betreten kann. Die Tür bleibt geschlossen, bis sie auf dem Zählwerk die richtige Nummer eingestellt hat.

Während sie sich am nächsten Morgen anzieht, klopft Greta an die Tür. Stolz macht sie ihr auf. Greta wirkt irgendwie verlegen. »Hast du hinterher besser geschlafen?«

Lore nickt und zeigt Greta das Schloß. Greta zieht die Stirn kraus. »Das ist nicht sicher genug.«

»Aber ...«

»Nein, es ist nicht sicher genug. Sperr hinter mir die Tür ab und sieh zu, was geschieht.«

Lore, die alles, was Greta sagt oder betrifft, verwirrend findet, gehorcht. Zwanzig Sekunden später schnappt die Verriegelung zurück und die Tür geht auf. Lore gerät in Panik. Es spielt keine Rolle, daß Greta vorhin zur Tür hinausging, in diesem Augenblick ist sie fest davon überzeugt, daß das Monster zurückkommt. Sie rennt zum Bett, in der Absicht, sich darunter zu verstecken; dabei vergißt sie, daß es ein Futon ist und nicht ihr eigenes hohes Bett in Amsterdam. Die Tür schließt sich wieder, und Lore öffnet den Mund um zu schreien.

»Ich bin's doch nur«, sagt Greta. Aber sie macht einen zerstreuten Eindruck. »Wegen des Schlosses müssen wir etwas unternehmen.« Dann setzt sie sich einfach auf das Futon und beginnt, über ihren Slate verschiedene Leute zu kontaktieren. »So, das wär's. Und jetzt gehen wir frühstücken.«

Beim Frühstück sind sie die einzigen. Das Hausmädchen läßt Gretas Croissant auf den Boden fallen, doch die scheint es gar nicht zu bemerken. Lore knabbert ohne Appetit an ihrem Essen und beobachtet ihre Schwester verstohlen über den Rand ihres Glases mit Fruchtsaft hinweg. *Wohin ist sie dauernd unterwegs?* wundert sie sich. Wo immer sie sich auf ihren ständigen Reisen aufhalten mag, viel Freude scheinen ihr diese Ausflüge nicht zu bereiten.

Nur vierzig Minuten später trudelt der Schlosser ein, und zu dritt stapfen sie die Treppe hinauf; alles geschieht schweigend. Stumm deutet Greta auf die Tür, und der Schlosser nickt.

Es dauert fünf Minuten. Fasziniert schaut Lore zu, wie er das alte Schloß mit einem Gerät entfernt, das wie ein Pfannenmesser aussieht. Es wird ersetzt durch ein cremefarbiges Keramikquadrat mit einer schwarzglänzenden Oberfläche. Als Lore glaubt, der Handwerker sei fertig, fischt er ein zweites Schloß aus der Tasche und bringt es an der Türseite an, wo sich die Angeln befinden.

Der Mann sieht nicht aus wie ein Venezolaner. Nach getaner Arbeit zückt er eine weiße Fernbedienung von der Größe einer Hasenpfote. Er drückt auf einen Knopf, und die schwarze Fläche verfärbt sich dunkelblau. »Die gehört jetzt Ihnen.« Er will Greta die Fernbedienung geben, aber mit dem Kinn deutet sie in Lores Richtung, und er überreicht ihr den elektronischen Schlüssel. Dann trollt er sich.

»Das ist ein Spezialschloß«, erklärt Greta. »Niemand – absolut niemand – kann es öffnen. Und da es zwei Schlösser sind, kann man die Tür auch nicht einfach aus den Angeln heben oder aufbrechen. Man müßte ein Loch in die Mitte schneiden. Und ein Monster ist dazu nicht imstande.«

Lore betrachtet die griffige weiße Fernbedienung in ihrer Hand und fragt sich, ob es in den Niederlanden auch Monster gibt.

»Die Schlösser lassen sich ohne weiteres entfernen; du kannst sie mitnehmen und an jede beliebige Tür anbringen. Später gebe ich dir die komplette Bedienungsanleitung in deinen Slate ein. Wenn ich gleich gehe, suchst du dir am besten einen Code aus. Welchen du wählst, ist völlig egal. Du kannst sogar zwei unterschiedliche Codes nehmen, für jede Seite einen anderen. Und wenn du dich für Algorithmen entscheidest, ändert er sich von Mal zu Mal.« Sie tippt auf den Schlüssel in Lores Hand. »Dieses Ding da darfst du nie verlieren.«

Nachdem sie gegangen ist, sitzt Lore auf ihrem Bett,

verriegelt und öffnet die Schlösser und lauscht den dabei entstehenden Geräuschen.

Am nächsten Tag reist Greta wieder ab, und Lore gewöhnt es sich an, in ihre Tasche zu fassen und zu prüfen, ob der Schlüssel noch da ist, wann immer sie nervös wird.

7

Zu meiner Verblüffung organisierte Magyar irgendwie eine Reihe PDs, teils Hand-, teils Koffergeräte. Sie türmte sie im Korridor auf und rief die Abteilung zusammen, ungefähr zwanzig Männer und Frauen.

»Ihr wißt bereits, daß das Computerprogramm abgestürzt ist. Bis es wieder steht, vergeht mindestens ein Tag. Das Systemmanagement möchte das ganze Programm mitsamt den Backups dumpen, um sicherzugehen, daß keine weiteren Viren drinstecken. Bis dahin arbeiten wir mit Handdetektoren. Jede halbe Stunde will ich die Meßwerte wissen ...«

»Dazu ist keine Zeit!« fiel ein rothaariger Mann ihr ins Wort. Er arbeitete zwei Becken entfernt von mir. Immerzu beugte und streckte er den rechten Arm, um den neuen Ellenbogenschutz aus Neopren zu testen, der bei jeder Bewegung knarzte. Sein Name war Kinnis.

»Halt den Rand und laß mich ausreden! Und versuch mal stillzustehen, wenn ich mit dir spreche.« Das Knarzen hörte auf. »Ich verlange ja nicht, daß ihr jedes einzelne Becken alle dreißig Minuten überprüft. Ich will nur die Werte von einem einzigen Becken haben, und jeder braucht sie nur einmal zu messen. Aber es muß immer dieselbe Wanne sein, und gemessen wird stets in der Mitte. Auf diese Weise erfahren wir, ob sich was verändert, kapiert? Na schön. Irgendwelche Fragen?«

»Wie lange soll das in diesem Stil weitergehen?«

»So lange es nötig ist. Die von der Systemanalyse sagen, daß frühestens in drei Tagen alles wieder in Ordnung ist, aber ihr wißt ja selbst, daß sie sich immer alle Türen offenhalten. Vielleicht dauert es auch nur einen Tag; vielleicht aber auch nicht.«

»Und wie funktionieren diese Dinger?« erkundigte sich Kinnis und beäugte skeptisch den Berg an Ausrüstung.

»Da mußt du Bird fragen. Sie scheint so was wie eine Expertin zu sein.« Alle wandten sich mir zu.

Ich sah meine Anonymität dahinschwinden, aber es war meine eigene Schuld. Ich brachte ein Nicken zuwege. Was argwöhnte Magyar? Das nächste Mal würde ich den Mund halten.

Eine hochgewachsene, grobknochige Frau namens Cel schaute auf ihre wasserdichte Uhr und sagte mit einem jamaikanischen Akzent: »Unsere Schicht dauert noch sechs Stunden.«

»Richtig«, pflichtete Magyar ihr bei, »und die Lagertanks müssen auch noch leergepumpt werden. Deshalb sollten wir nicht länger trödeln, oder?« Sie marschierte davon und ließ uns einfach stehen; die Kollegen tauschten Blicke und sahen dann mich an.

Ich zuckte die Achseln und hob einen der kleineren Hand-PDs hoch. »Das ist ein Photoionisierungs-Detektor. Er ist auf Teilchen pro Milliarde kalibriert. Die größeren Instrumente da, die Koffergeräte, auf Teilchen pro Billion. Sie sind schwer, deshalb sollten wir uns vielleicht mit der Schlepperei abwechseln.«

»Schwer zu tragen macht mir nichts aus«, meinte Kinnis.

»Das glaub ich dir gern«, konterte Cel. »Und was mißt man damit?«

»Organische Gase. Leider nur allgemein, ohne sie im einzelnen zu identifizieren.«

»Klingt nicht allzu schlimm.« Kinnis bückte sich nach einem Koffergerät und wog es in der Hand.

»Kleinigkeit.« Er runzelte die Stirn, drehte den Apparat herum und inspizierte die Box. »Da ist ja kein Anschluß. Wie leitet man die Meßwerte in Magyars Masterboard weiter?«

»Überhaupt nicht. Diese Instrumente sind alt. Die Daten müssen manuell eingegeben werden.« Empört glotzten sie mich an, als ob ich etwas dafür könnte. »Ich weiß.« Auch ohne die zusätzliche Arbeit war der Job schon schwer genug. Ich zögerte. Nun war ich nicht länger anonym; es konnte nicht schaden, wenn ich mich beliebt machte. »Hört mal, da ich mich mit der Vorgehensweise schon auskenne, könnte ich doch die ersten paar Mal zu euch kommen und die Werte einsammeln. Was haltet ihr davon? Das spart Zeit.«

Cel musterte mich mißtrauisch, wie wenn sie spekulierte, welchen eventuellen Vorteil ich daraus zöge. Dann nickte sie widerstrebend.

Die nächste Stunde verbrachte ich damit, von einem Becken zum nächsten zu sprinten und Meßdaten entgegenzunehmen. Sowie ich genügend Material beisammen hatte, wußte ich, daß wir vor einem Problem standen. Die Ursache dafür war klar. Die Lösung nicht. Wenn ich Magyar anrief und ihr alles erläuterte, hätte sie einen Grund mehr, mich zu verdächtigen. Wäre Sal Bird darauf gestoßen, was hier nicht stimmte? Und wenn ja, hätte sie sich engagiert und ihre Beobachtung gemeldet? Ich wußte es nicht. Aber wenn ich die Sache ignorierte, würde nach und nach das ganze System kollabieren, und das konnte für die Arbeiter in den anderen Sektionen gefährlich werden.

Ich rief Magyar an. »Kannst du mal eben runterkommen?«

»Ich unterhalte mich gerade mit Hepple, Bird. Ist es eilig?«

Ich lehnte mich gegen die Armaturenkonsole, um meine Beine ein bißchen zu entlasten. »Eigentlich schon.«

»In fünfzehn Minuten bin ich da.«

Sie hielt Wort. »Ich hoffe, du hattest einen triftigen Grund, mich zu stören.«

Ich reichte ihr den Kontroll-Slate. »Sieh dir das an.«

Magyar überflog die Daten und zog die Stirn kraus. »Niedriger als ich erwartet habe.« Als sie die Augen leicht zusammenkniff, spannte sich die Haut über ihren hohen Wangenknochen. »Wieso machst du dir die Mühe, die Resultate zu checken?«

»Ich dachte mir, es wäre zeitsparender, wenn ich zu den Leuten gehe und die Werte einsammle, anstatt alle Arbeiter einzeln im Kontrollzentrum antraben zu lassen.« Außerdem bedeutete es, daß jemand ständig über die subtilen Veränderungen auf dem laufenden war und sie von Minute zu Minute verfolgen konnte. Einer mußte aufpassen. Die Gefahr war real. Ich dachte daran, wie Hepple vergnügt unser Wasser in die Hauptleitungen einspeiste, und was alles hätte passieren können, während Magyar und ich darüber berieten, ob wir den Zufluß für wenige Minuten sperren sollten oder nicht.

Magyar ließ die Schultern kreisen, um die Verspannung zu lösen. »Glaubst du, daß mit den PDs was nicht stimmt?«

Ich hätte antworten sollen, daß ich es nicht wüßte, abwarten, bis sie von selbst drauf kam. Aber ich hatte keine Ahnung, wie lange das dauern würde, und ich durfte es nicht zulassen, daß sich hier aufgrund von bloßer Ignoranz eine Katastrophe anbahnte. »Die Geräte sind schon in Ordnung, aber nicht die Art und Weise, wie die Leute sie benutzen. Die höchste Konzentration von Dämpfen befindet sich in der Mitte der Becken, wo das Wasser am tiefsten ist.«

Magyar begriff sofort. »Und diese zimperlichen Arschlöcher wollen nicht naß werden.«

»Das kann man ihnen nicht verübeln«, erwiderte ich lahm.

»Doch, ich kann es.«

Plötzlich sah ich, wie jung diese straffe Haut war, und wie ihr Groll ihre Verletzlichkeit überspielen sollte. Sie war mit ihrem Latein am Ende. Sie tat mir leid. »Wenn es dir recht ist, dann könnte ich eine Formel ausarbeiten, die die richtigen Konzentrationswerte angibt, vorausgesetzt, alle waten mindestens acht Fuß weit ins Wasser.«

Die Muskeln um Magyars Augen und Mund verspannten sich noch mehr. Sie sah aus, als seien ihre Vorfahren noch auf Pferden über die mongolischen Steppen geritten. »Das wird nicht nötig sein.« Sie blickte auf ihre Uhr. »Wir reden später darüber weiter.«

Dumm! Das war alles so dumm! Wie kam ich dazu, mich diesem Risiko auszusetzen?

Ich war immer froh, wenn die dreiviertelstündige gesetzlich verordnete Pause um Mitternacht vorbei war. Ich bemühte mich, freundlich und gleichzeitig auf der Hut zu sein, dann setzte ich mich abseits auf einen Stuhl vor den Monitor mit dem Endlosband von schwimmenden Fischen. Wenn ich das ewige Spiel des Lichtes im Wasser und den Reigen der Engelfische und Aale beobachtete, gestattete ich mir, in Erinnerungen an die Vergangenheit zu schwelgen.

Dies waren die einzigen Gelegenheiten, bei denen ich mir diese Schwäche erlaubte. Das Video erinnerte mich an die Korallenriffe von Belize, zwischen denen ich mit fünfzehn Jahren hindurchgeschwommen war. Dann gelang es mir, den Schweißgeruch und den Gestank zu ignorieren, wenn rund zwanzig Leute sich ihrer Schutzanzüge bis zur Taille entledigten, um die Hände zum Essen freizubekommen.

Normalerweise ließ man mich links liegen, damit ich meinen mitgebrachten Snack verzehren konnte, während sich der Rest der Schicht über die Malocherei beklagte, sich wegen des Kanals im Internet stritt und sich gegenseitig rüde, mir unverständliche Streiche spielte. Dieses Mal erwartete uns Magyar.

»Schaltet den Kasten aus«, befahl sie. »Ihr seid hier, um zu arbeiten. Und ich muß dafür sorgen, daß sich keiner drückt. Manchmal klappt alles reibungslos. Im Augenblick ist das jedoch nicht der Fall. Ich habe die Meßwerte gecheckt, die ich von euch in den letzten zwei Stunden bekommen habe, und sie sind nicht korrekt.« Man hörte Stöhnen, und irgendwo wurde wütender Protest laut. »Seid still. Wenn ihr ein paar Schritte weiter in die Becken gegangen wäret, wie es die Vorschrift verlangt, dann brauchte ich jetzt nicht hier zu stehen und mir den Mund fusselig zu reden.« Sie sah einen nach dem anderen an. »Ich habe brusthohe Wathosen angefordert, die ihr dann anstelle der schenkelhohen Stiefel anziehen könnt, aber vor morgen werden sie nicht geliefert. Außerdem habe ich für diese Schicht eine Gefahrenzulage verlangt.« Manch einer lächelte. »Aber macht euch keine großen Hoffnungen. Ihr kennt ja das Management.«

Jetzt nahm das Lächeln der Leute einen verschwörerischen Zug an. Ich konnte nicht anders, ich bewunderte die Art und Weise, wie Magyar ihre Zuhörer manipulierte.

»Noch etwas, Leute. Von jetzt an bis das Programm wieder online ist, führe ich persönlich stichprobenartig Kontrollen der Meßwerte durch. Jeder, dessen Daten um mehr als fünf Prozent abweichen, fliegt auf der Stelle. Und jetzt macht euch wieder an die Arbeit.«

Die Schufterei, die auch so schon schwer und schmutzig war, wurde beinahe unerträglich. Als wir uns nach der Schicht auszogen und duschten, gab es viel Gemurre und Überlegungen, ob man sich nicht krank melden sollte. Ich hielt bloß den Kopf gesenkt und versuchte, nicht daran zu denken, daß ich hier die einzige zu sein schien, die vom Betrieb einer solchen Anlage etwas verstand.

In dieser Nacht träumte ich schlecht. Verworrene Visionen suchten mich heim, von Plastheneplanen und Blut, und, wie ich auf dem Bauch liegend, das Gesicht in ein Kissen gedrückt, am Ersticken war, während irgend etwas schwer auf meinem Rücken ritt und mir seinen Atem ins Ohr blies. Schweißgebadet wachte ich auf, völlig verkrampft und geil auf Sex. Ich wußte, wenn ich irgend etwas unternähme, um die Lust zu stillen, würde ich nur Spottbilder von Spanner heraufbeschwören, wie sie die Phiole mit der öligen Droge hochhielt und dabei lachte.

Ich erschien ein paar Minuten zu früh zum Dienst. Der Computer war immer noch defekt, aber nachmittags hatte es keine Störfälle gegeben.

Als wir uns für die Schicht rüsteten, führte Magyar zwei neue Arbeiter in den Umkleideraum. Der eine war ein verhutzeltes, krummbeiniges Männchen, schien aber ziemlich agil zu sein. Zur Begrüßung grinste er breit. Der andere war noch ein Teenager, mit pechschwarzem Haar und braunen Augen. Irgend etwas an seiner Körperhaltung störte mich: Der kerzengerade durchgedrückte Rücken wollte nicht zu den schlaksigen Gliedmaßen passen.

»Das ist Nathan Meisener« – der ältere Mann nickte – »und das Paolo Cruz. Ich habe bei Hepple Druck gemacht, die beiden freien Stellen zu besetzen. Die zusätzliche Hilfe kommt euch sicher nicht ungelegen.«

Ein, zwei Leute lachten, und am liebsten hätte ich alle angeschrien: *Bildet ihr euch etwa ein, zwei Helfer machen einen Unterschied, wenn hier ein Feuerball durchrast?* Kinnis schlug Meisener auf den Rücken und Cel blödelte: »Hoffentlich kannst du schwimmen«, während sie ihre Watstiefel überstreifte.

»Alles klar, Leute. Zeit, an die Arbeit zu gehen.« Im Gänsemarsch zogen sie an Magyar vorbei. Trotz ihrer aufgesetzten Jovialität sah ich an ihren geröteten Wangen und dem vorgereckten Kinn, daß sie sich über irgend etwas ärgerte. Magyar hielt Kinnis fest und dann mich, ehe wir uns verdrücken konnten. »Kinnis, du übernimmst Meisener. Er hat ein bißchen Erfahrung, aber das liegt schon eine Weile zurück.« Sie sah den beiden hinterher, wie sie den Korridor passierten. Ich merkte, wie der andere Neuling, der junge Bursche, mich anschaute. »Cruz, die nächsten paar Tage wirst du Bird überallhin begleiten. Sie kennt sich in diesem System besser aus, als man für möglich halten sollte.«

Der beißende Unterton war nicht zu überhören. Die Entwicklung, die die Dinge nahmen, gefiel mir nicht. War Magyar mißtrauisch genug, um Birds Hintergrund zu checken? Als ob ich nicht schon genug andere Sorgen hätte.

Ich bugsierte den Neuen vor mir her und konnte förmlich spüren, wie Magyars durchdringende, scharfe Blicke mich den gesamten Gang hinunter verfolgten. Paolo, dem auch eine gewisse Spannung aufgefallen sein mußte, sagte nichts.

Während ich ihn im Lauf der nächsten zwei Stunden in seinen Job einwies, ihm erklärte, daß die Rückenstütze die überkreuzten Schultergurte aus gutem Grund besaß, verhielt er sich äußerst wortkarg. Etwas an ihm kam mir immer noch merkwürdig vor. Ich beobachtete ihn, wie er in das Becken hinauswatete, den PD in Taillenhöhe haltend.

»Nicht besonders gesprächig, was?« bemerkte Cel hinter mir.

»Nein.«

»Meisener ist da ganz anders. Quasselt ohne Punkt und Komma.« Sie hob den PD hoch, den sie bei sich trug. »Wie stellt man diese Dinger neu ein?« Ich zeigte es ihr. Cel klemmte den PD an ihren Gürtel, dann deutete sie mit einem Kopfnicken auf Paolo, der sich bis über die Hüften im Wasser befand. »Sag mir Bescheid, wenn ich ihn dir ein Weilchen abnehmen soll.«

Ihre Freundlichkeit überraschte mich. »Danke. Ich komm drauf zurück.«

»Anfänger sind immer eine Belastung.« Sie musterte mich mit einem abschätzenden Blick. »Meistens jedenfalls.« Sie winkte mir kurz zu und kehrte dann zu ihren eigenen Becken zurück. Ich richtete mein Augenmerk wieder auf Paolo.

Wasser spritzte hoch, als er noch ein paar Fuß tiefer hineinwatete. Mittlerweile hatte ich mehrere Menschen dabei beobachtet, wie sie beim Messen vorgingen, und das einzige, was sie gemeinsam hatten, war die Zaghaftigkeit, mit der sie sich in der schmutzigen Brühe bewegten. Ich selbst war ja nicht anders. Nicht nur, daß man dauernd darauf gefaßt sein mußte, das Gleichgewicht zu verlieren und zu stürzen, man wußte auch nie, worauf man trat oder was man hochwirbelte.

Die Vorstellung von treibenden Kothaufen oder Klumpen einer klebrigen Masse, all dem anorganischen oder organischen Mist, den die Leute in ihren Klos hinunterspülen, oder der sich von selbst durch die städtische Kanalisation schummelt, ließ sich nicht einfach aus dem Kopf verbannen. Es spielte keine Rolle, ob die Beine durch eine doppelte Schicht Polyurethan und Plasthene geschützt waren; man fühlte trotzdem die schleimigen Substanzen, mit denen man zusammenstieß, als hätte man sie an der Haut.

Scheinbar gleichgültig, wohin er trat, pflügte sich Paolo an den Rand des Beckens zurück. Er hielt mir den PD entgegen. Ich winkte ab. »Lies die Daten ab. Das geht schneller.«

Er gehorchte. Bei jedem vierten oder fünften Wort hörte ich einen Akzent heraus; nicht die weichen Konsonanten des kastilischen, noch die nasalen Vokale des mittelamerikanischen Spanisch. Irgend etwas anderes. Wie die unbekümmerte Art, in der er durch die verseuchte Brühe stakste, so kam mir auch seine Sprechweise vage bekannt vor, ohne daß ich sie einordnen konnte. Und das fuchste mich. Ich schüttelte den Kopf ob meiner blühenden Phantasie.

»Soll ich jetzt aufhören?« Gespannt blickte er mich an.

»Nein. Du machst das sehr gut.«

Als er mit dem Messen fertig war, streckte ich meine behandschuhte Hand aus, um ihm beim Aussteigen aus dem Becken zu helfen. Er gab vor, sie nicht zu sehen und kletterte allein aufs Trockene. Ich fragte mich nach dem Grund für sein Verhalten, hütete mich indessen, ihn darauf anzusprechen.

Bis zur Pause behielt ich Paolo im Auge, doch erst als ich ihm den Schaber reichte, ein kurzes Metallstück zum Abkratzen der verklumpten Rechenzinken, begriff ich, daß er nicht meine Hilfe ablehnte, sondern die Berührung mit mir mied. Gewiß, er stellte sich äußerst geschickt an, er tat es sogar mit Anmut, aber er achtete stets darauf, daß seine Hand niemals an die meine faßte, oder mein Fuß den seinen streifte, wenn wir bis zu den Schenkeln im Wasser standen, während ich ihm das Schilf bündelte, damit er die Blütenstände kappen konnte.

Ich übernahm es, die Binsen zu trimmen und schickte ihn zur nächsten Messung ins Becken zurück; als er dieses Mal den Rand erreichte, hielt ich ihm absichtlich den Griff der Heckenschere hin, um ihn daran hochzuziehen. Ohne zu zögern nahm er die Unterstützung an. Sein Lächeln war warm und sah sehr jung aus, ein krasser Gegensatz zu seiner steifen, beinahe hochmütigen Körpersprache.

Diese Steifheit erinnerte mich an etwas, doch als ich mein Gedächtnis anstrengte, beschwor ich nur ein verschwommenes Bild von Katerine herauf, wie sie, vor etlichen Jahren, triumphierend über eine Information im Internet grinste. Mehr fiel mir nicht ein. Ich nahm meine Arbeit wieder auf.

Wieder einmal wartete Magyar im Pausenraum auf

uns. Unaufgefordert schaltete Cel den Internet-Monitor ab.

Magyar lächelte, aber es war kein Ausdruck von Heiterkeit. »Einige von euch werden sich freuen zu hören, daß von heute an, Beginn zwanzig Uhr, jedes Mitglied dieser Schicht, das ins Wasser geht – also alle von euch –, ständig eine Atemmaske und einen verstärkten Schutzanzug tragen muß. Wie es die Arbeitsschutzbestimmungen vorschreiben. Man kann nie wissen, wann wir hier unverhofften Besuch von einem Inspektor bekommen.« Dabei sah sie mich an, und es gehörte nicht viel dazu, um zu merken, wie wütend sie war. Mir schwante, warum sie sich so aufregte.

»Ein paar von euch ärgern sich bestimmt über die Extra-Kosten, die vom nächsten Lohn abgezogen werden, und jeder hier ist sicher sauer über die verringerte Produktivität, die eine niedrigere Bezahlung zur Folge hat. Verantwortlich dafür sind die Leute, die die Regeln und Vorschriften aufstellen.« Ihre Stimme klang rauh vor Zorn. Abermals starrte sie mich an, und mir ging ein Licht auf. Sie glaubte, sie sei mir gerade noch mal zuvorgekommen. Sie hielt mich für eine Inspektorin der Aufsichtsbehörde für Arbeitsschutzmaßnahmen. *Sie* inszenierte diese Veränderungen, um ihren Job zu retten. Kein Wunder, daß sie so aufgebracht war. Die Produktivität würde sinken, und bald schon säße Hepple ihr im Nacken. Und mir schob sie die Schuld dafür zu. »Fragen?«

Keiner traute sich, sie etwas zu fragen, wenn sie in dieser Stimmung war.

»Na schön. Ihr geht wieder an die Arbeit – mit Masken – in genau ...« – sie blickte auf ihre Uhr – »zweiundvierzig Minuten.«

Beim Hinausgehen nickte sie mir verbissen zu und fixierte mich mit einem verächtlichen Blick. Es war eine unmißverständliche, offene Provokation. Cel merkte etwas und wandte sich verstört um. Es gelang mir, die Achseln zu zucken und eine verdutzte Miene aufzusetzen, aber unter dem Schutzanzug brach mir der Schweiß aus.

»Warum hat sie dich auf dem Kieker?« fragte mich Kinnis verwundert, doch er schaute wachsam drein, als fürchtete er, es könnte ihm zum Nachteil gereichen, wenn er mit mir sprach.

»Keine Ahnung.« Eine kalte Hand schien mein Herz zusammenzupressen, und plötzlich hatte ich Angst, mein Akzent würde nicht richtig klingen, und jeder, der mir zuhörte, wüßte, wer ich war. Ich fühlte mich wie betäubt und auf entsetzliche Weise bloßgestellt. Wenigstens hatte Magyar meinen Hintergrund noch nicht gecheckt, andernfalls wäre ich nicht mehr hier. Aber es war nur eine Frage der Zeit. Ich mußte Spanner drängen, daß sie sich beeilte. Ich tapste zu meinem Spind und holte meinen Proviant heraus, derweil ich mich bemühte, unbekümmert zu wirken. Meine Hände zitterten, und ich mußte mich hinsetzen.

Vor dem Bildschirm mit den Fischen hatte sich schon Paolo breitgemacht. Ich gesellte mich zu ihm, hielt aber Abstand. Da ich mich noch nicht wieder in der Gewalt hatte, sagte ich nichts. Der Junge saß still da und schaute auf den Monitor. Er aß nicht.

»Bitte.« Ich bot ihm die Hälfte meines Pausensnacks an. Dann fiel mir wieder ein, wie sehr er eine Berührung verabscheute, und legte das Essen auf den nächsten Tisch. »Morgen kannst du mir was mitbringen.«

»Ich dachte …«

»Es gibt hier eine Cafeteria, aber bevor sie dich hineinlassen, mußt du duschen und dich umziehen. Auf das Essen wartet man lange, und es ist sehr teuer. Außerdem sitzen dort die leitenden Angestellten und Kontrolleure, die dich anstarren, als seist du ein ekliges Insekt.«

»Danke.« Hungrig biß er in das Sandwich. Ich nahm mir vor, auch morgen ausreichend Proviant mitzunehmen. Der Bursche sah aus, als bekäme er nie genug zu essen.

Kinnis und Meisener setzten sich uns gegenüber. Offenbar waren sie zu dem Schluß gekommen, daß es wohl doch nicht schaden konnte, wenn sie sich mit mir unterhielten. »Nun, Paolo, woher kommst du?«

»Ich wohne hier seit meinem zweiten Lebensjahr.« Die Aussage an sich klang völlig neutral, doch ich hörte eine gewisse Anspannung heraus. Er wollte nichts über sich erzählen.

Kinnis öffnete den Mund zur nächsten Frage, doch Meisener ließ ihn nicht zu Wort kommen.

»Ich wurde hier geboren, aber in den letzten zwanzig Jahren hielt ich mich kaum in der Stadt auf«, erklärte er. »Ich bin durch die ganze Welt gegondelt. Eine Zeitlang diente ich in der Armee, später hatte ich einen Job als Mechaniker bei EnSyTec. Bin überall gewesen. Schließlich wurde ich das Herumreisen leid, wollte mich niederlassen und eine Familie gründen. Ich nahm eine Stelle in Sarajevo an, als Kanalarbeiter. Bald darauf heiratete ich.«

»Habt ihr Kinder?« fragte Kinnis, Paolo vergessend.

»Zwei.« Dann wurden Fotos gezückt, und das Gespräch drehte sich um die Gören.

Paolo schien es zu genießen, in die Unterhaltung miteinbezogen zu sein, ohne selbst etwas dazu beitragen zu müssen. Derweil zermarterte ich mir das Gehirn, wie ich Magyar beschwichtigen sollte.

Als ich in dieser Nacht heimkam, blinkte die Nachrichtenleuchte am Bildschirm. Ehe ich mir die Jacke auszog, drückte ich auf die PLAY-Taste; vielleicht waren es Ruth und Ellen, die mich einluden.

Es war Spanner. »Hyn und Zimmer sind morgen abend im *Polar Bear*. Ich geh auch hin.«

Das Gerät schaltete sich selbsttätig ab. Erst jetzt merkte ich, wie sehr ich mich nach Ruths Anruf sehnte.

Noch lange hockte ich vor dem leeren Schirm und lauschte der tiefen Drei-Uhr-morgens-Stille.

In der Nacht wachte ich mehrere Male auf; mein Herz raste, und ich überlegte, ob ich mich wegen der Vorfälle in der Hedon Road an die regionale Aufsichtsbehörde für Gesundheit und Sicherheit wenden sollte.

Lore folgte Spanner den dunklen Treppenschacht hinunter nach draußen in die laue Nacht. Sie hielt den Blick gesenkt, fixierte Spanners Füße, weigerte sich, die Leere der Umgebung wahrzunehmen. Der feuchte Asphalt funkelte in der Straßenbeleuchtung. Sie schaffte es bis zur Bar auf der anderen Straßenseite, ohne sonderlich zu schwitzen.

Im *Polar Bear* war es schummrig, warm, und niemand nahm Notiz von ihnen, als sie eintraten.

Ein Lokal wie dieses stellte für Lore eine völlig neue Erfahrung dar. Die ungezwungene Atmosphäre in den europäischen Bars und Straßencafés, die australischen Restaurants und die Teestuben Indiens hatten sie nicht vorbereitet auf dieses originelle, dämmrige Pub, in dem es intensiv nach Bier roch und die Luft summte vor gedämpfter Konversation. Die hölzernen Dielen und die Vertäfelung der Bar waren auf Hochglanz gewienert; die Theke hatte eine bauchige Wölbung aus biscuitfarbenem Porzellan, in das ein Muster aus Weinlaub, Reben und Flaschen einmodelliert war.

»Der Tresen sieht schwanger aus«, stellte sie fasziniert fest; am liebsten wäre sie hingegangen und hätte mit der Hand darüber gestreichelt, aber Spanner steuerte auf einen Ecktisch zu, und sie zockelte hinterher.

Dort saß bereits ein älteres Paar. Spanner zog sich einen Stuhl heran. »Das ist Lore.«

»Ich bin Hyn, und der da ist Zimmer. Es macht nichts, wenn du uns verwechselst, das passiert vielen Leuten.«

Spanner ging zur Bar, um Drinks zu holen, und Lore blieb am Tisch mit einem Mann und einer Frau zurück, die wie getrocknete Tabakblätter aussahen, in denen Beeren die Augen markierten. Hyn und Zimmer. Das waren die Leute, die sich auf Sicherheitsschlösser verstanden.

Sie schienen sich in diesem Ambiente zu Hause zu fühlen, doch Lore glaubte, daß sie in einem Wald genauso wenig auffallen würden wie in dieser nächtlichen urbanen Szene. Sie fragte sich, ob sie Bruder und Schwester waren, oder ob sie sich mit der Zeit äußerlich einfach mehr und mehr anglichen, wie es auf bizarre Weise mit vielen Paaren geschah. Sie überlegte, was sie sagen sollte. Ihr früheres Training, die endlosen Zusammenkünfte mit örtlichen und nationalen Würdenträgern, machte sich jetzt bezahlt. »Ein ungewöhnlicher Name für eine Bar, *Polar Bear.*«

»Eine Legende besagt, daß vor dreihundert Jahren ein Eisbär aus dem Zoo entkam und an dieser Stelle erschossen wurde.« Zimmer nippte an seinem dunklen Bier. Das Pärchen schien Lore amüsant zu finden.

»Was machen Sie beruflich?«

Zimmer lachte, ein robustes, stürmisches Lachen, das Lore verblüffte. »Wir sind Hehler, meine Liebe. Und wir verstehen unser Handwerk. Nun zu Ihnen: Womit beschäftigen Sie sich?«

»Das steht noch nicht fest.«

»Keine Sorge. Spanner wird das bald regeln.«

Spanner wird das regeln … Sie blickte auf ihr winziges, weit entferntes Abbild im Spiegel hinter der Bar und strich sich über den roten Schopf.

Spanner kam mit Bier zurück. »Trink langsam. Wir haben noch was vor. Dazu brauchst du einen klaren Kopf. Höchste Zeit, daß du anfängst, deine Schulden bei mir zu begleichen.«

* * *

Lore fand heraus, daß sie ein gutes Team bildeten. Eine lächelte und setzte sich mit einem Drink an einen Tisch in die Nähe einer kleinen Gruppe. Die andere beobachtete das Geschehen von der Theke aus. Die reichen, selbstbewußten Typen, die gewisse Bars frequentierten, konnten keiner Frau ohne Begleitung widerstehen, sei es aus böser Absicht oder den besten Motiven heraus.

»Setzen Sie sich doch zu uns«, forderte man Lore auf, wenn sie an der Reihe war, den Lockvogel zu spielen, und man lud sie zu einem Drink ein, den sie nie ablehnte. Dann fing sie an zu reden, begann hysterisch zu lachen oder zu weinen, je nachdem, was besser ankam, und erzählte von der Pechsträhne, die sie in letzter Zeit heimsuchte, was man ihr bei ihrem Akzent und Auftreten ohne weiteres abnahm. Derweil pirschte sich Spanner von hinten an die Leute heran, während sie mit Taschentüchern zugange waren oder weitere Drinks bestellten, und stibitzte ein, zwei Slates.

Reiche Leute, so behauptete Spanner – und sie schien recht zu haben –, ließen ihre Slates immer in ihren Jackentaschen, und die Sakkos hängten sie über die Lehnen ihrer Stühle, wie wenn sich ohnehin niemand trauen würde, sie zu bestehlen. Vermutlich war ihnen vorher auch noch nie dergleichen passiert. Sie konnten sich nicht vorstellen, welchen Nutzen jemand aus einem fremden Slate ziehen sollte.

Nach einer Weile gewann Lore dann ihre Fassung zurück, bedankte sich artig und ging. Sie und Spanner sprangen auf den nächsten Slide, oder, wenn es nach zwei, drei Uhr morgens war, schwangen sich auf den Rückenschild eines käferförmigen Frachters. Mit der rechten Hand umklammerten sie den Griff eines Notausstiegs, die Linke mit dem PIDA hielten sie außer Reichweite der Antennen auf der Kuppe, denn sowie das winzige Käfergehirn eines Frachters einen Menschen an Bord registrierte, stoppte das Gefährt auf der

Stelle. Frachter konnten gefährlich sein, aber Spanner – und bald auch Lore – kannte sämtliche Routen, sämtliche Haltestellen, sämtliche Fahrpläne.

Manchmal kicherten sie außer Rand und Band, besonders, wenn Spanner die Rolle des armen, ganz auf sich allein gestellten kleinen Hascherls gespielt hatte. Denn während sie durch die verlassene City glitten, gab sie lauthals die haarsträubenden Geschichten zum besten, die sie ihren wohlhabenden, arglosen Opfern aufgetischt hatte.

Mitunter, wenn sie in eine riskante Situation gerutscht waren oder der Alarm losgellte, nachdem sie wenige Minuten zuvor die Bar verlassen hatten und auf Teufel komm raus rennen oder von einem Frachter zum nächsten hechten mußten, öffneten sie zu Hause eine Flasche Champagner; genießerisch beobachteten sie die blasse, perlende Flüssigkeit, die prickelnd schäumte wie ihr adrenalingesättigtes Blut, bogen sich vor Lachen, rissen sich gegenseitig die Kleider vom Leib und kopulierten wie die wilden Tiere auf einem Haufen glatter grauer Slates.

In solchen Nächten schien es Lore, als hätte sie vorher nie wirklich gelebt; hier öffnete sich jede Pore, um die stürmische Stimmung der Nacht in sich aufzunehmen, jede Faser ihres Seins paßte sich atmosphärischen Veränderungen an, jede Geschmacksknospe und Nervenzelle war sensibilisiert. Sie wußte, daß Spanner manchmal am Leiden anderer Menschen verdiente, doch davor konnte sie bequem die Augen verschließen – hatte sie selbst nicht auch gelitten?

Jeder litt auf irgendeine Art und Weise. Man mußte nur dafür sorgen, daß man derjenige war, der profitierte, indem man andere ausnutzte – und nicht umgekehrt. Sie würde sich nicht mehr hereinlegen lassen, in dem Stil, wie Oster sie hintergangen und getäuscht hatte. Nie wieder. Und mitten beim Sex blickte sie zu Spanner auf, die sich rhythmisch über ihr bewegte, und fragte sich, ob diese halbgeschlossenen Augen die Bilder von der nackten, weinenden Lore aus den Nachrichtensendungen auf die richtige Lore überblendeten.

In diesen Nächten träumte Lore oft, sie säße wieder in der Bar; doch wenn sie nun vor irgendwelchen Fremden zu flennen anfing, tat sie es aus gutem Grund. Schwitzend wachte sie unter der bunten Steppdecke auf und dachte an Tok oder die Krabbe; manchmal erinnerte sie sich auch an ihre Mutter oder an Stella, wie sie schreiend im Brunnen stand. Dann war sie sich nicht mehr sicher, welche Passagen ihres Lebens real waren und welche sie sich nur einbildete.

Auch jetzt noch ging Spanner hin und wieder allein aus. Lore drückte ihr Gesicht gegen die Fensterscheibe, sah Spanner hinterher, bis sie aus ihrem Blickfeld verschwand und spekulierte, wohin sie unterwegs war. Obwohl es ihr zunehmend leichter fiel, Spanner des Nachts zu begleiten, traute sie sich immer noch nicht allein nach draußen. Und wenn sie erst einmal die Wohnung verlassen hatten, setzte sich Spanner mit der Welt auseinander. Lore versteckte sich hinter ihr, nicht buchstäblich, natürlich, sondern sie hüllte sich in eine Wolke aus reserviertem Schweigen.

Als sie noch ein Kind war, eine van de Oest, hatte es immer funktioniert. Nie wäre es ihr in den Sinn gekommen, daß diese Haltung hier, wo niemand sie kannte oder sich für sie interessierte, verschwendet war.

Ein paarmal hatte Spanner sie angeschnauzt, sie solle nicht so verflucht gerade stehen, das fiele auf. Also lernte sie, sich wie Spanner zu bewegen, hellwach und konzentriert, doch gleichzeitig verschlossen, sprungbereit und immer auf der Hut. Sie legte die deutliche, abgehackte Aussprache ab, die man ihr von Kind an beigebracht hatte, und gewöhnte sich an, die einzelnen Worte miteinander zu verschleifen. Nach und nach verwandelte sie sich in jemand anders, bis sie ihr Bild im Spiegel akzeptierte, das schmale, hungrige Gesicht, die roten Haare und die nackte Vulva. Dennoch wagte sie sich auf eigene Faust nicht auf die Straße.

Sie fürchtete sich vor nichts Bestimmtem … einfach alles machte ihr Angst, wie wenn die Welt eine konturlose, schwammige Bestie wäre, die über sie herfallen und sie ersticken würde. Die freien Plätze, die Weite, das Gefühl, ihr Rücken sei unbedeckt und alle Menschen könnten durch ihre Kleidung hindurchsehen, flößten ihr Furcht ein; sie sorgte sich, jemand könnte in ihr die reiche Erbin erkennen, die vor drei oder vier Monaten entführt worden war. Bei diesen Vorstellungen fing ihr Herz an zu rasen, und ihre Hals- und Kiefermuskeln verkrampften sich, als würde sie ganz langsam mit einer dicken weichen Schlinge erdrosselt.

Wenn sie einen guten Tag hatte, schaffte sie es bis hinunter in den Garten. Das Schwierigste daran war, die Vordertür zu passieren. Sie legte die Hand auf das Holz, und plötzlich fiel ihr ein: *Habe ich meine Handschuhe dabei?* Prompt kramte sie in den Taschen ihrer Jacke. Doch, die Handschuhe steckten drin. Sie öffnete die Tür einen Spalt breit und siedendheiß durchfuhr es sie: *Sieht man schon das Grau an den Haarwurzeln?* Daraufhin mußte sie die Tür wieder schließen, ins Bad zurückpilgern und prüfend in den Spiegel schauen.

Schließlich stand sie vor der Tür, atmete tief durch und redete sich ein, sie wäre ja nur *ein paar Sekunden lang* auf der Straße. *Nur ein paar Sekunden*. Manchmal haßte sie sich für ihre Ängstlichkeit. Doch zum Schluß, wenn sie gut drauf war, riß sie hastig die Tür auf, knallte sie hinter sich wieder zu und flitzte die Treppe hinunter. Dann kamen der schmale Durchgang und die hölzerne Pforte, die nun mit einem neuen glänzenden Schloß versehen war und einem Riegel, den sie von innen vorschieben konnte. Wenn sie diese Hürde bewältigt hatte, fühlte sie sich sicher.

Zuweilen verbrachte sie mehrere Stunden im Garten, zertrümmerte mit einer Spitzhacke Beton, warf die Brocken in die Schubkarre und sortierte die Ziegel in zwei Haufen; auf den einen kamen die Steine, die sie wegwerfen wollte, die restlichen behielt sie, um damit ein erhöhtes Blumenbeet anzulegen. Etliche Unkräuter ließ sie stehen. Sie hatten sich diesen Ort erkämpft, und ihr lag nichts daran, sie herauszurupfen. Außerdem waren sie grün und wucherten üppig, zudem würden die meisten im Frühling und Sommer blühen.

Heute nahm sie einen Spaten und begann das harte Erdreich umzugraben. Mit dem ganzen Gewicht stemmte sie sich auf das Gerät und freute sich, wie der Stahl den schwarzen Boden durchschnitt, wobei sie sich große Mühe gab, keine Würmer zu zerstückeln.

Irgend etwas raschelte im Gestrüpp an der Westmauer.

Lore erstarrte. Sie spitzte die Ohren. Nichts. Sie mußte sich das Geräusch eingebildet haben. Erneut nahm sie ihre Arbeit in Angriff. Dann hörte sie es wieder.

Vorsichtig legte sie den Spaten hin, um den wie auch immer gearteten Urheber des Geraschels nicht zu verscheuchen; doch als sie sich dem Gefilz aus Unkraut, totem Holz und den Fragmenten eines Fahrradrahmens näherte, begann sich etwas hektisch zu bewegen. Sie ging in die Hocke und spähte unter das Dickicht. Im Schatten glänzte ein Auge, und ein Schwanz peitschte nervös hin und her. Eine Katze.

Sie starrten einander an. Hübsch war die Katze nicht. Die Rippen stachen hervor und ein Auge war geschlossen, wahrscheinlich befand sich dort nur noch eine leere Höhlung. Sie roch den Atem des Tieres, der faulig stank, als hätte es sich von verwesendem Fleisch ernährt.

Langsam trat Lore den Rückzug an. Die Katze brauchte Futter, das stand fest, aber wenn sie sie jetzt vertrieb, würde sie vermutlich nie wieder zurückkommen. Doch angenommen, das Tier würde zutraulich; hatte sie überhaupt Lust, für ein ungezieferverseuchtes, krankes Vieh zu sorgen? Wahrscheinlich lebte es nicht mehr lange. Und wenn sie jetzt ins Haus ging, um Futter zu holen, mußte sie wieder ins Freie hinaustreten. Zweimal an einem Tag Spießruten laufen.

Die Katze wich vor Lore zurück und drückte sich ängstlich gegen die Mauer. Sie fauchte ein paarmal. Der obere rechte Reißzahn fehlte. Vielleicht war das Tier alt und wollte sich zum Sterben hier verkriechen. Der Kopf pendelte mal nach rechts, mal nach links, auf der Suche nach einem Fluchtweg.

Lore überlegte, was sie der Katze zu fressen geben sollte und ging in Gedanken ihre Küchenvorräte durch. Bei der Vorstellung, wie das arme, halbverhungerte Geschöpf kalten Reis oder zwei Tage alte Sushi-Reste oder Bohnen herunterschlang und sich hinterher die Schnurrhaare leckte, mußte sie seufzen. Jetzt blieb ihr gar nichts anderes mehr übrig, als die Katze zu füttern.

Sie trug zwei Unterteller nach draußen, einen mit rohem Ei, den anderem mit aufgetautem gemahlenem Kalbfleisch. Die Katze war weg. Trotzdem stellte sie die Teller im Gestrüpp ab und fing wieder an zu graben. An diesem Nachmittag sah sie die Katze nicht mehr.

Als es dunkelte, ging sie noch einmal hinaus. Die Teller waren leer. Sie lächelte.

Sie verfolgte die Nachrichten, doch nie gab es eine Meldung über ihre Entführung oder Leichenfunde. Kein Wunder. Ihr Kidnapping war bereits Schnee von gestern, ein alter Hut. Ende August hatte man sie entführt, und jetzt war es Dezember. Ungewöhnlich fand sie, daß keinerlei Informationen über die van de Oests durchsickerten. Absolute Funkstille. Sie durchsiebte die Wirtschafts- und Umwelt-Magazine ... auch dort keine Spur von einer Nachricht. Das ergab keinen Sinn.

Und dann, eines Tages, sah sie ihren Vater und Tok in einer Nachrichtensendung, wie sie Seite an Seite am Brunnen in Ratnapida standen. Ihr fiel auf, daß Tok jetzt größer als ihr Vater war.

»Wir wissen, daß sie irgendwo da draußen steckt«, sagte Oster. »Und wir möchten, daß sie heimkommt.«

Tok, mit Ringen unter den Augen und einer Haltung, die Mutlosigkeit ausdrückte, nickte. »Bitte, Lore«, sprach er direkt in die Kamera, »komm nach Hause zurück. Es ist ... alles ist wieder gut.« Er sah aus wie jemand, der sich geschlagen gibt.

Vier Monate zuvor hatte Tok mit wenigen atemlosen Sätzen, in denen er den Grund für Stellas Selbstmord nannte, das Bild von Oster zerstört, das Lore im Lauf der Jahre aufgebaut hatte. Sie hatte ihren Vater geliebt; sie hatte geglaubt, er würde sie lieben. Doch er war ein Monster. Alles war eine Lüge gewesen. Und nun unterstützte Tok – Tok, ihr Bruder, Stellas Zwillingsbruder – Oster und bat sie, heimzukommen, denn *alles sei wieder gut*. Das verstand sie nicht.

* * *

Auch wenn Spanner und sie miteinander schliefen, auch wenn sie Spanner vielleicht ihr Leben verdankte, wußte Lore instinktiv, daß es gefährlich wäre, sich vor ihr eine Blöße zu geben. Und als Spanner an diesem Nachmittag von der Küche aus rief, sie hätten kein Brot mehr und vorschlug, Lore sollte zum Supermarkt gehen, weil sie noch weitere Dinge brauchten, war Lore klar, daß sie auf keinen Fall kneifen durfte. Sie mußte ihre Angst überwinden und am hellen Tag nach draußen tänzeln, als wäre nichts dabei.

Dünne Wolkenschleier bedeckten den Himmel und streuten das Licht zu einem diffusen Glast, der ihren

Augen wehtat. Es war überraschend kalt. Ihr Atem, in heftigen, panischen Stößen herausgekeucht, gefror vor ihrem Gesicht zu dunstigen weißen Vorhängen. Sie wünschte sich, sie hätte eine Mütze aufgesetzt. Aber sie ging nicht zurück, um sich eine zu holen; denn ein zweites Mal hätte sie die Wohnung nicht verlassen können.

Dreihundert Meter weiter blitzte das Logo des Supermarkts. Lore marschierte los. Wenn sie den Blick fest auf das Schild geheftet hielt, würde sie es schaffen. Die Straße überquerte sie auf dem Überweg aus Keramik, den sie und Spanner immer benutzten, wenn sie zum *Polar Bear* gingen. Hier fühlte sie sich sicher. Das Terrain war ihr vertraut. Doch dann bog sie auf den Gehweg nach Norden ab; überall begegneten ihr andere Passanten. Die Leute liefen vor ihr, neben ihr, kamen ihr entgegen. Sie konnte ihr Gesicht nicht verstecken in der Hoffnung, daß man sie nicht erkannte. Sie legte Tempo zu.

Der Supermarkt wirkte irgendwie eigenartig; klein, aber ein Gefühl der Tiefe vermittelnd, wie es oftmals bei Discountläden der Fall ist. Sie nahm sich einen Einkaufskorb und wanderte den ersten Gang entlang, bemüht, sich ihre Bestürztheit nicht anmerken zu lassen. Wer verletzlich aussah, wurde auch leicht verletzt. An ihr zog ein Gewirr aus Strichcodes vorbei, und maschinelle Stimmen riefen Preise aus. Die einzigen Leute, die sie sah, waren Kunden.

Sie hob einen Kopf Salat auf und drehte ihn um. Auf der Unterseite war er schmutzig. Sie legte ihn auf den Berg von Salatköpfen zurück und wählte einen anderen. An allen klebten Erdkrumen. Sie entschied sich für einen, der ihr ein bißchen sauberer vorkam als der Rest und ging weiter zu den Karotten. Es war sonderbar, sie alle in Reih und Glied liegend und zu Bündeln zusammengefaßt zu sehen.

Hin und wieder war sie schon früher einkaufen gegangen, zum Beispiel in Auckland; in der Gemüseabteilung reihten sich glänzende weiße Bottiche aneinander, in denen Salate, Zwergradicchio, Spinat und Bok Choy direkt vor den Augen des Kunden gezogen wurden. Was man wollte, pflückte man selbst. Man wußte, daß es frisch war und kannte den Herkunftsort. Dieses Gemüse hier wirkte ... wie tot. Als sei es künstlich. Wo wurde es angebaut und mit welchen Methoden? Und wie ließ es sich säubern?

Sie legte die Karotten neben den Salat. Die Waren schienen ohne System angeordnet zu sein. Erst nachdem sie zweimal durch jeden Gang gestromert war, entdeckte sie das Brot, gleich neben der Eingangstür.

Sie stellte sich in eine der Schlangen an der Kasse; dabei fiel ihr auf, daß die Frau vor ihr und der Mann neben ihr das Gemüse in Plastikbeutel gesteckt hatten. Sie fragte sich, ob sie die Beutel wohl von zu Hause mitgebracht hatten. Das Schlangestehen war eine Tortur. Ringsum war sie von Menschen umgeben, die ihr die Atemluft raubten, dabei indessen einen unerschütterlichen, ruhigen Eindruck machten, weil sie diese simple Prozedur schon hundert-, tausendmal erlebt hatten. Sie kannten sich aus, waren heimisch in dieser speziellen Kulturschicht. In einem fremden Land hätte Lore nur lächelnd die Achseln zucken und laut auf Englisch, Holländisch oder Französisch sagen müssen, daß sie nicht wüßte, wie es weiterging. Fremde durften sich Mißgeschicke erlauben, Einheimische nicht.

Sie rückte einen Schritt näher an die Kasse heran. Die Frau vor ihr drehte sich lässig um, nickte, warf einen Blick auf ihren Korb und kehrte ihr wieder den Rücken zu. Um ein Haar wäre Lore in Panik geraten und hätte das Brot und das Gemüse fallenlassen. Kauften normale Menschen lediglich Gemüse und Brot? Hielt die Frau sie vielleicht für einen Sonderling, weil sie ihre Waren nicht in Plastikbeutel gesteckt hatte?

In ihrer Phantasie verwandelte sich dieser flüchtige,

gleichgültige Blick in eine argwöhnische Musterung, und das Nicken in eine abwertende, verächtliche Geste.

Lag es an ihrem Haar? Ihrer Kleidung? Doch dann checkte die Frau ihre Einkäufe durch den Scanner und schob eine Hand mit abgespreiztem Daumen in den Metall- und Keramikrachen des Debit-Counters. Nachdem sie ihre Sachen – fast ausschließlich Lebensmittelkonserven – in einem Plastiknetz verstaut hatte, steuerte sie auf den Ausgang zu. Der Scanner begann leise zu piepsen. »Der nächste Kunde bitte. Der nächste Kunde bitte.«

Hintereinander schwenkte Lore den Salat, die Karotten und das Brot durch den Scanner, wie sie es bei der Frau abgeguckt hatte. Dann faßte sie mit auseinandergestreckten Fingern in den Debit-Counter. Mit einem Klicken schaltete die Leuchte auf Grün um. Der Mann hinter ihr räusperte sich ungeduldig. Sie raffte ihre Waren zusammen und ging eilig durch die Tür. Blicke folgten ihr, als sie Springbank hinunterhetzte und im Laufschritt den Fußgängersteg überquerte.

Als sie die Wohnung betrat, arbeitete Spanner. Stirnrunzelnd hockte sie über einem Haufen Slates. Mit zitternden Händen verwahrte Lore den Salat im Kühlschrank. Erst zwei Tage nach diesem Abenteuer traute sie sich wieder in den Garten.

Eines Tages kam Spanner gegen Mittag heim und kündigte an, sie würden in den Park gehen. Zu Lores Erleichterung nahmen sie Seitenstraßen und Schleichwege und überquerten die längst aufgegebene Eisenbahntrasse, um den Park durch einen Nebeneingang zu betreten.

Der Pearson Park war eine winzige Grünanlage mitten im Westviertel der Stadt. In viktorianischer Zeit hatte sie zum Anwesen einer wohlhabenden Familie gehört. Die Statuen, die man zu Ehren Victorias, Königin von Großbritannien und Kaiserin von Indien, errichten ließ, standen immer noch dort. Victoria höchstselbst, deren weißes Marmorkinn von grünem Moos angehaucht war – wie der Schatten eines Bartes –, grüßte von einer Säulenplatte im Rosengarten. Albert, ihr Prinzgemahl, bewachte den Teich, in dem sich Scharen von Stockenten, Moorhühner und schmuddelig aussehende Gänse tummelten.

Die meisten Vögel schliefen nun auf dem Inselchen, den Kopf unter den Flügel gesteckt, oder erbettelten Brotstücke und Reis von den wenigen abgehärteten Seelen, die, dick gegen die Kälte vermummt, hier außerhalb der Büros ihren Lunch verzehrten. Eine Eiche, die vermutlich nicht viel jünger war als die Statuen, hatte man halb aus dem Erdreich gezogen und so gekrümmt, daß sie quer über den Teich wuchs; eine knorrige, glitschig bemooste grüne Brücke. Die Wurzeln bohrten sich wie lange, knochige Finger in den asphaltierten Pfad.

Lore schauderte.

»Vom Laufen wird dir gleich warm werden«, versprach Spanner. Sie führte Lore um den Teich herum zu einem viktorianischen Wintergarten, ein Gewächshaus aus weiß gestrichenem Holz und Glas, in dessen Scheiben sich das am Himmel dahinjagende, alle Schattierungen von Grau aufweisende Gewölk spiegelte. Lore und Spanner passierten das kleine Fenster, hinter dem ein gelangweilter Angestellter Sämlinge und Schößlinge verkaufte, und traten ein.

Es war, als schlenderten sie durch frisch aufgehängte Wäsche hindurch, die noch heiß und feucht war und nach Erde, Sonne und sauberem Regen duftete. Sie fühlte sich, als sei sie durch einen Spiegel in eine andere Welt gesprungen, in der sich Asche, Holzkohle, Quecksilber, Zink und Lithium in die lebhaften Farben der Tropen verwandelten. Ein Vogel kreischte. Das helle Licht reflektierte in den orangeroten Obsthälften, die auf den Böden der Vogelvolieren lagen, blitzte im Gefieder eines purpurkehligen Kolibris und sammelte sich in riesigen, trichterförmigen roten Blütenkelchen.

»Heliconiaceen ...« staunte Lore und hob witternd die Nase. Das Dach des Gewächshauses zog sich drei Stockwerke hoch, und überall grünte und blühte es in üppiger Fülle.

»Woher weißt du das?«

»Ich war schon mal im Dschungel. Früher.« In einem anderen Leben.

Plötzlich hatte sie das Gefühl, ihr Schutzpanzer sei von ihr abgefallen, und alles könnte ungehindert auf sie eindringen und ihre Sinne bestürmen: das funkelnde Sorbettgrün eines Wellensittichschwanzes; ein Dutzend Abstufungen von Brauntönen – Humus, abgestorbenes Moos, Torf, Baumrinde, Käfer; das Knirschen ihrer Schritte auf den Kieswegen, die sich zwischen Schlingpflanzen, Palmen und Ranken hindurchschlängelten, ein ineinander verwobenes Dickicht, das vom Boden bis zu dem fünfzig oder sechzig Fuß hohen Glasdach reichte. Für diese Pflanzen schien sich Spanner zu interessieren.

Vor einem enormen grünen Turm mit herabhängenden Luftwurzeln und ausgezackten, löchrigen Blättern blieb Spanner stehen. Lore legte den Kopf weit in den Nacken, und ihr Blick verlor sich in dem emporstrebenden Geflecht aus Blattwerk, dem lebhaften Muster aus unterschiedlichen Grünschattierungen, dem harmonischen Aufbau, der in seiner ausgewogenen Vielfalt an eine gotische Kathedrale erinnerte.

Sie fragte sich, warum Spanner sie hierher gebracht hatte.

»*Monstera deliciosa* heißt sie auf Lateinisch«, erklärte Spanner. »Die Leute, die sie als erste im Dschungel entdeckten, nannten sie die Obstsalatpflanze, weil ihre Früchte so ähnlich schmeckten.« Ihr Gesicht war um fünfundvierzig Grad angehoben, und Lore konnte sie sich gut vorstellen, wie sie durch die Tropen wanderte, unbekannten Gefahren trotzend, und Exemplare von Pflanzen sammelte, nur um sagen zu können, sie sei *da gewesen*, an einem unerforschten Ort. Doch es gab keine jungfräulichen Gegenden mehr. Plötzlich mußte Lore an Stella denken. Ihre Schwester und Spanner waren aus dem gleichen Holz geschnitzt. Beide krankten daran, daß sie ihr natürliches Potential nicht ausleben konnten. Sie litten, weil sie wie dazu geschaffen waren, Neuland zu betreten, Grenzen zu überschreiten. Doch die einzigen Grenzen, die geblieben waren, befanden sich im Innern der Menschen selbst.

Am liebsten hätte sie Spanner gefragt, wieso sie auf einmal so viel von sich preisgab. Warum öffnete sie sich ausgerechnet jetzt? Statt dessen erkundigte sie sich: »Woher stammt diese Pflanze?«

Spanner zuckte die Achseln. »Heutzutage gedeiht sie nur noch in Treibhäusern.« Abermals hob sie ihr Gesicht. »Seit sechs Jahren komme ich regelmäßig hierher und warte darauf, daß sie Früchte trägt. Ich wüßte gern, wie sie wirklich schmecken – nach welcher *Sorte* von Obstsalat. Einmal träumte mir, ich hätte eine faßgroße Ananas auf dem Boden gefunden. Und als ich ein Stückchen davon kostete, schmeckte sie nach Erdbeeren.« Ihre Lippen kräuselten sich. »Dieses Gewächs kennt man auch unter dem Namen ›Käsepflanze‹. Wer kam bloß auf die Idee, etwas, dessen Fruchtstände an Obstsalat erinnern, so zu bezeichnen?«

Später, als sie die halbe Meile nach Hause marschierten, die Mäntel eng um sich gezogen, um sich vor der winterlichen Kälte zu schützen, Lore schweigend und in abwartender Haltung, sagte Spanner übergangslos: »Morgen habe ich Geburtstag.«

Lore bemerkte Spanners nach innen gerichteten Blick und wußte, daß sie sie gar nicht erst nach ihrem Alter zu fragen brauchte.

In der Wohnung zog sich Lore den Mantel aus und

ging in die Küche, um Kaffee zu machen. Als er fertig war, wollte sie ihn ins Wohnzimmer bringen, doch in der Tür blieb sie stehen. Spanner, immer noch im Mantel, starrte auf einen imaginären Punkt in der Ferne. Lore fand, sie habe noch nie so hilflos, so verletzlich ausgesehen. Sie verhielt sich ganz still, doch Spanner kehrte aus ihrer Trance zurück und schaute sie an. »Ich gehe aus.«

»Aber …«

»Was?« Die Stimme klang ruppig.

Lore blickte auf den Becher in ihrer Hand. »Nichts.«

»Warte mit dem Zubettgehen nicht auf mich.«

Lore verharrte an ihrem Platz, bis sich die Wohnungstür schloß; dann ging sie in die Küche zurück und kippte Spanners Kaffee bedächtig in den Ausguß. Nach einer Weile schüttete sie ihren hinterher.

Mit langsamen, steifen Bewegungen – bemüht, die Bilder von Stella und Spanner mit ihrer Einsamkeit, nein, *inneren Leere*, nicht an sich herankommen zu lassen – zog sie sich den Mantel wieder an. Betont umständlich knöpfte sie ihn zu.

Nicht dran denken, ermahnte sie sich immerzu, doch dieses Mal war es das Draußen, vor dem sie sich abzuschotten versuchte, die große Welt mit dem freien, offenen Himmel und all den Fremden, die sie vielleicht mit einem flüchtigen Blick streiften, dann genauer hinsahen, um schließlich das Maul aufzureißen und mit den Fingern auf sie zu zeigen … Sie öffnete die Tür und machte sich ein zweites Mal auf den Weg zum Wintergarten.

Um vier Uhr morgens, als in der Wohnung kein Licht mehr brannte, kam Spanner zurück. Lore hörte das Klirren einer Flasche, die gegen eine Wand prallte. »Mach das Licht an, sonst passiert noch was«, rief sie. Sie stieg aus dem Bett und beobachtete von der Tür aus, wie Spanner sich aus ihrem Mantel pellte, über den Teppich stolperte und beim Anblick des vier Fuß hohen Philodendrons, der ›Käsepflanze‹, stutzte.

Barfuß tappte Lore ins Wohnzimmer. »Herzlichen Glückwunsch zum Geburtstag.«

Spanner fing an zu weinen. Lore nahm sie in die Arme und hielt sie ganz fest.

Als die Schicht endlich vorbei war, freute ich mich beinahe auf mein Treffen mit Spanner im *Polar Bear*. So lange ich mich um sie und um meinen PIDA sorgte, und ob Magyar im Begriff stand, Birds Hintergrund zu checken, zerbrach ich mir nicht immerzu den Kopf, was alles in der Wasseraufbereitungsanlage passieren konnte.

Die Luft draußen war eisig und klar. Der Winter nahte.

Als ich im *Polar Bear* eintraf, war mein Gesicht gerötet und meine Hände prickelten vor Kälte. Hyn und Zimmer saßen bereits da, zusammen mit Spanner. Ehe ich mich zu ihnen gesellte, besorgte ich mir einen Drink. Während ich mich aus meiner Jacke schälte, nickte ich ihnen zu.

Zimmer erwiderte meinen Gruß. »Spanner hat uns erzählt, was du willst. Mit so was haben wir nicht oft zu tun.«

»Solche Sachen sind selten«, ergänzte Hyn.

»Und wir kennen niemanden, der uns mit dem versorgen könnte, was du brauchst.«

»Aber ihr könntet euch umhören«, meinte Spanner.

»Ja, sicher«, erwiderte Hyn. »Aber sollen wir wirklich aktiv werden?« Ich nippte an meinem Bier. Es schmeckte frisch und nach Nüssen. »Von Leuten dieses Schlages sollte man sich besser fernhalten.«

Spanner lachte. »Dasselbe könnte man auch über mich sagen. Oder über euch.« Mich ließ sie aus.

Hyn und Zimmer blickten einander an. Sie wirkten irgendwie bedrückt. »Brauchst du diese Sachen unbedingt?«

»Ja.«

Zimmer tätschelte mein Handgelenk mit einem braunen, knotigen Finger. »Und wie ist es mit dir?« Seine Augen glichen mehr denn je dunklen Beeren; ihren Glanz hatten sie behalten, aber sie schienen gealtert zu sein.

Ich nickte widerstrebend. »Ich will die Ausrüstung haben.«

Hyn seufzte. »Dann machen wir es. Aber es wird euch teuer zu stehen kommen.« Wir alle wußten, daß sie nicht nur auf das Finanzielle anspielte.

»Wieviel?«

Hyn hob die Schultern und sah Zimmer an. »Fünfzehntausend? Vielleicht auch mehr?«

Mit so viel hatte ich nicht gerechnet. »Ich bin nicht ...«

»Wir beschaffen das Geld.«

Ich glotzte sie an. »Spanner, ich glaube nicht ...«

»Wir können es auftreiben«, wandte sie sich an Hyn und Zimmer. »Gebt uns nur Bescheid, wann und wo, und ihr werdet bezahlt.«

Noch nie hatte ich die beiden so unglücklich erlebt, doch sie nickten zustimmend und standen auf. Ihre halbvollen Gläser ließen sie stehen.

Hyn und Zimmer hatten Angst, aber Spanner sah in jeder Gefahr nur ein Abenteuer. Es versetzte sie in Hochstimmung. Schweigend tranken wir unser Bier. Das war nicht das einzige Risiko, das mir drohte. Wenn Magyar sich entschloß, Birds Zeugnisse näher ins Auge zu fassen, erkannte sie sofort, daß ich mehr wußte, als mir zustand. Das rechtfertigte eine intensivere Nachforschung, und dabei würde herauskommen, daß Bird vor einer Weile gestorben war. Dann steckte ich echt in der Klemme. Vielleicht wäre ich nicht schlecht beraten, Spanners gute Laune auszunutzen.

»Ich habe meine Meinung über die PIDA-Daten geändert. Die Aktualisierung der Informationen kann nicht länger aufgeschoben werden.«

»Wann soll ich mich dranmachen?«

»Gestern.«

»Kein Problem.«

Abermals versiegte das Gespräch. Als mir das Schweigen zu lange dauerte, fragte ich: »Woher kriegst du das Geld?«

»Ist das wichtig?«

Eigentlich war es das nicht. Ich wußte ohnehin Bescheid.

Als ich in mein Apartment zurückkehrte, kam mir die Atmosphäre schal und leblos vor. Keine Nachricht von Ruth.

Ich machte mir etwas Suppe warm und begrüßte die Geräusche, die der Herd von sich gab, und das gelegentliche leise Blubbern, als die Brühe aufkochte. Mit dem Essen ließ ich mir Zeit.

Nachdem ich gegessen und das Geschirr abgespült hatte, brütete ich lustlos in der stillen, leeren Wohnung. Natürlich konnte ich mich schlafen legen, doch was sollte ich dann morgen früh tun? Ich pflanzte mich vor den Monitor und vergewisserte mich, daß kein Stromausfall eventuell eingegangene Botschaften gelöscht hatte. Eine Weile trommelte ich mit den Fingerspitzen auf der Tischplatte, dann nahm ich mir meine Projektdatei vor.

Kurz nachdem ich Spanner verließ, klebte ich tagelang am Keyboard und gab sämtliche Daten über das Kirgisistan-Projekt ein, an die ich mich erinnern konnte. Danach erstellte ich drei Kopien der Datei und extrapolierte von jeder: Eine stellte das perfekte Szenarium dar, ohne irgendwelche Probleme; eine enthielt beliebige kleinere Störfälle – zum Beispiel gingen Marleys Mikroben ein, oder eine UV-Pipeline brach; die dritte Datei befaßte sich mit Katastrophen – mit jedem menschlichen, technischen, die Umwelt betreffenden Versagen, das ich mir auszumalen vermochte. Mit dieser Datei spielte ich am häufigsten. Nach ungefähr drei Monaten simulierter Zeit – zwei Stunden Echtzeit – gelangte ich meistens an einen toten Punkt, an dem nichts mehr zu retten war. Dann löschte ich das ganze und kehrte an die Stelle zurück, an der ich vor drei Jahren angefangen hatte.

Als ich in dieser Nacht das digitale Bild der Pipeline heranholte, die sich wie eine bombastische Kristallschlange durch die Wüste zog, merkte ich, daß ich diese Darstellung nicht sehen wollte.

Ich verwandelte die Skizze in eine nächtliche Landschaft und gestaltete die Perspektive aus der Sicht eines kleinen nachtaktiven Nagetiers, das auf dem Wüstenboden kauert. Die Stützpfeiler aus Keramik und die gläsernen Rinnen nahmen gigantische, bedrohliche Formen an. Den Himmel verfinsterte ich zu einem unheimlichen Indigoschwarz und zauberte Sterne hervor. Die nördlichen Konstellationen flammten wie Magnesiumtupfer. So war es schon viel besser. Ich fügte eine dünne Wolkendecke hinzu. Die verwischte, milchige Andeutung eines Mondes.

Ich fragte mich, wie es wohl sein mochte, dort draußen zu sitzen, während das Wasser über einem pausenlos dahinrauschte. Ob ein winziger Nager dieses zischende Geräusch für das Scharren von Schuppen auf Sand hielt und aus Furcht vor einer nicht vorhandenen Schlange erschrocken davonhuschte? Sowie man die Perspektive geringfügig änderte, verwandelte sich die gesamte Welt.

Ich schüttelte den Kopf. Vielleicht lagen die Pipelines mittlerweile wie die Trümmer eines Dinosaurierskeletts im Sand, staubtrocken, irgendwelchen ethnischen Konflikten zum Opfer gefallen.

Zum hundertsten Mal liebäugelte ich mit dem Gedanken, mir Informationen über das Projekt aus dem Netz zu beschaffen, um diese Vorstellung gleich wieder zu verwerfen. Es bestand immer die Möglichkeit, daß ein raffinierter Mensch – jemand aus meiner Familie oder die Kidnapper – nur auf diese Art von Recherche lauerte. Ich hegte nicht den geringsten Zweifel daran, daß man immer noch nach mir suchte.

Ich schaltete den Monitor ab und ging an den Kühlschrank. Aus einem Viererpack zerrte ich eine Büchse Bier, dann entschied ich mich anders und schnappte mir das ganze Ding.

Ein Grund, weshalb ich dieses Apartment mietete, war die Feuertreppe, die an meinem Wohnzimmerfenster vorbeiführte. Über die Treppe gelangte man aufs Dach. Es war ein altes Gebäude mit einem verwinkelten, unübersichtlichen Giebelkomplex. Nahe des mittleren, aus mehreren Röhren bestehenden Schornsteins – der schon seit Jahren zweckentfremdet wurde und nun als Abzugsöffnung für Gasgeräte diente – stiegen zu beiden Seiten Firste in steilen Stufen an. Hier konnte ich – vor aller Welt versteckt – auf dem Rücken liegen und den Blick himmelwärts richten. An dieser Stelle hatte ich sechs große Blumenkübel gebastelt und sie mit Erde gefüllt. Demnächst wollte ich sie mit irgend etwas bepflanzen.

Dorthin verzog ich mich mit meinem Bier.

Jede Stadt hat einen andersfarbenen Himmel. In Amsterdam, der einzigen Stadt, die ich bis zu meinem fünften Lebensjahr kannte, wies die Atmosphäre eine graublaue, nur für die Niederlande typische protestantische Nuance auf, die an Käse, Ölgemälde und grasbewachsene Deiche erinnerte.

Über Ratnapida stülpte sich eine Kuppel wie aus hellem, klarem Glas. Der Himmel dieser Stadt hingegen machte mich krank. Dabei hätte er so schön sein können – ausgefüllt mit dem Licht, das der Fluß reflektierte und den sanften Pastelltönen, die man nur in den Gefilden nördlicher Meere findet. Doch der Glast der City verunstaltete das Ambiente wie ein schmutziger Fußabdruck.

Gegen den Schornstein gelehnt, öffnete ich die erste Büchse. Das Bier schmeckte kalt und bitter, wie der Rauhreif, den ich an manchen Wintermorgen von den alten, eisernen Geländern unseres Familiensitzes in Amsterdam zu kratzen pflegte. Die Nacht war sternenklar. Hier droben bibberte ich vor Kälte. Fröstelnd zwang ich mich dazu, noch mehr von dem herben, metallischen Getränk zu schlucken. Als die Dose halb leer war, wurde mir wärmer.

Ungefähr fünf Meilen entfernt funkelte die nächtlich beleuchtete Brücke – die längste Hängebrücke der Welt. Die Besitzer waren immer noch hochverschuldet, obwohl sie seit nunmehr dreißig Jahren Mautgebühren kassierten. Und die Schulden würden niemals getilgt werden. Es gab nämlich nicht mehr viele Privatautos, und die örtliche Administration hatte eine Jahrespauschale für die Slides ausgehandelt, die den Fluß überquerten.

Die Verlierer bei diesem Deal waren natürlich der Staat und letzten Endes die Steuerzahler: Die Regierung hatte das Geld vorgeschossen, die Bauherren gaben es aus, und nun wurden die Bürger abermals geschröpft, dieses Mal in Form von kommunalen Abgaben für die Betreiber der Slides.

Ich drückte die erste Dose zusammen und öffnete die nächste.

Korruption. Alles stank nach Korruption. Wie alles, das mit irgendeiner Regierung zusammenhing. Ein totaler Filz. Ich dachte an Kirgisistan, an den Minister für Arbeit und den Schatzmeister, die ich mit Geschenken gefügig gemacht und zum Schluß gekauft hatte. Und das nur, damit die van de Oest Enterprises noch mehr Geld scheffeln konnten.

Doch das stimmte nicht ganz. Letzten Endes profitierten auch die Kirgisen von diesem Handel, indem sie wieder sauberes Wasser bekamen. Ich nuckelte an der Bierdose. Sie war bereits leer. Die dritte ließ sich nur schwer öffnen. Meine Finger waren vor Kälte taub. Ich blickte hinüber zur Brücke. Vielleicht hatten ihre Erbauer sich gesagt, daß die Bürger schließlich etwas davon hätten – immerhin konnten sie jetzt den Fluß auf direktem Weg überqueren, anstatt Umwege von fünfzig Meilen oder mehr zu fahren. Aber keiner hatte diese Leute gefragt. Alles war von den Personen entschieden worden, die sich an mit weißem Leinen und blitzendem Kristall gedeckten Tafeln trafen, bei einem exzellenten Wein plauderten und sich überm Kaffee die Hände schüttelten. Und ein Millionenvermögen einsackten. Und wahrscheinlich jede Nacht ruhig schliefen.

Ich entsann mich der Frau, ein Mitglied des Stadtrats, die Spanner und mich in ihrem Privatwagen zu sich nach Hause genommen hatte; ich dachte an den überheizten Raum, an den Film, an das, was wir miteinander getrieben hatten … An Geld hatte es dieser Frau nicht gefehlt. Ich fragte mich, ob sie auch nur ansatzweise ahnte, wie korrupt sie war.

Aber kannte ich denn meinen eigenen Grad von Korruptheit? Was bedeutete ›korrupt‹ überhaupt? Ich hatte nie die Absicht gehabt, jemandem zu schaden, doch ich trug den PIDA einer toten Frau. Bird war jetzt nichts weiter als eine Wolke aus öligem Qualm, die in den Nachthimmel emporstieg und vom Wind verteilt wurde.

Ich hätte gern mehr über Sal Bird gewußt. Ob sie geliebt hatte und wiedergeliebt worden war. Ob sie gern gut aß und ob sie rauchte. Welche Filme sie sich am liebsten ansah. Ob sie beim Orgasmus laut aufschrie. Ich fragte mich, ob jemand um Sal Bird, die nur fünfundzwanzig Jahre alt geworden war, trauerte.

Genausogut konnte ich darüber nachgrübeln, ob jemand den Mann beweinte, den ich umgebracht hatte. Ich kannte nicht mal seinen Namen. Und auf seine Weise war er sogar nett zu mir gewesen. Wieder sah ich den Blick in seinen Augen, als ihm klar wurde, daß ich ihn töten würde. Ich verdrängte diese Bilder aus meiner Phantasie.

Die Frage war, ob jemand meinetwegen Trauer empfand.

Was nun – war ich korrupt? Ich hatte einen Mann ermordet. Ich versteckte mich vor meiner Familie und lebte mit einer falschen Identität. Und jeder, der mich näher kennenlernte, mied mich wie die Pest. Zuerst Ruth. Und jetzt Magyar. Keiner wollte etwas mit mir zu tun haben, außer Spanner.

Nach der vierten Büchse Bier merkte ich, daß ich am Rand des Dachs stand. Meine Zehen ragten über die Regenrinne hinaus. Noch ein Schritt, und es gäbe keine Sal Bird, fünfundzwanzig Jahre alt, mehr. Ich brauchte mich nicht vor einer Enttarnung zu fürchten; nicht länger mit der Angst vor diesen gefährlichen Typen leben, die hinter Spanner und mir her waren; ein einziger Schritt, und ich wäre jedweder Verantwortung ledig. Zwischen der ahnungslosen, sich unter mir ausbreitenden Stadt und dem potentiellen Unglücksfall stand nur noch ich, eine hauchdünne, menschliche Wand. Alles konnte ein Ende finden. Hier und jetzt. Schließlich war Frances Lorien van de Oest schon vor langer Zeit gestorben.

Eine feine helle Linie kündigte die Morgendämmerung an.

Vorsichtig trat ich von der Kante zurück.

8

Lore ist acht Jahre alt. Eines Nachmittags sitzt sie mit Oster in seinem Büro und beobachtet geduldig, wie er mehrere Resümees prüft. Ihre Eltern haben gerade damit begonnen, sich dauernd zu streiten und gegenseitig mit Vorwürfen zu überhäufen, ein Zustand, der erst zwölf Jahre später mit der Scheidung endet, doch das weiß Lore jetzt noch nicht. Sie weiß nur, daß ihre Mutter ihren Vater beschuldigt, er verstünde nichts von der Funktionsweise der gigantischen Organisation, der er nominell vorsteht; und ihr Vater hat beschlossen, sich um ein neues Vorhaben der Firma zu kümmern – der kommerziellen Produktion von als Treibstoff verwendbarem Ethanol.

Bei der Arbeit redet er halb mit sich selbst, halb mit Lore. »Tja, nehme ich nun diese Frau, die Gentechnikerin, oder fahre ich in diesem Fall besser mit James, der sich bei unserem Australienprojekt so hervorgetan hat?« Lore reckt den Hals, um ihm über die Schulter zu spähen, während sie sich anstrengt, den Sinn seiner Worte zu begreifen. »Oder vielleicht Carmen Torini?« Er lächelt Lore zu. »Hör auf, hinter meinem Rücken zu kiebitzen. Hol dir einen Stuhl und setz dich neben mich.« Lore gehorcht; sie kommt sich sehr erwachsen vor, als sie im Computermonitor ihr und Osters Spiegelbild sieht, zwei graue Köpfe dicht nebeneinander, als seien sie ein gleichwertiges Team.

Er holt die drei Resümees auf den Schirm. »Hier haben wir drei Personen, die für den Posten in Frage kommen. Dieser Mann da ist ein Forscher. Das sind Leute, die in bestimmten Bahnen denken. Sie lieben elegante Lösungen, Theorien. Doch für dieses Projekt benötigen wir einen anderen Typ Wissenschaftler, jemanden, der mit einem Lächeln sagen kann: ›Also, das hat nicht geklappt. Starten wir einen neuen Versuch.‹ Damit kämen wir zu James. Er kann Menschen motivieren, daß sie das letzte aus sich herausholen – denk nur, was er vergangenes Jahr in Bulgarien geleistet hat, als eine scheinbar simple Biosanierung eines Phenol-Leckverlustes ungeahnte Komplikationen heraufbeschwor.« Lore freut sich, daß er sie nicht fragt, ob sie wüßte, was Phenol ist oder was Biosanierung bedeutet. Er vertraut darauf, daß sie von selbst zugibt, wenn sie etwas nicht versteht, oder sich hinterher auf eigene Faust informiert. »Aber die anzuwendenden Techniken waren samt und sonders erprobt, es war nichts Neues oder Innovatives dabei.«

Lore zieht die Stirn kraus. »Wenn er damit Erfolg hatte – wieso genügt das nicht?«

»Das solltest du deine Mutter fragen.« Er schüttelt den Kopf. »Entschuldigung.« Mit dem Finger tippt er auf den Bildschirm. »Es kommt nicht so sehr auf das an, was er getan hat, sondern auf die Unterlassungen. Keine genialen Lösungen, die schneller zum angestrebten Ziel führten. Keine revolutionären Ideen. Er verließ sich ausschließlich auf bereits Bewährtes.«

»Nicht jeder ist ein Erfinder.«

»Genau, und es herrscht Bedarf an tüchtigen, zuverlässigen Leuten wie James. Unser Unternehmen kann gar nicht auf sie verzichten, sie bilden gewissermaßen die Basis, auf der wir unsere Arbeit gründen. Doch der Grund, weshalb wir führend in der Branche der Biosanierung sind, die Quelle unseres Reichtums, mein Kleines, ist die Tatsache, daß deine Großmutter und vor ihr dein Urgroßonkel neue Erfindungen gemacht haben und so schlau waren, sie sich patentieren zu lassen.« Er lächelt milde. »Und ich hatte die Klugheit, deine Mutter zu heiraten.«

Darauf erwidert Lore nichts. Sie spürt, daß ihr Vater sehr traurig ist, doch ein Instinkt sagt ihr, daß sie nichts daran ändern kann. Sie möchte lieber nicht darüber nachdenken. »Wer ist Carmen?«

Er holt das Bild einer ungefähr dreißigjährigen Frau heran: schwarze Locken, braune Augen, eine Spur arrogant. Das Foto wandert in eine Ecke des Monitors, und drei Textboxen erscheinen. »Sie ist noch nicht lange bei uns. Arbeitete bis vor vier Jahren für EnSyTec. Fing als Managerin für Qualitätskontrolle an. Wurde zur stellvertretenden Projektleiterin befördert. Dann versetzte deine Mutter sie nach Caracas.« Er runzelt die Stirn. »Dort werden jede Menge Neuerungen eingeführt.«

Lange starrt ihr Vater auf den Schirm. Lore wüßte gern, woran er denkt. Wieder schaut er traurig drein.

Jählings schaltet er das Terminal ab und wendet sich Lore zu. »Ich bin nicht wie deine Mutter. Sie muß immer die Initiative ergreifen, alles kontrollieren. Das hat auch seine Vorteile, aber es ist halt nicht mein Stil.«

Lore nickt und fragt sich, ob er von ihr erwartet, daß sie Partei ergreift. Er sieht ihr ihre Skepsis an.

Lachend zaust er ihr Haar. »Mach kein so ernstes Gesicht, Kleines. Die Menschen müssen unterschiedlich sein.« Lore ist sich nicht sicher, ob ihre Mutter das weiß. »Soll ich dir verraten, warum diese Organisation auch ohne mich läuft wie am Schnürchen? Ich verstehe mich auf gutes Management. Manche Leute stellen am liebsten Mitarbeiter ein, die weniger intelligent sind als sie, damit sie im Vergleich zu ihnen glänzen können. Doch das ist unklug. Das Geheimnis des guten Managements liegt darin, brillante Köpfe für sich arbeiten zu lassen. Das zeugt von menschlicher Größe und bedeutet letzten Endes Entlastung. Merk dir das.« Plötzlich wirkt er ungemein niedergeschlagen und sagt ganz leise, damit Lore es nicht hören soll: »Und wenn man diese Methode so gut beherrscht wie ich, wird man selbst bald überflüssig, man rationalisiert sich einfach weg.«

Als die Familie umzieht, ist Lore zehn. Die Firma ist nicht gleichbedeutend mit der Familie, betont Lores Vater gern, und es würde Zeit, sich einen Ort zu suchen, wo sie Wurzeln schlagen könnten; was sie brauchen, ist ein Platz, an dem Tok, Greta und Katerine Ruhe und Erholung finden, wenn sie von ihren unterschiedlichen Projekten heimkommen; wo Stella sich zu ihnen gesellen kann, falls sie Lust dazu verspürt; wo Oster Station macht, wenn er zwischen Beijing und Singapur hin- und herpendelt, und Lore ihre Schulferien verbringt. Wo sie lernen können, sich wieder wie eine Familie zu verhalten.

Die Details überläßt Katerine Oster. »Sorge nur dafür, daß das Haus ...« – sie zieht ihren Terminkalender zu Rate – »Anfang März bezugsfertig ist. Dann habe ich ein bißchen Zeit.«

Der Buccaneer Archipel liegt vor der Nordküste Westaustraliens. Cicely Island, nahe der südlichen Spitze der Inselkette, besteht aus schwarzem Fels, üppiger tropischer Vegetation und einem weißen Strand. Oster kauft das Eiland, tauft es um in Ratnapida, Insel der Juwelen, und baut ein Haus.

Lore darf es als erste sehen. Drei Tage vor Semesterschluß holt Oster sie von ihrer Schule in Auckland ab. »Ich möchte, daß du einen unverfälschten Eindruck bekommst, alles im Urzustand siehst, so wie es sein soll.« Obwohl sie von Auckland nach Perth fliegen und sich von dort mit einem Helikopter zur Beagle Bay bringen lassen, besteht Oster darauf, die letzten neunzig Meilen nach Ratnapida, der Insel der Juwelen, mit dem Boot zurückzulegen.

»Die Insel erschließt sich einem nur, wenn man sich

Muße dazu nimmt. Man muß sich ihr mit der richtigen Einstellung nähern. Du und ich wissen das zu schätzen.«

Das Boot ist eine zweimastige Jacht, doch der Wind bläst aus der verkehrten Richtung, deshalb benutzt der Skipper den geräuschlosen Magnetantrieb. Um so furchterregender wirkt auf Lore das Rauschen des Meeres.

Für die Subtropen herrschen milde Temperaturen, sechsundzwanzig Grad Celsius. Und Oster trägt Shorts und eine Rettungsweste. Sie schlagen einen nordwestlichen Kurs längs der Küste ein, und die Nachmittagssonne prallt direkt auf seine Brust. In diesem Licht schimmert die drahtige graue Körperbehaarung beinahe golden, und in diesem Moment weiß Lore, welche Haarfarbe er haben würde, hätte seine Mutter nicht ihre für die Farbgebung verantwortlichen Allele ausmerzen lassen.

Beiläufig überlegt sie, wie wohl die natürliche Haarfarbe ihrer Mutter beschaffen wäre. Oftmals ließ sich anhand der Augen auf den Naturton des Haarschopfs schließen ... Sie kennt ihre Mutter mit braunen, schwarzen, violetten, dunkelblauen, grünen und haselnußfarbenen Augen; mit gelindem Erschrecken gesteht sie sich ein, daß sie ihre richtige Farbe gar nicht weiß. Sie hat keine Ahnung, welche Nuance die Augen ihrer Mutter haben. Sie ist drauf und dran, ihren Vater zu fragen, traut sich jedoch nicht; sie hat Angst, er könnte genauso ahnungslos sein wie sie.

Das Boot dockt an einer Anlegestelle aus Stein und Holz an, in einer Bucht, die sich in den schwarzen, vulkanischen Fels schmiegt. Ein treppenartiger Pfad führt an einem Miniaturwasserfall vorbei zum Haus. Auf den ersten Blick erkennt Lore, daß ihr Vater hiermit die Essenz seiner Persönlichkeit zum Ausdruck bringt; es ist sein Ersatz für das Haarefärben. Und sie weiß auch, daß ihre Mutter diesen Ort hassen wird.

»Es ist wunderschön!«

Oster schmunzelt.

Der Anstieg zum Haus dauert über eine Stunde, denn Oster zeigt ihr jeden Teich, jeden sich stumm unter Wasserlilien versteckenden Karpfen, jede Formation aus Gestein, Wasser und heimlichen Grotten. Lore folgt ihm von Tümpeln zu aufgestellten Ruhebänken und knallbunten Blumen; lacht vor freudiger Überraschung, als ein riesiger blauer Schmetterling von einer purpurnen Blüte zu ihren Füßen hochflattert. Die Gärten geben Osters innerstes Wesen wieder, sie verkörpern seinen Charakter: phantasievoll, witzig, kreativ.

Schließlich erreichen sie die Spitze der Anhöhe, wo die idyllischen Winkel abgelöst werden von konventionellen Anlagen, die wiederum in einen Patio übergehen; über eine offene Veranda gelangt man ins Haus, beinahe so, als gäbe es keine feste Grenze zwischen drinnen und draußen.

Das Haus ist in indonesischem Stil gehalten: poliertes Holz, abwechselnd hohe und niedrige Decken, Steinskulpturen, Brunnen, luftige, kühle Zimmer. Tore aus altem, eisernem Filigran; die Türen sind importiert und stammen aus einem kürzlich abgerissenen Tempel. Als Lore durch den dritten Raum schlendert und ihr Blick über Holz, Paravents und einen sich gemächlich drehenden Deckenventilator wandert, fällt ihr auf, daß sie kein einziges Netzterminal gesehen hat.

»Wo sind sie?«

»Es gibt keine. Nicht in diesen Zimmern.« Er dirigiert sie zur Südseite des Hauses. Der Wandel ist subtil, aber unverkennbar. Die sanft geschwungene hölzerne Architektur wird eckiger, die Decken sind heller, die Luft ist frisch. Große Fenster öffnen sich auf einen endlos langen Rasen mit einer komplexen, gekachelten Zone am hinteren Ende. »Ich habe versucht, es möglichst effektiv zu verbergen.« Lore nimmt den Rasen und die Kacheln näher in Augenschein und bemerkt die diskreten grauen Sensoren und Kontrollelemente. Ein Hubschrauberlandeplatz. »Wenn wir es eilig haben, können wir uns ausfliegen lassen.«

Mit keinem Wort erwähnen sie Lores Mutter.

* * *

In den ersten Monaten scheint das Haus auf Ratnapida den von Oster beabsichtigten Zweck zu erfüllen. Immer sieht er zu, daß er schon ein paar Tage vor Lore eintrifft, wenn sie die Ferien dort verbringen will. Manchmal finden sich auch Onkel Willem und sein Ehemann Marley ein; mitunter fliegen sie nur für ein, zwei Tage herüber. Tok, der sich zu einem hochgewachsenen, ernsthaften Vierzehnjährigen gemausert hat, kommt direkt von seiner Schule in Amsterdam, und Greta trudelt ein, wann immer ihr Außendienst es ihr erlaubt.

Stella, die eher wie siebzehn wirkt als vierzehn, hält sich zu den unmöglichsten Zeiten auf Ratnapida auf. Gelegentlich wird sie mitten im Semester von der Schule ausgeschlossen, weil sie wieder einmal etwas angestellt hat; hin und wieder bringt sie Freunde zu einem Kurzurlaub mit. Ihre Haarfarbe wechselt ständig, und ihr Akzent ändert sich mit jedem gängigen Modetrend.

Lore sieht ihre Mutter öfter als je zuvor. Vielleicht auf Drängen von Oster, vielleicht, weil sie sich einen letzten Rest verkümmerter mütterlicher Gefühle bewahrt hat, sorgt Katerine dafür, daß sie entweder schon da ist, wenn Lore ankommt, oder sich ein paar Tage später hinzugesellt. Und Lore, die jetzt fast elf ist, darf abends nach dem Essen lange aufbleiben; derweil sie Wasser nippt, trinken die anderen Kaffee oder Wein, fachsimpeln, indem sie über neue Projekte und moderne Techniken reden.

Lange, ehe diese Gespräche versiegen, fallen ihr vor

Müdigkeit die Augen zu; mehr als einmal wacht sie in ihrem Bett auf und weiß, daß ihr Vater sie dorthin getragen hat, wenn sie bei Tisch eingenickt ist. Doch jeden Abend kämpft sie gegen die Schläfrigkeit an, ist bemüht, der Unterhaltung im Kreis der Familie zu folgen; denn wenn sie eindöst, verpaßt sie dieses seltene, herrliche Gefühl von Einigkeit und Harmonie. Eine Zeitlang kann sie sich einbilden, daß alles in Ordnung ist, daß ihre Mutter, ihr Vater, ihre Stiefschwester, die Zwillinge und ihre Onkel sich gemeinsam für eine Sache einsetzen. Sie wähnt sich geliebt und geborgen, beschützt durch eine intakte Familie.

Eines Nachts – vom Dessert ist nur noch eine Spur von Sahne in ihrem Glasschälchen übriggeblieben, der Wein ist ausgetrunken, und selbst Tok klappen die Lider zu – stutzt Willem, als er dabei ist, sich Kaffee nachzugießen und wendet sich an Lore. »Du wirst ja bald elf.«

Lore ist ganz verdattert; sie ist es nicht gewöhnt, daß man bei diesen abendlichen Erwachsenengesprächen von ihr Notiz nimmt. »Übermorgen.«

»Und ich habe noch kein Geschenk für dich. Hast du einen besonderen Wunsch?«

Ich möchte ganz schnell erwachsen werden, damit mir nichts mehr passieren kann. Was genau ihr zustoßen soll, weiß sie nicht. Verwirrt entscheidet sie sich für das erstbeste Symbol, das in ihren Augen das Erwachsensein versinnbildlicht. »Ich hätte gern eine Tasse Kaffee.«

Willem hebt eine Augenbraue und richtet das Wort an Katerine. »Nicht sehr anspruchsvoll.«

Selbst mit zehn spürt Lore, wenn man sie herablassend behandelt. Eine Lieblingsredewendung ihres Vaters fällt ihr ein: »Kleine Dinge sind manchmal schwerer zu erreichen als hochgesteckte Ziele.«

Marley prustet los. »Gib ihr den Kaffee und sei froh, daß sie nicht um Brandy gebeten hat.«

Lore blickt ihre Mutter an, die Marley zulächelt; dann schaut sie zu Oster hin, doch der schüttelt schmunzelnd den Kopf. »Tut mir leid, Kleine, aber morgen habe ich eine ganz besondere Überraschung für dich, und dazu mußt du in aller Frühe aufstehen.«

Lore ist es recht so; sie ist sich ohnehin nicht schlüssig, ob sie den Kaffee wirklich trinken will. Doch ehe sie antworten kann, wirft ihre Mutter in leichtherzigem Ton ein: »Laß sie ruhig etwas Kaffee trinken, Oster. Selbst wenn sie die halbe Nacht wachliegt, wird sie morgen früh frisch und munter sein, egal, was ihr bei Tagesanbruch unternehmt. In dieser Hinsicht kommt sie nach mir. Je mehr sie sich abverlangt, um so mehr leistet sie. Sie wächst mit den Anforderungen.«

Eine Stille tritt ein, und an dem Schweigen merkt Lore, daß ihre Eltern ihren privaten Krieg auf ihrem Rücken austragen. Sie kann tun und lassen, was sie will, sie kann sich noch so sehr anstrengen, es ihnen rechtzumachen, ein Elternteil wird sich von ihr verraten fühlen. Aber sie ist noch nicht einmal elf, und sie kann gar nicht anders, als sich Mühe zu geben.

Also trinkt sie den Kaffee, und am nächsten Tag steht sie vor Morgengrauen auf, um mit Oster angeln zu gehen. Am Abend ihres Geburtstags wird sie zum erstenmal einbezogen in Katerines und Gretas Diskussion über ein Landneugewinnungsprojekt in Longzhou. Tags darauf geht sie mit Oster und Tok schwimmen. Sie beklagt sich nie; sie sagt nicht, daß es sie nicht interessiert, wenn Katerine irgendeine Gleichung über eine katalytische Reaktion auf eine Serviette kritzelt, oder wenn Oster vorschlägt, nach irgendwelchen Baumfröschen zu suchen; doch am Ende der Ferien ist sie zum ersten Mal froh, wieder zur Schule zurück zu müssen.

Als sie dort eintrifft, findet Mrs. Achwabe, die Direktorin, sie sei schmal geworden; Lore lächelt nur und nimmt sich insgeheim vor, mehr zu essen. Abends liest sie die Fallstudien, die ihre Mutter ihr via Internet schickt, und mit ihrem Vater unterhält sie sich über eine neue Karpfenart, die er demnächst auf Ratnapida aussetzen will.

Wenn sie mit ihren Freundinnen zusammen ist, möchte sie am liebsten verzweifelt schreien: *Helft mir! Macht, daß sie mit diesem Tauziehen aufhören!* Aber wie diese Rettung aussehen soll, weiß sie selbst nicht. Schließlich handelt es sich um ihre Eltern. Sie lieben ihre Tochter. Und ihre Tochter liebt sie.

9

Während ich mit dem Sack voller Blumenzwiebeln zu meinem Apartment zurückging, wunderte ich mich, wieso die Sonne im Herbst stärker blendete als im Frühling oder Sommer. Wahrscheinlich hing es mit der Lichtbrechung zusammen, damit, daß der Oktoberhimmel sich in einem weiten, intensiv blauen Bogen über der Stadt wölbte und die Luft trockener war als ein guter Gin.

Was immer der Grund sein mochte, die schräg einfallenden Strahlen der Elf-Uhr-vormittags-Sonne brachten die Reste des nächtlichen Rauhreifs auf den Dachziegeln und Regenrinnen zum Funkeln, sie wurden von den Fensterscheiben der Personenslides zurückgeworfen und brachen sich blitzend in der Skibrille eines Passanten. Die Leute trugen Kleidung in bunten Farben, ihre Wangen waren gerötet, Augen strahlten. Ich bezweifelte, ob die Menschen sich so vergnügt fühlten, wie sie aussahen.

Trotz meines Katers war ich bester Laune, und das rührte von meinem nächtlichen Aufenthalt auf dem Dach her. In mir hatte eine Veränderung stattgefunden. Nichts Wundersames … es war eher so, als hätte sich ein verschlungener Knoten in meinem Innern gelöst.

Als ich heute früh aufwachte, dachte ich nicht als erstes daran, daß ich um ein Haar in den Tod gestürzt wäre, und es machte mir nichts aus, in einem Sumpf aus städtischer Korruption und krankmachenden Umständen leben zu müssen. Statt dessen befaßte ich mich mit den Pflanzenkübeln; ich vergegenwärtigte mir, wie ich sie mit Begeisterung gebaut und auf das Dach geschleppt hatte. Und daß sie immer noch leer waren. *Das läßt sich leicht ändern*, sagte ich mir, während ich heißen Tee schlürfte und mich ankleidete.

Ich freute mich wie ein Kind über die Zwiebeln, die ich aussuchte, alles einheimische Sorten: Krokusse und Tulpen, Schneeglöckchen und Ringelblumen, Iris, Eisenkraut und Salbei. Satte, feurige Farben, an denen ich mich von Ende Januar bis in den Mittsommer hinein ergötzen konnte. Vielleicht lockten die Blütendüfte Bienen an.

Ich versuchte mir vorzustellen, wie ich auf den sonnenwarmen Dachziegeln lag, das Aroma einsog und dem Summen der Bienen lauschte; doch ich merkte, daß mir meine Phantasie gleichzeitig das leise Plätschern von Springbrunnen und das Säuseln des Windes in Baumkronen vorgaukelte; untermalt wurde all dies von den nie endenden, bis ins Mark dringenden Vibrationen, die das beharrlich gegen den schwarzen Fels anstürmende Meer erzeugte: Ratnapida.

Auf der Straße mußte ich stehenbleiben, um Platz zu machen für einen Mann mit drei Kindern, die einen Slide besteigen wollten. Eines der Kinder stellte sich bockig an, und der Mann – vermutlich der Vater – zerrte den heulenden Knirps hinter sich her. Der Vater lächelte mir verlegen zu. Ich nickte, wie wenn ich seine Situation verstünde, doch in Wahrheit wußte ich gar nichts. Hatte Oster jemals mit uns dreien – Tok, Stella und mir – auf eigene Faust etwas unternommen? Falls ja, dann wäre sofort die Familienlimousine zur Stelle gewesen, um uns die gewohnte luxuriöse Privatsphäre zu bieten, wenn einer von uns gequengelt hätte.

Ich setzte meinen Weg fort. Irgendwann einmal würde ich in der Lage sein, Blumen anzuschauen, ohne gleich an die Familie zu denken, ohne mich nach Ratnapida, dem Gras, den Springbrunnen und den niedrig wachsenden Bäumen zu sehnen.

Ein Baum wäre vielleicht keine schlechte Idee. Zu Anfang brauchte ein Schößling noch keinen großen Topf, und ich konnte mich für eine Sorte entscheiden, die im Frühling blühte, wie zum Beispiel Apfel oder Birne. Doch das Holz für den Behälter, die Erde und der Baum selbst wären teuer, und das Geld, das ich mitnahm, als ich Spanner verließ, wurde allmählich knapp. Auf dem Keramikstreifen vor dem Haus, in dem ich wohnte, überquerte ich die Straße; derweil überschlug ich, wieviel Lohn ich am Ende der Woche ausbezahlt bekäme und ob es für einen Baum reichen würde, wenn ich sparsam wirtschaftete.

Ein alter Mann bugsierte einen kleinen Einkaufskarren in den Hauseingang. Diesen Herrn hatte ich bereits früher gesehen. Er wohnte im dritten oder vierten Stock. Der Karren sah schwer aus.

»Kann ich Ihnen helfen?«

Er schaute mich an. Seine Wangen waren eingefallen und die Augen verschleiert, aber die Stimme klang kräftig. »Bird, nicht wahr? Sal Bird?« Ich nickte. Er überlegte kurz. »Fünfter Stock«, stellte er dann fest, offensichtlich zufrieden, weil er so gut Bescheid wußte.

Mein Blick glitt über die in akkuraten Reihen angeordneten Namensschildchen neben der altertümlichen Gegensprechanlage. Ich hatte keinen blassen Schimmer, wie der Mann hieß. Er lachte, als er meinen Gesichtsausdruck sah.

»Tom Wilson, dritter Stock. Doch, es wäre sehr nett, wenn Sie einem müden alten Mann helfen würden, die Einkäufe nach oben zu tragen.«

Das Jackett schlotterte ihm um die breiten Schultern. Vor dreißig Jahren mußte er eine stattliche Figur abgegeben haben. Ich fragte mich, was es für einen Menschen bedeuten mochte, so alt zu werden.

Ich legte meinen Sack mit den Blumenzwiebeln auf seine Sachen, und während er drauflos redete, zerrte ich den Karren Stufe für Stufe die drei Treppenaufgänge hoch. »Was haben Sie bloß da drin?«

Die Miene, die er machte, war interessant; er war sich nicht schlüssig, ob er die neugierige Frage eines guten Samariters als Beleidigung auffassen sollte. Schließlich grinste er und entgegnete listig: »Raten Sie mal.«

Ich lächelte halbherzig. Er hatte recht: seine Einkäufe gingen mich nichts an. »Was immer es sein mag, es ist sehr schwer.«

»Die körperliche Anstrengung tut Ihnen gut.« Er hielt mir eine Tür auf, und schnaufend zog ich den Karren auf den Treppenabsatz.

»Kommen Sie von hier aus allein zurecht?«

»Bis Sie zur Arbeit müssen, haben Sie doch noch ein paar Stunden Zeit.« Wieder dieses verschmitzte Lächeln. »Möchten Sie einem einsamen alten Mann nicht bei einem Täßchen Tee Gesellschaft leisten?«

Mir fiel keine Ausrede ein, also folgte ich ihm in seine Wohnung.

Sie war größer als meine und sehr gemütlich eingerichtet; die hellen, skandinavischen Möbel und die grau genoppten Bezugsstoffe waren vor zwanzig, dreißig Jahren modern gewesen. Alles war pikobello sauber. Er merkte, daß ich mich ausgiebig umsah. »Hübscher als diese Gruft, die Sie gemietet haben. Und auch viel wärmer. Wie stark möchten Sie ihn?«

»Wie bitte?«

»Ihren Tee. Ich selbst trinke ihn gern kräftig.«

»Ach, es ist mir gleich.«

»Man muß im Leben wissen, was man will. Und wenn man gefragt wird, muß man seine Wünsche äußern. Also noch einmal: Wie hätten Sie gern Ihren Tee?«

Ich schloß die Augen und versetzte mich gedanklich in andere Zeiten. »Am liebsten mag ich Lapsang Souchong, ohne Milch, ohne Zucker, ohne Zitrone; drei gehäufte Teelöffel in eine Kanne, die für zwei Teelöffel voll gedacht ist. Und heiß muß er sein, nicht lauwarm. Serviert in feinen Porzellantassen – antik, hauchdünn, so daß man die Farbe des Tees durch das Weiß hindurchschimmern sieht – mit einem Silberlöffel. Stahl verdirbt den Geschmack.« Ich schlug die Augen wieder auf. »Tja, Sie haben gefragt.«

»Das hab ich. Das hab ich. Und ich danke Ihnen, daß Sie mich eingeweiht haben.« Er nickte mir ernsthaft zu und verschwand in der Küche.

Nach einer Weile kam er mit einem Tablett zurück, das er auf dem Tisch am Fenster abstellte: zwei Kännchen, zwei Tassen. Eine davon war Wedgewood; am Rand war sie ein bißchen angeschlagen.

Ich schaute durch das Fenster, von dem aus man einen Blick auf die Straße hatte. »Für Sie«, verkündete er, reichte mir die Wedgewood-Tasse und deutete auf ein Kännchen. »Echter Lapsang Souchong und silberne Teelöffel. Ich habe auch noch einen Earl Grey aufgetrieben.« Ich schenkte uns beiden ein. Mein Getränk hatte die wunderbar helle, graubraune Tönung von ungefärbtem feinem Tee. Sein Gebräu sah aus wie Melasse.

Er nippte daran und schmatzte genießerisch mit den Lippen. »So stark, daß ein Löffel drin stehenbleibt.«

Ich kostete meinen Tee. Er hatte einen zarten, delikaten Geschmack und war wohltuend heiß. Lächelnd nickte ich. »Hervorragend.«

»Ein schlichtes Vergnügen, Tee. Egal, wie reich oder arm man ist, guter Tee bleibt guter Tee.« Über den Rand seiner Tasse hinweg sah er mich an. Seine Augen waren grau wie das Meer im Winter. »Viele dieser bescheidenen Genüsse sind sehr wichtig. Zum Beispiel dieses Fenster. Wenn ich zu steif bin, um aufzustehen und die Treppe hinunterzugehen, kann ich davor sitzen und die Welt da draußen beobachten. Vom Sehen kenne ich jeden einzelnen Mieter dieses Hauses. Ich weiß, wann sie zur Arbeit gehen, falls sie eine Beschäftigung haben, und wann sie heimkommen. Ich weiß, wer sie besucht, und wie lange die Gäste bleiben.«

Ich weiß, daß Sie einsam sind, schien er zu sagen. *Ich bin es auch. Wenn Sie sich mit mir unterhalten, frage ich Sie nicht aus, und ich erzähle auch nichts weiter.* Ich schwieg.

»Beispielsweise ist mir bekannt, daß Mr. Rachmindi nächsten Monat auszieht. Seine Wohnung ist schöner als Ihre und kostet auch nicht viel mehr.«

»Ich bin zufrieden mit dem, was ich habe.«

»Mag ja sein, aber bedenken Sie die Witterung, jetzt, wo der Winter näherrückt. Im Januar werden Sie in Ihrem Apartment bitterlich frieren. Und die Fenster der anderen Wohnung gehen nach hinten auf die Bäume, wenn Sie wert auf einen schönen Ausblick legen.«

»Das ist es nicht.« Er wartete geduldig. »Es ist ...« Ich stand auf und holte meinen Sack mit den Blumenzwiebeln. Eine davon ließ ich in meine Hand kullern. »Narzisse. Im April blüht sie in einer Farbe wie Sonne auf weißem Sand.« Ich legte sie auf den Tisch und zog die nächste heraus. »Hyazinthe. Himmelblau wie Babyaugen. Fresien, Krokusse, Veilchen, Eisenkraut ...« Die Zwiebeln rollten aus dem Sack wie Spielzeugautos. »Ich entschied mich für diese Wohnung, weil sie einen Zugang zum Dach hat. Diese Blumen will ich dort anpflanzen.« Wo die Eichhörnchen nicht an sie herankamen. »Ich lege mir einen wilden, naturbelassenen Garten an. Das brauche ich.« Eine Träne tropfte auf die filigranen braunen und beigen Runzeln der Knolle in meiner Hand.

Tom Wilson streckte seine rauhen, trockenen Pranken aus und schloß meine Finger über der Zwiebel. »Sie darf nicht naß werden«, meinte er und zückte von irgendwoher ein großes weißes Taschentuch. Stumm sah er zu, wie ich mir das Gesicht abwischte, die Nase putzte und die Zwiebeln in den Sack zurückverfrachtete.

»Ihr Garten ... Darf ich ihn mir ansehen, wenn dort alles grünt und blüht?«

Ich öffnete den Mund um zu sagen: *Von mir aus gern, aber wie kriege ich Sie auf das Dach?* Statt dessen antwortete ich mit Ja. Wenn er sich die Blumen anschauen wollte, würden wir schon einen Weg finden.

Ich blieb zwei Stunden bei Tom Wilson, dann stieg ich nachdenklich die Treppe zu meiner Wohnung hoch.

Als erstes rief ich Spanner an. Sie meldete sich unverzüglich. »Hast du die Änderungen an meinem PIDA vorgenommen?«

»Gestern abend.«

»Alle?« Ich mußte mich gegen Magyar absichern.

»Ausnahmslos. Jetzt bist du ein richtiger Ausbund an Tugend.« Sie befand sich immer noch in dieser großzügigen, freigebigen Stimmung. »Ich war nahe dran, eine Vorstrafe einzuschmuggeln, etwa wegen Nacktbadens im Hafen als Protest gegen Tierquälerei oder so.« Sie grinste. »Aber dann ließ ich es bleiben.«

Unwillkürlich grinste ich zurück. Wenn sie wollte, konnte sie ungeheuer charmant sein. »Da bin ich aber froh.« Noch mehr freute mich, daß die Angelegenheit endlich erledigt war. Jetzt konnte Magyar mich nach Herzenslust durchchecken.

»Wegen dieser Ausrüstung«, fuhr sie fort, »könnten wir uns morgen spätabends treffen? Gut. Komm morgen nach der Arbeit zu mir.«

Ihr Bild verschwand.

An Spanners Geburtstag blieben sie den ganzen Tag lang im Bett. Dort aßen und tranken sie, knöpften ihre Hemden auf, um sich zu lieben, knöpften sie wieder zu, wenn sie sich hinsetzten und redeten. Lore erzählte Spanner von ihren Reisen nach Belize, wo sie Heliconiaceen bestaunen konnte, deren

Blätter so voluminös waren wie Kanupaddel, wo die Santa-Maria-Kiefern wuchsen und das pechschwarze Poisonwood gedieh.

Spanner schwärmte von den Wäldern, die sie im Internet gesehen hatte. Während Spanner hingerissen schwadronierte, fragte sich Lore, ob sie die Stadt jemals verlassen hatte. Sie dachte an ihren einsamen Spaziergang durch den Park tags zuvor, und wie sie einen verwunschenen Winkel entdeckt hatte, den niemand zu kennen schien.

Als sie einem Eichhörnchen hinterherpirschte, war sie über eine Abgrenzung geklettert und fand sich im dämmrigen, lauschigen Halbschatten eines klassischen viktorianischen Strauchgartens wieder – in einem Dickicht aus Lorbeer, Eibe und anderen immergrünen Pflanzen. Unter den wie gewachsten Blättern eines Rhododendronbusches duckte sich eine Stockente; das rostbraune, gelbliche und cremeweiße Gefieder aufgeplustert, schlummerte sie, den Kopf unter einer Schwinge verborgen. Lore nahm an, daß dieser Teil des Parks im Frühling in voller Blütenpracht prangen würde, in einem wahren Meer aus perlmuttschillernden Schneeglöckchen und Krokussen, die das ganze Spektrum der Märzsonne widerspiegelten. Gegen die schwarze, kalte Erde mußten sie sich wie bunte Erfrischungsdrops abheben.

Die Weinflasche halb zum Mund geführt, unterbrach Spanner ihren Bericht. »Hörst du mir überhaupt zu?«

»Ja.« Es war nicht einmal gelogen.

»Schön, wir sind uns ähnlich, du und ich. Wir verstehen einander.«

Spanner war glatt wie ein Aal, das war so ziemlich das einzige, was Lore an ihr verstand. Immer, wenn sie nach ihr griff, wich sie vor ihr zurück und entschwand; wie eines der schimmernden Spiegelbilder auf dem schlierigen Wasser des Flusses.

»Du weißt, wie das ist. Wenn sich jemand umgebracht hat. Du kennst das Gefühl. Weil deine Schwester … deine Schwester …«

»Stella.« Es fiel ihr schwer, den Namen laut auszusprechen. Der Selbstmord ihrer Schwester war in der Öffentlichkeit gut bekannt. Vermutlich hatte das Internet die Nachricht verbreitet. »Wer in deiner näheren Umgebung hat sich denn das Leben genommen?«

Spanner überhörte die Frage. »Du weißt, wie das ist. Daß man es den Leuten gar nicht zu erklären vermag. Man kann sagen, man hätte es kommen sehen. Man kann sagen, es sei nur eine Frage der Zeit gewesen. Man kann sagen, man hätte es ohnehin nicht verhindern können. Aber kein Mensch glaubt dir. Hast du das auch festgestellt?«

»Ich hatte keine Ahnung, daß Stella sich umbringen wollte.«

Spanner schielte sie argwöhnisch an. »Natürlich hast du es gewußt. Sie war doch unglücklich, oder?«

Lore nickte, weil sie nicht sprechen konnte. Sie versuchte, nicht an Stella zu denken und warum sie sich etwas angetan hatte, denn das hätte unweigerlich dazu geführt, daß sie auch über Tok, ihren Vater und über sich selbst nachgrübelte. »Laß mir noch etwas Wein übrig.«

Doch Spanner lehnte sich bereits weit aus dem Bett, mit blankem, blitzendem Hintern, als ihr das Hemd über die Taille rutschte. Sie schien an etwas zu zerren, das unter der Bettstelle lag.

»Was machst du da?«

»Karton.« Eine letzte Anstrengung, und ein alter Pappkarton rutschte über den Teppich. Sie stieg aus dem Bett und hockte sich im Schneidersitz auf den Boden. »Hier drin muß noch ein Foto von meiner Mutter sein.« Ihre Mutter … Spanner kramte in der Schachtel, die Lore nicht sehen konnte. Sie hütete sich, einen Blick zu riskieren.

»Da ist es.« Spanner reichte Lore eine altmodische

CD-ROM-Diskette, rumorte noch ein Weilchen in dem Karton herum und stöberte eine flache graue Laufwerkcassette nebst einem Kabel auf. Nachdem sie die Schachtel wieder unter das Bett geschoben hatte, stand sie auf. »Bring den Wein mit.«

Lore folgte ihr ins Wohnzimmer.

»Als ich fünfzehn war, machte ich die Aufnahmen«, erklärte Spanner, während sie das Laufwerk in ihr System einklinkte und ein paar Tests durchführte. »Gib mir mal die Diskette.«

Das erste Bild, das auf dem Monitor erschien, war ein Hund, ein ungemein eleganter Whippet* mit einem schwarzen Fleck über einem Auge. »Das ist Anne Bonny. Ich bekam sie geschenkt, als ich neun war. Sieht aus wie ein Pirat, nicht?«

»Was ist aus ihr geworden?«

Spanner ignorierte den Einwurf. Etliche Bilder flackerten so rasch hintereinander auf, daß Lore nichts mitbekam. Sie überlegte, ob Whippets teuer waren, wie es um die finanzielle Situation von Spanners Familie bestellt gewesen sein mochte.

»Meine Mutter.« Ihr blondes Haar war heller als das von Spanner, und ihr schmales Gesicht wirkte beinahe ausgehöhlt. Sie sah aus, als hätte sie die zarte Knochenstruktur eines Vogels, wie wenn eine etwas festere Berührung sie zerquetschen könnte. Ihr Alter war schwer zu schätzen, doch Lore tippte auf etwa vierzig. Sie trug ein Kleid aus einem seidigen Material, wie es vor fünfzehn Jahren in Seifenopern modern war.

Lore wollte mehr über sie wissen. Sie war ganz erpicht darauf, Dinge aus Spanners früherem Leben zu erfahren. Doch sie wußte, welche Art von Fragen Spanner ablehnen würde. »Hast du das Foto geknipst? Das Kleid scheint neu zu sein.«

»Das war es damals auch. Sie bekam es zu ihrem Ge-

* Kleiner englischer Rennhund – *Anm. d. Übers.*

burtstag. Wir haben alle zusammengelegt, damit das Geld reichte.« Wohlhabend war die Familie also nicht gewesen. Aber wen meinte sie mit *wir*? »Sie sagte, sie fände das Kleid herrlich. Nach ihrem Tod habe ich es gesucht. Ich wollte es behalten, als Andenken an etwas, das ihr viel bedeutete, weißt du, eine Erinnerung, die wir teilten. Aber es hing nicht in ihrem Kleiderschrank. Ich mußte das ganze Haus durchforsten. Es steckte in einem Sack voller Müll, altem Krempel, der zu Weihnachten an die Wohlfahrt weggegeben werden sollte. Es war total zerknittert. Stank, als hätte es monatelang in dem Sack gelegen. Ich habe es weggeworfen.«

Spanner schnappte sich die Weinflasche, genehmigte sich einen tiefen Zug und wischte sich mit dem Handrücken den Mund ab.

»In diesem Augenblick begriff ich, daß jeder Mensch lügt. Immerzu. Sie muß dieses Kleid gehaßt haben, muß sich jedesmal, wenn sie es anhatte, über unsere Ahnungslosigkeit mokiert haben. Und dann ging sie von uns weg. Einfach so. Hinterließ nicht mal einen Brief.« Spanner zog die Diskette heraus und schmetterte sie mit voller Wucht gegen die Ostwand, so heftig, daß ein Stück Verputz abbröckelte.

Lore griff nach Spanners Hand. »Ich lüge nicht. Und ich mache mich nicht über dich lustig. Ich wünsche dir alles Gute zum Geburtstag. Und wenn dir die Käsepflanze nicht gefällt, brauchst du es nur zu sagen. Wenn du mir etwas schenkst, das ich nicht mag, heuchle ich auch keine Freude.«

Sie konnte Spanners Verletzungen nicht heilen, sie konnte ihr nicht einmal die Art von Liebe geben, die sie vielleicht brauchte, doch sie konnte ihr wenigstens ansatzweise ihr Vertrauen darbieten und hoffen, daß es mit der Zeit erwidert wurde. Sie dachte an Blumenzwiebeln, und wie sie sich in Kälte und Dunkelheit entwickelten, in blindem Zutrauen durch das Erdreich nach oben stießen.

Während Lores erstem Jahr in der Stadt nahte der Winter nur zögernd und milde, doch im Januar schlugen die sanften grauen Dezembertage über Nacht in klirrenden Frost um. Die Sonne kletterte nicht mehr hoch genug, um die Sandsteinfassade des *Polar Bear* mit einer Glasur aus goldenem Licht zu überziehen.

Morgens herrschte eine gelblich-graue Beleuchtung, wie auf schlecht colorierten Schwarz-Weiß-Fotos. Steifbeinig stelzten die Leute in der Kälte zu den Slide-Masten, gegen die langen, schräg einfallenden Sonnenstrahlen anblinzelnd. Stellenweise glitzerte der Reif auf dem Straßenbelag. Ein Eichhörnchen, das in seinem dichten Winterfell wie ein drolliges Pelzknäuel aussah, spähte zu dem vereisten Kabel hinauf, das am Fenster im zweiten Stock vorbei verlief, und blieb klugerweise am Boden. Halbherzig kratzte es zwischen dem Wurzelwerk eines Baumes am hartgefrorenen Erdreich. Lore wunderte sich, daß das Tier keinen Winterschlaf hielt.

Draußen fielen die Temperaturen dramatisch. Spanner war nur noch selten geschäftlich unterwegs – »Bei diesem Wetter gehen die Leute nicht viel aus.« Und Lore, die mittlerweile den hinteren Garten beinahe aufgeräumt und vor über einem Monat die Zwiebeln der Frühlingsblumen gepflanzt hatte, hielt sich dort nur noch auf, um für die Katze, der sie das erste Mal begegnet war, Teller mit Essensresten hinzustellen.

Sie sahen sich die Nachrichten an und tranken Loc – einen heißen Schokoladenlikör –, als die Meldung von einem Feuer im Lagerhausviertel kam.

»Zieh dir den Mantel an.«

Als sie den Schauplatz erreichten, war die Feuerwehr bereits abgerückt; man sah nur noch die verkohlten, dreihundert Jahre alten Holzbalken, und von der Hitze geborstene Ziegel. Der beißende Gestank des Qualms verpestete die Luft. Von dem ausgebrannten Lagerhaus tropfte das Wasser, doch schon bildeten sich

Eiszapfen, und die Lachen auf dem Boden begannen zu überfrieren. Keine Menschenseele weit und breit – den Gaffern war es zu kalt. In der orangeroten Straßenbeleuchtung wirkte Lores ausgestoßene Atemwolke wie ein bizarrer Spezialeffekt.

»Halt die Augen offen.«

»Was ...?« Aber schon bückte sich Spanner und hebelte etwas hoch, das wie ein Stück Straßenpflaster aussah, sich dann jedoch als ein Quadrat aus Plastone entpuppte.

»Was tust du da?«

»Das ist der Hauptschalter ...« – sie deutete auf eine rote Tafel –, »aber sie sollen nicht alle ausgehen.« Daneben befand sich eine Reihe von flachen grauen Kästchen. Sie klappte den Deckel des ersten auf und berührte etwas darin. Bei vier Straßenlaternen ging das Licht aus. Sie öffnete das nächste – weitere Laternen schalteten sich ab.

»Komm mit.« Sie zückte eine Taschenlampe. Der blauweiße Strahl züngelte über den Schutt. Hurtig kraxelte sie über einen Haufen aus Ziegeln und Rohren. Der Lichtkegel durchschnitt das Dunkel, als sie sich umdrehte. »Was ist los?«

Die Augen mit der Hand beschattend, sprach Lore zu einer Silhouette. »Es ist zu gefährlich. Wir sollten lieber warten, bis die Feuerwehr morgen alles planiert hat. Dann können wir in Ruhe stöbern.«

»Sowie das Gebäude einsturzsicher gemacht wird, dauert es keine fünf Minuten, und es bleibt nichts mehr übrig. Wie die Geier werden sich die Leute auf alles irgendwie Verwertbare stürzen. Und hier gibt es gutes Holz.«

Das stimmte. Der Holzstapel, den sie erbeuteten – wobei sich Lore einen Finger verbrannte und mehrere Panikattacken erlitt, wenn Dachbalken urplötzlich abknickten oder Dielenbretter unter ihren Füßen nachgaben – war so groß, daß Spanner Billy und Ann anrief, die kurz darauf mit einem Lieferwagen eintrudelten. Das Fahrzeug war offensichtlich eigens für den Anlaß gestohlen.

»Aber wozu brauchen wir das Holz?« wunderte sich Lore.

»Für eine neue Wohnungstür.«

»An der, die wir jetzt haben, ist aber nichts auszusetzen.«

»Ist doch egal, oder? Vielleicht will ich einfach nur eine neue.«

Verdrossen betrachtete Lore das Holz. Sie riskierten ihr Leben, nur weil Spanner sich austoben wollte.

Lore und Spanner benötigten neun Tage, um aus den wuchtigen alten Balken, die sie geplündert hatten, eine neue Tür zu bauen. An dem Nachmittag, als sich der Regen in feinen grauen Schnee verwandelte, hängten sie die alte Tür aus und setzten die neue ein.

Lore streckte den Rücken und versetzte der alten Tür einen Tritt. »Mir graut davor, sie bei diesem Mistwetter nach draußen zu schleppen.«

»Wir könnten sie zu Brennholz zerkleinern.«

»Wir brauchen kein offenes Feuer. Es ist brüllend heiß hier drin.« Die Wohnung war total überheizt und stickig. Spanner zapfte heimlich die Stromleitung an und ging mit Energie genauso verschwenderisch um wie mit allem, ob es sich um Lebensmittel, um Sex oder um Versprechungen handelte.

Aber Spanner war bereits in die Diele gerannt und kam mit einem Vorschlaghammer zurück. Sie wog ihn ein paarmal in der Hand. Lore verdrückte sich, und Spanner schlug zu. Die alte Tür zersplitterte mit einem dumpfen Knacken.

»Ich sagte doch, wir brauchen kein Feuer. Das ist …«

»Wenn's dir zu heiß ist, reiß die Fenster auf. Frische Luft tut dir gut.« Abermals schwang sie den Hammer.

Lore kannte Spanner nicht wieder, wenn sie diese

Anwandlungen bekam. Sie wußte nicht, woran es lag, wenn sie mitunter tagelang besessen war von einem nicht zu bändigenden Trieb, der sie zwang, sich pausenlos an irgend etwas abzureagieren. Lore überlegte, was sie über offene Feuer wußte und peilte so gut es ging in den Kamin hinauf, um sich zu vergewissern, ob der Schieber geöffnet war. Auf dem Rost lag kein Krümel Asche. »Hast du den Kamin überhaupt schon mal benutzt?«

»Bestimmt.« Das berstende Holz krachte.

Lore brachte die Topfpflanzen in Sicherheit. »Wir benötigen Papier und Anfeuerholz. Jedenfalls glaube ich das.« Sie stöberte herum. »Wir haben kein Papier.«

Schwer atmend hielt Spanner inne. »Guck mal unters Bett.«

Lore schlenderte ins Schlafzimmer. Sie sah nach. »Da steht nur dein Karton.«

»Dann nehmen wir was von dem Zeug, das drin ist.«

»Nein. Wir können doch nicht ...« protestierte sie.

»Bring den Krempel her!« rief Spanner. Seufzend gehorchte Lore.

»Mach den Karton auf.« Wie eine Rasende bearbeitete sie die Tür mit dem Hammer.

Der Karton war vollgepfropft mit alten Fotos und Dokumenten. Einige sahen aus wie Geburtsurkunden aus der Mitte des vorigen Jahrhunderts. »Das wirst du doch wohl nicht vernichten!« Sie wollte den Deckel wieder schließen, peinlich berührt, weil sie Einblick in Spanners private Familiengeschichte hatte.

Spanner ließ den Vorschlaghammer fallen und hockte sich neben Lore auf den Boden. Blindlings wühlte sie eine Handvoll Papiere aus dem Karton, knüllte sie zusammen und warf sie auf den Rost.

»Aber du kannst doch nicht ...«

Spanner nahm keine Notiz von ihr; sie fuhr fort, die Schachtel zu leeren, wobei sie hin und wieder größere

Blätter Papier in winzige Stückchen zerfetzte. »Das müßte gut brennen.«

Lore hielt Spanners Hände fest. »Hör auf! Hör einen Augenblick damit auf! Wir können Papier kaufen. Du brauchst diese Sachen nicht zu benutzen.« Spanner schüttelte sie ab und fuhrwerkte schon wieder in dem Karton herum. »Es gibt ja noch anderes brennbares Material. Alkohol zum Beispiel.«

»Das ist doch bloß Papier.«

Es handelte sich um Spanners Lebenserinnerungen. »Warum tust du das?« Wieso zerstörte sie diese Andenken, nachdem sie sie so viele Jahre lang gehortet und über die Zeit hinweg gerettet hatte? Spanner erwiderte nichts, doch Lore glaubte ihre Beweggründe zu kennen. Spanner mußte die Souvenirs vernichten, weil sie angefangen hatte, darüber zu sprechen. Die Fotos, die Erinnerungen, die sie hervorriefen, wuchsen sich zu einer Schwachstelle für sie aus. Jetzt galt es, diese Bilder, die Assoziationen, auszumerzen. Nur nicht verletzlich sein. Nur keine Schwäche zu erkennen geben. Weg mit dem Zeug, und der Panzer wäre wieder intakt. »Ich helfe dir nicht dabei, die Sachen zu verbrennen.«

Lore ging in die Küche und füllte den Wasserkessel. Anstatt ihn gleich auf den Herd zu stellen, blickte sie aus dem Fenster. Sobald sie an ihrem Spiegelbild vorbeischauen konnte, entdeckte sie im Garten ein Eichhörnchen, das in der Erde buddelte. Es grub ihre Blumenzwiebeln aus und verputzte eine nach der anderen. In kürzester Zeit wurde ihre ganze Arbeit zunichte gemacht. Sie spürte Erbitterung. Anstrengungen, ganz gleich welcher Art, schienen sich gar nicht zu lohnen.

Sie pilgerte ins Wohnzimmer zurück. Spanner verteilte das Papier auf dem Kaminrost, schaufelte ein paar von den kleineren Stücken der zerdepperten Tür darauf und krönte den Scheiterhaufen mit ein paar klotzigen Brettern. Mit einem Lötkolben setzte sie das

Papier in Brand. Ein dünner Rauchfaden kräuselte hoch, entwickelte sich zu dichtem Qualm, der träge durch den Kaminschacht abzog, und dann war das Papier weg.

»Es klappt nicht.« Mit dem Stiel des Vorschlaghammers stocherte Spanner in dem glosenden Wust. Die Bruchstücke der kleingehauenen Tür schwärzten sich, fingen jedoch nicht an zu brennen. »Wieso klappt es nicht?« Sie knüllte noch mehr Dokumente zusammen und pfefferte sie auf den glimmenden Haufen. Ein Ball aus flammendem Papier fauchte den Schornstein hinauf, hochgewirbelt von einem Schwall heißer Luft.

Lore pflückte einen großen Splitter aus dem Teppich und inspizierte ihn. »Das ist kein Holz«, stellte sie fest. »Das heißt, Holz ist es schon, aber diese gepreßte Masse. Das brennt nicht.«

»Verdammte Scheiße!« Spanner schmetterte den Vorschlaghammer ins Feuer. Funkenstiebende Papierfetzen flogen in alle Richtungen. »Laß uns rausgehen, einen trinken.«

Sie gingen aus, tranken sich einen Rausch an, kamen heim und machten brutalen, schweißtreibenden Sex, um danach in einen unruhigen Schlaf zu sinken. Zumindest Lore schlummerte ein. Als sie aufwachte, tigerte Spanner ums Bett herum und faselte über Projekte, die sie demnächst in Angriff nehmen wollte: den Fußbodenbelag erneuern, die Zimmer renovieren, eventuell überall neue Stromleitungen verlegen. Offenbar hatte sie die ganze Nacht lang kein Auge zugekriegt und sich in diesen Zustand der Erregung hineingesteigert. Während Lore sich anzog, ließ sie die Litanei über sich ergehen.

»... hier, ich war noch mal draußen und hab dir ein paar Geschenke gekauft.« Spanner schleifte drei Taschen ins Schlafzimmer. »Mach sie auf.«

Bekleidung. Manche Sachen würde sie tragen, andere nicht. Doch jedes Teil war sehr teuer.

»Such dir gleich was Hübsches aus, und dann unternehmen wir was. Wir gehen einkaufen und besorgen dir was anderes, wenn diese Klamotten dir nicht gefallen.«

»Aber sie gefallen mir ja.«

»Von mir aus bummeln wir auch einfach nur herum. Ich muß raus. Ich will mich amüsieren.«

Sie schnatterte pausenlos, wie unter Zwang. Ihre Augen glitzerten, sie wirkte angespannt und völlig überdreht. Wahllos griff Lore nach einem Teil. Als sie Spanners Blick auffing, erinnerte sie sich an ihr Versprechen und wählte eine moosgrüne Chenille-Tunika mit dazu passenden Leggings. »Das zieh ich an. Es ist wunderschön.«

»Und was ist mit dem schwarzen Kleid? Gefällt dir das schwarze Kleid?«

»Ich trage nicht oft Kleider, aber wenn ich demnächst eines anziehe, nehme ich dieses. Es trifft haargenau meinen Geschmack.«

»Lügst du auch nicht? Es gefällt dir wirklich?«

»Ich lüge nicht. Das Kleid ist toll. Aber heute kann ich es nicht anziehen, weil es draußen zu kalt ist. Ich nehme das hier.« Sie hob die Teile ihrer Wahl hoch. »Wohin gehen wir?«

In der Hedon Road herrschte im Umkleideraum eine durchwachsene Stimmung: Die Atemmasken waren eingetroffen, doch die Systeme funktionierten wieder.

Ich stülpte mir die Maske über; sie bestand aus Neopren und Plastex mit knopfartigen Filtern zu beiden Seiten des Mundstücks. Nachdem ich sie auf festen Sitz hin getestet hatte, zog ich den Halteriemen über den Kopf. Es kam mir sonderbar und primitiv vor, wieder eine Atemmaske zu tragen. Ich war an Nasenfilter mit automatischer, antrainierter Nasenatmung gewöhnt oder an die komplette Gesichtsmaske mit Lufttank eines geschlossenen Atemschutzgeräts. Diese Masken hier nützten gar nichts, wenn einem etwas ins Gesicht spritzte, doch sie schützten einen vor den meisten Dämpfen und Aerosolen, vorausgesetzt, die Filter wurden mindestens einmal pro Woche ausgewechselt.

Ich zeigte Paolo, wie man die Dichtungsstreifen über den Wangenknochen und das Kinn straff anzog. Es war schwierig, ihm beim Anlegen der Maske zu helfen, ohne dabei seine Hände zu berühren.

Als wir in den Primärsektor marschierten, um die Tagschicht abzulösen, alberte Kinnis in seiner Maske herum und gab Geräusche von sich wie ein facettenäugiges Insektenmonster. Viele Leute lachten. Wir alle waren froh, daß die Systeme wieder einwandfrei liefen. Wenn jetzt jemand oder etwas aus der Reihe tanzte, würden die Maschinen das Problem regeln und nicht wir. Nicht *ich*. Und das System arbeitete effizient genug, um die meisten Pannen zu beheben, mit Ausnahme der unvorhersehbaren Unglücksfälle, gegen die man sich beim besten Willen nicht wappnen kann.

Doch Magyar ließ mir keine Zeit, über unvorhersehbare Unglücksfälle nachzugrübeln.

Unsere Schicht lief noch keine zwanzig Minuten, als sich schon wieder ein Rechen festfraß. Paolo und ich hatten ihn befreit und kletterten gerade aus dem Becken, als Magyar mit lose um den Hals baumelnder Maske auf uns zuhielt.

»Es verstößt gegen die Vorschriften, die Rechen per Hand freizumachen, Bird. Zu gefährlich. Paolo weiß es natürlich nicht besser, aber du betrachte das als mündliche Verwarnung. Beim nächsten Verstoß gegen die Sicherheitsvorschriften kriegst du eine formelle schriftliche Abmahnung. Wenn das immer noch nichts fruchtet und du ein drittes Mal dabei erwischt wirst, wie du Arbeitsschutzbestimmungen mißachtest, wirst du gefeuert.« Sie schaute triumphierend drein.

Ein paar Becken weiter kämpften Kinnis und Meisener mit einem steckengebliebenen Rechen. Sorgen brauchte ich mir nicht zu machen. Jetzt war mein Dossier hieb- und stichfest. Betont schaute ich zu den Kollegen rüber, dann richtete ich den Blick wieder auf Magyar.

»Hast du verstanden, Bird?«

Hinter mir hörte ich den verdammten Rechen jaulen, als er sich schon wieder festklemmte. Ich streifte meine Maske ab und deutete mit dem Daumen über die Schulter. »Was soll ich deiner Ansicht nach jetzt tun?«

»Du sollst die Regeln befolgen, Bird. Und ja nicht in der Leistung nachlassen.«

Ich glaube, wir waren beide überrascht, als ich laut auflachte. »Ich bin gut, Magyar, aber ich kann nicht hexen. Du mußt dich schon entscheiden, was Vorrang hat: die Vorschriften oder die Produktivität. Es liegt an dir. Mir ist es schnuppe.« Aus dem Augenwinkel warf ich Paolo einen Blick zu. »Geh schon mal voraus und sieh nach, was mit dem Rechen los ist. Die Sektionsleiterin und ich haben noch was zu besprechen.«

Folgsam zog er sich zurück.

Magyar kochte vor Wut. »Ich könnte dich auf der Stelle schassen!«

»Dann tu's doch.« Sie konnte mich nicht rausschmeißen, das wußten wir beide. Ich war ihre beste Kraft. Sie sah aus, als wollte sie noch mehr sagen, aber ich hatte das ganze Theater satt und mein PIDA hielt jeder Kontrolle stand. »Geh und schikanier jemand anders. Halt mich nicht dauernd von der Arbeit ab.« Ich stülpte mir die Maske wieder auf und watete in die Plörre, um Paolo zu helfen. Hoffentlich hatte Spanner nichts von ihrem Talent eingebüßt, andernfalls stand ich um Mitternacht ohne Job auf der Straße.

Der Rest der Schicht war eine Tortur, doch ich fühlte mich seltsam beschwingt. Was immer auf dem Dach gestern nacht seinen Anfang genommen hatte und dann durch die Begegnung mit Tom Wilson verstärkt worden war, wirkte noch nach.

In der Pause ließ ich Paolo bei Kinnis und Cel und verkrümelte mich mit meinen Frühlingsrollen in eine Ecke. Ich wollte nachdenken.

Ich fühlte mich gut. Ich fing an, mich zur Wehr zu setzen. Mag sein, daß ich ein bißchen nervös war. Schließlich bewegte ich mich auf unbekanntem Terrain. Früher konnte ich tun und sagen, was ich wollte: Ich war eine van de Oest, jemand, der sich auf einen Namen, auf Macht, Geld und eine erstklassige Ausbildung berufen konnte. Diese Form der Unterstützung fehlte mir jetzt, ich war ganz auf mich selbst angewiesen.

Ich lauschte dem Regen, der auf das Glasdach pladderte und lächelte. Nach und nach stellte ich fest, daß mehr in mir steckte, als ich geahnt hatte. Das gefiel mir.

Immer noch in bester Stimmung verließ ich die Anlage; die gute Laune verging mir nicht mal, als ein Laster, der in den Hof einbog, durch eine Pfütze rauschte und mich mit einem Guß kalten, schmutzigen Wassers durchtränkte.

Der Lkw hielt an und das Fenster wurde heruntergekurbelt. »Entschuldigung! Tut mir leid!« brüllte der Fahrer. Wir beide betrachteten meinen triefenden Mantel. Ich war bis auf die Haut durchnäßt.

»Und ich dachte, ich wäre vom Regen verschont geblieben«, entgegnete ich und lächelte, um ihm zu zeigen, daß ich ihm keine Schuld für das Malheur gab. Er winkte mir zu, und der Truck fuhr die restlichen zwanzig Meter bis zur Entladebucht. Das Logo auf dem Wagen lautete: *BioSystems*. Ich dachte mir nichts dabei.

Als Spanner die Tür öffnete und mich eintreten ließ, bemerkte ich dankbar die Bullenhitze in der Wohnung. Meine durchweichte Kleidung begann sachte zu dampfen.

»Ich dachte, es hätte aufgehört zu regnen.«

»Rücksichtsloser Fahrer.« Zum Glück war sie immer noch gut aufgelegt.

»Aha. Na ja, gib mir deinen Mantel. Im Bad hängt mein Morgenrock, wenn du den Rest auch noch ausziehen möchtest.« Sie sah, daß ich stutzte. »Es sei denn, du willst dir lieber einen Pips holen, oder mir dabei zusehen, wie ich ein Feuer anzünde.«

»Das eine Mal hat mir gereicht.« Ich nahm Kurs auf das Bad.

»Gib mir deine nassen Sachen. Ich trockne sie, während du duschst.«

Im Bad hatte sich nichts verändert. Ich pellte mich aus dem klatschnassen Zeug, drehte die Brause auf und kletterte in die Wanne. Das heiße Wasser war eine Wohltat.

Ich hatte schon ganz vergessen, wie herrlich sich dicke alte Seide auf warmer, frisch geschrubbter Haut anfühlt. Ich verknotete den Gürtel und wischte den beschlagenen Spiegel ab, um mich anzusehen.

Hinter meiner Schulter starrte Spanner mich aus dem Spiegel an. Ich war stolz auf mich selbst, weil ich nicht vor Schreck in die Höhe sprang.

»Die braune Farbe steht dir gut.« Mit einer Kopfbewegung deutete sie auf mein Haar, dann ging sie ins Wohnzimmer zurück. »Lotion und was du sonst noch brauchst findest du am üblichen Platz im Wandschrank«, rief sie.

Fast zwei Minuten lang stierte ich auf das Schränkchen, ehe ich mir ein Herz faßte und es öffnete. Als es soweit war, stieß ich halb vor Erleichterung, halb vor Enttäuschung, zischend den Atem durch die Zähne: Kein kleines Glasfläschchen, zur Hälfte gefüllt mit einer öligen Substanz. Ich schloß die Tür, wandte mich ab und merkte, daß ich meine Bauchmuskeln verkrampfte und keuchend den Atem ausblies. Selbst jetzt noch, nach so vielen Monaten, sehnte ich mich danach, dieses Öl unter meinem Kinn zu spüren, meine Nüstern von seinen Moschusdüften liebkosen zu lassen und mich gierig seinen Reizen hinzugeben.

Ich tapste ins Wohnzimmer. Aus der Küche hörte man das behäbige Trommeln und Poltern meiner Sachen im Wäschetrockner.

»Ich hab Tee aufgebrüht.« Spanner hockte auf dem Läufer vor dem Tisch mit der Metallplatte.

»Ich möchte keinen«, lehnte ich ruppig ab. Es fuchste mich, daß die Droge nicht da war. Und ich haderte mit mir, weil ich sie so dringend begehrte. Ich hatte nicht mal eine freie Entscheidung treffen können. Ich war süchtig nach dem Stoff, das wußte ich, aber so würde ich nie erfahren, ob ich meinen Gelüsten widerstehen konnte.

»Er würde dich aber von innen aufwärmen. Nein? Dann laß uns gleich zum Geschäftlichen übergehen.« Sie schenkte für sich eine Tasse ein. »Du hast dir doch sicher Gedanken darüber gemacht, wie lange dein Clip einer Prüfung standhalten muß?«

»Der übliche Dreißig-Sekunden-Spot genügt. Aber das meiste Geld, das gespendet wird, kommt ohnehin innerhalb der ersten zehn bis zwölf Sekunden rein. Ich habe dir von Stellas Freundinnen erzählt, und daß sie sich gegenseitig auszustechen versuchten, wer am schnellsten die höchste Summe stiftet. Wenn man den Klatschkolumnisten glaubt, gilt es bei den Reichen und Prominenten immer noch als schick, der erste zu sein, der eine neue Wohlfahrtseinrichtung unterstützt.«

Im Geist sah ich wieder Stella, wie sie auf Ratnapida lachend den Monitorscanner im Anschlag hielt und sich unbändig freute, wenn sie ihre Freundinnen übertrumpft hatte. Und die Höhe der Spenden war enorm. »Alles hängt also davon ab, wie effektiv die Ausrüstung ist, die Hyn und Zimmer organisieren …«

»Es reicht für mehrere Minuten.«

»… und wohin und wie das Geld bewegt wird.« Das war der kritische Punkt. Jetzt, da Ruth uns keine falschen PIDAs mehr besorgte, mußte man mit den Bankkonten vorsichtiger umgehen.

Aber Spanner lächelte nur mit schmalen Augen. »Seit du gingst, habe ich mir ein paar zusätzliche technische Tricks angeeignet. Ich besitze ein Programm, mit dem man Vermögen durch Schmiergelderfonds schleusen kann – Konten, bei denen ohnehin keiner genauer hingucken will.«

»Zum Beispiel?«

»Zum Beispiel Schwarzgeldkassen wichtiger Medienträger, aus denen ihre ›inoffiziellen Quellen‹ auf den verschiedenen Regierungsebenen bestochen werden; zum Beispiel Guthaben, aus denen die Polizei schöpft, um ihre Informanten zu schmieren.«

An solche Programme kam man nur schwer heran. »Woher hast du es?«

»Von einem … Kunden. Und es ist gut gesichert.«

Wenn sie es, wie ich vermutete, dem Betreiber eines Kinder-Porno-Rings abgepreßt oder einem Sex-Kunden abgeschmeichelt hatte, konnte man getrost davon ausgehen, daß es stimmte. Trotzdem … »Hast du es getestet?«

»Einmal.«

Ich mußte mich darauf verlassen, daß sie mir nichts vorflunkerte. »Ich möchte meinen Anteil in Debit-Karten, und zwar sofort. Sowie das Geld auf dem von uns gewählten Konto gutgeschrieben ist.«

»Einverstanden.«

Plötzlich bekam ich doch Appetit auf eine Tasse Tee. »Glauben Hyn und Zimmer immer noch, daß sie uns das Zeug verschaffen können?«

»Jederzeit. Kurz bevor du kamst, haben sie mir die Spezifizierungen geschickt.« Sie stand auf und schaltete den Monitor ein. »Komm mal hierher.« Ich nahm meinen Tee mit. »Sieh dir das an. Tolles Gerät. Damit kann ich das Netz sechs bis sieben Minuten lang anhalten, falls dein Clip so viel hergibt.«

Im Schein der spinnwebartigen Skizzen sah ihr Gesicht weicher aus. Ich hatte beinahe vergessen, wie anziehend sie wirkte, wenn sie vor Enthusiasmus glühte. Ich mußte gegen den Wunsch ankämpfen, ihre Wange zu streicheln. Vorsichtshalber trat ich einen Schritt zurück. »Woher kriegst du das Geld?«

»Es wird rechtzeitig da sein, keine Bange.« Sie konnte den Blick nicht von den technischen Beschreibungen abwenden.

»Aber ich bin besorgt.« Sie schaute so glücklich drein, so verletzlich. »Hör mal, Spanner, wir können die ganze Geschichte immer noch abblasen. Ich weiß, ich schulde dir Geld, aber ich kann es nach und nach abstottern. Eine Rate an jedem Lohntag.«

»Hast du den Verstand verloren?« Die harten Linien kerbten sich wieder an ihren Mundwinkeln ein. Mit dem Zeigefinger wies sie auf den Monitor. »Guck dir das an. Dieses Zeug ist schwer zu beschaffen, teuer und obendrein bereits bestellt. Wir können jetzt nicht einfach unsere Meinung ändern und sagen: ›Tut uns leid, Leute, aber wir haben es uns anders überlegt!‹ Was verdienst du überhaupt pro Monat? Das reicht nicht mal, um meine Ausgaben für zwei Tage zu bestreiten! Ich brauche das Geld jetzt, nicht tröpfchenweise über die nächsten paar Jahre verteilt. O nein! Du hast gehört, wie Hyn und Zimmer diese Typen beschreiben. Kneifen kommt nicht in Frage, da müssen wir durch.«

In diesem Moment haßte ich sie, weil sie sich in eine Situation manövriert hatte, in der ihr gar nichts anderes übrigblieb, als sich immer tiefer in den Schlamassel reinzureiten. Dann mußte ich über mich selbst lachen. Ich war um keinen Deut besser. Eine Zeitlang starrten wir einander an. Was immer sie in meinem Gesicht sah, es schien sie zufrieden zu stimmen.

»Jetzt brauchen wir noch Informationen über die Netzwerkverflechtungen.«

Für Menschen brachte Spanner nicht viel Geduld auf, doch wenn sie etwas Gefährliches und Illegales plante, entwickelte sie eine Ausdauer wie eine Katze, die sich darauf einrichtet, vor einem Mauseloch zu lauern. Ich seufzte. »Na schön. Uns beiden fallen auf Anhieb die Namen von einem halben Dutzend Stationen ein. Und ein Schloß haben wir im Handumdrehen geknackt. Wieso können wir nicht einfach irgendwo einbrechen und von dort aus aktiv werden?«

Fast hätte sie sich vor Befriedigung die Hände gerieben. Sie liebte es, ihr überlegenes Können zu demonstrieren. »Weil jeder, egal, wie sicherheitsbewußt er ist, ein bestimmtes Verhaltensmuster entwickelt. Und gerade die ausgesprochenen Sicherheitsfanatiker sind es, die letzten Endes das beste Angriffsziel bieten. Sie meinen es zu gut. Die Systeme, die nach Eindringlingen oder Huckepack-Programmen fahnden, wurden ursprünglich nach dem Zufallsprinzip konzipiert. Aber die Resultate werden immer noch von Menschen ausgewertet, und jeder neigt dazu, gewisse Dinge zu übersehen. Man bildet mit der Zeit Gewohnheiten aus, prägt vorhersehbare Muster. Und wenn wir jemanden finden, der uns die Muster verrät, entdecken wir auch eine Lücke.«

10

Lore ist zwölf. Heute ist einer der seltenen Tage, an denen sowohl Oster wie Katerine an ihren Terminals arbeiten und sie sich selbst überlassen bleibt. Es ist Juli und heißer als sonst auf Ratnapida; das konstante Summen der Klimaanlage treibt sie nach draußen zu den Karpfenteichen. Tok hat sich dort schon breitgemacht; auf dem Bauch ruhend, taucht er ständig einen Grashalm ins Wasser. Sein Skizzenblock liegt unbeachtet auf dem Rasen.

Er blickt hoch. »Wenn man das macht und dabei die Sonne im Gesicht hat, glaubt der Fisch manchmal, es sei ein Insekt oder so und versucht, nach dem Halm zu schnappen.« Lore läßt sich neben ihm auf den Boden plumpsen und beobachtet, wie er den Grashalm immerzu ins Wasser tunkt.

»Ich sehe keine Fische.«

»Sie sind aber da. Vermutlich hast du sie verscheucht.« Er wirft den Halm fort. Eine Brise erhascht ihn und befördert ihn mitten auf den Teich. Sie sehen zu, wie er sich langsam im Wasser dreht. »So so«, beginnt Tok nach einer Weile. »Lassen Mum und Dad dich ausnahmsweise mal in Frieden?«

Lore nickt. Weiterhin verfolgen sie den Weg, den der Grashalm nimmt; er treibt in den winzigen Strudel nahe eines Steins.

»Hab Geduld«, meint Tok freundlich. »Die Situation wird sich bessern.«

Seufzend streckt sich Lore der Länge nach im Gras aus. »Und wie schaffst du das?«

»Für mich ist es nicht so anstrengend. Stel und mich lassen sie links liegen; vielleicht glauben sie, daß wir irgendwie zusammengehören.« Er zuckt die Achseln und lächelt schief. Sie beide wissen, daß Stella zu niemandem gehört. Seit zwei Monaten hat keiner sie zu Gesicht bekommen; übers Internet erhalten sie gelegentlich Anrufe aus Macau und Aspen, aus Jaffna und Rio. »Außerdem habe ich meine Kunst. Ich kann sagen: So will ich meine Freizeit verbringen, bis ich in die Firma eintrete. Um mich kümmern sie sich nicht so viel.«

»Ich habe nichts, womit ich mich herausreden könnte.«

»Dann such dir was.«

Lore nickt.

»Und was genau bringt Dad ins Schwitzen?« erkundigt sich Tok.

»Irgendein dringendes Problem, das mit den polynesischen Patentgesetzen zusammenhängt«, erwidert sie. »Er befürchtet, die Regierung Polynesiens könnte uns die Eigentumsrechte an den Z. *mobilis*-Pyruvate-Decarboxylasen-Genen streitig machen.«

»Dads heißgeliebtes Ethanol-Projekt.« Wieder nickt Lore. Sie kann den Grashalm nicht mehr sehen. Er muß nach unten gesunken sein. »Und wenn schon. Wenn Dad auf juristischem Weg nichts erreicht, macht Mum die Abteilung für schmutzige Tricks mobil.«

Lore richtet sich auf. »Die was?«

Tok grinst. »Ich dachte mir schon, daß du nichts davon weißt. Die Abteilung für schmutzige Tricks springt ein, wenn irgendwo Drecksarbeit erledigt werden muß. Die Leute operieren außerhalb des Gesetzes und streng geheim.«

»Das erfindest du jetzt.«

»Aber nicht doch! Überzeug dich selbst. Es steht alles in Tante Nadias Personal-Datei ...«

»Wie bist du da rangekommen?«

»Ich zeig's dir, wenn du möchtest. Jedenfalls ...«

»Und was hast du rausgekriegt?«

»Darauf wollte ich gerade zu sprechen kommen. Die Datei enthält massenhaft langweiliges Zeug, Bilanzen, Firmen-Coups und dergleichen mehr. Aber sie erwähnt auch ›Jerome's Boys.‹ Erinnerst du dich noch an Jerome Gladby?«

»Diesen Tattergreis?« Als Lore den Intimus ihrer Großmutter, ein ehemaliger Topmanager, das letzte Mal sah, saß er in einem Rollstuhl, und sein dröhnendes Organ war zu einem dünnen Krächzen reduziert.

»Er war ja nicht immer alt. Vor Jahren leitete er eine Truppe, die sich ausschließlich damit beschäftigte, Krisen zu meistern, die sich auf legale Weise nicht beseitigen ließen. Die Leute waren mit Waffen, falschen Identitäten und allem Drum und Dran ausgerüstet.«

»Du spinnst!«

»Aus Nadias Protokollen geht hervor, daß sie vor nichts zurückscheuten: Sie verbreiteten gezielt irreführende Informationen, begingen Diebstähle, sabotierten die Anlagen von Konkurrenzfirmen. Gerade als es spannend wurde, klinkte sich Greta ins Netz ein und schmiß mich aus der Datei heraus.«

»Greta?« wundert sich Lore. »Ich dachte, sie sei in Hangzho oder so ähnlich.«

»Zheijiang. Ich vermute, daß sie zufällig gerade im Netz war, als sie mich erwischte. Wie auch immer, sie drängte mich ohne viel Federlesens aus der Datei und drohte mir, kleine Brüder, die in den Privatangelegenheiten anderer Leute herumschnüffelten, bekämen eins auf die Finger. Dann war sie gleich wieder fort. Als ich später noch einmal versuchte, mich in die Datei reinzumogeln, war sie gelöscht. Oder Greta hatte sie irgendwo anders versteckt.«

Lore schüttelt den Kopf. Über Gretas Motive nachzugrübeln wäre ein fruchtloses Unterfangen; sie war seit jeher undurchschaubar. Statt dessen malt sich Lore aus, wie es wohl wäre, über Jerome Gladbys geheimes Machtpotential zu verfügen. »Glaubst du, dieser alte Knacker lief früher mal wie eine Art Rambo herum, die Taschen voller Messer und Abhörgeräte?«

Sie lachen. »Ich wette, der hockte bloß an irgendeinem konspirativen Ort und teilte per Internet Befehle aus.«

»Heh, vielleicht schoß er Fotos von Vorstandsvorsitzenden der Konkurrenz, wie sie ihre Hunde schlugen, und erpreßte sie dann damit.«

»Oder er schmuggelte kompromittierende Dokumente der Regierung in ihre Aktenkoffer und ließ sie dann von der Polizei verhaften …«

»Oder fälschte Filme, in denen man sieht, wie sie es mit kleinen Kindern treiben …«

Fast eine Stunde lang ergötzen sie sich daran, sich Aktionen auszudenken, die immer haarsträubender werden. Sie lachen, bis Lore Bauchschmerzen bekommt.

Sie grinst immer noch, als Oster sich endlich von seiner Internet-Konferenz loseist und sie am Strand spazierengehen. Hin und wieder reibt er sich die Augen und seufzt.

»Alles in Ordnung?«

»Das meiste schon. Aber zur Zeit sitzt eine Hardliner-Regierung am Ruder, die sich über sämtliche internationale Abmachungen hinwegsetzen und alle ausländischen Aktiva als ihr Eigentum beanspruchen will, besonders, wenn es sich um geistige Leistungen handelt.«

»Aber du hast es geregelt?«

»Ich denke doch. Zusammen mit anderen Firmen haben wir eine lockere Koalition gebildet – der hauptsächlich Verlage und Gesellschaften aus der Unterhaltungsbranche angehören, die nur an ihren Urheberrechten verdienen – und wir hoffen, daß die Androhung von massiven Sanktionen den Eifer der neuen Machthaber ein bißchen dämpft.«

Die Sonne steht bereits tief am Horizont. Lore hebt ein Stück Treibholz auf und schleudert es so weit sie kann in das sich rot färbende Meer. »Und wenn das nichts fruchtet, könntest du immer noch ein paar Saboteure losschicken, nicht wahr?« fragt sie im Weitergehen.

»Eine gute Idee. Das würde eine Menge Probleme lösen.«

Lore wischt sich die sandigen Hände an ihren Shorts ab. »Warum tust du das dann nicht? Ich meine, sie sollen ja keinen direkt umbringen, aber sie könnten doch ein wenig Sand ins Getriebe streuen, zum Beispiel das örtliche Energieversorgungssystem lahmlegen oder etwas ähnliches.«

Oster lacht, während sie dahinschlendern; zuerst stimmt Lore in sein Gelächter ein, doch dann wird sie wieder ernst.

»Wäre das denn möglich? Könntest du wirklich Agenten einschleusen, wenn du das wolltest?«

Er bleibt stehen und faßt sie prüfend ins Auge. »Wie, zum Kuckuck, kommst du nur auf solche Gedanken?«

»Tok hat mir von Jeromes alter Brigade erzählt.«

Oster blickt verdattert drein. »Aber diese Gruppe wurde schon vor vielen Jahren aufgelöst, als meine Mutter noch lebte.«

»Es *gab* sie also?«

»Ja. Aber jetzt existiert sie nicht mehr, zumindest nicht in dieser Form. Nun handelt es sich um ein legitimes Krisenmanagement.«

Sie setzen ihren Weg fort. Ein Kormoran taucht in eine Welle ein. »Wieso wurde sie dann überhaupt liquidiert?«

»Sie geriet außer Kontrolle.«

Lore, die sich darunter eine Art Aufstand vorstellt,

sieht in Gedanken Männer und Frauen mit gezückten Pistolen vor sich. »Das hat ihnen sicher nicht gepaßt. Haben diese Leute Menschen erschossen?«

Oster prustet los. »Manchmal vergesse ich, daß du erst zwölf bist.« Er zerstrubbelt ihr Haar. Geduldig streicht sie es wieder glatt. »Laß uns ein paar Minuten irgendwo sitzen.« Sie finden einen alten, halb im Sand vergrabenen Balken und setzen sich darauf, mit Blick auf die See.

»Das Schmiermittel, das dafür sorgt, daß in jeder Firma alles glatt abläuft, heißt Geld. Meine Mutter hatte es nicht nötig, jemandem zu drohen. Sie brauchte keinen zu entlassen. Sie kürzte lediglich die finanziellen Mittel dieser Gruppe und zog die Zügel ein bißchen straffer an, indem die Abteilung über ihre Operationen Rechenschaft ablegen mußte. Illegale Aktionen sind sehr kostspielig: Man muß Material auf dem Schwarzmarkt beschaffen, die richtigen Personen bestechen und sich hinterher mit heiklen und zeitaufwendigen Vertuschungsmanövern befassen. Ohne massenhaft Bargeld können solche Agenten nicht arbeiten. Kein Fundus, keine Coups. Diejenigen, die die glorreichen alten Zeiten vermißten, suchten sich anderswo ein Betätigungsfeld, und die, die geblieben sind, besitzen die Mentalität von Buchhaltern. Dieses ganze Mantel-und-Degen-Zeug ist vorbei.«

Lore ist erleichtert, aber irgendwie auch enttäuscht.

Lore wird demnächst dreizehn. Monatelang hat sie über Toks Ratschlag nachgegrübelt. Zu ihrem dreizehnten Geburtstag wünscht sie sich – mit Erfolg – eine Kamera und ein Schneidegerät. Die Bedienung ist einfach: Die Kamera auf ein Motiv richten und aufnehmen; die Diskette in das Schneidegerät schieben, Sequenzen herausschneiden und die Szenen, die man behalten möchte, nach Belieben aneinanderfügen.

Trotz ihrer anfänglichen Skepsis ist ihr Interesse rasch geweckt; viel zu schnell schöpft sie die Möglichkeiten aus, die diese Kamera und das Schneidegerät sowie das Filmen von größtenteils ahnungslosen Objekten ihr bieten. Sie fängt an, sich einer Drehbuchdatei und einer bescheidenen Filmbibliothek zu bedienen. Somit verfügt sie über Tausende von Gesichtern und Stimmen, mit denen sie Aufnahmen von ihrer Familie synchronisieren kann.

Oster und Katerine halten ihre Filmerei für eine unterhaltsame Zerstreuung, und nachdem Lore ihnen ein paar betont fade und geistlose Clips gezeigt hat, kümmern sie sich nicht mehr um ihr Hobby. Als sie um neue Bibliotheksprogramme für ihre Drehbuchdatei bittet, lächeln sie nachsichtig und kaufen ihr das Gewünschte, ohne zu fragen, was sie damit anzufangen gedenkt. Auf diese Weise ersteht sie mehrere Bibliotheken für Erwachsene.

Sie beginnt mit Toks Abonnements von Kunstmagazinen und erweitert diese in Mitgliedschaften bei sämtlichen Online-Filmmagazinen, die sie ausfindig machen kann; heimlich klinkt sie sich ins Netz ein, saugt alles an Informationen bezüglich Kameratricks, Schneidetechniken und Drehbüchern in sich auf, die Profis, passionierte Amateure und selbsternannte Untergrund-Anarchisten voller Eitelkeit von sich geben.

Niemals hinterläßt sie selbst eine Nachricht, keinem verrät sie, daß sie lauscht. Sie tauscht eine Kamera gegen die nächste ein, bis sie eine Hammex 20 besitzt, mit der sie ebenso anspruchsvolle und prägnante Filme drehen kann wie ein ausgefuchster Internet-Regisseur. Ständig lernt sie dazu, und allmählich genießt sie ihre geheimen Abenteuer.

Ihr fällt auf, daß Katerine keine Diskussionen über Biosanierung in Bangui oder Luanda vom Zaun bricht, wenn sie mit ihrer Kamera durch das Haus und die Gärten pirscht. Wenn Oster vorschlägt, in aller Herrgottsfrühe zum Hochseeangeln auszufahren, erwähnt Lore wie nebenbei, daß sie fast die ganze Nacht lang aufbleiben wird, um für ihren neuesten künstlerischen Dokumentarfilm das Spiel des Mondlichts auf dem Meer einzufangen. Schon bald schleppt sie die Hammex auf Schritt und Tritt mit sich herum, doch über die Wahl ihrer Motive schweigt sie sich aus.

Eine Zeitlang erfüllt sie sich mit ihren Filmen Wunschträume: Oster und Katerine bei romantischen Abendessen zu zweit, wie sie sich küssen, Händchen halten und dann lächelnd im Schlafzimmer verschwinden. Lore, deren Körper dabei ist, sich zu entwickeln, fragt sich, was ihre Eltern wohl im Bett anstellen mögen. Sie sieht sich ein paar der gängigen Szenen aus ihrer Pornographie-Bibliothek an und lernt, wie sie die Gesichter ihrer Eltern auf die Körper der Porno-Darsteller scannen kann.

Ehe sie zur Schule zurückkehrt, filmt sie den Teich und die Schiffsanlegestelle, jeden einzelnen Raum ihres Hauses auf Ratnapida. Später, in ihrem Internatszimmer, tüftelt sie aus, wie sich die Bilder technisch manipulieren lassen. Ihre Filme füllen sich mit Porno-Schauspielern, die die Gesichter ihrer Eltern tragen: Beim Vögeln a tergo auf dem Hubschrauberlandeplatz, kopfüber von der Steinmole hängend, im Karpfenteich plantschend. Mit den Stimmen ihrer Eltern stoßen sie Lustschreie aus, mit dem für sie charakteristischen manierierten Gehabe kleiden sie sich an. Die Akteure *sind* ihre Eltern.

Während Oster und Katerine sich in der Realität immer weiter voneinander entfremden, bringt Lore sie hautnah zusammen, mitunter Dialoge einflechtend. Es ist ihr gleich, ob sie freundlich miteinander umgehen oder sich mit Worten verletzen; Hauptsache, es gibt eine Kommunikation. Ihre Träume werden immer verworrener.

Einmal ist sie drauf und dran, Tok anzurufen, doch dann beschleicht sie Angst. Er würde sie nicht verstehen. Immer und immer wieder sieht sie sich ihre Filme an und denkt darüber nach, was es mit dem Sex in Wirklichkeit wohl auf sich hat. Nachts liegt sie wach, lauscht dem Getuschel ihrer Schulfreundinnen und fragt sich, wie gut sie Bescheid wissen und welche Erfahrungen sie haben.

11

Am nächsten Tag stöpselte ich mich zum ersten Mal seit Monaten wieder in meine Film-Bibliothek ein. Was Spanner über die Lücke im Muster sagte, mußte ich ihr abnehmen; in diese Richtung zu sichern, gehörte zu ihrem Job. Meine Aufgabe bestand darin, einen kurzen Werbespot zu drehen, der absolut echt wirkte; ein Aufruf, der die Reichen dazu verleitete, sich von ihrem Geld zu trennen – und das so fix, daß wir es schafften, das Netz zu verlassen, das Geld vom Konto abzuheben und uns dünne zu machen, ehe die Internet-Security überhaupt spitzkriegte, daß jemand auf einem fremden Signal Trittbrett fuhr.

Ich fand, das Vielversprechendste sei ein Appell, ältere Menschen zu unterstützen, Leute aus Toms Generation.

Am schwersten fiel es den vor 1960 Geborenen, sich an den allgemeinen Wandel anzupassen. Diese Personen waren es, die plötzlich mitten auf einer Straße stehenblieben, als sei ihnen schwindelig, wenn irgendein Schaufenster aufflackerte und zu sprechen anfing; sie blickten bestürzt und gehetzt drein, wenn die PIDA-Lesegeräte sich wieder einmal änderten, oder die Nachrichtentanks ein neues Format annahmen.

Es war ein ganz spezifischer Ausdruck: eingefallene Wangen, die Augen hin und her huschend, wie wenn sie nach einem Versteck suchten. Dieselbe Mimik hatte ich bei Kriegsflüchtlingen gesehen oder bei Immigranten, die ausschließlich ihre Muttersprache beherrschten, während ihre Kinder sich fließend im Idiom ihrer neuen Heimat verständigten. Ältere Leute befanden sich in ihrem eigenen Land im Exil. Sie waren nicht in die Epoche des rasanten Wandels hineingeboren worden, so wie wir jüngeren.

Ich brauchte ein Dreißig-Sekunden-Feature – aber der eigentliche Ruck mußte in den ersten acht Sekunden durch die Zuschauer gehen. Ich mußte mich informieren, was sich auf dem Gebiet der kommerziellen Unterhaltung im Internet neuerdings tat.

Während ich im Wohnzimmer frühstückte, flippte ich durch die Programme: Ein zweistündiges Doku-Drama über eine Frau und ihr Kind, die sich in Sydney in einer ausgebrannten Mietskaserne gegen Raubtiere zur Wehr setzten, die die Städte unsicher machten; massenhaft seichte Pseudo-Nachrichten; eine interaktive Version von *Neununddreißig Stufen*. Eine Weile schaute ich zu und fand es faszinierend, wie der Originalfilm dadurch, daß man ihn in eine Spielshow verwandelte, total verhunzt wurde. Zum Schluß führte ich mir eine moderne Version von Shakespeares *Othello* zu Gemüte. Schon nach zwanzig Minuten wußte ich, in welcher Weise sich die visuelle Mode in den Monaten, seit ich von Spanner weggegangen war, verändert hatte.

Allem Anschein nach huldigte man jetzt einer Art Neo-Modernismus mit einer Vorliebe für Details und einer Betonung der Komposition. Der Bestand meiner eigenen Bibliothek reichte nicht aus. Gewiß, ich hatte auch ein paar Tricks auf Lager: Ich konnte Sequenzen redigitalisieren, gestohlenes Material so bearbeiten, daß es wie ›live‹ aufgenommen wirkte. Flotte Kameraschwenks ließen sich verzögern, die Verweildauer der einzelnen Motive dehnen. Doch etwas mußte ich selbst aufnehmen. Und dazu brauchte ich einen Darsteller.

Ich nippte an meinem Tee. Vielleicht hätte Tom Interesse.

Ich schaltete das Terminal ab und starrte aus dem

Fenster. Der Himmel sah aus, wie er vielleicht vor hundert, tausend oder fünfzigtausend Jahren ausgeschaut haben mochte. Ich fragte mich, wie man sich wohl fühlte, wenn man in einer Gemeinschaft aufwuchs, in der sich kaum je etwas änderte, in der der Lebensweg von Geburt bis zum Tod quasi vorgezeichnet war. Wenn man zehn, fünfundzwanzig oder fünfzig Jahre alt wurde und sich sagen durfte: *Ich habe ausgelernt. Ich weiß genug für den Rest meines Lebens.*

Während der nächsten paar Tage ging Magyar mir aus dem Weg, doch ich ertappte sie dabei, wie sie mich hin und wieder mißtrauisch beäugte, und wußte, daß es sich lediglich um einen nicht erklärten Waffenstillstand handelte; aufgegeben hatte sie nicht. Mit den wieder funktionierenden Systemen und den beiden zusätzlichen Arbeitskräften konnte ich mich beinahe entspannen.

Eine Melodie pfeifend, übertrug ich die Daten von der Tafel auf einen Slate.

Paolo kam in die Read-out-Station. »Was bedeuten diese Angaben?«

»Ich dachte, du wärst dabei, die Binsen in Nummer vierzig zu trimmen.«

»Schon fertig.« Ich sah hin. Es stimmte. Abermals deutete er auf die grünen Zahlen. »Was wird hier gemessen?«

Seine Armbewegungen wirkten immer noch steif; er paßte sorgfältig auf, daß er mich nicht berührte, aber die ausdruckslose Maske, die er sonst zur Schau trug, bekam kleine Risse. Es war fast so, als beobachte man eine Seeanemone, wie sie sich langsam entfaltete und ihren zarten, wunderschönen Mund offenlegte. »Stickstoff. In den verschiedensten Formen.«

»Worin bestehen denn die Unterschiede?«

Das einfachste wäre gewesen, die Achseln zu zucken, Unwissenheit zu heucheln und die routinemäßige Arbeit wieder aufzunehmen, anonym und abgesichert; doch er beugte sich vor, schaute angespannt und streckte gar den Arm aus, um etwas anzufassen. Vielleicht würde er nie wieder eine so simple Frage stellen, die doch so schwer zu beantworten war. Und wenn er sich wieder in sich selbst zurückzog, würde er sich wahrscheinlich nie wieder öffnen. Also legte ich los: »Hauptsächlich unterscheidet man zwischen Nitriten, freiem Stickstoff und Ammoniak. Außerdem gibt es mehrere Untergruppen. Aber die sind nicht so wichtig.«

»Sag das noch mal. Aber langsam, bitte.« Ich tat ihm den Gefallen. Nach jeder Sprechpause nickte er. Seine Lippen bewegten sich, als wiederholte er die Namen für sich selbst.

»Paolo, möchtest du was lernen?«

Verhalten zuckte er die Achseln. »Klar.«

Ich hatte geglaubt, seine Augen blickten sanft, doch das war ein Irrtum. Sie waren hart, wie das dicke braune Eis, das sich auf Schlammpfützen bildet, das zwar aussieht, als wäre es transparent, bis man genauer hinschaut. *Ich traue dir nicht*, verrieten seine Augen. *Man hat mich schon mehr als einmal zum Narren gehalten.*

Ich kopierte das Achselzucken. »Je mehr man weiß, desto einfacher wird das Leben. Wenn du willst, kann ich dir was beibringen.« Jedenfalls hoffte ich das. In meiner Familie war ich das jüngste Kind gewesen, das Nesthäkchen; mein Leben lang war ich Schülerin geblieben, zum Unterrichten kam ich erst gar nicht.

Ich glaube, er spürte, daß ich meine Gelassenheit nur vorschützte; er war ja nicht blöd. Doch vielleicht lag es gerade an meiner Bereitschaft mich zu verstellen, was ihn letztlich bewog, das Risiko einzugehen. Er nickte.

»Nach der Pause fangen wir an.« Wenn Magyar sich selbst zum Essen hinsetzte.

Gleich nach der Pause brachte ich ihn in den Betonbunker. Ich zeigte ihm den roten Knopf, auf den Magyar bei meiner Einführung in den Betrieb gedrückt hatte, wobei ich mir ein bißchen linkisch vorkam. »Leider kann ich die Bodenluke nicht öffnen, um dir zu demonstrieren, wieviel Wasser hier pro Minute durchströmt, aber glaub mir, viereinhalb Millionen Gallonen pro Tag sind eine ganze Menge.«

Mit den abstrakten Zahlen allein konnte er offensichtlich nichts anfangen. *Du schaffst es,* feuerte ich mich selbst an. »Stell dir einen Schlauch mit dem Umfang wie eine schwangere Frau vor, aus dem grünes oder orangefarbenes Wasser hervorsprudelt, das mit allen möglichen gefährlichen und ekelhaften Stoffen verunreinigt ist; dieses Wasser gelangt unter hohem Druck in einen Swimming-pool. Wenn der Pool sich bis zu einer gewissen Höhe füllt, fließt die dreckige Brühe am anderen Ende wieder heraus, bis sie dann mit der gleichen Geschwindigkeit aus dem Abfluß gepreßt wird, wie sie in das Sammelbecken hineinschießt.« Ich hielt kurz inne.

»Und jetzt stell dir vor, es sei ein verzauberter Pool, in dem das Wasser von dem gesamten tödlichen Unrat gereinigt und in kristallklares, sauberes Trinkwasser verwandelt wird. Dieses gute Wasser fließt geradewegs in die Hauptleitung und gelangt so in die einzelnen Haushalte, wo es auch alte Leute und kleine Kinder direkt vom Hahn trinken. Das hört sich läppisch an, ist es aber nicht. Zwei Dinge darf man nicht vergessen: Das Wasser in diesem dicken Schlauch hört nie auf zu fließen. Und, was das allerwichtigste ist, wir – du, ich, Cel, Kinnis, Magyar und alle anderen, die hier schuften – sind die Zauberer, die für reines Wasser sorgen. Wenn wir was verpfuschen oder aufhören zu arbeiten, bedeutet das den Tod vieler Menschen.«

Bei Paolo wirkte sich der Schock so aus, daß er die Arme seltsam verdrehte und jeder Ausdruck aus seinem Gesicht wich. Ich sah, wie schwer ihm der Gedanke an die große Verantwortung zu schaffen machte. »Aber was ist mit all den Maschinen, den Sicherheitsvorkehrungen?«

»Meistens erfüllen sie ihre Aufgaben pannenfrei. Doch sollte das Computersystem wieder einmal ausfallen, jemand mißversteht die Warnzeichen oder es gibt eine so flüchtige Abweichung, daß die Sensoren am Zuflußpunkt nichts aufspüren, dann müssen wir eingreifen. Aber wir können auch nur dann etwas bewirken, wenn die Konstrukteure dieser Anlage das Problem einkalkuliert haben – und wenn es ein Unfall ist.«

»Sabotage?« Er zwinkerte nervös. »Wie könnte jemand dieses Werk sabotieren?«

»Da gibt es viele Möglichkeiten, aber die beste findet sich gleich zu Anfang – wo man den gesamten Betrieb lahmlegen kann.«

»Am Zulauf?«

»Genau hier.« Ich zeigte auf den Boden, der von der Wucht des darunter hinwegbrausenden Wasserstroms leicht vibrierte. »Man muß nur einen größeren Gegenstand oder ein tödliches Gift hineinkippen, und – vorausgesetzt die Systeme werden rechtzeitig aufmerksam – der gesamte Komplex bricht zusammen. Wenn man nicht unverzüglich reagiert und den Schaden behebt, pflanzt sich die Kontamination durch den ganzen Primärsektor fort und verseucht vier bis fünf Millionen Gallonen Wasser. Und dann muß man immer noch menschliches Versagen in Betracht ziehen.«

Ich zeigte ihm den Leitungshahn, die Ausgangsdaten – alles automatisiert –, die verschiedenen Lämpchen, die angaben, welche Bakterien und Algen derzeit benutzt wurden, ihre geschätzte Biomasse und den Bedarf an Nährstoffen.

»Je nachdem, welche Substanzen hereinkommen, fügen wir Biomasse hinzu, ändern die Zusammensetzung oder verringern die Nahrung. Fließt zum Beispiel ein Gift ein, das bestimmte Bakterienstämme abtötet, erhöhen wir die Biomasse. Sollte ein Mikrobenstamm kränkeln, versorgen wir ihn mit bevorzugten Nährstoffen oder reduzieren die Nahrung derjenigen Bakterien, die sich zu stark vermehren und den gewünschten Stamm verdrängen. Die Anfangsdaten, die wir hier ablesen und die Werte, die ich Magyar übermittle, entscheiden darüber, welche Mengen von welchen Bakterien wir brauchen.«

Ich führte ihn aus dem Betonbunker heraus. »Es ist wichtig, daß man die grundlegenden Prinzipien versteht.« Bei Becken einundvierzig blieb ich stehen. »Sieht aus, als müßte der Kies hier neu geharkt werden. Du fängst an dieser Seite an.« Wir setzten uns die Atemmasken auf und fingen an zu arbeiten. Ich wartete, bis wir beide unseren Rhythmus gefunden hatten. »Was hast du von dem Orientierungs-Video gelernt?«

Er drückte die Schultern durch und stand stramm, als müßte er ein Examen ablegen.

»Weiterarbeiten. Magyars Pause dauert nicht ewig.«

»Ach so. Na ja, dort kommt ungeklärtes Abwasser herein«, mit dem Kinn deutete er in die Richtung des Bunkers, »wo es aufgewirbelt wird, um die Feststoffe mit Flüssigkeit zu verquirlen. Der Modder verteilt sich auf achtzig Aufbereitungsströme und wird durch Röhren in die Becken geleitet. Dort spalten Bakterien giftige Stickstoff-Verbindungen in weniger schädliche Substanzen auf.«

Ich war baff. »Von dem Orientierungs-Video hast du ja eine Menge gelernt. Aber in den Becken wird nicht nur der Denitrifikationsprozeß in Gang gesetzt. Dort beginnt auch der biologische Abbau anderer organischer Stoffe. Sprich weiter.«

»Die obere Wasserschicht wird zur nächsten Reinigungsstufe weitergeleitet, in diese großen, durchsichtigen Tanks, wo es schrecklich heiß, laut und unruhig ist.«

»Das Wasser in diesen Silos wird ständig auf über vierzig Grad Celsius erhitzt – es sind vierundvierzig Grad, um exakt zu sein – um die mesophilen Bakterien, die in dieser Phase aktiv werden, am Leben zu erhalten.« Es tat gut, nach so langer Zeit wieder einmal zu fachsimpeln. »Durch spiralförmig hineingeblasene Luft und Quirle wird das Wasser unentwegt aufgewirbelt, damit es nicht stagniert und sich in flüssigen Schichten ablagert, was bei heißem Wasser immer vorkommen kann. Außerdem verhindert diese dauernde Umwälzung, daß die Feststoffe nach unten sinken und Sedimente bilden.«

Er zog sich die Maske herunter, um mehr Luft zu kriegen. Es war nicht einfach, gleichzeitig zu arbeiten, zu sprechen und dazu noch ausreichend Sauerstoff durch die Filter einzuatmen. »Du weißt aber viel.« Eine verdeckte Herausforderung. Sein taxierender Blick in die Runde – auf den Rechen, die Becken, den stinkenden braunen Matsch an meinen plastheneumhüllten Schenkeln – enthielt die unausgesprochene Frage: *Wieso schaufelst du Scheiße wie ein einfacher Kuli, wenn du dich so gut auskennst?*

Mir stand nicht der Sinn nach irgendwelchen Spielchen. »Du weißt nicht, wer ich bin, oder warum ich hier arbeite. Und ich kenne dich nicht. Trotzdem habe ich mich dazu entschlossen, dir zu vertrauen. Und von mir kannst du was lernen.«

Für mich war es wichtig, daß er mir sein Vertrauen schenkte. Ich wollte ihm helfen. Wenigstens einmal in meinem Leben wollte ich stolz auf mich sein.

Meine Unverblümtheit verwirrte ihn. Eine Zeitlang bearbeitete er den Kies mit der Harke. Ich gab mich damit zufrieden, meinen Job zu tun, und überließ ihn seinen Gedanken.

Schließlich hielt er inne. Auch ich legte eine Pause ein und wartete ab. »Ich dachte, bei der Wasseraufbereitung ginge es bloß darum, den Schlamm herauszufiltern. Aber …« Er zuckte die Achseln und wieder sah ich, mit welcher Anmut er sich bewegte, doch bei den Armen und Beinen hörte die Geschmeidigkeit auf. Eine vage Erinnerung an ein Hotelzimmer und Katerines Bild auf dem Monitor huschte beinahe in Greifweite vorbei und entschwand wieder.

»So lief das früher, als man die Feststoffe vergrub oder zum Austrocknen auf Trockenbeete verteilte. Dort zersetzte sich der Schlick mehr schlecht als recht, wurde später in Schiffe verladen und zum Verklappen auf See gebracht. Bei uns wird dieser Klärschlamm jedoch genutzt. Ab der dritten Reinigungsstufe ernähren sich Algen, Moose und Wasserlinsen von den darin enthaltenen Substanzen. Das Moos wird abgeerntet und recycelt, um die darin angereicherten Schwermetalle zu gewinnen; mit den Algen und Wasserlinsen füttern wir die Schnecken und das Zooplankton. Die Schnecken sammeln wir ein und setzen sie der nächsthöheren Reinigungsstufe zu, wo sie den Maulbrütern, Barschen und Elritzen als Futter dienen.

Natürlich produzieren die Fische wiederum feste Abfälle, aber in einer Form, die rasch von den Lilien absorbiert wird. Außer im Primärsektor, wo die Luftreiniger einige der hochtoxischen Gase herausfiltern, wird jede anfallende Substanz genutzt, um die Produktion von irgend etwas anderem zu steigern. Das ist ja das Schöne daran …« Ich hielt inne und stülpte mir die Maske wieder auf. Magyar steuerte in unsere Richtung.

Sie marschierte mit ruckhaften, energischen Bewegungen, und selbst von meinem Platz aus konnte ich sehen, daß ihre Kiefer mahlten. Mein PIDA mochte sicher sein, doch über irgend etwas hatte sie sich fürchterlich geärgert. Ich wappnete mich für den Zusammenstoß, doch Magyar stiefelte stracks an uns vorbei. Ihr Zorn strahlte wie Hitzewellen von ihr ab.

Ich war nicht die einzige, der ihre Verfassung aufgefallen war. Kinnis blickte von seinem Becken zu mir herüber und hob beredt die Schultern. Ich fragte mich, was los war.

Den Rest der Schicht brachte ich damit zu, abwechselnd über die Schulter zu peilen und Paolo über das sensible ökologische Gleichgewicht der Anlage aufzuklären.

»Die Schnecken und das Plankton reproduzieren sich in einem Ausmaß, das in einem direkten Verhältnis zu den verfügbaren Algen seht, doch das Zooplankton reagiert viel empfindlicher auf Metalle als die Diatomeen*, deshalb befinden sich die Proportionen in ständiger Fluktuation. Die Algen müssen bezüglich ihrer Metallanreicherung und ihrer Verbindung mit dem Moos sehr aufmerksam beobachtet werden.«

Es war ein wunderschönes System. Jedes Mal, wenn ich an der pseudo-viktorianischen Monströsität, denn nichts anderes war dieses Gebäude, anlangte, staunte ich, daß sich in diesem Klotz aus Metall, Stein, Glas und Stromleitungen ein solches Wunder vollzog: Aus Abwässern und todbringenden Chemikalien entwickelten sich Fische, Blumen und Sträucher. Manchmal schämte ich mich nicht einmal mehr für meine Familie und für die Art und Weise, wie sie ihr Geld verdiente.

Ich mochte eine niedrige Tätigkeit verrichten, doch was ich zu Paolo gesagt hatte, stimmte: Unser Wirken war ungeheuer wichtig. Nicht nur generell gesehen. Indem ich das Risiko auf mich nahm und mit Paolo sprach – es brauchte gar nicht mal viel zu sein –, gab ich seinem Leben vielleicht eine Wende, wenn ich ihm Wissen vermittelte, auf das er immer wieder zurückgreifen konnte, egal, wohin er einmal ging. Und zu sehen, wie sich sein Gesichtsausdruck veränderte, wie er für Augenblicke seine Reserviertheit ablegte, war

* Kieselalgen – *Anm. d. Übers.*

für mich ein erhebendes Gefühl. Ich kam mir vor, als würde ich wertvolle Arbeit leisten. So hatte ich schon lange nicht mehr empfunden.

Die einzige dunkle Wolke am Horizont war Magyar. Ich fragte mich, was sie so mächtig vergrätzt hatte. Mein PIDA war sicher. Dafür hatte Spanner gesorgt. Oder etwa nicht? Doch wenn Magyar so intelligent war, wie ich ihr unterstellte, dann spielte es keine Rolle, ob mein PIDA meiner Körpergröße, meinem Gewicht und meiner DNA entsprach, sie würde wissen, daß ich gar nicht Sal Bird sein konnte, Alter fünfundzwanzig, die angelernte Arbeiterin aus Immingham. Sie würde hartnäckig weiterchecken und nachbohren. Und ein PIDA nützte mir gar nichts, wenn sie auf die Idee kam, bei Birds letzter Arbeitsstelle anzurufen und sich mit ihrem Boss zu unterhalten.

Ich wünschte mir, ich könnte Magyar erklären, was dieser Job mir bedeutete. Ich wollte ihr von Paolo erzählen, und welche Freude es mir bereitete, ihn zu unterrichten. Es würde uns allen das Leben erleichtern, wenn wir ein bißchen mehr aus uns herausgingen, miteinander redeten und uns gegenseitig halfen. Vielleicht sollte ich ihr einfach blind vertrauen, so wie Paolo Mut gefaßt hatte und an meine Ehrlichkeit glaubte.

Draußen fing ich sie ab. Der Nebel kondensierte an den Straßenlaternen und tropfte aufs Pflaster. Selbst hier in der City roch die Nacht nach Herbst: feuchtes, vermoderndes Laub, Rauch von Holzfeuern, Wollmäntel, die nach sechs Monaten im Schrank einen leichten Mief verströmten. Eine halbe Stunde lang mußte ich warten.

Dann passierte sie plötzlich das Tor und wurde fünf Schritte weiter von Nebelschwaden umwabert.

»Magyar.«

Sie wirbelte herum und zog die Hände aus den Taschen. »Bird! Was machst du hier?« Wir standen etwa drei Meter voneinander entfernt. Der Nebel verlieh allem einen klaustrophobischen, gedämpften, unwirklichen Hauch. Sie schob die Hände wieder in die Taschen.

»Ich möchte mit dir sprechen.« Meine Stimme klang ruhig. Seltsam.

»Zum Herumstehen ist es zu kalt. Du kannst beim Laufen reden.«

Sie marschierte los, wobei es ihr offensichtlich gleichgültig war, ob ich ihr folgte oder nicht. Sie legte ein flottes Tempo vor, mit weitausholenden Schritten. Ihre Schuhe waren mit einem weichen, den Schall absorbierenden Material besohlt; ich kam mir vor, als sähe ich einen Film mit abgestelltem Ton.

Trau dich, munterte ich mich auf. *Nur keine Hemmungen.* »Vorhin schienst du ganz schön sauer zu sein.«

»Das war ich auch.«

»Ich dachte mir, wir beide könnten vielleicht reinen Tisch machen. Uns mal richtig aussprechen.« Überzeugend klang es nicht. Das schien sie auch zu finden, denn sie gab nur einen schnaubenden Laut von sich. Ich war dabei, alles zu verbocken. »Es ist nur, weil … Hör mal, wenn du wütend warst …«

»Ich bin es noch, Bird!«

Doch ihr Groll schien sich nicht gegen mich zu richten. »Stimmt was nicht in der Anlage?«

Jählings blieb sie stehen und kehrte mir ihr Gesicht zu. »Warum sollte ich das ausgerechnet dir auf die Nase binden?«

Kühn wagte ich mich ein Stückchen weiter vor. »Weil es mich und alle anderen von der Nachtschicht betreffen könnte. Ich mag keine Überraschungen.«

»So, du magst keine Überraschungen? Das ist aber schade. Und ich mag es nicht, wenn man mich belügt. Du willst wissen, was mit dieser Anlage los ist? Dann geh doch zu deinen Bossen und laß dir von *denen* erzählen, was hier so läuft.«

»Ich kann nicht. Ich bin nicht der Spitzel, für den du mich hältst.« Und ich war naiv, wenn ich mir einbildete, ich könnte etwas Gutes bewirken, indem ich Kopf und Kragen riskierte.

»Ich weiß, daß du nicht Sal Bird bist.«

»Ich bin die einzige Sal Bird, die es gibt.«

Sie wartete, während sie die Hände in den Taschen abwechselnd zu Fäusten ballte und wieder lockerte. Als sie merkte, daß sie nicht mehr aus mir herausbekommen würde, ging sie einfach weg.

Die Frau auf dem Bildschirm hatte schulterlanges dunkelbraunes Haar, das in einer geraden Linie abgeschnitten war. »Spanner? Ellen hier. Entschuldige, daß wir deinen Geburtstag verschwitzt haben. Ich dachte, du wolltest vielleicht ...«

Eine Frau, die wußte, wann Spanner Geburtstag hatte. Mit braunem Haar. Nach kurzem Zögern setzte sich Lore vor die Video-Erfassungskamera und drückte auf einen Schalter. Die Frau auf dem Monitor runzelte die Stirn. »Wer sind Sie?«

»Lore.« Sie dachte daran, mit ihrem neuen, nuschelnden Akzent zu sprechen. Eine Minute lang beäugten sie sich gegenseitig schweigend. Gefärbtes braunes Haar, gefärbtes rotes Haar.

»Kein Wunder, daß wir so lange nichts von ihr gehört haben.« Ellen lächelte. Es war ein offenes, ungekünsteltes Lächeln, und Lore fand sie auf Anhieb sympathisch. »Ich wollte Spanner zu einem Drink einladen. Eine nachträgliche Feier. Hättet ihr zwei Lust zu kommen?«

Sie musterten sich noch ein Weilchen. Gern hätte Lore gewußt, was Ellen sah. Beinahe hätte sie sie gefragt. Statt dessen nickte sie.

»Also dann im *Polar Bear*?«

»Mit wem sprichst du?« Spanner kam aus der Dusche, in der Hand eine Tasse Kaffee, kein Handtuch um die Blöße geschlungen.

»Moment bitte«, sagte Lore zu Ellen und schaltete die Erfassungskamera aus. »Mit Ellen«, erzählte sie Spanner.

Spanner verscheuchte Lore von dem Sessel und setzte sich selbst hinein. Lore wunderte sich nicht, als sie die Kamera wieder einschaltete. »He! Hab ich da was von einem Drink gehört?«

»Hast du.« Grinsend faßte Ellen Spanner ins Auge. »Du scheinst ja in Hochform zu sein.«

Beide lachten, und Lore kam sich vor wie ein Kind, das einen Erwachsenenwitz nicht versteht.

»Morgen um zehn?«

»Geht in Ordnung.«

»Wir erwarten euch beide«, betonte Ellen, und der Schirm wurde grau.

»Wer ist ›wir‹?« fragte Lore.

»Ellen und Ruth.«

»Die die PIDAs stibitzt?«

»Genau die. Vielleicht stoßen noch ein paar dazu.«

»Ich werde mich fühlen wie auf einem Präsentierteller.«

Spanner zuckte die Achseln. »Du kennst das ja. Die Leute wollen immer wissen, mit wem man zusammen ist.«

Leute, nicht Freunde. »Geschäftspartner?«

»Dilettanten. Und Ex-Dilettanten obendrein.«

Später, im *Polar Bear*, als sie mit Ellen, Ruth, Billy und Ann an einem Tisch saß, dachte Lore, sie hätte sich den verächtlichen Unterton in Spanners Bemerkung nur eingebildet.

Spanner war ziemlich aufgekratzt; sie soff wie ein Loch und animierte die anderen zum Mitmachen. Sie lächelte Ellen und Ruth zu, spendierte Drinks, bis sich ihre Wangen röteten und die Augen funkelten, bis sie ausgelassen lachten und sich nicht mehr so verkrampft bewegten. Sie bezog den anfangs so mürrischen Bill in den Kreis mit ein, bis sein verkniffener Gesichtsausdruck sich löste und er aufhörte, jeden von der Seite her anzuschielen. Sie lauschte aufmerksam, bis Ann nicht länger jeden Satz mit einem nervösen Kichern beendete. Spanners sprühende Energie steckte alle an, sorgte für eine lockere Stimmung und gute Laune.

Trotz ihrer anfänglichen Bedenken ließ sich Lore von der Gruppe einverleiben, empfand Spanners Beachtung wie eine wärmende kleine Sonne. Am liebsten hätte sie ihr ständig das Gesicht zugewandt, um möglichst viel von ihrem Abglanz aufzufangen.

Es wurde Mitternacht, dann ein Uhr früh. Ellen und Ruth rüsteten sich zum Aufbruch, doch Spanner winkte ihnen zu, sie sollten sich wieder setzen, und bestellte die nächste Runde. Sie frozzelte, man müsse das Leben nach Kräften genießen, selbst wenn man sich in das Heer der gesichtslosen Arbeitnehmer eingereiht hätte, und alle lachten. In diesem Moment, als Spanner sich unbeobachtet wähnte, sah Lore, wie sich ihre Miene änderte.

Es war ein subtiler Wandel: Die hochgezogenen Augenbrauen, die von ehrlichem Interesse zeugten, nahmen einen leicht schrägen Zug an, doch es genügte Lore, um darin Zynismus zu lesen – wenn nicht gar Verachtung. Sie schaute in die Runde, fing Ruths Blick auf und merkte, daß auch sie Bescheid wußte. Ruth hatte erkannt, daß Spanner sie verhöhnte, weil sie sich der tumben Schafherde angeschlossen hatten, weil sie nicht länger von Betrügereien lebten; weil sie verweichlicht waren und spießig. Lore wandte den Blick ab und studierte angelegentlich ihr Bier.

Es war ein strahlender, klarer Morgen, kalt, wenn man sich der metallisch schmeckenden Brise aussetzte, jedoch warm, wo die Sonne auf Sandstein und Straßenpflaster prallte. Auf dem Heimweg vom Einkaufen verweilte ich in einer dieser sonnigen Nischen und genoß die noch vorhandene restliche Wärme. Es war ein flüchtiges Vergnügen, eine vom Sommer übriggebliebene Luftblase, wie wenn jemand den ganzen Juli und August über verreist gewesen wäre und die Sonne ein Zimmer bei geschlossenen Fenstern aufgeheizt hätte, in dem sich der Geruch von Hitze, Staub und mollig durchwärmtem Teppich staute; und nun war der Wohnungseigentümer von einem ausgedehnten Urlaub zurückgekehrt, hatte die Fenster aufgestoßen und diesen letzten, aufgesparten Sonnenschein hinausgelassen. Es reizte mich nicht, mein Apartment aufzusuchen und dort den ganzen Tag lang allein zu hocken.

Ich klopfte bei Tom Wilson an. »Ich habe etwas Lapsang Souchong gekauft.«

»Dann kommen Sie mal rein.« Seine Augen glänzten, doch er bewegte sich mit steifen Gelenken. »Setzen Sie sich, setzen Sie sich. Das Wasser kocht gleich.« Ich nahm Platz, während er mit Tabletts, Teekannen und Tassen herumhantierte. Seine Pantoffeln schlurften über den Boden, als er alles vorsichtig zum Fenstertisch trug. Ich schenkte ein. »Also dann, was haben Sie auf dem Herzen?«

»Ich brauche Ihre Hilfe.«

Er schmunzelte. »Das ist ja erfreulich.«

»Was ich von Ihnen verlange, ist strenggenommen nicht legal. Das heißt, Sie selbst würden nicht gegen ein Gesetz verstoßen, und Sie könnten sich notfalls immer mit Unwissenheit herausreden …«

»Legen Sie es darauf an, geschnappt zu werden?«

»Nein.« Sein Einwand brachte mich effektiv zum Schweigen.

»Das freut mich zu hören. Ist das, was Sie vorhaben, gefährlich?«

»Physisch gesehen kann gar nichts passieren.«

»Und wem schadet dieses Unterfangen?«

Nicht: *Wird jemand geschädigt?* sondern: *Wer trägt den Schaden?* Er lächelte nicht direkt, doch die graumelierten Augenbrauen waren leicht angehoben, und die Kerben in seinen Wangen vertieften sich. »Der Stolz von ein paar Leuten wird verletzt. Das Ganze richtet sich gegen einige schwerreiche Typen, denen es Spaß macht, die Armen gönnerhaft zu behandeln, und gegen die Angestellten, die für die Sicherheit im Internet zuständig sind.«

»Und wem kommt es zugute?«

Einen verrückten Augenblick lang wollte ich mich ihm anvertrauen, als sei er mein Beichtvater, meine gesamte Lebensgeschichte vor ihm ausbreiten – die Entführung, die Zeit mit Spanner, der Schlamassel, in dem ich mich befand, und daß dieser Coup mich ein für allemal von meinen Problemen befreien konnte. Doch dann vergegenwärtigte ich mir, daß ich um Vergebung heischte, die Absolution verlangte. »Mir. Ich profitiere davon, eine Freundin und Sie. Falls Sie mitmachen.«

»Dann erzählen Sie mir mehr.«

»Spanner und ich möchten einen eigenen dreißig Sekunden langen Werbespot ins Netz einschmuggeln. Keiner wird merken, daß er nicht echt ist.« Ich berichtete ihm von Stella und dem Spleen ihrer reichen, Almosen verschleudernden Freundinnen. »Wir speisen unser Signal ein, und diese Weiber mit ihrem makabren Tick schicken Geld. Das wird auf elektronischem Wege hin und her überwiesen, bis es in Form anonymer Debits auf einem Konto erscheint. Wir reißen es uns unter den Nagel, und fertig ist die Laube. Das wäre auch schon alles, außer daß wir ein paar Sekunden Filmmaterial brauchen, das wir nicht aus der Cine-

Bibliothek beziehen können. Wir … *ich* muß Sie aufnehmen.«

»Es tut gut, wenn man gebraucht wird. Aber wie Sie selbst sehen«, er zeigte mir seine geschwollenen Fingerknöchel, »bin ich in meiner Bewegungsfreiheit mitunter eingeschränkt. Könnten Sie den Film hier bei mir drehen?«

Ich nickte. »Ich kann die Diskette auch so manipulieren, daß es aussieht, als hätte ich Sie mit einem Teleobjektiv aufgenommen – durch ein Fenster vielleicht – ohne daß Sie es merkten. Nur für alle Fälle.«

»Das reicht mir zur Sicherheit. Und was muß ich tun?«

»Hauptsächlich geht es mir darum zu dokumentieren, wie verstört sich ältere Leute in der heutigen Zeit fühlen. Ich möchte darstellen, daß einige Menschen mit dem hektischen Tempo des allgemeinen Wandels nicht mitkommen.«

»Je mehr sich die Dinge ändern, um so mehr bleibt alles beim alten.«

»Hmm«, brummelte ich unverbindlich.

»Sie stimmen mir nicht zu?« Seine Hand zitterte ein wenig, als er die Teetasse absetzte. »Vergewaltigung, Mord, Folter, das hat es schon immer gegeben. Einsamkeit, Freude, Liebe – kennt man seit Tausenden von Jahren. Die Art der Bekleidung variiert, doch Mode existiert, seit die Menschheit sich ihrer selbst bewußt wurde. Ernährungsgewohnheiten ändern sich, trotzdem ließ man sich stets von Geschmack und persönlichen Vorlieben leiten. Sicher, neuerdings liest man Bücher nicht mehr auf konventionellem Weg, das Radio wurde durch das Internet ersetzt, und statt einer Brieftasche aus echtem Leder trägt man jetzt diese dämlichen PIDAs mit sich herum. Aber die Menschen sind dieselben geblieben. Grundsätzlich jedenfalls.« Er lachte. »Schade, daß Sie sich jetzt nicht sehen können. Das Gesicht, das Sie machen! Ein Bild für Götter. Warten Sie noch ein paar Jahre ab, und Sie gelangen zu demselben Schluß wie ich. Nichts ändert sich wirklich.«

»Aber was empfanden Sie, als Ihr Geld plötzlich nichts mehr wert war und Sie sich einen PIDA implantieren lassen mußten?«

Er zuckte die Achseln. »Damals war ich zwölf Jahre alt. Anfangs fühlte ich mich ein bißchen verunsichert. Was wäre, wenn der Computer einen Fehler machte und mein Konto sperrte? Wie sollte ich dann die Miete bezahlen? Doch nach ein, zwei Monaten gefiel mir die Neuerung. Keine Bankbesuche mehr. Kein Ausfüllen von Vordrucken. Alles ist vereinfacht.«

»Aber nicht für jeden«, wandte ich ein. »Ich kenne einen Fall, daß jemand sich mit der neuen Technik überhaupt nicht zurechtfand. Als die ersten Buchlesegeräte herauskamen, schenkte ein junger Mann seinem Großvater einen solchen Apparat. Er schaltete ihn ein, rief *Wer die Nachtigall stört* ab und zeigte dem Opa, wie man die Seiten umblättert. Der alte Herr war überglücklich. Der Enkel ging und überließ Großpapa seiner Lektüre. Als er ein Jahr später wieder zu Besuch kam, schmökerte der Großvater immer noch dasselbe Buch. ›Tolle Sache, dieses Lesegerät‹, meinte er, ›aber ich wünschte mir, sie hätten noch ein paar andere Romane auf Lager.‹ Der Großvater hatte keine Ahnung, daß nahezu zwanzigtausend verschiedene Buchinhalte auf dieser Diskette gespeichert waren. Daß er hunderte neuer Disketten hätte kaufen oder einfach kopieren können – meinetwegen aus dem Internet. Für ihn war ein Buch etwas Unveränderliches, er war daran gewöhnt, daß es Bestand hatte. Daß sich die Worte mit jeder ›Page‹ änderten, spielte dabei für ihn keine Rolle. Dies war *Wer die Nachtigall stört*, wie konnte es da etwas anderes sein?«

Wir schauten einander nachdenklich an.

»Wie dem auch sei«, fuhr ich fort, »darüber handelt

mein Film. Und wegen der Schauspielerei machen Sie sich keine Gedanken. Ich brauche nur ein paar Standardaufnahmen von Ihnen, wie Sie dasitzen, laufen, sprechen, lesen, essen. Mit meinen Programmen kann ich Ihre Mimik steuern, Sie nach draußen auf die Straße verfrachten, alles mögliche. Dafür gebe ich Ihnen zehn Prozent meines Gewinns.«

»Wann möchten Sie anfangen?«

»Von mir aus gleich.«

12

Lore ist dreizehneinhalb. Seit Monaten sprechen Oster und Katerine nur noch über berufliche Themen miteinander. Es ist Spätfrühling, und die gesamte engere Familie, mit Ausnahme von Greta, trifft sich auf Ratnapida; die letzte Zusammenkunft dieser Art liegt fast ein Jahr zurück.

»Ich habe ein Picknick organisiert«, verkündet Oster. »Wir nehmen das Essen im Freien ein, sitzen in der Sonne und entspannen uns. O nein«, ermahnt er Tok, der seinen Laptop zusammenklappt, um ihn mitzunehmen, »dieses ganze technische Zeug bleibt im Haus.«

Im Gänsemarsch stapfen sie hinter Oster, der eine Decke trägt, zu dem Zierteich mit dem Springbrunnen. Lore vermutet, daß er diesen gewählt hat, der erste in einer Reihe von Weihern, die zunehmend naturbelassener werden, weil Katerine die ungebändigte, chaotische Wildnis haßt. Lore weiß, daß ihre Eltern manchmal Rücksicht aufeinander nehmen und sich bemühen, die Wünsche des anderen zu erfüllen, um eine gemeinsame Basis zu finden; doch die beiden gleichen zwei Planeten, die getrennten Orbits folgen.

Es ist ein herrlicher Tag; die Sonne scheint in einem hellen Zitronengelb, nicht zu heiß, und das Gras leuchtet in dem verschwenderischen satten Grün, das man nur sieht, wenn der erste Schub des Frühlingswachstums zu Ende geht. Alles müßte perfekt sein, und jeder strengt sich an, guten Willen zu bekunden – das Essen wird in den höchsten Tönen gelobt, man plaudert über den nunmehr zwei Jahre dauernden Prozeß gegen die Firma, der in Caracas seinem Höhepunkt zustrebt – doch die Munterkeit ist aufgesetzt, man spürt die innere Spannung.

Lore beobachtet Katerine, die einen imaginären Punkt in der Ferne fixiert und dann an ihrem Gürtel nach dem Slate tastet, bis ihr wieder einfällt, daß man sich ja entspannen wollte. Tok sitzt im Gras, ein wenig außerhalb der Familienrunde, die sich auf der Decke niedergelassen hat. Hin und wieder bedient er sich von dem vor ihm stehenden Teller und pickt mit den Fingern etwas Reissalat heraus; doch seine Aufmerksamkeit gilt in erster Linie dem Häuflein aus Blättern und Zweigen mitsamt einem Kieselstein, das er zu seinen Füßen aufgeschichtet hat. Lore wundert sich, was er da treibt, doch Oster verstellt ihr den Blick.

Oster redet mit Stella, die auf der steinernen Brunneneinfassung sitzt und direkt aus einer Wodkaflasche trinkt. In diesem Monat ist Stellas Haar stufenweise eingefärbt: oben dunkelviolett, darunter rot – man sieht es, wenn sie den Kopf in den Nacken legt, um an der Flasche zu nuckeln – dann folgt ocker und zum Schluß weiß. Ein ekelhafter Anblick, als würde eine gequetschte Körperstelle mit einem Skalpell geöffnet, und nacheinander sähe man Blut, Fettgewebe und Knochen.

»Erzähl mir, wie du es geschafft hast, dich nicht in den Belmopan-Skandal letzten Monat verwickeln zu lassen.«

Osters Wortwahl könnte man entnehmen, daß er Stellas immer waghalsigere Eskapaden mit ihrer Clique toleriert und sie sogar in gewissem Maß amüsant findet. Doch an der Art und Weise, wie er nervös an seinen Shorts herumzupft und Stella unterhalb geschlossenen Lidern verstohlen mustert, wenn er glaubt, sie sähe es nicht, merkt Lore, daß das Verhalten seiner Tochter ihn genauso irritiert und mit Unverständnis erfüllt, als hätte er eine Kartoffel gepflanzt und eine Rose geerntet.

»In der betreffenden Nacht war ich gar nicht da.« Sie legt eine Pause ein und setzt sich die Wodkaflasche an die Lippen. »Ich lag sternhagelvoll in meinem Zimmer.«

Lore ist skeptisch. Sie glaubt, daß Stelle entweder weniger trinkt als sie vorgibt, oder unwahrscheinliches Glück hat. Zwar benimmt sie sich wie eine Wilde – rast unter Drogeneinfluß mit dem Auto durch die Gegend oder schwimmt in volltrunkenem Zustand mit Haien – doch die einzigen Unfälle, die sie baut, resultieren in Sachschäden oder dem Totfahren von Wildtieren, die nicht zu den gefährdeten Arten gehören.

»Wahrscheinlich kennst du mindestens sechs Leute, die bereit sind, deine Aussage zu bestätigen«, erwidert Oster, um Ironie bemüht, doch es klingt giftig.

Stella lacht, und Lore fragt sich, ob die restliche Familie begreift, wie clever ihre Schwester ist. In den letzten vier Jahren, die vollgespickt waren mit den tollkühnsten Kapriolen, hat sie weder sich noch andere verletzt und war auch nie in einen Skandal verstrickt, der ihrem Ruf geschadet hätte. Medienbenutzer auf fünf Kontinenten kennen vermutlich ihren Namen, doch sie sprechen ihn mit einem Lächeln und einem Kopfschütteln aus, nicht begleitet von einem Fluch.

Lore hat sich immer gewundert, wieso Stella bei ihrer Intelligenz und ihrem Esprit nicht mehr aus sich macht, sondern ihr Leben damit verplempert, mit möglichst großem Tamtam von einer Party zur nächsten zu flattern. Zum ersten Mal denkt sie darüber nach, ob Stella damit etwas Bestimmtes bezwecken will, doch ihr fällt nicht ein, was es sein könnte.

Langsam wird es heiß. Funkelnd bricht sich die Sonne auf Stellas angehobener Wodkaflasche. »Ich habe Lust, ein bißchen zu schwimmen.« Sie stellt die Flasche auf dem Brunnenrand ab und steht auf. Erst als sie ihr

Kleid zur Hälfte aufgeknöpft hat, sieht Lore, daß sie darunter nichts trägt. Oster hat eine etwas längere Leitung.

»Was hast du vor?«

»Ich begebe mich in dieses herrlich frische Wasser und leiste den Fischen Gesellschaft. Die besitzen mehr Gefühl als die meisten Menschen.« Sie schielt zu Katerine hinüber, die vorgibt, von all dem nichts zu bemerken.

»Aber …« Oster schwant, daß ihm etwas Wesentliches entgeht.

Das Kleid halb über die Schultern gezogen, wirft sich Stella in Positur. »Was ist los? Willst du nicht sehen, was für eine tolle Figur deine Tochter hat?«

Katerine nimmt von ihnen einfach keine Notiz.

»Stella, das schickt sich nicht …«

Stella stößt einen schrillen Lacher aus. »Schickt sich nicht? Seit wann kümmert sich unsere Familie um *Schicklichkeit*?«

Oster blickt verwirrt drein und Katerine starrt immer noch ins Leere, als Stella ihr Kleid von den Schultern gleiten läßt und in den Brunnen steigt. Das Kleid verfängt sich an der Wodkaflasche, und als das Material ins Wasser taucht und sich vollsaugt, kippt die Flasche in den Pool. Katerine und Oster greifen gleichzeitig danach. Lore ist sich nicht sicher, wer sie zuerst zu fassen kriegt, doch von zwei gebräunten, nassen Armen wird die Flasche aus dem Wasser gezogen. Oster überläßt sie Katerine. Er watet in den Pool hinein und brüllt: »Was machst du da? Ich verstehe dich nicht. Warum benimmst du dich wie eine Irre?«

Lore beobachtet Tok, der wiederum Stella fixiert; sein Gesichtsausdruck ist grauenhaft, als hätte irgendeine ungeheure Erkenntnis ihn überwältigt und seine Züge zusammengepreßt und verzerrt. In der Hand hält er einen Zweig, und er umklammert ihn so krampfhaft, daß sich die Haut weiß über den Fingerknöcheln spannt.

Lore möchte zu ihm stürzen und *Tok! Tok!* schreien, doch sie traut sich nicht. Sie befürchtet, daß ein essentieller Teil von ihm verlorengeht, wenn sie ihn jetzt aus seiner Horrorvision reißt. Sie hat viele Märchen gelesen und ahnt instinktiv, daß jemand, der gegen seinen Willen an einen Ort des Schreckens verschleppt wird, den Weg nach draußen aus eigener Kraft finden muß. Sie fragt sich, wo er im Geist gewesen ist und was er gesehen hat.

Oster rutscht aus und stürzt auf ein Knie. Sich hochrappelnd, gibt er ärgerliche Laute von sich und stapft, Fontänen hochspritzend, an den Poolrand zurück. »Ich geh ins Haus und zieh mich um«, sagt er zu Stella, die ihr Gesicht himmelwärts gewandt hat und zu lächeln scheint. »Wenn ich zurückkomme, erwarte ich von dir, daß du wieder nüchtern und angezogen bist.« Er stakst davon. »In meinem eigenen Haus laß ich mich nicht zum Narren machen ...«

Scheinbar ungerührt inspiziert Katerine die Wodkaflasche. Lore schaut wieder zu Tok hin, der still und traurig vor seinem Häuflein Zweige hockt. Sie fängt seinen Blick auf, und er zuckt leicht die Achseln. Lore versteht nichts, aber sie weiß, daß keiner ihr etwas erklären wird; ihr fallen nicht einmal die richtigen Fragen ein, die sie eventuell stellen könnte.

Als Oster außer Sichtweite ist, sagt Katerine, die Stella immer noch keines Blickes würdigt: »Dein Vater möchte, daß du dich wieder anziehst.«

»Beleidigt dich der Anblick meines Körpers, Mutter?« Die Worte sind eine Provokation, doch Stellas Stimme bebt, als fürchte sie, sie sei zu weit gegangen und könne nicht mehr zurück. Betont langsam dreht Katerine sich um und schaut Stella an.

Lore fragt sich, was Stella in den Augen ihrer Mutter sieht. Schlagartig verändert sich die Haltung ihrer

Schwester; mit mechanischen Bewegungen steigt sie aus dem Pool und bückt sich nach ihrem Kleid. Keiner sagt etwas, während sie es zuknöpft. Sie wirft einen Blick auf die Flasche, die Katerine immer noch festhält. Lore spürt, daß Stella nicht näher an ihre Mutter heranrücken mag, um ihr den Wodka abzunehmen.

Mit ihren tropfnassen Haaren, unschlüssig, ob sie sich die Flasche greifen soll oder nicht, sieht Stella aus wie ein geprügelter Hund.

»Wenn dein Vater zurückkommt, wird er dich hier antreffen wollen«, sagt Katerine. Sie lächelt; Stella setzt sich jählings hin, den Rücken gegen den steinernen Brunnenrand gelehnt, und schließt die Augen. So entfernt sie sich innerlich von den anderen. Tritt einfach weg. Bei Greta hat Lore das gleiche erlebt: Sie setzt sich geistig ab, ist gar nicht mehr da. Tok schichtet weiter Zweige auf, was immer er da bauen mag.

Katerine hebt die Flasche hoch, prüft, ob der Verschluß dicht sitzt, und sieht Lore fragend an. »Ich habe eine Denksportaufgabe für dich«, beginnt sie. »Angenommen, Stella hätte die Flasche in den Brunnen fallen lassen, und wie durch ein Wunder wäre sie unverschlossen *und* voll gewesen, wie hättest du die Teichanlage saniert?«

Wasser plätschert, die Sonne prallt heiß hernieder, und Tok schält von einem Ast die Rinde ab, während Lore auszurechnen versucht, wie viele Gallonen Wasser pro Minute von diesem Brunnen in den nächsten und übernächsten Teich fließen; welche Wirkung ein halber Liter reiner Alkohol auf Flora und Fauna haben könnte; wie schnell sich Karpfen vermehren …

Tok macht eine rasche, unbeherrschte Bewegung.

»Was ist?« will Lore wissen.

Er seufzt. »Das ist eine Fangfrage, Lore. Man hat uns beigebracht, daß wir bei Auftreten eines Problems zuerst …«

»Wenn man mit einem Problem konfrontiert wird«,

schneidet Katerine ihm das Wort ab, »lautet die erste Regel, die Dinge nicht noch komplizierter zu machen als sie sind. In diesem Gelände ...« – sie deutet auf die Reihe von Teichen – »und bei dieser Hitze, würde ein halber Liter Wodka verdunsten, ohne einen Schaden anzurichten, der sich nicht binnen ein, zwei Wochen von selbst beheben könnte.«

Mit dem Finger pult Lore ein Loch in den Rasen. Sie kommt sich töricht vor, wie die einfältige kleine Schwester, die nie Bescheid weiß, wo's langgeht, die nie einen Witz kapiert. Doch als sie hochblickt, lächelt Katerine sie an, und es ist ein freundliches Lächeln, ganz und gar nicht hämisch.

»Du sahst aus, als würdest du ein paar hochkomplexe Reaktionen austüfteln. Hattest du die tödliche Dosis für Fische berücksichtigt?«

»Ja«, gibt Lore schüchtern zu. »Allerdings weiß ich nicht, welche Alkoholkonzentration für Süßwasserfische gefährlich wird. Deshalb richtete ich mich nach den Daten, die ich in dem Bericht las, der sich mit der Ethanolverseuchung der schottischen Lachsfarmen letztes Jahr befaßte ...«

»Den hast du gelesen?«

Lore nickt vorsichtig. »Ich bemühe mich, so viel wie möglich zu lesen.«

Katerine lächelt. Nein, sie strahlt; noch nie zuvor hat sie Lore mit so viel Anerkennung bedacht. Zaghaft erwidert Lore das Lächeln.

»Diese Bescherung in Schottland war besonders heikel, weil das Ethanol Rückstände von Druckerschwärze enthielt.« Abwesend füllt Katerine einen Teller und reicht ihn Lore.

»Ich weiß. Den Faktor wollte ich kompensieren. Aber im Grunde habe ich nur geraten.«

»Man stützt sich oft auf Spekulationen, besonders wenn sich ein Projekt noch in der Auswertungsphase befindet.« Katerine häuft für sich selbst Essen auf einen

Teller. »Gingst du von einer differenzierten Fließgeschwindigkeit aus, und legtest du einen Mittelwert zugrunde?«

Lore setzt sich aufrechter hin. »Wäre ein Mittelwert nicht eine falsche Prämisse? Als Willem mir die Anlage in Den Haag zeigte, sagte er, es käme darauf an, die unterschiedlich schnellen Lebenszyklen der Organismen zu kennen und einzukalkulieren.« Diese Antwort wird mit einem Kopfnicken und einem aufmunternden Lächeln belohnt. »Und das umfaßt noch nicht einmal die unterschiedlichen Mutationen, mit denen Pflanzen auf diverse Verseuchungen reagieren ...«

Lore merkt, daß sie die Situation genießt. Ihre Mutter behandelt sie wie eine Gleichgestellte, nicht wie die Schachfigur der Familie, den Bauern, der nach Belieben geopfert wird, um Punkte zu machen. Wenn sie im Mittelpunkt der Aufmerksamkeit steht, braucht sie nicht an Stella zu denken, und sie braucht sich nicht über Tok und seine grausige Vision den Kopf zu zerbrechen.

Solange sie über Wassersysteme und Strömungsverhalten spricht, sieht sie in Gedanken Bilder von klaren, sprudelnden Quellen in kühlen Farben, sonnenbeschienen und umgeben von gesunden grünen Pflanzen. Es mutet an wie ein Wunder, wenn man erlebt, wie Phenol sich in Kohlendioxid verwandelt, zusieht, wie Moos Metalle absorbiert und unschädlich macht. Ein erhebendes Gefühl packt einen, wenn man beobachtet, wie ein natürliches Ökosystem überlebt, weil sich irgend jemand einmal die Mühe gab, ein Biosystem zu erfinden, das diesen Vorgang unterstützt.

Die Sonne sinkt tiefer, und die Schatten der Gräser ziehen sich in die Länge, doch immer noch sind Lore und Katerine in ihr Gespräch vertieft. Lore fragt sich, ob ihre Großmutter – die reiche, die so dämlich war, Geld für Genmanipulation auszugeben, aber immerhin so klug, Bakterien zu entwickeln, welche den Familienkonzern erst ermöglichten – jemals das vollständige Konzept dieser Systeme in ihrem Kopf funkeln sah, so wie es ihr selbst an diesem Nachmittag ergeht.

Als Oster in frischer, trockener Kleidung zurückkommt, blickt Lore hoch und ist im Begriff, ihn glücklich anzulächeln; doch dann bemerkt sie Katerines häßliches, triumphierendes Grinsen, wie wenn sie sagen wollte: *Siehst du, ihr Herz gehört mir!* Lores Lächeln erlischt; sie spürt, wie die hell strahlenden Systeme in ihrem Kopf Risse bekommen und ihren Glanz verlieren.

Der Frühling ist längst vorbei, der Sommer bringt Mattigkeit, Hitze, Überdruß. Aus heiterem Himmel verkündet Tok, daß er mehr Verantwortung übernehmen möchte, und bricht unverzüglich nach Louisiana auf, um das laufende Sanierungsprojekt in den Bayous zu überwachen.

Seit dem Picknick geht er jedem aus dem Weg, sogar Lore, und sie argwöhnt, daß er sich mehr Arbeit aufhalsen will, um nicht ständig über den Ort, an den er sich begab, und über das, was er dort sah, als er Stella im Brunnen beobachtete, nachzugrübeln. Sie glaubt nicht, daß sein Wunsch damit zu tun hat, die Pflichten und Privilegien eines Erwachsenen zu teilen.

Lore verbringt etwas Zeit mit Oster und versucht herauszubekommen, wie viele Fischarten sich in den azurblauen und türkisgrünen Gewässern rings um die Insel tummeln. Ihr Haar bleicht aus zu einem weißlichen Grau, das an Asche erinnert, und ihre Haut nimmt eine tiefe Bräune an. Oster macht einen ernsten, in sich gekehrten Eindruck.

Das Wasser ist glatt wie Glas; an nichts denkend, starrt Lore auf den fernen Horizont, als er fragt: »Hat Stella mit dir gesprochen?«

Lore kehrt ihm nicht ihr Gesicht zu, und sie fragt auch nicht, was er meint. »Nein.«

»Sie muß doch etwas gesagt haben.«

»Hat sie aber nicht. Sie redet nie mit mir.«

»Und was ist mit Tok?«

»Was soll denn mit ihm sein?«

»Stell dich nicht dumm, Lore.«

Lore spürt, wie etwas heiß und hohl in ihr hochsteigt, wie eine Luftblase. »Tok hat nichts gesagt. Stella hat nichts gesagt. Du und Mutter habt auch nichts gesagt, nicht mal Willem, Marley oder Greta halten es für nötig, den Mund aufzutun. Im Grunde sagt nie einer etwas.« Indem sie die einzelnen Familienmitglieder aufzählt, bemerkt sie, wie leicht man jede Person einer anderen zuordnen kann; nur sie steht völlig allein da.

Oster besitzt den Anstand, den Blick zu senken. »Manchmal vergesse ich halt, daß du kein kleines Kind mehr bist. Ich bin daran gewöhnt, dich als das Baby der Familie zu betrachten. In meiner Vorstellung bist du immer noch sieben; ich sehe dich vor mir, wie du im Bett sitzt und wissen willst, warum dein Haar grau ist. Und es ist immer noch grau.«

»Was soll das heißen?«

Um Verständnis heischend, dreht er die Handflächen nach oben. »Stella fing mit elf Jahren an, sich die Haare zu färben. Tok mit zwölf. Auf den Gedanken bist du noch gar nicht gekommen. Wenn ich dein Haar sehe, fällt mir als erstes ein: Noch zu jung, um sich die Haare zu färben, Gott sei Dank.«

Verlegen streicht Lore über ihren weißgrauen Schopf. Ihr Schwur, sich niemals die Haare zu färben, kommt ihr jetzt kindisch vor, genauso irrelevant wie Milchzähne.

Zwei Tage vor Semesterbeginn wird Lore vierzehn. In ihrer Schule in Auckland erscheint sie mit gefärbten Haaren, schwarz-weiß gezackt, wie ein flammender Blitz.

Lore fühlt sich wie ein neuer Mensch, und das erregt

sie. Sie wundert sich, wieso sie nicht schon vor Jahren anfing, ihr Äußeres zu verändern. Wenn sie jetzt in den Spiegel schaut, sieht sie eine junge, durchgestylte Frau. Sie kann ihr Leben selbst in die Hand nehmen. Eine Weile spielt sie mit dem Gedanken, farbige Kontaktlinsen zu tragen, doch dann findet sie, daß graue Augen am besten zu dem schwarz-weißen Haar passen. Sie wirkt kühl und unnahbar, wie unter alten Eisschichten begrabene Helden. Ihr Gesicht nimmt einen erfahrenen, wissenden Ausdruck an.

Doch was Lore weiß, kennt sie nur aus Filmen. Es ist an der Zeit, ihren Körper auszuprobieren.

Per Internet setzt sie sich mit ihren anonymen Freunden in Verbindung und erkundigt sich nach Sexclubs.

Ihr Wissen über Sex bezieht Lore aus harten Pornos, nicht aus himmelblauen, die Wahrheit verklärenden Romanzen; dennoch übersteigt die Realität ihre kühnsten Phantasien. Von außen macht die Bar einen hellen, freundlichen Eindruck, als gäbe es nichts zu verbergen; doch das Publikum, das hineingeht, bezahlt mit provisorischen Debitkarten, wahrscheinlich von einem der vielen Dealer in der City gekauft, die PIDA-Credits gegen eine zweiprozentige Provision auf anonyme Karten übertragen. Lore wartet, bis die Leute vor ihr im Lokal untergetaucht sind, dann zeigt sie ihre Karte vor.

Die Luft in der überhitzten, proppenvollen Bar ist zum Schneiden dick. Diskrete Parfümdüfte und das beißende Aroma von Alkohol vermischen sich mit den schwülen Ausdünstungen nackter und leicht bekleideter Menschen; es riecht nach Latex, Leder, frischem Schweiß und Moschus, unterlegt mit einem alten Mief, der den Flecken entströmt, die die schummrige Beleuchtung verdecken soll. Eine Tonfolge aus tiefen, dunklen Bässen umkreist und durchdringt die Körper, die sich an der Bar lümmeln, an winzigen Tischchen sitzen oder sich auf der Tanzfläche rhythmisch wiegen.

Die dumpfen Töne stemmen sich gegen Lores Bauch wie eine massive Hand.

Sie steuert das Hinterzimmer an.

An der Tür hält eine Frau sie auf und gibt ihr etwas. Eine Broschüre. Im rückwärtigen Raum ist es so dunkel, daß sie nur die Überschrift lesen kann: *Richtlinien für Safer Sex*. Lore steckt sich das Heft in die Tasche und betritt die Szene.

Ungefähr ein Dutzend Frauen haben sich hier eingefunden. Ein paar beschäftigen sich mit Sex, andere schauen zu. Eine Frau mit langem Haar und modisch weiter Musselinkleidung lehnt an der Wand. Sie ist zierlich, ohne dabei zerbrechlich zu wirken, und zu ihren Füßen hat sie eine Tasche abgestellt.

Lore weiß, was sie jetzt tun sollte: Blickkontakt mit der Frau aufnehmen, zu ihr hingehen, eine Hand auf ihren Arm legen; sie muß der Frau in die Augen sehen und in einem Tonfall, der ausdrückt: *Laß uns Theater spielen*, zu ihr sagen: »Ich heiße Star« – (oder Jade oder Ellen) – »und bin eine hilflose, schüchterne Jungfrau«; dann würden sie es … einfach tun. Von Bildern her ist ihr nichts fremd. Sie weiß, wie es geht. Aber das Leben ist kein Film.

Sie hat keine Ahnung, wie sie sich verhalten soll.

Die Frau bemerkt sie und lächelt. Lore erwidert das Lächeln und läuft rot an. Die Frau stößt sich von der Wand ab und zögert. Zur gleichen Zeit gehen beide aufeinander zu.

»Ich …«, druckst Lore und fühlt sich wie gelähmt.

»Ich heiße Anne«, sagt die Frau und greift nach ihrer Hand.

Es ist, wie wenn sich ein elektrischer Stromkreis schließt, und mit einemmal weiß Lore, daß alles richtig sein wird. Sie steuern auf eine Ecke zu, wo eine Frau ihnen einen Treppenaufgang zeigt. Lore weiß, daß sie Stufen emporsteigt, doch sie fühlt nur den Druck der Hand dieser Frau.

Ein Bett, ein paar Worte, aber Lore achtet kaum darauf. Seit Jahren ist ihr Begehren bezugslos, diffus, richtet sich mal auf einen Darsteller in einem Film, mal auf eine Romanfigur; nun hingegen weiß sie zum erstenmal genau, wer sie berühren, küssen und ihren Körper zum Schwitzen bringen wird. *Diese Frau. Diese Frau* mit dem langen Haar und den schmalen Hüften wird ihr die Kleider ausziehen, *diese Frau* mit dem neuseeländischen Akzent wird ihre Beine spreizen und komplizenhaft lächeln, wenn sie merkt, daß ihre Scheide sich feucht anfühlt; *diese Frau* wird mit ihren Fingern in sie eindringen, ihr die Hemmungen nehmen und sie ficken, bis sich ihre Sehnen spannen, bis sie sich hin und her wirft und sich die Kehle wund schreit.

Lore spürt, wie die Begierde in ihr hochwallt, gleich kochender Lava in einem Gesteinsschlot. »Jetzt«, sagt sie, »jetzt«, und zieht Anne an sich; sie weiß nicht, ob sie vor Wonne lachen oder weinen soll, als weiche Brüste die ihren berühren und dieser wunderschöne, samtweiche Mund sich auf ihren Hals senkt. Sie kommt schon, als Anne sie durch den Stoff ihrer Kleidung berührt und merkt, daß eine ganze Kette von Orgasmen darauf wartet, stimuliert zu werden, ein Höhepunkt nach dem anderen, wie Perlen an einer Schnur.

»Noch mal«, flüstert sie, die Lippen gegen Annes Hals gepreßt. »Noch mal und noch mal und noch mal.«

Lore ist fünfzehn. Wieder herrscht Sommer, und seit fast fünf Wochen weilt sie auf Ratnapida. Das ständige Gezänk ihrer Eltern macht sie wahnsinnig. Sie sehnt sich nach Tok, doch der arbeitet an einem Projekt auf irgendeiner Inselkette und wird erst in drei oder vier Tagen eintreffen.

Aus lauter Verzweiflung kramt sie wieder ihre Kamera hervor.

Phantasiefilme über ihre Eltern zu drehen, kommt

ihr jetzt läppisch vor, und nun, da sie Sex selbst praktiziert, findet sie an Bibliothekspornos keinen Geschmack mehr. Also benutzt sie die Kamera, um sich selbst zu verwirklichen.

Im Garten filmt sie endlos sich dahinziehende Ameisenkolonnen, die sich wie ein steter Strom zwischen einem umgekippten Pilz und ihrem Nest hin und her bewegen. Des Nachts spielt sie die Sequenz ab, wobei sie die einzige Zuschauerin ist. Nur sie hat dieses Bild gesehen. Es gehört ihr, ist mithin einzigartig. Kein anderer hat diese bestimmten Ameisen bei dieser speziellen Beleuchtung beobachtet. An diese Vorstellung klammert sie sich fest.

Aus dieser anfänglichen Flucht wird echtes Interesse. Mit der Kamera schleicht sie sich an den abgelegensten Karpfenteich heran und stellt fest, daß der Blick durch das Objektiv sie zum disziplinierten Beobachten erzieht. Als sie einen Frosch entdeckt, filmt sie ihn gewissenhaft. Später am Nachmittag kehrt sie an den versteckten Teich zurück, fixiert den Frosch mit dem Bildsucher und merkt, daß es sich um einen anderen Frosch handelt. Es trifft sie wie eine Offenbarung: alle Frösche sehen unterschiedlich aus. Dieser hat einen matten Fleck unter der Kehle, wo sich Schatten sammeln, wenn er geduldig darauf wartet, daß eine Fliege nahe genug vorbeibrummt, um sie mit der Zunge schnappen zu können. Fasziniert betrachtet sie die Augen, das eigentümliche Blinzeln der Nickhaut.

Stunden vergehen, bis sie endlich die Kamera ausschaltet und sich wieder aufrichtet; ihre Knie sind steif, doch sie ist glücklich. Sie hat eine völlig neue Welt ergründet, ein Universum aus Fröschen und Moskitofischen, Fliegen und Libellen, Schilf und Entengrütze, und dazu das gemächliche, majestätische Sich-entfalten und Schließen der Wasserlilien. In dieser Nacht schläft sie mit einem Lächeln auf den Lippen ein.

Eines Abends fallen Stella und eine Horde ihrer

Freundinnen über die Insel her; Juwelen glitzern, Haare und Kleider schimmern und changieren im Licht wie Pfauenfedern. So weit Lore es beurteilen kann, beschäftigen sie sich mit nichts anderem als dauernd die Garderobe zu wechseln, Feten zu schmeißen und sich damit zu brüsten, wer wieviel an welche wohltätige Einrichtung gestiftet hat. Sie hocken vor der Glotze, und sowie ein Spendenaufruf läuft, überweisen sie Geld via PIDA auf die angegebenen Konten. Und fix sind sie! Es kommt auf Sekunden, ja auf Mikrosekunden an!

Sie haben die Wohlfahrtsinstitutionen gebeten, offizielle Listen herauszugeben, aus denen ersichtlich ist, wer welche Summe wohin und zu welchem Zeitpunkt gespendet hat, und die karitativen Organisationen, die in finanziellen Dingen praktisch denken, sind dem Wunsch nachgekommen. Es gilt als schick, als erster seinen Obolus entrichtet zu haben, ganz gleich, an wen. Noch besser ist es, wenn eine unbekannte, im Entstehen begriffene Vereinigung sich zu einem internationalen Hilfsfonds mausert oder bei der Allgemeinheit Anklang findet. Stella und ihre Freundinnen nennen sich selbst die Almosengeber. Obwohl zweifelsohne etliche der Empfänger sich über diese Großzügigkeit freuen, findet Lore es ein bißchen abstoßend, daß diese Clique das Geben lediglich als ein Spiel, einen Konkurrenzkampf auffaßt. Manchmal fällt es ihr schwer zu glauben, daß Stella Toks Zwillingsschwester ist.

Sie atmet auf, als Stella abreist und die ganze Bande mitnimmt; doch danach gibt es zwischen Lore und dem Rest der Familie keinen Puffer mehr.

Beim Dinner sind sie zu sechst: Lore, ihre Eltern, Greta, Willem und Marley. Keiner spricht ein Wort, während sie ihre Servietten ausschütteln und Bedienstete Schüsseln mit kaltem Consommé auftragen. Über ihren Köpfen kreiseln träge Deckenventilatoren. Ein Gefühl der Entfremdung überkommt Lore.

Alle anderen scheinen sich in ihre eigenen kleinen Welten zurückgezogen zu haben. Wie immer, macht Greta sich so unsichtbar, daß einem unwillkürlich der Zen-Buddhismus einfällt. Meistens findet Lore, daß sie grau und irgendwie verhutzelt aussieht, dabei besitzt sie einen klaren, feinporigen Teint mit einem Schmelz wie Honigglasur. Ihre Augen sind tiefbraun. Lore fragt sich, ob sie die Farbe von Katerine oder von ihrem Vater geerbt hat, dem Mann, von dem sich Katerine zehn Jahre vor Lores Geburt hatte scheiden lassen. Auch Willem hat dunkle Augen. Lore gelangt zu dem Schluß, daß Katerines Augen ebenfalls braun sein müssen, doch diese Folgerung genügt ihr nicht. Als Katerines Tochter hat sie das Recht, genau Bescheid zu wissen.

Gerade als sie den Mund aufmacht, um zu fragen, taucht neben ihrer Mutter der Butler mit einem Silbertablett auf. »Ein Brief von Mr. Tok«, meldet er.

»Er hatte schon immer ein Faible fürs Altmodische«, kommentiert Oster, während Katerine den Brief öffnet. Gegenüber am Tisch nimmt Willem seinen Löffel und beginnt, an der Suppe zu nippen. Die anderen folgen seinem Beispiel.

Katerine faltet das Schreiben wieder akkurat zusammen und schiebt es unter ihren Teller. »Er kommt nicht.« Ihre Stimme wirkt scheinbar ruhig, doch Lore hört den Mißklang heraus, wie bei einer Glocke mit einem Sprung, und wird sofort stutzig.

Willem muß auch etwas gemerkt haben. Er beugt sich vor und zieht den Brief zu sich heran. Nachdem er ihn überflogen hat, liest er laut vor. »Hallo, alle miteinander. Leider kann ich nicht wie versprochen nach Ratnapida kommen, aber ich ergreife eine Chance, die ich schon vor Jahren hätte nutzen sollen. Es tut mir leid, Mutter, aber ich bin von meinem Posten als Projektleiter zurückgetreten und habe nicht die Absicht, ihn je wieder aufzunehmen. Sahla kümmert sich um alles, bis du einen Ersatz für mich gefunden hast. Ich melde mich bald wieder.« Willem legt das Blatt auf den Tisch. »Keine Grüße, nur die Unterschrift: Tok.«

Die Blicke aller richten sich auf Katerine. Sie wirkt ruhig, doch Lore weiß, daß sie zutiefst erschüttert ist. Für sie ist es ungeheuer wichtig, daß ihre Kinder im Familienbetrieb mitarbeiten. Zum ersten Mal seit Jahren bringt Lore für ihre Mutter noch andere Gefühle auf, außer dem Wunsch, es ihr recht zu machen. Sie möchte Katerine beschützen, die ihr mit einemmal so verletzlich vorkommt.

Oster seufzt. »Wahrscheinlich hat er sich dazu entschlossen, Flöte spielen zu lernen. Damit hat er ja schon immer gedroht.«

»Was?« Katerine blickt wie benommen drein.

»Flöte spielen«, wiederholt Oster. »Er liebt Musik.«

Lore stiert auf die Tischplatte und beobachtet, wie sich Dutzende winziger Ventilatoren verkehrt herum in den Löffeln drehen. Sie bemüht sich zu verstehen. Musik. Tok, ihr Bruder, liebt Musik. Wieso weiß sie nichts davon? Sie sieht ihren Vater an. Und warum ist er eingeweiht? Der Reihe nach betrachtet sie ihre Familie, Greta, Katerine, Willem und Marley, und fragt sich, was sie alles noch nicht weiß.

Weshalb hat Tok ihr nie etwas gesagt? Wie kommt es, daß Oster nie mit ihr darüber gesprochen hat? Etwas in ihrem Innern scheint zu zerbrechen.

»... arbeitete an einem Phosphorproblem auf den Inseln der Lau-Gruppe«, erklärt Greta soeben.

Offenbar ist Katerine aus ihrer Starre erwacht. »Ist Sahla der Situation gewachsen?« fragt sie Marley.

Zweifelnd wiegt Marley den Kopf. »Ich glaube nicht. Nein.«

Resolut wischt sich Katerine den Mund ab und wirft ihre Serviette auf den Tisch. »Dann fliege ich noch heute abend hin.«

»Katerine«, wiegelt Oster ab, »um Himmels willen.

Ein Anruf genügt doch. Außerdem fordert Sahla Unterstützung an, wenn er mit seiner Weisheit am Ende ist. Er ...«

»Läßt sich feststellen, wann Tok den Brief geschrieben hat?«

»Dem Datum nach vor drei Tagen«, erwidert Willem.

»... so lange hantiert Sahla schon auf eigene Faust herum und macht womöglich Gott weiß was für Fehler. Fehler, die uns teuer zu stehen kommen.« Sie rückt ihren Stuhl nach hinten.

»Es handelt sich nicht um ein großes Projekt. Relativ unbedeutend ...«

Doch Katerine steht bereits. »Ich fliege heute abend.«

Lore ist gleichfalls aufgestanden. »Ich komme mit.« Sie gibt sich Mühe, Osters gekränkten Blick zu übersehen.

13

Bei Schichtbeginn war Magyar nirgends zu entdecken, und wie immer brannte Paolo darauf, etwas zu lernen. Laut Einsatzplan mußten wir die Sickerdichtungen unter den Becken und am Rand kontrollieren, eine lästige, zeitraubende Aufgabe. Ich hielt es für angebracht, ein paar grundsätzliche Dinge zu erklären.

»Es gibt verschiedene Möglichkeiten, Bakterien zu klassifizieren. Zum einen nach ihrer Temperaturverträglichkeit. Thermophile Organismen bevorzugen heißes Wasser, zwischen fünfundfünfzig und fünfundsiebzig Grad Celsius; mesophile mögen es mittelwarm; psychrophile ein bißchen kälter. Man kann sie in Gruppen einteilen, je nachdem, ob sie Sauerstoff benötigen oder nicht. Aerobe Bakterien überleben nur mit Sauerstoff, anaerobe sind unabhängig von ihm, fakultative gedeihen mit oder ohne.

Dann lassen sie sich nach ihrer Nahrung unterscheiden. Heterotrophe Bakterien brauchen Kohlenstoff, der sich in organischen Nahrungsquellen befindet, autotrophe Bakterien nutzen Kohlendioxid. Viele dieser Kategorien teilt man zusätzlich auf in grampositive und gramnegative, was mit der unterschiedlichen Zellwandstruktur zusammenhängt.« Paolo blickte verstört drein. »Sag mir Bescheid, wenn du etwas nicht verstehst.«

Vielleicht hatte man ihm in der Schule beigebracht, den Mund zu halten. Es schien ihm schwer zu fallen, eine Frage zu stellen. Ich wartete ab.

»Was ist der Unterschied zwischen Bakterien und Fungus?« wollte er dann wissen.

Fungi, dachte ich, doch jetzt war nicht der richtige Zeitpunkt, um ihn zu korrigieren. Ich überlegte, wo ich ansetzen sollte. »Es gibt mehrere Unterscheidungsmerkmale, aber für unsere Zwecke ist es wichtig, in welcher Weise die Mikroorganismen Schadstoffe aufspalten. Bakterien produzieren Enzyme, die die Verknüpfungen zwischen Elementen in einer Kohlenstoffkette durchtrennen. Diese Enzyme sind spezifisch für bestimmte Typen von organischen Verbindungen, und sie existieren interzellular.« Verständnislos glotzte er mich an. »Das bedeutet, daß die abzubauende Substanz solubel sein muß, sie muß in die Bakterienzelle eindringen können.

Handelt es sich bei dem Schadstoff um eine feste organische Verbindung, setzt man wohl besser einen Fungus ein. Die Enzyme, die diese Pilze freisetzen, knacken ebenfalls Kohlenstoffketten, aber sie wirken extrazellular und sind unspezifisch. Deshalb braucht der Stoff, den sie angreifen sollen, auch nicht solubel zu sein, es genügt, wenn man sie in dessen Nähe bringt.« Er wirkte völlig teilnahmslos. »An welchem Punkt bist du nicht mehr mitgekommen?«

»Ich habe überhaupt nichts verstanden.« Seine Augen blickten hart und trocken, doch seine Stimme bebte. »Ich bin so dumm, daß ich nicht mal lernen kann. Was ist eine Kohlenstoffkette? Eine organische Verbindung? Ein Enzym? Was heißt solubel? Ich fühle mich, als würde irgendwo da draußen eine völlig andere Welt vorbeischweben, außerhalb meiner Reichweite; als sei ich blind, und du würdest mit mir über Farben reden. Wenn du Ausdrücke wie *heterotroph* oder *Enzym* benutzt, ist es, als würdest du einem Vogel, dem man die Flügel ausgerissen hat, vom *Fliegen* erzählen!«

Er wandte sich ab; am liebsten hätte ich meinen Arm um seine gekrümmten Schultern gelegt, doch gerade rechtzeitig fiel mir ein, daß er jede körperliche Berührung verabscheute.

»Tut mir leid, es war meine Schuld. Ich hätte von vorn anfangen müssen, nicht in der Mitte.«

»Du hast nicht damit gerechnet, wie blöd ich bin«, versetzte er erbittert.

»Du bist nicht blöd.« Er wollte sich nicht umdrehen und mich anschauen. »Paolo, hör mir zu. Du bist nicht blöd. Wenn du diese Fachausdrücke nicht kennst, ist es dasselbe, als würdest du versuchen, ohne das entsprechende Werkzeug ein geplatztes Wasserrohr zu reparieren. Du kannst lernen. Und ich kann dich unterrichten.«

Einen Moment lang schielte er mich über die Schulter an, dann drehte er sich ganz zu mir um. »Kannst du das wirklich?«

»Ja.«

Er taxierte mich. Seiner Miene nach schien er sich nicht schlüssig zu sein, ob er mir glauben wollte oder nicht. Hoffnung konnte gefährlich sein.

Vermutlich brauchte er Zeit zum Nachdenken. »Vor der Pause müssen wir die Dichtungen prüfen und den Zufluß von Zweiundvierzig reinigen. Später reden wir weiter.« Er schien aufzuatmen.

Paolo und ich trafen als letzte im Pausenraum ein. Beide Bildschirme waren abgeschaltet, und die versammelte Schicht machte einen äußerst stillen Eindruck. Magyar war auch da, in Begleitung von Hepple. Ihre Augen funkelten hart wie Beryll.

»... und deshalb hat unser amtierender Schichtleiter ...«

»Nachtschicht-Manager, seit neuestem.« Hepple deutete ein Lächeln an und wippte auf den Fußballen.

Magyar lächelte gezwungen. »Mr. Hepple, der vor kurzem zum Nachtschicht-Manager befördert wurde, hat beschlossen, sich persönlich einen Überblick über unsere Arbeit zu verschaffen. Heute nacht macht er mit uns gemeinsam Dienst.« Aha. Das war also der Grund für ihren Zorn. Er kontrollierte uns, und mithin ihre eigene Leistung.

Hepple nickte ihr zu, eine herablassende, selbstgefällige kleine Geste. Das brachte mich in Harnisch. »Danke vielmals, Cherry.« Gott, wie der Kerl die Situation auskostete. »Wie Sie vielleicht wissen, vertrete ich seit langem den Standpunkt, daß unsere Anlage ihre Effektivität steigern könnte. Man hat mich auf diesen neuen Posten gesetzt, damit ich die Produktivität erhöhe. Mit diesem Ziel im Auge, möchte ich mich näher mit der Vorgehensweise im ersten Stadium der Wasseraufbereitung befassen.«

Magyars Lächeln fiel spröde aus. Wir waren *ihr* Team, nur *sie* durfte uns rüffeln oder loben, einzig *ihr* oblag es, uns gegebenenfalls gründlich den Marsch zu blasen. Und nun behandelte Hepple sie vor versammelter Mannschaft, als habe sie nicht das geringste zu sagen, als sei sie vollkommen ohne Belang.

An der Art, wie sie ihm leicht den Rücken zudrehte, wie ihre Schultern sich verspannten, erkannte man, was sie von dieser öffentlichen Herabwürdigung hielt; am liebsten hätte sie Hepple wohl in unseren dreckigsten Zufluß gestopft und mit Wonne zugesehen, wie er Jauche schluckte. »Jetzt lassen wir euch allein, damit ihr in Ruhe eure *wohlverdiente* Pause genießt.« Sie betonte ›wohlverdient‹, damit wir merkten, daß das ganze nicht ihre Idee war, und daß sie wußte, daß wir auch so schon schwer genug malochten, ohne daß uns ständig ein Aufpasser im Nacken saß.

Aber Hepple war mit uns noch nicht fertig. »Ich freue mich schon darauf, Sie alle in Aktion zu sehen. Bestimmt kann ich mich davon überzeugen – obwohl Cherry andauernd über Unterbesetzung klagt –, daß Sie ein tüchtiges, fleißiges Team sind. Das war's dann.«

Er schien darauf zu warten, daß wir uns entfernten, bis ihm einfiel, daß es *unser* Pausenraum war. Nachdem er der Allgemeinheit zugenickt hatte, öffnete er die Tür. Magyar ging voraus.

»Himmel Herrgott noch mal!« stöhnte Cel. »Der hat uns gerade noch gefehlt!«

»Ich dachte, Magyar würde ihm eine knallen.« Kinnis klang, als wünschte er sich, sie hätte es getan. »Was haltet ihr von dieser Bemerkung, Cherry würde andauernd über Unterbesetzung klagen?«

Cel zog eine Frikadelle aus einem sich selbst erhitzenden Karton und pustete darauf. »Das heißt, daß keine zusätzlichen Kräfte eingestellt werden; im Gegenteil, er forscht nach, wen er alles ersatzlos feuern kann.«

»Er ist ein ehrgeiziger kleiner Schleimer«, stellte Meisener fest. Jeder nickte. Ein paar fingen laut an zu spekulieren, ob jetzt nicht der richtige Zeitpunkt sei, sich nach einem neuen Job umzusehen. »Ehe ich meinen Vertrag hier unterschrieb, hab ich intensiv nach Arbeit gesucht«, erzählte Meisener. »Nichts zu machen. Der Stellenmarkt ist so eng wie ein Kaninchenarsch. Aber was mit solchen übereifrigen jungen Schnöseln passiert, hab ich schon öfter erlebt. Früher oder später überspannen sie den Bogen, sie werden zu gierig, und dann kommen sie wieder auf den Boden der Tatsachen zurück. Wir brauchen bloß abzuwarten.«

Ich war mir da nicht so sicher.

* * *

Hepple, wie aus dem Ei gepellt in einem Kittel, den er über dem Schutzanzug trug, und ohne Maske, fand sich eine halbe Stunde nach der Pause wieder bei uns ein. Begleitet von Magyar, kam er in die Zulauf-Station, wo ich mich gerade aufhielt. Sie erklärte ihm die verschiedenen Displays, und daß ›Bird für die Analyse zuständig ist‹.

Mit leerem Gesichtsausdruck wandte er sich mir zu,

dann schnippte er mit den Fingern. »Ja, richtig. Bird. Die Neue. Sie sind jetzt drei Wochen bei uns, oder?«

»Fast vier«, ergänzte ich.

»Und wie haben Sie sich eingearbeitet?«

Magyar verkrampfte sich.

»Sehr gut, Sir«, antwortete ich. »Unsere Sektionsleiterin Magyar kümmert sich ausgezeichnet um die Belange der Arbeitskräfte und die Erfordernisse der Anlage, so daß alles läuft wie am Schnürchen.« *Da hast du's, Magyar. Was sagst du dazu?*

Hepple runzelte leicht die Stirn und stülpte die schlaffen Lippen vor wie ein Baby. »Sicher, sicher. Aber in Kürze wird sich hier alles noch viel effizienter abspulen.«

Ich an Magyars Stelle wäre beleidigt gewesen.

»Sagen Sie, wird die Lebensfähigkeit der Bakterien alle ...« – er deutete auf die Leitungen, die die verschiedenen Mikrobenstämme und gegebenenfalls deren Nährstoffe in die Becken einspeiste – »zwei Stunden gecheckt?«

»Ja.« Auf der Suche nach irgendeinem erklärenden Hinweis sah ich Magyar an; ihr Gesicht wirkte wie eingefroren.

»Hmm.« Hepple wandte sich an Magyar. »Ich finde, wir sollten die Abstände verringern, meinen Sie nicht auch?«

»Wenn Sie es für richtig halten, Änderungen einzuführen, werden wir uns selbstverständlich Ihren Anweisungen fügen.« Was hätte sie sonst sagen sollen?

»Natürlich. Natürlich.« Er seufzte zufrieden, wie eine Katze, die eine verkrüppelte Maus taxiert. »Doch, doch. Ich denke, die Daten sollten stündlich abgelesen werden.«

Das war lächerlich.

»Sir«, entgegnete Magyar glattzüngig, ehe ich einen Einwand formulieren konnte, »es wird Bird bestimmt eine Freude sein, Ihrem Wunsch nachzukommen.« Sie schoß mir einen warnenden Blick zu. Ich nickte ernst. Sklave und Aufseher, die sich gegen den Plantagenbesitzer verbünden. »Aber es wäre dienlich, wenn Sie zuerst die Verlagerung der Prioritäten neu definieren würden.«

Ich begriff, worauf Magyar hinauswollte. »Das stimmt, Sir. Das wäre eine große Hilfe. Ich meine, zur Zeit besteht meine Hauptaufgabe darin, die Stickstoff- und TOC-Pegel zu überwachen. Wenn ich mich nicht mehr voll darauf konzentrieren kann, treten Fehler auf. Außerdem wird die Lebensfähigkeit der Bakterien routinemäßig und automatisch überprüft. Jede signifikante Abweichung von der Norm löst selbsttätig einen Alarm aus.«

»*Signifikant* genügt jetzt aber nicht mehr, Bird. Von nun an muß *jede* Abweichung, und sei sie noch so gering, unverzüglich korrigiert werden.«

»Darf ich fragen, warum, Sir?«

»Ich möchte einen schlanken, leistungsstarken Betrieb organisieren. Selbst kleine Unregelmäßigkeiten führen zu einer Produktivitätsminderung.«

Aus dem Augenwinkel sah ich, wie Magyar den Mund öffnete und gleich wieder zuklappte. Ich wußte, wie ihr zumute war. Mikrojustierungen waren eine Verschwendung von Zeit und Arbeitskraft. Sämtliche Bakterienstämme, die hier eingesetzt wurden, waren erstklassige, genmodifizierte Spezies, die bei richtiger Versorgung und Haltung eine zuverlässige Wachstumsrate garantierten. Die automatischen Kontrollsysteme waren fein abgestimmt. Sofern sich die Qualität des Zuflusses nicht drastisch und massiv änderte, konnte sich die Anlage von selbst regulieren.

Im Licht der Bogenlampen unter der Decke glänzten Schweißperlen auf Hepples Oberlippe. Irgend etwas bereitete ihm Sorgen. Ängstliche Menschen verhalten sich nicht immer rational. Am besten, man gab nach. »Sir.«

»Gut. Gut.«

Ich wunderte mich, wieso er immer alles wiederholte. Mir wurde ein bißchen mulmig. Jemand, der unsicher ist, kann gefährlich werden.

Offenbar legte er meine Haltung falsch aus. »Wenn Sie mit der Displaykontrolle überfordert sind, lassen Sie sich einen Helfer zuteilen.« Ziellos irrte sein Blick in die Runde und heftete sich auf Paolo, der soeben mit einem Arm voll gekappter Binsen aus dem Becken stieg. »Du da! Ja, du! Was treibst du da?!«

Paolo, der nichts verkehrt machte, hielt verdattert inne.

Ich stellte mich vor ihn. »Er ist neu hier, Sir. Ich gab ihm ...«

»Haben Sie nichts zu tun, Bird?«

Magyar fing meinen Blick auf, schüttelte kaum wahrnehmbar den Kopf und tippte mit dem Finger auf ihre Brust: *Paolo zu beschützen ist meine Sache*. Wahrscheinlich konnte sie das viel besser als ich. Folgsam widmete ich mich wieder den Anzeigetafeln, doch ich spitzte wachsam die Ohren und behielt die Szene verstohlen im Auge.

»Wie Bird bereits gesagt hat, ist Paolo neu hier, aber er ist ein fleißiger ...«

»Ja, ja. Hören Sie, Cherry, Sie haben doch bestimmt anderswo dringende Arbeiten zu erledigen.«

Magyar blieb gar nichts anderes übrig, als sich in das unvermeidliche zu fügen. Hepple faßte Paolo ins Auge und lächelte. Paolo wartete.

»Also, du heißt Paolo? Nun ja, wie du wohl schon gehört haben wirst, wird Bird ab jetzt die Mikroben stündlich testen. Die Testergebnisse und die Kontrolldaten gehen direkt an mich, nicht mehr an Magyar. Und ich will, daß du sie mir bringst. Persönlich. Jede Stunde. Egal, wo ich gerade bin, oder welche Arbeit du dafür unterbrechen mußt.«

Das war Blödsinn!

»Das gibt dir natürlich nicht das Recht«, fuhr Hepple fort, »deine anderen Pflichten zu vernachlässigen. Ist das klar?«

Paolo nickte mit ausdrucksloser Miene.

»Wenn ich dich etwas frage, erwarte ich eine Antwort. Noch einmal: Ist das klar?«

»Ja, Sir.« Vor Zorn klang seine Stimme dünn und gepreßt. Ich beschäftigte mich weiter mit den Instrumenten-Displays, um die beiden im Blick zu behalten.

»Schön, schön.« Hepple schlug Paolo auf die Schulter, hocherfreut, daß er jemanden gefunden hatte, den er triezen konnte. Wahrscheinlich sah er gar nicht, wie sich die Muskeln um Paolos Kiefer vorwölbten. »Und jetzt zeig mir, was du in diesem Betrieb so herumpusselst. Aber laß ja nichts aus.«

Magyar ließ sich nicht mehr blicken. Vielleicht hatte sie sich in ihrer Wut irgendwohin verdrückt und knirschte mit den Zähnen.

Zum Schluß wurde es Hepple zu langweilig und er ließ Paolo allein, der sich endlich wieder um den Haufen Binsen kümmern konnte, den er am Beckenrand abgelegt hatte. Ich ging zu ihm, als er mir den Rücken zukehrte. Der Stützgurt, der zwischen seinen Schulterblättern verlief, zitterte ein wenig, und ich roch, daß er vor Stress schwitzte. Gern hätte ich eine Hand auf seinen mageren Rücken gelegt, aber ich tat es nicht.

»Paolo?« sagte ich leise. »Paolo?«

»Es ist alles in Ordnung«, knurrte er, während er mit ruckhaften Bewegungen Binsen in einen Sack stopfte. Er drehte sich nicht um.

»Ich werde mit Magyar reden. Vielleicht kann sie was unternehmen.«

Jählings schwenkte er herum. »Es ist alles in Ordnung, hab ich gesagt.« Etwas in seinem bleichen, schmalen Gesicht erinnerte mich an Tok. An seinem Mundwinkel zuckte ein Nerv. Der Groll und das Gefühl, gedemütigt worden zu sein, ließen seine Augen fast schwarz erscheinen.

»Ich könnte …«

»Ich brauche keine Frau, die sich für mich einsetzt!« schnauzte er mich an. Es klang so böse und rauh, daß ich erschreckt zurückprallte. Mir war zumute, als hätte ich einen Schlag ins Gesicht bekommen.

Den Rest der Schicht sprachen wir nicht mehr miteinander, außer, wenn ich die Lebensfähigkeit der Mikroben testete und ihm die Daten gab, damit er sie zu Hepple brachte.

»Das wird ihm noch leid tun!« drohte er. »Es wird euch allen noch leid tun!«

Später, bei mir zu Hause, konnte ich lange nicht einschlafen. Ich träumte von dem Entladehof in der Hedon Road, von Lastwagen, die durch Pfützen donnerten und versuchten, mich zu überrollen.

Als Lore und Spanner vom *Polar Bear* zurückkamen, brannte hinter den heruntergelassenen Rolläden des Geschäfts unter ihrem Apartment Licht.

»Was wird hier verkauft?« erkundigte sich Lore. Bereits in ihrer ersten Nacht in Spanners Wohnung war ihr das ständige Kommen und Gehen von Leuten drunten aufgefallen.

»Abgedroschener alter Porno. Willst du mal sehen?« Sie betraten den Laden. Die Atmosphäre war heiter und einladend, wie die Plastikprodukte, die auf den Verkaufsregalen standen: Purpurviolette Silikondildos, pinkrosa Objekte, die wie moderne abstrakte Kunstwerke aussahen, bis Lore erkannte, daß es sich um künstliche Vaginas handelte. Auf mehreren Bildschirmen liefen zweiminütige Demo-Videos. Lore sah sich einen Film an. Spanner hatte recht. Diese Pornographie war abgeschmackt und verstaubt, beinahe kitschig. Die Darsteller agierten mit eckigen, unnatürlichen Bewegungen, und in manchen Sequenzen paßte die Körperfarbe des Mannes nicht zu der Tönung seines Gesichts.

»Das könnte ich besser machen.«

»Das ist kein Kunststück. Jeder, der nicht gerade blind ist, würde etwas Besseres auf die Beine stellen.«

»Verkauft sich dieses Zeug eigentlich?«

»Ist anzunehmen.«

»Ich möchte mir noch mehr Filme ansehen.«

Eine Frau mit gewaltigen fleischigen Armen und schwabbelndem Doppelkinn zockelte hinter der Theke hervor. »Dann müssen Sie aber bezahlen.«

»Sie machen wohl Witze«, stänkerte Spanner. »Kein Mensch gibt für diesen Scheiß auch noch Geld aus.«

»Sie würden sich wundern, wie viele Leute für den Spaß berappen. Wollen Sie Filme sehen oder nicht?«

Spanner sah Lore an. »Nein.« Angewidert schüttelte die Frau den Kopf und watschelte hinter den Tresen zurück.

»Sieh dir das an«, sagte Lore. Spanner warf einen flüchtigen Blick auf den Monitor. »Am unteren Rand hat das Meer eine andere Farbe als oben. Das ist schlicht und ergreifend Schlamperei.

»Wer sich so was reinzieht, achtet nicht auf das Meer.«

»Vielleicht nicht, aber man braucht nur ein paar Minuten, um die Bilder so zu bearbeiten, daß die Farben aufeinander abgestimmt sind. Du könntest mir eine Hand auf den Rücken binden, und ich würde immer noch was Besseres zustandebringen als diesen Schund.«

Spanner verfolgte die Szene auf dem Bildschirm. »Der Kerl hier macht seine Sache auch nicht schlecht, und dem hat man beide Arme auf dem Rücken gefesselt.«

»Siehst du den Schatten auf seinem Schenkel? Als ob es zwölf Uhr mittags wäre. Dabei steht die Sonne tief am Horizont.«

Spanner sah genauer hin. »Ich hab mich schon immer gewundert, warum diese Bänder so gekünstelt wirken.«

»Vor drei Jahren hab ich ziemlich gute Filme gemacht.«

»Im Ernst?«

»Natürlich im Ernst. Komm, laß uns hier rausgehen.«

Später im Bett duselte Lore gerade ein, als Spanner im Dunkeln fragte: »Was braucht man, um solche Pornofilme herzustellen?«

»Mehr an Ausrüstung, als wir uns leisten können.« Lore drehte sich auf die Seite und spürte, daß sich der Schlaf wie eine warme Katze an ihren Rücken kuschelte.

»Erzähl es mir trotzdem.«

Die nächste Schicht verlief sogar noch schlimmer. Paolo wirkte äußerst gereizt. Hepple kam alle vierzig Minuten angetanzt, stellte blöde Fragen, stahl uns unsere Zeit und machte alle nervös. Ich kriegte Magenschmerzen.

Einmal dachte ich, Paolo würde Hepple schlagen. In der Pause drehte jemand die Sendung aus dem Internet auf volle Lautstärke, und wenn überhaupt jemand sprach, dann in einsilbigen, geknurrten Bemerkungen. Wir alle waren fix und fertig. Für mich war es fast eine Erlösung, als wir an unsere Arbeit zurückkehrten.

Magyar sah ich nur ein einziges Mal, zwei Stunden nach Dienstantritt, als ich ihr ein Duplikat der Meßwerte gab, die ich für Hepple aufgeschrieben hatte. Es beruhigte mich ein bißchen, daß außer ihm noch jemand über die Informationen verfügte. Magyar sah aus, als hätte sie die ganze Nacht nicht geschlafen. Wir wechselten kein Wort miteinander, aber wir nickten uns zu, wie heimliche Verbündete auf feindlichem Terrain.

Eine Stunde später verkündete Hepple, er würde die Wassertemperatur um mehrere Grad erhöhen. »Ich versuche, die Durchgangsphase zu verkürzen. Wenn die Abläufe beschleunigt werden, bedeutet das eine Erhöhung der täglich ausgestoßenen Wassermenge, und wir können unseren Marktanteil vergrößern. Diese Anlage schöpft ihre Kapazität nicht annähernd aus.«

Am liebsten hätte ich seinen Kopf gegen die Rohre geknallt. Nur wenn mehr Arbeitskräfte eingestellt wurden, ließ sich die Produktivität erhöhen; wir brauchten zusätzliche Leute, um die Becken sauberzuhalten, damit ein Höchstmaß an Effizienz erreicht wurde. Indem Hepple das Wasser weiter erhitzte, erschwerte er nur die Arbeitsbedingungen, weil die Luft automatisch schwüler und drückender wurde. Warum tat er das? Ich liebäugelte kurz mit dem Gedanken, die Behörde für Gesundheit und Arbeitsschutz zu verständigen, doch wenn sie sich erst einmal für einen Betrieb interessierten, steckten sie ihre Nase überall rein und verschonten auch nicht die Mitarbeiter. Und das konnte ich mir wirklich nicht leisten.

Unter meinem Schutzanzug war ich in Schweiß gebadet. Die ohnehin schon mit Wasserdampf übersättigte Luft wurde noch feuchter und machte das Atmen zur Qual. Ich fühlte mich eingesperrt. Mein schmerzender Magen erinnerte mich an meine Zeit mit Spanner; auch damals wäre ich am liebsten abgehauen, mußte aber bleiben.

Paolo verbiß sich in seinen Zorn. Er stolperte oft und schien sich insgesamt unbeholfener zu bewegen. Während ich die nächste Datenfolge ablas, kam Hepple ihm in die Quere, als er sich am hinteren Ende des Beckens mit einem schwimmenden Kasten voller Binsen abquälte, die eingepflanzt werden mußten.

»Stellst du dich absichtlich so verstockt an, du Bengel? Ich sagte dir doch, die Binsen müssen weiter zur Mitte.«

»Das geht nicht.«

»Was soll das heißen?« Merkte Hepple denn nicht, wie hinter Paolos maskenhaft starrer Miene Wut und Ablehnung brodelten?

»Dort ist das Wasser zu tief. Ich kann nicht bis zum Boden reichen.«

»Du hast wohl Schiß, daß du dir dein Gesicht naß machst, wenn du es versuchst.« Hepple zeigte sein weichlippiges, schlaffes Lächeln. »Geh sofort zurück und mach deine Arbeit richtig.«

Die Sehnen an Paolos Nacken kringelten sich wie Schlangen.

»Nun, was ist?« Hepple schlug einen trügerisch jovialen Ton an.

Paolo schwenkte den Kasten herum und schob ihn wieder zur Mitte. Hepple sah zu. Ich hielt es nicht länger aus.

»Sir!«

Er drehte sich zu mir um. »Ja?«

»Sir, die Arbeitsschutzbestimmungen schreiben vor, daß ein Kontakt von ungeschützter Haut mit verschmutztem Wasser unbedingt zu vermeiden ist.«

»Tatsächlich?«

Ich konnte es mir nicht leisten, diesen Job zu verlieren, doch wenn ich es zuließ, daß er Paolo das antat, würde ich nie mehr in den Spiegel blicken können, ohne mich in Grund und Boden zu schämen. »Im Interesse der Firma wollte ich Sie nur daran erinnern, Sir, falls Paolo etwas zustößt, indem er Ihren Anweisungen folgt, und er hinterher beschließt, auf Schadenersatz zu klagen. Solche Sachen können ins Auge gehen.«

»Können sie, können sie.« Mein Einwand schien ihn nicht sonderlich anzufechten. »Danke, daß Sie mich darauf aufmerksam machen.« Er knöpfte sich Paolo wieder vor. »Mr. Cruz, wie ich soeben feststelle, sind Sie körperlich nicht für diese Arbeit geeignet. Wir hätten Sie gar nicht erst einstellen dürfen. Leute wie Sie machen nichts als Ärger. Hiermit sind Sie entlassen. Bis Schichtende können Sie noch bleiben, dann holen Sie sich Ihren restlichen Lohn im Büro ab.«

Freundlich nickte er zuerst Paolo, dann mir zu. »Noch einmal vielen Dank, Bird.« Es ging alles so schnell, daß ich keinen klaren Gedanken fassen konnte. Ein Liedchen summend, stolzierte er von dannen.

Paolos Gesicht nahm die Farbe von Milchkaffee an, der in der Tasse kalt geworden ist. Ich wußte nicht, was ich sagen sollte. »Paolo, es tut mir leid.«

Doch Paolo hörte gar nicht hin. Er starrte auf einen unbestimmten Punkt in der Ferne und zitterte am ganzen Leib. Dann watete er zum Beckenrand. Sein Mund bewegte sich. Er kletterte heraus, stapfte direkt an mir vorbei und murmelte etwas mit steifen Lippen. Ich mußte mich vorbeugen, um ihn zu verstehen. Er wiederholte, was Hepple gesagt hatte: »Leute wie Sie. Leute wie Sie ...«

»Paolo? Paolo, warte! Geh nicht weg! Arbeite einfach weiter. Ich hole Magyar. Wir regeln das schon. Mit so was kommt er nicht durch. Er ...«

Paolo drehte sich um; seine Augen waren völlig schwarz. »Doch, er kommt damit durch. Leute wie er können sich mit meinesgleichen alles erlauben.« Seine Stimme bebte, und in seinen Zorn mischte sich eine verzweifelte Bitterkeit. Das machte mir angst.

»Bleib bitte hier. Rühr dich nicht vom Fleck.« Ich hetzte zur Kontrollstation und rief Magyar. »Hepple hat Paolo Cruz gefeuert. Nein, der Junge hat nichts falsch gemacht. Du mußt sofort hierherkommen.« Wenn sie sich geweigert hätte, hätte ich ihr damit gedroht, Kinnis, Cel, Meisener und alle anderen einzuweihen und sie zur Arbeitsniederlegung anzustacheln, doch das war nicht nötig.

»Bin schon unterwegs, Bird. Sag Cruz, er soll bleiben, wo er ist. Ich bin sofort bei euch.«

Paolo stand immer noch neben dem Becken und

brabbelte vor sich hin. Als ich seinen Namen rief, schien er mich nicht zu hören. Ich war ratlos. Nach kurzem Zögern schnappte ich mir eine Heckenschere. Zumindest konnte ich ihn im Auge behalten, bis Magyar eintraf. Und ich mußte mich an meine Arbeit machen.

»Bird!« Im Vorbeihasten sprach Magyar mich an. »Komm mit! Cruz, du wartest hier!« Ich hatte den Eindruck, er nahm sie gar nicht wahr.

Ich kraxelte aus dem Becken; Magyar war durch nichts und niemand mehr zu bremsen.

Wir stöberten Hepple im Abteilungsbüro auf, einer verglasten Zelle in zwanzig Fuß Höhe, von wo aus er den gesamten Primärsektor überblicken konnte. Er saß am Schreibtisch und notierte etwas auf einem Slate. Magyar riß die Tür auf und legte los, ehe Hepple die Zeit fand, sich gerade hinzusetzen. »Sie haben kein Recht, einen meiner Mitarbeiter rauszuwerfen. Sollte eine Verfehlung vorliegen, muß der Vorfall mir gemeldet werden, und ich treffe dann eine angemessene Entscheidung. Es stand Ihnen nicht zu, über meinen Kopf hinweg zu bestimmen.« Ich stand gleich hinter Magyar, eingekreist von Spiegelungen in den Glaswänden.

Hepple und sein Abbild legten den Slate zur Seite, bedachtsam, wie wenn das Gespräch mit Magyar höchstens eine Minute dauern würde und er nicht aus dem Konzept gebracht werden wollte. »Es handelte sich um einen Fall von Arbeitsverweigerung. Im übrigen wäre er im Zuge des geplanten Personalabbaus sowieso geschaßt worden.«

Magyar war momentan abgelenkt. »Personalabbau? Wann wurde das entschieden?«

»Heute früh, glaube ich. Wie Sie sehen, hätte er ohnehin den Job verloren.«

»Warten Sie. Einen Augenblick noch. Hatten Sie nicht hochtrabende Pläne, die Anlage auszuweiten und die Produktivität zu erhöhen?«

»Richtig, richtig. Daran hat sich auch nichts geändert. Aber ich habe den Vorstand davon überzeugt, daß wir dieses Ziel auch mit weniger Leuten erreichen können.«

Magyar schüttelte den Kopf, wie ein Hund, der sich in ein Kaninchen verbissen hat, und in den Scheiben sah ich, wie die Lichtreflexe auf ihrem Haar hin und her tanzten. »Aber es war nicht nötig, ihn auf diese Weise an die Luft zu setzen. Sie haben den Jungen gequält. Allein schon aus menschlichem Anstand hätten Sie …«

Menschlicher Anstand. Dieser Begriff flackerte in meinem Kopf wie das Spiegelbild von Magyars Haaren im Glas. Sie und Hepple fetzten sich immer noch, doch das Gesagte rauschte ungehört an mir vorbei. *Menschlicher Anstand …* Endlich erinnerte ich mich, endlich wußte ich, was mich an Paolo und seiner Art, sich zu bewegen, so irritiert hatte.

Und alles war meine Schuld …

Selbstvorwürfe, gegen mich und meine Familie, preßten mir die Luft ab und lähmten meine Arme und Beine. Doch die Angst – vor ihm, um ihn, was er in seiner Verbitterung alles anrichten mochte – riß mich wieder aus der Schockstarre heraus.

»Entschuldigung«, stammelte ich und tastete blindlings nach der Tür.

14

Lore ist fünfzehn. Anfang März bereitet sie sich darauf vor, nach Gdansk zu fliegen, wo sie zum ersten Mal den Posten einer stellvertretenden Projektleiterin bekleiden soll. Es ist zwar ein Verwaltungsjob, erklärt Katerine, aber sie trägt trotzdem Verantwortung. Die Aufsicht über das Gesamtprojekt übernimmt Katerine selbst.

In der Nacht vor ihrem Abflug bleibt Lore noch lange auf und studiert die neuesten Pläne; damit sie Bescheid weiß, denn sie will sich weder vor Katerine blamieren, noch soll sich Katerine ihretwegen schämen müssen. Plötzlich klingelt das Telefon.

Sie nimmt den Anruf entgegen. »Tok!« Er sieht anders aus, doch auf Anhieb kann Lore nicht den Grund für die Veränderung erkennen. Dann geht ihr ein Licht auf: Sein Gesicht hat jede Spur von Babyspeck verloren. »Wie geht es dir? Wo bist du …?«

»Ich habe mit Stella gesprochen«, fällt er ihr ins Wort. »Es stimmt. Alles ist wahr.«

»Was …?«

Wieder unterbricht er sie. »Paß gut auf dich auf. Du könntest die nächste sein.«

Lore freut sich, ihn zu sehen, sie freut sich, von ihm zu hören, aber sie vergißt nicht, daß er sie jahrelang getäuscht hat. Nie hat er sie in etwas eingeweiht. Und als er sich ohne Abschied auf und davon machte, kam sie sich von ihm verraten vor. Nun drückt er sich schon wieder in Rätseln aus.

»Ich hatte nicht die geringste Ahnung, wo du dich

in den letzten zwei Jahren herumgetrieben hast, und jetzt …« Ihr fällt ein, daß sie fünfzehn ist; alt genug, um den ersten offiziellen Posten in der Firma anzutreten. »Es ist schon spät«, sagt sie. Dann kann sie sich nicht länger beherrschen und platzt heraus. »Weißt du eigentlich, wie sehr du Mutter verletzt hast?«

Einen Moment lang macht Tok ein verständnisloses Gesicht, bis er unbegreiflicherweise anfängt zu lachen. »Wie sehr *ich sie* verletzt habe? Lore, sieh doch …«, er schüttelt den Kopf, »du hast ja keinen blassen Schimmer …«

Aber das Lachen und das Kopfschütteln haben ihr gereicht. Sie ist nun erwachsen, kein Kind mehr, das man bevormunden und hinters Licht führen kann. Mitten im Satz kappt sie die Verbindung. Weil sie müde ist, redet sie sich ein. Sie muß noch viel lesen. Wenn er sich bei ihr entschuldigen möchte, kann er ja wieder anrufen.

In Polen herrscht Frühlingsanfang. Das Terrain, das saniert werden soll, ist ein glitschiger Morast; kleine vereiste Pfützen knirschen unter Lores Stiefeln, als sie Bodenproben zu Testzwecken entnimmt. Die einzige Fauna, die sie sieht, sind Würmer, graue Gebilde, die sich gegen den Schlamm hellrosa abheben, wenn eine Schaufel sie versehentlich durchtrennt.

Der Job dauert nicht lange, doch das Klima und die Arbeitsbedingungen sind brutal. Tok meldet sich nicht mehr. Lore ist so beschäftigt, daß sie Katerine kaum sieht, außer eines Abends, als sie müßig durch das Internet surft und zufällig einen nationalen Sender einschaltet, der ein Interview mit ihrer Mutter ausstrahlt.

Katerine lächelt; sie hat die akribisch einstudierte, fernsehgerechte Haltung eingenommen, die Lore so gut an ihr kennt: mit einem Auge schaut sie in die Kamera, das andere ist auf ihren Interviewer gerichtet.

»… eine hervorragende Leistung auf dem Gelände der alten Schiffswerften von Gdansk«, sagt der Reporter gerade. »Wie schaffen Sie es, Ihre Mitarbeiter und Angestellten zu motivieren, sich an derart schwierige Aufgaben heranzuwagen?«

»Das ist gar nicht so schwer«, erwidert sie, »ich verlege mich aufs Bitten. Die Menschen lieben es, wenn man an ihre Hilfsbereitschaft appelliert.« *Tatsächlich finden sie einen sympathischer, wenn man sich ein bißchen verletzlich gibt,* hatte sie einmal auf einer Party erläutert, *wenn man ihnen eine Angriffsfläche bietet und sich dann auf ihren Edelmut verläßt.*

Natürlich, denkt Lore. Alles, was Katerine unternimmt, ist wohlüberlegt.

Im April sind alle davon überzeugt, daß die Bakterien der Verseuchung Herr werden, und Katerine hält die Zeit für gekommen, die Aufsicht über die Schiffswerften abzugeben.

»In Auckland ist jetzt Herbst«, stellt sie fest. »Bald kommt der Winter. Ich finde, wir haben uns ein paar Tage in einem warmen Klima verdient, meinst du nicht auch?«

Sie fliegen nach Belize und quartieren sich in einem Hotel in Belmopan ein. Zwei Wochen vor Beginn der Regenzeit ist es brütend heiß. Jeden Tag fährt Lore allein an den Strand, um am Riff zu tauchen; es ist das zweitgrößte Barriereriff der Welt und das schönste. Sie versucht, nicht an Tok zu denken, während sie durch das kühle Wasser gleitet, vorbei an blauem Tang und bunt gestreiften Schmetterlingsfischen, durch das aquamarinblaue und rosarote Filigran der Korallengärten.

Mit einem gemieteten Jeep dringt sie ins Landesinnere vor; manchmal hält sie an, um Chechem- und Banak-Bäume zu filmen, oder Sapodilla und blutrote Heliconiaceen. Sie sieht Blätter, groß wie Kanupaddel, und Käfer, die so lang sind wie ihr Daumen. Ringsum spürt sie die Überfülle des Lebens – überall kriecht etwas, krabbelt, rennt oder springt von Ast zu Ast.

Die Nächte sind warm und mild, die hellen Lichter der Stadt malen Reflexe an den schwarzen Himmel; es duftet nach Geißblatt, man erfrischt sich mit kalten Cocktails, ab und zu weht Gelächter herüber.

Als das Telefon läutet, steht Lore gerade unter der Dusche. Sie hebt nicht ab. Nach einer Weile klingelt es wieder. Sie verläßt die Dusche. Es ist ihre Mutter. »Schalte die Nachrichten ein«, sagt Katerine. »Sie berichten über die Gruppenklage in Caracas. Soeben ist das Urteil verkündet worden.« Mit einem Klicken erlischt ihr Bild. Caracas. Lustlos stellt Lore einen neuen Kanal ein, dreht die Lautstärke voll auf und geht in die Dusche zurück; nur mit halbem Ohr hört sie zu.

»... heute nachmittag mit großer Enttäuschung aufgenommen ... Michel Aguilar, der die Interessen der Kläger vertritt, sagte, es sei ein schwerer Schlag gegen alle, die darauf hofften, die Justiz würde Gerechtigkeit walten lassen, ohne die Interessen einflußreicher und mächtiger Konzerne zu schützen ...«

Vor sich hinsummend, seift Lore sich die Beine ein.

»... Carmen Torini, die damals für das Projekt in Caracas zuständig war ...«

Als der vertraute Name fällt, dreht Lore die Brause ab und tapst barfuß ins Wohnzimmer. Carmen Torini, die gealtert aussieht, seit Lore sie zuletzt auf Osters Monitor gesehen hat, spricht, von Reportern umringt, in die Kamera.

»Wir halten diese Regelung für absolut fair. Die van de Oest Company hat immer betont, daß die venezolanischen Gesetze und Richtlinien minutiös befolgt wurden. Wir sind nicht für die entsetzliche Tragödie verantwortlich, die sich hier vor zwanzig Jahren ereignet hat, als das Grundwasser von skrupellosen Geschäftsleuten verseucht wurde. Das Projekt zur biologischen Sanierung wies nicht den geringsten Fehler auf. Und es wäre auch nicht zu der Katastrophe gekommen, hätten nicht geldgierige, von der venezolanischen Regierung gestellte Subunternehmer hineingepfuscht. Um höhere Profite einzuheimsen, hat man nicht auf die richtigen, von uns entwickelten Bakterien zurückgegriffen, sondern auf andere Mikroorganismen, die nicht verhindern konnten, daß mutagene Toxine ins Grundwasser gelangten ...«

Den Blick auf den Bildschirm geheftet, tippt Lore den Code ihrer Mutter ein. Die Nachrichten schrumpfen zu einer kleinen Box in der oberen linken Ecke des Monitors. »Seit wann weißt du es?«

»Ich hab's auch erst vor wenigen Minuten erfahren. Der Richter rief mich an.«

»Und inwieweit haften wir?«

Katerine lacht. Ihre Augen, die heute grün sind, funkeln. »Überhaupt nicht. Wir brauchen keinerlei Schadenersatz zu zahlen. Natürlich werden wir helfen – für das Firmenimage macht sich das immer gut –, aber wenigstens zieht sich dieser verdammte Prozeß nicht über die nächsten drei Generationen hin.« Triumphierend stößt sie die Faust in die Luft. »Wir sehen uns dann in der Bar.«

Lore vergrößert die Newsbox. Jetzt spricht eine Frau, eine Mestizin. Sie wirkt sehr aufgeregt. »... bekamen nichts! ›Oh‹, sagen sie, ›es ist nicht unsere Schuld.‹ Wessen Schuld ist es dann? Die Regierung kann es sich nicht leisten zu helfen. Sehen Sie sich nur meine Tochter an ...« Sie zieht etwas aus der Tasche, und die Kamera fährt zur Großaufnahme heran. Es ist das Foto eines grinsenden Kindes ohne Arme und Beine. »Sie lebt nicht mehr. Mein einziges Kind ist tot. Und Tausende andere sind verkrüppelt, weil jemand vor Profitgier den Hals nicht vollkriegen konnte. Weil ...« Offenbar hat sie jemanden erspäht, den die Kamera nicht erfaßt. »Weil Leute wie Sie nicht aufgepaßt haben!« Mit dem Finger zeigt sie in eine bestimmte Richtung; die Kamera vollführt einen rasanten Schwenk und fängt Carmen Torini ein, die sich immer noch mit Reportern unterhält. Die Medienvertreter, die eine Sensation wittern, machen Platz, lassen es zu einer Konfrontation der beiden Frauen kommen. Die eine pummelig, weinend und außer sich vor Empörung; die andere schlank, schick gekleidet, die Ruhe selbst.

»Ihr alle seid ja so raffgierig! Nur um noch mehr Geld rauszuschlagen …«

»Es lag nicht an uns. Wenn man unsere Anweisungen befolgt hätte, wäre das ganze nicht …«

»Schadenersatz! Haftung! Das sind doch nur hohle Worte! Was haben unsere Kinder davon, wenn ihr euch gegenseitig die Schuld zuschiebt? Nichts! Wer gibt ihnen ihr Leben zurück? Leben, die verpfuscht wurden, weil die van de Oest Company Lizenzen an Verbrecher vergeben hat! Was würde es kosten, die Not zu lindern? Ein paar Millionen? Die bezahlt Ihre Firma doch aus der Portokasse. Allein aus menschlichem Anstand sollten Sie helfen. Wen interessiert es, wer wofür zuständig war? Wir brauchen Hilfe. Und wenn schon Ihr Gewissen Ihnen nicht vorschreibt, was zu tun ist, dann sollten Sie sich wenigstens auf menschlichen Anstand, auf Mitleid besinnen.«

An Carmen prallt dieser leidenschaftliche Appell wirkungslos ab. »Die van de Oest Company fühlt mit Ihnen und kann Ihren Kummer angesichts der tragischen Vorkommnisse verstehen. Obwohl die Klage auf Entschädigung der Opfer abgewiesen wurde und der Vorwurf der Korruption unhaltbar war, hat meine Firma mich dazu ermächtigt, als gewissermaßen humanitäre Geste gegenüber den Einwohnern von Caracas jedem Bedürftigen Prothesen zu finanzieren …«

Die Mutter des toten Kindes läßt sich nicht beschwichtigen. »Wir wollen keine Almosen!« schreit sie. »Wir wollen Gerechtigkeit! Und wir werden den Kampf nicht aufgeben. Während unsere Kinder in ihren Betten liegen und uns mit traurigen Augen ansehen, folgen wir Ihnen von Land zu Land und wiederholen unseren Ruf nach Gerechtigkeit. Und eines Tages werden wir gehört.«

Lore frottiert sich das Haar trocken. Torini konnte nichts dafür, daß die Einheimischen versucht hatten, die Kosten zu drücken und ihre Gewinnspanne zu maximieren, indem sie die speziell für dieses Projekt genmodifizierten Bakterien durch ungeeignete Mikroben ersetzten.

Sie denkt an das Sanierungsvorhaben in Gdansk, und was alles passieren könnte, wenn innerhalb der nächsten acht Monate ein geiziger oder dummer Subunternehmer die van de Oest-Bakterien durch unwirksame Stämme ersetzt. Die Folge wäre ein Desaster.

Auf ihrem Slate macht sie eine Notiz, die sie daran erinnern soll, dieses Projekt und alle anderen, an denen sie mitwirkt, ständig zu überwachen. Fehler treten dauernd auf, es kommt darauf an, sie im Vorfeld zu verhindern.

Dann schaltet sie das Terminal ab und denkt nicht länger an die Geschichte. Sie ist ja nicht betroffen, und drunten in der Bar wartet ein kühler Drink auf sie.

15

Menschlicher Anstand. Ich stolperte aus dem Abteilungsbüro und fing an zu rennen. In der heißen, feuchten Luft, die vom Wasser aufstieg, fiel mir das Atmen schwer, und als ich die Meßstation erreichte, war ich außer Puste. Ich hetzte von einem Becken zum nächsten. Kein Paolo zu sehen.

Ich hielt kurz inne. Nachdenken. Ich mußte nachdenken. Wie mochte ihm zumute sein? Was ging in ihm vor? Was wußte er über die Anlage? Wohin würde er gehen?

»Sabotage? Wie könnte jemand dieses Werk sabotieren?«

»Da gibt es viele Möglichkeiten, aber die beste findet sich gleich zu Anfang – in der Nähe des Zulaufs …«

Der Zulauf. Ich trabte los.

Es gibt Situationen, in denen das Gehirn die Eindrücke, die es wahrnimmt, nicht verarbeiten kann; dann schaltet sich ein Bereich ab, und der Rest befaßt sich intensiv mit irgendwelchen fragmentarischen, völlig irrelevanten Informationen. Zum Beispiel bemerkte ich, daß der Beton unter meinen Füßen durch den Ansturm der darunter hinwegschießenden Wassermassen bebte; daß die Luft, wenn man die riesige Falltür im Boden öffnete, nicht nur angefüllt war vom Zischen und Brüllen des freigelegten gischtenden Stroms, sondern sogar anders schmeckte.

Und ich fragte mich, wieso jemand, der im Begriff stand, sich umzubringen, so zwanghaft pedantisch sein mußte.

Paolos Schutzanzug war feinsäuberlich zusammengefaltet, mit dem Kragen nach oben, wie ein Hemd, das in einer Zellophanhülle verkauft wird. Ich hatte nie den Bogen rausbekommen, wie man seine Sachen so akkurat faltet. Seine Gliedmaßen lagen exakt ausgerichtet neben dem Anzug, mit Ausnahme eines Armes, der an der anderen Seite plaziert war. Müßig wunderte ich mich, wie er es wohl geschafft hatte, sich den letzten Arm abzunehmen, den rechten, wie ich glaubte. Vermutlich hatte man zur Befestigung am Rumpf eine Art simplen Druckknopf-Mechanismus konzipiert.

Paolo lag bäuchlings an der Ecke der offenen Falltür; sein Torso balancierte halb über dem Abgrund, und seine Kehle näherte sich dem mechanischen Rasiermesser, das er in den Spalt zwischen Deckel und Boden geklemmt hatte.

»Tu es nicht«, sagte ich. *Tu es nicht, weil Hepple sich sonst freut; weil es eine Schweinerei gibt, und ich die Bescherung saubermachen muß. Tu es nicht, weil du es nie wieder rückgängig machen kannst; weil ich mich dann, ach, so entsetzlich schuldig fühlen würde, und keine Gelegenheit mehr hätte, an dir Wiedergutmachung zu leisten …*

Natürlich konnte er mich nicht hören, doch er sah mich, sah, daß sich meine Lippen bewegten, und seine Muskeln verkrampften sich lange genug, um den Oberkörper von der surrenden Klinge fernzuhalten, nur wenige Zoll über dem Punkt, wo er die Balance verloren hätte und vornübergekippt wäre.

Ganz langsam, ja nicht zu rasch, trat ich vor und zog das glatte, häßliche Rasiermesser aus dem Schlitz. Ich stellte den Motor ab. Die Muskeln über Paolos Rippen waren straff gespannt und wie erstarrt. Er hing in der Schwebe. Sollte er Übergewicht bekommen und abstürzen, traute ich mir nicht zu, ihn festzuhalten.

»Nicht bewegen«, sagte ich. »Nicht bewegen.« Behutsam legte ich das Rasiermesser auf den Boden; ich hütete mich vor plötzlichen Bewegungen oder jähen

Geräuschen, die ihn erschrecken und aus der Stasis lösen konnten.

Seine Haut glänzte vor Schweiß. Ich kniete nieder, stützte mich mit einer Hand auf dem Boden ab und umfaßte mit dem anderen Arm seine Taille. Wenn er wollte, konnte er uns beide in die Tiefe reißen. Binnen Sekunden würden wir von dem ungeheuren Sog davongeschwemmt werden und ertrinken, falls uns der Druck des Wassers nicht vorher zermalmte.

Er weiß nicht, daß du eine van de Oest bist, sagte ich mir. Ich fühlte, wie er zitterte.

Ich bugsierte ihn vom Rand der Öffnung fort.

Auf dem Rücken liegend, ohne Gliedmaßen, starrte er zur Decke empor. Ich verspürte den Drang, mich bei ihm zu entschuldigen.

Dann stand ich auf und drückte fest auf den Schalter, der die Bodenluke wieder schloß. Nun konnte ich seinen stoßweisen Atem hören. Als nächstes brachte ich ihm die Arm- und Beinprothesen. »Welchen Arm zuerst, den rechten oder den linken?«

»Den rechten.«

Wir blieben beide sehr sachlich. Es war die einzig mögliche Art, miteinander umzugehen. Ich befestigte die Prothese an seiner rechten Schulter und wandte mich taktvoll ab, während er den anderen Arm und dann die Beine anlegte. Nachdem er sich wieder den Schutzanzug übergestreift hatte, ging ich neben ihm in die Hocke und gab ihm das Rasiermesser zurück. Mit geübtem Griff schob er es in den linken Ärmel. Es war ihm zur Gewohnheit geworden, die Klinge bei sich zu tragen. Ich fragte mich, wie mir zumute gewesen wäre, wenn ich das schon früher gewußt hätte.

Seine Augen schimmerten in einem trüben, glanzlosen Braun. »Du hättest mich nicht daran hindern sollen.«

»Warum nicht?«

Einen Moment lang glaubte ich, er würde sich nicht

zu einer Antwort herablassen. Doch dann schaute er mich lange an und fragte: »Wer bin ich?«

»Paolo Cruz.«

»Nein. Ich bin niemand, ein Nichts.« Es klang so bitter. »Der einzige Mensch, dem ich etwas bedeute, ist mein Bruder. Er brachte uns, mich und meine Schwester, von Venezuela hierher, um für unsere Rechte zu kämpfen. Aber meine Schwester starb, und keiner hört mir oder meinem Bruder zu. ›Das alles wurde bereits vor vielen Jahren entschieden‹, behauptet das Gericht. Wir haben keine Entschädigung bekommen. Bloß diese Arme und Beine aus Plastik. Vielleicht sind Leute wie ich ja nicht mehr wert.«

Du bist genauso viel wert wie jeder andere Mensch, wollte ich widersprechen. Aber warum sollte er mir glauben? Wer hatte ihm jemals etwas anderes erzählt?

»Die Gerichtshöfe, die medizinische Industrie, die reichen Konzernbetreiber, die für meine Verkrüppelung verantwortlich sind, betrachten mich als nutzlos und überflüssig. Ein Wegwerfartikel, nicht mal ein richtiger Mensch.« Er hielt mir seinen Arm unter die Nase. »Faß mal an.«

»Ich ...«

»Faß mal an!«

Die Prothese fühlte sich warm, weich und trocken an. Nicht unangenehm.

»Nur einmal, nur ein einziges Mal, wollte ich, daß solche Menschen wie diese Hepples und van de Oests von mir Notiz nehmen. Wenn ich mich hier umgebracht hätte und mein Körper wäre ins Wasser gefallen, hätten sie die gesamte Anlage abstellen müssen. Sie hätten Geld verloren, einen Schaden gehabt. Sie hätten erfahren, daß es mich gibt, Paolo Cruz, den Mann aus Plastik.«

Ich brachte es nicht übers Herz, ihn aufzuklären, daß sein Tod nichts weiter bewirkt hätte, als seiner Schicht ein bißchen mehr Arbeit aufzuhalsen. Sein Körper wäre an den Sieben hängengeblieben, wo man ihn problemlos herausfischen konnte. Sein Blut hätte den Mikroben als zusätzliche Nahrung gedient. Etwas anderes wäre es gewesen, hätte er seine Prothesen in den Zulauf geworfen; falls sie aus unverwüstlichem Kunststoff bestanden, mochten sie eventuell die Maschinen blockieren.

Eine Zeitlang schwiegen wir, dann stand ich auf. »Kommst du an deinen Arbeitsplatz zurück? Vielleicht sorgt Magyar dafür, daß man dich wieder einstellt.«

»Nein. Ich will hier nicht länger ein Niemand sein.«

»Aber mit dem, was ich dir beibringe, könntest du …« Ich verstummte. Ich konnte ihm keine Selbstachtung geben. Das schaffte nur er selbst. »Was hast du vor?«

»Mir fällt schon was ein.« Er lächelte ohne Heiterkeit, ging zur Tür mit der Aufschrift NOTAUSGANG und öffnete sie. Alarmsirenen schrillten. »Hoffentlich glaubt Hepple jetzt, daß sämtliche Rohre geplatzt sind.«

Ohne sich einmal umzusehen, verschwand er. Nach einer Weile schloß ich die Tür hinter ihm. Abrupt hörten die Sirenen auf zu jaulen.

Als ich mich wieder bei den Becken einfand, stellte ich fest, daß bloß zwanzig Minuten vergangen waren, seit ich mit Magyar Hepples Büro stürmte. Mit roboterhaften Bewegungen machte ich mich wieder an die Arbeit.

Magyar erschien, wie aufgescheucht. »Wer hat die Tür geöffnet?« Sie blickte sich um. »Cruz?«

»Er ist fort.«

Sie fluchte. »Und ich habe es gedeichselt, daß er bleiben kann.«

»Ich sagte ihm, du würdest dich darum kümmern.« Obwohl ich nicht mit einem Erfolg gerechnet hatte. »Wie hast du das geschafft?«

»Ich hab alles auf eine Karte gesetzt und mich

schlicht und ergreifend mit Hepple angelegt.« Sie versuchte mir etwas zu erklären. »Ich bin ein paar Risiken eingegangen. Und dich hab ich auch in die Schußlinie gerückt.«

Plötzlich fühlte ich mich zu Tode erschöpft. »Wie das?«

»Ich sagte ihm, mit einer derart fadenscheinigen Begründung könnte er Cruz nicht entlassen; schon gar nicht, wenn eine Regierungsangestellte den Vorfall mitangesehen hätte.«

»Du hast ihm gesagt ...«

Magyars Augen glitzerten. »Nicht direkt. Ich machte nur ein paar Andeutungen, um ihn auf den Trichter zu bringen. Auf einmal fing er davon an, wie du ihm irgendwelche Richtlinien über Arbeitsschutzbedingungen an den Kopf geworfen hättest, und wurde sehr nachdenklich. Dann meinte er, er wäre vielleicht doch etwas zu voreilig gewesen, und eine Reduzierung der Belegschaft müßte systematisch und mit Umsicht gehandhabt werden. Paolos Entlassung ist also aufgehoben. Hepple glaubt, wir hätten ihm die Daumenschrauben angelegt und hält sich bedeckt. Alles ist wieder im Lot.«

Das war es nicht. Mein ganzes Weltbild war erschüttert worden, seit ich den leeren, hoffnungslosen Ausdruck in Paolos Augen sah und ihn sagen hörte *›Ich bin ein Nichts‹*.

»Was ist los? Ich habe nicht erwartet, daß du vor Freude Purzelbäume schlägst, aber ein kleines Dankeschön wäre wohl angebracht. Oder regst du dich auf, weil ich Hepple gegenüber andeutete, du seist nicht die einfache Arbeiterin, die du vorgibst zu sein? Diesen Punkt müssen wir ohnehin noch klären.«

»Ich bin kein Regierungsspitzel«, wehrte ich müde ab. »Ich will dich nicht von deinem Platz verdrängen. Ich will überhaupt niemandem was Böses antun. Es freut mich, daß du dich so für Paolo ins Zeug gelegt hast, aber wie du siehst, ist es zu spät. Und was mich betrifft, ich möchte bloß ...« Ein Schwindel packte mich. »Ich möchte ...« Ich stand im Begriff zu sagen, daß ich lediglich meine Arbeit verrichten und ansonsten in Ruhe gelassen werden wollte, statt dessen brach ich in Tränen aus. »Er hat versucht, sich umzubringen. Er nahm sich die Prothesen ab ... und mit dem Rasiermesser ...«

Sie griff nach meinem Arm und hielt ihn fest. Zuerst dachte ich, sie hätte Angst, ich könnte in ein Becken fallen, Amok laufen oder sonst was anstellen, doch dann sagte sie: »Wisch dir nicht die Augen ab. Wer weiß, was für ein Dreck an deinen Händen klebt.«

Sehr vernünftig. Während sie mich irgendwohin bugsierte, lamentierte ich hemmungslos über Paolo, seine fehlenden Gliedmaßen, seinen Selbstmordversuch. Im Pausenraum fand ich wieder zu mir. Sie nötigte mich, mir die Hände zu waschen und reichte mir ein Handtuch. Keine von uns sprach ein Wort. Das unheimliche Gefühl eines *déjà vu* übermannte mich, und ich fing an zu lachen.

»Ich wüßte gern, ob Paolo sich genauso gefühlt hat, als ich ihm das Rasiermesser wegnahm«, erläuterte ich meinen Heiterkeitsausbruch. »Wie ein fünfjähriges Kind, das von einem klugen, freundlichen Erwachsenen bei Laune gehalten wird.« Verlegen brach ich ab.

Sie widersprach nicht. Natürlich hielt sie mich bei Laune. Einem verzweifelten Menschen begegnet man mit Geduld. Man tätschelt ihm den Kopf, verspricht, alles würde wieder gut werden und wartet darauf, daß er wieder an die Realität anknüpft.

Ich seufzte. »Wir sollten lieber zurückgehen.« Magyar blickte auf ihre Uhr. »Hast du die aktuellen Daten für Hepple abgelesen? Schön. Dann bleib ruhig hier. In zehn Minuten beginnt die Pause.«

Sie wirkte erlöst, als sie endlich gehen konnte.

Lore wachte auf. Es war fünf Uhr morgens. Sie zog sich eine Decke um die Schultern und stolperte aus dem Bett. Spanner saß an der Workbench. Lore sah, wie sie eine feine Pinzette nahm, einen PIDA öffnete, etwas darin manipulierte und ihn dann in ihre Box einsetzte. Sie schloß die Box, summte ein paar Takte, als sie die Daten sah, und tippte auf mehrere Tasten.

»Du kannst das sehr gut«, meinte Lore.

»Finde ich auch.« Spanner drehte sich um. »Was treibt dich so früh aus dem Bett?«

»Ich war nur neugierig, was du so machst.« Spanner widmete sich wieder dem Monitor. »Mit deinem Talent könntest du in dieser Branche einen tollen Job kriegen.«

Wieder wandte sich Spanner um und lächelte. »Wozu brauche ich einen Job?«

Die ersten paar Male im *Polar Bear* hatte Lore nicht gemerkt, daß Spanner dort Geschäfte tätigte. Spanner trank mit den Leuten, man wechselte ein paar Worte, klopfte sich auf den Rücken oder nickte einander zu; gelegentlich wurde etwas weitergereicht – illegale PIDAs, provisorische Debit-Blankos, Informationen.

Später, zu Hause, leerte Spanner ihre Taschen. Tags darauf klebte sie stundenlang an ihren Monitoren, manipulierte Magnetcodes, extrahierte Daten; sie kopierte die elektromagnetischen Signaturen der gestohlenen Debitkarten und übertrug sie auf ein Blanko; manchmal rief sie auch nur Leute an und sagte Bescheid, sie hätte, was sie wollten.

Hyn und Zimmer spielten bei diesen Blanko-Transaktionen eine große Rolle – *›Sie sind mehr oder weniger unsichtbar‹* –, doch es war Billy, der Lore am meisten störte. Ungefähr einmal in der Woche kreuzte er auf, hin und wieder in Begleitung von Ann, aber meistens allein, und tuschelte mit Spanner, für gewöhnlich an der Bar, wo kein anderer mithören konnte. Lore glaubte, den Ausdruck ›*Küken*‹ auszuschnappen, doch sie bemühte sich, nicht zu lauschen.

Irgendwann im Februar merkte Lore, daß sich Spanners Bar-Aktivitäten veränderten. Sie schien mehr und eindringlicher zu reden; man reagierte öfter mit einem Kopfschütteln und klopfte ihr weniger auf die Schulter, die Ausbeute, die sie heimbrachte, war geringer. Und eines Tages vergegenwärtigte sich Lore, daß sie Hyn oder Zimmer schon lange nicht mehr gesehen hatte.

»Was ist los?« fragte sie Spanner.

»Die Geschäfte laufen nicht mehr so gut.«

»Ist das ein Grund zur Sorge?«

»Noch nicht. Es gibt genug andere Wege, an Geld zu kommen.«

Einzelheiten wollte Lore lieber nicht wissen. »Wo haben Hyn und Zimmer in letzter Zeit eigentlich gesteckt?«

»Hyn und Zimmer?« Spanner lachte. »Das sind zwei gewiefte alte Füchse. Wenn sie irgendwo Polizei wittern, tauchen sie für eine Weile ab.«

»Solltest du nicht auch etwas kürzer treten?«

»Ach, für die Polizei bin ich viel zu gerissen.«

Trotzdem bemerkte Lore, daß Spanner später ausging und nicht mehr so lange fortblieb. Einmal hielt sie sich volle achtundvierzig Stunden lang in der Wohnung auf, und Lore durfte nicht mal einen Anruf entgegennehmen. Doch anderntags zog sie wieder los und kam grinsend zurück.

»Mach die Augen zu.« Lore gehorchte. »Jetzt öffne sie wieder und schau aufs Bett.«

Dort lag eine Hammex 20. Lore nahm sie in die Hand und streichelte das vertraute schwarze Gehäuse. »Die Dinger sind nicht billig.« Sie schaltete die Kamera ein und spähte durch den Sucher. Der Motor schnurrte sanft.

»Gefällt sie dir?«

»Sie scheint in gutem Zustand zu sein.« Sie legte sie auf das Bett zurück und sah sie eine Weile an; sie erinnerte sich an Ratnapida, an ihre ersten Aufnahmen von Goldfischen, wie sie gemächlich durch kristallklares und verschattetes Wasser schwammen. Sie wandte sich Spanner zu. »Wieso können wir uns diese Kamera leisten, wenn das Geschäft nicht läuft?«

Spanner zuckte die Achseln.

Lore dachte an Billy mit den gemeinen Augen und dem schnoddrigen Mundwerk. »Haben wir Schulden?«

»Nein.«

»Woher kommt dann das Geld?«

»Ich dachte, du würdest dich freuen.« Es klang gereizt.

»Ich freue mich ja. Ich will nur wissen, wie wir das Ding bezahlt haben.«

»Es *ist* bezahlt.«

Lore dachte an Spanners Abwesenheiten, und in welcher Verfassung sie sich befand, wenn sie zurückkam. Angespannt wie eine zu straff aufgezogene Feder. Sie spürte, wie sich in ihrem Nacken die Härchen aufrichteten. »Wie?«

»Ist das wichtig?«

Es *war* wichtig, doch Lore besaß nicht den Mut, Spanner weiterhin zu bedrängen. So genau wollte sie es gar nicht wissen, auf welchen Wegen sich Spanner das Geld beschafft hatte, wen sie womit erpreßte. Oder was sie sonst anstellen mochte. Spanner lächelte, als ob sie Lores inneren Rückzug erahnte, und legte den Arm um ihre Taille.

»Und sie gefällt dir? Wirklich?«

Lore zwang sich zu lächeln. »Du hast genau das richtige Fabrikat ausgesucht. Dieses Modell besitzt die besten Objektive.« Trotz ihrer Bedenken war sie gerührt. Heutzutage war es nicht einfach, eine altmodische Hammex aufzutreiben. Sie stellte sich vor, wie

Spanner von einem Händler zum nächsten zog, die Broschüren studierte und um den Preis feilschte. Woher sie das Geld hatte, wen sie dafür bluten ließ, ging Lore nichts an. »Ich leg gleich mal eine Diskette ein und probier sie aus.«

Es war Frühling, und Lore hatte die Fenster geöffnet. Die linde Brise, die über ihren Schneidetisch strich, duftete nach jungem Grün. Draußen trugen die Äste winzige Knospen – mit Ausnahme eines einzigen Zweigs. Sie wunderte sich, wie das möglich war, wieso ein einziger Zweig abstarb, während der Rest des Baums blühte und gedieh. Vielleicht gab es dafür keinen besonderen Grund, solche Phänomene passierten einfach. Teile eines Ganzen gingen ein. So war die Natur.

Mit einem Knall flog die Tür auf. Lächelnd drehte sich Lore um, in der Erwartung, Spanner würde ihr von einem immensen Profit erzählen.

Spanner pfefferte eine Tasche auf die Couch. »Das Zeug verkauft sich nicht.«

»Was?« Lores Lächeln erlosch.

»Kein Mensch will die Filme haben.«

»Und du hast so viele Kopien gemacht.«

»Ach, verscherbeln kann ich sie schon, aber es lohnt sich nicht. Mit dem Erlös kommen wir nicht aus. Die Kunden sagen, sie seien es leid, immer dieselben Körper in verschiedenen Stellungen zu sehen.«

Lore betrachtete das Bild auf ihrem Monitor. Sie leistete gute Arbeit, aber ihre Bibliothek war sehr begrenzt. »Ich brauche live action. Oder eine umfangreichere Bibliothek.«

Spanner nickte und ließ sich auf die Couch plumpsen.

»Soll ich aufhören?«

»Nein«, widersprach Spanner. »Laß mich in Ruhe darüber nachdenken.«

Zwei Tage später blieb sie länger als vierundzwanzig Stunden fort. Völlig erschöpft kam sie zurück, doch sie grinste.

»Ich hab was ganz Besonderes mitgebracht.« Sie hielt eine Phiole mit einer klaren, öligen Flüssigkeit hoch.

»Was ist das?«

»Du wirst schon sehen. Komm mal her.« Spanner tunkte eine Fingerspitze in die Öffnung des Fläschchens und verrieb das daran haftende Öl auf Lores Hals. Danach unterzog sie sich der gleichen Prozedur. »Nur ein kleines bißchen. Es ist hochkonzentriert.«

»Ist das eine Droge? Was für eine?«

»Du wirst schon sehen«, wiederholte sie; ihre Stimme klang tief und kehlig, ihre Augen schimmerten dunkel. Lore verspürte den Wunsch, Spanners Wangen zu streicheln, ihre Schultern zu massieren, unter ihre Kleider zu fassen, sie zu erregen, bis sie sich unter ihren Liebkosungen wand. Der Trieb wurde zwingender, sie verzehrte sich vor Sehnsucht.

Ein Aphrodisiakum also, ein Pheromon, aber potenter als jedes legale oder illegale Mittel, von dem sie gehört hatte. Nichts konnte sie mehr aufhalten. Spanner knöpfte ihr Kleid auf. Lore stöhnte.

»Alles, was du willst, Baby. Alles.«

Ungefähr dreißig Leute drängten sich in dem großen Zimmer, verteilten sich auf die Küche und hockten auf der Treppe. Lore stellte Gäste einander vor, von denen sich die meisten bereits seit langem kannten. Jeder war dabei, sich langsam aber sicher zu betrinken. Lore servierte Snacks und sorgte dafür, daß die Musik nie ausging. Sie schlug einen Bogen um Billy, der bloß in einer Ecke herumlungerte und alles mit seinen kleinen, stumpfen Augen beobachtete, die Lore an all das erinnerten, was sie am liebsten vergessen wollte.

»Ich mag ihn nicht«, zischte sie Spanner in der Küche zu.

»Du brauchst ihn auch nicht zu mögen«, versetzte Spanner. »Sei nur höflich. Hier geht's ums Geschäft.«

Lore füllte ihr Glas neu auf und kehrte ins Wohnzimmer zurück. Der Wein war kalt und würzig, wie Sonnenschein in dreißigtausend Fuß Höhe. Laut und aufdringlich hämmerte die Musik. Am anderen Ende des Raums unterhielt sich Ellen mit jemand; beide lachten. Lore hockte sich auf den Boden und fragte sich, wo Ruth blieb.

Als Spanner aus dem Bad kam, schlenderte sie langsam von einer Gruppe zur nächsten, lächelte, schüttelte Hände, berührte hier und da eine Wange. Plötzlich erschien Lore die ganze Party wie eine krude Parodie der Gesellschaften, die die van de Oests gelegentlich für Geschäftsfreunde auf Ratnapida veranstalteten.

»Was ist der Anlaß?« erkundigte sich Ruth und setzte sich neben Lore auf den Teppich.

»Hmm?« In Gedanken weilte sie auf Ratnapida: lange Cocktailkleider, kostbare Juwelen, uniformierte Bedienstete. Nie wurde ein Fest um seiner selbst willen gegeben, immer steckte ein Motiv dahinter; man versuchte, neue, einflußreiche Kontakte zu knüpfen oder alte Beziehungen zu pflegen. Spaß war nicht vorgesehen. Sie sah, daß Spanners Zeigefinger glänzte, bevor sie jemandem unters Ohr tippte.

»Die Party. Warum findet sie statt?«

»Keine Ahnung«, log sie und deutete mit einem Nicken auf Spanner, die immer noch ihre Rolle als Gastgeberin spielte. »Sie kam nach Hause und beschloß spontan, ein paar Leute einzuladen. So war das.«

Neugierig sah Ruth sie an. »Weißt du, du bist viel netter, als ich erwartet habe. Gar nicht wie Spanners übliche ...« Sie wurde rot. »Ich meine ...«

Lore wollte ihr sagen, es sei schon in Ordnung; doch

hätte sie erst einmal angefangen, wäre sie noch mit anderen Dingen herausgeplatzt. Sie hätte Ruth geraten, sich Ellen zu schnappen und schleunigst mit ihr zu verschwinden, ehe es zu spät war, ehe sie sich in Spanners Netz verfingen. *Und in meinem*, dachte sie. *Ich führe die Kamera.* »Kanntest du die Frau, mit der Spanner vorher zusammen war?«

Ruth nickte. »Und deren Vorgängerinnen. Normalerweise dauern diese Verhältnisse nicht länger als zwei Wochen.«

Lore starrte in ihr Weinglas. Was sollte aus ihr werden, wohin konnte sie gehen, wenn Spanner sie fallenließ? »Kennst du sie schon lange?«

»Keine zwei Jahre.«

Lore hatte noch mehr Fragen auf dem Herzen, doch Spanner steuerte auf sie zu. »Ruth! Schön, daß du kommen konntest.« Flüchtig streifte sie mit dem Finger Ruths Hals. »Ach, da bist du ja«, wandte sie sich an Lore. »Bring doch die Kamera.«

Spanners Pupillen waren winzig. Das Gegenmittel, vermutete Lore. Ihre eigenen Augen sahen vermutlich genauso aus.

Drei Leute wälzten sich auf dem Bett, als sie ins Schlafzimmer ging, um die Kamera zu holen. Offenbar nahmen sie ihre Anwesenheit gar nicht wahr, obwohl sie sich an ihnen vorbeiquetschen mußte, um an die Hammex zu gelangen. Auf dem Weg zum Wohnzimmer prüfte sie die Diskette; Spanner fing sie ab. »Sorg dafür, daß du alles aufnimmst, wir brauchen so viel live action wie möglich.« Sie machte Lore auf ein Pärchen aufmerksam, das sich in einer Ecke hingebungsvoll knutschte.

Keiner nahm Notiz von dem geilen Gespann. Doch nicht aus höflicher Diskretion heraus ignorierte man diese Zurschaustellung von Obszönitäten, sondern weil sich plötzlich jeder in Kopulierstimmung befand. Allenthalben sah Lore glasige Augen, schwitzende Leiber, feuchte Lippen. Die Atmosphäre knisterte vor Erotik. Während Lore zuschaute, griff eine Frau einem Mann an den Hosenschlitz und öffnete ihn.

Lore wandte sich ab und hob die Kamera an ihre Schulter. Ein Kerl drehte seine Partnerin um und zog ihr die Hose herunter. Lore räusperte sich und zeigte auf die Hammex. »Die Kamera läuft«, sagte sie über die Köpfe des vögelnden Paares hinweg. »Aber ich brauche eure Erlaubnis, wenn ich …« Sie brach ab. Der Mann und die Frau schenkten ihr nicht die geringste Beachtung. Lore fuhr sich mit der Zungenspitze über die Lippen und vergegenwärtigte sich, wie die Droge auf sie gewirkt hatte.

Sie sah Ellen und Ruth und wieselte hin, um sie auseinanderzubringen, sie aus der Wohnung zu scheuchen, doch sie küßten sich bereits. Am anderen Ende des Zimmers lauerte Spanner und ließ Lore nicht aus den Augen. *Bleib ganz cool. Gib dir ja keine Blöße*, ermahnte sie sich. »Darf ich euch filmen?« fragte sie linkisch.

»Solange du mir nicht im Weg stehst«, antwortete Ellen und faßte unter Ruths Kleid.

Lore setzte sich die Kamera auf die Schulter und fing die Szene ein. Ihr Gesicht schmerzte, und an dem Okular scheuerte sie sich die tränennasse Wange wund, aber sie filmte stundenlang, wie sich die Gäste reihum fickten, bis sie erschöpft irgendwo einschliefen.

Beim Bearbeiten des Films vertauschte Lore Gesichter und Körper, oder sie griff auf Köpfe aus der Bibliothek zurück. Sie brauchten diese Szenen – *sie* brauchte diese Szenen –, um Videoclips zu produzieren, die sich so gut verkauften, daß sie mit dem Erlös wenigstens bis zum Sommer auskamen; doch sie brachte es nicht über sich, ihre Freunde ohne jedwede Form der Camouflage zu benutzen.

Ein paar Wochen später erhielt sie einen Anruf von Ruth. »Du verdammtes Luder!«

»Was …?«

»Ich hab den Film gesehen. Bei einer Freundin. Du erbärmliches Miststück!«

»Ruth, ich wollte dich warnen …«

»Von *dir* hab ich keine Aufnahmen gesehen«, schnitt Ruth ihr das Wort ab.

Doch, das hast du, hätte Lore am liebsten gesagt. *Du hast Aufnahmen von mir gesehen, die mich in einer wesentlich demütigenderen Situation zeigten; und meine Entführer waren nicht so rücksichtsvoll, mein Gesicht gegen ein anderes zu vertauschen …*

Und plötzlich war Lore alles einerlei. Was spielte es für eine Rolle, wenn Ruth sich aufregte? Sie, Lore, hatte viel, viel Schlimmeres durchgemacht. Ellen hatte ihr doch irgendwie die Erlaubnis zum Filmen erteilt, oder? Und solange die Droge wirkte, hatte Ruth immerhin ihren Spaß gehabt. Lore hingegen hatte keine einzige Minute ihrer Tortur genossen.

Sie schaltete den Bildschirm ab. Ihr Mund fühlte sich merkwürdig an; sie wußte, wenn sie jetzt in den Spiegel schaute, würde sie sehen, daß ihre Lippen sich kräuselten – wie bei Spanner.

Die ersten, die im Pausenraum aufkreuzten, waren Meisener und Kinnis. Meisener warf einen Blick in meine Richtung, sagte aber nichts. Vielleicht hatte er etwas aufgeschnappt. Kinnis war entweder ahnungslos, oder es interessierte ihn nicht. Er trat an den Wandmonitor und hielt seine Hand an den PIDA-Scanner. Als die Zahlen erschienen, gab er einen empörten Laut von sich.

»Jeden Monat checke ich meinen Lohn – und jedesmal hoffe ich, daß sich jemand vertan hat oder ein Programmfehler unterlaufen ist und ich Milliardär bin. Aber jeden Monat krieg ich mitgeteilt, daß mir siebzehnhundert zustehen.«

»Du müßtest es besser wissen«, meinte Cel. Sie setzte sich hin und wickelte ihr Essen aus.

»He, Bird. Findest du auch, daß ich es besser wissen müßte? Nein, und ich verrate dir, warum. Der Mensch braucht Hoffnung. Glaubst du, ich würde weiterhin Scheiße quirlen, wenn ich hundertprozentig wüßte, daß ich nie über siebzehnhundert kommen kann?«

Am Scanner standen noch zwei Leute, um ihren Lohneingang zu prüfen, deshalb rückte Kinnis zur Seite. Er pflanzte sich zwischen mich und Meisener auf einen Stuhl. »Bist du schon ausbezahlt worden?« fragte er Meisener.

»Nee. Hab einen falschen Zeitpunkt für die Überweisung angegeben. Jetzt muß ich bis nächsten Monat warten.«

»Und was ist mit dir?«

Ich blinzelte ihn an. Zahltag. Geld. Ich nickte und schloß mich an die Schlange vor dem Scanner an. Als ich an die Reihe kam, steckte ich meine Hand hinein und las die Zahlen ab. Fast sechzehnhundert. Ich hatte Geld verdient, aus eigener Kraft, ohne Rückendeckung durch meine Familie, ohne jemandem zu schaden. Dann fragte ich mich, ob Paolo seinen restlichen Lohn bekäme.

Als ich am anderen Morgen aufwachte, schien die Sonne; ein paar Minuten lang blieb ich im Bett liegen und lächelte. Ich lebte. Die nächsten zwei Tage hatte ich frei. Und man hatte mir meinen Lohn ausbezahlt.

Sechzehnhundert war nicht viel, aber man konnte damit auskommen. Ein Batzen meiner Ersparnisse war noch vorhanden – etwa neunhundert – und durch den Coup würden mir Zehntausende in den Schoß fallen. Ich fühlte mich reich.

Das Frühstück schleppte ich aufs Dach; von droben beobachtete ich die ziehenden Wolken und die Lichtreflexe auf dem Fluß. Mehrere Frachtkähne pflügten durch den Strom. Was mochten sie heute befördern? Stahl aus Scuntthorpe vielleicht? Ich schloß die Augen und ließ mir von der sanften Brise die Lider streicheln. Seit Tausenden von Jahren nutzten die Menschen diesen Wasserweg. Zur Zeit der Römer beförderte man Weizen, früher Ton. Eventuell auch blaue Perlen und junge, verängstigte Sklaven. Bierfässer.

Und davor, als Boote noch ausgehöhlte Baumstämme waren, Ziegenhäute, Stockfisch von der Küste, gefärbte Federn für religiöse Rituale. Welches Klima herrschte damals, und wonach roch die Luft? Das Leben war sicher wesentlich einfacher gewesen. Vielleicht konnte man jeden Tag irgendeinen Hochsitz erklimmen und nichts weiter tun, als sich den Wind um die Nase wehen zu lassen. Vielleicht.

Als ich durch das Fenster zurückkletterte, prallte die Sonne ungehindert auf die Westwand und übermalte das Giftgrün mit einem knalligen Dottergelb. Sehr häßlich. Ich wandte den Blick ab und schaute dann doch wieder hin. Dies war meine Wohnung. Mit diesen gräßlichen Farben brauchte ich mich nicht abzufinden. Ich mußte niemanden um Erlaubnis bitten und brauchte auf niemanden Rücksicht zu nehmen. Wenn ich wollte, konnte ich alles Violett und Orange übersprühen. Entzückt lachte ich auf. *Meine* Wohnung.

Vielleicht sollte ich mich für einen neutralen Ton entscheiden, Alabaster oder Beige. Oder Leinen. Nein, das wäre zu kalt. Pfirsich? Die Möglichkeiten waren schier erdrückend.

Ich setzte mich an den Monitor und loggte mich in die Kataloge einiger Geschäfte für Innenausstattung ein. Anhand von Tabellen ließ sich ausrechnen, wieviel Farbe man benötigte. Ich fing an zu kalkulieren und stellte fest, daß ich mir den Anstrich bequem leisten konnte. Nur hatte ich das Handwerkszeug wie Pinsel, Reiniger und so weiter vergessen … Ich korrigierte meine Berechnung. Immer noch in Grenzen.

Doch dann betrachtete ich abermals die Wände; kritisch inspizierte ich die Küche, das Bad, die steile Treppe und die verwinkelte Decke über dem Bett. Noch nie im Leben hatte ich einen Pinsel oder eine Spritzpistole in der Hand gehalten. Wo sollte ich anfangen?

Vielleicht konnte Tom mir helfen. Aber er war alt. Die einzigen anderen Leute, die ich kannte, waren Spanner und die Kollegen von der Schicht in der Hedon Road; und die konnte, die *wollte* ich nicht fragen.

Ruth und Ellen fielen mir ein.

Ich entsann mich des Interviews mit meiner Mutter im Internet.

Wie schaffen Sie es, Ihre Mitarbeiter und Angestellten zu motivieren, sich an derart schwierige Aufgaben heranzuwagen? hatte der Interviewer gefragt.

Das ist gar nicht so schwer, lautete ihre Antwort. *Die Menschen lieben es, wenn man an ihre Hilfsbereitschaft appelliert*.

Gar nicht so schwer.

Zwanzig Minuten lang tigerte ich im Wohnzimmer auf und ab, ehe ich mir ein Herz faßte und ihre Nummer eintippte.

Ruth meldete sich. Als sie mich sah, verspannten sich ihre Halssehnen, doch sie brachte ein halbherziges Lächeln zuwege. »Lore. Was kann ich für dich tun?«

»Ich habe gerade meinen Lohn bekommen. Wir hatten doch vereinbart, daß wir drei uns einmal zum Abendessen treffen. Statt dessen möchte ich euch um Hilfe bitten. Meine Wohnung muß renoviert werden, und ich ... äh ... habe keine Ahnung, wie man so was macht. Na ja, ich dachte mir, ihr könntet mir vielleicht einen Rat geben, falls ihr euch in dieser Hinsicht auskennt. Ich selbst hab noch nie in meinem Leben auch nur einen Topf Farbe gekauft.«

Sie blickte verdutzt drein. »Du möchtest also, daß

Ellen und ich dir dabei helfen, Anstrichfarbe auszusuchen?«

»Darauf läuft es hinaus. Ja.«

Sie lächelte, doch dieses Mal dehnte sich die Haut um ihre Augen. »Du läßt dich häuslich nieder?«

»Ja. Die Wohnung ist hübsch – mit Ausnahme der Farben. Und wärmer könnte sie sein. In einem Monat oder so fange ich wahrscheinlich an zu bibbern.«

»Dann brauchst du für die Außenwände Isoliertapete. Hast du schon eine ungefähre Vorstellung, welche Farben du möchtest?«

»Dann helft ihr mir also?«

»Natürlich, wir lassen dich doch nicht im Stich! Komm doch einfach mit den Maßen, Proben und dem anderen Zeug zu uns, und nach dem Dinner besprechen wir alles weitere.«

Dinner. »Wann?«

»Dieses Wochenende?«

Ich grinste so breit, daß mir die Tränen in die Augen traten. »Dieses Wochenende paßt mir ausgezeichnet.«

16

Lore ist siebzehn. Das Abschlußexamen hat sie hinter sich. Zwei Wochen bevor sie die Schule endgültig verläßt, ruft ihre Mutter an.

»Bist du reisefertig?«

Lore umklammert den Tisch neben dem Monitor. »Hast du dich entschlossen? Du gibst mir den Job?«

»Ich habe mich entschlossen. Du sollst den Job haben.«

»Völlige Handlungsfreiheit? Absolute Kontrolle?«

»Nein. Du bist Marley unterstellt.«

»Aber …«

Katerine hebt eine Hand. »Marley hat freundlicherweise zugestimmt, sich inoffiziell mit dir die Aufsicht zu teilen, aber ich kann es nicht vertreten, dir bei einem so hochrangigen Projekt freie Hand zu lassen.«

»Hochrangig? Das Projekt in Kirgisistan?«

»Für die Kirgisen *ist* es hochrangig.«

Jetzt schmunzelt Lore. Sie darf als stellvertretende Leiterin eines gigantischen Projekts fungieren. Auf diese Chance hat sie nur gelauert. »Wann fangen wir an?«

»Unser Vertrag mit der kirgisischen Regierung ist seit heute nachmittag gültig. Ich schlage vor, du unterhältst dich mal mit Marley. Und – Lore – bau keinen Mist.«

Lore packt ihre Sachen; ihre Hände beben, teils vor Euphorie, teils aus Nervosität. Seit die Firma sich um dieses Projekt bewarb, brennt sie darauf, mitzumachen. Sie hat massenhaft Disketten mit Plänen erstellt –

die nur darauf warten, in die Tat umgesetzt zu werden. Alles ist fix und fertig. Die Zusammenarbeit mit Marley müßte klappen; im allgemeinen kommt sie mit dem Ehemann ihres Onkels gut aus. Bestimmt wird er auf einige ihrer Vorschläge zurückgreifen.

Sie reist ab, ohne der Schule einen letzten Blick zu gönnen, doch aus einer Anwandlung von Nostalgie heraus läßt sie sich mit dem Taxi am Sex-Club vorbeifahren. Einen flüchtigen Gedanken verschwendet sie an Anne, ihre erste Partnerin. Sie weiß, daß sie nie wieder hierher zurückkommen wird. Wahrscheinlich wird sie überhaupt keinen Sex-Club mehr aufsuchen; das hat sie nicht nötig.

Mehrere Male überfliegt Lore die Region Kasachstan, dreihundert Meilen nördlich des Aralsees. Das Gebiet leidet an den katastrophalen Folgen des Versuchs der Sowjetunion, die von der Sonne ausgedorrten Wüsten Usbekistans, Tadschikistans, Turkmenistans und Kirgisistans in eine gigantische Baumwoll-Monokultur zu verwandeln. Mitte des vergangenen Jahrhunderts hatte man die Pläne in Angriff genommen. Und nun ist der Aralsee, einstmals das größte Gewässer Zentralasiens, zu einem verpesteten Pfuhl verkommen, für den es keine schnelle Rettung mehr gibt.

Das Sowjetregime entzog dem Binnenmeer zwei Drittel seines Volumens, indem man die beiden Zuflüsse, den Amu Darya und den Syr Darya, in Tausende von Meilen lange Bewässerungskanäle und Gräben umlenkte, die in einem dichten Netz die vormals aride Steppe durchkreuzten.

Muynak, früher der größte Fischereihafen am Aralsee, liegt nun siebzig Kilometer vom Ufer entfernt. Die rostigen Rümpfe aufgegebener Schiffe und Boote säumen den ehemaligen Küstenverlauf. Als Lore den Hubschrauberpiloten niedriger fliegen läßt, erkennt sie, daß man viele Wracks ausgeschlachtet hat, um sich das wertvolle Metall zu sichern.

Die Familie wurde mit der Durchführung der ersten Phase des mehrstufigen Sanierungsprogramms beauftragt: Das Grundwasser soll gereinigt und sauberes Wasser in den Aralsee zurückgeführt werden. Marley hat Lore vorgeschlagen, sich als erstes mit der Verschmutzung durch Düngemittel, Pestizide und Entlaubungschemikalien zu befassen, einer Reihe von höchst schädlichen Stoffen, die während der sechziger, siebziger und achtziger Jahre des zwanzigsten Jahrhunderts massenhaft auf die Felder versprüht wurden.

Er selbst kümmert sich um die biologische Kontamination – Bakterien, Viren, Parasiten und Algen. Wenn sie irgendwelche Fragen hat, braucht sie sich nur an ihn zu wenden. Außerdem muß er natürlich jede Ausgabe genehmigen, die zehn Millionen übersteigt.

Sie sitzen in Marleys Projekt-Zelt, eine zusammenklappbare dreiräumige Kuppel aus Stretchmaterial. Marley schlürft grünen Tee und sieht gepflegt aus wie ein Spaniel. Lore möchte am liebsten sofort mit der Arbeit beginnen. »Wie hoch ist unser Budget für Ausrüstung und Betrieb?«

»Einhundertzwanzig Millionen.«

»Das reicht nicht …« Sie überschlägt ein paar Zahlen im Kopf. »Und für Löhne?«

Marley lächelt. Er hat herrlich weiße Zähne. »Ich war gespannt, wie schnell du kapierst. Fast hundert Millionen.«

Übermütig fängt Lore an zu lachen. »Dann brauchen wir nur ungefähr sechzig Millionen umzuverteilen. Sobald hier alles läuft, reduziert sich die Wartung auf ein Minimum. Die Lohnkosten werden kaum zu Buche schlagen.«

»Aber vergiß nicht, daß in kleinen Ländern wie diesem die Politik eine sehr große Rolle spielt. Hier geht es nicht nur um Bodensanierung.« Die Augenbrauen hebend, nippt er an seinem Tee.

»Was meinst du damit?«

»Ich spreche von Jobs.«

Lore seufzt. Arbeitsplätze. Menschen. Wählerstimmen. Viel komplizierter als die Lösung des eigentlichen Problems.

»Das soll natürlich nicht heißen, daß wir dauernd vor eine Wand laufen. Wenn du dir die Zeit nimmst und die Budgetaufschlüsselung studierst ...«

»Ich bin doch gerade erst angekommen.«

»Ich wollte dich nicht kritisieren. Wenn du genauer hinsiehst, findest du eine Extra-Summe von zwei Millionen unter der Rubrik ›Diverses‹. Manche Projektleiter betrachten das als Notreserve, andere benutzen das Geld dazu, es als Prämien zu verwenden, um den Arbeitern einen zusätzlichen Anreiz zu bieten. Und nicht wenige schmieren damit auf diskrete Weise die örtlichen Funktionäre. Je nachdem, was gerade von Vorteil ist.«

»Und du kennst ein paar zugängliche Amtsträger?« Es dämmert Lore, daß die Realität anders aussieht, als per Computer Sanierungspläne zu konstruieren. Auf einmal ist sie dankbar, daß sie nicht die alleinige Verantwortung trägt.

»Laß es mich so ausdrücken: Ich weiß, bei wem man ansetzen müßte, um ein paar Steine aus dem Weg zu räumen.«

»Und diese wohlfeilen Typen wirst du schmieren?«

»Nein. *Das* übernimmst du.«

Lore weiß, daß sie Verantwortung tragen wollte. Sie weiß auch, daß ihre Mutter ihr diesen Posten nie verschafft hätte, wenn sie nicht von ihrer Kompetenz überzeugt wäre. Zwar fühlt sie sich überfordert, doch sie beißt die Zähne zusammen und nimmt die Aufgabe in Angriff.

Sie überschüttet den Minister für Arbeit und den Schatzmeister mit Dinner- und Luncheinladungen, schenkt ihnen die modernsten Transportmittel zur Personenbeförderung und läßt sogar einen ihrer Assistenten nach weiblicher Gesellschaft für den Arbeitsminister suchen.

Die ganze Zeit über nickt sie, lächelt, beschwichtigt, derweil sie sich die Lippen mit einer Serviette betupft oder noch einen Schluck Champagner nippt, und innerlich vor Wut schäumt. Sie will arbeiten, etwas erschaffen, zusehen, wie ihre Ideen Gestalt annehmen.

Es dauert fast drei Tage, bis sie sie soweit hat, daß sie die Budgetänderungen genehmigen, und selbst dann noch muß sie versprechen, den zuständigen kirgisischen Bezirksverwaltungen die Umverteilung der Gelder zu ›unterschlagen‹.

»Geht das immer so?« fragt sie Marley, als sie am selben Abend in seinem Zelt sitzen.

»Meistens ist es noch viel schlimmer«, findet er. »Man kriegt die Leute nie unter einen Hut. Wenn wir etwas bewegen wollen, müssen wir die Regeln halt ein bißchen beugen. Manche Leute genießen das geradezu.«

»Du auch?«

»Nein, aber dein Onkel Willem …«

»Nenn ihn nur Willem. Du weißt doch, daß er es geradezu verabscheut, wenn man Onkel zu ihm sagt.«

»… aber Willem scheint dieses Ränkeschmieden und Kunkeln eine geradezu diebische Freude zu bereiten. Genau wie deiner Schwester Greta.«

»Greta?« Lore ist verblüfft. »Sie kommt einem immer vor wie eine …« Sie ringt nach einem euphemistischen Synonym für Null, Unperson, graue Maus.

»Greta übt in dieser Firma mehr Macht aus, als sich die meisten Leute vorstellen können«, erwidert Marley ernst. »Und für deine Zukunftsaussichten wäre es günstiger, wenn du das nie vergessen würdest.«

Lore spürt, daß Marley ihr etwas mitzuteilen versucht, aber sie kann sich beim besten Willen nicht vorstellen, was es sein sollte. »Und wie schätzt du die übrigen Mitglieder meiner Familie ein?«

»Katerine gibt sich nicht mit Winkelzügen und Tricks ab. Sie zielt direkt aufs Herz. Das verschafft ihr Befriedigung.«

»Und mein Vater?«

»Woran sich dein Vater ergötzt, weiß ich nicht.« Auch Lore hätte derzeit nicht zu sagen vermocht, was ihren Vater erfreute.

Obwohl sie am nächsten Morgen vor Tag und Tau aufsteht, möchte sie nicht als unerfahren oder übereifrig angesehen werden. Eine Stunde lang wandert sie durch die Ödnis. Sie hört keine Vögel, sieht keine Spuren von Nagetieren, spürt nicht das Davonhuschen von Schlangen oder Eidechsen. Diese Wüste ist steril.

Nachdem es fast eine Stunde lang hell ist, ruft sie ihre Manager zusammen.

Theoretisch ist das Problem ganz einfach zu lösen – mit Hilfe eines beschleunigten Oxidationsprozesses, basierend auf einer Kombination aus UV-Strahlung, Wasserstoffsuperoxid und Titaniumoxid werden die Dioxine in relativ harmlose, schwache Säuren und Kohlendioxide aufgespalten, die man dann mittels biologischer Agenzien weiter abbauen kann – doch in der Praxis stehen sie vor einer gewaltigen Aufgabe.

Allein aufgrund der kolossalen Größenordnung müssen sie mit überraschenden, nicht einzuplanenden Faktoren rechnen. Lore erinnert ihre Manager daran und schärft ihnen ein, daß jedes, auch das kleinste Detail, überwacht werden muß, entweder von ihnen persönlich oder von zuverlässigen Assistenten. Pedanterie würde vielleicht nicht jede Panne verhindern, aber die Möglichkeiten sicher reduzieren.

In groben Zügen gibt sie die Schicht- und Urlaubspläne für die nächsten Monate bekannt, setzt indessen warnend hinzu, daß unverhoffte Schwierigkeiten alles wieder über den Haufen werfen könnten. Für sich selbst verlangt sie ein neues Projektzelt mit mehr Komfort; sie beabsichtigt, das Hauptquartier nicht eher zu verlassen, bis alles wie am Schnürchen läuft.

Der Bau der gewaltigen, UV-Strahlung reflektierenden Becken dauert fünf Monate. Sie hätten in acht Wochen fertig sein können, doch der Glasüberzug der ersten Ladung Material, die ein Unternehmer anliefert, ist von minderer Qualität und muß erneuert werden. Dann bricht irgendein ethnischer Konflikt zwischen den muslimischen Kirgisen und ihren orthodoxen Nachbarn aus, und viele der einheimischen Arbeiter werden zum Militär eingezogen. Lore lädt den Minister zum Dinner ein und schafft es, ihre Arbeitskräfte vom Militärdienst befreien zu lassen.

»Ist es immer so schlimm?« wird Lores Standardfrage.

»Meistens noch schlimmer«, lautet stets Marleys freundliche Antwort. Ständig steht er ihr mit Rat und Tat zur Seite, und nachdem Lore sich bei ihm frischen Mut geholt hat, seufzt sie und schickt sich erneut an zu verhandeln, zu planen oder einfach die Leute anzubrüllen, je nachdem, was am besten wirkt.

Ein halbes Jahr später ist die Pipeline gebaut; sie erstreckt sich in südlicher Richtung quer durch die Kirgisische Wüste bis hin zum weit entfernten Aralsee. Lore findet das Werk faszinierend. Sie sieht zu, wie der erste Wasserschwall zischend durch die Rohre aus Spezialglas in die Becken strömt und zu blubbern beginnt, als das absorbierte Ultraviolettlicht die toxischen Dioxine erst in Aldehyde, dann zu Kohlensäure und zum Schluß in Kohlendioxid umwandelt. Vierzig Jahre wird der Sanierungsprozeß in Anspruch nehmen, aber der Anfang ist gemacht.

»Weißt du eigentlich«, erzählt sie Marley an diesem Abend, »daß all das, der ganze Schlamassel, das Zerstören eines riesigen Ökosystems, der Ruin einer gesamten Generation von Menschen, buchstäblich für die Katz war? Rund achtzig Prozent des Wassers, das dem

Syr Darya und dem Amu Darya über Kanäle entzogen wurde, erreichte nicht mal die Baumwollfelder! Das System war so unwirksam, daß es schon kriminell ist! Die Kanäle bestanden aus Sand, ohne wasserundurchlässige Verkleidung. Man stelle sich vor! Sand!«

Der ursprüngliche aberwitzige Plan, eine Wüste in Baumwollplantagen zu verwandeln, empört Lore über alle Maßen. Sie verschlingt jeden Bericht, den man über die betroffene Bevölkerung erstellt hat. Das Wasser enthält 1,5 Gramm Mineralstoffe pro Liter, 34 % der Erwachsenen und 67% der Kinder leiden an Atemwegserkrankungen, und sieben von zehn Bewohnern der Gegend haben Hepatitis. Und all das nur, weil irgendein Irrer glaubte, daß sich Klima, Geographie und Ökologie einer politischen Ideologie unterordnen lassen.

Die ungeheuerliche Idiotie treibt sie an zu fieberhaften Aktivitäten. Sie muß einen Weg finden, ihrer Meinung Ausdruck zu geben, ein Monument zugunsten der geschundenen, nun in Heilung begriffenen Natur errichten, das genauso machtvoll, genauso überdimensioniert und atemberaubend ist wie jener Wahnsinn.

Also schröpft sie das Budget und läßt einen Turm nach dem anderen bauen – künstliche Wasserfälle. Gewaltige Kaskaden stürzen Hunderte von Fuß in die Tiefe, funkeln im reflektierten Licht unzähliger futuristisch anmutender, in Reihen ausgerichteter Heliostaten, die die Kraft von sechzig Sonnen bündeln, genügend UV-Energie, um die Reaktion organischer Schadstoffe mit CO_2 in weniger als fünfundvierzig Sekunden zu initiieren, die Zeit, die das Wasser braucht, um von der Spitze des Turms bis zu dessen Fuß zu fallen.

Meile für Meile dieser künstlichen Wasserfälle glitzern in der Wüste, während Kohlendioxid von ihren Sockeln hochdampft wie Rauchschwaden. Nachts träumt Lore von ihnen, und morgens wacht sie mit ihrem Bild vor Augen auf. Der Anblick der strahlenden Kaskaden erfüllt sie und verschafft ihr eine Befriedigung, wie sie sie noch nie zuvor erlebt hat – nicht beim Sex oder bei einem guten Essen, nicht indem sie Sport trieb, Bücher las oder Filme drehte.

Ihrem Geist, ihrer Initiative, entsprang dieser Plan, einen winzigen Teil der Welt zu verändern. In vierzig Jahren sind die rostigen Schiffsrümpfe fortgeschafft, die Rate an Mißgeburten, die derzeit entsetzlichen 41% entspricht, wird auf einen normaleren Wert sinken, und die Menschen werden wieder im Aralsee fischen.

17

Ruth und Ellen besaßen eines von sechzehn Reihenhäusern, die alle in kräftigen Grundfarben gestrichen waren. Der Häuserzeile gegenüber lag eine stillgelegte Ziegelei. Vier Wochen nachdem sie die Hypothek aufgenommen hatten, schloß der Betrieb unverhoffterweise, und schlagartig erhöhte sich der Wert ihres Heims um mehrere Tausend. Während Ellen mir den Mantel abnahm, erzählte sie mir, die ehemalige Ziegelei sei von einer großen Gartencenter-Kette aufgekauft und in eine Saatgutgärtnerei umgewandelt worden.

Ruth zeigte mir das Wohnzimmer – klein, aber mit pfiffigen Regalwänden eingerichtet –, dann führte sie mich in die große Küche. Ellen kam uns hinterher, sagte jedoch nichts.

In einem Anbau befand sich das Bad, kompakt und ziemlich kalt, und durch eine Hintertür gelangte man auf ein paar Quadratfuß Betonfläche.

»Wir wollen hier einen Patio oder etwas ähnliches einrichten, doch zuerst müssen wir drinnen alles in Schuß bringen.«

»Euer Haus ist wunderschön.« Es stimmte; alles wirkte adrett, hell, offen.

»Du hättest es vorher sehen sollen. An der oberen Etage muß noch viel getan werden.«

Ellen reichte mir ein großes Glas mit kühlem Weißwein. Ich trank es aus, während ich mir von Ruth das Obergeschoß zeigen ließ. Als wir wieder nach unten kamen, schenkte Ellen mir neu ein.

Wir saßen im Erkerfenster des Wohnzimmers, an einem alten Tisch mit zerschrammten Beinen, auf dem ein heiter gemustertes Tuch lag. Tiffany-Lampenschirme funkelten wie buntes Geschmeide, und die gedämpfte Beleuchtung täuschte über die fadenscheinigen Stellen in den Chenillevorhängen hinweg. Der Raum besaß ein anheimelndes, bewohntes und lebensprühendes Flair, und ich ertappte mich dabei, wie ich Ellen und Ruth glühend beneidete.

Ellen trug die Suppe auf. Wir fingen an zu essen. Ich wußte nicht, was ich sagen sollte. Vor einiger Zeit hatte ich diesen Frauen schlimme Dinge angetan, und jetzt saß ich hier und ließ mich von ihnen bewirten.

Mich räuspernd, wedelte ich mit dem Löffel in Richtung der Zimmerwände. »Glaubt ihr, solche Farben würden auch in meine Wohnung passen?«

»Erzähl uns doch mal, wie dein Apartment aussieht.« Ruths Augen waren tief umschattet, und ihre Wangen eingefallen.

»Es ist fade; kahl, meine ich. Ein langer, schmaler Raum, niedrige Decke. Asymmetrisch und verwinkelt.« Mein Suppenteller war leer. Nur um meine Hände zu beschäftigen, füllte ich mein Weinglas nach. »Ein hochgelegenes, breites Fenster. Vom Bett aus erscheint es wie ein ferner Horizont.« Ich staunte selbst über den Vergleich, aber die beiden sahen mich nicht scheel an. Das ermutigte mich. »Spätnachmittags und frühmorgens fällt das Sonnenlicht schräg ein und übermalt irgendwie die Wände. Manchmal kommt es mir vor, als würde ich aus einem dunklen Zelt in eine sonnendurchflutete Wüste taumeln, wo man nichts sieht außer Sand.« Ich hielt mein Weinglas in die Höhe, bis es im eingefangenen Lampenschein golden glänzte. »Meine Wohnung soll so sein wie diese Farbe. Wie sonnenbeschienener Sand.« Ich freute mich über meinen Einfallsreichtum. »Genau. Ich möchte eine Farbe, die an Sand oder Pfirsich erinnert.«

Ruth stand auf und trat vor ein Regal, das die gesamte Längswand über der Couch einnahm. Mit einem alten Fotoband kam sie zurück. Wir schoben Gläser und Teller beiseite.

»Wie wär's damit?« Dünen, blauer Himmel. Kamelspuren, die sich am Horizont verloren. »Oder damit?« Sonnenuntergang, orange- und karamelfarbener Sand. »Wenn du dir eine bestimmte Nuance aussuchst, kann man dir exakt den Farbton mischen.«

Ellen brachte ein Tablett mit zwei zugedeckten Schüsseln, und wir mußten das Buch weglegen. Während der nächsten Minuten füllten wir unsere Teller. Es gab einen pikanten Gemüseauflauf mit Röstkartoffeln, gebackenen Pastinaken und Möhren.

Vorsichtig kostete ich von den Pastinaken. Sie schmeckten süß und zergingen auf der Zunge wie frischer Blätterteig. »Die sind ja köstlich.« Wir aßen schweigend und sahen uns noch ein paar Bilder an. Ellen sagte nicht viel. Ich trank beständig.

»Danke«, sagte ich, auf meinen leeren Teller und das Buch mit den Fotos zeigend. »Ich bin euch wirklich sehr dankbar.«

Ellen lehnte sich auf ihrem Stuhl nach hinten. »Dazu hast du auch allen Grund.« Ruth bedachte sie mit einem scharfen Blick, den sie indessen ignorierte. »Ich will ehrlich sein. Ich wollte nicht, daß du kommst. Was du getan hast, ist unverzeihlich. Allerdings habe ich mir während meiner Zeit mit Spanner auch ein paar Sachen geleistet, auf die ich nicht gerade stolz bin. Sie übt einen schlechten Einfluß aus.«

»Sie hat mich nicht mit vorgehaltener Pistole gezwungen, solche Schweinereien zu begehen.« Ich fragte mich, wieso ich Spanner verteidigte. Oder verteidigte ich mich selbst? Ich war kein Kind, das man bevormunden konnte. Jedenfalls jetzt nicht mehr.

»Richtig.«

Ruth hüllte sich in Schweigen. Ellen schien auf irgendeine Reaktion von mir zu warten. Ich goß den Rest aus der Weinflasche in mein Glas und nahm einen kräftigen Schluck. »Wie hast du Spanner kennengelernt?«

»In einer Bar«, erwiderte Ellen. »Sie spielte Pool-Billard. Ich konnte den Blick nicht von ihr abwenden. Du weißt ja, wie sie sein kann.« Und ob. »Sie verlor die Partie. Nicht unbedingt mit Anstand.« Das konnte ich mir gut vorstellen. Ich sah sie förmlich vor mir, wie sie mit blitzenden Augen, wehendem Haar, vor Ärger geröteten Wangen um den Tisch wirbelte, wobei sie immer mehr einem Raubtier auf der Pirsch ähnelte. »Eins führte zum anderen.« Sie griff nach einer neuen Flasche Wein und deutete auf Ruths Glas.

»Das ist die dritte Flasche.«

»Ich weiß.«

Ruth seufzte und schob ihr über den Tisch das Glas zu. Ich trank mir einen Schwips an, nickte jedoch, als ich an der Reihe war. Zum Schluß schenkte Ellen sich selbst ein.

»Und wie war das mit dir, Lore? Wie bist du an Spanner geraten?«

Ich überlegte mir die Antwort gut, denn die Frage lautete nicht nur: *Wie bist du an sie geraten?* sondern auch: *Wer bist du überhaupt? Woher kommst du?* Ihren Hintergrund brauchten sie mir nicht zu erzählen, denn sie waren Ruth-und-Ellen, Ellen-und-Ruth. Die Tatsache, daß sie ein Paar waren, bedeutete: *Wir sind nette Leute, andernfalls wären wir nicht so lange zusammengeblieben, wären unfähig zu lieben.*

Ich hingegen hatte über zwei Jahre lang mit einer Frau zusammengelebt, um die sie beide lieber einen großen Bogen schlugen, und das allein machte mich in ihren Augen suspekt. Und jetzt war ich wieder solo. Sie wollten mehr über meine Herkunft wissen, sie brauchten Anhaltspunkte, um mich einzuschätzen, damit sie eine ungefähre Vorstellung davon bekamen, was sie in Zukunft von mir zu erwarten hatten. Diese Einstellung verstand ich, doch gleichzeitig stieß sie mich ab.

»Man hatte mich nackt und blutend im Stadtzentrum aus einem Wagen geworfen, weil man mich für tot hielt. Sie hat mich dann gefunden.« Ich sah die beiden nicht an. »Sie nahm mich mit …« Ich schluckte; um ein Haar hätte ich *nach Hause* gesagt. »Sie nahm mich mit in ihr Apartment in Springbank. Ich mußte bei ihr bleiben, weil ich meinen richtigen Namen nicht benutzen konnte. Aus Angst, meine Eltern … aus Angst …« Obwohl mir klar war, was sie vermuteten, kam dies für meinen Geschmack zu nahe an die Wahrheit heran. »Jedenfalls war ich naiv wie ein neugeborenes Baby. Ich hatte keinen blassen Schimmer, wovon ich leben sollte. Spanner brachte mir bei, auf eigenen Füßen zu stehen.« Nun schaute ich ihnen in die Augen. »Ich gebe zu, ich habe Dinge getan, für die ich mich schäme. Und ihr wißt noch nicht einmal die Hälfte.«

»Aber du konntest ja nicht anders«, meinte Ruth in dem Versuch, mich zu entschuldigen, alles abzuwiegeln.

»Doch, ich hätte anders gekonnt. *So* abhängig war ich wohl nie. Und ich bin sicher, daß Ellen die ganze Zeit über auch gewußt hat, was sie tat. Wir können uns einreden, daß wir gezwungen waren, so zu handeln, daß wir gar keine Wahl hatten, aber wie viele Tage habe ich gehungert, während ich mich bemühte, eine ehrliche Arbeit zu finden? Keinen einzigen. Ich hatte zu essen, ein Dach über dem Kopf, Zugang zum Internet. Ich brauchte nicht kriminell zu werden.« Mir lag viel daran, daß sie mich verstand. Die arme – oder glückliche Ruth –, die noch nie mit den Schattenseiten ihres eigenen Ichs konfrontiert worden war.

»Aber deshalb brauchst du dich nicht schuldig zu fühlen?«

»Wieso denn nicht? Ich *bin* schuldig. Soll ich dir

sagen, was mich am meisten irritiert? Daß ich im Grunde kein schlechtes Gewissen habe. Manchmal spüre ich diesen Druck in der Magengegend, aber es ist eher ein Eingeständnis meiner Dummheit, und nicht meiner Schuld. Ich war ja so blöd.«

»Und jung«, ergänzte Ellen.

So hatte ich das noch nie gesehen, vielleicht, weil ich mich seit meinem siebten Lebensjahr nicht mehr jung gefühlt hatte. »Vielleicht hast du recht. Aber in den Nächten, wenn ich nicht einschlafen konnte und versuchte, nicht ständig an das zu denken, was ich tagsüber angestellt hatte, war ich mir jede Sekunde darüber im klaren, daß ich falsch handelte. Meistens kümmerte es mich jedoch nicht, daß ich anderen Menschen Schaden zufügte, sie verletzte …«

»Auch dann nicht, als du uns so übel mitgespielt hast?«

Es wäre so leicht gewesen zu lügen. Ich seufzte. »Nein, nicht mal bei euch empfand ich Skrupel. Ich sorgte mich mehr um mich selbst, wie tief *ich* gesunken sein mußte, wenn ich so etwas fertigbrachte. Was diese Perfidität für mich bedeutete, erschien mir wichtiger als die Konsequenzen, die sie möglicherweise für euch hatte. Es tut mir leid.«

Ruth berührte kurz meine Hand.

»Ich frage mich, ob Spanner mich korrumpiert hätte, wenn ich länger als fünf Wochen bei ihr geblieben wäre«, sinnierte Ellen.

»Sie hat mich nicht korrumpiert.« Sie hatte mir lediglich gezeigt, was bereits vorhanden war, meinen Blick auf mein Inneres mit all seinen Sprüngen, Rissen und verschlungenen Pfaden gerichtet. »Das kann ein jeder nur sich selbst antun.«

Mir war heiß. Ich hatte Durst, wollte aber nicht gerade jetzt aufstehen und mir ein Glas Wasser holen; zuerst mußte ich loswerden, was ich auf dem Herzen hatte, mich verständlich machen. Also trank ich noch mehr Wein. »Wir alle haben Wunden, sind irgendwie verletzt. Aber Selbstmitleid und Feigheit führen dazu, daß man seine Seele in gewisser Weise … abtötet. Korrumpiert. Später braucht man dann um so mehr Mut, mit sich selbst wieder ins reine zu kommen … und es tut verdammt weh.«

Ich sprach kräftig dem kalten Wein zu, dachte an die Hitze in Belize, und wie angenehm kühl es damals in meinem Hotelzimmer war; an nichts hatte es mir damals gefehlt; nicht einmal das Schicksal der Menschen in Caracas ließ ich an mich herankommen.

»Einmal war ich in einem Dschungel. Mitten auf einer Lichtung legte ich mich auf den Rücken; über meine Hände und unter meiner Taille hindurch krabbelten Insekten. Ich hob den Blick auf das endlose Grün.«

Indem die Erinnerung zurückkehrte, sprach ich in bedächtigem Tonfall weiter. »Der Dschungel ist kein einheitlicher Ort, wißt ihr, er enthält Dutzende von Etagen, die alle ihre eigene Welt beherbergen. Die Tiere und Insekten einer jeden Schicht bleiben für die Kreaturen über oder unter ihnen völlig unsichtbar. Sie haben nicht mal eine Ahnung, daß etwas außerhalb ihres Mikrokosmos existiert. Ich lag also da, von Käfern bedeckt, und versuchte mir vorzustellen, was die Harpyen und Falken wahrnehmen, wenn sie auf ihrer Jagd nach Beute – Brüllaffen und Spinnenaffen – über dem Blätterdach kreisen. Einen grünen Teppich vielleicht … auf jeden Fall etwas Flaches.

Sie lassen sich weit droben von Aufwinden tragen und haben keinen blassen Schimmer, was unter diesem grüngefleckten Baldachin kreucht und fleucht. Sie wissen nichts vom Treiben des Ameisenbären, der sich mit seinem Greifschwanz an dünne Bäumchen klammert, sich herunterbaumeln läßt und mit der Zunge Termiten aus ihren Nestern schleckt. Faultiere gibt es auch dort.« Ich hatte sie gesehen mit ihrem algenbewachsenen Pelz, wie sie sich kopfunter, unendlich langsam, von einem Ast zum anderen hangelten. »Die Krallen eines Faultiers sind so an das ›verkehrte‹ Leben, mit dem Kopf nach unten, angepaßt, daß es sterben würde, wenn es zu Boden fiele, weil es nicht vor Raubtieren fliehen könnte.« Es war dazu geboren, in luftiger Höhe zu hausen, völlig ahnungslos, was sich unter oder über ihm tat. Aber Menschen können sich anpassen, oder?

»Die Harpyen, eine Adlerart, wissen nichts von den Faultieren und Ameisenbären. Die Faultiere und Ameisenbären ahnen nicht, welche vor Leben nur so strotzenden Schichten unter ihnen liegen. Darin wimmelt es von kleinen, flinken Kreaturen, die von Blüte zu Blüte flitzen wie Bienen oder Kolibris. Außerdem siedeln dort Kinkajous, Geckos und Schwärme von Insekten. Ganze Heerscharen tummeln sich in dieser Urwaldzone, blindlings und ohne Bewußtsein.« Die Stufen, die ich an jenem Tag unterschieden hatte, ließen sich in ihrer Vielfalt gar nicht aufzählen. »Die unterste Schicht bildet der Dschungelboden. Das Reich der großen und massigen Tiere, die sich langsam anschleichen. Jaguare, Tapire, ganze Rotten von Pekaris. Hier gelten andere Bewegungsbilder. Hier wird vor Schmerz und Angst gequiekt und davongerannt.« Knochen splittern in einer Orgie aus hellrotem Blut, begleitet von schrillen Schreien. »Eine Schicht überlagert die nächste, doch jede Stufe ist von der anderen getrennt, obschon sämtliche Zonen vor Leben schier überquellen …«

Sie musterten mich mit eigenartigen Blicken.

»Versteht ihr denn nicht? Alles ist in Schichten angeordnet: der Dschungel, die Städte, die Gesellschaft. Jede Zone besitzt ihre eigenen Räuber und Opfer, ihr Netzwerk aus Freunden und Feinden, sicheren Zufluchten und Fallen. Ihr ganz spezielles Ökosystem. Es kommt darauf an, daß man sich orientiert, sich in dem Milieu zurechtfindet.« Ich fragte mich, ob ich mich verständlich ausdrückte. »Wir wissen nicht immer, in was wir hineingeraten. Und wenn es dann zu spät ist, erkennen wir oftmals keinen Ausweg. Man kann nicht jede Situation meistern. Jeder von uns hat seine Nische; wo er zu Hause ist und weiß, wie die Dinge laufen.« Ich dachte an Paolo, und wie er sagte: *Ich bin niemand, ein Nichts.* Dachte an Spanner, und wie sie sich über meinen Vorschlag mokierte, sich eine ehrliche Arbeit zu suchen. *Wozu brauche ich einen Job?*

»Wenn wir aus der uns angestammten Schicht herausgerissen werden, zu Boden fallen wie das Faultier, sind wir fürs Überleben nicht gerüstet. Auf uns wartet der Tod. Andere sehen, was passiert, aber sie vermögen uns nicht zu helfen. Sie können nicht herunterklettern und uns wieder nach oben an unseren Platz verfrachten. Wir müssen zusehen, daß wir uns aus eigener Kraft retten.« Ich fing an zu weinen und konnte gar nicht mehr aufhören.

Das Interesse an den Pornofilmen hielt bis zum Ende des Sommers vor, dann waren sie wieder knapp bei Kasse. Sie tauschten ihre PIDAs häufig aus – obwohl ihr zweiter Vorname immer *Lore* blieb –, aber ihr Vorrat schwand allmählich dahin, und von Ruth bekamen sie natürlich keine PIDAs mehr. Für eine andere Bezugsquelle fehlte ihnen das Geld. Hyn und Zimmer ließen sich nicht blicken, und immer öfter ging Spanner allein aus. Wenn sie zurückkam, befand sie sich in rastloser, reizbarer Stimmung. Eines Abends, nach dem Essen, stellte sie sich hinter Lores Stuhl und massierte ihre Schultern.

»Heute treffen wir uns mit ein paar neuen Freunden. Zieh diesen schwarzen Fummel an, den ich dir vor Weihnachten kaufte. Das Kleid.« Sie ging ins Bad; Lore hörte das Klicken, als das Wandschränkchen geöffnet wurde, und dann den klirrenden Laut, als sie die winzige Glasphiole zu dem Rasiermesser in ihre Tasche steckte.

Die Nacht war warm, und Lore klebte das Kleid auf der Haut. Ihre Schultern und der Hals fühlten sich ungeschützt an, als sie mit dem Slide zur Bar fuhren. Das Lokal war neu, erst vor ein, zwei Jahren auf einem Stück Land errichtet worden, das als Park diente, ehe der Stadt das Geld ausging.

Bei der Inneneinrichtung dominierten abgerundete Ecken und Glas, eine Spur zu dick, um hindurchsehen zu können. Der Fußboden war mit einer Art Tonkacheln ausgelegt. Es gab keinen Tresen, serviert wurde nur an den Tischen; die Gäste hatten das verkrampfte, affektierte Gehabe von Leuten, die vorgeführt werden oder verzweifelt versuchen, sich ins Blickfeld zu rücken. Ihre Nervosität wirkte ansteckend.

Spanner trug das Haar zu einer Hochfrisur aufgetürmt und bestach in einer eleganten Tunika; zum erstenmal, seit Lore sie kannte, bestellte sie kein Bier. Lore folgte ihrem Beispiel und ließ sich einen kalten Wodka-Cocktail bringen. Sie kam sich komisch vor in ihrem schwarzen Kleid, an einem Cocktail nippend.

Die drehbare Decke bestand aus Glas, wuchtigen aquamarin-azur- und indigoblauen Stücken, dazwischen eisgrün gesprenkelte Splitter; langsam kreisend zeigte sie Lore hin und wieder die vorbeigleitenden Spiegelbilder anderer Tische, ihrer eigenen Hand und des Fußbodens.

»Da sind sie.« Spanner stand auf und winkte.

Später, als Lore über diese Begegnung nachdachte, war sie sicher, daß Spanner sie alle vorstellte, doch sie konnte sich an keinen Namen erinnern. Den Mann schätzte sie auf Anfang vierzig; zu einer Baumwollhose trug er ein Hemd aus einem weichen Stoff. Er war groß und hielt sich die ganze Zeit über sehr krumm, ob aus Gewohnheit oder weil er sich unbehaglich fühlte, vermochte Lore nicht zu entscheiden.

Die Frau schien ein paar Jahre jünger zu sein, Ende dreißig, und wirkte aufgekratzt, offensichtlich erregt. Sie lächelte dauernd. Das schwarze, schulterlange volle Haar glänzte. Sie spendierten eine Runde Drinks. Lore fiel auf, daß sie – ebenso wie sie selbst und Spanner – mit anonymen Debitkarten zahlten.

Spanner schmierte den Leuten Honig um den Bart; wenn sie wollte, konnte sie ungeheuer charmant sein. Sie gab Anekdoten zum besten, wie sie nachts auf den Frachtslides schwarzfuhren, beschrieb die kauzigen Stammgäste des *Polar Bear*, schilderte die Posse, wie sie und Lore versucht hatten, ihre Wohnungstür im Kamin zu verbrennen, und feststellen mußten, daß sie aus einem nicht brennbarem Material bestand. Eine Runde nach der anderen wurde bestellt. Ständig schien die Kellnerin mit klaren Drinks in gefrosteten Gläsern an ihren Tisch zu kommen. Und die Zeche ging jedesmal auf das Paar.

Die Frau erzählte von ihrem Job. Welche Position sie bekleidete, ging nicht daraus hervor, sie deutete lediglich an, daß sie für den Stadtrat tätig war. »Sehr langweilig«, meinte sie, doch ihr verschmitztes Lächeln verriet, daß es alles andere als langweilig war.

Jeder Finger ihrer rechten Hand war beringt. Die Juwelen funkelten und blitzten, wenn sie sprach und mit den wunderbar manikürten Nägeln auf die Tischplatte tippte. Sie beugte sich vor. Lore spürte die Hitze, die von der Frau abstrahlte, auf ihrem bloßen Arm. Der Mann äußerte kaum ein Wort.

Lores Glas war leer. Die anderen hatten auch ausgetrunken. »Noch eine Runde?«

»Lieber nicht«, lehnte die Frau mit unverhoffter Zurückhaltung ab. Wieder betrachtete Lore ihre Hand. Es war lange her, seit sie das letzte Mal so aufwendig manikürte Nägel gesehen hatte. »Ich könnte jetzt was zu essen vertragen. Möchtet ihr beide euch anschließen?«

»Aber gern«, antwortete Spanner. Lore nickte. Im

Grunde blieb ihr gar nichts anderes übrig, als mitzuziehen. Ihr schwante, worauf das Ganze hinauslief.

»Hinterher können wir uns einen Film ansehen.«

Als sie nach draußen traten, umfing sie die Nacht. Auf der Schwelle strauchelte der Mann und verlor die Balance. Lachend hakte die Frau ihn unter und hängte sich mit dem anderen Arm bei Lore ein. »Mir scheint, wir haben alle ein bißchen Schlagseite.«

Anstatt den nächsten Slide-Mast anzupeilen, blieb die Frau vor einem kleinen schwarzen Auto stehen. Nicht, daß Lore überrascht gewesen wäre. »Ihr Wagen?«

Die Frau nickte. »Wir sind da«, sagte sie zu dem Fahrzeug. Lore hörte, wie die Türverriegelung aufsprang. An der rechten Seite befand sich der Fahrersitz, drei weitere Plätze waren in einem Dreieck angeordnet. »Bring uns heim«, befahl die Frau, sowie alle eingestiegen waren, »und gönn uns ein bißchen Privatsphäre.« Die Fensterscheiben polarisierten und färbten sich schwarz. Der Mann pflanzte sich auf den Fahrersitz und schien sofort einzunicken.

Die Fahrt dauerte zwanzig Minuten. Lore hatte keine Ahnung, in welche Richtung sie fuhren. In dem beengten Innenraum stieg Lore das Parfüm der Frau in die Nase, ein überraschend leichter, frischer Duft, der ihr bekannt vorkam. Sie fragte sich, ob diese Frau auch an den einschlägigen, diskreten Abendgesellschaften mit Repräsentanten einzelner Familien teilnahm, wo Kristall funkelte und zwischen einzelnen Gängen der Speisenfolgen Geschäfte getätigt wurden. Kristall, dachte Lore vage, gibt wie Silber eine verzerrte Version der Realität wieder. Wenn man in einen Löffel oder auf den Grund eines Glases schaute, erblickte man eine aufgeblähte, groteske Karikatur seiner selbst.

Der Wagen bog in eine Zufahrt ein. Auf dem altmodischen Kiesbelag knirschten die Räder. Es war zu dunkel, um das Apartmenthaus zu sehen, als man sie hineinführte, aber Lore gewann den Eindruck, daß es sehr groß war. Es duftete nach grünen Sträuchern; eine Ziegelmauer umrahmte einen Hof.

Der niedrige Wohnzimmertisch war bereits gedeckt. Sie setzten sich, Lore und Spanner auf eine Ledercouch, die Frau und der Mann auf einander gegenüberstehenden Sesseln. Beim Essen unterhielt man sich. Der Mann machte einen geistesabwesenden Eindruck. Schließlich nahm man keine Notiz mehr von ihm. Es gab eisgekühlten, edel schimmernden Wein, trocken wie Kohlendioxid.

Später wurde das Geschirr abgeräumt, und die Frau schob den Tisch zur Seite. Ihre Wangen glühten. Lore schwitzte selbst in dem dünnen Kleid. Spanner wirkte gelassen und souverän, die Hitze schien ihr nichts auszumachen.

»Sehen wir uns jetzt den Film an?« fragte die Frau, den Mann völlig übergehend. Lore, die sich angenehm schläfrig fühlte, nickte. Was immer die Frau wollte; sie bezahlte ja schließlich. Jedenfalls ging Lore davon aus.

Vor der Couch senkte sich von der Decke herab ein Bildschirm. Die Frau dimmte das Licht.

Der Film hatte keinen Vorspann und war mit einer schwülen, geisterhaften Musik unterlegt. Gestalten liefen, rannten, wirbelten an verschiedenen Schauplätzen – Strand, Moor, Wüste – und Lore wünschte sich, sie hätte nicht so viel getrunken. Sie vermochte in dem Streifen keinen Sinn zu entdecken.

»Mir ist ein bißchen warm«, sagte sie.

»Ich möchte die Temperatur lieber so lassen«, entgegnete die Frau leise.

»Knöpf doch dein Kleid auf, wenn es dir zu heiß ist«, schlug Spanner vor. »Bestimmt hat keiner was dagegen.« Mit hochgezogenen Augenbrauen fixierte sie den Mann und die Frau. Der Mann stierte dumpf auf den Teppich. Die Frau schüttelte den Kopf.

»Aber gewiß nicht. Tun Sie sich keinen Zwang an.

Der Anblick von einem bißchen nackter Haut stört doch niemanden.« Sie wandte sich wieder dem Bildschirm zu.

Ihr war zumute wie in einem Erstickungstraum. Als würde sie langsam stranguliert. Jetzt war es also so weit. Spanner und die Frau wollten, daß sie sich auszog. Am liebsten wäre sie aufgesprungen und hätte geschrien, die anderen gefragt, ob sie sich ebenfalls zu entblößen gedächten. *Ich bin schon viel zu oft nackt gewesen!* Aber sie wußte, daß sie nichts dergleichen tun würde. Jetzt hatte sie die freie Wahl, keiner konnte sie zwingen.

Die Charaktere im Film sprachen miteinander und frühstückten. Viele von ihnen waren nackt. Die Szene änderte sich, und eine Frau hob einen Jungen im Teenageralter auf eine Art Altar.

»Knöpf dein Kleid auf«, raunte Spanner ihr zu. »Ich erlaube es nicht, daß sie dich anfassen oder Fotos knipsen.«

Hingerissen starrte die Frau auf den Bildschirm. Auf einmal zog sie ihre Jacke aus und legte sie weg, ohne einen Blick auf die Couch zu werfen. Der Mann schien eingeschlafen zu sein.

Sie brauchten das Geld, und es war ja nichts dabei. Wie im Traum öffnete Lore die Knöpfe und streifte das Kleid bis zur Taille herunter. Dann lehnte sie sich zurück. Das Leder drückte kühl gegen ihren bloßen Rücken. Auf dem Schirm drapierte sich die Frau über den nackten Teenager, und die Zuschauer – oder der Chor, was immer es sein sollte – liebkosten sich gegenseitig mit lethargischen Bewegungen. Die Hitze, der Alkohol, der Film, all das vermittelte Lore das Gefühl, sie befände sich unter Wasser. Schweiß perlte zwischen ihren Brüsten herab.

»Ist dir immer noch zu warm?« erkundigte sich Spanner. »Dann zieh das Kleid doch ganz aus.«

»Schwitzt du denn nicht?«

»Nein.« Spanner lächelte. »Komm her.« Sie streckte den Arm aus. Lore rutschte zu ihr hinüber. »Hab dich nicht so. Zieh dich ruhig aus.« Spanner drückte ihr einen Kuß auf die Stirn und streichelte ihren Nacken. »Hier ist es ohnehin dunkel.«

Lore schüttelte den Kopf, in dem Versuch, ihre Gedanken zu klären, und fragte sich, wann die Wirkung der Droge einsetzen, wann ihr alles egal sein würde.

Die Hitze in dem Raum gab den Ausschlag. Sie stand auf, entledigte sich des Kleides nebst der Unterwäsche und warf die Sachen auf den Teppich. Die Frau drehte sich kurz zu ihr um, nickte und fuhr fort, auf den Schirm zu starren. Lore kuschelte sich an Spanner; Spanner hatte versprochen, sie zu beschützen.

Spanner sah sie an, lächelte und strich mit dem Finger die Unterseite ihres Kinns entlang; dann widmete sie sich wieder dem Film.

Die Nacktheit schien etwas in Lore freizusetzen; plötzlich nahm sie den Duft von Shampoo in Spanners Haaren wahr, sie witterte die Moschusausdünstung ihrer Haut. Sie küßte ihren Hals gleich unter dem Ohr. Spanners Hand, die auf Lores Schulter ruhte, kraulte abwesend ihren Nacken. Die Aufmerksamkeit der Frau galt noch immer dem Monitor. Lore lachte leise und faßte unter Spanners Bluse.

»Küß mich«, flüsterte Lore. Spanner wandte ihr das Gesicht zu. »Küß mich«, wiederholte sie.

Spanner umrahmte mit beiden Händen ihr Gesicht und küßte sie mit unendlicher Sanftheit. »Weiter, nicht aufhören ...« Spanner setzte ihre Liebkosungen fort. Ihre Lippen schmeckten wie reife, saftige Früchte. Drängend beugte sich Lore vor, wollte den Kuß vertiefen, Spanners warmen Körper spüren. Sie atmete schnell und stoßweise.

»Psst, leise.« Spanner warf einen bedeutungsvollen Blick auf die beiden anderen Personen im Raum; der Mann schlief, die Frau vergnügte sich immer noch mit dem Film. Wenn sie ruhig blieben, würde sie nichts merken. Es war ein Spiel.

Spanner drehte sich zu Lore um, streichelte ihre Schultern, die Oberarme, den Hals und den Brustansatz. Lore versuchte sich so hinzusetzen, daß Spanners Hände ihre Brüste berührten. Schmunzelnd legte Spanner einen Finger an die Lippen. Dann knöpfte sie ihre Bluse auf. Lore kniete sich auf die Couch und streckte die Arme nach Spanner aus. Die hob warnend eine Hand: Nein.

Lore setzte sich hin und stützte das Kinn auf die angewinkelten Knie. Jetzt fühlte sich das Leder warm an, weich und nachgiebig wie Haut. Ihre unbehaarte Vulva war feucht und geschwollen. Langsam, vorsichtig, damit die Frau aus dem Augenwinkel nichts gewahrte, stand Spanner auf und setzte sich hinter Lore auf die Couch. Harte Brustwarzen rieben sich an Lores Schulterblättern. Eine Hand schob sich vor und schloß sich um Lores Brust.

»Ahh.« Lore bewegte sich, sie vermochte nicht länger stillzuhalten. In ihrem Leib kochte Lava, und das Blut rann dickflüssig und träge durch ihre Adern, bis sie sich schlaff und angenehm teilnahmslos fühlte.

»Ja«, wisperte Spanner, »ja. Oh, gleich, gleich.« Ihre Hand spielte über Lores Rippen, massierte die Hüfte und wanderte zu ihren Brüsten zurück. Dann glitt sie aufreizend langsam nach unten, machte auf dem Bauch halt und drückte zu. Auf dem Schirm flimmerten bizarre Bilder von roten und violetten Blumen; die Musik schraubte sich in die Höhe zu einem ohrenbetäubenden Crescendo.

Spanner schlang beide Arme um sie, und mit den Händen massierte sie rhythmisch ihren Körper: den Bauch, die Flanken, die Innenseiten der Schenkel, danach wieder den Bauch, das Spiel wiederholend.

»Bitte, Spanner. Oh, bitte.« Lore war es einerlei, ob die Frau sie hörte, von ihr aus konnte sie ruhig zuschauen. Sie krümmte sich in Spanners Armen, warf sich gegen sie, tat alles, nur um ihre heiße, vibrierende Haut zwischen den Beinen zu spüren.

Die Luft im Zimmer war gesättigt mit ihren eigenen Absonderungen, es roch nach Schweiß, Begierde, Sex, und nach Spanner. Am liebsten hätte sie sich in ihrer Lust gesuhlt, ohne selbst aktiv zu werden, doch nun bedrängte Spanner sie, drehte sie um, bis sie mit dem Gesicht zur Rückenlehne der Couch wies, den Bauch gegen das Leder gepreßt, die Brüste über dem Polster, die Beine gespreizt.

Sie hörte, wie Spanner ihren Reißverschluß aufzog und spürte ihren Atem im Nacken. Spanners Schenkel schob sich zwischen die ihren. Sie wölbte den Rücken, wollte Körperkontakt herstellen, doch nun rückte Spanners Hand nach vorn und zupfte spielerisch an ihren Schamlippen.

»Ahh …« Sie erschauerte. »Bitte, Spanner, oh bitte.« Heiß und feucht drängte sich Spanner gegen ihre kreisenden Gesäßbacken. Plötzlich sackte das Polster an einer Seite herunter, als die Frau, von der Taille abwärts nackt, zu ihnen auf die Couch kletterte. Mit einer Hand strich sie über Lores Haar, die andere steckte zwischen ihren eigenen Schenkeln. Auffordernd sah sie Spanner an.

»Jetzt«, befahl sie, und Spanner stieß ihren Finger tief in Lores Vagina. Lores Muskeln verkrampften sich darum, sie spannte sich an, krümmte den Rücken, derweil Spanner hinter ihr keuchte, sich auf und ab bewegte, warme Schleimspuren hinterlassend. Die Frau lief hochrot an, lachte, quietschte, bis ihre verdreifachte Gier in Lore explodierte; sie schrie auf, jeder Muskel in ihrem Körper erstarrte, und seitwärts sackte sie auf das Polster, Spanner immer noch in sich.

Nach wie vor hatte sie das Gefühl, innerlich zu glühen. Der Mann schnarchte leise. Der Bildschirm war leer.

In der ersten halben Stunde nach der Pause fiel mir die Arbeit immer am schwersten; vier Stunden Dienst lagen noch vor mir, und mein Blutzuckerspiegel war niedrig. An diesem Tag fühlte ich mich angespannt, kribbelig und überdreht. In der Meßstation strich ich mir das Haar mit dem Handrücken aus der Stirn und hoffte, an meinem Handschuh befände sich nichts Giftiges. Trotz Magyars Andeutung, ich sei ein Spitzel der Gesundheitsbehörde, verlangte Hepple immer noch stündliche Checks.

Die Werte lagen ausnahmslos im Bereich des Normalen, dennoch nagte etwas an mir. Vielleicht ärgerte ich mich bloß über Hepples Forderungen, doch etwas schien mir nicht ganz in Ordnung zu sein. Ich kontrollierte alles mögliche, sogar die Enzymlevel und sekundären Nebenprodukte wie Dichlorethylen. Keine Abweichungen. Wahrscheinlich machte mich die Bullenhitze nervös. Ich wartete darauf, daß meine Nackenmuskeln sich lockerten. Sie blieben verspannt.

Ich vermißte Paolo, fragte mich, was wohl aus ihm geworden war, doch das war nicht der Grund für meine Verfassung. Ich lauerte förmlich darauf, daß etwas passierte, ohne zu wissen, was und warum.

Ich übertrug die neuesten Daten auf einen Slate und ging Hepple suchen. Er hockte in seinem Glaskasten.

Anstatt mir zu sagen, ich solle den Slate auf den Schreibtisch legen, griff er sofort danach. Als ich das Büro verließ, studierte er intensiv die Zahlen.

Vielleicht rechnete er auch mit irgend etwas.

Ich fand mich wieder beim Becken einundvierzig ein, beschloß, einige Binsen zu versetzen, nur um meine Rastlosigkeit abzureagieren, doch dann faßte ich einen anderen Plan, kehrte in die Meßstation zurück und prüfte die Monitore. Alles okay. Wieso war ich dann immer noch nicht zufrieden? Nachdenken. Ganz von vorn anfangen. Lag es an der Anlage oder an den

Geräten? Dort konnte ich keinen Fehler entdecken. War es der Zufluß? Nein. Dort trat keine Unstimmigkeit auf. An den Bakterien fand ich ebenfalls nichts auszusetzen; es handelte sich um standardisierte, bewährte van de Oest-Stämme. Sie wirkten zuverlässig, solange sie mit Nährstoffen …

Dann fiel es mir wieder ein: *Die Pfützen, der Laster, der Fahrer, der mir zubrüllte: »Entschuldigung! Tut mir leid!« Das Logo: BioSystems.*

Fluchend nahm ich eine Analyse der Bakteriennahrung vor. Mit Hilfe eines Slates, den ich manipulierte, erhielt ich nach ein paar Minuten Zugang zu ein paar alten Dateien. Stellte Vergleiche an. Wie ich es mir gedacht hatte. Ich griff nach dem Telefon. »Magyar, ich muß mit dir sprechen.«

»Was ist los?« Selbst durch die Leitung hörte ich ihre Anspannung heraus. Auch sie schien in Hab-acht-Stellung zu sein.

»Komm einfach mal her.«

Ich war außer mir vor Wut. Wäre Hepple in diesem Augenblick aufgetaucht, ich hätte mich auf ihn gestürzt und ihn blutig geschlagen. Vier Millionen Gallonen Wasser pro Tag, direkt in die städtische Hauptleitung, und er riskierte eine Katastrophe, nur um ein halbes Prozent der Betriebskosten einzusparen.

Magyar kam angetrabt, außer Puste. »Erzähl!«

»Hepple. Dieses dämliche Arschloch!« Vor Zorn konnte ich kaum sprechen. »Die Bakteriennahrung. Hepple hat irgendeinen billigen Mist gekauft. Minderwertiges Wald- und Wiesenzeug.«

Ihre Lider schienen leicht anzuschwellen, so daß die Augen kleiner wirkten. »Wie schlimm ist es?«

»Noch geht es, aber ich habe keine Ahnung, wie lange es so bleibt. Ich kann versuchen, die Nährstoffe von Hand auszugleichen, bis Ersatz da ist. Das System müßte größere Schwankungen abfangen – jedenfalls soweit sie sich in bekannten Parametern bewegen –, aber wir müssen die korrekte van de Oest-Bakteriennahrung einspeisen.«

»Wieviel Zeit bleibt uns?«

»Schwer zu sagen. Diese Mikroben sind gentechnisch so gestylt, daß sie ohne die Zufuhr ganz bestimmter Stoffe absterben; aber bei dieser Mischung von Organismen und unterschiedlichen Substraten habe ich nicht den leisesten Schimmer, wann oder in welcher Form das System kollabiert.«

»Aber du bist sicher, daß es zusammenbricht?«

»Ja.«

Einen Herzschlag lang schwieg sie. »Gib mir eine ungefähre Schätzung, wann es zum großen Knall kommt.«

»In einer Woche? Es hängt davon ab, was durch den Zufluß hereinkommt.« Es brauchte nur irgendwo eine größere Bodenverseuchung, beispielsweise durch ein Leck, stattzufinden ... »Ich kann es nicht fassen, daß Hepple so was getan hat.«

»Ach, er hatte sicher ein paar sehr plausibel klingende Gründe.« Ihre Stimme troff vor Hohn.

»Dann mußt du ihn jetzt übergehen.«

»Ich werd's versuchen.«

»Streng dich an. Unterdessen ...« Ich holte sämtliche Slates von den Regalen und tastete dann mit der Hand ins Leere. Was ich suchte, war nicht da.

»Falls du das Handbuch brauchst, ich hab's. Menschenskind, guck doch nicht so überrascht. Mir schwante, daß Hepple irgendwas ausheckt. Ich hatte nur keine Ahnung, was. Ich wollte lediglich auf das Schlimmste vorbereitet sein.«

Ich kam mir blöd vor, weil ich sie unterschätzt hatte. Sie sah mir an, was ich dachte, und streifte mich mit einem durchdringenden, amüsierten Blick. »Was weißt du über Notfall- und Evakuierungsmaßnahmen in dieser Anlage?«

»Nicht viel.« Deshalb wollte ich ja im Handbuch nachschlagen.

»Wir verfügen über ausreichend Sauerstoffnotgeräte, wenn man die geschlossenen Atemtanks und Schutzanzüge mitzählt. Aber ich hatte noch keine Zeit zu testen, ob sie einwandfrei funktionieren. Und ich weiß nicht, wie viele von unserer Schicht mit ihrer Benutzung vertraut sind. Deshalb brauche ich deine Hilfe. Mir ist zwar schleierhaft, wer du bist und was du hier zu suchen hast, aber deine Kenntnisse möchte ich mir zunutze machen.«

* * *

Ich nahm das Handbuch mit zu mir nach Hause. Zwei Nachrichten waren eingegangen; die erste kam von Ruth. Sie lächelte. »Hoffentlich hat dir dein Besuch neulich bei uns gefallen. Gib uns Bescheid, wann es so weit ist, dann kommen wir und helfen dir beim Renovieren.«

Danach erschien Spanner auf dem Schirm. »Es ist jetzt kurz vor Mitternacht, und ich gehe gleich aus. Morgen früh habe ich so viel Geld, wie wir brauchen. Ich ruf dich später wieder an.«

Ich aß und schlug das Handbuch auf gut Glück auf. Ich wollte mich nicht um Spanner sorgen, und ich wollte mich nicht schuldig fühlen, weil *sie* die Risiken auf sich nahm. Ich weigerte mich einfach, mich emotional zu engagieren.

Nach ungefähr einer Stunde klappte ich das Handbuch zu. Regeln und Vorschriften vermochten mich nicht davon abzulenken, an Spanner zu denken, und *wie* sie sich das Geld für unseren Coup verdiente. Sie geht freiwillig aufs Ganze, versuchte ich mir einzureden. Die Idee für das Vorhaben stammte ursprünglich von ihr. Außerdem trug auch ich meinen Teil zum Gelingen bei.

Vielleicht war sie schon wieder daheim und in Sicherheit. Ich rief bei ihr an. Sie meldete sich nicht.

Ich schaltete das Schneidegerät ein. Der Bildschirm zeigte Tom. Wenn ich ohnehin keinen Schlaf finden würde, konnte ich auch gleich etwas Nützliches tun.

Um sechs Uhr früh spielte ich das kurze Video von Tom wie zwanghaft immer und immer wieder ab. Zum zehnten Mal rief ich bei Spanner an. Nichts. Abermals ließ ich das Video ablaufen. Durch den Kunstgriff des digitalen Imaging stand Tom neben einem Slide-Mast und blickte verstört drein; weinend betrachtete er seinen elektronischen Kontoauszug; frustriert schmetterte er ein Buch gegen die Wand. Text driftete über die Bilder: *Sie können helfen. Mit einer Spende. Jetzt.* Die Kontonummern würde ich später einsetzen, sobald Spanner sie mir gab.

Noch einmal wählte ich ihre Nummer.

Anfangs hatte ich mir noch Notizen gemacht: Hier den Hintergrund verändern, dort ein harter Schnitt; an der Stelle eine Großaufnahme einfügen und langsam ausblenden. Jetzt sah ich mir das Band nur noch an; pausenlos.

Mittlerweile war es nach sieben. Als Spanner um diese Zeit immer noch nicht antwortete, wußte ich, daß etwas nicht stimmte.

* * *

Um Spanners Türschloß schimmerte kein Licht; auf mein Klopfen hin rührte sich nichts. Probehalber drehte ich am Griff, die Tür ging auf.

»Spanner?«

Keine Antwort. Ich trat ein.

Im Wohnzimmer war sie nicht. Ich spähte ins Bad, ins Schlafzimmer, in die Küche – und machte abrupt halt.

Völlig reglos stand sie vor der Arbeitsplatte, mit dem Profil zum Fenster. »Ich hab mir schreckliche Sorgen gemacht. Warum bist du nicht ...?«

Ganz, ganz langsam drehte sie den Kopf.

»Großer Gott!« Sie versuchte zu lächeln, und ich spürte, wie meine Gesichtszüge vor Schock erstarrten. Instinktiv streckte ich die Arme aus, um sie zu stützen, hütete mich aber dann doch, sie zu berühren. Sie hielt sich stocksteif, ihr Teint schimmerte gräulich, wie roher Teig. Schmerzen. Schmerzen verursachten das.

»Ist die Nummer des Arztes in deinem Computer? Nein, versuch nicht zu nicken! Blinzle nur einmal, wenn die Antwort Ja lautet.« Sie blinzelte. Ich rannte ins Wohnzimmer und tastete die Nummer ein. Ich wurde mit seinem Anrufbeantworter verbunden. Ich haspelte herunter, er müsse sofort herkommen; aus Angst, in der Aufregung könnte ich mich nicht klar genug ausgedrückt haben, wiederholte ich meine Bitte noch einmal. Dann flitzte ich in die Küche zurück. Spanner stand noch immer am selben Fleck, vollkommen hilflos.

»Keine Bange, ich faß dich nicht an. Möchtest du dich vielleicht hinlegen?« Sie zwinkerte zweimal.

Bewegen durfte ich sie nicht. Hinlegen war offenbar nicht möglich. Sie konnte nicht mal sprechen. Wir starrten einander an. Ihr Atem ging röchelnd. Ich lächelte. Ich fühlte mich so ohnmächtig.

»Es wird alles wieder gut. Der Arzt ist schon unterwegs. Er ist ein ausgezeichneter Doktor. Aber das weißt du ja selbst. Erinnerst du dich, wie er mich zusammengeflickt hat? Bald bist du wieder auf dem Damm.«

Ich habe keine Ahnung, wie lange ich ohne Sinn und Verstand drauflos plapperte, doch als der Arzt gegen die Tür bollerte, war meine Kehle wund. Ich ließ Spanner nicht aus den Augen. »Wir sind hier!« rief ich. »Die Tür ist offen.«

In einem Schwall kalter Luft kam er hereingerauscht und hatte seinen Mantel abgelegt, noch ehe ich ihn begrüßen konnte. »Tetanie«, sagte er zu niemand im besonderen. »Das hab ich schon mal bei einem Pferd erlebt.« *Einem Pferd?* »Das kommt von den Schmerzen.« Er klappte die Tasche auf. »Haben Sie versucht, sie zu berühren?«

»Nein.«

»Wissen Sie, wo es ihr wehtut?«

»Nein.«

»Können sie sprechen?« fragte er Spanner. Sie blinzelte zweimal.

»Das heißt Nein.«

Er grinste mir über die Schulter zu, und mir kam der Gedanke, er glaubte vielleicht, wir führten hier eine Art Komödie auf. *Sie hat auch Nein gesagt.* Meine Beine fingen an zu schlottern.

Er hielt ein Injektionsspray hoch.

»Nein!«

Er sah mich an und wölbte eine Augenbraue. »Allergisch?«

»Ja. Ich meine nein. *Ich* bin allergisch, nicht *sie*.«

Er wartete geduldig. *Das ist nicht die Vergangenheit!* »Entschuldigen Sie bitte. Es ist schon in Ordnung. Sie ist nicht allergisch.«

Er streckte die Hand aus, um Spanners Schulter zu berühren, doch sie zuckte sichtlich zurück, deshalb sprühte er ihr das Mittel in die linke Pobacke. »Jetzt passen Sie mal auf.«

Ihr brach der Schweiß aus und sie fing an zu zittern wie ein Hund. Dabei stieß sie langgezogene, keuchende Atemzüge aus.

»Helfen Sie mir, sie zu Bett zu bringen.«

Gemeinsam schleiften wir Spanner ins Schlafzimmer.

»Sie will sich nicht hinlegen.« Beim Anblick des Betts sträubte sie sich. »Ich kann ihr noch eine Injektion geben, aber dann verliert sie das Bewußtsein. Übernehmen Sie die Bezahlung?« Ich nickte. Dieses Mal injizierte er ihr das Zeug in die rechte Backe. »Fangen Sie sie auf.«

Sie kippte um, wie man sich den Sturz eines Roboters vorstellt: mit steifen Armen und Beinen, die in einem unnatürlichen Winkel abstanden.

»Wir müssen sie ausziehen.«

Ich glaube, das Schlimmste an dem ganzen Vorfall war, daß ich nicht erkennen konnte, was ihr fehlte: Sie hatte weder Brandwunden noch Schnitte noch einen Hautausschlag. Keine blauen Flecken oder Striemen, die von Schlägen herrührten. Nichts.

Nachdem wir sie aus ihren Kleidern gepellt hatten, tastete er ihren Körper ab. Er beugte ihre Knie, klopfte auf ihre Brust und nickte vor sich hin.

»Sie muß die nächsten vierundzwanzig Stunden beobachtet werden.« Er legte sechs Spritzen zurecht. »Ein schmerzstillendes Mittel und Antibiotikum. Alle vier Stunden eine. Dann komme ich zur Kontrolle zurück.« Er schlüpfte wieder in seinen Mantel, hielt mir seinen Scanner hin, damit ich bezahlen konnte, und öffnete die Tür; erst dann fiel mir ein, daß er ja gar nichts gesagt hatte.

»Was hat sie denn? Was ist los mit ihr?«

»Sämtliche ihrer Gliedmaßen wurden ausgekugelt und dann wieder eingerenkt. Und das mehrere Male. In drei Tagen ist sie die zweite Person, die ich deswegen behandelt habe.«

»Ausgekugelt ...«

»Da draußen gibt es ein paar Perverse, denen es Befriedigung verschafft, andere Menschen zu quälen. Ich bin in Versuchung, meinen hippokratischen Eid zu vergessen und die Fälle der Polizei zu melden. Ach, Ihre Freundin wird genesen, wenn sie ruht und keine Infektion hinzukommt, aber die Verbrecher, die ihr das angetan haben, dürften nicht frei herumlaufen.«

Ein jäher, niedriger Impuls drängte mich, ihm zu sagen: *Ich wohne nicht hier! Mit solchem viehischen Kroppzeug lasse ich mich nicht ein! Ich bin nicht so wie sie!* Aber es hatte eine Zeit gegeben, da war ich um keinen Deut besser oder klüger. Und Spanners Tortur hatte ich mitverursacht, ganz gleich, wie indirekt oder unwissentlich meine Komplizenschaft sein mochte.

»Wie lange muß sie im Bett bleiben?«

»Das wird sich zeigen. In ungefähr achtundvierzig Stunden müßte die Gefahr einer spontanen Auskugelung der Gelenke und Infektion vorbei sein.« Er nickte einmal kurz und ging. Ich schämte mich entsetzlich.

Um vier Uhr nachmittags wachte Spanner auf und konnte ein paar Schluck Wasser trinken.

»Hau ab!« Ihre Stimme klang krächzend, aber vollkommen klar.

»Der Arzt hat gesagt …«

»Verschwinde!«

»Du darfst jetzt nicht allein bleiben.«

»Du mußt doch weg. Hast 'n Job.«

»Solange du mich brauchst, bin ich für dich da.«

»Ich will dich nicht in meiner Wohnung haben. Du bist schon mal abgehauen. Ich möchte nicht, daß du bleibst … nur aus Mitleid. Verzieh dich.«

»Du brauchst …«

»Verpiß dich!« Ihre Augen waren so weit aufgerissen, daß das Weiße rings um die Iris zu sehen war. Sie meinte es ernst mit ihrem Rausschmiß.

»Es sind noch vier Spritzen übrig. Ich stelle den Computer so ein, daß du alle vier Stunden geweckt wirst. Du mußt sie benutzen. Sonst kriegst du eine Infektion, sagt der Arzt. Morgen früh kommt er wieder. Wenn ich gehe, sperre ich nur das mechanische Schloß ab und hinterlasse ihm eine Nachricht, wo der Schlüssel steckt.«

Außer ihren Atemzügen war nichts zu hören. Dann: »Ich hab das Geld.«

»Ich will es nicht.«

»Aber ich. Ich habe es schwer verdient. Jeden einzelnen Penny.« Ihr Gesicht verfärbte sich wieder grau. »Scheiße! Scheiße! Es tut so weh!«

Ich fragte mich, ob sie gelacht hatte und zum Höhepunkt gekommen war, während man ihr die Gelenke auskugelte. Mich abwendend, schluckte ich Galle.

Sie lachte, ganz leise, um nicht die Arme oder Beine zu erschüttern. »Das konntest du noch nie. Der Realität ins Auge sehen. Nur zu. Geh du getrost wieder zum Dienst. Verdien dir dein sauberes Geld. Aber nicht vergessen: Wir beide, du und ich, haben eine Abmachung getroffen.«

»Ich ruf dich an, wenn ...«

»Nein. *Ich* ruf *dich* an. Wenn es so weit ist. In etwa zehn Tagen.«

Gerade als ich das Haus betrat, wollte Tom ausgehen. Er stellte mir eine Frage über den gefälschten Werbespot, an dem ich herumbastelte, dann faßte er mich schärfer ins Auge.

»Sie sehen ja schrecklich aus.«

»Mir geht's gut.« Ich versuchte zu lächeln und wollte an ihm vorbeihuschen.

Er hielt mich am Arm fest. »Trennen Sie sich von ihm«, riet er mir unverblümt. »Oder von ihr. Suchen Sie sich jemand, der sich um Sie sorgt.«

»Es geht mir gut«, wiederholte ich müde. »Bevor ich zur Arbeit gehe, muß ich mich nur ein bißchen ausruhen.«

Seufzend ließ er mich los.

Ich rief bei Ruth und Ellen an. Keine war daheim. Wie üblich, hatten sie nicht hinterlassen, wo man sie erreichen konnte. »Hier spricht Lore. Spanner ist krank. Von mir läßt sie sich nicht helfen. Aber du könntest vielleicht was bei ihr ausrichten, Ellen.« Ich beschrieb ihr, wo der Schlüssel lag. »Bitte kümmert euch um sie.«

An diesem Tag trat ich meine Schicht an, als wäre nichts geschehen. Alles verlief ordnungsgemäß. Die Meßwerte blieben normal. Lieber konzentrierte ich mich auf meinen Job, als über Spanner und ihre Schmerzen nachzudenken.

Am nächsten und übernächsten Tag räumte ich jeden Ausrüstungsspind, der auf meiner Liste stand, aus und testete Sauerstofftanks, Meßinstrumente, Schaumkanister. Die Schutzanzüge und die Level-A-Schutzausstattung waren erste Qualität: feuerfest sowie mit Zweistufenreglern versehen. Die Batterien waren aufgeladen und die Funkgeräte arbeiteten einwandfrei.

»Bis jetzt ist alles erstaunlich gut in Schuß«, berichtete ich Magyar.

»Super. Mach weiter!«

Ich vergewisserte mich, daß das Sauerstoffnotgerät, das griffbereit neben der Datendisplaykonsole lag, funktionierte, dann prüfte ich die tragbaren Augenduschen, die Notfall-Absperrventile und die Rücklaufpumpen. An einem Pumpengestänge entdeckte ich frisches Öl. Nachdenklich verrieb ich es zwischen Daumen und Zeigefinger. Auf den Plasthenehandschuhen fühlte es sich eigenartig an, beinahe klebrig. Nachdem ich die Ausgänge und die Sprinkleranlagen kontrolliert hatte, rief ich noch einmal Magyar an. »Ich stehe vor einem Rätsel.«

»Du überraschst mich, Bird.«

Ich überging die Stichelei. »Eine der Pumpen wurde frisch geölt.«

»Das ist doch gut, oder?«

»Ich wundere mich nur. Keines der Wartungslogbücher enthält für die letzten Monate eine diesbezügliche Eintragung. Trotzdem sind sämtliche Batterien aufgeladen, alle Pumpen frisch geölt, die Sauerstofftanks randvoll. Besonders das Letzte finde ich ungewöhnlich. Bei einem Kater hilft nämlich nichts besser als ein kräftiger Zug O_2.«

Sie kapierte sofort. »Und wer hat alles so gründlich überholt?«

»Ich hatte gehofft, das könntest *du* mir sagen.« Aber mich interessierte mehr das *warum* als die Frage nach dem *wer*. Irgend jemand kümmerte sich darum, daß die Notfallausrüstung in gutem Zustand war. Wer immer diese fürsorgliche Person sein mochte, sie rechnete damit, daß bald Probleme auf uns zukommen würden. »Wer von der Belegschaft kennt sich mit der Benutzung dieser Geräte aus?«

»Vermutlich keiner. Ich kann mit einem Anzug umgehen, aber die anderen haben seit ihrem Einführungsvideo kein Sauerstoffnotgerät mehr zu Gesicht gekriegt. Wobei ich mir nicht einmal sicher bin, ob solche Sachen überhaupt auf dem Band gezeigt wurden, und falls ja, ob die Leute sich die Mühe machten, an der Stelle aufzupassen.«

»Sie müssen es lernen.«

»Ein Training würde ein Absinken der Produktivität bedeuten. Dazu gibt Hepple niemals sein Okay.« Eine kurze Stille trat ein.

»Begeistert werden sie nicht sein, wenn du den Vorschlag machst, sie sollten nach der Schicht freiwillig länger bleiben.«

»Aber sie würden es tun.« Sie schaute auf ihre Uhr. »Die Pause ist erst in fünfundzwanzig Minuten zu Ende. Das reicht, um die gute Nachricht zu verbreiten.«

Ich hatte recht: Sie waren nicht begeistert.

»Warum?« wollte Cel wissen.

»Zuerst Lohnminderung wegen der Masken«, nörgelte Meisener, »und jetzt das.«

Kinnis zog bloß eine säuerliche Miene. »Ich schnall das nicht.«

Cel verschränkte die Arme. »Wir sind ohnehin unterbesetzt und schuften uns halb zu Tode. Um das zu akzeptieren, braucht es schon einen guten Grund.«

»Wie wär's damit?« versetzte Magyar liebenswürdig. »Heute in einer Woche werden eure Kenntnisse über Notfallmaßnahmen getestet. Jeder, der bei der Prüfung durchfällt, wird fristlos und ohne Übergangsgeld gefeuert. Genügt dir der Grund?«

Kinnis stöhnte auf. »Wie hoch ist die Versagerquote?«

»Ich will euch nichts vormachen. Jeder, der keine Trainingsstunde schwänzt und seinen Namen richtig buchstabieren kann, besteht. Die erste Übung findet morgen statt. Und jetzt genießt den Rest der Pause.«

Ich lernte Magyar immer mehr schätzen.

18

Es sind noch fünf Wochen bis zu Lores achtzehntem Geburtstag. Eine junge Frau namens Sarah hat sie zu einer Party eingeladen. Sarahs Familie besitzt die Hälfte aller Immobilien in Montevideo. Die Party findet an einem Ort statt, den man manchmal als Institut für Ästhetikforschung bezeichnet; in Wirklichkeit handelt es sich jedoch um eine Vergnügungsstätte, die man in dem Höhlensystem unter dem Rio Negro angelegt hat.

Lore, Sarah und etwa hundert weitere geladene Gäste stehen – angetan mit ärmellosen, prachtvollen Roben – in einem riesigen unterirdischen Auditorium. Die über dreihundert Fuß hohen Wände sind mit Keramikkacheln verkleidet; milchige Ziegel bedecken den Boden; Ecken, Türen und Leuchtkörper bestehen aus weißem Emaille. Die Luft ist eisig.

Sarah, die Lore erst seit einer Woche kennt, besitzt eine wunderschöne, seidige, beigebraune Haut; das schwarze Haar ist hinten kürzer geschnitten als an den Seiten. Die Strähnen flattern und wehen in der kalten Brise, die aus dem Tunnel bläst, der rechter Hand in die Höhle mündet. Obwohl der Luftschacht vielleicht neunzig Fuß im Durchmesser mißt, nimmt er lediglich die oberste Ecke der Wand ein.

Die Gäste schwatzen und trinken, aber Sarah hat eine Überraschung versprochen, und unterschwellig herrscht eine gespannte Atmosphäre. Man wartet.

Der Anfang läßt sich schwer bestimmen. Durch Gläserklingen und das Rascheln von Seide hört – nein, *fühlt* – Lore eine Veränderung. Ein Vibrieren. Die Brise gerät flüchtig ins Stocken und beginnt erneut zu strömen, der Luftzug hat sich gewandelt. Etwas jagt den Tunnel herab auf sie zu. Auch andere bemerken es jetzt. Köpfe werden mal hierhin, mal dorthin gedreht, Brillantohrringe funkeln hektisch. Gleich ist es da.

Ein Flüstern schallt aus dem Tunnel, und Lore spürt es auf der Haut – das Herannahen von etwas Gigantischem. Aller Augen fixieren das düstere Loch. Keiner spricht. Lore denkt an wilde Tiere, die in Höhlen hausen und Gänge graben. Aber welche Kreatur sollte sich in dieser Kälte einnisten?

Plötzlich rauscht und schäumt warme Luft aus dem Gang, und sie sieht, daß sich etwas nähert, ein gewaltiges schwarzes Ungetüm, die Öffnung des Tunnels ausfüllend. Dieses Wesen ist so riesig, daß Lore vor Angst zu zittern anfängt, und nun spannt dieses Biest die Muskeln zum Sprung.

Großer Gott! denkt sie, denn es handelt sich nicht etwa um eine Projektion. Sie nimmt die sengende Hitze wahr, die das Monstrum abstrahlt; ganz deutlich empfindet sie die durch Bewegung entstehenden Luftwirbel. Und dann dieser animalische Gestank, heiß und staubig, die gleichsam elektrische Spannung, die der hypnotische Blick des Räubers versprüht.

Jemand stößt einen Schrei aus, und eine Panik droht. Leute werfen sich zu Boden, Perlenketten reißen, Juwelen brechen aus edelsteinbesetzten Colliers. Lore erhascht einen Eindruck von katzengrünen, weißumrahmten Augen und elfenbeingelben, ausgestreckten Krallen, als das Tier geschmeidig aus dem Tunnel gleitet.

Dann fragt sie sich, ob sich die Zeit wirklich dehnt wie zähflüssige Melasse, wenn man um sein Leben fürchtet; denn das Scheusal fällt nicht fauchend und zähnefletschend über sie her … sondern es streckt sich in die Länge.

Sie blinzelt, zweifelt gar ein wenig an ihrem Verstand, als sich der riesenhafte Panther vor ihren Augen ausdünnt und erschauert. Und dann zerplatzt er, explodiert zu einer Wolke aus abertausenden winzigen Vögeln, die alle zugleich zwitschernd in die Höhe stieben oder nach unten hinabstoßen. Die Luft füllt sich mit hellem Vogelgesang.

»Es sind Vögel!« ruft jemand. Lachend rappelt sich Lore auf die Füße und kann sich nicht sattsehen an dem luftigen, flügelschlagenden Ballett.

Vögel.

Sarah hält ihr ein Glas hin. Champagner. Lore nimmt es an. Ihre Hände beben. »Elektromagnetische Kontrolle«, erläutert Sarah. Doch Lore interessiert sich nicht für die Mechanik, sie möchte ungestört den Zauber genießen. Gierig schluckt sie den Champagner und läßt sich das Glas von einem vorbeikommenden Kellner nachfüllen.

Sarah legt den Arm um Lores Taille. Ihre Finger ruhen warm auf Lores Hüfte. Zweimal umkreisen die Vögel die Halle, dann entschwindet der Schwarm wieder durch den Tunnel.

Der Aqua-Raum mißt sechzig mal sechzig Fuß; ein Mosaik mit einem verschlungenen Muster aus unterschiedlichen Blautönen ziert den Boden, türkisgrüne und tiefblaue Glasblöcke bilden die Wände. In den Ecken gruppieren sich gläserne Skulpturen von Fischen und Meerjungfrauen.

Überall sprudeln Brunnen, Wasser rinnt von den Wänden. Die feuchtigkeitsgeschwängerte Luft ist überladen mit einer Musik aus perlenden, tropfenden und plätschernden Geräuschen. Der ungefähr zwanzig Quadratfuß große Pool ist in den Grund abgesenkt.

Lore zieht ihr Kleid aus, kickt die Schuhe von den Füßen und hilft Sarah aus ihrer grünen Seidenrobe. Ihr

Bauch ist nicht flach, sondern leicht gerundet, mit den ausgeprägten glatten Muskeln einer Bauchtänzerin. Der Nabel wirkt nackt, wie wenn dort ein Smaragd glitzern müßte. Lore bohrt die Spitze ihres kleinen Fingers hinein. Sarah hebt das Kinn: *Nimm mich.*

»Laß uns in den Pool gehen.«

Sie möchte entschweben, in die Tiefe tauchen und im Fluge Zärtlichkeiten austeilen; sich in hungrigen Zügen an dem Medium laben, das ihr Auftrieb gibt und sie trägt; sie will sich fühlen wie ein Vogel.

Lore ist aufgeregt und nervös. Sie ergreift Sarahs Hand und sie treten an den Rand des Pools. Die schwere, pinkrosa Flüssigkeit leckt träge an den Kacheln. Die erste Ebene liegt ungefähr drei Fuß tief. Langsam steigen sie die Stufen hinunter; die körperwarme Flüssigkeit gleitet über ihre Knöchel, die Waden, benetzt die Kniekehlen. Höher und höher kriecht sie.

Sarah hüpft ein paarmal auf und ab und läßt sich vom Widerstand der Flüssigkeit die Stelle zwischen den Beinen massieren. Lore stellt sich hinter sie, umfaßt ihre Taille und stürzt sich mit ihr zusammen in das Naß. Sarah festhaltend, taucht sie bis auf den zwanzig Fuß tief liegenden Boden. Ein Bein schlingt sie um den drunten angebrachten Ring und verharrt dort, bibbernd vor Furcht, die sie als Vorfreude interpretiert.

Natürlich ist es kein Wasser, sondern Perfluorethen, und als Lore die Luft ausgeht, öffnet sie den Mund und atmet die Flüssigkeit ein. Es ist, als würde ihr eine Faust in die Lunge gerammt.

Ihr Körper schießt nach oben; uralte Reflexe zwingen sie, den flüssigen Stoff auszuhusten und Luft einzusaugen, doch lange ehe sie die silbrigrosa Oberfläche erreicht, sind ihre Lungen gefüllt. Sie kann sich immer noch bewegen, sie kann weiterhin denken, und die Panik verfliegt. Sie lebt!

Vor Erleichterung lacht sie, ein absonderliches, blubberndes Ereignis, und stellt Experimente an, indem sie abwechselnd den Perfluorethen in die Lungen einzieht und sprudelnd ausbläst. Wie ein federnder Arm gleitet die Flüssigkeit in ihren Körper hinein und wieder heraus.

Sie schwimmt nach unten, und Sarah driftet in die Höhe. Ungefähr auf halber Strecke begegnen sie sich, schweben Bauch an Bauch, wie zwei Tümmler. Selbst ihre Haut fühlt sich in diesem Medium anders an: gummiartig und elastisch, wie bei einem Meeressäuger. Lore wälzt sich über Sarah, schwimmt mit dem Gesicht nach unten, reibt den Bauch an ihrem Rücken und legt die Hände auf ihre kleinen, kühlen Brüste. Sarah taucht hinab. Aneinanderklebend wie sich paarende Napfschnecken schwenken sie im letzten Augenblick herum und schlängeln sich, immer wieder die Richtung wechselnd, über den glatten Boden.

Lore stellt sich vor, sie seien Seehunde, die flinken Fischen hinterherjagen. Sie trennen sich in Harmonie, amüsieren sich, spielen wie Kinder. Aber sie umkreisen einander, den jeweils anderen im Blickfeld behaltend, gleich zwei buhlenden Delphinen. Lore fühlt sich wie berauscht. Teils liegt das am Champagner, teils daran, daß sie sich in drei Dimensionen tummeln kann, teils an der Tatsache, daß Perfluorethen den Muskeln zwei- bis dreimal mehr Sauerstoff zuführt als Luft. Sie schwimmt die ganze Strecke nach oben, bis ihr Rücken und der Po aus der Flüssigkeit ragen; dort treibt sie, wie ein lauernder Habicht, und wartet auf Sarah. Sowie sie sich direkt unter sich weiß, stößt sie herab.

Die Flüssigkeit, die sich in ihre Lungen ergießt, durchströmt sie wie ein Fluß. Sie fühlt sich, als könnte sie sich ein Tau entlanghangeln, eine aus Wasser bestehende Schnur, wobei das Seil mitten durch ihren Körper verläuft, straff gespannt, festgezurrt, eine wilde

Melodie singend. Sie fängt Sarah ein, umklammert ihre Taille, preßt den Mund auf ihren Hals. Lachend schwimmt Sarah weiter, bis Lore ihre Beine umschlingt und einen Finger in sie hineinstößt.

Sie lieben sich fast eine Stunde lang. Und jedesmal, wenn sie kommen, zappeln sie wie Fische beim Laichen.

19

Es passierte kurz vor ein Uhr morgens, und keiner hätte es verhindern können.

Mit den neuesten Meßdaten versehen, verließ ich die Kontrollstation, als ich aus dem Augenwinkel etwas wahrnahm, das mich noch einmal umzukehren bewog. Die Zahlen, die die Werte für gasförmige organische Verbindungen angaben, schossen in die Höhe. Sämtliche Alarmsignale wurden ausgelöst.

Es war, als sei eine Blendgranate explodiert: An der Decke rotierten rote Warnleuchten; ein mechanisches Klirren schepperte los; elektronische Warnsysteme schrillten. Alles diente dazu, bei den Leuten einen Adrenalinausstoß freizusetzen, damit sie möglichst flink in Aktion traten. Eine Computerstimme meldete sich über Lautsprecher: »Achtung! Das ist keine Übung! Achtung! Verlassen Sie das Gebäude unter Einhaltung der Evakuierungsvorschriften! Achtung ...«

Ich riß mir den Atemfilter herunter, schnappte mir ein Sauerstoffnotgerät vom Regal und stülpte mir das Mundstück übers Gesicht. Kühle, saubere Luft strömte aus dem Ventil. Die Maske festhaltend, streifte ich die elastischen Bänder über den Kopf und klemmte den Minitank an meinen Gürtel. Der Anzug schützte den größten Teil meiner Haut, und die Atemluft reichte für fünf Minuten.

Hinter der Glasscheibe begannen Menschen zu rennen. Ich warf einen Blick auf die Daten.

Das System war bereits abgesperrt und isoliert. Der Zufluß umgelenkt. Grelle bernsteingelbe Zahlen zeigten die Sekunden seit Auslösen des Alarms an: fünfzig Sekunden. Meßgeräte für die Lagertanks dokumentierten das steigende Volumen, indem die Leitungspumpen auf Umkehr schalteten. Gut.

Gut! wiederholte ich in Gedanken, während ich das Gefühl hatte, mein Herz würde zwischen zwei Platten zusammengequetscht.

Ich wartete und gab dann noch einmal zehn Sekunden zu, bis ich begriff, daß niemand Anweisungen erteilte. Der Koordinator für Notfallmaßnahmen hatte das Werk räumen lassen. Job beendet. Den Rest überließ man der örtlichen Feuerwehr und dem Katastrophenschutz. Doch bis diese Expertenteams einschritten, war es zu spät.

Ich nahm das Mikrofon aus der Halterung und stellte es auf MANUELL und PRIMÄRSEKTOR ein. »Hier spricht Bird. Achtung Magyar, Cel und Kinnis – haltet euch in Bereitschaft. Achtung an alle anderen.« Durch die Maske des Sauerstoffnotgeräts klang meine Stimme undeutlich, aber es ging. »Sauerstoffnotgeräte befinden sich in den Schränken Nummer sechs, elf und vierzehn. Sie enthalten Atemluft für fünf Minuten. Verlaßt sofort die Anlage. Achtung Magyar. In Schrank sechs gibt es zwei Schutzanzüge. Zieh einen an und bring mir den anderen in die Kontrollstation. Aber beeil dich!«

Ich prüfte meinen Tank – noch vier Minuten – und die Meßdaten. Das System hatte die gasförmige organische Verbindung immer noch nicht identifiziert. Im Kopf überschlug ich ein paar Gleichungen. Schutzfaktor, Schwellenwert, maximale Konzentration. Super-GAU-Szenarium: In ungefähr drei Minuten würden die Dämpfe gefährlich werden, wenn man keine Maske trug. Danach gab es noch für eine Minute atembare Luft. Ein Blick auf die Uhr mit den gelben Ziffern: *2:18.*

Ich zitterte. *Renn weg!* befahl mir mein Körper. Mein

Atem ging pfeifend, ich hatte das Gefühl zu ersticken. Psychosomatische Ursachen – es mußte so sein.

»Cel, Kinnis. Wenn ihr die Sauerstoffnotgeräte angelegt habt, geht ihr zum Spind Nummer ... geht ihr zum Spind Nummer ...« Mein Kopf war wie leergefegt. Was für ein Spind? Warum?

Du bist in Panik.

Rote Lichter huschten über den weißen Zementboden, während die Deckenleuchten beharrlich kreiselten. Denk nach. Wo wurden die geschlossenen Atemschutzgeräte aufbewahrt?

Denk nach! Es hatte keinen Zweck. Die Auswirkungen des Schocks hatten mein Gedächtnis gelöscht.

»Achtung Magyar, Kinnis, Cel. Ich kann mich nicht erinnern, wo ihr die geschlossenen Atemschutzgeräte findet. Cel, Kinnis: Euch bleibt noch Luft für vier Minuten. Lauft in die Notdusche zwei und wartet dort. Magyar: Du suchst die geschlossenen Atemschutzgeräte und bringst sie zu Cel und Kinnis in die Notdusche zwei. Cel, Kinnis: Wenn Magyar nicht in drei Minuten bei euch ist, haut ihr ab. Ansonsten kommt ihr alle zu mir, so schnell wie möglich.«

3:40. Inmitten der strahlend hellen Katastrophensituation beschlich mich ein Gefühl der Verfremdung. Ich hatte mir immer vorgestellt, bei einem solchen Desaster würde der Strom ausfallen und Rauch die Hallen durchziehen, fetter schwarzer Qualm. Doch außer den blitzenden roten Warnleuchten und dem Gejaule der Sirenen wirkte alles völlig normal. Auf der Uhr tickten die Sekunden vorbei wie rieselnde Sandkörner: *3:58, 3:59.*

Die Becken entleerten sich in die Lagertanks. Auch die Mikroben und ihre Nährlösungen wurden umgefüllt. Ich checkte die Konzentrationen: Das System kompensierte zufriedenstellend, indem es Bakterienstämme im korrekten Mischverhältnis ausstieß.

In meiner Phantasie malte ich mir die Schadstoffe

aus: krankmachende, ölig stinkende Nebelschwaden, die sich um meine Maske kringelten.

Tetrachlorethen, zeigte jetzt das Display an. PCE: Perchlorethylen, eine aliphatische Verbindung mit offener Kohlenstoffkette. Nicht so giftig wie etliche andere. Wenn Magyar die Nerven behielt, blieb mir Zeit genug, um in den Schutzanzug zu steigen, ehe die Bakterien damit begannen, das PCE in das gefährlichere Vinylchlorid und Dichlorethan umzuwandeln. Diese Verbindungen durchdrangen die Haut, waren leicht entzündlich und hochtoxisch. Ich stellte das Mikrofon auf Funkfrequenz um.

»Magyar, hörst du mich?« Vielleicht hatte sie sich überschätzt und konnte doch nicht mit den Anzügen umgehen. Vielleicht war sie dem Ernstfall nicht gewachsen und mit den anderen geflüchtet. »Magyar. Magyar, melde dich!«

»Ich kann dich hören, ich kann dich hören.« Ihr Atem, der in dem hermetisch versiegelten Schutzanzug der Stufe A röchelnd klang, tönte über den Lautsprecher. »Dreh nicht gleich durch.«

Ich grinste unter meiner Maske – trotz des Gestanks, trotz der Gefahr, trotz allem. Man wußte nie, wer in einer Krisensituation in Panik geriet. »Keine Bange, ich mach mir nicht ins Hemd.«

»Nur ruhig Blut.« Ein paar Geräusche. »Kinnis und Cel sind mit Sauerstoffgeräten ausgerüstet. Ich bin unterwegs zu dir. Erzähl mir, was passiert ist.«

Ich berichtete ihr von dem PCE; die Metaboliten – Vinylchlorid und Dichlorethan – stellten das größte Risiko dar. »Aber die geschwächten Mikroben deuten darauf hin, daß das System nicht zuverlässig funktioniert. Es gibt ein Dutzend Dinge, die …«

Die Tür flog auf. Magyar, riesig und unbeholfen in dem silbernen, feuerfest beschichteten Schutzanzug, wuchtete einen klotzigen Koffer in die Station. »Dein Anzug.«

Es war seltsam, sie vor mir zu sehen und dabei im Rücken ihre Stimme zu hören. Ich nahm ihr den Koffer ab, stellte ihn auf den Boden, öffnete ihn und zog die Ausrüstung hervor. Der Tank und die Zweistufenregler waren schwer. Mit Schwung hievte ich das Ding hoch, setzte es neben dem Koffer ab und prüfte Sauerstoffbehälter und Ventile.

Ich drehte ein Ventil ein Stück weit auf, und kühle Luft blies in einem gleichmäßigen Strom gegen meine Handfläche. Ein rascher Blick auf meinen Minitank: Die Anzeige stand auf Null. Als erstes schlang ich mir das Geschirr aus Luftschläuchen um die Schultern, dann nahm ich mein Sauerstoffnotgerät ab und stülpte mir statt dessen das größere Silikonstück über Nase, Mund und Kinn. Die Luft war kalt und hatte einen leicht metallischen Beigeschmack.

Die Maske paßte ideal. Mit dem Kinn schaltete ich das Funkgerät ein. »Behalte das Vinylchlorid im Auge, während ich dieses Monstrum anlege.« Ich schob die Füße in die klobigen Neoprenstiefel und zog den Anzug bis zur Taille hoch. Das Oberteil mit den Fledermausärmeln war unhandlich, doch ich schaffte es, mich hineinzuzwängen. Nun die Haube. Sie schränkte mein Gesichtsfeld ein wenig ein.

Magyar beobachtete das Kontrollpanel, kippte einen Schalter und drückte auf eine Taste. Abrupt verstummte das infernalische Getöse, und die blitzenden roten Warnleuchten erloschen.

Cel und Kinnis tauchten auf. »Was ist los?« fragte Kinnis. Gleichzeitig forderte Cel uns auf: »Sagt uns, was wir tun sollen.« Beide blickten unsicher abwechselnd Magyar und mich an.

»Fürs erste gibt Bird hier die Anweisungen. Sie hat das Kommando, außer, wenn ich anderer Meinung bin. Dann habt ihr euch nach mir zu richten. Kinnis, hilf ihr mit diesem Ding.«

Aber ich war schon fertig, prüfte nur noch, ob sämtliche Reißverschlüsse zu waren. Alles kam mir so unwirklich vor. Durch zwei Schichten aus metallisiertem PVC vermochte ich Kinnis' Gesichtsausdruck nicht zu deuten, doch er bewegte sich steif und verkrampft.

»Ich habe euch beide gebeten hierzubleiben, weil ich euch vertraue, und Magyar und ich vielleicht eure Hilfe brauchen. Bei der gegenwärtigen Konzentration von schädlichen Gasen müßtet ihr mit euren geschlossenen Atemschutzgeräten und den Anzügen sicher sein – aber untersucht euch lieber noch einmal gegenseitig, ob auch keine Risse oder Schwachstellen drin sind.

Sowie sich die Situation verschlechtert, gebe ich euch Bescheid, daß ihr verschwinden sollt.« Beide nickten. »Lagebericht: Irgendwo im Zuflußbereich gibt es eine massive Ausschüttung von PCE. Das Zeug ist in unsere Rohre gelangt und hat alles abgetötet, was sich in unseren Becken befunden hat. Augenblicklich wird alles in die Lagertanks zurückgepumpt. Der Zulauf wurde auf andere Klärwerke umgelenkt, doch wir zeichnen weiterhin die Meßwerte auf. Sobald die Verunreinigung beseitigt ist, können wir das Wasser wieder aufnehmen.«

»Aber zuerst müssen wir die Becken säubern«, meinte Cel.

»Das übernimmst du. Kinnis unterstützt dich dabei. Selbst wenn ihr nur drei oder vier Becken sauber kriegt, bleibt das System in Gang. Doch zuerst eine Warnung: PCE ist toxisch in flüssigem sowie in gasförmigem Zustand. Die ersten Symptome einer Vergiftung äußern sich in Übelkeit und Schwindelgefühl. Sobald einem von euch schwindelig wird, verläßt er sofort die Anlage. Das Gas reizt die Augen und verätzt die Haut. Kontrolliert eure Masken, ob sie auch fest sitzen. Dazu dreht ihr die Luftzufuhr für drei Sekunden ab und versucht dann, tief einzuatmen. Wenn es geht, gibt es eine undichte Stelle.

Prüft das sofort nach, ehe die Schwaden wirklich gefährlich werden. Erreichen die Dämpfe eine bestimmte Konzentration – obwohl das sehr unwahrscheinlich ist, besonders an der Stelle, wo ihr arbeitet –, kann man ohne Sauerstoffgerät ersticken. Nehmt die Apparate also unter gar keinen Umständen ab. Fangen die Mikroben erst einmal an, das PCE umzuwandeln, entstehen Vinylchlorid und Dichlorethan.« Ich zögerte, doch dann fand ich, daß es so etwas wie ein Zuviel an Informationen gar nicht gibt. Außerdem hatte ich keine Ahnung, wieviel oder wie wenig Magyar wußte. »Vinylchlorid und Dichlorethan sind wesentlich heimtückischer als PCE. Sie sind krebserzeugend, schwer zu neutralisieren, hochentzündlich mit niedrigem Flammpunkt. Keiner von euch trägt einen feuerfesten Anzug. Sobald die Konzentration dieser chlorierten Aliphate einen bestimmten Wert erreicht, müßt ihr türmen. Kapiert? Gut. Noch was. Kann einer von euch per Fernbedienung programmieren?«

Beide nickten. Kinnis erinnerte sich an sein Funkgerät. »Ja.«

»Kinnis, du bleibst hier und programmierst die Rechen neu, damit sie das Schilf entfernen. Cel, du schnappst dir einen Schlauch und spülst die Becken aus. Gemeinsam pumpt ihr dann die verseuchte Brühe ab.« Die Mitglieder des Katastrophenschutzes trafen vermutlich gerade erst ein und waren dabei, ihr Schutzgerät anzulegen. »Kinnis, du behältst ständig diesen Zähler im Auge.« Ich deutete auf die Vinylchlorid-Anzeige. »Sobald der Wert zwei-fünfzig übersteigt, zieht ihr Leine. Bleibt auf dieser Funkfrequenz …« – ich peilte nach unten – »Frequenz A. Magyar und ich verständigen uns auf B.«

»Wohin geht ihr?«

»In die Auffang-Zone. Zur Störfall-Kontrollstation.«

Die Störfall-Kontrollstation war ähnlich ausgelegt wie der Raum mit den Datendisplays. Magyar und ich prüften systematisch die Angaben. Am oberen Rand der Konsole sprang eine bernsteingelbe Ziffernfolge von 14:04 auf 14:05 um.

Kaum zu fassen, daß seit dem ersten Alarm noch keine Viertelstunde verstrichen war.

»Sämtliche Ketten online«, sagte Magyar.

»Check.«

»Der Katastrophenschutz müßte jetzt eintrudeln. Jede Menge Scheinwerfer, fürchterliches Gebrüll.«

»Sie werden Dekontaminations-Zonen einrichten«, fügte ich hinzu. »Und keiner weiß so recht, was zu tun ist.« Das totale Chaos. Aber wir waren hier, am Ort des Geschehens, und wenn wir alles richtig machten, konnten wir verhindern, daß sich die Anlage endgültig abschaltete.

»Alles im Normbereich, mit Ausnahme der PCE-Werte. Klettern immer noch in die Höhe.«

Was für ein Schlamassel. Ich beneidete nicht den Werkssprecher, der die Presseerklärung abgeben mußte. »Wer fungiert hier als Kontaktperson zu den Medien?«

»Was glaubst du wohl?«

»Doch nicht etwa Hepple ...« Im Grunde war es zum Lachen. Ich fragte mich, ob ihm überhaupt schwante, daß er zum Teil die Schuld an diesem Desaster trug. »Und wie sehen die PCE-Daten jetzt aus?«

»Steigen weiter.«

»Vinylchlorid?«

»Konstant.«

Ich fluchte.

»Daraus darf ich wohl schließen, daß das kein gutes Zeichen ist.«

»Der Wert müßte rapide in die Höhe schnellen, im gleichen Maße, wie die Bakterien das PCE verarbeiten. Was macht das Dichlorethan?«

»Konstant.«

Wir hatten das Problem also noch längst nicht gelöst. Ich rief ein paar Informationen ab: Die Mikroben, die in die Tanks eingeschleust wurden, waren lebensfähig. Daran lag es also nicht.

16:04.

Ich suchte systematisch nach dem Fehler.

17:16. 17:17. 17:18. 17:19.

Da! »Es liegt am Substrat. Anoxie – vermutlich durch einen Mangel an Elektronen herbeigeführt. Die Bakterien brauchen Elektronen, die ihren Stoffwechsel anregen. Andernfalls vermehren sie sich nicht. Doch das hätte kompensiert werden müssen mit … Aha!«

Ich starrte auf die Zahlen.

»Was ist? Sag schon, was los ist, Bird!«

»Das System hätte die Mixtur automatisch mit Glucose anreichern müssen. Das ist aber nicht geschehen.« Auf dem Monitor zeigte ich ihr das Diagramm, das ich erstellt hatte.

Gespannt verfolgte sie die grünen und blauen Linien bis zu dem roten Balken. »Sieht aus, als sei die Trommel blockiert.«

»Ja. Allerdings habe ich noch nie gehört, daß eine Glucosetrommel klemmt.«

Schweigen. »Willst du damit andeuten, daß jemand das absichtlich herbeigeführt hat?«

»Es ist das Wahrscheinlichste.« Ich hätte darauf gewettet, besonders angesichts der vollen Sauerstofftanks und der geschmierten Pumpen.

Abermals trat Stille ein. Schwer zu sagen, was sie in ihrem sperrigen Anzug denken mochte. »Ich werde die Trommel freimachen.« Über Funk klang ihre Stimme ausdruckslos. »Halt mich auf dem laufenden, wenn sich irgendwas ändert.«

Ich schaltete auf Kinnis' und Cels Frequenz um. »Ihr kriegt mehr Zeit, als wir dachten. Wie weit seid ihr mit dem Säubern der Becken?«

»Noch zwanzig Minuten, und in vier Becken kann wieder neues Wasser eingelassen werden«, verkündete Cel.

»Es werden noch mehr, denn jetzt bin ich mit dem Programmieren der Rechen fertig und kann Cel bei der Arbeit helfen«, ergänzte Kinnis.

»Haltet den Kanal offen und meldet euch regelmäßig bei mir. Ende.« Zurück auf Frequenz B. »Magyar?«

»Hier. Ich hab das Problem gefunden.«

»Was ist es?«

»Jemand hat die Trommelaufhängung mit einem Schloß gesperrt.« *Schlösser. Immer wieder Schlösser.* Sie stieß unwillkürlich ein Grunzen aus. »Die verdammten Handschuhe sind so hinderlich.«

»Sei vorsichtig, es könnte ...«

»Es könnte Funkenschlag geben, ich weiß. Aber wer immer das Ding angebracht hat, war so raffiniert, ein Schloß aus einer Bronzelegierung mit einem Sperriegel aus Kunststoff zu benutzen. Die Dichtungsmanschetten bestehen aus Polyethylen.« Ein Ächzen, dann ein erleichtertes Aufseufzen. »Elektronische Schlösser sind ja ein Fortschritt, aber einem simplen Stemmeisen widersteht so leicht nichts.«

Monster wenden keine Gewalt an. Das wagen sie nicht. Die graue Greta. Wie hätte sie in einer solchen Situation gehandelt?

Durch das Anzugmikrofon drangen noch mehr Geräusche. Auf dem Kontrolldisplay veränderten sich die Zahlen.

»Die Glucose läuft wieder«, stellte Magyar fest.

»Du hast recht.«

»Weißt du was, Bird, du solltest endlich deine Meinung über mich korrigieren. Ich bin nicht so blöd, wie du denkst.«

»Ich weiß.«

Ich änderte die Frequenz. »Cel, Kinnis – mit etwas

Glück können wir noch ein wenig mehr Zeit herausschinden. Der nächste Bakterienschub müßte einsetzen und die chlorierten Aliphate umwandeln, bevor sie eine gefährliche Konzentration erreichen.«

»Wenn du es sagst.« Cels Stimme klang ungeduldig, wie wenn sie einfach stur drauflosschuften und das Nachdenken jemand anderem überlassen wollte. Ich wunderte mich, wie man so vertrauensselig sein konnte.

Die Vinylchlorid- und Dichlorethankonzentrationen kletterten beharrlich nach oben. Ich wartete darauf, daß eine Wirkung durch die methanotrophen Organismen einsetzte. Die Zahlen stiegen weiter in die Höhe. Irgend etwas ging schief.

»Cel, Kinnis, ihr müßt sofort die Halle verlassen. Die Konzentrationen an entzündlichen Gasen werden zu hoch. Es besteht Explosionsgefahr.«

»Wir brauchen höchstens noch eine Minute ...«

»Verlaßt die Halle! Unverzüglich! Bestätigt den Befehl!«

»Befehl bestätigt. Wir verlassen die Halle.«

Magyar kam zurück, das Stemmeisen noch in der Hand. Sie sah zu, während ich einen Meßwert nach dem anderen checkte.

Nichts reagierte so, wie es hätte sein sollen. Die Werte erhöhten sich beständig. In meiner Verzweiflung drehte ich den Thermostat auf. Vielleicht belebte Hitze die methanotrophen Bakterien.

»Was ist los?«

»Keine Methanmonooxygenasen.«

»Jetzt darfst du mir ruhig Dummheit unterstellen.«

»Methanmonooxygenasen, MMO, sind Enzyme, die von den methanotrophen Bakterien ausgeschieden werden, wenn sie das Vinylchlorid umwandeln. Keine MMO bedeutet, daß irgend etwas nicht stimmt.« Die Nährstoffleitungen funktionierten einwandfrei. »Ich verstehe das nicht. Sie kriegen ihr Futter, sie haben ...«

Aber vielleicht war es nicht die richtige Nahrung. Hepple hatte die korrekten, van de Oest-Mixturen, durch andere ersetzt. Jetzt waren drastische Maßnahmen angesagt. Letzten Endes wußte ich, wovon sich die methanotrophen Organismen ernährten. »Cel, Kinnis. Seid ihr draußen?« Keine Antwort. »Cel ...«

Klick. »Hier meldet sich die Dekontaminationszone Eins. Nehmen Sie zur Kenntnis, daß Ihr Team in die Dekon ...«

Sie waren in Sicherheit. Mehr wollte ich gar nicht wissen. Ich ging wieder auf Magyars Kanal. »Mach dich auf was gefaßt. Ich führe Methan zu.«

Magyar erstarrte. Ihre behandschuhte Faust schloß sich fester um das Stemmeisen. Wenn sie es fallenließ, konnten Funken schlagen. In meiner Einbildung hörte ich es zischen, als das Methan durch die Rohre zu strömen begann.

»Was geschieht jetzt?« fragte Magyar nach einer Minute.

Die MMO-Werte veränderten sich nicht. »Gar nichts.«

»Sag schon, Bird. Was müßte denn passieren?«

»Die methanotrophen Bakterien sollten das Methan als ihr Primärsubstrat nutzen, das Vinylchlorid als Sekundär ...« Es tat sich immer noch nichts.

»Red weiter«, murmelte Magyar.

Die gelben Zahlen tickten. *41:33. 41:34.*

»Endlich!« Der Prozeß kam nur zäh und holperig in Gang. »Jawohl!« Die MMO-Werte beschleunigten sich. Das Vinylchlorid pendelte sich auf eine bestimmte Dichte ein und wurde dann weniger. »Es klappt!« Eine Zeitlang schaute ich noch zu, nur um ganz sicher zu sein.

52:07. 52:08.

Alles lief wie am Schnürchen. Perfekt. »Ich werde jetzt das Methan reduzieren.« Langsam, vorsichtig, ging ich zu Werke. Die Zahlen blieben konstant. Ich fuhr fort, die Zufuhr zu verringern. Fein. Dann streckte ich mich in meinem Anzug. »Jetzt kannst du das Stemmeisen weglegen.«

Sie bückte sich und plazierte es flach auf den Boden. Immer auf der Hut. Angestrengt fixierte sie die Displays. Ihr Kopf in der Schutzhaube bewegte sich, was ich als zufriedenes Nicken auffaßte. Nachdem ich eine Weile die Uhr, die die Dauer des Störfalls anzeigte, beobachtet hatte, fühlte ich mich plötzlich zu Tode erschöpft. »Und was machen wir jetzt?«

»Wir warten erst einmal ab.«

Ich hatte gehofft, sie würde das sagen. Es hätte mir widerstrebt, nicht bis zum Ende auszuharren, bis der Zulauf wieder mustergültig floß und wir die Anlage auf Normalbetrieb zurückfahren konnten.

Nun, da wir Seite an Seite gekämpft hatten, wie es so schön heißt, gab es zwischen uns keine Konversation, und es fielen auch keine Schranken. Wir beschäftigten uns ausschließlich damit, Meßwerte abzulesen und Funktionen zu überprüfen. Nachdem keine unmittelbare Gefahr mehr drohte, merkte ich, wie heiß es in dem Anzug war und wie sehr mich die Schweißperlen juckten, die hinter meinen Ohren entlangliefen und sich an der Silikonmaske sammelten. Behutsam zog ich die rechte Hand aus einem Fledermausärmel, strich mit dem Zeigefinger um den Rand der Maske und steckte den Arm in den Anzug zurück.

»Da.« Magyar deutete auf ein Licht an der Konsole, das von Rot auf Grün sprang. Die toxischen organischen Gase waren wieder auf den Wert abgesunken, den sie vor dem Störfall eingenommen hatten.

Durch meinen Sichtschutz strahlte ich Magyar an, obwohl ich bezweifelte, daß sie es sehen konnte. Sie schien das Lächeln ohnehin nicht zu erwidern. »Ehe wir die Sperre für den Zufluß aufheben, müssen wir sämtliche Daten prüfen«, meinte sie.

Ich schaute auf das Panel. »Im Tertiärsektor gibt es … neun betriebsbereite Becken.«

»Neun? Da haben Kinnis und Cel aber gute Arbeit geleistet.«

Ich nickte. Ich wollte nicht an die beiden denken, und wo sie sich gerade aufhielten. Mir grauste bereits vor dem Augenblick, wenn wir einen Situationsbericht abgeben sollten. »Wieviel Prozent Zufluß können wir vertreten?« Je weniger Zulauf wir in diesem Moment aufnahmen, um so höher würde der Schaden sein, den unser Werk zu verkraften hatte. Sämtliche Kläranlagen waren auf Überkapazität ausgelegt. Selbst wenn wir nur ein, zwei Tage mit verminderter Leistung arbeiteten, konnte die Verringerung unseres Marktanteils von Dauer sein.

»Wir nehmen vierzig Prozent auf.«

Ich nickte. Wenn alle einen Bonus erhielten, doppelte Schichten einlegten und die Teams an den Becken vergrößert wurden, konnte es gelingen. »Willst du das übernehmen?«

Sie winkte mich zu den Schaltern zurück und räusperte sich. Obwohl all unsere Gespräche aufgezeichnet worden waren, würde man sich das, was nun folgte, am häufigsten anhören. »Zeit: ein Uhr einundvierzig. Gasförmige Kohlenwasserstoffe im Zufluß sieben ppm. Öffnen der Sperrventile.«

»Check.«

»System wieder instandgesetzt.«

»Check.«

»Lagertanks geschlossen …«

»Check.«

»Unterdruck erzeugt.«

»Check.«

»Das war's dann wohl.« Sie hob den Arm und drückte auf den schwarzen Knopf unter den stetig weiterlaufenden gelben Zahlen. Bei *69:23* blieben sie stehen. Der Vorfall hatte etwas über eine Stunde gedauert. Mir kam es vor wie eine Woche. »Störfall für beendet erklärt um ein Uhr dreiundvierzig.« Sie streckte sich. »Blockieren.«

Ich tippte ein paar Kommandos ein, um die Lagerzone zu versiegeln.

»Dann wollen wir uns den Schaden mal ansehen.«

Der riesige Bereich des Primärsektors wirkte äußerst sonderbar; nur das Zischen des Wassers war zu hören, das sich in die Becken ergoß, ohne die übliche Geräuschkulisse, die sich sonst aus dem Winseln der Rechen, dem Sirren der Gebläse und den Stimmen der Menschen zusammensetzte. Ich fragte mich, ob Magyar genauso versucht war wie ich, die Gesichtsmaske abzunehmen und tief Luft zu schöpfen.

»Kein Todesfall«, meinte sie, »aber es hätte welche geben können. Ich möchte gern wissen, welches Drecksschwein hierfür verantwortlich ist.« Sie stapfte über den Zementboden, schloß offenstehende Spindtüren, hob hier und da eine fallengelassene Atemschutzmaske auf, befingerte die glänzenden Gelenkstücke eines Wasserschlauchs. »Was ich nicht verstehe, ist diese aufwendige Planung von langer Hand. Sämtliche Sauerstofftanks frisch gefüllt und überall neue Batterien. Warum? Was sollte das bezwecken? Was hat die Person davon?« Einmal hatte ich auf der Straße eine Frau dasselbe fragen hören. Sie war unterwegs zum Einkaufen, als ein Mann sie grundlos anpöbelte und als häßliche Schlampe beschimpfte. Sie reagierte eher bestürzt als wütend: Was hatte sie getan, um diesen Ausbruch von Haß zu provozieren?

Ich interessierte mich mehr für das, was als nächstes geschehen würde. »Magyar, wenn wir gleich rausgehen, möchte ich gern im Hintergrund bleiben.«

»Du willst keine Aufmerksamkeit auf dich ziehen.«

»Richtig.«

»Bezüglich Cel und Kinnis kann ich natürlich für

nichts garantieren; wer weiß, was die schon ausposaunt haben.«

»Daran läßt sich nichts ändern.«

Sie seufzte, und über Funk klang es wie entweichende Luft aus einem kaputten Reifen. »Ich werd mir was einfallen lassen, um die Kameras von dir fernzuhalten. Und deinen Namen erwähn ich am besten überhaupt nicht. Genügt das?«

»Ja.«

»Na schön. Ich tu dir den Gefallen, weil ich glaube, daß ich dir vertrauen kann. Außerdem mag ich dich – trotz allem. Aber eines Tages mußt du mir verraten, was hier gespielt wird.« Ich nickte. Später konnte ich mir darüber Gedanken machen. »Laß uns rausgehen, dann haben wir's hinter uns.«

Das Dekontaminationsteam Eins wartete im Duschraum mit Schläuchen und Ersatzanzügen. Kameras waren keine da, deshalb befolgte ich die Anweisungen, zog mich aus und brauste mich ab. Ich überließ es Magyar zu wettern und zu toben; sie wurde ausfallend, nannte die Leute Idioten, behauptete, es bestünde gar keine Gefahr und das nur, weil sie selbst und ein paar aus ihrer Schicht die Situation gemeistert hätten ... Sie zeterte immer noch, als wir zur Dekontaminationszone Zwei dirigiert wurden.

Noch eine Dusche, dieses Mal unter Aufsicht von zwei technischen Experten und dem Leiter des Entseuchungskommandos, der es sich nicht nehmen ließ, Magyars Tiraden wortwörtlich über Funk an sein Erstes Go-Team weiterzuleiten. Wie es schien, glaubte kein Mensch Magyars Behauptung, die Anlage sei jetzt sicher. Mein Name fiel bloß ein einziges Mal, und das auch nur um festzuhalten, daß ich mich nicht länger in der Gefahrenzone aufhielt. Man schickte uns ein medizinisches Team, das uns in ein kleines, mit Plasthene-Planen verkleidetes und medizinischen High-Tech-Geräten vollgestopftes Kabuff scheuchte.

Auf zwei Pritschen hockten Cel und Kinnis. »He, Magyar, sie lassen uns einfach nicht gehen.«

»Wir befolgen nur die Richtlinien«, verkündete der Sanitäter mit dem meisten Glitzerkram auf den Epauletten glattzüngig. »Das Prozedere sieht vor ...«

Magyar stand kurz vor dem Explodieren. »Sie sind hier zuständig? Gut. Ich möchte sofort mit dem Einsatzleiter sprechen.«

»Sie können nicht ...«

»Dann sagen Sie ihm Bescheid. Richten Sie ihm folgendes aus: Erstens: Mein Team und ich sorgten dafür, daß die Schadstoffkonzentration in der Luft zu keinem Zeitpunkt einen kritischen Wert überstieg. Das Dekontaminationsteam wird das bestätigen. Zweitens: Die medizinische Untersuchung hat ergeben, daß bei uns durch das PCE keine gesundheitlichen Schäden aufgetreten sind. Drittens: Wir hielten uns buchstabengetreu an die Regeln zur Kontrolle und Beseitigung eines Störfalls; unsere Gespräche wurden zwecks späterer Analyse aufgezeichnet, und aus diesem Grund ist unsere Anwesenheit an diesem Ort nicht länger erforderlich. Dann fügen Sie hinzu, daß meiner Meinung nach jeder Versuch, uns noch länger gegen unseren Willen hier festzuhalten, nicht nur eine Schikane, sondern obendrein gesetzwidrig ist.« Sie verschränkte die Arme. Der Mann hielt ihrem herausfordernden Blick nicht stand und ging ans Telefon.

Magyar setzte sich neben Kinnis. Der grinste. »Bin ich froh, daß sich endlich mal jemand bei diesen Typen durchsetzt.«

Sie erwiderte das Grinsen. Ich merkte, daß sie gar nicht wütend war, sondern hochzufrieden mit sich selbst. Sie führte irgend etwas im Schilde.

Der Sanitäter beendete das Telefonat. »Sie«, er zeigte auf Magyar, »werden zur Anhörung in der Einsatzzentrale erwartet. Ihr drei«, er meinte mich, Cel und Kinnis, »könnt gehen. Ihr seid angewiesen, die Kameras zu meiden.«

»Keine Bange«, brummte Cel lakonisch.

Mit dem Kinn deutete er auf einen seiner Assistenten. »Er begleitet euch bis ans Tor.«

»Ich kenne den Weg. Außerdem muß ich meine Sachen aus dem Umkleideraum holen.«

»Ihre persönliche Habe wurde bereits nach Zone drei verbracht.« Die sichere Zone; am Rande des als kontaminiert geltenden Gebietes. »Aber ...«

Magyar stand auf. »Mach lieber, was sie sagen, Cel, und sei froh, daß du abhauen darfst. Wie es aussieht, hänge ich die ganze Nacht hier rum.«

Cel gab schließlich nach, und wir drei trotteten hinter dem Sanitätsassistenten nach draußen.

Die Nacht war taghell erleuchtet: Einsatzfahrzeuge des Katastrophenschutzes bildeten einen Kordon, und Scheinwerferkegel fraßen sich in die dunkle Sandsteinfassade des Gebäudes. Kamerateams, deren Moderatoren, von ihren mitgebrachten Spot-Lights angestrahlt, in Mikrofone sprachen. Dutzende von Teams in metallisch glänzenden, feuerfesten Anzügen, komplett mit Luftschläuchen, Schutzhelmen, Funkgeräten ... Ich konnte beinahe ihre Adrenalinausschüttungen wittern, und ich fragte mich, wie sie sich abreagieren würden, jetzt, da sie doch nicht in Aktion treten konnten. Ungefähr zweihundert Leute lungerten herum, beobachteten und hielten Ausschau nach Bekannten. Die meisten von ihnen gehörten wohl der nächsten Schicht an und warteten nur darauf, hereingelassen zu werden, doch in der Meute befanden sich auch viele Medienvertreter.

»Cel.« Sie drehte sich um. »Warte.«

»Was ist los?« fragte Kinnis.

Vor kurzem noch hatten sie mir ihr Leben anvertraut. »Ich möchte nicht, daß mein Gesicht im Internet gezeigt oder mein Name erwähnt wird. Deshalb muß ich Reportern aus dem Weg gehen.«

Cel zuckte die Achseln. »Ich wüßte nicht, wie wir dir helfen sollten.«

»Ich dachte, wenn sich alle auf einen – oder auf beide – von euch stürzen, könnte ich mich unbemerkt davonstehlen.«

Aus schmalen Augen sah sie mich an. Die Vorstellung, sich ins Blickfeld der Medien zu rücken, behagte ihr nicht, und das konnte ich ihr nicht verdenken.

Mir kam eine Idee. »Kinnis, deine Frau macht sich doch sicher Sorgen um dich.«

»Gott, ja. Daran hatte ich noch gar nicht gedacht.«

»Der schnellste Weg sie zu informieren, daß du wohlauf bist, geht über Internet. Auf diese Weise könntest du auch deine Familie beruhigen, Cel.«

»Ich weiß nicht«, erwiderte sie gedehnt.

Doch Kinnis peilte schon glücklich die Kameras an. »Wenn meine Kinder mich im Internet sehen, bin ich für sie ein Held: Der Mann, der die Stadt gerettet hat. Und meine Frau weiß Bescheid, daß es mir gutgeht.«

»Ich weiß nicht«, wiederholte Cel, dann seufzte sie. »Wieso lasse ich mich eigentlich ständig von dir herumkommandieren, Bird?« *Weil ich an deine Hilfsbereitschaft appelliere. Katerine hatte recht gehabt.* »Na schön, Kinnis. Du gehst zu den Teams da drüben, ich übernehme diese Seite.« Winkend marschierte sie los. »He!« Scheinwerfer erfaßten sie.

Kinnis steuerte in eine andere Richtung. »Ich hab auch was zu sagen!«

Ich verdrückte mich in die Schatten, die die grellen Lichter aussparten und suchte schleunigst das Weite.

Kurz vor Morgengrauen zogen sie sich wieder an und gingen nach draußen. Miteinander murmelnd blieben Spanner und die Frau im Türeingang stehen. Etwas wechselte den Besitzer. Die beiden ignorierend, blickte Lore sich um. Das Apartment-Haus war eine umgebaute Lagerhalle, bestehend aus länglichen schmalen Ziegeln, wie man sie vor dem achtzehnten Jahrhundert herstellte. Das Gebäude stand in der City, von Bäumen und einer hohen Mauer umgeben.

Sie suchten sich ein Café. Geistesabwesend rührte Lore ihren Kaffee um. Ihre Körperfunktionen waren völlig durcheinander. Jedesmal, wenn sie an das Geschehene dachte, spürte sie eine Woge sexueller Erregung, und gleich darauf hätte sie vor Scham am liebsten im Boden versinken mögen.

»Das mach ich nicht noch mal«, verkündete sie ruhig, ohne Spanner dabei anzusehen.

»Aber es hat dir gefallen.«

»Richtig. Um so schlimmer.«

»Wäre es dir lieber gewesen, du hättest es nicht genossen?«

»Ja. Dann wäre ich wenigstens ich selbst gewesen. Nicht so enthemmt.« Sie rührte weiter in ihrem Kaffee. Etwas schwappte über den Rand in die Untertasse. »Ich komme mir so ... benutzt vor.« Nein, sie *wollte* sich benutzt vorkommen, empfand in Wahrheit jedoch nichts dergleichen. Im Grunde war ihr alles gleichgültig, und das erschreckte sie am meisten. Wie blind starrte sie auf den Fluß, der sich an dieser Stelle breit und träge dem Meer entgegenwälzte.

»Egal, es ist nun mal passiert. Und dir hat es Spaß gemacht. Das kannst du nicht abstreiten.«

Es stimmte; es hatte ihr sogar sehr viel Vergnügen bereitet. Was sagte das über sie aus?

»Wann gabst du mir die Droge?« Ihre Stimme klang überraschend gelassen.

»Wie kommst du darauf, ich hätte dir eine Droge verabreicht?«

»Sag mir nur, wann.«

»Nachdem du dir das Kleid ausgezogen hattest.«

Nachdem du dir das Kleid ausgezogen hattest. Nicht mal diese Entschuldigung konnte sie anführen; ohne Einfluß der Droge hatte sie sich entkleidet. Ein Teil von ihr war also von Anfang an willig und einverstanden gewesen.

Spanner blinzelte in die aufgehende Sonne und nippte an ihrem Kaffee. »Soll ich dir dann das nächste Mal vorher Bescheid sagen?«

Das nächste Mal!

Lore beobachtete das Glitzern der ersten Sonnenstrahlen auf dem Wasser. Oberflächlich sah es so hell, so optimistisch aus. Doch in der Tiefe wucherten Schlingpflanzen, Hechte hausten dort, die kleineren Fischen den Garaus machten, und der Schlamm auf dem Grund bestand aus toter organischer Materie, einschließlich den Gebeinen Tausender Menschen.

Das nächste Mal. »Das Geschäft läuft also immer noch flau?«

»Ja.« Spanner wartete, bis ein Kellner ihre Tasse nachgefüllt hatte. »Diese Sache hier ist ohnehin viel lukrativer.«

Wie oft hatte der Fluß Opfer in sich aufgenommen? Dem Strom war es einerlei, wer darin versank, ob Männer oder Frauen, Ermordete oder Helden, die versucht hatten, ein Kind vor dem Ertrinken zu retten. Der Fluß kannte keine Unterschiede. Der Tod machte vor niemandem halt. Und es spielte auch keine Rolle, für welche Person Lore sich in ihrem Innersten hielt. Wenn sich Nächte wie die letzte häufig genug wiederholten, würde sie sich in einen anderen Menschen verwandeln.

Doch Spanner und die provisorischen gefälschten PIDAs waren das einzige Bollwerk, das den unerbittlichen, gnadenlosen Fluß ihrer Vergangenheit daran hinderte, sie fortzuspülen und mitzureißen. Mit Spanner würde sie vielleicht untergehen; ohne sie ganz bestimmt.

Das Signal einer eingehenden Nachricht riß mich aus dem Schlaf, nur wenige Minuten, nachdem ich mich hingelegt hatte.

»Lore? Hier spricht Ruth. Ich hab von dem Störfall in der Anlage gehört. Bist du unverletzt?«

Ich torkelte aus dem Bett. »Hallo, Ruth.« Ich drückte auf die ACCEPT-Taste. »Alles in Ordnung.«

»Oh, ich habe dich geweckt. Das tut mir leid.«

»Macht nichts. Wie spät ist es?«

»Halb fünf. Was Spanner betrifft ...« – ich setzte mich aufrechter hin – »Ellen war bei ihr. Sie rief an, um zu sagen, der Arzt sei noch mal dagewesen, und eine Infektion hätte sich nicht eingestellt. Aber sie scheint immer noch sehr starke Schmerzen zu haben. Weißt du, was passiert ist?«

»Nein.« Wenn Spanner ihnen nichts erzählt hatte, mußte ich auch den Mund halten. Vielleicht würde ich sie später irgendwann einmal aufklären. Im Augenblick war ich zu müde, um darauf zu achten, ob meine Lügen überzeugend klangen.

»Na ja«, meinte Ruth unsicher. »Ich laß dich jetzt wieder schlafen. Du siehst erschöpft aus.«

»Danke. Schön, daß du angerufen hast.« Das war ehrlich gemeint. Es tat gut zu wissen, daß es jemanden gab, der sich um einen sorgte.

Ich träumte von einem Feuer, als der Monitor mich zum zweiten Mal weckte. Dieses Mal war es Magyar. Sie mußte meine Nummer in der Personalakte gefunden haben.

»He, Bird, bist du da?«

»Ich bin hier.« Verschlafen rieb ich mir die Augen. »Wie spät?«

»Fünf Uhr durch. Ich durfte gerade erst gehen. Pausenlos quetschten sie mich aus, was für eine Art Störfall das war. Und woher ich wußte, wie man ihn beseitigt.«

»Und was hast du gesagt?«

»Zum Teil bin ich bei der Wahrheit geblieben. Ich erzählte ihnen, ich hätte mich in letzter Zeit intensiv mit dem Handbuch beschäftigt, weil ich Angst hatte, Hepples idiotische Spielchen könnten einen Unfall heraufbeschwören.«

»Und was erwiderten sie darauf?«

Sie lachte. »Sie sagten nicht viel. Zuerst schickten sie Hepple aus dem Zimmer.«

»Er war anwesend?«

»Nur ganz kurz.« Wenn sie lächelte, zogen sich ihre Augenwinkel in die Höhe, wie bei einer Katze. Sie räkelte sich. »Ich fühle mich gut, Bird. Ich glaube nicht, daß er in dieser Stadt noch einen Job findet.«

»Hast du die Sache mit den Bakterien dargestellt? Daß die korrekte Nährlösung durch irgendeinen Schund ersetzt wurde?«

»Ich ließ nichts aus.« Sie gähnte. »Ich dachte mir, das würde dich interessieren: Man hat die Stelle gefunden, wo die Schadstoffe in die Leitung gelangten. Irgendwo im Norden des Countys, auf dem platten Land. Weit weg von jedem Erzeugerbetrieb und den üblichen Transportrouten. Offiziell geht man davon aus, daß hier jemand illegal seinen Sondermüll entsorgt hat.«

»Aha.«

Sie nickte. »Ich bin davon überzeugt, daß eine Absicht dahintersteckte.« Wieder gähnte sie. »Ehe ich es vergesse, morgen dauert die Schicht zwölf Stunden, von vier bis vier. Mit Überschneidungen.«

»Das kann ja heiter werden.« Ich versuchte mir, das Durcheinander von sich überlappenden Schichten vorzustellen, beide Teams reizbar und übermüdet.

»Ja. Aber die Bezahlung ist gut: fünfzig Prozent Zuschlag.« Noch ein Gähnen. »Ich hau mich jetzt aufs Ohr. Diese Befragung hat mich völlig ausgelaugt. Die Typen wollten einfach keine Ruhe geben, als wäre alles meine Schuld gewesen. ›Schildern Sie uns noch einmal, wieso Ihrer Ansicht nach die Glucoseleitung blockierte, Cherry.‹ Immer und immer wieder. Herrje! Und ich hasse es, wenn sie mich Cherry nennen.« Sie faßte zur Seite, um die Übertragung zu beenden, dann zögerte sie. »Noch was, Bird. Ich finde, wir zwei haben unsere Sache gut gemacht. Es war nicht einfach, bei der Anhörung deinen Namen auszulassen. Hoffentlich weißt du, was du tust.«

»Verlaß dich drauf.«

»Schön, denn jetzt läßt sich nichts mehr daran ändern, wenn ich nicht wie ein Vollidiot dastehen will. Wir sehen uns dann bei der Arbeit.«

Das hatte noch nie jemand zu mir gesagt: *Wir sehen uns dann bei der Arbeit.*

20

Als Lore nach dem Schwimmen mit Sarah in ihre Suite zurückkehrt, fühlt sie sich abgekämpft und leicht verkatert. An ihrem Monitor leuchtet ein rotes Blinklicht: Jemand hat ihr eine Nachricht hinterlassen. Sie kümmert sich nicht darum. Im Augenblick will sie nichts weiter als duschen und dann ein paar Stunden schlafen.

Gerade als sie ins Bett steigt, klingelt das Telefon. Es dauert ein Weilchen, bis sie das private Notsignal der Familie erkennt. Sie reißt das Bettlaken herunter und wickelt sich darin ein.

»Ja?«

»Lore … Lore …« Der Schirm bleibt leer, und ihr Anrufer fängt an zu schluchzen. »Lore …«

»Tok? Tok, bist du das?« Jählings erscheinen Farben auf dem Monitor. Toks Gesicht ist verquollen und von Kummer gezeichnet.

»Sie ist tot. Diese Schweine. Ach, Lore, sie ist tot …« Er sagt noch mehr, doch seine Worte gehen im Weinen unter.

»Tok, bitte.« Wer war tot? »Hol ein paarmal tief Luft. Sag mir …«

»Sie hat sich so sehr bemüht. Großer Gott, sie war … Sie hat sich umgebracht, Lore. Kannst du dir das vorstellen? Wie unglücklich muß man sein, wenn man nie wieder morgens aufwachen, frühstücken, hochblicken und die kleinen weißen Wölkchen am Himmel beobachten will? Wenn man nur noch den Wunsch hat zu vergessen? Dieses Monster. Sie …« Ein neuerlicher Tränenausbruch.

Lores Herz scheint so mächtig anzuschwellen, daß sie kaum durchatmen kann. »Tok, *wer* ist tot?«

Verdattert hebt er den Blick. »Stella. Sie hat sich das Leben genommen. Sie …«

Den Rest hört Lore nicht mehr. Erleichterung durchströmt sie, weil es nicht Katerine ist. Tok glotzt sie an.

»Warum?« fragt sie. »Warum hat sie Selbstmord begangen?«

»Weil dieses Scheusal sich an ihr vergriffen hat. Fast jede Nacht. Erst vor sechs Monaten begann sie mit einer Therapie, Lore. Endlich stellte sie sich ihrem Problem. Doch dann muß es für sie zuviel geworden sein. Vielleicht dachte sie darüber nach, wie es weitergehen sollte, und sah vor sich nur diesen schwarzen Sumpf in ihrem Innern und die dunkle Wolke, die ihr ganzes Leben überschattete. Sie wurde einfach nicht damit fertig. Aber ich werde mich wehren. Ich sorge dafür, daß dieses Ungeheuer zur Rechenschaft gezogen wird. Komm nach Hause, Lore, egal, wo du dich zur Zeit aufhalten magst. Ich brauche dich. Gemeinsam nehmen wir den Kampf auf.«

Entsetzt starrt Lore auf ihren Bruder. Wovon redete er?

»In ein, zwei Tagen melde ich mich wieder bei dir und gebe dir Bescheid, wo du mich erreichen kannst. Ich werde dem Spuk ein Ende setzen. Man hätte schon viel früher einschreiten sollen.« Er faßt zur Seite, und das Bild erlischt.

Reglos hockt Lore vor dem Schirm, außerstande, sich zu rühren. Was faselte er da? Außer, daß Stella tot ist, hat sie nichts begriffen. Was meinte er mit seinem wirren Gerede? Wer ist das Monster? Flüchtig erinnert sie sich an Greta, wie sie ihr vor vielen Jahren ein Türschloß besorgt hatte. Sie schüttelt den Kopf. *Stella ist tot*. In Gedanken sieht sie sie vor sich, wie sie und ihre Clique den Bildschirm belagern; Drinks in den Händen, versuchen sich die Freundinnen gegenseitig zu übertrumpfen, indem sie Geld an irgendwelche obskuren karitativen Vereinigungen überweisen. *Stella ist tot.*

Sie weiß nicht, wie lange sie in ihrer Position verharrt, doch als es an der Tür klopft und sie aufsteht, merkt sie, wie steif ihre Gelenke sind. Da sie annimmt, Sarah käme sie besuchen, öffnet sie, ohne vorher durch den Spion zu peilen.

Zwei maskierte Gestalten stürmen ins Zimmer. Eine umklammert ihre Arme, die andere hält ihr etwas ins Gesicht. Ein sonderbarer Geruch sticht ihr in die Nase, und der Fußboden wölbt sich ihr entgegen.

21

Um elf Uhr vormittags schlug ich die Augen wieder auf und dachte, das Nachrichtensignal hätte mich geweckt. Ich war halb aus dem Bett, als mir klar wurde, daß jemand vor meiner Wohnungstür stand.

Jemand klopfte an meine Tür.

Zum ersten Mal, seit ich allein lebte, klopfte jemand bei mir an. Es erinnerte mich an die Episode in Uruguay.

»Moment bitte!« Ich streifte mir ein Hemd über und tapste zur Tür. »Wer ist da?«

»Wen erwarten Sie denn?«

Tom. Trotzdem vergewisserte ich mich, daß beide Ketten vorgelegt waren, ehe ich die Tür einen Spalt breit öffnete. »Ich bin nicht angezogen.«

»Das stört uns nicht.« Er hielt die Hand hoch. Ich sah, daß er so etwas wie eine Schnur festhielt. »Ich habe Ihnen etwas mitgebracht.« Eine Leine. Und ein Hund. Eine schwarze, gedrungene Töle mit verblüffend rosa Zunge.

»Nein, ich will keinen …«

»Plustern Sie sich nicht gleich auf«, schnitt er mir vergnügt das Wort ab. »Sie sollen ihn nicht behalten, sondern ihn nur ein, zwei Stunden pro Tag übernehmen. Dürfen wir reinkommen?«

Ich öffnete die Tür, und der Hund zerrte Tom in die Wohnung. »Setzen Sie sich. Ich zieh mich nur rasch an.«

»Ich stell den Kessel auf den Herd.«

»Fein.«

Hastig stürzte ich ins Bad und duschte. Ich hörte, wie die Krallen des Hundes auf dem Fußboden klickten, während er überall hintrottete und alles beschnüffelte. Als ich – mir das Haar frottierend – aus dem Bad kam, setzte er sich hin und hechelte mich an. Das gesamte Hinterteil rutschte hin und her, wenn er mit dem Schwanz wedelte.

Vorsichtig streichelte ich seinen Kopf. Die Rute bewegte sich heftiger. »Er sieht sehr jung aus.«

»Acht Monate ist er alt. Er heißt Gibbon.«

»Wie der Autor von *Geschichte des Verfalls und Untergang des Römischen Reiches*?«

Tom schmunzelte. »Ich wußte doch, daß Sie ein gebildeter Mensch sind. Und jetzt kämmen Sie sich schnell Ihr Haar, der Tee ist fertig.« Ich befolgte den Rat, dann schaute ich rasch nach, ob irgendwelche Nachrichten eingegangen waren. Ein einziger Anruf war gespeichert, die Werksleitung der Anlage in der Hedon Road bestätigte, was ich schon von Magyar wußte: Die heutige Nachtschicht war verlängert worden. *Diese Regelung gilt für die nächsten drei Tage,* hieß es. Kein *Bitte* oder *Danke schön,* man setzte als selbstverständlich voraus, daß wir mitmachen würden.

Den Tee nahmen wir am Fenstertisch ein. Gibbon hockte auf dem Teppich und beobachtete mich aufmerksam.

»Gestern hab ich ihn aus dem Tierheim geholt. Ich dachte mir: Tom, du wirst langsam älter. Und wenn du nicht aufpaßt, *fühlst* du dich alt und einsam. Du brauchst jemanden, um den du dich kümmern mußt. Ich fand, ein Hund wäre genau das richtige für mich.«

»Aber ...«

»Das Problem ist nur, daß ein junges, kräftiges Tier täglich Auslauf braucht. Das schaff ich nicht mehr. Und hier springen Sie ein. Als ich Sie neulich sah, wie Sie sich mit letzter Kraft hier ins Haus schleppten, sagte ich mir: Das Mädchen hat dringend frische Luft nötig, und eine Aufgabe, die sie auf andere Gedanken bringt. Dann hörte ich von dem Störfall in der Wasseraufbereitungsanlage und dachte mir, ein Spaziergang am Fluß würde Ihnen guttun.«

Ich war der Meinung, daß Tom sich viel zu viele Gedanken machte. Einen Moment lang wunderte ich mich, wieso er wußte, daß ich in der Kläranlage arbeitete, dann begriff ich, daß er auf gut Glück geraten haben mußte. Ich lächelte schief. »Wenn ich mit dem Hund am Fluß angelangt bin, sind wir beide erschöpft, und für mich wird es Zeit zum Umkehren.«

Doch daran hatte Tom offenbar auch schon gedacht. Selbstzufrieden verschränkte er die Arme. »Dacht ich's mir doch, daß Sie nicht wüßten, wie man von hier aus den Fluß in knapp zwei Minuten erreichen kann.«

Ich gab mich geschlagen. »Dann verraten Sie mir mal, wie.«

Ich ging frühzeitig zum Dienst. Zwölf Stunden in einem Schutzanzug können sehr lang werden, besonders, wenn Säuberungsarbeiten anstanden und einander überlappende Schichten sich gegenseitig das Leben schwer machten. Ich wollte vorbereitet sein.

Mit dem Spaziergang hatte Tom recht gehabt. Die frische Luft und die Bewegung hatten die Verspannungen in meinen Schultern gelöst und mir neue Spannkraft verliehen. Obwohl ich wußte, daß alles nur Einbildung war, fühlte ich mich sauberer, wie wenn die Brise mir die Reste der Aromaten und Aliphate aus der Lunge geblasen hätte.

Ich seufzte, während ich in aller Ruhe die Handgelenkstützen und die Watstiefel anlegte. Gleich würde ich den ganzen Mist wieder einatmen.

»Es wird noch dicker kommen«, prophezeite Kinnis fröhlich. Er hatte noch nicht mal seinen Schutzanzug geschlossen. »Jede Menge Arbeit.«

»Ich hab gehört, die faulen Säcke von der Tagschicht

hätten nur ganz wenige Becken gereinigt«, unkte Meisener.

»Nicht mal vierzig Becken sind fertig«, erklärte Cel, derweil sie sich ihrer Straßenkleidung entledigte. »He, Kinnis, gestern abend vor den Kameras warst du ja stumm wie ein Fisch.«

»Ach nee! Jedenfalls sah ich besser aus als du mit deiner häßlichen Visage.«

Ich brachte mich aus der Schußlinie. Als nächstes würde man mit Arbeitshandschuhen und Schutzbrillen werfen, begleitet von grölendem Gelächter. Ich kam mir immer fehl am Platz vor, wenn der Rest der Schicht sich gegenseitig frotzelte, mit Sachen bewarf und derbe Streiche ausheckte. Ich glaube, sie wußten, wie ausgeschlossen ich mich fühlte, doch nie gewann ich den Eindruck, daß sie sich gegen mich zusammenrotten und mich vergraulen würden.

Vielleicht war ich ihnen genauso fremd wie sie mir. Und jetzt bestand überhaupt keine Gefahr mehr, daß sie mich schnitten; ich mochte ihnen nicht ganz geheuer sein, aber ich hatte mit ihnen zusammen gearbeitet und ihnen geholfen. Sie hatten mich akzeptiert, und meine Andersartigkeit wurde als gegeben hingenommen – wie die Beschränktheit einer jüngeren Schwester, die man auf dem Schulhof leidenschaftlich gegen jeden Angriff verteidigt. Plötzlich fand ich all diese Leute, meine Kollegen, unheimlich sympathisch.

Die Schicht war hart, aber an Schuften waren wir gewöhnt, und die beiden Schichten kamen besser miteinander aus, als ich zu hoffen gewagt hatte. Magyar war nirgendwo zu sehen, aber ohne zu murren übernahmen wir den schwereren, schmutzigeren Job. Die Tagschicht hatte nichts dagegen. Ich fragte mich, wie viele Jahrhunderte es wohl noch dauern würde, um endlich mit dem Vorurteil aufzuräumen, daß körperliche Stärke mit moralischer Überlegenheit gleichzusetzen ist, doch dann zuckte ich die Achseln und konzentrierte mich auf meine Aufgabe.

»Vielleicht sollten wir uns nicht so anstrengen«, meinte Cel, die hinter mir stand. Auf ihren Rechen gestützt, besah sie sich, was wir bis jetzt geleistet hatten. »Der Bonus ist nämlich nicht schlecht.«

»Ich staune nur, wie Magyar das für uns durchgeboxt hat.«

»Mir scheint, im Augenblick schlagen sie ihr keinen Wunsch ab. Wußtest du, daß sie die ganze Nacht lang bei denen da oben in der Verwaltung rumgehangen hat? Man munkelt, der Sektionsleiter der Tagschicht – wie heißt er doch gleich: Hu? Ho? oder so ähnlich? – hätte Hepples Job gekriegt, und an seine Stelle soll nun Magyar rücken.«

»Man hat ihr die Leitung der Tagschicht angeboten?«

»Ja, doch«, bekräftigte sie, meinen Gesichtsausdruck mißdeutend. »Aber was soll sie mit diesen Schlappschwänzen anfangen?«

»Glaubst du, sie nimmt an?«

»Vielleicht.«

* * *

Nach vier Stunden legten wir die übliche Pause ein. Zum ersten Mal seit langem saß ich für mich allein im Pausenraum. Die Vorstellung, eine neue Sektionsleitung zu bekommen, gefiel mir überhaupt nicht. Magyar und ich verstanden einander. Es wäre ärgerlich, wenn ich schon wieder konstant auf der Hut sein und aufpassen mußte, was ich sagte oder tat. Und Magyar war intelligent. Angenommen, die Person, die ihre Stelle einnahm, wäre gehässig oder kleinkariert wie Hepple?

Das zweite Drittel der Schicht erschien mir kräftezehrender als das erste, trotz der Tatsache, daß wir Fortschritte machten. In der zweiten Pause hatte sich

Cels Gerücht bereits herumgesprochen, und man spekulierte wild drauflos. Keiner schien daran zu zweifeln, daß Magyar sich versetzen lassen würde – das allgemeine Interesse kreiste lediglich um die Frage, wer auf Magyars Platz käme. Ich beobachtete die Fische und sprach mit niemandem, dann ging ich an die Becken zurück und arbeitete mechanisch wie ein Roboter.

Es machte einen Unterschied, um vier Uhr früh von der Arbeit zu kommen, anstatt um zwei. Alles wirkte viel trister. Oder es lag daran, daß ich übermüdet war. Es war eine dieser eigenartigen, lauen Winternächte, in denen die Luft mit Feuchtigkeit überladen ist und man den Wind hört.

»Bird.« Magyar fing mich ab. »Vermutlich ist dir der Klatsch schon zu Ohren gekommen.«

»Ja.«

Schweigend gingen wir ein Stück.

»Du willst mir wohl keine Fragen stellen, wie?«

»Nein.«

»Ich hab abgelehnt!« Sie schien wütend zu sein. Auf sich selbst oder auf mich.

Ich wußte nicht, was ich denken, was ich empfinden sollte. »Und warum?«

»Keine Ahnung. Es ist nur …«

Ich kam nicht umhin zu lächeln. »Cel meint, du wüßtest mit den Schlappschwänzen von der Tagschicht nichts anzufangen.«

Magyar grinste zurück. »Denen hätte ich schon Feuer unterm Hintern gemacht.«

Wir schlenderten weiter. Wohin wir gingen, war mir schleierhaft.

»Zuerst hörte sich alles ganz gut an: eine günstigere Arbeitszeit, mehr Geld. Kein Hepple. Dann fragten sie mich, wem sie meinen Job geben sollten. Natürlich dachte ich sofort an dich. Du weißt mehr über diese

Anlage, als du eigentlich dürftest. Für den Posten wärst du genau die richtige. Aber ... ich weiß nicht ... Du bist nicht die Person, für die du dich ausgibst.«

»Du hättest jemand anderen vorschlagen können. Cel zum Beispiel.«

»Glaub nicht, ich hätte nicht daran gedacht. Aber je intensiver ich über dich nachgrüble, um so mehr finde ich, daß wir zwei noch nicht miteinander fertig sind. Du hast dir eine falsche Identität zugelegt, um einen Job zu kriegen, für den du total überqualifiziert bist. Ich kann keinem mit so einer Vorgeschichte trauen.«

»Ich werde niemandem Probleme machen.«

»Kann schon sein, aber welche Garantie habe ich?«

Ich rieb ihr nicht unter die Nase, was ich vergangenen Abend geleistet hatte.

Sie gab ein leises, frustriertes Geräusch von sich. »Ich mag dich, aber ich traue dir nicht. Wer bist du?«

»Das kann ich dir nicht sagen.«

»Dann verrate mir wenigstens, warum du diesen Job wolltest.«

»Weil ich von der Sache was verstehe. Und er ist so unauffällig, daß keiner auf mich aufmerksam wird.«

»Versteckst du dich vor der Polizei?«

Ich nickte. Wir setzten unseren Weg fort. Mittlerweile waren wir im Hafengelände angelangt – dem richtigen Hafen, nicht dem Tummelplatz für Touristen.

»Was hast du verbrochen?«

»Ich glaube, ich habe jemanden getötet.«

Ein Satz, der mir äußerst gefährlich werden konnte. Er hing in der Luft wie eine unheilträchtige Wolke. Wenn ich gekonnt hätte, ich hätte die Worte sofort zurückgenommen. Den Bruchteil einer Sekunde lang spielte ich mit dem Gedanken, wegzurennen. Magyar wäre mir nicht gefolgt.

Statt dessen kam ich nur kurz aus dem Tritt, dann bummelten wir weiter.

»Das ist noch nicht alles, oder?«

»Nein.«

»Aber mehr wirst du mir nicht erzählen?«

»Stimmt.« Ich fror und fühlte mich völlig ausgepumpt. Jählings blieb ich stehen. »Was wirst du jetzt unternehmen?«

»Nichts.« Ihr Gesicht konnte ich nicht sehen, nur ihren Atem, der sich wie Perlmutt schimmernd gegen den schwarzen, industriellen Himmel abhob. »Gestern abend hast du uns allen geholfen. Und ich habe viel Geduld.«

Irgendwann wirst du mich schon einweihen, meinte sie damit. Es war keine Drohung, höchstens ein angedeuteter Wink.

»Geh nach Hause und leg dich ins Bett. Bird.« *Oder wer immer du bist*. »Du siehst geschafft aus.«

Ich ging in den *Polar Bear.*

Das Geschäft mit den Daten-Slates blieb mau, und immer öfter wachte Lore mit Wundmalen von Fesseln an den Handgelenken auf, oder mit einem Muskelkater in den Armen, weil sie irgendeinen schwammigen Sechzigjährigen eine halbe Ewigkeit lang geprügelt hatte. Einmal, gegen Ende des Sommers, wurde sie in ihrem Apartment wach und in ihr steckte noch ein künstlicher Penis. Sie stürzte ins Bad und übergab sich. Hinterher kauerte sie schlaff über der Toilettenschüssel und flüsterte ins Wasser: »Das war nicht *ich*, das war nicht *ich* …« Doch selbst als sich ihr Magen erneut umdrehte, brannte ihre Haut im Nachgeschmack an die erlebte Wollust. Sie weinte.

Bisweilen brauchte Spanner ihr nur das kleine Fläschchen zu zeigen, und sie stand kurz vor einem Orgasmus.

Im November gingen sie sechs Nächte pro Woche auf Tour, und manchmal verkauften sie sich mehr als einmal pro Nacht. Meistens wechselten sie sich ab; eine trieb es mit den Kunden, die andere paßte auf. Wenn Lore zusah, wie Spanner irgendeinen verkommenen Teenager oder einen abgewichsten alten Knacker fickte, fühlte sie sich stark: Sie war Herrin der Lage. Sie sorgte dafür, daß Kondome und antivirale Mittel zur Hand waren; sie gebot Spanner Einhalt, wenn der Kunde genug hatte; sie nahm das Geld entgegen. Sie traf Entscheidungen; was geschah, bestimmte sie. Mit Liebe hatte das alles nichts zu tun, aber wenigstens wurde sie nicht belogen.

Sie kassierten gut ab, doch aus irgendeinem Grund schienen sie immer mehr Geld zu brauchen.

Wieder brach die Weihnachtszeit an. Lore stromerte durch die Straßen und landete vor dem mittelalterlichen Tor, das man vor dreißig Jahren ausgegraben hatte. Sie starrte darauf, dann inspizierte sie das Gelände, das einstmals ein Hafen gewesen war. Nun befand sich dort ein riesiges, kitschig aufgemotztes Einkaufszentrum. Sie fragte sich, wieso moderne Schöpfungen so schnell häßlich wurden.

Es regnete. Der graue Himmel und ihre festen Schuhe, mit denen sie durch Pfützen platschte, erinnerten sie an Den Haag, wie sie an der Hand ihres Vaters lachend von ihrem chauffeurgesteuerten Wagen zu einem hellerleuchteten Geschäft gerannt war. In jenem Jahr hatte sie Tok ein Kunstprogramm für seinen Slate gekauft.

Ihr Vater hatte ihr geholfen, für alle Familienmitglieder Geschenke auszusuchen. Sie war selig gewesen. Ihr Vater war ein vielbeschäftigter Mann, der Konferenzen leitete und einen gespickten Terminplan einhalten mußte, doch er nahm sich die Zeit, mit ihr durch den Regen zu laufen und Weihnachtspräsente auszuwählen, mit einer Akribie, als hinge die Zukunft der van de Oest Enterprises von ihren Entscheidungen ab. Wie ein ganz gewöhnlicher Mensch stellte er sich im Café des Geschäfts für eine heiße Schokolade an, derweil sie sich an den Geschenken ergötzten, die sie wohlverpackt in Tüten unter ihren Stühlen deponiert hatten.

Lore lächelte in sich hinein, bis sie in einer Schaufensterscheibe ihr Gesicht erblickte und sofort wieder ernst wurde. Alles war nichts weiter als blauer Dunst, eine Lüge, weil *er* ein Falschspieler war. Sämtliche Erinnerungen an ihn waren ihr vergällt, waren besudelt, weil er Stella *das* angetan hatte. Wie konnte jemand einen anderen Menschen so verletzten und dabei noch lächeln und Liebe heucheln?

Sie ertappte sich, wie sie sich gegen das kalte Panzerglas eines Bekleidungsgeschäfts schmiegte. Es gab nichts, was sie Spanner reinen Herzens zu Weihnachten hätte schenken können, denn bezahlen mußte sie mit schmutzigem Geld.

Ich weiß selbst nicht, warum ich den *Polar Bear* ansteuerte – vielleicht, um ein paar Gespenster auszutreiben; vielleicht verspürte ich Appetit auf ein Bier; vielleicht fürchtete ich mich vor dem Alleinsein – doch ich hatte nicht damit gerechnet, Spanner dort anzutreffen.

Sie hielt Hof an einem der Mitteltische, lachend, mit einer Hand gestikulierend, nur eine Pause einschaltend, um zu trinken.

Neulich hatte sie mich aus ihrer Wohnung rausgeschmissen. Lieber wollte sie Qualen erleiden, als mich in ihrer Nähe dulden. Nun jedoch winkte sie mich herbei. Ich ließ mich auf einen Stuhl nieder und nickte den fremden Leuten, die an Spanners Tisch saßen – eine Frau und zwei Männer –, freundlich zu.

»Lore!« Sie drehte sich halb um und rief in Richtung Bar: »Bring Lore ein Bier!«

Dem fleckigen Tisch und den geröteten Gesichtern nach zu urteilen, hockten sie schon seit mehreren Stunden hier. Auch Spanner hatte einen frischen Teint, doch mir fiel auf, daß sie – obwohl sie das Glas oft an die Lippen setzte – langsam trank und sich irgendwie hölzern, ruckhaft bewegte. Zu den hochdosierten Sedativen, die sich in ihrem Blut befinden mußten, hatte sie sich vermutlich noch mit aufputschenden Mitteln vollgepumpt.

Nach ein paar nichtssagenden Höflichkeitsfloskeln wurde ich nicht mehr in das Gespräch einbezogen, während Spanner ausgelassen lachte und weiterhin Charme versprühte. Mir war warm. Ich versank in einen tranceähnlichen Zustand, nippte ab und zu an meinem Bier und fühlte mich eher bettreif als entspannt. Dann standen Spanner und die anderen auf, Hände wurden geschüttelt.

»Dieses Wochenende? Geht in Ordnung. Doch, ja, die Unterhaltung mit Ihnen hat mir gutgetan. Nein, nein, ich bleibe noch und plaudere ein bißchen mit Lore.«

Dann waren wir zwei allein.

»Warum liegst du nicht im Bett?«

»Ich fühle mich topfit.«

Ich ließ das durchgehen. Wenn Spanner laufen konnte, *war* sie topfit. Egal, welchen Bärendienst sie sich dadurch erwies, egal, ob sie irgendeinen dauerhaften gesundheitlichen Schaden davontrug; und wenn sie bis zum Stehkragen vollgestopft war mit Medikamenten, sofern sie nur einen Fuß vor den anderen setzen konnte, war sie fit. Außerdem ging sie mich sowieso nichts mehr an. Dieses Kapitel war vorbei. Endgültig.

»Ist dein Video fertig?«

»Ja.«

»Gut. Dann machen wir es morgen nacht. Vier Uhr dreißig.«

»Ich kann nicht.« Ich suchte nach Ausflüchten. »Meine Schicht dauert bis vier.«

»Wie lange brauchst du, um eine halbe Meile zu laufen?«

»Aber die Ausrüstung …«

»Steht bereit.«

»… und die Information …«

»Hab ich. Alles geprüft. Es kann losgehen. Und morgen früh um vier Uhr dreißig öffnet sich in einer Sendestation hier in der City für uns eine Lücke.«

»Kommt gar nicht in Frage.« Die Idee war lächerlich. »Sieh dich doch an. Ohne einen Schuß könntest du nicht mal ein Bierglas anheben.«

»So? Tatsache ist, ich *kann* es anheben. Und das allein zählt!«

»Und wie beduselt bist du von all den Drogen? Nein. Wir warten.«

»Wir können nicht warten.« Sie schob ihr Glas von sich. »Ich kann nicht warten. Die Information und die Ausrüstung kosten Geld und Gefälligkeiten. Ich stehe bei etlichen Leuten in der Schuld. Mittlerweile haben sie bestimmt schon gehört …« Sie spreizte fächerförmig die Finger und deutete mir an, auf welche Weise man ihrem Körper malträtiert hatte. Ich sah den matten Schimmer von Puder unter ihren Augen, wo sie die dunklen Ringe kaschiert hatte.

Schon vor diesem ganzen Zirkus war sie hoch verschuldet gewesen. Und um die Ausrüstung zu kaufen, mußte sie sämtliche Beziehungen ausspielen. Die Personen, bei denen sie in der Kreide stand, wurden allmählich unruhig. Deshalb zeigte sie sich, ging unter Leute. Um dem Gerücht entgegenzuwirken, sie sei erledigt. In dem Spiel, bei dem Spanner mitmischte, konnten besorgte Gläubiger schnell den Tod bedeuten.

Ich zögerte. Wir riskierten allerhand. Spanner brauchte nur eine Mikrosekunde zu langsam zu sein, und der Alarm würde ausgelöst. In diesem Fall würden sie uns höchstwahrscheinlich schnappen und zur Rechenschaft ziehen. Sie wußte, was das für mich bedeutete: Eine Konfrontation mit meiner Familie, öffentliche Demütigung, die Aussicht auf eine Mordanklage. Welche Konsequenzen eine Panne für sie hätte, konnte ich nur raten.

»Schaffst du es denn?« *Sag mir die Wahrheit. Nur ein einziges Mal. Schaffst du es, vollgepumpt mit all diesen Drogen?*

»Ja.«

Damals, in jener Nacht, hätte sie mich im Regen auf dem Pflaster liegen lassen können; viele Menschen hätten sich meinen Hilferufen gegenüber taub gestellt und wären einfach weitergegangen. Dann wäre ich jetzt vielleicht tot. »Also gut. Morgen steigt die Sache.«

Wir verzichteten auf einen Händedruck.

* * *

Es goß in Strömen, aber ich spürte den Regen nicht. Ich war ganz in Plasthene eingewickelt: Kapuze, langer Mantel, Überziehschuhe über meinen Stiefeln, die Hände mit einer durchsichtigen Schicht Plaskin besprüht. In der Hocke kauernd, schützte ich die offene Tasche mit meinem wasserdichten Mantel. Spanner fluchte in der Dunkelheit. Ich wartete. Die Tür zur Sendestation war mit einem Standardschloß verriegelt; es konnte nicht schwer zu knacken sein. Sollte man meinen.

Worte stiegen in mir hoch, wie Fische bei einsetzender Flut: *Laß uns umkehren. Noch können wir die Aktion abblasen …* Doch das Schloß klickte, und Spanner schob die Tür auf. Eine Tasche reichte ich ihr, die andere trug ich hinein. Hinter mir schloß ich die Tür. Es war stockfinster, bis ich die Lichtschalter fand.

Die Station war zehn Quadratfuß groß und hatte eine niedrige Decke. Digitale Relais arbeiteten licht- und geräuschlos. Es war bitterkalt. Zum Sitzen gab es einen Stuhl auf Rollen. Der Boden bestand aus glattem Beton. Wir schüttelten uns, damit unsere Sachen wenigstens ein bißchen abtropften, doch wir wagten es nicht, die Mäntel auszuziehen. Bei diesem Job durften wir keine Spuren hinterlassen: kein Fitzelchen Haut, kein vereinzeltes Haar, das die Schnüffler vom Sicherheitsdienst später auf DNA untersuchen konnten.

»Willst du dich auf den Stuhl setzen?« fragte ich.

Spanner hantierte bereits mit ihrer Werkzeugrolle. Sie schüttelte den Kopf.

Die Stille und das Schweigen zerrten an meinen Nerven. »Wieso brennen an der Konsole keine Leuchtanzeigen?«

Spanner faßte nach oben, berührte irgendwas, und dann schimmerten Lämpchen in matten Farben: rot, gelb, grün, ein paar glänzten pinkrosa und türkis.

Ich öffnete meine Tasche und begann, Spanner einen Gegenstand nach dem anderen zu reichen: die Diskette, die ich in Hunderten von Arbeitsstunden zusammengebastelt hatte; die mattierte, unscheinbare Box, die so teuer gewesen war; einen Flachbildschirm; die Anschlußkabel ... Spanner hatte Stunden damit zugebracht, die Teile, bei denen es möglich war, mit Ultraschall zu säubern; dem Rest war sie mit einer Zahnbürste zu Leibe gerückt. Kein ausgefallenes Haar, keine Hautschuppe, kein Hauch von Körperfett durften zwecks kriminaltechnischer Analyse zurückbleiben. Ich verhielt mich passiv und sah ihr bei der Arbeit zu.

Mit Werkzeug in der Hand und einer echten Aufgabe war sie wie ausgewechselt. Jede Geste war vorsichtig und präzise, als sie den Diagnose-Flachschirm installierte, die Wellenmuster beobachtete, nickte und dann nach ihrem Tone Pad griff.

Ich entsann mich, wie diese Hände früher meinen Rücken massiert hatten, die Stellen zwischen den Rippen erforschten, mich streichelten. Im Geist sah ich dann wieder ihre weitaufgerissenen Augen vor mir, und wie sie vor Anstrengung, stillzuhalten, gezittert hatte, weil sie sich fürchtete, ihre ausgekugelten Gelenke zu bewegen. Welche Qualen mußte sie ausgestanden haben, ehe endlich der Arzt kam und ihr Linderung verschaffte.

Ich schluckte krampfhaft.

Sie schob die Diskette in das Laufwerk, starrte auf den Schirm, furchte die Stirn und sog zischend die Luft durch die Zähne.

»Probleme?«

»Hmm? Nein. Es dauert ein paar Minuten.«

Ich lenkte sie ab. Höchste Zeit, daß ich mich auf meinen Part vorbereitete.

Das Access-Window befand sich hinter Spanner. Ich rückte den Stuhl davor, setzte mich und legte mir ein Board auf den Schoß. Nachdem ich es eingeschaltet hatte, rollte ich auf dem Stuhl so lange hin und her, bis das grüne ALIGNED-Panel aufleuchtete. Die Ausrichtung war perfekt. Sämtliche anderen Panele gingen nacheinander an und schimmerten in gelbem Licht. Die Sicherheitssysteme der Station waren online und fingen an zu arbeiten, indem sie den Zugang checkten und gegencheckten.

Sowie Spanner das Netzsignal manipulierte, würden sie sukzessiv rot aufblitzen, aber wir verfügten über ein Programm, mit dem wir den Alarm direkt an der Quelle überbrücken konnten. So lange der menschliche Kontrolleur während der rund zwölf Sekunden, in denen wir das Signal einspeisten, nicht aufmerksam wurde, waren wir gerettet. Und laut der Information, die wir zusammen mit der Hardware gekauft hatten, fand just in diesen Augenblicken keine Kontrolle statt. *Trotzdem konnte es passieren, daß jemand ausgerechnet heute eine Ausnahme machte und doch checkte.*

Es gab keine Möglichkeit festzustellen, ob das Programm auch wirklich so effizient war, wie seine Autoren behaupteten; noch ließ sich überprüfen, ob die Handshake-BOX erfolgreich das Netzsignal kopierte, das sich nach dem Zufallsprinzip veränderte. Spanner hatte sich den Code angesehen – sogar ich hatte einen Blick darauf geworfen – und so weit wir es beurteilen konnten, war alles in Ordnung, aber Gewißheit bekamen wir nicht.

Ich sah zu Spanner hinüber. Sie arbeitete routiniert. Ein leiser Ton erklang. »Die Handshake-BOX ist in Aktion getreten«, erklärte sie. »Jetzt warten wir nur ab.« Sie faßte nach oben und schaltete den Bildschirm der Station ein.

Auf dem Programm stand die Wiederholung einer alten Situationskomödie, die bereits einen mondänen Kultstatus genoß, und das Netz arbeitete absolut zuverlässig. Dennoch blies ich erleichtert den Atem aus, als die Hauptdarstellerin mit dem für sie typischen Grinsen erschien. Wenn bis jetzt alles reibungslos geklappt hatte, würde der Rest vielleicht auch noch gutgehen. Ich fragte mich, was sich die Zuschauer der anderen Kanäle wohl reinziehen mochten; Filme, live ausgestrahlte Sportsendungen, Live Sex, Hundeshows, Cartoons ...

»Der Werbeblock beginnt in zwei Minuten und elf Sekunden.«

Normalerweise waren Werbespots auf die rührige, interessierte TV-Gemeinde zugeschnitten, doch wir wollten die Zielgruppe mit einem Schlag vergrößern. Spanner hatte gemeint: »Sieh mal, unser Appell richtet sich zwar an die Reichen und Doofen, aber die Menschen, die regelmäßig um vier Uhr morgens vor der Glotze hocken – die Depressiven, die Schlaflosen, die Trinker, die Typen, die die ganze Nacht mit einem neuen Partner durchgevögelt haben – erreichen wir ganz automatisch.« Im Klartext hieß das: Laß uns auch bei den Wehrlosen absahnen, bei denen, die eigentlich nichts zu verschenken haben, und bei solchen, die alles weggeben, weil sie ohnehin im Begriff stehen, ihr Leben zu beenden.

»Hoffentlich ändert sich der verdammte Handshake

nicht mitten in einem Werbespot«, brummelte sie. Ich fragte nicht nach, was dann passieren würde. Ich wollte es lieber nicht wissen.

»Ist das Konto-Programm online?«

»Ja. Werbung in fünfzig Sekunden.«

Meine Hände umklammerten das Board, und die Fingergelenke hatten sich bläulich-weiß verfärbt. Wir wollten das Ende des ersten Spots abwarten; ungefähr dreißig Sekunden. An diesem Punkt standen die Chancen günstiger, daß der Schnüffler von der Security nicht aufpaßte; diese Leute wurden nicht dafür bezahlt, das Signal der Reklame-Sendungen zu überwachen. Wir hatten keine Ahnung, welche Werbespots gezeigt würden, aber Spanner hatte sich Dutzende der wahrscheinlichsten Kandidaten angesehen und Interrupt-Programme geschrieben. Falls indessen ein uns nicht bekannter Spot kam, mußte sie manuell eingreifen.

»Zwanzig Sekunden. Neunzehn. Achtzehn. Siebzehn …«

Sämtliche Lichtpunkte auf meinem Board funkelten gelb.

»Wir sind synchron.« Ein paar Sekunden lang fuhren wir stumm auf dem regulären Signal mit.

Die Lichter waren immer noch gelb. »Alles klar.«

»Vier Sekunden. Drei. Zwei. Eins.«

Der Bildschirm erstrahlte in einem hellen Grün. *»Dies ist …«* Spanner fluchte. Plötzlich verdüsterte sich der Schirm zu einem stumpfen Rotbraun … Der verwüstete Boden eines abgeholzten Regenwaldes.

»Was ist los, was ist los?«

»Ein Minifeature«, gab Spanner kurz und bündig zurück. »Wird die gesamte Werbezeit einnehmen.«

In weniger als drei Minuten mußten wir eine Entscheidung treffen. »Das Board ist gelb.«

»Und das Signal bietet sich geradezu an«, ergänzte Spanner. »Ich mach's!« Ihre Stimme klang scharf und bestimmt. »Nach dem Feature mogel ich uns rein, klau einfach ein bißchen Programmzeit.«

»Kennst du diesen Spot?«

»Nein, aber ich weiß, wann ich eine Schlußszene vor mir habe.«

Sie hatte recht. Die letzten Sekunden eines Commercials waren nicht zu verkennen. »Dann los!« sagte ich.

Es war gefährlich, viel riskanter, als wir es uns vorgestellt hatten. Kein Zuschauer merkte sich je, wie lange ein Werbespot dauerte, aber wenn man jahrelang stets mit derselben Anzahl von Sekunden bombardiert worden war, stellte sich der Körper unbewußt auf ein bestimmtes Zeitschema ein. *Nanu,* würde manch einer denken, *heute gibt es aber mehr Reklame als sonst ...* Und vielleicht gehörte ein Security-Spitzel zu denen, die eine gewisse Ungereimtheit spürten. Und wenn der betreffende Mann oder die Frau sich sputete, hatte man uns am Haken, ehe wir unser Signal ausklinken konnten.

»Das ist die Schlußsequenz.«

»Fang an!«

Jetzt gab es kein Zurück mehr. Wenn die Drogen Spanners Reaktionsfähigkeit beeinträchtigten, wenn sie sich nur um eine Millisekunde verkalkulierte, würde der Einschub auffallen. Adrenalin spannte die Muskeln um meine Augen; ich atmete flach.

Sie war perfekt. Die weißen Buchstaben blendeten sich aus und schufen einen Übergang zu dem rotgelben Muster, der Nahaufnahme von Toms Krawatte.

Ich beobachtete das Board. »Zehn Prozent rot. Zwanzig.« Das Security-Programm hatte begonnen, nach unserem Signal zu fahnden. Erst wenn sämtliche Leuchten rot glühten, hatte man uns entdeckt.

»Kommt schon, Leute, kommt schon«, knurrte Spanner. Ich fragte mich, was das Konto-Programm anzeigte.

»Fünfundzwanzig Prozent. Fünfzig!« Das jähe rote Flackern auf dem Board brachte mein Herz aus dem Takt. »Siebzig!«

»Wir kratzen die Kurve!« Die Lämpchen auf meinem Board erloschen. Spanner klappte den Flachschirm zusammen und stöpselte die Box aus.

Ich fand mich auf dem Boden kniend wieder, Kram in den Rucksack stopfend, ohne zu wissen, wie ich dorthin gekommen war.

»Fast zwölf Sekunden«, verkündete sie.

»Sperr das Konto«, bat ich.

»Es fließen immer noch Gelder ein …«

»Sperr es!« Es war mir schnuppe, wie viel oder wie wenig wir abzockten, wir mußten schleunigst das Feld räumen. Eine Nanosekunde konnte genügen, um ein Security-Programm auf die richtige Spur zu bringen.

Sie drückte auf eine Taste und zog ein Kabel heraus. »Das war's dann wohl.«

Kurz darauf standen wir draußen im Regen, zerrten die Tür ins Schloß, lehnten uns gegen die Wand und lachten. Das Wasser rann mir in die Ohren, in den Mund, perlte den Nacken hinunter, doch es machte mir nichts aus. Wir hätten die Beine in die Hand nehmen und türmen müssen, doch ich empfand keinen Grund zur Eile. Das lag am Adrenalin-Rausch. Ich konnte gar nicht mehr aufhören zu lachen; wir waren frei und in Sicherheit. Ich hatte schon ganz vergessen, was für ein tolles Gefühl es war, gegen Gesetze zu verstoßen, wie großartig, wie unbezwinglich ich mir dabei vorkam …

Widerwillig stieß ich mich von der Wand ab. »Wir müssen von hier verschwinden.«

»Sie haben uns nicht entdeckt.« Doch bei Spanner stellte sich bereits Ernüchterung ein, das merkte ich an der Art, wie sie sichernd von links nach rechts spähte. Das Krokodilgehirn vermag mit Informationstechnik und ihren Finessen nicht viel anzufangen; es verlangte nun nach physischer Distanz. Wir setzten ins in Trab.

Nachdem wir ungefähr eine Viertelmeile zurückgelegt hatten, hielt ich die Gefahr für gebannt. Ich drosselte mein Tempo, blieb stehen und schälte mich aus den Plasthene-Klamotten. Spanner folgte meinem Beispiel. »Wieviel haben wir kassiert?«

Sie grinste. »Rate mal.«

»Eine ganze Menge.« Abermals schäumte der Übermut in mir hoch. Massenhaft Geld – für ein paar Minuten Arbeit. »Na sag schon!«

»Einhundertundvier- vielleicht einhundertundfünftausend.«

Vor Verblüffung entfuhr mir ein lauter Lacher.

»Halt die Klappe!« zischte Spanner. »Sonst ertrinkst du noch bei diesem Wolkenbruch.«

Plötzlich erfreute ich mich an dem Regen, genoß es, naß zu werden. Es war real. Und dann das viele Geld. Mir schwindelte. Diese Summe verhöhnte die paar Piepen, die ich in der Hedon Road verdiente, machte aus der elenden Schinderei eine Farce.

Im *Polar Bear* war nicht viel los, höchstens ein halbes Dutzend Gäste lungerte herum. Spanner hatte uns Whiskey bestellt. Ich rollte das Glas zwischen den Händen und gab mich damit zufrieden, das Aroma zu schnuppern. Binnen einer halben Stunde vertilgte Spanner bereits ihren dritten Drink. Wahrscheinlich hätte sie bei den Schmerzmitteln, die sie genommen hatte, überhaupt nicht trinken dürfen. Jetzt, wo die adrenalininduzierte Euphorie im Abklingen war, fühlte ich mich zu groggy, als daß es mich geschert hätte.

»Und was machst du mit deinem Anteil?«

»Keine Ahnung.« Ich nippte an dem Whiskey und genoß den würzigen, rauchigen Geschmack. Nach Abzug des Startkapitals und Toms Ration blieben mir immer noch über dreißigtausend – steuerfrei. Ich konnte dieses Zeug jeden Tag trinken. Mir ein größeres Apartment leisten. Für eine Weile. »Vielleicht verschenke ich das Geld.« Magyar würde mir sicher Paolos Adresse aus den Akten heraussuchen. Ich versuchte mir sein

Gesicht vorzustellen, wenn er erführe, daß er um dreißigtausend reicher war. Ich stierte in mein Glas. Was für eine warme, anheimelnde Farbe.

Spanner faßte über den Tisch und legte ihre Hand auf mein Glas. »An wen?«

»Was?«

»Wem wirst du das Geld geben?«

Paolo damit beglücken zu wollen, war ein blöder Gedanke. Das Geschenk würde weder ihm noch mir etwas nützen. Aber ich mußte reden – und wer hörte mir zu, außer Spanner? Also erzählte ich ihr von Paolo. Wie er in die Hedon Road gekommen war, wie jung er wirkte, wie seltsam er sich verhielt. Ich schilderte ihr, mit welchem Blick er mich angesehen hatte, als er begriff, daß ich ihn nicht auf den Arm nahm, daß ich ihn allen Ernstes unterrichten wollte. Ich beschrieb seine Unerfahrenheit, seine Verletzlichkeit, seinen Selbstmordversuch. Und ich machte keinen Hehl aus meinen Schuldgefühlen.

Sie nippte an ihrem Drink. »Du hast seine Arme und Beine nicht mit der Axt abgehackt.«

»Nein. Aber ich hätte aktiv werden müssen, so lange es noch ging. Das gleiche gilt für meinen Vater und für meine Mutter. Für Willem. Für alle.« Ich wollte, daß sie es einsah, daß sie das Problem verstand. Ich erzählte ihr von dem Hotelzimmer. Von dem Urteilsspruch im Caracas-Fall. Wie ich bei der Neuigkeit in meinem klimatisierten Zimmer die Achseln zuckte und mich wieder unter die Dusche stellte. »Aber damals war ich erst sechzehn, wie hätte ich mich da in die Lage dieser Leute versetzen können?« Sie waren lediglich Bilder auf einem Fernsehschirm gewesen. Irgendwie hatte ich geglaubt, der Schmutz auf ihren Gesichtern sei Make-up, ihre Qual nur gespielt.

Doch Spanner hörte gar nicht hin. »Bedeutet dir Geld so wenig, daß du es einfach so weggeben kannst?«

»Geld ist nicht wichtig.«

»Natürlich ist es wichtig!« *Es war das einzige, worauf es im Leben ankam!* Plötzlich merkte ich, daß sie Angst hatte. Geld war alles, was sie besaß. Wenn ich so verächtlich darüber sprach, was mochte ich da von ihr halten?

»Spanner ...«

Sie zischte beinahe. »Du kotzt mich an, weißt du das? Du bist ein arrogantes Miststück. Du bildest dir ein, alle Welt würde sich für deine Gefühle interessieren. Du glaubst, daß du irgendwas bewegst, aber das ist ein Irrtum.«

Noch nie zuvor hatte ich erlebt, daß sie sich fürchtete. Mir wurde ganz mulmig. Etwas hatte sich verändert. Sonst war es immer umgekehrt gewesen, auf einmal waren die Rollen vertauscht. Jetzt empfand *ich* keine Angst mehr. Nie wieder konnte sie mich dazu zwingen, gegen meinen Willen zu handeln. Sie hatte mich gerettet und mir Überlebenstaktik beigebracht, doch dafür hatte ich bezahlt und bezahlt und bezahlt. Nun waren wir quitt.

Ich glaube, sie erkannte das, und genau dieser Wandel, der sich in mir vollzogen hatte, brachte sie aus dem Konzept. Meine Unabhängigkeit flößte ihr Angst ein. Ich hätte ihr gern dargelegt, daß ich ihr nie etwas Böses antun würde, daß ich nicht so war wie alle anderen, die sie kannte; aber ich wußte nicht, was ich sagen sollte – und ich war mir nicht einmal sicher, ob es stimmte.

Sie sah mir meine Unschlüssigkeit an. »Armes kleines reiches Mädchen!«

»Nein.« Für einen solchen Schlagabtausch fühlte ich mich zu abgekämpft. Ich leerte mein Glas und stand auf. »Nicht mehr. Ich arbeite für meinen Lebensunterhalt. Und ich arbeite schwer. Ich leiste etwas, und ich verstehe meinen Job. Für mich ist das wichtig.«

»Fühlst du dich wohl, wenn du in Scheiße herumstocherst?«

»Auf welche Weise verdienst *du* dir denn dein Auskommen?« Plötzlich kochte ich vor Wut. Ich ärgerte mich über sie, über die Gesellschaft, die sie zu dem Menschen gemacht hatte, der sie heute war; obendrein haderte ich mit mir selbst, schämte mich für Dinge, die ich getan oder unterlassen hatte. »Was bringt es dir, wenn du dich von fremden Leuten benutzen läßt wie ein Papiertaschentuch, das man nach einmaligem Gebrauch wegwirft? Verschafft dir das Geld, das du dafür kriegst, Befriedigung? Das Gefühl, etwas Nützliches vollbracht zu haben? Was hast du von deinem Reichtum, wenn du dich vor Schmerzen nicht bewegen kannst und einsam bist, weil du keine Freunde hast? Fühlst du dich denn wohl, wenn du daran denkst, daß du vielleicht krepiert wärst, wenn dieses arme kleine reiche Mädchen kein Mitleid mit dir gehabt hätte? Fühlst du dich wohl, wenn du morgens aufwachst und dich selbst haßt, weil du die größten Schweinereien begangen hast, nur um auf die Schnelle einen Hunderter zu verdienen? Bist du dann zufrieden?«

Ich hatte noch nie eine Schlange kurz vor dem Zubeißen gesehen, aber ich glaube, jetzt weiß ich, was zu erwarten wäre. Die Viper zieht den Kopf ein klein wenig zurück, die Nickhaut vor den Augen schließt sich halb, und im Sonnenlicht schimmern die harten grauen Reißzähne, trocken wie uraltes Gebein. Dann erlischt jeder Ausdruck, wenn sämtliche Muskeln erschlaffen außer denen, die gebraucht werden, um vorzupeitschen und das Gift in das weiche Gewebe eines Säugetiers zu treiben.

Aber Spanner führte nur ihr Glas an die Lippen, kippte den Whiskey in einem Zug hinunter und lächelte.

22

Lore ist achtzehn. Heute ist vielleicht ihr Geburtstag. Sie hockt in einem Zelt, das sich in einer Art Lagerhalle befindet, möglicherweise auch in einer Scheune. Den Gerüchen nach zu urteilen steht dieses Gebäude eher in einer ländlichen als in einer städtischen Umgebung. Es duftet nach Wein, Knoblauch und Öl, bisweilen vermischt mit einer Andeutung von Gras, das die Sonne zu lange gedörrt hat. So riecht es am Mittelmeer oder in Südfrankreich. Lore fragt sich, wie man sie von der Ferienanlage nach hierher verschleppen konnte; seit die beiden Männer sie in ihrem Zimmer betäubten, erinnert sie sich an gar nichts mehr.

Soweit sie es beurteilen kann, vegetiert sie seit nahezu drei Wochen in diesem Zelt. Man stopft sie voll mit Beruhigungsmitteln. Anfangs mischen sie die Drogen in ihr Essen, doch da sie nicht immer alles aufißt, stimmt die Dosierung nie. Einmal gab man ihr soviel, daß sie zwei Tage lang schlief. Jedenfalls behaupteten sie es. Nun jedoch ist ihr Körper mit dem Mittel so gesättigt, daß sie ihr einfach eine Pille reichen und warten, bis sie sie gehorsam in den Mund steckt und hinunterschluckt. Aber sie glaubt, daß heute höchstwahrscheinlich ihr Geburtstag ist.

Das Zelt ist leer bis auf einen Schlafsack und einen Eimer. Der Kübel wird alle zwölf Stunden geleert. Manchmal stinkt es im Zelt. Sie fühlt sich erniedrigt. Man hat ihr die Kleidung weggenommen, aber nicht aus Geilheit, davon ist sie überzeugt.

Zwei Männer kümmern sich um sie. Die Kleidung des größeren riecht irgendwie immer nach etwas Gebratenem, Fisch zum Beispiel; der andere, der kleiner ist als Lore, erinnert mit seinen huschenden, ein wenig seitwärts krängenden Bewegungen an eine Krabbe.

Wenn sie ihr ein Tablett mit Verpflegung bringen, den Eimer auskippen oder ihr die Pillen verabreichen, tragen sie Handschuhe und haben das Gesicht mit einer Art Skimaske verhüllt. Sie hat keine Ahnung, wie sie aussehen, welcher Rasse sie angehören oder wie alt sie sind, aber sie glaubt, daß sie sie auch ohne den Unterschied in der Körpergröße auseinanderhalten könnte.

Der Lange, den sie in Gedanken Fischgesicht nennt, scheint ganz nett zu sein. Wenn er das Zelt betritt, wendet er immer den Kopf zur Seite, wie wenn er sich für das, was er ihr antut, schämte. Den anderen jedoch, die Krabbe, kann sie nicht ausstehen. Er ist derjenige, der spricht, der ihr befiehlt, die Pillen zu schlucken, andernfalls würde er sie fesseln. Er reißt sie aus dem Schlaf und brüllt sie an, weil ihre Familie sich weigert, das Lösegeld zu zahlen.

Krabbe schleppte eines Tages den alten Klappstuhl herbei, dazu eine Kamera und eine Tageszeitung.

»Setz dich auf den Stuhl«, herrschte er sie an, »und halt die Zeitung hoch, damit sie das Datum sehen können.«

Wer? wunderte sie sich, brachte indessen nicht den Mut auf, die Frage laut zu stellen.

Er fummelte an der Kamera herum, und gleißendes Licht erhellte das Zelt. »Sag was. Erzähl ihnen, daß du um dein Leben fürchtest.«

Dabei empfand sie keine Angst. Durch die Drogen kam ihr alles so unwirklich vor, geradezu belanglos. Lore rührte sich nicht und blinzelte bloß. »Das Licht blendet mich«, nuschelte sie.

»Gefällt es dir nicht?« Er trat näher an sie heran und leuchtete ihr mit dem Strahler direkt in die Augen.

Sie versuchte die Hände zu heben und das Gesicht abzuschirmen, aber ihre Finger fühlten sich steif an wie ein Bündel Würste und verhedderten sich in der Zeitung.

»Das Blatt hochhalten, hab ich gesagt. Damit das Datum zu erkennen ist. Sie müssen wissen, daß wir dich noch nicht umgebracht haben.«

Noch nicht. Ihre Gedanken kreisen um die Formulierung. Eigentlich hätte sie jetzt in Panik geraten müssen, doch alles, was sie spürte, war das glatte Holz unter ihrem Hintern und die Zeitung an ihrem Bauch. *Nackt*, dachte sie, *nackt und hilflos*.

»Sprich!« forderte Krabbe sie auf und stellte den Scheinwerfer noch stärker ein.

Sie wollte nur, daß das Licht gelöscht würde, sie sehnte sich danach, wieder in ihre watteweiche Traumwelt zurückzusinken. Sie fing an zu wimmern.

»Ja, so ist es schon besser.« Er filmte sie einen Moment lang, dann justierte er das Mikrofon neu ein. »Und jetzt jammerst du ihnen was vor, wie gern du von hier weg möchtest.«

Das Licht quälte sie. Am liebsten hätte sie sich hingelegt, um zu schlafen. »Bitte«, flehte sie. Langsam perlte eine Träne ihre Nase entlang, folgte dem Schwung ihres Wangenknochens, rann ihr über den Mund und tropfte vom Kinn herunter. »Bitte«, wiederholte sie, »bitte …«

»Fang endlich an. Sag es ihnen.«

»Ich will nach Hause.« Es spielte keine Rolle, daß sie mit schleppender Stimme sprach. Von ihr aus sollten ihre Eltern sie so sehen – nackt, hilflos, heulend –, obwohl sie sich früher auf den Kopf gestellt hatte, um in ihren Augen als Erwachsene zu gelten. »Ich will nach Hause. Bitte …«

Er schaltete den Scheinwerfer aus. »Du kannst jetzt aufhören.«

Doch Lore hatte völlig die Fassung verloren. Ihr Weinen verlor sich in hemmungslosem Schluchzen, das in einen nicht enden wollenden Schluckauf überging.

»Halt den Rand, verdammt noch mal! Und geh von dem Stuhl runter!«

Sie sank zu Boden und klammerte sich an sein Hosenbein.

»Laß mich los, herrje!« Er wischte sich den Rotz von der Hose. »Menschenskind!« Dann warf er ihr etwas zu – ein Taschentuch. »Putz dir die Nase!«

Noch im Fortgehen – Kamera und Stuhl mitnehmend – rubbelte er an seinem Hosenbein herum.

Allmählich ebbte das Schluchzen ab. Stundenlang weinte sie still und leise vor sich hin, bis sie ihr noch mehr Drogen gaben und sie einschlief.

Aber heute könnte ihr Geburtstag sein. Heute kann sie ein bißchen nachdenken.

Der Tag begann unangenehm, als sich die Tablette, die man ihr zusammen mit dem Frühstück brachte, halb in ihrem Mund auflöste, ehe sie sie hinunterwürgen konnte. Später, nachdem Fischgesicht gegangen war, spuckte sie Klumpen von feuchtem weißen Puder in ihre Hand und wischte die Finger am Fußboden ab. Um den bitteren Geschmack auf der Zunge loszuwerden, verputzte sie fast das gesamte Essen auf dem Tablett.

Nach einer Weile bemerkte sie, daß die Reste aus Würstchen, einem Croissant und einem Glas Saft bestanden. Frühstück. Also mußte es morgens sein. Und in diesem Moment fing sie an nachzudenken, versuchte, die Tage seit ihrer Entführung zu zählen und stellte fest, daß sie Geburtstag hatte.

Achtzehn. Jetzt besitzt sie ihren ererbten Anteil am Familienbetrieb. Sie ist reich.

Als Fischgesicht ihr das Mittagessen bringt, ist sie geistesgegenwärtig genug, um die Pille unter die Zunge zu schieben und so zu tun, als ob sie sie hinunterschluckt. Sie spürt, wie sie sich auflöst und fragt sich, wieviel von dem Wirkstoff in ihre Blutbahn gelangt, ehe sie sie ausspucken kann.

Fischgesichts Maske bewegt sich ein wenig; Lore interpretiert es als ein Lächeln. Stumpf stiert sie nach unten, in der Hoffnung, er möge nicht merken, daß sie wacher ist als sonst. Sie entdeckt die weißen verschmierten Krümel auf dem Boden, und ihr Herz beginnt wie wild zu pumpern. Krampfhaft zwingt sie sich, woanders hinzugucken, und nach einem Weilchen läßt er sie allein. Sie wartet mit gespitzten Ohren. Irgendwo wird eine Tür geöffnet und wieder geschlossen. Rasch spuckt sie die aufgeweichte Pille in ihre hohle Hand. Wo kann sie das Zeug verstecken?

Zum Essen gibt es Brot. Sie reißt ein Stück Kruste ab, puhlt ein Loch in den Teig und zögert. Vielleicht geben sie die Reste einem Hund. Es würde auffallen, wenn das Tier plötzlich einschliefe. Sie sucht den Zeltboden ab und findet im Plastik einen winzigen Riß. Unter der Kunststoffplane kann sie die rauhe Maserung von alten Holzbrettern ertasten. Indem sie einen Finger hin und her schiebt, stößt sie auf eine Lücke zwischen den Planken. Vorsichtig quetscht sie die Pille durch das Loch und in den Spalt hinein.

Mittlerweile ist ihr Essen, bestehend aus Suppe und Brot, kalt geworden. Sie schaut darauf und erinnert sich: Stella ist tot. Einen Augenblick lang wünscht sie sich, sie hätte die Tablette doch hinuntergeschluckt, am liebsten möchte sie in einen Dämmerzustand versinken und an nichts denken, bis ihre Eltern das Lösegeld bezahlt haben und sie heimgehen darf. Dann wird sie feststellen, daß alles nur ein Alptraum war. Sie hatte nie diese Ferienanlage aufgesucht. Tok hatte sie nicht angerufen. Stella ist nicht tot.

Aus heiterem Himmel empfindet sie Wut auf Stella. *Du hast kein Recht, mir solchen Kummer zu machen!* denkt sie. Ihre Situation ist schwierig genug ohne diese

Trauer – sie braucht einen klaren Kopf um nachdenken zu können, Pläne zu schmieden. Statt dessen fühlt sie sich bleiern, wie gelähmt, verankert in fruchtlosen, hemmenden Erinnerungen. Wenn sie erst wieder frei ist, wird sie Stella gehörig die Meinung sagen ...

Aber Stella ist tot.

Das Leid ist schrecklicher, als sie es je für möglich gehalten hätte. Sie fühlt sich, als wäre sie innen hohl. Ein Zittern überkommt sie, ihre Muskeln verkrampfen sich schmerzhaft. Das Schlucken fällt ihr schwer, denn ihre Kehle ist wie zugeschnürt; ihr Herz flattert und stolpert. Der kalte Schweiß bricht ihr aus. Und dann weiß sie, was los ist. Es liegt an den Drogen. Oder besser gesagt, an dem jähen Mangel von Drogen. Sie leidet an Entzugserscheinungen.

Während der nächsten Tage tüftelt sie ein Konzept aus, wie sie das Beruhigungsmittel am besten absetzt. Die nassen Klumpen, die sie ausspeit, sind schwer zu teilen, und manchmal nimmt sie zu viel; doch nach sechs Tagen ist ihr Körper entwöhnt und das Zittern hört auf.

Sie bohrt noch mehr Löcher in den Zeltboden und erforscht die darunter liegenden Dielen, jeden Tag ein paar splitterige Zoll. Am vierten Tag findet sie einen sechs Zoll langen Nagel. Er besteht aus altem, rostigen, schwarzen Eisen und ist an einem Ende verbogen; doch es beruhigt sie, ihn zwischen den Fingern der linken Hand zu halten und die Spitze vorschnellen zu lassen, wenn sie die Faust ballt. Mit so einer Waffe ist sie kein ohnmächtiges Opfer mehr. Sie kann denken und sie kann planen. Abends, vor dem Einschlafen, versteckt sie den Nagel zwischen ihren Füßen im Schlafsack. Morgens verbirgt sie ihn in der Faust und lächelt.

Der Nagel wird zum Mittelpunkt ihres Universums. Ihre Finger stinken langsam nach Rost, doch für Lore symbolisiert dieser Geruch Hoffnung.

23

Im Pausenraum grübelte ich immer noch über Spanners hartes, graues Lächeln nach, als die anderen ihre Becher mit den heißen Getränken leerten, nach den Atemmasken griffen, aufstanden und sich für das letzte Drittel der Nachtschicht rüsteten. Auf dem Bildschirm liefen gerade die Nachrichten, doch während ich meinen Anzug am Hals schloß und in die Watstiefel stieg, überlagerte dieses knochendürre Lächeln die sich verändernden Bilder.

Der Ton war abgedreht; die Moderatorin nickte zustimmend, nachdem ihr männlicher Kollege etwas gesagt hatte, und setzte diese betroffene Miene auf, die die Medienvertreter immer annehmen, wenn sie über etwas berichten, das an die Herzen der Zuschauer rühren soll.

Ich hätte Spanner nicht so verletzen dürfen. Die Dinge, die ich laut ausgesprochen hatte, wären besser ungesagt geblieben. Es war exakt die Art von perfider Attacke, die man Spanner zutrauen konnte, aber doch nicht *mir, Lore*! Ich tat so etwas nicht. Und früher oder später würde die Schlange nach vorn zucken und zubeißen.

Auf dem Schirm erschien ein anderes Bild: das Foto eines Jungen im Teenageralter; er trug diese Fransenfrisur, die bei den tiefschwarzen Haarschöpfen der Asiaten so gut aussieht. Er kam mir vage bekannt vor. Aber vielleicht war es auch nur der Stuhl, an den er gefesselt war.

Ich erstarrte, und plötzlich konnte ich meine Arme

nicht mehr bewegen. Mein ganzer Körper gehorchte mir nicht mehr, und ich spürte das Bedürfnis, mich hinzusetzen.

Auf dem Schirm war *ich* nun zu sehen, wie ich auf demselben Stuhl hockte. Ich war völlig verwirrt, mir schien, als wäre ich an drei Orten zugleich: Flennend und kaum verständliches Zeug brabbelnd saß ich, in gleißendes Licht getaucht, in einem Zelt; nackt und blutend lag ich auf Kopfsteinpflaster, übermalt von meinem eigenen Abbild, das mich an einen Stuhl gebunden zeigte; angetan mit einem Schutzanzug stand ich in einem brütend heißen Pausenraum.

Die Glocke, die das Ende der Pause ankündigte, läutete, doch ich stand da wie eine Blöde, einsam und allein, derweil der Film über mich ablief. Schließlich sprach der Moderator wieder, die Lippen stumm bewegend wie ein Fisch, und dann blendeten sie erneut die Geschichte mit dem sechzehn Jahre alten Jungen ein.

Ein Mann, der dem Alter nach der Vater des Jungen sein konnte, rannte durch eine schmale Treppengasse, wie man sie in den Zentren mancher asiatischen Städte antrifft, das Gesicht vor der Sonne und den grellen Kameraleuchten abschirmend.

Endlich konnte ich mich wieder bewegen. Ich drehte den Ton auf. »... band wurde dem Internet vor einer Stunde übergeben. Obwohl die Familie jeden Kommentar verweigerte, berichtete uns eine Sprecherin der Polizei von Singapur, man vermute, die Familie Chen hätte bereits seit einer Woche Kenntnis über die Entführung von Lucas Chen.«

Schwenk auf die Moderatorin. »Und das ist nicht die einzige Übereinstimmung mit der van de Oest-Entführung vor mehr als drei Jahren.« Das nächste Foto zeigte eine junge Frances Lorien. Ernstes Gesicht, arrogant. Ich fragte mich, wann die Aufnahme gemacht worden war. Ich konnte mich nicht entsinnen.

Ich schaltete den Ton ab und setzte mich hin. Hastig

stand ich wieder auf. Wenn ich saß, fühlte ich mich verletzbar, es erinnerte mich an das Zelt, das Licht, die Kamera.

Nicht noch einmal. Nicht noch einmal all diese Bilder in endlosen Wiederholungen.

Erneut blickte ich auf den Schirm. Ich war nicht der Junge, aber der Stuhl war derselbe; das Zelt, die Beleuchtung – ich erkannte alles wieder. Vermutlich hatten dieselben Kidnapper den Coup eingefädelt. *Derselbe Kidnapper*, verbesserte ich mich. Fischgesicht war vermutlich schon seit drei Jahren tot.

»Bird!« Magyar. Aufgebracht, mit zornig blitzenden Augen. »Die Pause ist zu Ende seit …«

»Ich weiß. Seit fünf Minuten.« Ein Gefühl der Unwirklichkeit beschlich mich. Ich schwebte irgendwo zwischen *damals* und *jetzt*. Zwischen *Frances Lorien* und *Sal Bird*. »Ich bin Lore«, flüsterte ich vor mich hin. »Ich bin Lore.«

Magyar kam näher. »Was murmelst du da?«

»Willst du wissen, wer ich bin? Dann schau auf den Schirm. Früher oder später erfährst du es ja doch. Sie werden die Story tagelang ausschlachten.« Die arme Magyar wußte nicht, wovon ich redete. »Was denkst du – bin *ich* das?«

»Wie bitte?«

Mit einem Kopfnicken deutete ich auf den Schirm. Sie warf einen Blick darauf, sah wieder mich an, wandte sich – beinahe unwillig – erneut dem Monitor zu. Ihr Gesichtsausdruck veränderte sich, Muskeln gerieten in Bewegung, während ihr Verstand die Information verarbeitete. Ich glaube, für sie war es ein Schock. Ihr Arm fuhr hoch zum Lautstärkeregler.

»… mit Oster van de Oest, live aus Auckland.« Der Springbrunnen glänzte dottergelb im Glast der Sommersonne. Oster, an Kameraauftritte gewöhnt, hatte darauf geachtet, die Sonne im Rücken zu haben, damit er nicht blinzelte.

»Wir fühlen mit der Familie von Lucas Chen. Wir erinnern uns noch gut, was in uns vorging, als man Frances Lorien entführte. Wir wissen, daß irgendwo irgend jemand ihren derzeitigen Aufenthaltsort kennt. Selbst nach drei Jahren haben wir die Hoffnung nicht aufgegeben, sie heimzuholen. Für Hinweise, die uns zu unserer Tochter führen, bieten wir eine Belohnung von zweihundertfünfzigtausend.«

Er sah verändert aus. Gealtert. Und er wirkte sehr förmlich, irgendwie unpersönlich. Er hielt mich für tot.

Ich schaltete den Ton aus. »Das ist nicht in Auckland, weißt du.« Verständnislos glotzte Magyar mich an. »Das Interview findet in unserem Haus auf Ratnapida statt. Die Familie hat mit den Nachrichtenagenturen eine Übereinkunft getroffen, unseren Wohnsitz nicht zu verraten.« Sie zeigten noch mehr Bilder von mir. Magyars Blicke wanderten zwischen mir und dem Monitor hin und her. »Im ersten Moment fällt einem die Ähnlichkeit nicht auf, was? Aber mit der Zeit wärst du schon drauf gekommen. Man sieht es, wenn man sich die Mühe macht und genau hinguckt.«

Sie hatte sich von mir abgewandt und fixierte die bunten Bilder auf dem Schirm, aber sie beobachtete mich aus dem Augenwinkel.

»Das bin ich. Frances Lorien van de Oest. Meine wahre Identität. Früher jedenfalls.« Ich wußte nicht, wer ich jetzt war. Mir war ganz unheimlich zumute, wie wenn ich mich vervielfältigt hätte; als starrte ich auf mein Spiegelbild im Wasser und sähe statt eines einzigen Gesichtes drei.

Magyar war sehr still geworden, und ihre Augen sahen auf einmal merkwürdig aus. Sie hatten sich zu schmalen Schlitzen verengt und lagen tief eingesunken unter den schrägstehenden Lidern. Eigentlich hätte ihre sonderbare Verwandlung mich mißtrauisch machen müssen, doch ich fühlte mich auf eine seltsame Weise unnahbar und distanziert, als gäbe es mich in Wirklichkeit gar nicht. Das surreale Gefühl hielt an.

Stumm bewegten sich die Bilder über den Schirm. Die drei Spiegelungen meines Ichs kräuselten sich in geriffelten Wellen. *Wer bin ich?* Magyar sagte immer noch nichts. Abwechselnd ballte und streckte sie ihre in den Plasthenehandschuhen steckenden Fäuste. Ihr Mund war zu einer dünnen Linie zusammengekniffen.

»Du sollst dich nicht ärgern«, sagte ich gelassen, wie aus weiter Ferne.

»Nein? Verrat mir eins, Bird, wie soll ich dann reagieren?«

Wie alle anderen auf den Namen van de Oest reagierten: Mit Erstaunen, Ehrfurcht, zum Schluß Abschotten und auf Distanz gehen, indem die Person, die man vor sich hatte, sich von einem *Menschen* in ein Mitglied des *van de Oest-Clans* verwandelte.

»Ich verstehe dich nicht. Warum regst du dich eigentlich so auf?«

»Weil ich mir verarscht vorkomme!« Ihre Nüstern waren weiß geworden. Ihr Atem ging stoßweise. Abrupt riß sie den Arm hoch und blickte auf ihre Uhr.

»Wir haben schon genug Zeit verplempert. Zeit ist Geld. Falls du nicht beschlossen hast, die Rolle der armen kleinen Miss Arbeitsbiene abzulegen, erwarte ich dich in drei Minuten auf deinem Posten. Und die vertrödelte Zeit wird nachgeholt.«

Abgekanzelt. Einfach so. »Aber …«

»Aber was?« Sie stützte die Hand auf die Hüfte.

Aber ich bin Frances Lorien van de Oest! Hatte sie denn keine Ahnung, was das bedeutete? Sie konnte mich nicht einfach wegschicken wie jeden x-beliebigen anderen … Trotzdem hatte sie es getan.

Doch genau das wollte ich ja, oder? – behandelt werden wie ein ganz normaler Mensch.

»Wir sind noch nicht miteinander fertig, Bird. Nicht annähernd. Nach der Schicht reden wir weiter. Wenn du die verbummelte Zeit nachgearbeitet hast.«

Sie wartete. Ich rührte mich ebenfalls nicht vom

Fleck. Dann kapierte ich, daß sie die Oberhand hatte: Ich war hier ein ganz kleines Licht, sie die Aufseherin. Der Umstand, daß ich ihr meine wahre Identität enthüllt hatte, änderte daran nichts.

Ich verließ den Pausenraum. Etwas Kurioses passierte: Wie wenn ich durch meine Bewegung das Wasser eines Flusses aufrührte, erzitterten die drei Gesichter und verschmolzen zu einem einzigen Antlitz.

Wie ich in die Halle mit den Becken gelangte, weiß ich nicht mehr, meine Erinnerung setzt erst wieder ein, als ich mit schlotternden Gliedern am Rand einer Wanne stand und mein Abbild in dem schmierigen schwarzen Wasser betrachtete.

Wer bin ich? Welche Antwort würde ich mir selbst geben, wenn ich den Mund öffnete?

Wir bestellten Loc, den heißen Schokoladenlikör. Magyar trank einen großen Schluck der dampfenden Flüssigkeit und verbrannte sich den Schlund. Sie fluchte, rief dem Mann hinter der Theke zu, sie brauche etwas Eis, dann funkelte sie ihn wütend an, als er lässig ein kleines Eimerchen mit Eis in ihre Richtung schob. Ihre dunklen Augenbrauen hoben sich kraß von der bleichen Haut ab.

Sie steckte sich einen Eiswürfel in den Mund, zerkaute ihn und lutschte daran herum.

Ich sagte nichts. Ich traute mich nicht einmal, tief Luft zu holen, aus Angst, das unscharfe Abbild meiner selbst, das sich in meinem Kopf eingenistet hatte, könnte sich wieder dreiteilen.

»So. Du wolltest mir doch erklären, warum du mich angelogen hast.«

Mit einer Entgegnung ließ ich mir Zeit. Ich schwamm sozusagen im Nichts, in einem Vakuum, fühlte mich in keinem Element mehr sicher. Ich traute weder meiner Stimme, noch meinem Akzent, noch meiner Sprechweise. »Das ist nicht ganz einfach.«

»Versuch's trotzdem.« Es klang gefühllos, ohne jede Regung von Mitleid.

»Erzähl mir was von deiner Familie.«

»Wieso? Wir sind hier, um über dich zu sprechen, nicht über mich.«

»Hast du Brüder? Oder Schwestern?«

»Beides …« Sie schluckte das Eis hinunter und nippte versuchsweise wieder an ihrem Loc.

»Ich habe – *hatte* zwei Schwestern und einen Bruder. Greta, die Tochter aus der ersten Ehe meiner Mutter, ist nur meine Halbschwester und so viel älter als ich, daß sie mir eher wie eine Tante vorkommt …«

»Ist das wichtig?«

»… und meine andere Schwester und mein Bruder sind Zwillinge. Das heißt, sie waren es. Stella hat sich umgebracht.« Jetzt hörte sie mir zu. »In gewisser Hinsicht wuchs ich auf wie ein Einzelkind. Und meine Eltern hätten sich schon vor fünfzehn Jahren scheiden lassen sollen. Ich bin es gewöhnt, Dinge, die mir etwas bedeuten, für mich zu behalten, sie nicht mit anderen zu teilen. Das gehört zu meinem Wesen, das macht meinen Charakter aus.«

»Verrate mir mal, was dieser Scheiß mich angeht! Glaubst du, nur weil du die Anlage in der Hedon Road, mich eingeschlossen, und vielleicht die ganze Stadt dazu kaufen kannst, nicke ich nur ganz fromm und sage: Schön. So ist das also? Ohne eine Erklärung zu verlangen, weshalb du dich versteckst und mich und alle Welt belügst?«

Ihr Zorn ließ sich nicht beschwichtigen. Ich überging die Provokation. »Diesen Job in der Hedon Road fasse ich nicht als Laune oder Spielerei auf. Ich brauche ihn. Du wirst dich wundern, aber ich verfüge über weniger Geld als du.« *Das stimmte doch gar nicht. Was war mit den dreißigtausend?* Die drei Gesichter flimmerten, jedes behaftet mit seinem ureigensten Geheimnis.

Ihre Kiefermuskeln lockerten sich ein wenig, und

ihre Pupillen nahmen wieder ein normales Aussehen an.

»Man hatte mich entführt. Das weißt du. Als mir dann die Flucht gelang, konnte ich nicht nach Hause zurück.« Der Rest der Geschichte blieb mir im Hals stecken wie kleine knirschende Kiesel.

»Warum nicht? Und warum mußtest du lügen?«

Stumm saß ich da.

»Ich komme mir so idiotisch vor. Hast du eine Ahnung, wie *benutzt* ich mich fühle? Ich habe dich herumkommandiert und durch die Gegend gescheucht, damit du mir dies und jenes bringst, dich behandelt wie einen Lehrling. Und in Wirklichkeit, in Wirklichkeit ...« Sie ließ ihren Loc im Glas kreiseln. »Weißt du was? Ich schäme mich. Weil ich dich schikaniert habe. Und das wurmt mich.«

»Du hast mich nicht schikaniert.«

Sie hörte mir nicht zu. »Aber *warum*? Das verstehe ich nicht. Du sagst, du brauchst das Geld. Wieso gehst du nicht zu Mom und Daddy zurück ...«

»Hör auf!« Es klang schärfer als gewollt. »Bitte, nenn sie nicht so!«

»Na schön. Dann laß uns von deiner Familie reden. Warum bist du nicht bei deinen Angehörigen in eurem Luxushaus, oder auf eurem Anwesen, oder was weiß ich?«

»Ratnapida.«

»Was?«

»Mein Zuhause. Es heißt Ratnapida.« Stella im Brunnen. Oster. Später Oster und Tok, Seite an Seite. Tok sieht niedergeschmettert aus, mutlos, als sei er am Ende.

»Ist ja egal. Du könntest in der Sonne liegen und faulenzen. Warum versteckst du dich? Und was wurde aus der richtigen Sal Bird?«

Ich glaube, ich habe jemanden getötet, hatte ich ihr gesagt. »Ich habe sie nie gekannt. Sie kam bei einem Unfall ums Leben.« Ich gab ihr Zeit, um sich zu entscheiden, ob sie mir glauben sollte oder nicht. Ich muß wohl gelassener ausgesehen haben, als ich mich fühlte. Das kam vom jahrelangen Training bei den Dinnergesellschaften.

Sie ließ die Information in sich einsinken und nickte. Mit teilnahmsloser Miene forderte sie mich auf: »Sprich weiter.«

»Der Mann, den ich umbrachte …« Ich schluckte. *Der Mann, den ich umbrachte.* »Er war einer der beiden Typen, die mich kidnappten.« Ich erzählte ihr von dem Zelt, den Drogen. Von Krabbe und der Kamera. Ich schilderte ihr, wie ich schließlich den Nagel fand.

»Es ist hart. Schwerer, als ich es mir vorgestellt habe. Es war … Als sie mich dann nach draußen brachten, nachdem sie mir sagten, meine Familie hätte nicht gezahlt … glaubte ich … ich war ganz …« Wieder mußte ich schlucken. Ich betrachtete meine Hände, die auf dem Tresen lagen. Am liebsten hätte ich über die Weigerung meiner Familie nicht nachgedacht. Ich starrte auf meine Fingerspitzen, sah, wie sich die rosige Haut an den Nagelrändern wölbte. Magyar legte eine Hand auf die meine. Sie fühlte sich warm und trocken an. Ich konnte immer noch nicht hochblicken. *Versuch es*, sagte ihr Händedruck. »Ich versteckte den Nagel in meiner Faust. Als wir nach draußen kamen, stieß ich ihn einem Mann in den Hals.«

Sie nahm ihre Hand weg und griff nach ihrem Glas. »War er tot?«

»Der andere Kerl, Krabbe, sagte, ich hätte ihn getötet. Aber …« Natürlich wollte Krabbe, daß ich mich für eine Mörderin hielt. Ich sollte kuschen, es mit der Angst kriegen. »Ich weiß es nicht. Ich nahm es einfach an.«

»Das müssen wir gleich morgen früh klären.«

»Wir?«

Sie warf mir einen unergründlichen Blick zu.

Mir wurde sonderbar zumute. »Ich brauche noch was zu trinken.«

Wir schwiegen, bis die neuen Drinks serviert wurden.

»Wann genau wurdest du entführt?«

»Im September vor drei Jahren.« Frische, belebende Luft, die nach Äpfeln duftete. Pflastersteine, mit Blut besudelt. Aber vielleicht war er doch nicht tot. Und Magyar hatte *wir* gesagt.

»September also. Gut. Wir brauchen nur sämtliche Mordfälle seit ...«

Was sie sagte, rauschte ungehört an mir vorbei. Möglicherweise hatte ich ihn gar nicht getötet. »Kannst du dir vorstellen, was das für mich bedeutet?« fragte ich unvermittelt.

Ihre Stimme klang weich. »Erklär es mir.«

Ich faßte nach ihrer Hand, nach der, die immer noch das Glas hielt. Keiner von uns sagte etwas. Wir taten so, als spürten wir nicht, wie gut unsere Hände zusammenpaßten, wie ideal sie sich aneinanderfügten, Handfläche an Handrücken, Finger auf Finger, während die Härchen ihres Unterarms mein Handgelenk kitzelten.

»Ich möchte dir etwas erzählen. Über meine Familie. Du sollst wissen, warum Stella Selbstmord beging. Ich habe noch nie darüber gesprochen.« Selbst Spanner hatte ich es verschwiegen. *Bist du dir darüber im klaren, wie sehr ich dir vertraue?* Ich glaube, sie wußte es. »Mein Vater hat mich geliebt. Jedenfalls dachte ich das. Doch dann erfuhr ich, daß meine Schwester Stella ...« Ich brachte es nicht über die Lippen. Es war, als wäre irgend etwas in mir blockiert. Aber einmal mußte es heraus. »Ich hatte Alpträume von einem Monster. Meine ältere Schwester Greta – sie war schon erwachsen, als meine Mutter meinen ... Auf jeden Fall begriff sie, was in Wirklichkeit los war. Sie gab mir ein Schloß für meine Tür, damit ...« *das Monster* »mein ...« *das Mon-*

ster »damit Oster nicht in mein Schlafzimmer eindringen konnte, wenn ich allein war.

Stella begann eine Therapie. Tok sagte, es ginge ihr besser, doch dann brachte sie sich um. Und ich war völlig ahnungslos gewesen. Ich hatte von nichts gewußt. Die ganze Zeit über hatte er ihr das angetan, ohne daß ich etwas merkte. Als sie älter wurde und kein hilfloses Kind mehr war, vergriff er sich an mir. Aber Greta setzte dem ein Ende.« Greta, die immer so grau und gebeugt wirkte, die an jeder Ecke zögerte, wie wenn sie damit rechnete, etwas lauerte ihr auf und würde sie angreifen. »Ich glaube, sie wurde ebenfalls mißbraucht. Was ich nur nicht verstehe …« Plötzlich fand ich die Luft in der Bar stickig, verbraucht, wie wenn der Sauerstoff fehlte.

Am liebsten hätte ich mich bäuchlings auf den Boden gelegt, wo man geschützter war, wo es sich leichter durchatmen ließ. »Was ich nur nicht verstehe, ist der Umstand, daß alle schwiegen. Wieso hat mich keiner gewarnt? Tok wußte es. Stella wußte es. Greta wußte es. Ich hingegen nicht. Obwohl ich von selbst hätte draufkommen können. Es gab so viele Hinweise. Einmal hat er mich sogar … Einmal nahm er mich sogar auf einen Spaziergang mit und fragte mich aus, was ich wüßte. Was man mir erzählt hätte.«

Hat Stella mit dir gesprochen? erkundigte er sich.

Sie redet nie mit mir. Im Grunde sagt nie einer etwas, lautete meine mürrische Antwort.

Aber Greta hatte sich bemüht. Immerhin verschaffte sie mir das Schloß.

Magyar runzelte die Stirn. »Ich blick da noch nicht ganz durch. Du sagtest, Oster hätte sich dir zugewandt, als Stella zu alt wurde …«

»Ja.«

»Aber du glaubst, daß Greta ebenfalls mißbraucht wurde.«

»Ja.«

»Lore.« Ihre Augen blickten sanft, versuchten mir etwas mitzuteilen, aber ich hatte keinen blassen Schimmer, was das sein sollte. Sie seufzte. »Erzähl mir mehr. Erzähl mir über jene Nacht, als das Monster zu dir kam.«

»Ich hatte einen Traum. Jedenfalls behauptete Katerine es, als ich wach wurde und ihre Hand auf meiner Schulter lag.«

»Katerine war bei dir, als du aufwachtest?«

»Ja.« Ich war verwirrt.

»Lore.« Sie ergriff meine Hände. »Denk mal eine Minute lang nach. Du träumtest von einem Monster, und als du aufwachtest, war Katerine da.« Verständnislos glotzte ich sie an. »Deiner Meinung nach hat man Greta auch mißbraucht. Aber als dein Vater und deine Mutter heirateten, war sie bereits erwachsen.«

»Ja ...« erwiderte ich gedehnt.

»Wenn in deiner Familie Kinder nur in frühem Alter sexuell mißbraucht werden, kann der Täter nicht Oster sein.«

Absurderweise fiel mir in diesem Moment Tok ein, und wie der verblüfft aufgelacht hatte, als ich ihn vorwurfsvoll fragte, ob er wüßte, wie sehr er Mutter verletzt hätte. Wie sehr *ich sie* verletzt habe? gab er damals fassungslos zurück.

»Mir ist es zu heiß hier drin. Ich muß hier raus.« Die Luft war zum Schneiden dick, so daß ich mir vorkam, ich würde ich zur Tür schwimmen, während ich mich nach Luft ringend zum Ausgang kämpfte. Als ich es endlich geschafft hatte, ins Freie zu gelangen, lehnte ich mich mit dem Rücken gegen die Hauswand und hechelte wie ein Hund. Ich hatte drinnen meinen Mantel vergessen. Durch meine dünne Bluse drückten sich die harten Ziegel gegen meine Schulterblätter.

Katerine neben ihr auf dem Bett, noch in voller Abendgarderobe. »Es war ein Traum«, sagte sie zu Oster, der soeben ins Zimmer gestolpert kam.

Magyar trat aus der Tür, unsere Mäntel über dem Arm. Schweigend hielt sie mir meinen hin.

»Aber sie ist meine Mutter«, würgte ich schließlich hervor.

»Ja.«

Meine Mutter, das Monster. Daraus folgte, daß Oster doch kein Unhold war. Dieses Mal mußte ich mich vornüberbeugen, bis mein Kopf beinahe meine Knie berührte, ehe ich wieder Luft schöpfen konnte.

Meine Mutter, das Monster. Und Oster – er konnte wieder mein Vater sein. Der Vater, den ich verloren glaubte.

Unbeholfen zwängte ich mich in meinen Mantel. »Ich muß jetzt gehen.«

»Wohin? Fühlst du dich stark genug?«

»Ich weiß nicht, wie ich mich fühle. Aber ich möchte nachdenken.«

Die Luft über den Kaianlagen war schwer von Feuchtigkeit; es roch nach Holz, das Regen und Flußwasser zersetzt und aufgequollen hatten. Ich stahl mich die betreffende Gasse hinunter, fand die ins Pflaster eingelassene Platte und hebelte sie auf. Mit flinken Fingern drückte ich ein paar Schalter nieder, und die Lichter erloschen.

Es war Neumond, und die Sterne versteckten sich hinter aufgeplusterten schwarzen Wolken; nichts würde sich im Wasser spiegeln, außer mir. Ungeachtet der Kälte setzte ich mich auf die Mole. Den Fluß konnte ich eher spüren als sehen. Von den Regengüssen der letzten beiden Tage war er zu einer dicken schwarzen Zunge angeschwollen, die sich blindlings in Richtung der See vorwärtsleckte. Irgendwo stromabwärts bollerte ein Kahn mit hohlem Klang gegen die Anlegestelle. Kleine Wellen brachen sich mit leisem Klatschen an den Holzbalken.

Ein alter Fluß gibt alte, abgenutzte Geräusche von

sich. In Ratnapida hatte das Wasser nie so geklungen oder geschmeckt wie hier. Dort sprudelte es im hellen Sonnenschein, klimperte melodisch über Steine, explodierte mit einem plumpsenden Laut, wenn ein Fisch nach einer Fliege schnappend hochsprang. Selbst der Regen funkelte in diesen Breiten – kurze Schauer, gefolgt von Regenbogen und schillernd glänzendem Gras. Junges Wasser, vergnügt, unbeschwert. Vielleicht hatte Stella deshalb den Brunnen als Kulisse gewählt …

Nun schien sich die gesamte Perspektive verschoben zu haben: Verzweifelt versuchte Stella, auf ihr Problem aufmerksam zu machen; in einem unausgesprochenen Hilfeschrei wandte sie sich an Oster, damit er etwas unternähme. Sie gab ihm – und mir – Zeichen, die wir indessen nicht verstanden.

Und wie gelassen Katerine die Szene beobachtet hatte. Ihre Ruhe war übertrieben, unecht, das erkannte ich im Rückblick. Welche Mutter sieht ungerührt zu, wenn ihre Tochter, halbnackt, betrunken und offensichtlich von irgend etwas gequält, eine solche Szene aufführt? Wieso war ich nicht schon früher darauf gekommen? Weil dieses Verhalten für Katerine typisch war; nur keine Emotionen zeigen, sich verschlossen geben wie eine Auster.

Aber so beherrscht war sie nicht immer. Etwas in ihr, ein Zug, den ich nie bewußt gesehen, ja nicht einmal entfernt geahnt hatte, trieb sie dazu, sich nachts in die Zimmer ihrer Kinder zu schleichen – Greta, Stella und ich – und … und … wieder spürte ich den heißen Atem des Monsters in meinem Nacken und die Angst, dieses gänsehauterzeugende Gefühl, daß es in meinem Leben – der Welt einer Siebenjährigen – ein entsetzliches Geheimnis gab.

Wie oft hatte Stella diese Tortur still erdulden müssen? Eine Mutter war ein Fundament, ein Eckstein, ein Fels in der Brandung, kein Monster. Kein Grund für einen Selbstmord.

Die ganze Zeit über, als meine Mutter meiner Schwester das angetan hatte, buhlte ich um ihre Liebe, gierte nach ihrer Anerkennung, wollte sie glauben machen, *ich sei wie sie*.

Mir war so schwindlig, daß ich mich vornüberneigen und mit den Händen abstützen mußte. Machte die Tatsache, daß ich jetzt Bescheid wußte, Katerine zu einem anderen Menschen? War ich verderbt, weil ich immer noch so sein wollte wie sie? Auf einer gewissen Ebene würde ich ihr stets nacheifern. Denn aufgewachsen war ich mit dem Bild einer besonnenen, kompetenten Frau.

Ich mochte nicht länger darüber nachdenken. Ich starrte auf meine Hände, auf die trockenen Pflastersteine, die winzigen Flußbetten, die sich zwischen den einzelnen Katzenköpfen bildeten. Da und dort sah man den Müll, den die Touristen zurückgelassen hatten: Getränkedosen, eine zerrissene Diskettenhülle. Im Laufe des Vormittags würde alles weggeräumt.

Katerine war immer sehr für Ordnung und Sauberkeit gewesen. Für Effizienz. *Das Scheusal*, hatte Tok sie genannt. *Ich werde dafür sorgen, daß dieses Ungeheuer zur Rechenschaft gezogen wird*.

Tok und Oster sprechen in die Kamera. Tok sah gar nicht niedergeschmettert aus, begriff ich plötzlich, nicht wie jemand, der sich geschlagen gibt, sondern wie jemand, der nur erschöpft ist. Was haben sie mit ihr gemacht? Wo befindet sie sich jetzt? Warum haben sie über Internet nicht das geringste verlauten lassen?

Meine Mutter. Detailliert rief ich sie mir ins Gedächtnis zurück: gepflegte Erscheinung, kluge, prägnante Konversation, sparsame Gesten. Wenn ich es mir recht überlegte, hatte sie nie viel gestikuliert. Und sie trug immer dieselbe Frisur, obwohl sie sich das Haar gelegentlich in unterschiedlichen Blondtönen färbte, um mit der Mode zu gehen.

Ihre Augen … ich wußte immer noch nicht, welche

Farbe sie von Natur aus hatten. Verbarg sie ihre Augen in dem unbewußten Versuch, ihre Seele zu verschleiern?

Meine Mutter, die nur allzu menschlich war. Sie konnte ungestraft ihre Kinder verletzen, weil sie allgemein respektiert wurde, als absolut seriös galt. Aber jemand mußte doch von ihrem schändlichen Tun Wind bekommen haben. Tok wußte immerhin Bescheid. Und er hatte sich bemüht, mich aufzuklären. Warum hatte er so lange gewartet?

Mein Vater hätte im Bilde sein *müssen*! Ich ebenfalls. Nein: Ich war doch noch ein Kind. *Eigentlich nicht.*

Hatte Oster denn von den Neigungen seiner Frau Kenntnis gehabt? Immer wieder kam ich auf diesen Punkt zurück.

Er war mein Vater – Stellas Vater – und er hätte mehr Verantwortung übernehmen müssen; er hätte sich intensiver um uns kümmern sollen, anstatt sich auf diesen absurden Konkurrenzkampf mit Katerine einzulassen, bei dem es allein darum ging, sich um die Liebe ihrer Kinder zu reißen.

Er hätte es wissen müssen. Aber er war kein Monster. Und jetzt fehlte er mir. Ich wollte ihn wiederhaben. Während der letzten drei Jahre hatte ich ihm schreckliche Dinge unterstellt, die er nicht begangen hatte, und ich wünschte mir, ihn in meiner Nähe zu haben; von mir aus durfte er ruhig meine Haare zerstrubbeln oder sonst was machen, aber ich sehnte mich nach einem Kontakt mit dem Vater, wie ich ihn früher gekannt hatte.

Flußabwärts tutete ein Schleppkahn, ein krudes, frühmorgendliches Geräusch. Bald würde die Dämmerung anbrechen.

Ich streckte mich und stand auf. Mir war komisch zumute, ich fühlte mich wackelig auf den Beinen, gleichzeitig leicht, als könnte ich jeden Augenblick entschweben. So viel hatte sich verändert. Ich hatte meinen Vater wiedergewonnen und dafür die Mutter verloren. Und Magyar wußte, wer ich war. Sie vermochte die verwirrende Vielschichtigkeit meines Wesens zu durchschauen. Für sie war ich keine *van de Oest*, keine *Kriminelle*, keine *Sal Bird*. Sie sah in mir lediglich den Menschen, Lore.

Lores Geburtstag ging vorbei. Zwanzig. Mit der täglichen Ration aus Essensresten für die Katze ging sie nach draußen in den garstigen Septemberwind. Wie immer, kniete sie nieder, um den Teller, ohne richtig hinzusehen, unter die Büsche zu schieben, doch dieses Mal stieß sie gegen etwas Weiches. Sie spähte in das Gewirr aus abgestorbenen Zweigen und alten, toten Blättern.

Es war ein junges Kätzchen. Verendet. Ungefähr zwei Wochen alt. Abgemagert bis auf die Knochen. Sandfarbenes Fell.

Lange schaute sie es an, dann holte sie ihre Arbeitshandschuhe und den Spaten. Das Tierchen wog fast nichts.

Kätzchen müssen pummelig sein, dachte sie. Sie fand es maßlos ungerecht, daß ein so junges Geschöpf so ausgemergelt sein konnte. Das Tier hätte warme Milch, den Frühling, einen Himmel voller Schmetterlinge zum Haschen verdient. Nicht ein kurzes, hartes Leben, um dann auf dem kalten Boden zu krepieren.

Es war eine Schande! Eine richtige Schande!

Spanner las gerade. »Ich verstehe nicht, wieso es einen Unterschied macht, ob du es genießt oder nicht.«

Sie hob kaum den Blick von dem grauen Buchschirm auf ihrem Schoß.

»Weil es eine Lüge ist.« *Weil Kätzchen pummelig sein müssen.*

Spanner schaltete auf die nächste Seite um. »Es flackert schon wieder.«

»Was?« Einen Moment lang war Lore ganz durcheinander; dann begriff sie, daß Spanner den Kontrast auf dem Schirm justierte. »Stell das Ding ab und hör mir zu.«

Spanner schaltete das Gerät aus und legte es neben sich auf ein Kissen. »Ich habe zugehört. Du sagtest, wenn du etwas genießt, dann ist es unehrlich.«

»Man stumpft ab.«

»Nein. Es ist ein Job, wie jeder andere. Du mißgönnst doch den jamaikanischen Zuckerrohrschnittern nicht ihre Zigarette, mit der sie sich die monotone Plackerei ein bißchen auflockern, oder? Genausowenig würdest du den Chilenen das Kauen von Cocablättern verbieten, denn nur mit Hilfe dieser Droge schaffen sie es den nächsten Berg hoch, wo die Luft so dünn ist, daß dort bloß noch Ziegen existieren können. Warum willst du dich dann kasteien?«

»Weil es mich anwidert, was wir treiben.«

»Eben sagtest du noch, du würdest es genießen.«

»Das tue ich auch, wenn wir dabei sind.«

»Wäre es dir lieber, es machte dir keinen Spaß?«

»Am liebsten würde ich ganz darauf verzichten.«

»Willst du dir das Essen abgewöhnen?«

»Es muß doch noch andere Wege geben, um an Geld zu kommen. Mit einem wirklich gut gefälschten PIDA könnten wir uns eine Arbeit suchen. Wir ...«

»Wir haben einen Job.«

»Ich hasse ihn! Ich schäme mich für das, was ich tue. Und langsam kotzt es mich an, ständig vor Scham zu vergehen.«

»Du brauchst dich nicht zu schämen. Du schadest niemandem.«

»Ich schade mir selbst. Das ist *mein* Körper, *mein* ...«

»Dein Tempel, stimmt's?« Spanner schüttelte den Kopf. »Dein Körper ist kein hehrer Tempel, sondern nichts weiter als ein Brocken Fleisch.« Mit der flachen Hand schlug sie auf ihren Schenkel. »Ein Werkzeug bestehend aus Muskeln, Haut und Knochen, dazu bestimmt, benutzt zu werden wie jedes andere Arbeitsgerät.«

»Nein.« Lore war entsetzt. »Dein Körper ist nicht einfach nur ein Werkzeug wie ein ... ein Wagenheber. Er stellt deine Identität dar. Wie dein Körper handelt, wie er empfindet, macht dein innerstes Wesen aus. Siehst du das nicht ein?«

»Sag mir, wie du fickst, und ich sag dir, wer du bist? Meinst du das?« Spanner richtete ihren provozierenden Blick auf mich. »Und wer bist *du* dann?«

»Ich bin jemand, für den ich mich schäme.« Und blitzartig begriff Lore, wieso Stella sich umgebracht hatte. Benutzt zu werden wie ein x-beliebiger Gegenstand, und dies zu *wissen*, ohne etwas daran ändern zu können; um dann die eigene Ohnmacht jedesmal vorgeführt zu bekommen, wenn sie ihrer Peinigerin bei Tisch gegenübersaß oder sich selbst im Spiegel betrachtete. Vor dieser Scham konnte man nicht flüchten, es gab einfach kein Entrinnen. Sie sah Spanner an, die erwartungsvoll die Augenbrauen hob. »Was ist passiert? Was hat man dir angetan, daß du dich zu der Person entwickelt hast, die du bist?«

»Es mußte nichts *passieren*. Ich bin kein bedauernswertes Opfer, das reagiert anstatt eigenständig zu handeln.« Sie verschränkte die Arme. »Ich denke bloß realistisch.«

Lore starrte sie an und schüttelte resigniert den Kopf.

»Du glaubst mir nicht?«

Doch das hatte Lore nicht mit dem Kopfschütteln gemeint. Über die unterschiedlichen Auffassungen von Realismus ließ sich nicht diskutieren.

In aller Ausgiebigkeit betrachtete sie Spanner. Sie sah das strähnige Haar, die hellblauen Augen, die nur einmal in ihrem Beisein Tränen vergossen hatten, die angedeutete Kerbe am linken Mundwinkel, wo sich die Muskeln strafften, wenn sie lachte. Sie wollte Spanner in die Arme nehmen, ihr übers Haar streicheln, ihr sagen, alles sei gut so, und sie brauchte nicht ständig realistisch zu denken; sie, Lore, würde ihr ihre Träume lassen, sie ermutigen, nach den Sternen zu greifen, und sie im Falle einer Niederlage trösten, dies sei nicht das Ende der Welt.

Doch Spanners Pupillen hatten sich zu winzigen Punkten verengt, ihre Arme waren immer noch verschränkt und das Gesicht erinnerte an das Antlitz einer Mumie; schmal, angespannt, viel zu früh verblüht. Ihr war nie die Chance vergönnt gewesen, zu spielen, unverstellt zu lachen, zu leben, ohne ständig voller Argwohn über die Schulter zu peilen. *Kätzchen müssen pummelig sein*.

Plötzlich fühlte sich Lore zu Tode ermattet. »Ich leg mich ein Weilchen aufs Ohr.«

Sie ging ins Schlafzimmer und zog die Vorhänge zu, um die Lichter draußen abzuschirmen. In der luftlosen Enge kam sie sich vor wie damals in dem Zelt. Sie fühlte sich, als säße sie in einer Falle. Aber es mußte einen Ausweg geben. Für sie beide.

Sie schlummerte ein und träumte von Stella, wie sie sich im Kreis ihrer Clique auf Ratnapida amüsierte; lachend zog man sich die Sendungen des Internet rein, in denen zu Spenden für Bedürftige aufgerufen wurde, und per PIDA überwies man Tausende an irgendwelche Hilfsorganisationen, von denen Lore noch nie etwas gehört hatte. Dann jettete die ganze Bagage weiter zu anderen Inselparadiesen, um haargenau dieselbe Show abzuziehen. Immer auf Reisen. Immer unterwegs, ohne je irgendwo anzukommen. All das Davonlaufen hatte nichts genützt. Bis Stella sich in den Tod flüchtete.

Als Lore aufwachte, war es dunkel; und sie wußte, wie sie ihrem Dilemma entkommen konnten.

Nach neun Stunden wachte ich steif und mit schmerzenden Gliedern auf, wie wenn mein Körper versucht hätte, drei verschiedene Menschen in eine Haut hineinzuzwängen. Ich fühlte mich irgendwie kompakter, gefestigt und stark. Eine eigenartige Empfindung.

Von der Hedon Road war eine Nachricht eingegangen: Es wurden wieder normale Schichten gefahren. Außerdem hatte ich vier weitere Anrufe erhalten, doch niemand wollte etwas auf Band sprechen.

Die Luft in der Wohnung war schal. Ich ging zu Tom hinunter. »Ich bringe Ihnen eine Kopie des ...« Plötzlich war ich verlegen. *Des faulen Zaubers*, dachte ich, *des gefälschten Werbespots*. Ich schämte mich in Grund und Boden. Ich hielt ihm die Diskette entgegen. Er nahm sie mir ab. »Das gehört Ihnen auch.« Ich zog das schmale Päckchen Debit-Karten aus meiner Tasche. »Wir haben mehr eingestrichen als erwartet. Hier sind über fünftausend.« Es überstieg den vereinbarten Anteil, aber er brauchte das Geld dringender als ich. Jetzt war es an ihm, beschämt dreinzuschauen, aber er nahm das Päckchen an. »Ob Gibbon Lust auf einen Spaziergang hat?«

Wir marschierten am Kanal entlang, den Hund hielt ich an der langen Leine. Eine steife Brise schob die Wolken vor sich her und peitschte Wasser gegen die Ufer. Die Luft roch nach Gras, Wind und Gibbons Fell. Zwei Kanadagänse landeten in einem breiten Entwässerungsgraben. Kläffend hetzte Gibbon auf sie zu und zerrte mich hinter sich her, doch die Gänse beachteten uns gar nicht. Der Hund wollte noch etwas rennen, also setzten wir zwei uns in Trab; unsere Füße trommelten über den Treidelpfad aus festgestampftem Erdreich, während wir mit offenem Mund und keuchend längs des Kanals joggten.

Eine Weile kam es mir vor, als würde ich zusammen mit Tok durch die Brunnenanlagen tollen, dann schien es mir, als flitzte ich Seite an Seite mit Spanner durch die Gäßchen der Innenstadt; zum Schluß schlüpfte ich in Gedanken wieder in meine alte Haut und war ganz allein. Ich fühlte mich, wie wenn ich einen reißenden Strudel durchschwämme, wo sich drei Flüsse miteinander vereinigten; jeder Strom besaß eine andere Temperatur, ich wurde in drei verschiedene Richtungen gezogen, mal hierhin, mal dorthin, halt- und orientierungslos. Auf einmal war ich wieder ich selbst, hielt einen Hund an der Leine und trabte durch einen windigen Nachmittag.

Bei meiner Rückkehr sah sich Tom etwas im Internet an. Nicht das gefälschte Band. Auf dem Herd köchelte eine Suppe.

»Haben Sie sich den Spot nicht angeschaut?«

»Nein. Ich will mich nicht sehen, wie ich tatterig und nutzlos bin.«

Er war alt, litt an Arthritis, und er fühlte sich oft einsam – doch seine Augen waren nicht von schweren Lidern überschattet, und sie blickten nicht so verlebt und müde drein wie die von Spanner. Und sie waren auch nicht stumpf, ausgehöhlt und tot wie die des Kätzchens. Wie schaffte er es, stundenlang vor dem Schirm zu sitzen und sich solche Augen zu bewahren?

Ich fragte mich, ob er das Video von Chens Kidnappern gesehen hatte und anschließend die Aufnahmen von mir; wie er wohl reagieren würde, falls er mich erkannt und von der hohen Belohnung erfahren hatte. Würde er mich verpfeifen … und konnte ich ihm Vorwürfe machen, wenn er es täte? Eine Viertelmillion würde sein ganzes Leben verändern.

Er musterte mich ausgiebig, als ich ihm Gibbons Leine gab. Ich erwiderte seinen Blick. *Nicht die geringste Ähnlichkeit mit Spanner*. Ich bückte mich und streichelte den Hund. »Der Spaziergang hat uns beiden gutgetan.«

Kurz vor sechs traf ich im Werk ein. Am Tor wartete Magyar auf mich. Ihre Erleichterung war offensichtlich.

»Hattest du bei mir angerufen, aber keine Nachricht hinterlassen? Hast du Angst gehabt, ich würde mich verdrücken?« Der Gedanke war mir gekommen, während ich mich anzog, schwitzend, Toms Gesichtsausdruck vor Augen, meine eigenen Zweifel hätschelnd. Ich wollte Freunde – oder potentielle Freunde – nicht verprellen. Natürlich hätte ich weglaufen können, abtauchen, um mich dem Heer der winzigen Nager im Dschungeldickicht der City anzuschließen … Aber wenn ich jetzt auskniff, wäre ich wieder allein, würde nie in Erfahrung bringen, wer ich in dem Moment war, als ich mich niederbeugte, um mein Spiegelbild zu betrachten.

In Magyars Nähe ging es mir gut; von ihr fühlte ich mich erkannt und verstanden.

Eng nebeneinander, ohne indessen auf Tuchfühlung zu gehen, begaben wir uns in den Umkleideraum. Unser gemeinsames Auftreten trug uns ein paar schräge Seitenblicke ein, und Kinnis schlug mir sogar breit grinsend auf den Rücken.

Ich fragte mich, warum ich nicht rundheraus sagte, daß ihre Verdächtigungen nicht stimmten. Und ich wunderte mich, wieso Magyar kein klärendes Wort von sich gab.

»Später«, bedeutete mir Magyar. »In der Pause.«

Unsere Wege trennten sich.

Während der gesamten ersten Schichthälfte behielt Cel mich beharrlich im Auge, die Brauen hebend, wenn ich in ihre Richtung blickte. Sehr zu meinem Verdruß wurde ich jedesmal rot.

Fünf Minuten vor der Pause stöberte Magyar mich auf. Ich sah, wie sie auf mich zusteuerte, im Gehen die Atemschutzmaske lockernd, die Stirn gerunzelt. Die unterschiedlichen Lichtreflexe spielten in ihrem Haar, das sehr sauber und duftig wirkte. Wenn ihr rechtes Bein sich vorwärtsbewegte, spannte sich der Schutzanzug über ihrer linken Brust. Unter meinen Händen würde sich das Plasthene warm anfühlen.

»Bird.«

»Magyar.«

»Wir müssen reden.«

»Überall, nur nicht im Pausenraum. Langsam komme ich mir vor wie eine frisch eroberte Ehefrau.« Es platzte so aus mir heraus, und sie lief rot an; daraufhin errötete ich natürlich auch, als mir aufging, was sie jetzt denken mußte, und ich konnte den Blick nicht von ihren tiefroten Lippen abwenden. Selbstverständlich trieb Cel sich in unmittelbarer Nähe herum und wölbte erwartungsgemäß die Brauen.

Die Stirn in steile Falten gezogen, bugsierte Magyar mich in das Büro mit den Glaswänden, wo wir unseren Showdown mit Hepple hatten. Sie umrundete den Schreibtisch und pflanzte sich auf den bequem gepolsterten Stuhl. Sie war schon wieder stinksauer. »Schönes Gefühl, hier zu sitzen. Willst du auch mal? Nein? Na ja, wahrscheinlich hast du schon oft hinter einem großen Schreibtisch gesessen. Vielleicht hast du schon mit sieben Jahren auf dem Chefsessel gethront.«

Und ich hatte geglaubt, das alberne Spiel mit der Mär vom armen reichen Mädchen hätten wir schon gestern hinter uns gebracht. »Worüber ärgerst du dich?«

»Hast du schon die Polizeiberichte gecheckt?«

»Nein.« Das hatte ich versäumt. Durch meine Pennerei, weil ich mich vor Erschöpfung und Verwirrtheit nicht länger auf den Beinen halten konnte, hatte ich diese wichtige Sache glatt verschwitzt.

»Da war ich aber fleißiger. Besser gesagt, meine Freundin hat das übernommen. Sie arbeitet in der Zentralregisterstelle des Countys. Heute früh rief ich sie an und bat sie, sich die Polizeiakten durchzusehen.«

»Und?«

»Und nichts. Jedenfalls in diesem Teil des Landes ist kein Fall, der in Frage kommen könnte, gemeldet.«

Meine Kehle fühlte sich wie ausgedorrt an. »Was ist mit den Krankenhäusern?«

»Fehlanzeige.«

Mein Schlund wurde immer rauher und trockener. »Das verstehe ich nicht.«

»Offengestanden ist mir das auch ein Rätsel.«

Ich wagte es kaum, ihr diese Frage zu stellen. »Glaubst du mir denn?«

»Ich bin mir nur nicht sicher, ob du mir alles erzählt hast.«

»Das Wichtigste schon. Über ein paar Dinge möchte ich nicht reden. Manche sind dank der Medien mittlerweile öffentliches Eigentum«, wie das Internet-Video, »andere wiederum gehen nur mich etwas an.« Und Spanner. »Aber ich habe dich nicht belogen. Außer, was meinen Namen betraf.«

Ich setzte mich auf den zweiten Stuhl im Zimmer.

»Und wie sollen wir weiter vorgehen?«

Mir fiel nichts ein. Sie traute mir nicht. Und ich war es leid, nach der Pfeife anderer Leute zu tanzen. Irgendwo unter uns rauschte Wasser mit brüllendem Getöse durch ein Rohr. Es war heiß in dem Glaskasten.

Schließlich seufzte sie und legte die Füße auf den Schreibtisch. »Du bist eine van de Oest. Aber zu deiner Familie willst du nicht zurückgehen, weil deine Mutter deine Schwestern mißbrauchte und sich eventuell auch an dir verging. Außerdem glaubst du, du hast vielleicht jemanden umgebracht. Der Haken ist, daß kein Leichenfund gemeldet wurde. Kein Opfer, kein Mord, kein Verbrechen. Und falls deine Mutter ihre Kinder sexuell mißbrauchte, trifft dich doch keine Schuld, warum solltest du also darunter leiden? Weshalb gehst du nicht einfach nach Hause zurück und zeigst deine Mutter an?«

»Möglicherweise sitzt sie schon im Knast«, hielt ich

ihr entgegen. Ich erzählte von Tok und Oster und ihrem sonderbaren Appell an mich, den ich vor zwei Jahren im Internet gesehen hatte. »Aber das ist noch nicht alles.«

Selbstzufrieden verschränkte Magyar die Arme. »Ich hab's doch gewußt, daß noch mehr dahinter steckt.«

»Mit der Bezahlung meines Lösegelds nahm man sich sehr viel Zeit. Ich dachte, die Verzögerung sei absichtlich gewesen.«

»Dachtest du es, oder denkst du es immer noch?«

»Ich bin mir nicht sicher.« Machte der Umstand, daß Katerine uns mißbraucht hatte und Oster unschuldig war, einen Unterschied? Nein. »Wochenlang hielt man mich im Zelt gefangen. Die Lösegeldforderung betrug dreißig Millionen.« Nur am Rande nahm ich wahr, wie ihre Pupillen sich weiteten. »Natürlich rechneten sie nicht wirklich mit den vollen dreißig Millionen. Das war nur eine Verhandlungsbasis. Mit ungefähr zehn wären sie zufrieden gewesen.«

»Woher weißt du das?«

»So was kriegt man automatisch mit, wenn man älter wird.«

»*Du* vielleicht.«

Ich sah ein, daß es sonderbar anmutete, wenn man daheim in der Familie den Umgang mit Entführungsfällen lernte. »Zehn Millionen – selbst dreißig Millionen – bedeuten meiner Familie nichts. Ich allein besitze schon mehr an Privatvermögen.« Das Gerede über Millionen bewirkte, was die Erwähnung meines Namens gestern nicht vermocht hatte: Ich sah förmlich, wie Magyar sich innerlich vor mir abschottete. »Nicht doch! Verdammt noch mal, Magyar, zieh dich nicht vor mir zurück, tu nicht so, als ob ich kein Wesen aus Fleisch und Blut wäre. Für das Geld kann ich nichts. Ich bin damit groß geworden. Bloß, daß ich jetzt nichts davon habe.«

»Das könntest du leicht ändern.«

»Sicher. Aber ich will nicht.«

»Wir werden ja sehen.« Aber sie lächelte. Ein Mundwinkel zog sich in die Höhe, doch es war immerhin ein Anfang.

»Bei dieser geringen Summe hätte man innerhalb einer Woche meine Freilassung bewirken können. Das ganze hätte nicht länger als zehn Tage dauern dürfen. Dabei hielten sie mich sechs Wochen in dem Zelt gefangen. Warum?«

»Schlechte Kommunikation?«

»Nein. Die Kommunikation klappte vorzüglich. Denk doch mal nach. Jemand wußte, an welchem Ort man die Entführung am besten durchziehen konnte. Ich hielt mich noch keine vierundzwanzig Stunden in Uruguay auf, trotzdem stand alles bereit: der Van, die Masken, Drogen. Die Kerle wußten sogar, daß ich gegen subkutane Sprayinjektionen allergisch bin. Woher?«

»Keine Ahnung.«

»Jemand hat es ihnen gesteckt. Und die einzigen Menschen, die über mich Bescheid wußten, waren Familienmitglieder und Leute, die uns nahestehen.« Ich gab ihr eine Minute, um diese Information zu verdauen. »Wenn also meine eigene Familie oder jemand aus unserem engsten Bekanntenkreis die Geschichte ausheckte, stellt sich die Frage nach dem Motiv. Wir brauchen kein Geld; die Firma macht Bombenumsätze.«

»Vielleicht ging es ihnen gar nicht ums Geld.«

»Genau das befürchte ich ja. Möglicherweise wollte man mich bloß aus dem Weg räumen.«

»Aber warum? Und wenn deine Verwandten dahinter steckten, aus familieninternen Gründen, warum wurde dann dieser Chen-Junge entführt?«

»Wenn ich das wüßte!«

Schweigen. »Also nahmst du einen anderen Namen an und bist untergetaucht.« Ich nickte. »Tja.« Offenbar fiel ihr dazu nichts mehr ein.

Sie wußte, daß ich in großer Gefahr geschwebt hatte, und daß das Risiko noch längst nicht vorbei war. Sie wußte von meinem Reichtum, aber auch, daß ich das Geld wahrscheinlich niemals beanspruchen würde. Und sie wußte, daß ich glaubte, ich hätte einen Mann getötet. »Magyar, wirst du mir helfen?«

»Ja.«

Ja. »Einfach so?«

Sie nahm die Füße vom Schreibtisch und schenkte mir ein schiefes Lächeln. »Mord, Geld, Intrigen. Es fängt an, spannend zu werden.«

Wieder verfiel sie in Schweigen, und dieses Mal dauerte die Stille länger.

»Magyar, warum unterstützt du mich?«

»Was denkst du?« fragte sie leise zurück.

Es handelte sich nicht um eine rhetorische Frage. Ihr war nicht entgangen, was Kinnis, Cel und alle anderen mutmaßten, und sie hatte sich nicht bemüht, die Situation zu klären. »Weil ... Verflucht, Cherry, du kennst meine Antwort.«

»Mag sein. Aber ich will sie aus deinem Mund hören. Von dir möchte ich nämlich keine Überraschungen mehr erleben.« Sie stand auf und kam zu mir. Eine Handbreit von mir entfernt blieb sie stehen. Die Härchen in meinem Nacken und auf meinem Handrücken richteten sich auf ... Es fühlte sich an, als befände ich mich inmitten eines starken magnetischen Kraftfelds. In meinem engsitzenden Anzug kam ich mir ungeheuer exponiert vor.

»Ich finde dich sehr sympathisch«, sprudelte es aus mir heraus. Eigentlich wollte ich etwas ganz anderes sagen. »Ich bin gern mit dir zusammen. Und ich bewundere dich. Deine Meinung ist mir wichtig.« Damit hatte ich mir eine Blöße gegeben. Ich war verletzlich. Außer Spanner war sie der einzige Mensch auf der Welt, der wußte, wer ich wirklich war.

Ich konnte jede Pore in ihrem Gesicht erkennen, und

wie sich die Fältchen um ihre Augen vertieften, als sie lächelte. »Warum hast du mir nicht schon früher vertraut?« Langsam rückte sie näher an mich heran.

Durch das Plasthene spürte ich die Hitze, die von ihrem Körper abstrahlte. Unsere Hüften berührten sich beinahe. Ich stellte mir vor, wie sich ihre nackte Haut anfühlen würde.

Der laute Signalton, der das Ende der Pause ankündigte, röhrte durch die Halle. Drunten machte sich Betriebsamkeit breit, als die Schicht sich an die Becken zurücktrollte.

»Mist!« Ich wollte mich abwenden.

Sie schnappte sich meine Hand. Plasthene auf Plasthene. Sicher und erotisch. Daß die Wände aus Glas bestanden, schien sie nicht zu stören. Ihre Finger schlossen sich um mein Handgelenk und zogen solange, bis meine Arme ihre Taille umschlagen. Sie legte meine Hand auf ihren Rücken und drückte fest darauf. Mein Bauch war höchstens noch einen Zoll von ihrem entfernt. Hitzeschauer prickelten meine Beine hinauf und rannen mir wohlig über den Rücken. »Willst du *das*?«

Ich nickte.

»Sprich es aus.«

»Ja. Genau das will ich. Ich begehre dich.«

Die Emotion, die latent in uns beiden genistet hatte, sprengte sämtliche Barrieren und nahm beinahe greifbare, konkrete Gestalt an.

Wie auf ein stummes Kommando hin rückten wir gleichzeitig ein Stückchen voneinander ab. Magyar setzte sich nicht mehr hinter den Schreibtisch, sondern schwang sich auf die Kante. Ich lungerte unschlüssig an der Tür herum. »Es gibt viel zu tun«, meinte sie.

»Ja.«

»Und ich muß mich nicht nur um diese Geschichte hier kümmern«, sie deutete auf einen Punkt zwischen uns beiden, womit sie auf den mutmaßlichen Mord anspielte, »sondern auch die Sabotage aufklären.«

»Ja.« Ich rüstete mich zum Gehen, drehte mich mit dem Türgriff in der Hand jedoch noch einmal um. »Magyar, hat deine Familie dich geliebt?«

»Ja.« Sie klang so überzeugt.

»Ich habe keine Ahnung, ob ich von meinen Eltern oder Geschwistern je geliebt wurde. Und einen anderen Menschen, der wirklich etwas für mich empfand, hat es noch nie gegeben. Im Grunde weiß ich gar nicht, was Liebe bedeutet, aber ich möchte ... ich möchte *ich selbst* sein.« Ich merkte, wie ich ins Schwafeln abdriftete, meine Gedanken sich immer mehr verfranzten. »Von all den Personen, mit denen ich ein Verhältnis gehabt habe, hat mich nie eine richtig gekannt.« Niemals hatte jemand meinen Namen geflüstert oder mir einen Liebesbrief geschickt. Kein Mensch hatte mir je gesagt, er könne ohne mich nicht leben. »Ich hatte noch nie eine Romanze. Es wäre gar nicht möglich gewesen, eine echte, tiefgehende Beziehung zu knüpfen. Ich habe so viele Persönlichkeiten dargestellt, so viele Rollen gespielt, daß ich nicht mehr weiß, wer ich in Wahrheit bin. Zuerst muß ich mich selbst finden, ehe wir ... ehe wir einen Schritt weitergehen. Ich will erfahren, wie es ist, eine einzige Identität zu haben, ein unverwechselbarer Charakter zu sein. Kannst du das verstehen?«

»Nein, kann ich nicht«, erwiderte sie leise. »Aber ich werde mich bemühen.«

Das genügte mir.

24

Die sieben Stunden zwischen Lunch und Abendessen ziehen sich am meisten in die Länge. Sie versucht, körperlich fit zu bleiben, indem sie Streckübungen macht und bescheidene Gymnastik treibt, doch für mehr als dreißig, vierzig Minuten Training reichen ihre Kräfte nicht aus. Der Rest des Tages schleppt sich zäh dahin. Sie weint oft: um sich selbst, um Stella, um Tok. Sie zerbricht sich den Kopf, wieso ihre Familie nicht das Lösegeld für sie bezahlt.

Etwas muß passiert sein. Beide Männer betreten gleichzeitig das Zelt. Sie hockt am hinteren Ende, während die Kerle am Eingang stehenbleiben. Sie füllen das Zelt aus, verbrauchen ihre Atemluft. Sie darf sich ihre Angst nicht anmerken lassen, denn daraus könnten sie schließen, daß sie nicht mehr von Drogen eingelullt ist.

»Deine Familie stellt sich quer!« sagte Krabbe.

Lore schaut von einem zum anderen, unschlüssig, ob sie etwas erwidern soll.

Fischgesicht setzt sich in die Hocke, bis sein maskiertes Gesicht dicht über dem von Lore schwebt. »Wir haben nur dreißig Millionen verlangt«, erklärt er. »Das ist wirklich nicht viel.«

»Sie sagen, sie rücken höchstens zehn raus. Wir vermuten, daß es denen völlig egal ist, ob du am Leben bleibst oder stirbst.«

Fischgesicht richtet sich wieder auf. »Wenn wir das

Geld nicht kriegen, können wir dich nicht laufenlassen. Das verstehst du hoffentlich.«

Es klingt aufrichtig betrübt. Lore möchte die Hand ausstrecken und seinen Arm tätscheln, als Zeichen, daß sie seinen guten Willen anerkennt.

»Laß dir was einfallen, um sie zu überzeugen. Denk darüber nach, was du ihnen sagen könntest, damit sie weich werden.«

Ohne ein weiteres Wort lassen sie sie allein.

Zehn Millionen. Was kann sie schon sagen, um das Lösegeld locker zu machen, wenn die Familie gar nicht berappen will? Die entscheidende Frage ist, warum sie sich so knauserig anstellen.

Sie grübelt über Katerine und Oster nach. Vielleicht streiten sie sich noch immer um ihre, Lores, Gunst.

Aber warum zahlen sie nicht?

Falls Krabbe wieder einmal mit der Kamera antanzt, mit welchem Argument könnte sie ihre Eltern dazu bewegen, dreißig Millionen herauszurücken?

Lore meditiert, schaut prüfend in sich hinein, und entdeckt nur eine große Leere. Wer ist sie? Ihr Vater kennt eine Lore, die mit ihm die Fische in der Bucht zählt und über die Torheiten ihrer Vorfahren plaudert. Katerine wiederum kennt und akzeptiert nur die stellvertretende Projektleiterin, die kompetente junge Frau, die gigantische Sanierungsprogramme entwirft und raffiniert diesen Minister und jenen Kommissar umgarnt.

Doch was ist mit dem Mädchen, das in Annes Armen liegt und mit Sarah in Perfluorethen schwimmt? Dem Kind, das von Monstern träumt und sogar jetzt noch manchmal mitten in der Nacht hochschreckt und die Schlösser an ihrer Schlafzimmertür prüft? Wer kennt diese Facetten ihres Wesens? Niemand, außer Lore selbst. Diese Bereiche ihres Lebens hat sie mit niemandem geteilt, keinem erzählt. Sie war immer schrecklich einsam gewesen.

25

Ich stand auf dem Dach und nagelte Bretter für einen Kübel zusammen, groß genug, um einen Baum darin zu pflanzen, als das Telefon summte. Durch das Fenster kraxelte ich in die Wohnung und meldete mich. »Ja?«

»Meisener«, sagte Magyar.

»Was?« Ich legte den Hammer auf den Tisch.

»Meisener hat die Anlage sabotiert. Er muß es gewesen sein.«

»Moment mal.« Mit dem Handy kletterte ich aufs Dach zurück und setzte mich hin. Durch den dünnen Stoff meiner Hose spürte ich die kalten Ziegel. »Fang an.«

»Während der letzten drei Monate wurden bei uns vier Leute eingestellt, die über das technische Wissen verfügen, die Glucose-Leitung zu blockieren und die Sicherheitsausrüstung zu warten: du, jemand von der Tagschicht, Paolo und Meisener.« Trocken fügte sie hinzu: »Dich brauche ich wohl nicht zu verdächtigen.«

»Danke.«

»Der Typ von der Tagschicht kam einen Tag vor dem Leckverlust zu uns. Er hätte nicht genug Zeit gehabt, um die Geschichte zu inszenieren.«

»Nein.«

»Also bleiben nur noch Paolo und Meisener übrig. Abgesehen von der Tatsache, daß Paolo abhaute, bevor die Sache losging, traue ich ihm so was einfach nicht zu. Du etwa?«

Paolo besaß weder den Überblick noch die Initiative. »Auf gar keinen Fall.«

»Dann sind wir uns ja einig. Deshalb nahm ich Meiseners Akte unter die Lupe ...«

»Die Angaben stimmen natürlich nicht.«

»Recht hast du. Sie erinnern an deine: Daten, Orte – Arbeitsverhältnisse, die Namen von Vorgesetzten, von Familienmitgliedern, selbst die Urlaubstermine – alles ist hübsch aufgelistet und klingt ungeheuer plausibel – trotzdem ergeben sich Ungereimtheiten.«

»Sprich weiter.«

»Selbst wenn man nur die Hälfte von dem glaubt, was in der Akte steht, besitzt er ausreichend Erfahrung, um zu wissen, was er tut.«

»Wo war er, als der Alarm losging?«

»Darauf wollte ich gerade kommen.« Es klang pikiert. »Ich hab's nachgeprüft. Er verließ als einer der ersten die Anlage.«

»Daran ist aber nichts Verdächtiges.«

»Nein. Aber bevor er sich dünne machte, half er noch einem Dutzend Leute, die geschlossenen Sauerstoffnotgeräte anzulegen.«

»Ist das signifikant?«

»*Ich* finde es schon aufschlußreich. Immerhin wußte er auf Anhieb, wo das ganze Zeug zu finden war. Als hätte er mit einem Störfall gerechnet.«

»Mag sein.« Genausogut konnte man argumentieren, daß er einfach nur ein gewiefter alter Fuchs war – wie ich selbst und wie Magyar –, der wußte, daß man in einer dilettantisch geführten Anlage wie dieser ständig auf alles gefaßt sein mußte. »Wenn er der Schuldige ist, wird er bald nicht mehr zum Dienst erscheinen.« Er würde weiterziehen und seinen nächsten Job in Angriff nehmen, was immer sein Auftraggeber von ihm verlangte. Meisener, das aufgeräumte, o-beinige, mickerige Kerlchen.

»... Schweinehund.«

Meine Gedanken schweiften ab und plötzlich sah ich mich wieder an einem Meeresstrand auf einem

Stück Holz sitzen. Mein letztes van de Oest-Projekt in der kirgisischen Wüste ging mir durch den Sinn. Als nächstes spukten ein durch Pfützen rauschender Laster und sogar Hepple in meinem Kopf herum. »Was?«

»Ich sagte, am liebsten würde ich den Schweinehund erwürgen. Er hätte meine Leute umbringen können. Aber warum nur? Es ergibt keinen Sinn. Wer profitiert davon? Es sieht fast so aus, als stecke eine Organisation dahinter, doch solche Aktionen kosten Geld. Selbst wenn die Firmenleitung den Laden für ein paar Tage hätte dichtmachen und Verluste einstecken müssen, bedeutet das noch lange nicht, daß ein anderer an dem Störfall verdient hätte. Sicher, es geht um Marktanteile, aber trotzdem ...« *Marktanteile. Hepple. Ein Zelt in einer Dünenlandschaft, über die singend der Wind streift. Marley, der mir etwas erklärt ...*

»... auf mehrere miteinander konkurrierende Anlagen verteilt, so daß sich der Aufwand gar nicht lohnen würde.«

Stille.

»Bist du noch dran?«

»Hmm? Ja. Entschuldigung.« Der Erinnerungsfetzen verblaßte.

»Und was sollen wir jetzt unternehmen – außer diesen Hurensohn zu Brei zu schlagen?«

»Abwarten und die Augen offenhalten.« Ein unzufriedenes, verblüfftes Schweigen. »Wir brauchen mehr Informationen.« Etwas fehlte noch. Etwas Wichtiges. *Hepple. Ein Laster. Tok. Marley.* Ich schüttelte den Kopf. »Wir wissen nicht mit absoluter Sicherheit, daß er der Verursacher ist.«

»Du hast recht.« Es klang widerstrebend. »Vielleicht weiß er gar nicht, daß wir die ganze Geschichte als Störfall durchschaut haben.«

»Wenn *er* der Saboteur ist, weiß er genau so viel wie die Manager der Anlage.«

Sie stieß einen langen, lauten Seufzer aus. »Treffen wir uns um halb fünf vor dem Tor?«

»Ja.«

Ich nahm wieder den Hammer, steckte mir eine Handvoll Nägel zwischen die Lippen und zimmerte weiter an meinem Pflanzenkübel – insgesamt sollten es fünf werden. Ich wollte eine kleine Obstkultur anlegen. Ich, der Himmel, ein paar Bäume. Vielleicht gelang es mir doch noch, Bienen anzulocken.

Das Holz war frisch; weiß und saftig hob es sich von den silberglänzenden Nägeln ab. Es ließ sich nur schwer zersägen, aber es war billig. Mit dem Lohn einer Kläranlagenarbeiterin konnte ich mir nichts Kostspieligeres leisten.

Aber auf der hohen Kante habe ich dreißigtausend.

Ich versuchte, nicht daran zu denken. Wenn ich das Geld nicht anrührte, konnte ich so tun, als wäre ich nie mit Spanner in diesem Bunker gewesen. Dann schaffte ich es vielleicht, ihr grausiges, an einen Totenschädel gemahnendes Lächeln und meine häßlichen Vorwürfe zu vergessen. Nicht nur sie hatte diese Gemeinheiten begangen, ich war genauso beteiligt gewesen.

Magyars Worte fielen mir wieder ein. *Verluste einstecken.* In diesem Quartal bekäme Hepple keinen Bonus. Selbst schuld! Durch seinen habgierigen Versuch, Betriebskosten zu senken, hatte er das Leben vieler Menschen aufs Spiel gesetzt. *Marktanteile.*

Der Hammer rutschte ab und traf den Rand meines Daumens. Ich spuckte die Nägel aus und fluchte. Zimmermannsarbeiten waren nicht meine starke Seite. Tok hingegen hätte die paar Planken in Minutenschnelle zusammengehämmert. Er war praktisch veranlagt und ein guter Handwerker. Mit ein paar Zweigen und einem Stück Schnur konnte er die zauberhaftesten Gebilde zusammenbasteln. Überall auf Ratnapida standen seine wunderschönen Kunstwerke aus gefundenen Gegenständen. Nie sah man ihn untätig herumsitzen. Und später war er dann fortgegangen, um Musik zu studieren. Ohne viel Aufhebens davon zu machen, ohne etwas zu sagen. Er war genauso verschlossen wie ich. Dieser introvertierte Charakterzug schien wohl in der Familie zu liegen.

Aber wir hatten auch Erlebnisse miteinander geteilt. Und er hatte mir geholfen. Wie damals am Teich, als er mir geraten hatte, mir ein Hobby zuzulegen, um eine Ausrede parat zu haben, wenn Oster oder Katerine mich zu sehr vereinnahmen wollten. Ich trieb einen Nagel in das weiche Holz und setzte den nächsten an.

Jener Nachmittag war sonnig gewesen, wie auf Ratnapida überhaupt immer schönes Wetter herrschte, wenn ich mich dort aufhielt. Mit Grashalmen hatte Tok nach den Fischen geworfen. Energisch schwang ich den Hammer, schlug einen Nagel nach dem anderen ein. Mein Mund verzog sich zu einem Lächeln, als ich mich daran erinnerte, wie Tok sich in Tante Nadias Dateien eingeschmuggelt hatte. Schwungvoll holte ich aus.

Wie ein Blitz aus heiterem Himmel traf mich die Erkenntnis, gleich einem metaphysischen Hammerschlag, zwischen Heben und Senken des realen Werkzeugs: *Hepple. Marktanteile. Jerome's Boys.*

Alles fügte sich zusammen. Das Rätsel war gelöst.

Magyar wartete auf mich im Umkleideraum. Eine halbe Stunde noch bis Schichtwechsel, und keine Menschenseele trieb sich hier herum. Nebeneinander, wenn auch mit etwas Abstand, setzten wir uns auf eine Bank.

»Jerome's Boys«, begann ich. »So nannte man vor vierzig Jahren das Team, das für die van de Oest Enterprises die Drecksarbeit erledigte und der Firmenleitung direkt unterstellt war. Diese Leute zwangen ganze Konzerne in die Knie, ohne daß ein Gericht eingeschaltet wurde. Jedes Mittel war ihnen recht. Angeblich war dies der Grund, weshalb man diesen Trupp schließlich auflöste. Vielleicht hörte die ursprüngliche Bande tatsächlich auf zu existieren, aber jemand anders hatte dieselbe Idee.« Magyar glotzte mich an, als hätte ich den Verstand verloren. »Wann kam Meisener zu uns? Wenige Tage, nachdem Hepple anfing, Kosten zu sparen.«

»Hepple? Dieses Vollzugskommando hat versucht, meine Anlage zu zerstören, nur weil Hepple, das debile Arschloch, die Betriebskosten drücken wollte?«

»Nein. Das heißt, doch. In gewisser Hinsicht hast du recht, es geht um Marktanteile.«

»Ich bemühe mich wirklich, aber ich komm da nicht ganz mit«, entgegnete sie. »Was hat Hepple mit dieser Nacht- und Nebelaktion zu tun?«

Ich setzte von neuem an. »Meine ... Die van de Oests machten ein Vermögen, indem sie Bakterien genetisch manipulierten und sie dann patentieren ließen. Jedes Mal, wenn ihre Bakterien benutzt wurden, verdienten sie daran. Dann veränderten sie die Organismen so, daß sie nur ihre Wirkung entfalten, wenn sie mit einer speziellen Nährlösung gefüttert wurden – und die Gewinne aus dem Verkauf der Bakteriennahrung stellen heute den Löwenanteil am Firmenumsatz dar. Aufbereitungsanlagen brauchen die Bakterien, und die Bakterien benötigen ihr besonderes Futter. Die van de Oests vergeben Lizenzen an Subunternehmer, die die Kunden mit beidem versorgen, und heimsen fette Profite ein, ohne selbst einen Finger zu rühren. Sie besitzen das Monopol. Als Hepple die spezifische Bakteriennahrung durch ein billigeres, unwirksames Substrat ersetzte, verstieß er gegen diese Monopolstellung. Jemand griff ein, um die Interessen der van de Oest Enterprises zu schützen.«

»Sie würden tatsächlich Tausende von Menschenleben gefährden, um ihren Alleinanspruch zu wahren?«

»Sie hatten nicht die Absicht, jemandem zu schaden. Außer in finanzieller Hinsicht.« Ein zweites Caracas würden sie nicht riskieren. »Und selbst wenn es Tote gegeben hätte, wäre nicht der Schatten eines Verdachts auf die van de Oests gefallen. Sie hätten mit blütenreiner Weste dagestanden. So wie früher auch. Sie hätten behauptet, nichts wäre schiefgegangen, hätte man ihre Anweisungen befolgt und den Bakterien ihre Spezialnahrung gegeben. Der Sündenbock wäre Hepple gewesen, und die Hauptschuldigen die Leute, die so dämlich waren, ihn einzustellen.«

»Und genau so ist es gelaufen.«

»Ja.«

»Also ist diese Gruppe, Jerome's Boys, oder wie immer sie jetzt heißt, für den Störfall verantwortlich«, sinnierte Magyar. »Aber sie operieren doch außerhalb des Gesetzes. Eine illegale Vereinigung dieser Art darf gar nicht existieren. Woher kriegen sie dann das Geld?«

Das Schmiermittel, das dafür sorgt, daß in jeder Firma alles glatt abläuft, heißt Geld, hatte Oster erklärt. *Kein Fundus, keine Coups*.

Albernerweise war es mir peinlich, Magyar davon zu erzählen. *Ich kann nichts dafür*, tröstete ich mich, aber diese Menschen waren meine Familie. Mit ihnen teilte ich dieselben Gene, die gleiche Herkunft, die gleiche Erziehung. Auch meine Wertvorstellungen hätten den ihrigen entsprechen können. »Es ... Sie ...« Ich starrte auf den Boden und hob dann wieder den Blick. »Entführungen sind eine lukrative Geldquelle.«

»Entführungen ...?« Sie riß die Augen auf. »Korrigiere mich, falls ich was falsch verstanden hab. Jemand stellt ein Team zusammen, das die Interessen der Firma schützen soll. Aber zum legitimen Firmentopf haben sie keinen Zugang. Deshalb kidnappen sie die Erbin, dich, und erhalten – wieviel, zehn Millionen?«

»Steuerfrei.«

»... zehn Millionen steuerfrei, mit denen sie ihre

Operationen finanzieren. Ihr Ziel ist es, sich Marktanteile zu sichern, indem sie zum Beispiel Werksspionage betreiben und Sabotageakte inszenieren. Und der Marktanteil muß verteidigt werden, damit das Vermögen der van de Oests nicht geschmälert wird …« Sie schüttelte den Kopf.

»Ich weiß, wie verrückt das klingt.«

»Es *klingt* nicht nur verrückt, es ist *total irre*! Wer immer diesen Haufen befehligt, muß durch und durch verkorkst sein.«

»Und Zugang zu allem haben, was gerade läuft.« Firmenakten und Strategien. Marketing. Forschung und Entwicklung. Familiäre Angelegenheiten. »Sie mußten wissen, daß ich in Uruguay war. Sie mußten wissen, daß ich gegen Sprayinjektionen allergisch bin. Sie mußten gut organisiert sein, wie die Gruppe, die die Anlage sabotierte. Man braucht sich nur vor Augen zu halten, wer jetzt entführt wurde: Lucas Chen, der Erbe einer anderen Familie, die auf dem Gebiet der Biosanierung tätig ist. Genau die Person, über die die Truppe für Drecksarbeit Informationen sammeln würde. Das alles ergibt einen Sinn, es paßt wunderbar zusammen.« Jemand aus meiner Familie hatte meine Entführung arrangiert. Mir die Demütigung, die Angst, die Schuldgefühle aufgehalst. Mich in eine Lage gebracht, in der ich vielleicht jemanden getötet habe. Ein Mitglied meiner *Familie*. »Hast du von deiner Freundin in der Zentralregisterstelle etwas Neues gehört?«

»Nein. Bis jetzt hat sie noch nichts gefunden. Sie recherchiert weiter, aber entweder hast du den Mann nicht umgebracht, oder jemand legt großen Wert darauf, daß die Sache vertuscht wird.«

Sie sagte nicht: *Für dich läuft es auf dasselbe hinaus*. Denn das hätte nicht gestimmt.

Sie stand auf und blickte auf ihre Uhr. Gleich war Schichtwechsel. Unvermittelt stellte ich mir vor, wie Magyar in meiner Küche wirtschaftete, Kaffee kochte, über belangloses Zeug plauderte. Ich fragte mich, ob es je dazu käme.

»Und was hast du jetzt vor?« wollte sie wissen.

»Ich helfe dir, Meisener zu beobachten.«

Sie vollführte eine ungeduldige Geste. »Findest du nicht, du solltest dein Wissen jemandem mitteilen? Du mußt dich an die Polizei wenden. Du hast doch nichts verbrochen. Ruf wenigstens deinen Vater an. Der arme Mann glaubt ja, du seist tot.«

»Und dabei soll es vorerst auch bleiben.«

»Du bestrafst ihn für etwas, das du ihm fälschlicherweise unterstellt hast. Aber er hat auch nichts Böses getan.«

»Er hat genug Schaden angerichtet. Probleme zu ignorieren ist beinahe so schlimm, als würde man sie selbst schaffen.«

»Da bin ich anderer Ansicht. Außerdem bemüht er sich, alles wieder gutzumachen.«

»Zweihundertfünfzigtausend sind nicht die Rettung! Vor drei Jahren hatte er die Gelegenheit, eine Katastrophe abzuwenden, und es hätte ihn nichts weiter gekostet, als einen einzigen Satz auszusprechen: ›Ich sorge dafür, daß eure Mutter euch nie wieder etwas antut.‹ Aber er hat geschwiegen.«

»Ich weiß natürlich nicht, was damals in ihm vorging. Aber ich nehme an, daß er sich jetzt ernsthaft anstrengt. Er versucht dich zu finden.«

»Ich will aber nicht gefunden werden.«

»Warum nicht?«

»Weil ich mich schäme!« Weil junge Kätzchen pummelig sein müssen. Weil ich mich manchmal immer noch fühlte, als würde ich bei grellem Licht drei verschiedene Schatten werfen.

Am Ende des Korridors erklangen Stimmen. Jemand lachte. Wasser rauschte, als eine Dusche aufgedreht wurde.

Magyar umarmte mich kurz und heftig. Es ging so

schnell, daß ich erst wußte, wie mir geschah, als sie mich wieder losließ. »Denk darüber nach. Ein anonymer Anruf bei der Polizei wäre auch eine Lösung. Aber irgend etwas mußt du unternehmen.«

»Wir behalten Meisener im Auge.«

Fahlbraun lag der Garten da. Lore verließ das Apartment nur, wenn Spanner sie zwang, zum Geldverdienen hinauszugehen. Ansonsten nahm sie jeden Werbespot auf, in dem um Almosen für eine gute Sache gebeten wurde. Nachdem sie die großen, etablierten Hilfsorganisationen ausgesondert hatte, blieben noch dreiundzwanzig Commercials übrig. Sie stellte Vergleiche an: Konzept, das Alter des live-Sprechers in bezug auf die Art der karitativen Vereinigung, Vokabular, Kulisse.

Sie war davon überzeugt, daß sie einen kurzen Spot drehen konnte, der mindestens genau so gut war wie die Clips, welche übers Netz liefen. Aber sie hatte keine Ahnung, mit welchem Thema man das meiste Geld herausschinden konnte.

Nach reiflicher Überlegung klinkte sie sich in Netzarchive ein und speicherte in ihre eigene Datenbank solche Spendenaufrufe ab, die mindestens zwei oder drei Jahre alt waren. Sie analysierte sie auf die gleichen Trends hin, die ihr in den jüngsten Spots aufgefallen waren, dann prüfte sie die Steuererklärungen der Organisationen, die immer noch existierten.

»Es *wird* klappen«, behauptete Lore, aber Spanner schlüpfte bereits in ihre Jacke. »Ich habe keine Bedenken«, fuhr sie in ruhigerem Ton fort. »Wir haben noch etwas Zeit. Setz dich hin und hör mir zu.« Spanner zerrte an dem Reißverschluß. Sie zog Handschuhe aus den Taschen, während Lore herunterhaspelte: »Du weißt, was ich kann. Und du hast die Commercials gesehen. Diese Wohltätigkeitsvereinigungen können sich nichts besseres leisten als bereits fertige Aufnahmen aus der Cinebibliothek mit höchstens einem live-Darsteller. Keine Interaktion! Nichts, womit ich überfordert wäre. Hab ich recht?«

»Du hast recht.«

»Also brauchen wir nur noch ein falsches Konto und ungefähr zwanzig Sekunden geklaute Sendezeit.«

Spanner wiegte den Kopf. »In dieser angespannten Lage kriegen wir nicht mal neue PIDAs für unsren eigenen Bedarf.«

»Mit Ruths Hilfe kommen wir an ein Konto heran. Sie arbeitet doch im Leichenschauhaus, weißt du das nicht mehr?«

»Ich hab's nicht vergessen. Aber nach dem Film wird sie kaum geneigt sein, uns unter die Arme zu greifen.«

Lore schluckte. »Vielleicht, wenn wir ihr erklären ...« Sie besaßen immer noch den Originalfilm, in dem die Gesichter nicht vertauscht waren. Damit ließ sich notfalls eine Erpressung einfädeln.

»Und wie sollen wir uns in die Sendungen des Internet einschmuggeln? Dabei kann Ruth uns nicht helfen.«

»Nein.« Lore probierte ein Lächeln. »Offen gestanden hatte ich gehofft, zu diesem Problem würde dir was einfallen.«

Spanner runzelte die Stirn. »Ich glaube ... Nein, die Ausrüstung ist zu teuer. Es wäre viel zu kostspielig.«

»*Wie* teuer?«

»Keine Ahnung. Aber solche Sachen haben ihren Preis.«

»Fünfhundert? Zehntausend?«

»Mehr.« Spanner runzelte immer noch die Stirn; sie dachte angestrengt nach. »Aber mit zehntausend könnte man gerade so eben hinkommen. Die Anschaffung wäre nicht einfach, doch da müßte man Hyn und Zimmer fragen ...«

»Wir wissen nicht, wo sie ...«

»Keine Sorge, ich treibe die beiden alten Füchse schon aus dem Bau. Wieviel würden wir deiner Schätzung nach mit solch einer fingierten Kampagne verdienen?«

Lore spielte mit dem Gedanken, sie zu belügen. Doch dann gab sie zu: »Das kann ich dir nicht sagen. Es kommt darauf an, wie gut mein Band wird. Bei einer Länge von zehn Sekunden sind vielleicht ... dreißigtausend drin.«

Spanner nickte. »Nach zwei Durchläufen wären wir alle Sorgen los.«

Sofern wir nicht schon beim ersten Durchlauf erwischt werden, sinnierte Lore, behielt ihre Skepsis indessen für sich. Ein eigentümliches Gefühl ergriff von ihr Besitz, sie war aufgeregt und gleichzeitig ein wenig ängstlich. Es konnte gutgehen, sie hatten eine reelle Chance. Das wäre dann der endgültige Ausweg aus ihrer Bredouille. Plötzlich litt sie unter Atemnot.

Spanner streifte sich die Handschuhe über und klopfte mit der Hand auf die Brusttasche, in der sie die Phiole verwahrte. »Bis dahin brauchen wir aber noch Geld. Um so mehr, wenn wir die Geräte anschaffen wollen.«

Spanners Augen waren auffallend blau; Lore fand sie wunderschön. Außerdem hatten sie keine Wahl. Irgendwie mußten sie sich Geld beschaffen. Vorläufig jedenfalls. Sie nickte, und durch die Bewegung lösten sich die Tränen, die sich in ihren Augen gesammelt hatten.

Spanner zog einen Handschuh aus und streichelte zärtlich Lores Wange. »Weine nicht. Wir ziehen diese Nummer nur noch ein kleines Weilchen länger ab; sobald wir die Mittel für die Ausrüstung haben, hören wir damit auf. Das verspreche ich dir.« Sie lächelte, doch Lore weinte um so heftiger. Ihr war nicht entgangen, wie Spanners Lippen sich kräuselten. Sie log.

Nachdem Lore das Futter für die Katze herausgestellt hatte, setzte sie sich auf den feuchten Boden neben dem Steingarten, den sie aus zerborstenen Ziegeln und Zementbrocken, aus denen noch die Stahlstreben herausragten, angelegt hatte. Die ärgste Winterszeit war vorbei. Zwei Schneeglöckchen behaupteten sich tapfer in dem struppigen Gras. Es hatte geregnet, und die Erde roch nach frischaufgebrochener Scholle. In Lores Kopf herrschte völlige Leere. Sie schaute zum Himmel empor, dessen kaltes, strahlendes, herrliches Blau schmerzliche Empfindungen in ihr wachrief. Unwillkürlich dachte sie an die Niederlande und an die Zeit, als sie ein sechsjähriges Kind war, das sich behütet und vor den Unbilden der Welt beschützt fühlte.

Ein leises Miauen rief sie in die Gegenwart zurück. Es kam von irgendwo unter den Büschen. Unendlich langsam wandte sie den Kopf. Eine angedeutete Bewegung. Etwas Kleines – scheinbar mehrere winzige Wesen – drückte sich in dem Gezweig herum. Sie bleib reglos sitzen, atmete ganz flach und gleichmäßig. Dann hörte sie es wieder, dieses Mal zwei dünne Piepser. Junge Kätzchen.

Lore erinnerte sich an das abgemagerte, bejammernswerte Ding, das sie erst vor wenigen Monaten vergraben hatte, das Kätzchen, das buchstäblich verhungert war. Für die Katzenmutter hatte sich die Situation wohl kaum verändert, aber sie wußte nicht, was aufgeben bedeutete. Kapitulieren führte zu nichts. Man hatte nichts dadurch gewonnen. Die Katze würde immer so weitermachen, ständig Junge werfen, bis sie einmal ein knuddeliges, rundes Kätzchen hatte.

Während ich mich in meinen Anzug schlängelte, kam Meisener herein, in ein Gespräch mit Cel vertieft. Verstohlen sah ich zu, wie er seine Jacke auszog, sie zusammenfaltete, in seinen

Spind stopfte und dann seinen Slate vom Gürtel loshakte.

Sein Slate. Es wäre ein Kinderspiel. Wenn ich mich noch einmal mit Spanner einließe. Nein. Auf gar keinen Fall. Nicht schon wieder. *Aber irgend etwas mußt du unternehmen,* hatte Magyar gesagt, und sie hatte recht. Lucas Chen war jetzt irgendwo da draußen, an einen Stuhl gefesselt, oder er lag nackt, frierend und verängstigt in einem Schlafsack. Ich mußte aktiv werden.

Bei der Arbeit grübelte ich unentwegt nach, was ich tun konnte, und in der Pause, während ich meinen Snack verdrückte und blinden Auges auf das Endlosband mit den Fischen starrte, zermarterte ich mir immer noch das Hirn. Kurz vor Schichtende ging ich Magyar suchen. »Könntest du unter einem Vorwand nach dem Dienst etwas länger hierbleiben? So tun, als hättest du Bürokram zu erledigen oder etwas ähnliches?«

»Ich brauche keinen Vorwand. Auf mich wartet genug Schreibarbeit.«

»Würde es jemandem auffallen, wenn du die Daten aus Meiseners Personalakte in meinen privaten PC einspeist?«

»Ich könnte es so anstellen, daß keiner was merkt. Was schwebt dir vor?«

»Ich will ihn mir gründlich unter die Lupe nehmen. Du mit deinem offiziellen Status und ich mit den Tricks, die ich in den letzten Jahren gelernt habe, können eine Menge über Nathan Meisener herausfinden.«

Die Bude war eiskalt, als ich heimkam, doch bevor ich die Heizung aufdrehte, stellte ich eine Verbindung zu Magyar her, damit sie mit dem Aufrufen und Kopieren beginnen konnte. Ich bat sie, zusätzlich jeden der ehemaligen Arbeitgeber, die Meisener aufgelistet hatte, anzurufen, und sich von ihnen folgendes geben zu lassen: ein Foto, einen DNA-Scan, falls vorhanden, biographische Daten wie Alter, Körpergröße, Familienstand und so weiter – und die von ihm selbst eingereichten Referenzen früherer Dienstherren.

Sie machte sich an die Arbeit, während ich die Heizung anstellte und mir einen Tee kochte. Ich richtete mich auf eine lange Nacht ein.

Als die Informationen dann nach und nach eintrudelten, verfrachtete ich Magyars Datei in die obere linke Ecke des Schirms und scrollte durch die Datenflut.

Die Angaben über seine letzte Stelle bei EnSyTec schienen zu stimmen. »Hier steht, daß er fast elf Jahre lang bei dieser Firma war«, sinnierte Magyar, während ich an meinem Tee nippte und las. »Ich finde, das sieht doch ganz koscher aus.«

»Was ist mit dem Resümee, das er ihnen gab? Stimmt es mit dem, das er in der Hedon Road vorlegte, überein?«

»Keine Ahnung. Bis jetzt kam ich so ohne weiteres nur an seine Zeugnisse heran, die identisch sind mit denen, die er uns präsentierte.«

»Sieh zu, daß du den Rest auch noch kriegst.«

»Jetzt ist es drei Uhr früh.«

»Aber nicht in Sarajevo.«

Ihre Bildbox oben auf meinem Schirm erlosch. Ich scrollte durch das Resümee, das Meisener den Job bei uns verschafft hatte; EnSyTec, elf Jahre; Work, Inc., eine Stellenvermittlung, drei Jahre. Davor war er drei Jahre lang für Piplex tätig gewesen, ein Fabrikationsbetrieb.

Meisener kam mir nicht wie jemand vor, der es elf Jahre lang bei ein und derselben Firma aushält. Trotz seiner Tüchtigkeit und seiner zur Schau gestellten guten Laune hielt ich ihn eher für einen Mann, der eines Tages einfach der Arbeit fernbleibt. Auf mich machte er den Eindruck eines entwurzelten, vagabundierenden Menschen. Dabei hatte er behauptet, er sei verheiratet und hätte Kinder.

Ich ging noch einmal die biographischen Daten durch: Sarah Meisener, eine Chemikerin, die in einem hiesigen regierungseigenen Labor arbeitete. Ihre Nummer war angegeben. Ich rief Magyar in der Hedon Road an und hinterließ ihr eine Nachricht. »Wenn du dein Telefonat nach Sarajevo beendet hast, versuch, Sarah Meisener zu kontaktieren.« Ich gab die Nummer durch und widmete mich abermals der Liste.

Ich hatte gerade meinen Tee ausgetrunken und schwankte noch zwischen Suppe und Toast, als Magyar sich wieder meldete. »Ich habe nicht in Sarajevo angerufen«, erzählte sie. Sie sah mächtig stolz aus. »Sondern in Athen. Ich sprach mit Meiseners ehemaligem Chef. ›Ich dachte, er hätte ganz aufgehört zu arbeiten‹, wunderte der sich, als ich ihm vorschwindelte, wir dächten daran, Meisener zum Schichtleiter zu befördern. ›Ist sein Herz denn wieder in Ordnung?‹ ›Sein Herz?‹ fragte ich. ›Sprechen wir über denselben Meisener?‹ ›Ich weiß‹, entgegnete er, ›er ist gebaut wie ein Stier, und man sieht ihm nicht an, daß mit seinem Herzen was nicht stimmt.‹ ›Wie ein Stier‹, stimmte ich ihm zu. ›Ja, da haben Sie wirklich recht.‹ Offenbar ging er in den vorgezogenen Ruhestand. Plante eine Übersiedlung nach Israel. Sein früherer Boss in Athen läßt mir die vollständige Akte zukommen. ›Der alte Nathan verdient nur das beste.‹ Offenbar waren die beiden dick miteinander befreundet.« Sie grinste. »Würdest du dieses krummbeinige, fipsige Kerlchen mit einem Stier vergleichen?«

»Nein.«

»Siehst du! Ich glaube, wir haben ihn festgenagelt.«

Ich war mir da nicht so sicher. Er konnte sich schlicht und ergreifend eine falsche Identität zugelegt haben, so wie ich. Aber ich hatte mir eine ID besorgt, die langfristig einem Test standhielt, jahrelang gültig blieb, notfalls für immer. Der Fall hätte ohne weiteres eintreten können. Hätte ich nicht Magyar getroffen, die mich veranlaßte, gründliche Selbstkritik zu üben, hätte ich vielleicht für den Rest meines Lebens als Arbeitstier in der Hedon Road geschuftet.

Ein entsetzlicher Gedanke; ich hatte das Gefühl, als schrumpfte ich innerlich zusammen. Meisener hingegen würde nur kurzzeitig den Kuli mimen. Vier oder fünf Wochen lang. *Bist du schon ausbezahlt worden?* hatte Kinnis gefragt. *Nee. Hab einen falschen Zeitpunkt für die Überweisung angegeben.* Dabei war sein Timing perfekt gewesen: Arbeitgeber führten mitunter erst dann einen rigorosen Check durch, wenn es ans Auszahlen von Löhnen ging. Das hieß, daß Meisener, oder wie immer sein Name lautete, extrem raffiniert vorgegangen war. »Hast du mit seiner Frau gesprochen?«

Magyar schnaubte durch die Nase. »Um vier Uhr morgens? Was soll ich denn sagen: Ist Nathan gut nach Hause gekommen?«

»Warte nur, bis sich jemand meldet und leg gleich wieder auf. Dann berichtest du mir, ob du was erfahren hast.«

Ich entschied mich für Toast. Der ließ sich vor dem Bildschirm leichter essen. Der Duft von geröstetem Brot erinnerte mich an die Zeit, als ich fünf war; heiß prallte die Sonne auf den gefliesten Hof in Amsterdam. Tok brüllte: *Und woher weißt du, daß es sauber ist?* Woher wußte man überhaupt, ob irgend etwas sauber war? Mir war der Appetit vergangen, aber ich zwang mich dazu, eine dünn mit Baba Ghanouj bestrichene Scheibe zu vertilgen. Ich dachte an Lucas Chen und wie ihm wohl zumute sein mochte. Ob er sich *sauber* fühlte?

Ein Signal kündigte Magyars Anruf an. Ihr Gesicht war ausdruckslos. Sie schien nicht besonders glücklich zu sein. »Beim ersten Läuten hob sie ab. Eine kühle Blonde. Jung. Und das Video Pickup war an den Rändern verschwommen.«

»Hast du was gesagt?«

»Ich unterbrach die Verbindung, sobald sie sich meldete. Ich kriegte eine Gänsehaut. Aber das ist noch nicht alles. Ich bin gerade dabei, die Informationen von Athen herunterzuladen. Liest sich ganz interessant.«

Sie blieb in der Leitung, während ich mich informierte. »Kein Militärdienst«, bemerkte ich.

»Ist mir auch aufgefallen.«

»Und keine Work, Inc.« Magyar nickte; das Fehlen dieser Angabe war ihr gleichfalls nicht entgangen. »Ich wüßte gern, wem die Firma gehört.«

»Ist das schwer rauszukriegen?«

»Das nicht. Aber es dauert eine Weile.« Um eine solche Spur zu verfolgen, brauchte man kein Genie zu sein; und es erforderte weder eine spezielle Ausrüstung noch besondere Codes. Man mußte lediglich Geduld aufbringen, hartnäckig sein und ein gewisses Gespür für Referenz- und Informationssysteme besitzen. Ich hatte Spanner oft genug bei der Arbeit beobachtet, um sämtliche Kniffe zu kennen.

Ich verschaffte mir Zugang zur Telefonauskunft, und nach zwanzig Minuten fand ich die Nummer von Work, Inc. Weitere dreißig Minuten, und ich wußte, auf wen die Telefonrechnung lief: Einen gewissen Juno Satuomi, dessen Bankkonto von der Filament Corporation unterhalten wurde. Im Ausschuß der Filament Corporation saßen drei eingetragene Mitglieder: C. Santorini, ein anonymer Repräsentant von Ketch Lighters und der Vorstandsvorsitzende der Firma Allman Znit Associates. Die ersten beiden waren Strohmänner; der dritte im Bunde beschäftigte vier Führungskräfte. Ich checkte sie der Reihe nach durch.

Drei schienen ganz unauffällig zu sein, doch der vierte, mit Namen B. Grimm, besaß ein kleines Unternehmen, das sich Hänsel & Gretel Designs nannte. Bei näherer Recherche entpuppte es sich als eine Briefkastenfirma mit einem Bankkonto und einem einzigen Angestellten. Dieser Angestellte hieß Michael Meissen. Auf das Konto von H & G wurden regelmäßig Schecks eingezahlt, und zwar von Montex, einer karitativen Organisation.

Eine Wohlfahrtseinrichtung.

Zurück in die Bibliothek. Eine Nachfrage bezüglich der Montex Sponsorenhierarchie aus dem Register mildtätiger Verbände. Es gab gelegentliche Spender, von denen die meisten namentlich nicht genannt wurden; dann Förderer und Mäzene. Die Mäzene waren in Silber, Gold und Platin eingeteilt. Auf der Platinliste standen einhundertundsechzehn Namen – alles Leute, die mehr als siebzigtausend pro Jahr spendeten. Fast am Ende der Liste stieß ich auf G. van de Oest.

Pfeifend streicht der Wind über den Sand vor dem Zelt. Marley nickt ernsthaft. »Greta übt in dieser Firma mehr Macht aus, als sich die meisten Leute vorstellen können. Und für deine Zukunftsaussichten wäre es günstiger, wenn du das nie vergessen würdest.«

Und Tok, der mir viele Jahre früher erzählte: *»Gerade als es spannend wurde, klinkte sich Greta ins Internet ein und schmiß mich aus der Datei heraus.«*

Ich wartete vor dem Gewächshaus im Pearson Park. Es war elf Uhr vormittags. Ich hatte die ganze Nacht lang kein Auge zugekriegt. Mein Gesicht, zerfurcht und grau wie die am Himmel fliehenden Wolken, spiegelte sich bizarr in dem leicht welligen Glas. Als Magyar endlich eintraf, sah sie auch nicht viel besser aus.

Die Luft im Gewächshaus war warm und mit kreischenden Vogelstimmen erfüllt. Wir schienen die einzigen Besucher zu sein.

»Über die Familien, die Konkurrenzfirmen besitzen, muß sie genau so gut Bescheid wissen wie über das van de Oest-Unternehmen«, erklärte ich Magyar. »Informationen bedeuten Macht.« Diese Maxime hatte Greta mit Sicherheit schon sehr früh von Katerine gelernt. »Und Greta braucht das Gefühl, an den Schalthebeln der Macht zu sitzen.« Die arme Greta, die immer aussah, als erwarte sie gleich an der nächsten Ecke von irgend etwas oder irgend jemandem angegriffen zu werden.

»Du mußt dich mit deiner Familie in Verbindung setzen und sie aufklären.«

Ich betrachtete einen Beo, der eine seiner Schwingen putzte. Auf dem schwarzen Gefieder schillerten purpurne Reflexe. »Nein.«

»Doch! Jemand muß Greta Einhalt gebieten.«

»Sie wußte es«, sagte ich. »Sie wußte es die ganze Zeit über.« Der Schnabel des Vogels leuchtete in einem grellen Orange. »Sie hat mir geholfen.«

»Sie gab dir lediglich ein Schloß!« Ich merkte, daß Magyar Beschützerinstinkte für das siebenjährige Kind entwickelte, das noch nicht auf sich selbst aufpassen konnte. Dafür liebte ich sie.

»Aber das Schloß hat mich gerettet. Greta hat mich vor weiterem Mißbrauch bewahrt.«

»Stella hat sie nicht geholfen.«

Der Vogel beäugte mich, den Kopf erst zur einen, dann zur anderen Seite neigend. »Ich weiß nicht, aber vielleicht dachte sie, nichts könnte Katerine bremsen. Wenn sie selbst in sehr jungen Jahren immer wieder mißbraucht wurde ...«

»Wer weiß schon, was sie dachte? Außerdem ist es egal! Was hat man dir angetan! Sie ließ dich entführen und erniedrigen!«

Durch den Lärm erschreckt flatterte der Vogel hoch hinauf ins Dach seiner Voliere. Greta hatte mir das rettende Schloß besorgt. »Vielleicht hat sie nicht geahnt, daß man *mich* entführen würde, vielleicht ...« Natürlich war sie bestens im Bilde gewesen. Aber es war sicher nicht geplant, daß sie mich umbrachten. Was war schiefgelaufen?

»Und was ist mit dem armen Lucas Chen?« Ich erwiderte nichts. »Lore.« Sie umklammerte meine Arme dicht über den Ellbogen. »Hör auf, die Vögel anzugaffen. Du müßtest dich mal hören. Sieh doch ein, daß du Unsinn redest. Ständig suchst du nach Entschuldigungen. Aber wer selbst als Kind mißbraucht wurde, hat deshalb noch lange kein Recht, andere Menschen zu quälen. Besonders nicht die eigene Schwester. Jemand muß Greta in die Parade fahren. Du mußt mit deiner Familie sprechen.«

»Ich kann nicht.«

Magyar ließ meine Arme los und legte eine Hand gegen meine Wange. »Lore, Liebes, du kannst dich nicht ewig verstecken.«

Warum nicht? Der Beo schwirrte mal hierhin, mal dorthin, einen Weg ins Freie suchend. »Ich kann nicht mehr zurück. Sie sind einfach zu stark.« Katerines Lore, Osters Lore ... Sie würden mir abermals den Willen brechen, nichts von mir übriglassen. »Ich wäre wieder das Nesthäkchen, das Baby, die Schachfigur ...« Meine Stimme erstarb. Sie musterte mich mit einem eigentümlichen Ausdruck.

»Es wäre nicht mehr wie früher«, widersprach sie mir freundlich. »Nichts bliebe beim alten. Katerine käme ins Gefängnis und Greta auch.«

Entgeistert starrte ich sie an. Sie sprach immerhin von meiner Familie.

»Lore, sie haben dir dein Leben gestohlen. Über deinen Rücken zieht sich eine über dreißig Zentimeter lange Narbe. Du glaubst, du hättest einen Mann getötet – seit Jahren raubt dir diese Vorstellung den Schlaf. Im Augenblick ängstigt sich Lucas Chen wahrscheinlich zu Tode. Stella hat Selbstmord begangen. Und du kannst nicht zurück.«

Es war eine grausige Litanei. »Nein«, bekräftigte ich. Ich wußte selbst nicht, ob ich damit meinte: *Nein, ich kann nicht zurück*, oder *Nein, du irrst dich*. Ich wollte nicht heimkehren, aber das Wissen, daß es kein Zuhause mehr gab, das ich hätte aufsuchen können, machte mir angst.

»Tok. Ich könnte Tok anrufen.« Dann wäre alles mit einem Schlag vorbei. Ich konnte mich des falschen PIDA entledigen, mich von der armen toten Sal Bird befreien und sie endlich in Frieden ruhen lassen. Ich durfte meine wahre Identität annehmen, wieder Lore sein. Kein Verstecken mehr, keine Lügen; keine Kungelei mit Spanner, außer daß ich ihr hin und wieder einen Drink spendierte, wenn sie abgebrannt war. Auch brauchte ich nicht länger in dem winzigen Apartment zu hausen, wo ich mir in dem vollgestopften Bad regelmäßig den Kopf stieß ... »Was würde aus *uns* werden?«

»Was hast du dir denn vorgestellt?«

»Wir sähen uns nicht mehr jeden Tag in der Hedon Road. Denn leben würde ich ...« Ich kam ins Schwimmen.

»Wo? Wo würdest du wohnen, so daß wir uns nicht gegenseitig besuchen könnten, wenn wir es wollten?«

Ich war drauf und dran gewesen, *Ratnapida* zu sagen. Doch dort konnte ich nie mehr wohnen.

»Wenn du dich mit deiner Familie aussöhnst, heißt das noch lange nicht, daß du wieder in den alten Trott verfällst. Oder möchtest du mich aufgeben wie deine ausgediente alte Identität?«

»Nein.«

»Was dann? Befürchtest du, ich könnte mit der Veränderung nicht fertig werden? Hast du Angst, weil ich aus kleinen Verhältnissen stamme, könnte ich mich in deinen Kreisen nicht bewegen? Nein. Schön. Denn ich kann es. Ich wußte von Anfang an, daß du unter falscher Flagge segelst. Jetzt kenne ich wenigstens deine wahre Herkunft. Ich werde etwas Zeit brauchen, und es geht bestimmt nicht alles glatt, aber ich kann mich anpassen. Laß mich nicht einfach fallen.«

Sie schaute mich an. Ihr Blick war fest und direkt. Ich sah, daß sich etwas in ihren Augen spiegelte, doch die Bilder waren zu klein, um einen Sinn zu ergeben. Die Reflexionen schienen ihre Gestalt zu wandeln. Ihre Augen wurden feucht.

Ich breitete die Arme aus. Sie trat ganz nahe an mich heran. Zu meiner Verwunderung war sie ein bißchen kleiner als ich. Wir taumelten einen halben Schritt zurück. Dann küßte ich sie. Sie blinzelte, und Tränen kullerten über ihre Wangen. Ich küßte sie noch einmal. Endlich erwiderte sie meine Umarmung. Eine geraume Zeitlang standen wir engumschlungen da; ich barg mein Gesicht an ihrer Schulter, und auf einmal veränderte sich die gesamte Welt.

Die erdrückende Bürde der letzten Jahre wich von mir, ich fühlte mich leicht und frei. Meine Arme schienen schwerelos zu sein, als könnten sie sich gleichsam von selbst in die Lüfte erheben, wie bei diesem Kinderspiel, wo ein Freund einem die Arme fest an die Seiten preßt und man sich vergeblich bemüht, die Umklammerung zu lösen; wenn man dann plötzlich losgelassen wird, erinnern sich die Muskeln an den Kampf, und die Arme schnellen in die Höhe, als ritten sie auf einer Gezeitenwelle.

»Sieh mich an«, bat ich. »Ich bin Frances Lorien van de Oest. Ich habe eine Arbeit. Ich habe eine Wohnung. Ich habe Freunde.« Ich wußte, wer ich war. Lore. Und falls ich es vergaß oder meine Wahrnehmung sich verhedderte, würde Magyar mich daran erinnern. »Ich habe eine Zukunft.«

Magyar preßte mich an sich und gab mich frei. Nachdem sie sich das Gesicht gewischt hatte, grinste sie. »Außerdem hast du massenhaft Geld.«

Der Beo traktierte uns mit schrillem Gezetter, doch er verharrte in unserer Nähe und gemahnte an eine Mutter, die ihre Kinder ausschimpft.

Wir schlenderten um den Teich. Ich war hungrig, zögerte aber, den Park zu verlassen. Außer mit Magyar wollte ich mit niemandem sprechen; und es gab so viel zu entscheiden.

»Bist du sicher, daß kein Leichenfund gemeldet wurde, der auf meinen Entführer passen könnte?«

»Absolut. Bevor ich losging, um mich mit dir zu treffen, habe ich mich noch einmal überzeugt.«

»Vielleicht hält man den Bericht zurück. Weil meine Familie involviert ist.«

»Aber wer weiß schon davon?«

»Greta.« *Sie hatte mir das Schloß besorgt*. Schweigend marschierten wir weiter, im Gleichschritt, die Hüften im selben Takt schwingend. »Ich werde mich trotzdem bei meiner Familie melden. Auch wenn ein Rest von Unsicherheit bleibt. Ewig kann ich mich nicht einigeln. Zuerst rufe ich Tok an, danach meinen Vater. Er könnte wahrscheinlich feststellen, ob die Polizei Informationen unterdrückt.«

»Wirst du ihm *alles* erzählen?«

»Ich bin es leid, mich zu verkriechen.«

»Seine Privatsphäre zu wahren ist nicht dasselbe wie gesellschaftlich unterzutauchen.«

»Vermutlich wird es noch eine Weile dauern, bis ich den Unterschied erkenne.« Wir stiegen über die knorrigen Wurzeln, die sich über das Pflaster ringelten. Schon zum zweiten Mal kamen wir an diesem Baum vorbei. »Sobald ich halbwegs davon ausgehen kann, daß ich nicht wegen irgend etwas verhaftet werde, fordere ich meine alte Identität zurück.«

»Wieviel Zeit nimmt so ein Vorgang in Anspruch?«

»Keine Ahnung. Es hängt davon ab, ob man mich bereits gesetzlich für tot erklärt hat.« Ich hätte tot sein können. Dank Greta. Krabbe hatte versucht, mich mit diesem Nasenspray umzubringen. Wenn es ihm gelungen wäre, läge ich jetzt vielleicht als Skelett auf dem Grund des Flusses, zusammen mit den Zehntausenden von Seelen, die hier gestorben waren, seit die Menschheit gelernt hatte, einen Stein zu schwingen.

Doch mein Instinkt sagte mir, daß Oster mich damals nicht für tot erklären ließ. Er würde die Publicity scheuen. »Wenn Oster hier eingetroffen ist, wenn ich ihm von Angesicht zu Angesicht gegenübersitze, wenn ich ihn riechen und die Knitterfalten in seinem Hemd sehen kann, kläre ich ihn über seine Frau und Greta auf. Ich möchte ihm Zeit geben, den Schlag zu verwinden, bevor ich mich an die Polizei wende.«

»Aber schieb es nicht auf die lange Bank.«

»Da ist Lucas Chen. Ich weiß.«

Wieder spazierten wir an dem Baum vorbei. »Wann soll es losgehen?«

»Morgen. Ich bereite eine Aussage für die Polizei vor, die ich dann nur noch weitergeben muß. Wir kriegen sie alle: Katerine, Greta, Meisener, Krabbe. Und sämtliche anderen.« Ich zitterte. »Sie haben kein Recht, diese Schandtaten zu begehen. Jahrelang haben sie Menschen benutzt, als wären sie Figuren in einem Schachspiel. Greta traue ich sogar zu, daß sie gar nichts von der Existenz anderer Personen außer sich weiß. Tausende von Männern, Frauen und Kindern haben gelitten. Zehntausende!« Und Greta hatte durch Katerine gelitten. Das gleiche hätte mir blühen können. Ach was, ich *hatte* es ja erlebt!

Ich wollte Katerine sehen, wie sie allein in einem fensterlosen Raum auf einem Stuhl hockte. Sie sollte weinen, bis ihre Augen rot und wund waren. Sie sollte betteln, um etwas Wasser, um die Box mit ihren Kontaktlinsen. »Ich will wissen, welche Farbe ihre Augen haben.«

»Wessen Augen?«

»Die meiner Mutter. Ich möchte, daß sie sich quält.« Nein, das war noch nicht alles. »Sie soll mich ansehen. Ich möchte, daß sie den Blick hebt und mich anschaut. Ich will imstande sein, mein Spiegelbild in ihren Augen zu entdecken. Sie soll begreifen, daß ich die Welt mit meinen eigenen Augen wahrnehme und nicht aus ihrer Perspektive. Sie muß mich endlich akzeptieren, erkennen, daß ich real bin, daß ich existiere. Ich bin erwachsen, habe mich zu einer eigenständigen Persönlichkeit gemausert. Endlich brauche ich mich keinem Zwang mehr zu beugen, ich kann mich in jede beliebige Richtung entwickeln.« Ich hakte mich bei Magyar unter und zog an ihrem Arm, bis sie stehenblieb. »Morgen. Ich verspreche es dir. Morgen um diese Zeit.«

»Heute abend. Am besten wäre sofort.«

»Aber morgen bin ich gefaßter. Ich kann mich darauf vorbereiten …«

»Lore, wenn du auf den richtigen Augenblick wartest, dann passiert es nie. Den idealen Zeitpunkt gibt es nicht. Einmal mußt du dir ein Herz fassen. Morgen wird es dir auch nicht leichter fallen.«

»Aber warum diese Eile?« Ich hatte drei Jahre lang stillgehalten. »Wenn du dir um Lucas Chen Sorgen machst …«

Sie vollführte eine ungeduldige, abrupte Geste. »Er tut mir leid, aber du liegst mir mehr am Herzen. Sei ganz ehrlich – wird es dich weniger Überwindung kosten, wenn du erst morgen mit deinem Vater sprichst anstatt heute?«

Ich und Oster. Ich holte tief Luft und blies den Atem wieder aus. »Nein.«

»Dann zögere es nicht länger hinaus.«

Ich nickte widerwillig. »Heute abend also. Aber zuerst spreche ich meine Aussage auf Band. Nach der Nachtschicht … Was ist?«

»Du kneifst ja schon wieder. Du kannst den Tatsachen einfach nicht ins Auge sehen. Verrate mir, warum du bis nach der Schicht warten willst.«

»Mein Job geht vor …« Natürlich hatte sie recht. Ich würde nie wieder zum Arbeiten in die Hedon Road gehen. Es gab keine Sal Bird mehr. Das alles gehörte jetzt der Vergangenheit an. Heute abend, wenn sich dieser Teil der Welt in das winterliche Dunkel hüllte, würde ich Ratnapida anrufen. Die in helles Licht getauchte Insel, umspült von klarem, sauberem Wasser. Reine, scharf umrissene Reflexe. Transparenz statt Verschleierung der Wahrheit. Schluß mit den Schatten und Lügen. Heute abend.

»Soll ich mit zu dir nach Hause kommen?«

»Nein. Bis zum Abend ist es nicht mehr lange. Ich brauche ein bißchen Schlaf. Und ich muß die Aussage vorbereiten. Ich ruf dich in der Hedon Road an, wenn … wenn … ich ruf dich an.«

Wieder hielt ich sie umschlungen, als wollte ich sie gar nicht mehr loslassen. Durch unsere Mäntel fühlte ich die Konturen ihres Körpers, die festen Knochen, die nachgiebigen Muskeln. Ich begehrte sie so sehr, daß es schon schmerzte. Heute abend.

26

Der nächste Tag im Zelt schleicht unendlich langsam vorbei. Lore bekommt ihr Frühstück, aber das Lunch fällt aus, obwohl ihre innere Uhr ihr verrät, daß es bereits Nachmittag sein muß. Langsam macht sie sich Sorgen. Wieso gibt man ihr nichts zu essen?

Man füttert keinen, der ohnehin bald sterben wird.

Dreißig Millionen. Ein läppischer Betrag. Die genaue Höhe des Familienvermögens kennt sie nicht, aber es muß eine zweistellige Milliardensumme sein. Dreißig Millionen. Sie selbst hat mehr Geld für das Projekt in Kirgisistan in Anspruch genommen.

Oster muß dahinter stecken. Vermutlich hat er herausgefunden, daß sie und Tok über die Sache mit Stella Bescheid wissen, im Bilde sind, was er ihr angetan hat. Vielleicht hat er Tok bereits umgebracht – irgendwie. Möglicherweise torpediert er absichtlich die Verhandlungen, um die Kidnapper dazu zu bewegen, daß sie ihre Geisel töten. Denn dann gibt es keine Zeugen mehr für seine Missetaten. Aber wie hält er Katerine davon ab, das Lösegeld zu bezahlen? Ihre Mutter ist doch viel gerissener als Oster, in praktischer Hinsicht ist sie ihm weit überlegen.

Lore schüttelt den Kopf. Sie muß nachdenken, feststellen, wo das Problem liegt, einen Weg finden, sie zum Zahlen zu zwingen.

Der Nachmittag schleppt sich dahin. Sie macht Liegestütz, trainiert die Bauchmuskeln, vollführt Streckübungen. Sie hat Hunger. Zum ersten Mal seit fast zwei Wochen ertappt sie sich dabei, wie sie sich nach den Pillen sehnt, die sie unter dem Zelt versteckt hat. Sie holt den Nagel hervor, hält ihn in der Faust, versteckt ihn abermals im Schlafsack, um ihn letztendlich doch wieder in die Hand zu nehmen.

Es wird Abend, und man bringt ihr immer noch nichts zu essen.

Als ihr Körper meldet, daß Schlafenszeit ist, fühlt sie sich nicht müde; trotzdem verkriecht sei sich in den Schlafsack, weil sie sich dann weniger nackt vorkommt. Den Nagel fest umklammernd, atmet sie langsam ein und aus, bemüht, die Muskeln von den Füßen aufwärts zu entspannen.

Grelles Licht dringt von außen ins Zelt, als jemand die Eingangsklappe aufreißt. »Aufstehen! Sofort!« Es ist Fischgesicht, doch Lore erkennt ihn kaum wieder, so barsch klingt seine Stimme. »Aufstehen, hab ich gesagt!« In drohender Haltung nähert er sich dem Schlafsack; hastig wühlt sich Lore heraus, den Nagel unsichtbar in der Faust verborgen. Der Kerl packt sie beim Arm. »Wir hauen ab!«

»Haben sie bezahlt?«

Er gibt keine Antwort.

Lore sieht sich um, während sie über die alten Dielenbretter laufen, die sie bis jetzt nur mit den Fingerspitzen ertasten konnte. Sie befinden sich in einer altertümlichen Scheune, die vermutlich vor mehreren hundert Jahren erbaut wurde.

Draußen umfängt sie kühle, klare Nacht. Abrupt verändern sich die Gerüche, und sie weiß, daß sie sich in einem nordeuropäischen Land aufhält – England vielleicht oder Irland – und daß die Düfte von Knoblauch und Sonne, die in ihr Zelt wehten, Teil des ausgeklügelten Täuschungsmanövers waren. Ein ungeheuer ausgefeilter Plan …

Sie bibbert, als Fischgesicht sie über einen kopfsteingepflasterten Hof zu einem Paar Autoscheinwerfer führt. Lore wehrt sich nicht, sondern gibt sich apathisch. Angeblich steht sie ja unter Drogen, außerdem muß sie Zeit zum Nachdenken schinden.

Bis zum Fahrzeug sind es noch knapp vierzig Meter. Es handelt sich um einen Lieferwagen, einen Van, der hinten eine Ladeklappe hat. Die Tür steht weit offen. Sie will nicht einsteigen.

Sie werden sie umbringen. Daran zweifelt sie keine Sekunde. Vergammeltes landwirtschaftliches Gerät säumt die steinerne Mauer, die den Hof einfaßt. Sie kann das rostende Metall riechen.

Gleich werden sie den Van erreichen. Drinnen fuhrwerkt jemand herum, programmiert Anweisungen in das Instrumentenpanel. Krabbe. Der Boden des Fahrzeugs ist mit einer Plastheneplane ausgelegt. Um das Blut aufzufangen? Sie rückt den Nagel zwischen den Fingern in Position.

Sie sind beim Wagen angelangt. An der Ladeklappe lauert Krabbe und will sie in Empfang nehmen. Hinter ihr steht Fischgesicht. Er läßt ihren Arm los und schickt sich an, ihre Taille zu umfassen, damit er sie in den Van hieven kann.

Lore tut so, als würde sie stolpern. Und wie sie es sich ausgerechnet hat, versucht Fischgesicht instinktiv, sie zu stützen. Doch mit dem Nagel in der Faust wirbelt sie herum.

Seine Augen sind braun. Der Ausdruck, der in ihnen aufflackert, ist ein Gemisch aus totaler Verblüffung, Angst und einer sonderbaren Ergebenheit. Er weiß, daß sie ihn töten wird, und er findet sich damit ab. Um ein Haar hätte sie das aus dem Konzept gebracht. Doch sie holt bereits mit dem Arm aus und stößt zu.

Der Mann rührt sich nicht vom Fleck. Der Nagel dringt in seinen Hals ein, und Blut spritzt in einer Fontäne aus der Wunde. Im Fallen reißt er Lore mit sich, und gemeinsam stürzen sie in einen Haufen Schrott. Etwas Scharfkantiges schlitzt Lores Rücken auf. Schmerzen zucken durch ihren Körper, Blut strömt ihr übers Gesicht, die Arme, den Hals, besudelt ihre Haare. Sie kreischt. Krabbe brüllt. Nur Fischgesicht ist ganz still.

Durch den Schock nimmt sie alles weitere wie durch einen dichten Schleier wahr. Die Situation erscheint ihr surreal, als bewegten sie sich in Zeitlupentempo unter Wasser. Der Van, das Geschrei, das endlich verstummt, als das Fahrzeug durch die Nacht rumpelt, all das verschwimmt in einem unwirklichen Dunst. Dann ein anhaltendes Seufzen, ein mattes Zischen, als das Nasenspray den Luftraum zwischen ihr und Krabbe mit für sie tödlichen Molekülen füllt.

Das Einatmen und Hinunterschlucken des Sprühnebels, das Hinausrollen aus dem fahrenden Van, kommen einer Art Initiationsritus gleich. Sie hätte dabei draufgehen können. Eigentlich dürfte sie gar nicht mehr leben.

Sie gleitet von einer Existenz, von ihrem Dasein als Frances Lorien van de Oest, in eine andere Realität hinüber, trifft dort ein wie alle Neugeborenen: nackt und mit Blut verschmiert.

27

Ich montierte die Hammex 20 auf ein Stativ und pflanzte mich davor, auf den Sessel am Fenster. Das Kameraobjektiv glänzte wie ein starres, kaltes Fischauge. Während ich hineinglotzte, wußte ich plötzlich nicht mehr, was ich sagen sollte. Die Reflexion eines Vogels, der an meinem Fenster vorbeiflog, spiegelte sich blitzend in der Linse, daß ich vor Schreck zusammenfuhr.

Ich räusperte mich. »Als ich sieben Jahre alt war, versuchte jemand, mich sexuell zu mißbrauchen. Ich glaube, es war meine Mutter ...«

Stundenlang redete ich, gelegentlich einen Schluck Wasser aus dem Glas trinkend, das griffbereit neben mir stand. Ich erzählte der Kamera, wie Greta mir half, indem sie mir ein Türschloß verschaffte, und wie Tok mich in Uruguay anrief und mich von Stellas Selbstmord in Kenntnis setzte.

Ich schilderte jede Einzelheit meiner Entführung, an die ich mich erinnern konnte, beschrieb Fischgesicht, Krabbe und das Zelt; ich betonte, daß sie von meiner Allergie bezüglich Sprühinjektionen wußten, versuchte möglichst detailliert zu wiederholen, was sie damals sagten und in welchem Ton sie mit mir umsprangen. Ich kam auf den Nagel zu sprechen.

Als ich merkte, daß ich in epischer Breite die Eigenschaften des Nagels ausmalte – seinen Geruch, wie er sich in meiner Hand anfühlte, wie groß er war –, schaltete ich die Kamera aus, verkrümelte mich ins Bad und kochte mir hinterher einen Tee. Erfrischt nahm ich den

Faden wieder auf, ohne mich jedoch in Nebensächlichkeiten zu verlieren. »Als sie mich nach draußen brachten, glaubte ich, sie würden mich töten. Ich versuchte zu fliehen. Dabei fügte ich dem Mann, den ich Fischgesicht nannte, eine ernste Verletzung zu. Nach dem mißglückten Fluchtversuch verfrachtete mich der andere, Krabbe, in einen Van.« So gut es ging, beschrieb ich das Vehikel. »Krabbe kündigte an, daß er mich umbringen werde. Um ein Haar wäre es ihm auch gelungen, indem er eine Art Nasenspray benutzte. Ich kam noch mal davon, verwundet, nackt, hilflos. Eine fremde Person hat mir geholfen.«

Denn genau das war Spanner für mich: eine Fremde. Jemand mit einem gefährlichen Lächeln und geschickten Händen. Ich fragte mich, was sie jetzt, in diesem Augenblick, wohl tun mochte. Ob sie sich des Geldes wegen von jemandem quälen ließ? Draußen begann es zu dunkeln. An einem Winternachmittag ging die Sonne früh unter.

»Verbotenerweise brachte ich mich in den Besitz eines PIDAs, der von der Leiche einer Frau namens Sal Bird stammte, die angeblich bei einem Badeunfall in Immingham ertrank. Dann arbeitete ich in der Wasseraufbereitungsanlage in der Hedon Road.« Ich gab meine Adresse und die Telefonnummer an. Danach erzählte ich von der Sabotage, von Meisener, Montex, der van de Oest Corporation und Greta. »Meiner Meinung nach wurde Lucas Chen von denselben Leuten gekidnappt, die vor drei Jahren meine Entführung in die Wege leiteten.«

Ich spielte mit dem Gedanken, noch mehr preiszugeben, doch dann hielt ich es für besser zu schweigen. Dieses Band sollte lediglich das Ausgangsmaterial für polizeiliche Ermittlungen liefern, derweil ich mich mit meiner Familie auseinandersetzte, möglichst ohne Publicity zu erregen. Zweifelsohne würde ich viele Stunden auf irgendeinem trostlosen Polizeirevier zubringen, höflich verhört von einem oder mehreren Beamten. Trotz all meiner dubiosen Aktivitäten hatte ich noch nie eine Polizeiwache von innen gesehen. Die Vorstellung schüchterte mich ein.

Hinter dem Fenster begannen nach und nach die Straßenlaternen und die Neonreklamen der Geschäfte zu blinken. Dort, wo der Kamerascheinwerfer nicht hinreichte, sammelten sich in den Winkeln graue Schatten. Ich mußte mich aufraffen und ein paar Leute anrufen. Ruth und Ellen sollten die Wahrheit von mir erfahren und nicht erst aus dem Internet. Ich wollte Tom warnen, daß morgen um diese Zeit das Haus von fremden Leuten nur so wimmeln würde. Vielleicht konnte er für ein, zwei Tage bei Verwandten unterkriechen.

Doch ich saß nur untätig da, während meine Hände und Füße kalt wurden. Außerstande mich zu rühren, beobachtete ich, wie die Konturen des Lichtkegels aus der Kamera schärfer wurden, indes sich die Schatten in der Wohnung zu einem undurchdringlichen Schwarz vertieften.

Wieder war es Frühling. Seit nunmehr über einem Jahr verkaufte Lore ihren Körper. Für sehr viel Geld. Eine lange Zeit lag sie auf dem Bett, strich mit der Hand über die Steppdecke, grübelte, bis sie sich schließlich eingestand, was sie unterschwellig von Anfang an gewußt hatte. Als sie sich an diesem Abend fertigmachten, um sich mit ein paar Kunden zu treffen, setzte sich Lore auf den Rand der Badewanne.

»Wie teuer ist sie?«

»Hmm?« Spanner stand vor dem Spiegel. Sie fuhr fort, sich die Haare zu bürsten, doch Lore merkte genau, daß sie sie aus den Augenwinkeln scharf beobachtete.

»Die Droge. Was kostet sie?«

Mitten in der Bewegung hörte Spanner mit dem Bürsten auf und zuckte die Achseln. »Ist das wichtig? Wir können sie uns leisten, das ist das einzige, worauf es ankommt.«

»Seit über einem Jahr verdienen wir durchschnittlich sechstausend pro Woche. Das sind mehr als dreihunderttausend ...«

»Ich kann rechnen.«

»... und wo ist das ganze Geld geblieben?« Lore sprang auf, nahm Spanner die Bürste ab und fuchtelte damit vor ihrem Gesicht herum. »Ich verlange deine volle Aufmerksamkeit, und ich will die Wahrheit wissen. Aus welchem Grund haben wir uns ein Jahr lang prostituiert?«

»Wir brauchen das Geld ...«

»Die Wahrheit!«

»Das ist die ...«

»Aber es ist nicht die volle Wahrheit, oder? Alte Vetteln haben zugesehen, wie du mich beorgelt hast; du hast mich gefesselt, damit irgendein Bürohengst mich bespringen konnte, nur weil er gerade Geburtstag hatte; ich mußte mir anschauen, wie du über einem abgefuckten Pärchen deine Blase entleerst. Wozu?«

Die Haarbürste in der Hand, tigerte Lore auf und ab. »Und schieb nicht das Geld vor. Es ist die Droge. Ich dachte, die Droge würde es uns erträglicher machen, Geld auf die einzige Art und Weise zu verdienen, die wir beherrschen. Aber das ist noch längst nicht alles, hab ich recht? Ich hab das Pferd vom Schwanz her aufgezäumt. Um Geld ging es nie. Die Hauptsache war immer die Droge. Und was wir anstellten, wenn wir die Droge nahmen. Denn es gefällt dir. Tief in deinem Innern findest du diese Sauereien schön.«

»Dasselbe gilt für dich. Andernfalls hättest du dich erst gar nicht darauf eingelassen.«

Das stimmte nicht. Oder doch? Lore schüttelte den

Kopf. »Verrate mir nur, wieviel wir bis jetzt für die Droge ausgegeben haben.«

»Eine ganze Menge. Alles, was wir hatten.« Spanner lächelte.

Lore schlug zu. Sie verpaßte Spanner eine Ohrfeige, daß sie über dem Waschbecken zusammenklappte.

»Warum?« Keuchend rang sie nach Luft. Spanner schwieg. »Ich hätte schon viel früher draufkommen müssen. Wieso hatte ich noch nie was von dieser Droge gehört? Warum scheint kein anderer sie zu kennen? Weil es sie erst seit kurzem gibt. Wer stiehlt sie für dich? Du machst mich rasend! Mit dem Verkauf der Droge hätten wir mehr verdient, als wir je mit diesen Perversitäten einnehmen können. Hab ich recht? *Hab ich recht?!*«

Doch wenn sie lediglich mit der Droge gedealt hätten, wäre Spanner nicht so gut informiert gewesen. Sie verfügte über Macht, die dieses Wissen ihr verschaffte.

Am liebsten hätte Lore Spanner nach Strich und Faden verdroschen, sie bunt und blau geprügelt, ihr die Schuld für alles zugeschoben. Aber irgendeine Hemmung hielt sie davon ab. Denn sie war bereits das wohlfeile Individuum, das herumhurte, die Haut zu Markte trug, sich regelmäßig erniedrigte. Sie wollte nicht auch noch jemand werden, dem es sadistische Freude bereitete, andere zu quälen.

Spanner kehrte Lore den Rücken zu und studierte ihr Gesicht im Spiegel. »Die Stelle schwillt schon an. Bevor wir rausgehen, muß ich sie gründlich überschminken.«

Lore fror, und ihr war speiübel. Sie hatte Spanner geschlagen. Sie verstand nicht, wieso Spanner sich das ohne irgendeine Reaktion gefallen ließ. »Wir können nicht ausgehen. Jetzt nicht. Wir ...«

Spanner schwenkte herum, mit gebleckten Zähnen und hervorquellenden Sehnen am Hals und an den Schultern. »Wir haben keine Wahl! Du glaubst, die

Droge sei teuer? Du hast ja keine Ahnung!« Sie gab ein bellendes Lachen von sich. »Wir haben *Schulden*, du dumme Gans. Und die Typen, die unser Geld wollen, wissen, wo wir wohnen. Mit solchen Brutalos sollte man es sich tunlichst nicht verscherzen. Deshalb wirst du dich jetzt in Schale schmeißen und mit mir kommen, denn wenn wir heute nacht nicht etwas Cash verdienen, bist du morgen nicht mehr in der Lage, dir über die gesundheitsschädlichen Folgen der Droge Gedanken zu machen!«

Vor Schreck war Lores Kopf wie leergefegt. Sie gewann den Eindruck, die ganze Welt sei außer Kontrolle geraten. Sie schloß die Augen. *Nachdenken*. Jetzt kam es darauf an, rasch eine Lösung zu finden. »Dich kennen sie, aber mich nicht. Du benötigst das Geld dringender als ich.«

»Sie werden im Nu spitzkriegen, daß ...«

»Aber im Augenblick haben sie nur dich im Visier.« Lore schlug einen harten, pointierten Ton an. »Zur Abwechslung bist du mal auf meine Hilfe angewiesen. Ich schlage dir einen Deal vor: Heute, morgen und übermorgen gehen wir noch auf den Strich. Meinetwegen schaffen wir so lange an, wie es nötig ist. Aber wir benutzen die Droge nicht mehr. Und das Geld wird gespart.«

Ohne die Droge würde es unerträglich werden. Jedenfalls hoffte sie, Spanner würde so empfinden. Vielleicht konnte sie sie dann endlich dazu bewegen, diesen Coup mit dem gefälschten Spendenaufruf näher ins Auge zu fassen.

»Wieviel von dem Zeug ist noch übrig?«

Spanner hielt die halbvolle Phiole hoch.

»Das ist alles für dich.« Sie wollte sich nicht mehr darauf verlassen, daß Spanner auf sie achtgab, während sie sich in dieser hormonell gesteuerten Ekstase verlor. Und möglicherweise ließen die Nebenwirkungen der Droge irgendwann einmal nach, wenn sie sie unverzüglich absetzte.

Ohne die Droge war es entsetzlich, ekelhaft. Lore kam sich vor wie ein Gefäß, wie eine der Plastikvaginas in jenem Sexshop, über die sie und Spanner sich lustig gemacht hatten. Doch verbissen hielt sie durch. Und sie heftete sich an Spanner wie eine Klette.

»Ich lasse es nicht zu, daß du noch mehr Schulden machst«, erklärte sie. Das verdiente Geld wurde gespart, und nach sechs Wochen fand Lore, es sei genug.

Lore bearbeitete den Garten in einer Weise, als hätte sie eine längere Reise geplant. Denn in Gedanken faßte sie ihr Weggehen als etwas Zeitweiliges auf, nicht als einen endgültigen Bruch; warum sie so dachte, wollte sie lieber nicht wissen. Sie weigerte sich, ihre wahren Motive auszuloten. Also beschnippelte und stutzte sie die Sträucher, trimmte das Gras und lockerte den Boden. Sie hatte gehofft, die Katze ein letztes Mal zu sehen, aber sie tauchte nicht mehr auf. Das Tier würde sich nie zähmen lassen, sondern frei nach Belieben kommen und gehen. Wie uneingeladene Gefühle, Hoffnung zum Beispiel. Sie wünschte sich, Spanner würde die Katze füttern, glaubte aber nicht recht daran.

Hinterher säuberte sie gründlich den Spaten, die Heckenschere und die Sichel, und wickelte sämtliche Geräte in Wachstuch ein. Dann wartete sie geduldig, bis Spanner wach wurde.

Nachdem sie aufgestanden war, rief Lore sie ins Wohnzimmer. Sie deutete auf die beiden Häufchen Debitkarten, die auf dem Tisch lagen. »Such dir einen Stapel aus«, schlug sie vor. »Der Wert ist annähernd gleich. Du kannst es nachprüfen, wenn du möchtest.«

Spanner blickte auf die Kartentürmchen und auf die beiden Koffer, die in einer Ecke standen. »Gehe ich recht in der Annahme, daß du ausziehen willst?«

»Ja.« Lore saß auf der Couch. Sie hatte vorgehabt, sich sachlich und nüchtern zu geben, doch der Ausdruck auf Spanners Gesicht rief sämtliche Erinnerungen an die guten Zeiten zurück, die sie miteinander geteilt hatten: die berauschende Hochstimmung, wenn sie auf den Frachtslides schwarzgefahren waren; gestohlene Slates in rauhen Mengen; Champagner um vier Uhr morgens. »Ja«, bekräftigte sie.

Spanner setzte sich vor dem Tisch in die Hocke und inspizierte gedankenverloren die Debitkarten. »Weißt du was, mit dieser Summe könnten wir diesen Coup starten, den du mir früher immer so schmackhaft machen wolltest.«

Lore konnte sie nicht verlassen, ohne einen letzten Versuch zu wagen. »Wir könnten beide ein neues Leben anfangen«, meinte sie. »Du besitzt viele hervorragende Talente. Es wäre gar nicht so schwer. Wir ziehen hier aus und suchen uns irgendwo eine neue Bleibe. An einem Ort, an dem Billy und die anderen dich nie aufstöbern werden.« Spanner erwiderte nichts. »Wir könnten uns andere Namen zulegen. Eine richtige Arbeit ausüben. Du bist sehr begabt. Für einen neuen Anfang ist es nie zu spät.«

»Findest du?« Sie hob den Kopf, und Lore erkannte wieder den uralten Blick, den latenten Schmerz, mit dem Spanner sie das erste Mal angeschaut hatte, in jener bewußten Nacht, als sie merkte, wie schwer Lores Verletzungen waren.

»Ja«, betonte sie, doch selbst in ihren eigenen Ohren klang es nicht überzeugend.

Spanner lachte, doch dieses Mal wirkte ihr Lachen bedrückt. Sie strich sich das eine Häuflein Karten ein. »Na ja, es hat länger gehalten, als ich damals im Oktober dachte, und es hat auch mehr Spaß gemacht als erwartet.«

»Bitte, Spanner …«

»Nein. Wir sind zu verschieden. Dir genügt diese niedrige Existenz nicht, du gibst dich nicht damit zufrieden. Aber ich habe mich auf diesem Level eingerichtet, in der Sphäre, in der ich mich jetzt bewege, fühle ich mich zu Hause. Ich gehöre in dieses Milieu.«

»Nein. Du redest dir nur ein, daß du hier deine Nische in der Welt gefunden hast, weil du glaubst, daß du nichts Besseres verdienst. Aber du *hast* etwas Besseres verdient. Jeder Mensch hat etwas Besseres verdient als *das*. Deine Chance liegt zum Greifen nahe.« Mit einem Nicken deutete Lore auf ihren eigenen Stapel Karten. »Wirf diese einmalige Gelegenheit nicht weg.«

Doch Spanner erhob sich bereits aus der hockenden Position, schaltete ihr Terminal ein und holte eine grellbunte, verschlungene Graphik auf den Schirm. Lore packte mit jeder Hand einen Koffer, machte indes an der Tür noch einmal halt. »Meine neue Adresse habe ich in deine Datei eingetragen.«

Ohne den Blick vom Monitor abzuwenden, entgegnete Spanner: »Wir werden uns wiedersehen. Du wirst mich immer brauchen.«

Ich stand auf, streckte mich, schaltete den Kamerascheinwerfer aus und schaute auf die Uhr. Halb neun. In Ratnapida war es früh am Morgen.

Zuerst brauchte ich ein Bad. Es dauerte eine Weile, bis das Wasser eingelaufen war. So weit ich mich erinnern kann, dachte ich an nichts Besonderes.

Ich stieg in die Wanne, hatte es jedoch nicht eilig, mich einzuseifen. Allmählich glättete sich das Wasser. Zwischen meinen angewinkelten Knien traten die Umrisse meines Gesichts scharf hervor. Neugierig betrachtete ich mein Konterfei: braunes Haar, graue Augen, feine Knochenstruktur. Die grauen Augen erwiderten meinen Blick. Das war ich. Ich hatte Sal Bird nicht mehr nötig.

So würde mein Vater mich sehen, wenn ich ihm morgen gegenübertrat. Was sollte ich ihm sagen? Wie konnte ich ihm erklären, auf welche Weise ich mich während der vergangenen drei Jahre durchs Leben geschlagen hatte? Vorerst brauchte ich überhaupt nichts zu erzählen. Am besten, ich hielt den Mund. Er würde überglücklich sein, daß er mich überhaupt wiedergefunden hatte. Nach so langer Zeit.

Plötzlich kehrte meine Spannkraft zurück, ich strotzte förmlich vor überschäumender Energie. Ich mußte Oster anrufen, ihn sehen und ihm mein wahres Gesicht zeigen. Hinterher würde ich vor dem Tor der Anlage auf Magyar warten. Ich angelte nach der Seife.

Gerade als ich mich trockenrubbelte, klingelte das Telefon. Ich wickelte mich ins Handtuch und nahm den Anruf entgegen.

»Magyar!«

»Du hast noch nichts unternommen, oder?«

»Nein, aber sowie meine Haare trocken sind …«

»Zu spät. Dein Vater ist hier und will wissen, wo du bist.«

Das war unmöglich. Ich hatte doch noch gar nicht mit ihm gesprochen.«

»Hör mal … wenn du etwas mehr Zeit brauchst, kann ich deine Einstellungsunterlagen frisieren und deine Adresse verstecken.«

»Nein!« platzte ich in entschlossenem Ton heraus. »Ich meine, ja. Versteck meine Adresse. Ich komme persönlich.«

»Jetzt gleich?«

»Jetzt gleich!« Mein Haar konnte an der Luft trocknen.

Ich habe keine Erinnerung mehr daran, wie ich mich anzog, ob ich den Slide nahm oder zu Fuß marschierte, aber ich weiß noch, wie Magyars Haar im Licht der Straßenlaterne vor der Anlage glänzte, und daß ich neben ihr das Tor passierte, wobei ich behutsam auftrat, als bestünde mein Körper aus zerbrechlichen, innen hohlen Vogelknochen. Und ich entsinne mich an die Tür.

Sie war aus einem sehr hellen Holz gefertigt. Esche oder etwas in der Art. Auf dem Namensschild stand: P. RAWLIN, DIREKTOR. Dicht davor blieb ich stehen, das Gesicht nur wenige Zentimeter von dem gemaserten Panel entfernt, und verharrte dort so lange, bis der Assistent unruhig wurde. Sachte trat er von einem Fuß auf den anderen, worauf Magyar ihm einen giftigen Blick zuwarf. Ich schloß die Augen. Hinter dieser Tür befand sich mein Vater. Den ich geliebt und dann gehaßt hatte, und der mir nun völlig fremd geworden war.

Von der Seite her schielte ich ein letztes Mal Magyar an, und die nickte.

Anstelle der Türklinke hatte man einen dieser altmodischen Messingknaufe angebracht. Unter meinen schweißfeuchten Händen fühlte er sich glitschig an. Er ließ sich ganz leicht drehen.

Weinroter Teppich; ein wuchtiger, dunkler Schreibtisch. Als die Tür langsam hinter mir zuschwang, stand ein Mann auf, der Direktor der Anlage. Zu seiner rechten sah ich eine Frau in einem braunen Kostüm. Sie streifte mich mit einem flüchtigen Blick aus ihren blassen Augen, dann wandte sie sich dem Mann zu, der an der linken Schreibtischseite saß. Im Raum herrschte eine unheimliche, beklemmende Stille.

Der Direktor, Rawlin, sagte etwas, gleichzeitig fiel die Tür mit einem Klicken ins Schloß, und mein Vater sprang auf die Füße; seine Miene war lebhaft, und einladend breitete er die Arme aus. »Lore! Gott sei Dank, Lore!«

Seine Worte wirkten wie ein Lösungsmittel auf billigem Firnis; schlagartig verflüchtigte sich die tröstliche Wolke aus Unwirklichkeit, mit der ich mich umgeben hatte.

»Lieber Gott, Lore. Als ich es erfuhr, kam ich schleunigst hierher. Wir sind gerade gelandet ...«

Auf einmal erschien mir die Welt geradezu quälend hell und realistisch zu sein. Ich hob die Hände, und er verstummte. »Wer hat es dir erzählt? Meisener?«

Oster ließ die Arme sinken. »Wer?«

»Meisener. Jedenfalls nennt er sich so. Er arbeitet hier.«

»Moment mal.« Der Direktor kam hinter seinem Schreibtisch hervor. »Einer unserer Arbeiter wußte über Sie Bescheid?«

»Oh, dieser Mann arbeitet nicht für *Sie*!«

Rawlin runzelte die Stirn, überging indes den Einwurf. »Wieso hat er dann nicht die Belohnung beansprucht?«

»War es denn nicht Meisener?« fragte ich Oster. Natürlich nicht. Dann sank mein Adrenalinpegel ab, und ich fühlte mich nur noch alt, traurig und schachmatt. Alle starrten mich an. Ich seufzte. »Noch mal von vorn.« Ich nickte Rawlin zu. »Herr Direktor«, grüßte ich und hielt alsdann der Frau meine Hand hin. »Ich bin Lore van de Oest.«

Sie reagierte automatisch, wie die meisten Leute. »Claire Sing. Direktorin der Städtischen Kanalisation.«

Ich setzte das gezierte Lächeln auf, das ich jahrelang nicht mehr geübt hatte. »Mein Vater und ich haben uns eine ganze Weile nicht gesehen. Wir würden gern unter vier Augen sprechen.« Es dauerte ein bißchen, bis bei ihr der Groschen fiel, dann lief sie rot an. Vielleicht lag es an meinem Lächeln, vielleicht vergegenwärtigte sie sich, daß Oster sie mitsamt ihrer Stadt mit dem Geld aus seiner Westentasche kaufen konnte. »Rawlin!« sagte sie knapp. »Wir lassen Vater und Tochter für ein paar Minuten allein.«

Ich sah ihnen nach, als sie gingen, dem Blick meines Vaters ausweichend, bis sich die Tür hinter ihnen schloß. Ich überlegte, wie Magyar wohl ihren unverhofften Abzug interpretieren mochte. Es verschaffte mir ein gutes Gefühl, sie in der Nähe zu wissen.

Dann ließ es sich nicht länger hinausschieben. Ich drehte mich zu meinem Vater um.

Wieder streckte er die Arme aus, dieses Mal jedoch mit weniger Elan; und diese Zurückhaltung, die beinahe an Ängstlichkeit grenzte, ließ bei mir alle Dämme brechen. Er war mein Vater.

»Ach, Papa …«

Ich warf mich an seine Brust. Aber ich war nicht mehr sechs Jahre alt, und er konnte mich nicht vor der Welt behüten. Es kam mir vor, als sei er in der Zwischenzeit kleiner geworden. Wir rückten ein Stück voneinander ab, um uns besser anschauen zu können, ohne die Umarmung zu lösen.

»Lore …« Er zog den Namen in die Länge, als müsse er erst wieder lernen, ihn auszusprechen. »Lore, ich hielt dich für tot.«

»In gewisser Weise war ich das auch.«

Er hob die Hand, als wolle er mein Haar zerstrubbeln, dann berührte er nur vorsichtig die Spitzen. »Braun steht dir gut.«

Schweigend hielten wir uns aneinander fest, wobei einer den anderen taxierte. Wir waren immer noch Tochter und Vater, doch wir hatten uns beide verändert. »Laß uns spazierengehen. Am Kanal.«

»Hier in der City?«

Seine Verblüffung und sein Abscheu reizten mich zum Lachen. »Drei Jahre lang habe ich hier gelebt. Jetzt gehöre ich zu den Leuten, vor denen ich mich früher immer gefürchtet habe. Wenn wir am Kanal entlangbummeln, wird uns niemand belästigen. Vorausgesetzt, die Medien sind noch nicht informiert.«

»Nichts ist durchgesickert. Aber morgen früh geht der Rummel natürlich los.«

»Es sei denn, dein Informant verkauft die Nachricht schon vorher ans Internet.«

»Keine Bange, Stillschweigen gehört zu den Voraussetzungen, daß die Belohnung auch gezahlt wird.«

Das leuchtete mir ein. »Kommst du dann mit? Von mir aus kann uns ja ein Bodyguard folgen.«

Ich öffnete die Tür. Da stand Magyar, bemüht, gelangweilt dreinzublicken, mit dem Erfolg, daß sie in ihrem grünen Anzug mit dem rot-schwarzen Gurtgeschirr lediglich einen wilden, exotischen Eindruck machte. Ich trat vor sie hin und deutete von ihr zu meinem Vater. »Magyar, das ist mein Vater, Oster. Dad, das ist Cherry Magyar.« Ganz kurz legte ich meinen Arm um ihre Taille, damit er im Bilde war, und sagte zu ihr: »Ich gehe mit meinem Vater spazieren. Danach komme ich zurück. Wir treffen uns nach der Schicht draußen.«

Es sollte keine Frage sein, aber genau das war es. Mein Vater war persönlich anwesend. Alles war real. In diesem Augenblick bekam sie die Chance, Lore van de Oest einen Korb zu geben. Doch sie erwiderte bloß: »Laß es nicht zu spät werden«, und maß meinen Vater mit einem durchdringenden Blick.

* * *

Es herrschte ein naßkaltes, windiges Wetter. Auf dem Treidelpfad war es überraschend hell: Das Wasser reflektierte den Widerschein der beleuchteten City. Eine Zeitlang liefen wir schweigend nebeneinander her.

»Kommst du direkt von Ratnapida?«

»Ja. Mit einem Privatflugzeug von Auckland nach Bangkok, dann weiter nach Rotterdam. Von dort aus kam ich hierher.«

»Du mußt ja sehr frieren.« In Ratnapida war jetzt Sommer. Selbst an einem kühlen Tag stiegen die Temperaturen auf dreißig Grad Celsius.

»Die Karpfen sind groß geworden. Du würdest staunen, wie sie in den letzten drei Jahren gewachsen sind.«

Abermals versanken wir in Schweigen.

»Lore, wirst du heimkommen?«

Ich wußte nicht, was ich darauf antworten sollte.

»Sie ist weg«, fuhr er leise fort. »Deine Mutter.«

»Was ist passiert?«

»Es war grauenhaft.«

Ich hängte mich bei ihm ein, während wir weitergingen, und er erzählte mir alles. Mitten in der Nacht sei Tok angekommen und hätte all diese Anschuldigungen gebrüllt. Er sei außer sich gewesen, wie in Raserei. Bis zum nächsten Morgen habe er nicht warten wollen. Er hätte schon viel zu lange gewartet, schrie er. Stella sei tot, Greta ein verzerrter Schatten ihrer selbst, weil Katerine sich jahrelang an ihren Kindern vergriffen hätte, als diese noch klein waren.

»Hast du ihm geglaubt?«

»Ich wollte es nicht wahrhaben.«

»Aber letzten Endes hast du ihm doch geglaubt, oder?« Es klang vorwurfsvoll. »Denn gewußt hast du es die ganze Zeit über.«

Ich spürte, wie sein Arm sich verspannte. Zuerst dachte ich, er wolle sich mir entziehen, doch dann schien er in sich zusammenzusacken. »Nein, ich habe es nicht gewußt. Ich meine, ich war mir nie sicher. Aber irgendwie muß ich etwas geahnt haben ... In jener Nacht, als du geschrien hast und nicht allein bleiben wolltest ... als wir dir ein Türschloß besorgten ... Aber sie war doch meine Frau! Deine Mutter. Mütter tun so etwas nicht.«

»Stella ist tot. Ich wäre um ein Haar gestorben. Tok lief von zu Hause weg.« Plötzlich kam ich mir vor wie ein mechanischer Vogel, wie ein künstlicher Papagei, der immerzu plappert: *Stella ist tot. Ich wäre um ein Haar gestorben. Tok lief von zu Hause weg. Stella ist tot. Ich wäre um ein Haar gestorben. Tok ...*

»Es ist ja so einfach, Lore, den Kopf in den Sand zu stecken, sich selbst weiszumachen, daß man sich alles nur einbildet.«

»Hast du auch nur entfernt eine Ahnung, was deine Politik des Wegschauens mich gekostet hat?«

»Tok sagte …« Vor Kummer klang seine Stimme dumpf.

Vielleicht hätte ich jetzt Mitleid mit ihm haben sollen, aber dazu war ich zu wütend. »Stella beging Selbstmord. Ich konnte nicht mal an ihrer Beerdigung teilnehmen. Ich weiß nicht einmal, wo sie begraben liegt. Katerine war dabei, aber ich nicht. Katerine und Greta erwiesen ihr die letzte Ehre. Und warum? Weil du für mich kein Lösegeld bezahlt hast. Weil …«

»Was soll das heißen, wir hätten für dich kein Lösegeld bezahlt? Natürlich zahlten wir. Greta fädelte die Übergabe ein. Das hat sie mir selbst erzählt.«

»Greta«, sinnierte ich. »Greta. Die gute alte graue Greta. Greta wird das schon machen. Überlaßt es getrost Greta.« Ich erkannte meine eigene Stimme kaum wieder, so verzerrt klang sie vor Erregung. Oster sah elend aus. »Findest du, daß ich mich zu meinem Nachteil verändert habe, Papa? Gefalle ich dir nicht mehr? Um zu überleben, mußte ich ein paar schlimme Dinge tun. Trotzdem bin ich deshalb kein schlechter Mensch. Und ich verstecke mich nicht vor der Wahrheit.«

Du kneifst ja schon wieder, hatte Magyar mir vorgeworfen. *Du kannst den Tatsachen einfach nicht ins Auge sehen*. Nun, die Zeit der Selbsttäuschung war endgültig vorbei. »Ich möchte dir etwas über Greta erzählen, Papa. Hörst du mir auch gut zu? Denn ich werde nicht eher Ruhe geben, bis du Bescheid weißt. Die graue Greta, die ach so tüchtige Greta, führt eine Gruppe wie Jerome's Boys.«

»Aber …«

Ich ließ nicht locker. Unbarmherzig fuhr ich fort: »Einer ihrer Agenten, der sich Nathan Meisener nennt, hätte beinahe den Tod von Tausenden von Menschen verursacht. Ich hätte eines der Opfer sein können. Täglich setzt Greta skrupellos das Leben von Unschuldigen aufs Spiel. Sie ließ mich kidnappen. Ja, meine eigene Schwester. Und vermutlich steckt sie hinter der Entführung von Lucas Chen.«

Oster blickte bestürzt drein.

»Du fragst mich nicht, warum sie das inszenierte, Papa. Ich kann es dir erklären. Ihre Wahl fiel auf mich, weil ich ein leichtes Ziel war. Sie glaubte, ich sei sowohl deines wie auch Katerines Lieblingskind. Vielleicht würdet ihr *beide* ein Lösegeld zahlen. Und sie brauchte das Geld, um ihre illegalen Operationen zu finanzieren, im Geheimen Macht auszuüben. Allerdings wußte sie nicht, wie sie reagieren sollte, als Tok mit seinen Anschuldigungen herausrückte. Alles geriet durcheinander. Möglicherweise befürchtete sie, Tok hätte etwas über ihre Machenschaften in Erfahrung gebracht. Vielleicht geriet sie in Panik und versuchte, mich aus dem Weg zu räumen. Ich hörte auf, ein Mensch zu sein, und wurde statt dessen zu einem Problem, das es zu beseitigen galt. Für Greta haben andere Menschen keine reale Bedeutung. Warum ist das so? Die Schuld liegt bei meiner Mutter, die ihre Seele abgetötet hat, als sie noch ein Kind war. Greta ist psychisch nicht normal.« Ich bebte vor Zorn, der sich nicht nur gegen Oster, sondern auch gegen Katerine richtete.

»Wo steckt sie jetzt?«

»Wer?«

»Katerine. Wo ist sie? Wohin habt ihr sie geschickt? Eingelocht hat man sie nicht. Das hätte ich aus dem Internet erfahren.«

»Tok wollte die Polizei einschalten. Aber das konnte ich nicht zulassen. Immerhin ist sie deine Mutter.«

Sie ist ein Scheusal. »Sie gehört eingesperrt.«

»Ich brachte es nicht über mich ...« Es widerstrebte ihm, fortzufahren. Ich ließ ihn zappeln. Plötzlich merkte ich, daß ich Angst hatte. Angenommen, sie hielt sich irgendwo ganz in der Nähe auf?

»Verstehst du nicht? Ihre Macht abgeben zu müssen,

nicht mehr zu wissen, was vor sich ging, hat sie zutiefst verletzt.« Nicht tief genug. Sie hatte nicht annähernd das durchgemacht, was Stella, Tok, ich und Lucas Chen erdulden mußten. »Ich habe sie weggeschickt. Mich von ihr scheiden lassen. Ihr die Kontrolle über die Firma entzogen.« Es klang so unglaublich militärisch, als hätte er sie vor ein Kriegsgericht gestellt. »Wir lassen sie beobachten. Erhalten regelmäßig Berichte ...«

Seine Stimme verlor sich. Plötzlich drehte sich mir der Magen um. »Und wer kümmert sich um diese Berichte?«

»Greta.«

Greta. Sie mischte überall mit.

Oster redete weiter. »... begreife nicht, wie sie dir das antun konnte. Sie ist deine Schwester. Bist du ... bist du dir sicher?«

Er krümmte sich wie ein Hund, der einen Fußtritt erwartet. Auf einmal tat er mir leid. »Ich bin mir sicher. Im übrigen glaube ich nicht, daß sie Menschen absichtlich wehtun will. Das ist nicht ihr Motiv. Ihr Sinnen und Trachten gilt ausschließlich der Familie. Dem Geschäft. Sie muß alles an sich raffen. Macht. Patente. Intellektuelles Eigentum. Profit. Das ist ihr Lebensinhalt. Indem sie sich mit diesen Aktivitäten betäubt, kann sie vergessen, daß sie als Kind mißbraucht wurde, von ihrer schwitzenden, weinenden Mutter ...« Ich war diejenige, die weinte. *Greta, die mir ein Schloß besorgt hatte. Meine Mutter, von der Familie verstoßen ...*

Er starrte mich an. In seinen Augen spiegelten sich glitzernd die Lichter der Stadt. »Woher weißt du das alles?«

»Ach, Papa, *du* hättest das alles wissen müssen!«

Er streichelte meine tränennasse Wange und suchte nach einem Taschentuch. »Man kann nicht überall sein und gleichzeitig alles wissen«, entgegnete er bekümmert.

Aber du hast dir keine Mühe gegeben! Er hatte sich vor den Verpflichtungen gedrückt, die die Leitung eines so gewaltigen Konzerns mit sich brachte. Statt dessen begnügte er sich damit, die Kontrolle seiner Frau und ihrer Familie zu überlassen. Freiwillig hatte er sich selbst aus der Kommandohierarchie ausgeklinkt und war lieber mit seinem Boot losgetuckert, um gefährdete Fischarten zu zählen.

»Die Firma läuft unter deinem Namen. Du trägst die Verantwortung.«

Ich wußte nicht, wie ich ihn zur Einsicht bringen konnte. Am liebsten hätte ich ihm erzählt: *Ich lernte einen jungen Burschen namens Paolo kennen, dessen Leben verpfuscht ist, weil du aus lauter Gleichgültigkeit den Betrieb vernachlässigt hast. Das Geld kommt herein, und du nimmst es dir; wie es verdient wird, interessiert dich nicht. Es ist dir egal, daß wir immer noch auf jede Patentnutzung den Zehnten erheben, daß wir über ein Monopol herrschen, das wir gar nicht mehr brauchen. Wir sind so reich, daß wir mit unserem Wohlstand gar nichts anzufangen wissen.*

Doch bereits mit sieben Jahren hatte ich erkannt, daß er die konkrete Arbeit gern auf andere abwälzte. Er war keine Termite, die über den Waldboden wuselt und eine Burg hochzieht; er glich einem buntgefiederten Vogel, der sich in die Höhe schwingt, die schirmende Kuppel des Waldes unter sich lassend; den es nicht kümmerte, was drunten vor sich ging, solange nur die Sonne schien und die Orchideen Nektar spendeten.

Ihm all dies zu erklären, wäre mir zuviel geworden; außerdem fehlte mir die Zeit.

»Heute abend habe ich etwas vor«, kündigte ich an. »Etwas, das keinen Aufschub duldet. Ich gebe dir eine von mir besprochene Kassette. Du mußt Greta dazu bewegen, Lucas Chen freizulassen.« Ich zögerte kurz, dann beschloß ich, ihm nicht damit zu drohen, daß ich die Polizei verständigte und die ganze makabre Geschichte an die Öffentlichkeit zerrte. »Und ich brauche deine Hilfe. Du mußt dich darum kümmern, daß ich möglichst schnell meine alte Identität wieder annehmen kann. Ich möchte eine Kopie meines PIDA.«

Ihm war klar, daß ich eine Menge verschwieg, doch er senkte zustimmend den Kopf. »Ich bin im Besitz deines PIDA.« Wahrscheinlich hatten sie ihn an die Familie geschickt, als Beweis, daß ich in ihrer Gewalt war. »Gleich morgen früh lasse ich ihn dir per Kurier bringen. Werden wir uns dann wiedersehen?«

Er sah alt und gebrechlich aus. »Ach, Papa, ja.«

Gemächlich spazierten wir noch ein Stück weiter. Wir waren schon ziemlich lange unterwegs.

»Ich muß jetzt los.«

Wieder fielen wir uns in die Arme. Dieses Mal hielten wir uns länger aneinander fest. »Bis morgen«, flüsterte er. Ich rannte den Treidelpfad hinunter.

Spanner hockte im *Polar Bear* und süffelte solo. Sie entdeckte mich im Spiegel und sah mir zu, wie ich mich bis zur Bar durchkämpfte; ihr Blick glich dem einer gemästeten Schlange, die ein junges Ferkel beobachtet: abwägend, ob sie es sogleich zur Strecke bringen oder lieber zuwarten soll, bis die Beute herangewachsen ist; weil das den Reiz der Pirsch, des hypnotisierenden Blicks, des endgültigen Zuschlagens ungemein erhöht.

Ich verzichtete darauf, Platz zu nehmen. »Warum hast du es getan?«

Achselzuckend schaute sie in ihr Glas. »Warum denn nicht? Du hast doch immer gesagt, für Geld würde ich alles tun.«

»Und bist du jetzt mit dir zufrieden, wo du eine Viertelmillion gemacht hast?«

»Geld kann man immer gebrauchen.«

»Auf diese Gelegenheit hast du die ganze Zeit gewartet, was? Du wolltest dir die Belohnung sichern.

Die Beute mußte nur fetter werden, damit sich das Risiko lohnt. Wenn man sich schon die Mühe gibt, vorzuschnellen und sein Gift zu verspritzen, muß auch etwas dabei herausspringen.«

Ihre Augen erschienen mir trocken und leer. Nichts spiegelte sich darin. Keine Andeutung, wie sie sich fühlte, ob sie überhaupt noch etwas empfand. Vermutlich erfaßte sie kein Wort von dem, was ich sagte.

»Hast du mich von Anfang an gehaßt?« Sie blieb stumm. »Warum hegst du diesen Groll gegen mich? Weil ich etwas besitze, das dir so total abgeht: Selbstachtung?«

Sie rührte sich. »Du hattest keine Selbstachtung, als ich dich nackt, blutend und ohne Namen von der Straße auflas. Nein, ich war eifersüchtig auf dich, weil du frei wählen konntest. Du hast dich aus freien Stücken entschieden, den Kontakt mit deiner Familie abzubrechen. Ich hatte nie eine Wahl. Mein Weg war vorgezeichnet.«

»Das stimmt nicht. Man hat immer eine Wahl.«

»Ja, wenn man van de Oest heißt.«

Vielleicht hatte sie ja recht. Ich würde es nie erfahren. Ich war nicht Spanner, und das stimmte mich froh. »Was erwartest du von mir? Daß ich dir entgegenschleudere, wie sehr ich dich hasse? Aber ich hasse dich nicht.« Es war nicht einmal gelogen. Sie tat mir nur leid, weil sie so gar kein Gespür besaß für die Chancen, die Möglichkeiten und Auswege, die sich nach meinem Empfinden überall auftaten. Und es lag nicht daran, daß ich eine van de Oest war. Stella hatte auch diesen Namen getragen und sich dennoch umgebracht. Greta war großgeworden wie eine von uns, trotzdem war ihre Seele durch und durch krank, und nichts würde sich je daran ändern. Man mußte die Gunst der Stunde auch nutzen, die Wende zum Guten an sich herankommen lassen, durfte sich nicht vor neuen Anfängen verschließen. Zuallererst mußte man glauben, daß man eine Chance verdiente. Spanner haßte nicht mich, sie haßte sich selbst.

Als ich sie verließ, saß sie ganz allein da und fixierte in dem Glas Bier ihr Spiegelbild; ich fragte mich, was sie wohl sah.

Der Arzt betrieb eine Klinik im Stadtzentrum. Um eigens für mich zu öffnen, obwohl ich kein Notfall war, mußte ich ihm das dreifache Honorar anbieten.

Er beschäftigte keine Krankenschwester. Rasch und geschickt säuberte er selbst meine linke Hand und verschloß den Schnitt mit einer Plastikklammer. Darüber sprühte er Plaskin. Abschließend klebte er ein kleines Pflaster darauf. »Nur um Sie daran zu erinnern, daß die Wunde geklammert ist. Sonst könnten Sie es noch vergessen und versuchen, den nicht vorhandenen PIDA zu benutzen.«

Ich fragte mich, wie viele Male er Menschenleben gerettet hatte, und wie oft ihm ein Patient unter den Händen weggestorben war, ohne daß er die Behörden verständigte. Seine übernächtigten Augen waren von schweren Lidern überschattet, die herunterhingen wie bei einem Bluthund. Er war am Ende seiner Kräfte. Was konnte nicht alles passieren, wenn er eine Schußverletzung oder eine schwere Stichwunde versorgen mußte und übermüdet war?

»Herr Doktor«, platzte ich impulsiv heraus, während er seine Instrumente auf ein Tablett sortierte. »Wenn ich Ihnen eine Geldspende gäbe, würden Sie mir dann etwas über einen ehemaligen Patienten verraten?«

»Nein.«

»Auch nicht für dreißigtausend?« Er zögerte. »Dreißigtausend sofort und eine jährliche Zuwendung – so hoch, daß sie sich einen Assistenten für die Nachtschicht leisten können. Wenn Sie wollen, kann ich es Ihnen schriftlich geben.«

Er setzte das Tablett ab und sah mich unverwandt an; seine Augen erinnerten mich immer mehr an die eines Hundes. »Was möchten Sie denn wissen?«

»Haben Sie vor über drei Jahren einen Mann mit einer Wunde am Hals behandelt? Er war ungefähr eins achtzig groß, und die Verletzung muß sich etwa hier befunden haben.« Ich tippte auf meine Halsschlagader.

»Was für eine Art von Wunde?«

»Ein Einstich. Ein Riß. Verursacht von einem langen, rostigen Nagel. Und falls Sie ihn versorgten, ist er jetzt tot oder hat er überlebt?«

Eine geraume Zeitlang schwieg er. »Statt einer Antwort lassen Sie mich Ihnen eine Frage stellen. Sie wissen, daß ich das Geld brauche – für die Klinik. Angenommen, ich berufe mich auf meine Schweigepflicht – würden Sie mir die Spende vorenthalten?«

Der Mann hatte mir das Leben gerettet. Das wußte er, und ich wußte es auch. Ich seufzte. »Entschuldigen Sie. Ich hätte Sie nicht fragen dürfen.« Das reichte nicht. Die dreißigtausend waren ohnehin gestohlen. »Sie können die dreißigtausend haben. Ohne Gegenleistung.«

Er ging an sein Terminal, und einen Augenblick lang glaubte ich, er würde die Informationen, die ich brauchte, abrufen, mich für meine selbstlose Entscheidung belohnen – wie das Kind im Märchen, das von einer verkleideten Hexe ein Geschenk erhält. Doch das Leben ist kein Märchen. Er druckte mir lediglich meine Rechnung aus.

Dann gab er sie mir.

»Danke vielmals«, druckste ich und steuerte zur Tür.

Im Hafen waren seit meinem letzten Besuch die Lichter immer noch erloschen. Ein böiger Wind wühlte den Fluß auf. Eine Weile schaute ich dem Spiel der Wellen zu. Ein Flußufer ist der einzige Ort im Dschungel, an dem ein Tier sowohl aus der Luft wie vom Boden her zu sehen ist.

Der Rost im Straßenpflaster ließ sich mit einer Hand nur schwer hochstemmen, und als er beim ersten Versuch wieder herunterklappte, quetschte er mein Handgelenk. Alles paßte zusammen. Es durfte nicht ohne Schmerzen und Schwierigkeiten abgehen.

Das Einschalten der Beleuchtung war wie ein Schritt ins Freie. »Mein Name«, erzählte ich dem Wind und dem Fluß, der sich dem Meer entgegenwälzte, »ist Frances Lorien van de Oest. Ich wohne hier.«

Ich würde den Rest des Lebens am Fluß verbringen, wo ein jeder mich sehen konnte.

* * *

Gerade als die Schicht durch das Portal kam, erreichte ich die Anlage. Magyar trödelte als letzte hinterher. Vielleicht hatte sie absichtlich lange gewartet, um mir Zeit zu geben, oder aus Furcht, ich könnte nicht da sein. Die Schultern hatte sie wegen des Windes hochgezogen, auf dem Gesicht lag ein verkniffener, besorgter Ausdruck. Suchend drehte sie den Kopf mal hierhin, mal dorthin.

Ich stellte mich in den Lichtkreis. »Magyar.«

Als sie mich sah, lächelte sie. Es war, als öffnete sich die Tür zu einem Hochofen: Ein wärmender Schwall aus Hitze, Licht und Feuer traf mich. Die Augen dieser Frau glühten vor Energie und Leben, waren angefüllt mit ihrer ganzen Persönlichkeit und den Gefühlen, die sie für mich empfand. Wenn ich genau hinschaute, erkannte ich mich selbst darin.

Ich streckte die Hände aus. Sie nahm sie und hob meine linke Hand ans Licht. »Was ist passiert?«

»Ich ließ den falschen PIDA entfernen.« Eine Weile würde ich niemand sein außer der Lore, die ich selbst erschaffen hatte. Wir standen mitten auf der Straße, während der Wind um uns wimmerte und Magyars Haar flattern ließ. In Gedanken sah ich sie, wie sie des

Morgens in meiner Küche schaltete und waltete, mit warmer, nach Schlaf duftender Haut, das schöne Haar hinter die Ohren gestrichen, Kaffee kochend, über alles mögliche plaudernd.

»Laß uns zu mir gehen.«

»Ja.«

Hand in Hand schlenderten wir die Straße hinunter. Wenn ich demnächst meine Familie wiedersah, würde ich sie mit uns beiden bekanntmachen.

Anmerkung der Autorin

Bei den Lesern – besonders den Kritikern – gibt es die lästige Tendenz, jeder Frau, die über sexuellen Mißbrauch schreibt, und sei es nur in Randbemerkungen –, zu unterstellen, sie rede aus eigener Erfahrung. Damit spricht man der Autorin, um es mit Joanna Russ' Worten zu sagen, jegliche Phantasie ab.

Um etwaigen Spekulationen vorzubeugen, erkläre ich hiermit ausdrücklich: *Untiefen* ist ein Roman, keine Autobiographie. Ich habe die Geschichte frei erfunden.